诗骚观止

SHI-SAO GUANZHI

中国古典文学观止丛书

ZHONGGUO GUDIAN WENXUE GUANZHI CONGSHU

丛书主编 尚永亮

本书主编 周啸天

陕西新华出版传媒集团
陕西人民教育出版社
·西安·

撰搞人（以姓氏笔画为序）：

沈时蓉　　杨胜宽　　张新科　　陈维国　　陈履坤　　宗小荣

罗应涛　　尚永亮　　周啸天　　赵光勇　　殷光熹　　梅桐生

蓉　生　　詹杭伦　　管遗瑞　　潘啸龙　　魏耕原

总　序

　　物华天宝,人杰地灵。在中华文明古国五千年的历史进程中,数不清的文人才士,经过代复一代顽强持续的努力,创作出了难以数计的各种体裁的文学精品,宛如取之不竭、用之不尽的昆山邓林。这些文学精品不仅极大地丰富了中华民族的文化宝库,而且以其超越时空的永恒魅力,在世界范围内发生着越来越深远的影响。作为当代的文化人,我们无比珍视这笔财富,为了做到既对得起昨日的历史,又无愧于今日的时代,使古典文学从高雅的殿堂走向千家万户,我们特在全国范围内约请数百位专家学者,共同编纂了这套大型《中国古典文学观止》丛书。

　　《中国古典文学观止》丛书分诗骚、先秦两汉文、历代小赋、历代小品文、汉魏六朝乐府、唐诗、唐宋八大家文、宋词、元曲、明清小说十册,收录作品2000余篇,总计约500万字。在编写体例上,它不同于时下流行的各类文学选本和鉴赏辞典,除传统的作者简介、注释外,另辟【今译】【点评】【集说】诸栏目。【今译】力求信、达、雅,便于读者对原作的阅读理解;【点评】避免了长篇赏析的空泛,抓住要点难点,既单刀直入、抽笋剥蕉,又提纲挈领、点到为止,给读者留下了广阔的思考空间;【集说】则荟萃了历代对每一作品的具体评说,便于人们从多角度、多层面理解原作,并具有较强的资料性。总之,通过这些方法,我们力争做到探幽抉隐,快人耳目,画龙点睛,开启思维,使得一册在手,专业读者不觉其浅,一般读者不嫌其深,雅俗共赏,老少咸宜。

1

丛书的顺利完成和出版,得力于各分册主编和作者的协作努力,也得力于陕西人民教育出版社的领导和综合编辑室诸位编辑的无私帮助。值此丛书修订、再版之际,我们谨对参与其事的各位同仁一并致以真诚的感谢! 并希望广大读者能在这套丛书数千篇文学精品的游弋中,获得"观止"的感受。

尚永亮

2017 年岁首于珞珈山麓

目　录

3

4

前　言

中国文学史上最为源远流长而又得到长足发展的文学样式便是诗歌。这条诗的发展长河，向上可以追溯到两大源头，即以"风骚"并称的《诗经》和《楚辞》。这两部诗集从诞生之日起，便如江河行地，日月经天，历代诗人没有不受其甘泉的滋润，没有不被其光辉所照耀的。

《诗经》除有争议的《商颂》外，基本上是一部周诗诗集。就其时代可考的作品而言，最早要算《豳风》中以周公东征为背景的几首诗，本事发生在公元前1114年前后；最晚的则数《陈风·株林》，此诗嘲陈灵公淫夏姬事，创作于公元前600年左右。（按：何楷《诗世本古义》、马瑞辰《毛诗传笺通释》等以为，《曹风·下泉》乃"曹人美晋荀砾纳敬王于成周而作"，时当公元前510年。那么，最晚的则是《下泉》了。）其时间跨度从西周初年到春秋中叶计约5个世纪。《诗经》在先秦只称"诗"，因集中作品为305篇（《毛诗》另有《南陔》等六篇，"有其义而亡其辞"，后人以为乃"有声无辞"的"笙诗"，大约本来就是无字的歌），又称"诗三百"，至汉始尊为经。

《诗经》中可确知作者之名的诗篇（如尹吉甫《崧高》《烝民》，寺人孟子《巷伯》，许穆夫人《载驰》等），为数微乎其微，然从《三百篇》反映的生活内容及抒情主人公身份仍可看出，周代诗歌，作者阶层分布很广，既有王公贵族之作，也有"不识字的无名氏作品"（鲁迅）。就风诗产生的地域而论，包括今之陕豫鲁晋等黄河流域及鄂等江汉流域极广阔的幅员。它们在周代便得到奇迹般的结集，其间颇赖音乐的伟力。中国诗史中，乐府声诗占有极大优势，从汉魏乐府、唐人律绝、宋元词曲及于明清传奇戏文，成为一大传统。而早在战国时代，便已有"诵诗三百，歌诗三百，弦诗三百，舞诗三百"（《墨子》）的记载。一部《诗经》，完全有资格被称为周声诗或前乐府。秦汉典籍追记的采诗、献诗制度，及近人推测周太师当为《诗经》实际编纂人（朱自清）

1

等说法，虽无确据，但不失为合理之推论。孔子在整理校订诗乐和推动《诗经》的传播上有着不可忽视的功绩，但"删诗"之说大抵为无据之传闻。

"大师教六诗，曰风、曰赋、曰比、曰兴、曰雅、曰颂。"（《周礼·春官·大师》）六诗即六义，是前人对《诗经》分类及表现手法的朴素概括。再细分则是："风雅颂者，诗篇之异体；赋比兴者，诗文之异辞。"（孔颖达）风雅颂是《诗经》现有编次上的分类，对于三者的名义从《诗序》以来有不同的解释，而近人已趋向于一致，认为它们是音乐上的概念。风是王畿及各诸侯国的土风歌谣，计有周南、召南、邶、鄘、卫、王、郑、齐、魏、唐、秦、陈、桧、曹、豳十五国风，共 160 篇；雅是西周王畿的正声雅乐，共 105 篇（其中小雅 74 篇，用于诸侯宴享，间有民间之作；大雅 31 篇，用于诸侯朝会）；颂是统治阶级宗庙祭祀的舞曲歌辞，共 40 篇（周颂 31 篇，鲁颂 4 篇，商颂 5 篇）。

我们的祖先很早就在黄河流域定居生息，至西周已发展了相当成熟的农业文明。社会财富的增殖，使中原的城市和商业也有相当规模的发展。"三河为天下之都会，卫都河内，郑都河南……据天下之中，河山之会。商旅集则货财盛，货财盛则声色臻"（魏源《诗古微》），诗歌——音乐文化因此得到蓬勃发展。诗三百篇既广泛反映了周人农牧渔猎、婚恋风俗、建筑娱乐、徭役战争等各方面生活状况，又生动表现了他们的七情六欲及宇宙人生、伦理道德、历史文化与宗教等各种观念。诗中活动着从天子贵族到农奴贱隶等形形色色的人物，展示了极为丰富的历史场面，从而成为周代社会生活的一面镜子。

大雅中《生民》《公刘》《绵》《皇矣》《大明》是一组堪称周民族史诗的重要作品。它从对后稷"艺之荏菽，荏菽旆旆"之稼穑功业的歌咏，写到公刘"干戈戚扬""于京斯依"的历史性迁豳之举、从古公亶父"率西水浒，至于岐下"、建设周原的热烈场景，写到武王"牧野洋洋，檀车煌煌，驷騵彭彭"的灭殷壮举，拉开了一部《诗经》赖以登场的时代序幕。尔后读者能看到周人参与生产斗争的极为恢宏的画卷："率时农夫，播厥百谷。骏发尔私，终三十里。亦服尔耕，十千维耦"（《周颂·噫嘻》），和从事农牧渔猎时极其真切的情景："有渰萋萋，兴雨祁祁。雨我公田，遂及我私"（《小雅·大田》），"女执懿筐，遵彼微行，爰求柔桑"（《豳风·七月》），"尔羊来思，其角濈濈；尔牛来思，其耳湿湿"（《小雅·无羊》），"有骃有皇，有骊有黄"（《鲁颂·駉》）……虽然周代未发生急风暴雨式

2

的阶级斗争,但在沉重的徭役和兵役压迫下,"夙夜在公""王事靡盬"一类发自社会下层的抱怨,风雅中屡有所闻。而思妇旷夫之怨,当时就成了诗歌的重要题材,《卷耳》《君子于役》《伯兮》等大量风诗,即与唐人闺怨诗并论,亦不减色。尽管诗"可以怨"——如《七月》有"无衣无褐,何以卒岁"的啼饥号寒之声,《伐檀》《硕鼠》有尸位素餐、莫我肯德之怨,然而为数甚多的风诗与部分小雅,则笼罩着一层牧歌和田园诗的情调。

性与爱之困惑已与诗结下不解之缘,涉及婚恋题材的诗篇竟占《诗经》总数三分之一以上。而远古文化史表明,原始人群居杂交,性欲易于满足,而恋歌绝少。到《诗经》时代,人们在政令许可的范围仍享有有限的性爱自由,而原始婚俗亦有传承,但普遍情况已是"取妻如之何? 必告父母""取妻如之何? 匪媒不得"(《齐风·南山》),礼教已通过婚俗和舆论干预情爱生活,这种情况下,情歌的大量产生,便不是偶然的了。然而周人所受的思想钳制远较后期封建社会为少,人们可以放歌那刺人心肠的爱的痛苦与欢乐,故《诗经》中的情歌在总体上表现出自由、坦率、淳朴的风貌。其间固不乏"求我庶士,迨其谓之"(《召南·摽有梅》)、"岂不尔思,畏子不奔"(《王风·大车》)一类狂热的情思,但总体上却是昵而不亵、谑而不虐、乐而不淫,洋溢着健康的审美情趣。部分篇章如《周南·汉广》《秦风·蒹葭》,已达到纯情的高度,秋水伊人的吟咏,竟为爱情诗之旷古绝唱。反映婚姻不幸与失恋痛苦的诗篇,构成《诗经》中的情歌的一个亚种。由于社会及生理原因,这种痛苦的承担者一般是女性,"士之耽兮,犹可说也;女之耽兮,不可说也"(《卫风·氓》),"之子无良,二三其德"(《小雅·白华》)已开千古弃妇诗之源。读者还将有趣地看到,在礼教产生之初,作为一种道德力量,它不只约束民间男女,使他们不时产生"仲可怀也,人之多言亦可畏也"(《郑风·将仲子》)的顾忌,也无情地将矛头指向社会的上层:"中冓之言,不可道也。所可道也,言之丑也!"(《鄘风·墙有茨》)

政治生活中的大事及社会各阶级的心态在《诗经》中也有生动的记录。"既破我斧,又缺我斨。周公东征,四国是皇"(《豳风·破斧》),"靡室靡家,猃狁之故;不遑启居,猃狁之故"(《小雅·采薇》),《诗经》中这一题材的作品直启"黄沙百战穿金甲,不破楼兰终不还"一类唐人边塞诗流派。"行道迟迟,载渴载饥;我心伤悲,莫知我哀"写成卒生还而不乐的心理,亦相当深刻。

秦处边鄙，地接戎狄，民风尚武，诗多慷慨。《小戎》写军容之盛，《无衣》赋同仇敌忾，读之令人感奋。

西周后期王政衰微，诸侯强大，兼并无已，礼崩乐坏。"高岸为谷，深谷为陵"（《小雅·十月之交》）便是对当时社会动乱、阶级升沉的形象概括。没落的贵族发出"我生之初尚无为，我生之后逢此百罹"（《王风·兔爰》）、"于嗟乎，不承权舆"（《秦风·权舆》）一类哀鸣，而水深火热中的民众则唱出了"何草不黄，何日不行"（《小雅·何草不黄》）的悲愤歌声。这时统治阶级中一些头脑清醒的人，则超出了个人的休戚，为王朝谱写了一曲曲挽歌。政治讽谕诗这样一个古代诗歌的重要品类诞生了。小雅《十月之交》《小旻》《巷伯》《北山》，大雅《民劳》《板》《荡》等等，均从不同角度干预政治，讽刺矛头直指执政大臣乃至天子，单刀直入，绝不含蓄。其间一些忧心君国、鼠思泣血之作，很可以做屈原的先导。而唐代新乐府倡导者所标榜的风雅比兴，亦实系于此。

作为一部声诗，《诗经》中的不少篇章用于祭祀与宴饮。其中少不了宣扬天命、祈求福佑、粉饰太平、歌功颂德的作品。"颂诗早已拍马"（鲁迅）确乎也是事实，兼之富丽雍容，不尽同于独立抒情之作，或不免典重质木，缺少诗味。然颂诗也有佳作，如歌咏商、周开国创业者，即不可以捧场视之，其间保留了若干历史与神话资料，亦足珍贵，有的铺陈、劝勉之作（前者如鲁颂《泮水》《閟宫》、后者如周颂《敬之》《小毖》），亦不乏气象及诗情，作者或自诩曼硕，非虚妄也。

《诗经》在内容上异常丰富，在艺术上则有很高的造诣和深远的影响。影响后世最大的莫过于赋比兴三种表现手法。较通常的解释是"赋者，敷陈其事而直言之也""比者，以彼物比此物也""兴者，先言他物以引起所咏之词也"（朱熹）。而钟嵘则说："文已尽而意有余，兴也；因物喻志，比也；直书其事，寓言写物，赋也。宏斯三义，酌而用之，干之以风力，润之以丹彩，使味之者无极，闻之者动心，是诗之至也。"（《诗品序》）我们不妨把这段名言视为对《诗经》抒情叙事艺术的概括和总结。《诗经》的抒情篇章有三个本质的特点：(1)本文短；(2)常比兴；(3)多叠咏。本文简短是诗情提纯的必然结果，又是借助比兴活跃读者联想的有利条件，反复唱叹则增强了情韵。三者可以说把握住了抒情诗的真髓和精义，为古代诗歌奠定了艺术之基石。其中叠咏的形式与音乐有关，不拘一格。有两章对仗式联咏、多章递进式叠咏、隔章跳跃式叠咏、除首(尾)章外余章叠咏等。这种种形式，在后来合乐的词曲乃至今日的歌曲中仍能看到。《诗经》在叙事即赋法上亦积累了不朽的经验。或妙于描摹，"如跂斯翼，如矢斯棘，如鸟斯革，如翚斯飞"(《小雅·斯干》)之类，饶有画意；或妙于繁复，"氓之蚩蚩，抱布贸丝。匪来贸丝，来即我谋。送子涉淇，至于顿丘。匪我愆期，子无良媒"(《卫风·氓》)之类，情态毕见；或妙于用简，如"无矢我陵，我陵我阿；无饮我泉，我泉我池"(《大雅·皇矣》)，先写敌势之盛，破敌只用六"我"字，可谓快文得机。《诗经》中有不少铺叙长篇，善用排叠句法章法，不见堆垛而富于节奏感，故不以其长而失却诗的本质，既博大又精粹，为楚辞汉赋开启法门，功在诗史，昭若日星。

《诗经》语言源于生活，又经润色加工，成功形成了一种规范的诗歌语言(雅言)，具有很强的表现力。诗人不仅注意选词配色，而且于形容之处多用双声、叠韵、叠字，增强形象感与音乐美。所谓"写气图貌，既随物以宛转；属采附声，亦与心而徘徊。故'灼灼'状桃花之鲜、'依依'尽杨柳之貌、'杲杲'为出日之容、'瀌瀌'拟雨雪之状、'喈喈'逐黄鸟之声、'喓喓'学草虫之韵。'皎日''嘒星'，一言穷理；'参差''沃若'，两字穷形。并以少总多，情貌无遗。"(《文心雕龙·物色》)诗人善于从活的语言中多所吸取，所以《诗经》中屡有熟语或套句，如"山有×，隰有×"的兴语，"未见君子，××××；既见君子，××××"的言情等。更多的则是匠心独运，创造了为数众多的警句成语，如"小心翼翼""战战兢兢""不忮不求""不可救药""如切如磋，如琢如磨"等，至今被大量应用。《诗经》运用的修辞是多种多样的，除上文涉及的以外，尚有比拟、借代、夸张、对比、骈偶、衬托、排比、层递、设问、反诘、顶真、回文、拟声、双关、反语等等。《诗经》还奠定了汉语诗歌用韵的基本格式，如偶句用韵，一二句押韵后隔句用韵。"《三百篇》造句大抵四言，而时杂二、三、五、六、七、八言。意已明则不病其短，旨未畅则无嫌于长。短非蹇也，长非冗也。"(转引自夏传才《〈诗经〉语言艺术》)四言体的优长得以尽泄，此后可供曹操、嵇康、陶潜们的用武之地不多，东汉以后，是五言诗的天下。

《诗经》在春秋时被孔门弟子视为教科书、乐工视为唱本、诸侯视为外交辞令手册("赋诗言志")，其流传之广、影响之大可以想见。秦灭以后，汉时传诗者有齐、鲁、韩、毛四家，前三家先后失传，今存《诗经》为毛亨、毛苌所传的"毛诗"。汉尊诗为经,后世文人无不研习,故《诗经》在中国文化史尤其文学史上影响深远。然而,还原《诗经》的本来面目,把它作为言情言志的诗歌,作为审美对象来看待,虽不能说前所未有,但到近代才成为普遍的认识。

"王风委蔓草,战国多荆榛。"(李白)到了七雄角逐的战国时代,在中原地区代诗歌而兴起的是散文。正当诸子百家以其论辩争鸣,大展逻辑力量和思辨才能之际,形象思维却在南方长江流域找到了新的沃壤,一种足以使诗三百篇"俱往矣"的崭新诗体——楚辞诞生了。

出现上述情况的契机不是偶然的。文学史家们都指出,当时的南楚是一个从地理、种族、政治、经济、语言、风俗等等方面都与中原有相对独立性的国家。楚王虽曾在名义上受过周天子封爵,但事实上不受其统辖。这个在开化较晚的南方新兴的民族,和一切后起之秀一样,相当长时间是受以老大自居的中原诸侯国的排斥和蔑视的,"蛮夷"的称呼一直加在他头上。然而这并不妨碍他以后来居上的奋发开拓精神,开发了自然条件优厚的长江流域,发展了农业及工商业,积累了技术与财富,从而在内部生长出一种较中原文化更为生气蓬勃更为灿烂的地域性文化——楚文化。这种新文化,以更强的凝聚力,培养了一个新兴民族的自尊心和爱国主义感情,招致了诗神的垂青。对于这种现象,连若干世纪后的大文论家刘勰也颇为困惑和惊讶,发出了"岂去圣之未远,而楚人之多才乎"的慨叹。

《诗经》基本上是一部不同地区、不同阶层创作的诗歌的汇集,从中所能看到的,基本上是一个无名氏作家的创作群体。而在《楚辞》中我们看到一个顶天立地的伟大诗人——屈原,和众星拱辰般围绕在他身旁的知名作家。这标志着我国古代诗歌进入了个体创作的时代。

从文学继承的角度看,楚辞的起源主要是江淮流域的楚歌,这种歌谣在先秦至汉人的载籍中仍可见其一鳞半爪(如见于《论语》的《接舆歌》、见于《孟子》的《孺子歌》、见于《说苑》的《越人歌》《楚人歌》等);一般认为,它与《诗经》的"二南"乃至陈风也有渊源关系。但楚辞的出现,毕竟是一次飞跃,一大创造,以致即使单纯从形式上着眼,前后两者之差距也不可以道里计,更不用说内容的深广了。

"不有屈原,岂见《离骚》!"(刘勰)屈原能在战国诗坛脱颖而出,成为我国文学史上第一个伟大诗人,既是时代环境的加惠,文学自身发展的结果,也和诗人的独特遭际,及其秉赋与修养分不开。屈原不仅是一个文学家,而且是一个政治家和外交家。他出身王室宗族,曾在内政上赞佐怀王,参与议论国事及应对宾客,起草宪令及变法;外交上参与合纵派与秦斗争,两度出使于齐。由于站在时代风云变幻的前列,政治旋涡的中心,这就赋予了他一种为宋玉等不可企及的高瞻远瞩的胸怀,和先天下之忧的仁人之心。加上他明于治乱、娴于辞令,对历史文化有深厚的知识和修养,具有大诗人应有的知识结构、思维方式和创造活力。一旦在政治上被放逐之后,便能将对国家民族的忧愤、个人的极度不幸,转化为诗歌创作的动机和能量。他以一个巨人的全部精力和心血,凝铸成一系列震烁古今的诗篇,自能有空前绝后的成就。

今传的屈原二十余篇作品,可以分成三类,构成一个序列。首先是《九歌》十一篇,它本是楚地的祀神乐曲,经屈原加工润色,刮垢磨光,成为精美的诗篇。这组诗的抒情主人公或为神祇,或为主祭者。这些诗是代言体,尚非诗人的咏怀之作。它们更多地展现了诗人从继承到创新的创作轨迹。其次是《天问》,它是屈原根据神话、传说材料创作的古今无两的煌煌大篇,着重表现了诗人的历史观与自然观,显示了哲理与抒愤的两重性。第三是《离骚》《九章》等作品,是屈原的政治抒情之作,它们有事可据,有义可陈,情感充沛,形象鲜明,气势磅礴,达到了思想与艺术的完美结合。《天问》《九歌》和《离骚》在三种不同的体式上,各自代表了《楚辞》的最高成就。尤其是《离骚》这一丰碑式巨著,最终奠定了屈原在文学史上的崇高地位。

诗歌史上从来不乏翡翠兰苕之作,《诗经》就多抒情短篇,雅颂有篇幅增长趋势,但掣鲸碧海式的巨制鸿裁迄屈原之前尚未一见。而屈原的《离骚》《天问》及两大组诗,皆为结构宏伟严密、笔参造化之作。后代诗人仅李白、杜甫力可追攀。在一个民族的文化中,如果只有山峦而没有高峰,只有江河而没有大海,只有大合唱而没有最强音,是断难彪炳于世界文化之林的。从这个意义上说,屈原不愧为楚文化的骄傲与灵魂。

"《离骚》之文,依诗取兴,引类譬喻。故善鸟香草以配忠贞、恶禽臭物以比谗佞、灵修美人以媲于君、宓妃佚女以譬贤臣、虬龙鸾凤以托君子、飘风云霓以为小人。"(王逸)不过,比兴手法到屈原手里已有巨大的发展和开拓。它已不是只作为局部的修辞手段,而更多地作为整体的立意构思进入诗歌创作，形成了庞大而结构严整的象征系统，成为一种寄托了深厚思想情怀的巨大艺术载体。而赋法，则转化为汪洋恣肆的铺陈描绘和渲染。与之差可比拟的，唯有战国纵横家的说辞和庄周那"仪态万方"的哲理散文。屈原的诗作"在中国文学史上彻底地创立了一个体裁"（郭沫若），又直接影响到有汉"一代之文学"的赋体的孕育和发展。"轩翥诗人之后，奋飞辞家之前"，正形象地点明了屈原在文学史上承先启后的地位和功绩。楚辞的出现，突破了四言诗的格局，在五七言诗之前，创造了一种新的诗体。它的篇幅一般较长，句式以六七言为主，间以三至十言，句法灵活参差，而且大多"有节无章"、不用叠咏，而别饶唱叹之姿。《诗经》所用语辞杂多，到《楚辞》却规范化地突出了一个"兮"字，及"些"字，约略相当于今之"啊"，用以协调音节，增强情味，且兼作介词之用。

《楚辞》从内容到形式都有较强的地方色彩。长江流域较黄河流域开发为晚，当时中原早已进入宗法社会，楚地尚有氏族社会之遗风。一部《诗经》在总体上是落实到现实与人生上，而《楚辞》不同，它多涉神灵怪异且辞采华艳，想象丰富，缤纷多姿，具有浪漫色彩。《诗经》中的抒情多限于一时一地，即兴式抒写，屈赋则具有较大的时空跨度，淋漓尽致地展现"自我"的身世遭际与喜怒哀乐，故有人称之为伟大诗人的心路历程。"屈原诸骚皆书楚语、作楚声、纪楚地、名楚物，故可谓之楚辞。若些、只、羌、谇、蹇、纷、侘傺者，楚语也；悲壮顿挫或韵或否者，楚声也；沅、湘、江、澧、修门、夏首者，楚地也；兰、茝、荃、荪、蕙、若、芷、蘅者，楚物也"（黄伯思《翼骚序》）如此具有强烈地方色彩的文学，如此具有民族性的诗歌，最终却走向中国，走向世界。这有力证明了，最富于民族性独创性的文学，才具有真正世界性的意义。

"屈原既死之后，楚有宋玉、唐勒、景差之徒者，皆好辞而以赋见称。"（《史记》）与屈原并称"屈宋"的宋玉是较重要的作家，其杰作是《九辩》。《九辩》有明显仿效屈赋之处，但其价值却不在于此，它的独到之处是借悲秋来抒写贫士的失职和不平，第一次运用长篇辞体表现不那么伟大却更具普遍性的"士不遇"的主题，发千古悲秋诗人之唱；其情景交融的手法也是有创造性的。"屈平辞赋悬日月"（李白），像屈原那样以生命与血泪为诗的伟大诗人，一般人只能"高山仰止"而很难企及；"摇落深知宋玉悲"（杜甫），接踵宋玉，可与相仿佛或青出于蓝的失志诗人，在后世如雨后春笋，数不胜数。

宋玉是辞赋日落后的一轮皓月,他在文学史上的地位亦不容轻视。

　　楚亡以后,楚辞创作经历了短时期的沉寂,终于在汉代得到复苏。汉高祖本人即"好楚声",皇室及大臣复多楚人。由于淮南王、梁孝王、汉武帝、汉宣帝先后提倡,使楚辞的整理和创作得到重视。文学史上凡有名著,便多效颦续貂之作。汉人对于屈宋,也是如此。"初,刘向裒集屈原《离骚》《九歌》《天问》《九章》《远游》《卜居》《渔父》,宋玉《九辩》《招魂》,景差《大招》,而以贾谊《惜誓》、淮南小山《招隐士》、东方朔《七谏》、严忌《哀命时》、王褒《九怀》及向所作《九叹》,共为《楚辞》十六篇,是为总集之祖。(王)逸又益以己作《九思》与班固二叙为十七卷,而各为之注。"(《四库总目提要》)刘向所编已佚,只有王逸《章句》流传至今。集中所收汉人仿作,自不能与屈宋齐驾。唯其中与屈原并称"屈贾"的贾谊,算是最好的学生(刘熙载《艺概》许为"屈子之赋,贾生得其质"。本书因此据朱熹《楚辞集注》补选了他的《鵩鸟》和《吊屈原》二赋)。

　　作为一部文学选本,既号称"观止",就不能不有别于纯以私心所悦作为采择标准的专选,就不能不尽量网罗古今公认的名篇,及确有别趣或某种代表性的佳什。因此,在参阅各种《诗经》《楚辞》选本的基础之上,更加别裁,本书共收录《诗经》各类作品128篇,《楚辞》28篇,共计156篇,约占现存《诗经》《楚辞》作品总数的百分之四十以上,在各种同类选本中算分量较大的一种。对于重要作品,除了《天问》以文学性较弱因而不录外,余如《大雅》中的五篇史诗,屈原《离骚》《九歌》《九章》,宋玉《九辩》,悉存全豹,以便参考。依照丛书体例,本书对作品的阐释和鉴赏方式,采取点评加集说的形式。点评是我国传统的文艺批评方式之一,以灵活性与独到性为读者喜爱。用这种方式作评论,可避免陈言与空话,而易出真知灼见,益人心智;同时有话则长,无话则短,对于读者也不失为一种功德。又因为是"点"评,则难免不全面。而"集"说恰好可以弥补这一缺陷。盖昔人对于《诗经》《楚辞》作品,原不乏精辟之论。对此今人固不必重复,而又岂容埋没! 对此,今予精选汇评,使读者如坐春风,与古今才人晤对接谈,不亦乐乎! 是为序。

周啸天

9

诗经

国 风

周 南

关 雎⁽¹⁾

关关雎鸠⁽²⁾，在河之洲⁽³⁾。窈窕淑女⁽⁴⁾，君子好逑⁽⁵⁾。
参差荇菜⁽⁶⁾，左右流之⁽⁷⁾。窈窕淑女，寤寐求之⁽⁸⁾。
求之不得，寤寐思服⁽⁹⁾。悠哉悠哉⁽¹⁰⁾，辗转反侧⁽¹¹⁾。
参差荇菜，左右采之。窈窕淑女，琴瑟友之⁽¹²⁾。
参差荇菜，左右芼之⁽¹³⁾。窈窕淑女，钟鼓乐之。

【注释】(1)此诗写一位男士对一位采荇女子的思慕与追求。一说为祝贺贵族男女新婚的歌辞。原编《周南》首篇。 (2)关关:鸟和鸣声。雎鸠:一种水鸟,或即鱼鹰。旧说雎鸠双栖双飞,离散后不另行择偶。 (3)河:北方河流之通称。 (4)窈窕(yǎo tiǎo):美好的。淑:善。 (5)逑(qiú):配偶。 (6)参差(cēn cī):长短不齐。荇(xìng):一种可食用或药用的水草。 (7)流:求。 (8)寤

(wù):醒。寐(mèi):眠。　(9)思服:思念。　(10)悠哉悠哉:犹言悠悠不尽。

(11)辗转反侧:翻来覆去。　(12)友:亲。　(13)芼(mào):拔取。

【今译】一对雌雄雎鸠儿关关应和鸣叫,在河心小小洲岛。美好的姑娘苗苗条条,配君子白头到老。

荇菜儿参差不齐,采荇菜左右东西。美好姑娘苗苗条条,从醒着想到梦里。

没办法不能不想,思念她梦里枕上。一整夜老长老长,尽翻身挨到天亮。

荇菜儿参差不齐,采荇菜左右东西。美好姑娘苗苗条条,弹琴瑟将她迎娶。

荇菜儿参差不齐,采荇菜左右东西。美好姑娘苗苗条条,鸣钟鼓讨她欢喜。

【点评】此诗最有意味的是单恋的情结,陷入情网不能自拔的青年做起了美妙的白日梦,又是"琴瑟友之",又是"钟鼓乐之",爱的渴求导致了爱的升华。这就构成了一种境界,一种超越本文的象征意蕴,从而能兴发读者引譬连类的联想——联想到诗骚其他作品所写的如"汉有游女,不可求思"的苦恼,"所谓伊人,在水一方"的迷惘,及"路漫漫其修远兮,吾将上下而求索"的执着,等等。

【集说】孔子曰:"《关雎》乐而不淫,哀而不伤。"(《论语·八佾》)

《关雎》乐得淑女以配君子,忧在进贤,不淫其色;哀窈窕,思贤才,而无伤善之心焉。是《关雎》之义也。(《毛诗序》)

看他"窈窕淑女",三章说四遍。(钟惺《评点诗经》)

此诗佳处全在首四句,多少和平中正之音,细咏自见。取冠《三百》,真绝唱也。(三章)复转繁弦促音,通篇精神扼要在此。不然,前后皆平沓矣。(四、五章)"友"字"乐"字,一层深一层。快足满意而又不涉于侈靡,所谓乐而不淫也。(方玉润《诗经原始》卷一)

"参差荇菜,左右采之。窈窕淑女,琴瑟友之。"博雅丽庄,于闺房诗一洗女儿脂粉语,后世傅元颇效之,以迂为艳。宫体中知此者,便超然遐举。如"狂夫不妒妾,随意晚还家"及"不惜暂住君前死,愁无西国更生香",皆得味外味,小儒咋舌矣。(王闿运《湘绮楼说诗》卷八)

施山《姜露庵杂记》卷六称"窈窕淑女"句为"善于形容。盖'窈窕'虑其佻也,而以'淑'字镇之;'淑'字虑其腐也,而以'窈窕'扬之。"颇能说诗解颐。……《太平乐府》卷一乔梦符《蟾宫曲寄远》:"饭不沾匙,睡如翻饼",下句足以笺"辗转反侧"也。(钱锺书《管锥编》一)

(周啸天)

卷 耳(1)

采采卷耳(2),不盈顷筐(3)。嗟我怀人,寘彼周行(4)。

陟彼崔嵬(5),我马虺隤。(6)我姑酌彼金罍,(7)维以不永怀(8)。

陟彼高冈(9),我马玄黄。我姑酌彼兕觥(10),维以不永伤。

陟彼砠矣(11),我马瘏矣(12)!我仆痡矣(13)!云何吁矣!

【注释】(1)此诗写一位妇女在采卷耳时怀念远行的丈夫,及丈夫在道的艰难劳苦之态。原编《周南》第三篇。 (2)采采:采了又采。或解为茂盛貌,亦通。卷耳:植物名,即苍耳子,叶如鼠耳,可以食用。 (3)顷筐:前低后高的斜口筐。 (4)寘:同"置"。彼:指筐。周行:大路。 (5)陟(zhì):上升。崔嵬(wéi):有石头的土山。 (6)虺隤(huī tuí):疲劳腿软。 (7)姑:姑且。金罍(léi):酒器。 (8)维:发语词,无实义。永怀:长相思。 (9)冈:山脊。(10)兕觥(sì gōng):用野牛角做的酒器。 (11)砠(jū):戴土的石山。(12)瘏(tú):疲劳致病。 (13)痡(fū):疲劳过度。

【今译】采呀采呀卷耳菜,采不满呀斜口筐。只为我呀怀远人,筐儿放在大路旁。

行人上山高又险,马儿疲惫腿发软。且把金罍酒壶来斟满,好让离怀宽一宽。

行人过冈高难爬,马儿疲病眼发花。且把犀角酒杯斟满它,喝上一杯莫念家。

上山石头峭呀，马儿晃摇摇呀，我仆快累倒呀，忧愁怎得了呀。

【点评】此诗首章写女子怀远，开千古闺怨诗之端；后三章则写行人思家。这种就同一时间写两地相思的手法，也广为后人所借鉴，如高适《除夕》"故乡今夜思千里，霜鬓明朝又一年"，白居易《至夜思亲》"想得家中夜深坐，还应说着远行人"，欧阳修《春日西湖寄谢法曹歌》"遥知湖上一樽酒，能忆天涯万里人"等。诗能视通万里如此！

【集说】因采卷耳而动怀人念，故未盈筐而"寘彼周行"，已有一往情深之慨。下三章（二、三、四章）皆从对面着笔，历想其劳苦之状，强自宽而愈不能宽。末乃极意摹写，有急管繁弦之意。后世杜甫"今夜鄜州月"一首，脱胎于此。（方玉润《诗经原始》卷一）

《周南·卷耳》四章，只"嗟我怀人"一句是点明主意，余者无非做足此句。赋之体约用博，自是开之。（刘熙载《艺概》卷三）

以上三陟，二正一反，掉尾作结，以致丁宁。于文势能使实者俱空。《离骚》曰："陟升皇之赫戏兮，忽临睨夫旧乡。仆夫悲余马怀兮，踡局顾而不行。"不独学此回斡，并用此词藻，无人知其沆瀣也。（王闿运《湘绮楼说诗》卷八）

首章"采采卷耳"云云，为妇人口吻，谈者无异词。第二、三、四章"陟彼崔嵬"云云，皆谓仍出彼妇之口，设想己夫行役之状，则惑滋甚。……作诗之人不必即诗中所咏之人，妇与夫皆诗中人，诗人代言其情事，故各曰"我"。……男女两人处两地而情事一时，批尾家谓之"双管齐下"，章回小说谓之"话分两头"，《红楼梦》第五四回王凤姐仿"说书"所谓："一张口难说两家话，'花开两朵，各表一枝'。"（钱锺书《管锥编》〈一〉）

（周啸天）

桃　夭(1)

桃之夭夭(2)，灼灼其华(3)。之子于归(4)，宜其室家(5)。
桃之夭夭，有蕡其实(6)。之子于归，宜其家室。
桃之夭夭，其叶蓁蓁(7)。之子于归，宜其家人。

【注释】(1)这是祝贺女子出嫁的诗。原编《周南》第六篇。 (2)夭(yāo)夭:美盛貌。 (3)灼(zhuó)灼:鲜艳耀眼。华:同"花"。 (4)之子:此女。于归:出嫁。 (5)宜:和顺。室家:指女子所适的人家。下文"家室""家人"义同。(6)蕡(fén):果实硕大繁盛。 (7)蓁(zhēn)蓁:树叶茂密。

【今译】桃树儿欣欣向荣,桃花儿红艳如火。姑娘啊做了新人,一家子多么和乐。

桃树儿欣欣向荣,桃实儿枝头累累。姑娘啊做了新人,一家子多么和美。

桃树儿欣欣向荣,桃叶儿亭亭如盖。姑娘啊做了新人,一家子多么和谐。

【点评】此诗逐章回环重叠,易辞申意,于重复中寓变化,使含意循序渐进,逐步丰满,不断给人以新的印象、新的感受。诗中桃花、桃实、桃叶一系列形象,暗示了新娘为妻为母种种德性,作为新婚赞美的歌辞,非常得体。

【集说】咏新婚诗,与《关雎》同为房中乐,如后世催妆坐筵等词。特《关雎》从男求女一面说,此从女归男一面说,互相掩映,同为美俗……(一章)艳绝,开千古词赋香奁之祖。(二、三章)意尽首章,"叶""实"则于归后事,如"绿叶成阴子满枝",亦以见妇人贵有子也。(方玉润《诗经原始》卷一)

"桃之夭夭,灼灼其华",体物精妍。(王闿运《湘绮楼说诗》卷八)

(周啸天)

7

诗经

芣 苢 (1)

采采芣苢 (2),薄言采之 (3)。采采芣苢,薄言有之 (4)。

采采芣苢,薄言掇之 (5)。采采芣苢,薄言捋之 (6)。

采采芣苢,薄言袺之 (7)。采采芣苢,薄言襭之 (8)。

【注释】(1)这是古代妇女在采集芣苢时所唱的山歌。原编《周南》第八篇。 (2)采采:犹粲粲。或解为采了又采,亦通。芣苢(fú yǐ):车前子。古人认为可治不育或难产等症。 (3)薄言:发语词,无实义。 (4)有:取得。

(5)掇(duō):拾。　(6)捋(luō):取茉苢子。　(7)袺(jié):手持衣襟以盛物。　(8)襭(xié):用衣襟兜起来。

【今译】车前子儿粲粲明,采呀采呀采不停。车前子儿粲粲明,采呀采呀采不赢。

车前子儿粲粲明,拾呀拾呀拾不停。车前子儿粲粲明,捋呀捋呀捋不赢。

车前子儿粲粲明,揣呀揣呀揣不停。车前子儿粲粲明,兜呀兜呀兜不赢。

【点评】此诗每两句为节,回环重叠,每节只夺换一字,可谓单纯之至。然而所换六字则是有序可循的:"采""有"是对采集最一般性的描述,概括而不具体;"掇""捋"则是对采集动作的具体描写,一颗一颗地拾,一把一把地捋;"袺""襭"这两个"衣"部的字,则是对盛装茉苢的动作的具体描写,这完全合于劳动操作实际程序。可见这支山歌也应创作于劳动之中,是"杭育杭育派"的继续发展。

【集说】和平,则妇人乐有子矣。(《诗小序》)

《三百篇》如"采采茉苢,薄言采之"之类,均非后人所当效法。今人附会圣经,极力赞叹。章艛斋戏仿云:"点点蜡烛,薄言点之。剪剪蜡烛,薄言剪之(剪去其煤)。"闻声绝倒。(袁枚《随园诗话》卷三)

夫佳诗不必尽皆征实,自鸣天籁,一片好音,尤足令人低回无限。若实而按之,兴会索然矣。读者试平心静气,涵咏此诗,恍听田家妇女,三三五五,于平原秀野,风和日丽中,群歌互答,余音袅袅,若远若近,忽断忽续,不知其情之何以移而神之何以旷。则此诗可不必细释而自得其妙焉。唐人《竹枝》《柳枝》《棹歌》等词,类多以方言入韵语,自觉其愈俗愈雅,愈无故实而愈可以咏歌。即《汉乐府·江南曲》一首"鱼戏莲叶"数语,初读之亦毫无意义,然不害其为千古绝唱,情真景真故也。知乎此,则可与论是诗之旨矣。(方玉润《诗经原始》卷一)

"采采茉苢,薄言采之"以下六采平铺,不着他语,风诗中更无此格,后亦无继者。(王闿运《湘绮楼说诗》卷八)

妇女采车前草之歌。"如后人之采菱则为《采菱》之诗,采藕则为《采

藕》之诗,何他义哉?"(郑樵)劳者歌其事,此正事外无甚意义。(陈子展《诗经直解》卷一)

(周啸天)

汉 广(1)

　　南有乔木,不可休息。汉有游女(2),不可求思(3)。汉之广矣,不可泳思。江之永矣(4),不可方思(5)。

　　翘翘错薪(6),言刈其楚(7)。之子于归,言秣其马。汉之广矣,不可泳思。江之永矣,不可方思。

　　翘翘错薪,言刈其蒌(8)。之子于归,言秣其驹。汉之广矣,不可泳思。江之永矣,不可方思。

【注释】(1)这是男子思慕女子的恋歌。原编《周南》第九篇。　(2)汉:汉水。游:出游。　(3)思:语尾助词。　(4)江:长江。永:长。　(5)方:筏渡。　(6)翘翘:高起貌。错:丛杂。薪:柴草。　(7)言:语助词。楚:荆树。　(8)蒌(lóu):蒌蒿。

【今译】南方有乔木,不可歇脚哟。汉水有游女,不可追求哟。汉水好宽呀,不可游过哟。江水好长呀,不可筏渡哟。

　　高高杂木林,砍柴要砍荆。新娘子过门,喂马要精心。汉水好宽呀,不可游过哟。江水好长呀,不可筏渡哟。

　　高高杂木林,砍柴要砍蒿。新娘子过门,驹儿先喂饱。汉水好宽呀,不可游过哟。江水好长呀,不可筏渡哟。

【点评】人生难堪事之一,便是"欲渡无舟楫"式的爱慕和追求,唐诗所谓"直道相思了无益,未妨惆怅是清狂",宋词所谓"衣带渐宽终不悔,为伊消得人憔悴"。此诗三章,首章前四句点题,二、三章前四句反复写一往情深的憧憬、想象。各章末四句是副歌,以反复歌咏强化主题,如怨如慕,令人情移。

诗经

【集说】江汉之俗,其女好游,汉魏以后犹然,如大堤之曲可见也。(朱熹《诗集传》卷一)

此诗即为刈楚、刈蒌而作,所谓樵唱是也。近世楚、粤、滇、黔间,樵子入山,多唱山讴,响应林谷。盖劳者善歌,所以忘劳耳。其词大抵男女相赠答,私心爱慕之情,有近乎淫者,亦有以礼自持者。文在雅俗之间,而音节则自然天籁也。当其佳处,往往入神,有学士大夫所不能及者。(方玉润《诗经原始》卷一)

(周啸天)

召 南

行 露(1)

厌浥行露(2)。岂不夙夜(3),谓行多露(4)?

谁谓雀无角?何以穿我屋?谁谓女无家(5)?何以速我狱(6)?虽速我狱,室家不足(7)!

谁谓鼠无牙(8)?何以穿我墉(9)?谁谓女无家?何以速我讼(10)?虽速我讼,亦不女从(11)!

【注释】(1)本诗写一位女子拒绝男子强迫娶她为妾。原编《召南》第六篇。 (2)厌:与"浥(qì)"通假。"浥浥":霑湿貌。行(háng):道路。(3)夙夜:早夜,拂晓。 (4)谓:与"畏"通假,惧怕。 (5)家:丈夫。 (6)速:招致。狱:监狱。 (7)室:称妻为室。室家:指夫妻婚姻关系。 (8)牙:齿之大者称牙。鼠齿碎小,故不得叫作牙。 (9)墉(yōng):墙壁。(10)讼:打官司。 (11)女:同"汝"。

【今译】露水打湿了道路。一大早岂能不走动？怎怕那道儿上露水浓？

谁说雀儿没有长角？凭仗什么穿破我的房屋？谁说我的女儿没有婆家？凭仗什么送我去蹲监狱？就是送我去蹲监狱，这门婚事也不可能允许！

谁说老鼠没有长牙？凭仗什么穿透我的墙壁？谁说我的女儿没有婆家？凭仗什么叫我去吃官司？就是叫我去吃官司，我也不会点头哈腰听从你！

【点评】尚未礼崩乐坏的周代，比较有身份的人家，婚姻嫁娶都要受到礼制的约束，是不能苟且马虎的。《春秋穀梁传·庄公二十二年》讲："礼有纳采（即以雁作见面礼）、有问名（即询问女方姓氏以卜吉凶）、有纳征（即送给币帛作为正式聘礼）、有告期（即向女方告诉迎娶之期）。四者备而后娶，礼也。"而《行露》所反映的，则是一个已经订了婚、尚未举行婚礼的姑娘，遭到一个仰仗官府权势，企图强迫姑娘嫁给自己，却被女子家长严厉拒绝的故事。

诗人善用比兴，对恶棍的无耻行径进行了形象而深刻的揭露。"谁谓雀无角？何以穿我屋""谁谓鼠无牙？何以穿我墉"，恶棍之所以能像本无角的麻雀而有角，本没有大牙的鼠而有大牙，横冲直撞，破人之屋，穿人之壁，为非作歹，肆无忌惮，我们从诗人的"速我狱""速我讼"中，可以清晰地看出背后的黑手。没有官府做靠山，恶棍不会有那么高的气焰！

诗的首章已经渲染出一种逆境。但诗人为维护自家的权益和尊严，业已显示了藐视面前的艰难困苦，具有勇往直前的大无畏精神。第二章又说："虽速我狱，室家不足！"第三章重申："虽速我讼，亦不女从！"更加体现了姑娘家长的"威武不能屈"的崇高道德品质！

诗人多处运用反诘句，这种修辞手法不仅增强了诗歌的气势，也使诗人的气质得到了更充分的表现，而且还使形式和内容获得更为完满的统一。

【集说】《行露》，召伯听讼也。衰乱之俗微，贞信之教兴，强暴之男不能侵陵贞女也。（《诗小序》）

《召南》申女者，申人之女也。既许嫁于鄷，夫家礼不备而欲迎之。女与其人言，以为夫妇者人伦之始也，不可以不正。《传》曰：正其本则万物理。

11

诗经

失之毫厘,差之千里。是以本立而道生,源治而流清。故嫁娶者所以传重承业,继续先祖为宗庙主也。夫家轻礼违制,不可以行,遂不肯往。夫家讼之于理,致之于狱。女终以一物不具,一礼不备,守节持义,必死不往,而作诗曰:"虽速我狱,室家不足",言夫家之礼不备足也。君子以为得妇道之仪,故举而扬之,传而法之,以绝无礼之求,防淫泆之行焉。又曰:"虽速我讼,亦不汝从",此之谓也。(刘向《列女传·贞顺篇》)

雀无角,鼠无牙,物之常也。今视屋、墙之穿,推其类,则雀似有角,鼠似有牙矣:物之变也。强暴之男本无家,亦物之常也。今视狱讼之速,推其类,则无家而似有家,若雀无角而有角,鼠无牙而有牙矣:亦物之变也。雀鼠喻强暴之男也,穿屋穿墉喻无礼也。贞女守礼之常,今强暴来侵陵,故作此惊疑意外之语。(陈奂《诗毛氏传疏》卷二)

一个强横的男子硬要聘娶一个已有夫家的女子,并且以打官司作为压迫女方的手段。女子的家长并不屈服,这诗就是他给对方的答复。(余冠英《诗经选·行露》题解)

(赵光勇)

摽　有　梅⁽¹⁾

摽有梅⁽²⁾,其实七兮⁽³⁾。求我庶士⁽⁴⁾,迨其吉兮⁽⁵⁾!
摽有梅,其实三兮⁽⁶⁾。求我庶士,迨其今兮⁽⁷⁾!
摽有梅,顷筐塈之⁽⁸⁾。求我庶士,迨其谓之⁽⁹⁾!

【注释】(1)本诗乃妙龄女郎怀春之情歌。原编《召南》第九篇。　(2)摽(biào):落。有:语助词。梅:梅树的果实。　(3)七:表多数,言树上果实尚有十分之七。兮:语助词。　(4)求:追求。庶:众多。士:指未婚男子。　(5)迨(dài):及,趁着。其:此。吉:吉日。　(6)三:表少数。言树上果实只剩下十分之三。　(7)今:今天。　(8)顷筐:后高前低之筐,易于撮物,如簸箕之属。塈(jì):取。之:指落下的梅果。　(9)谓:读为"会",会面。

【今译】梅子熟了往下落,树上还剩七成果。追求我的小伙子们哪,吉日良辰要把握!

梅子熟了往下落,树上只剩三成果。追求我的小伙们哪,抓紧今天别错过!

梅子熟了往下落,如今可用簸箕撮。追求我的小伙们哪,会面便有好结果!

【点评】周时政府明文规定:"仲春之月,令会男女。于是时也,奔者不禁。若无故而不用令者,罚之。"(《周礼·媒氏》)梅子成熟不断坠落,那已是过了仲春——男女恋爱结婚最理想的时节。女主人公触景生情,感叹自己的终身大事仍然悬而未决,又不愿青春年华在等待中流逝,就越发焦急起来。于是以梅起兴,向众多的小伙子唱出自己热切的期望。龚橙认为:"《摽有梅》,急婿也。"(《诗本谊》)可以说是一语破的。

本诗分三章,采用《诗经》常见的复沓形式,分三个层次,一唱三叹。女主人公向"庶士"反复倾诉心曲,召唤小伙子们大胆地前来追求,而且随着时间的推移,态度越来越急迫,由"迨其吉兮",到"迨其今兮",最后变成"迨其谓之",真成了电影《红高粱》中脍炙人口的"妹妹你大胆地往前走"的姊妹篇。

本诗善于移步换形,同中有异,仅以个别字眼或句子的变化,就把读者带入一个新的意境,产生新的感受。字字句句,无不为了渲染女主人公对爱的渴求,态度是那样的炽烈、真挚而动人。千百年来,凡是在热恋中的青年男女,都有可能从中获得某种启迪或共鸣!

【集说】《摽有梅》,男女及时也。召南之国,被文王之化,男女得以及时也。(《诗小序》)

梅由盛而衰,犹男女之年齿也。梅、媒声同,故诗人见梅以起兴。(陈奂《诗毛氏传疏》卷二)

首章结云:"求我庶士,迨其吉兮",尚是从容相待之词。次章结云:"求我庶士,迨其今兮",则敦促其言下承当,故《传》云:"今,急辞也。"末章结云:"求我庶士,迨其谓之",《传》云:"不待备礼",乃迫不及缓,支词尽芟,真情毕露矣。(钱锺书《管锥编》〈一〉)

这三段歌词,叠印出的是三个近似但并不重复的画面,传达出的是相通而又并不全同的感情:树上的梅子由七分而三分而全部落光,少女仿佛形象

地看到了自己的青春迅速地由盛转衰。于是,急不可耐地呼唤看中自己的小伙子:要抓住这良辰!就在今朝!只要开一开口!良辰不一定便是今朝,今朝难说就是开口的时刻。诗中却层层递进,由良辰而今朝,而此刻,恰似紧锣密鼓,敲出了少女急于求爱的心音。(陈志明《诗经鉴赏集》)

(赵光勇)

小　星(1)

　　嘒彼小星(2),三五在东(3)。肃肃宵征(4),夙夜在公(5)。寔命不同(6)!

　　嘒彼小星,维参与昴(7)。肃肃宵征,抱衾与裯(8)。寔命不犹(9)!

【注释】(1)这是一首小臣行役自伤劳苦的诗。原编《召南》第十篇。(2)嘒(huì):微小貌。　(3)三五:三个五个,形容星稀。分指下章的参、昴二星。　(4)肃肃:疾速貌。宵征:夜行。　(5)夙夜:白天黑夜。在公:为公家做事。　(6)寔(shí):实。　(7)参(shēn):星名,由三颗星组成。昴(mǎo):星名,由五颗星组成。　(8)衾(qīn):被子。裯(chóu):单层的被子。　(9)犹:如,同。

【今译】小小的星儿微光闪闪,三个五个悬挂在东天。急急忙忙连夜去赶路,没早没晚把公事操办。我的命运实在是可怜!

　　小小的星儿微光闪闪,参星昴星在东天高悬。急急忙忙连夜去赶路,还要抱着棉被和被单。我的命运实在是凄惨!

【点评】此诗写景自然,叙事真切,由景及事,关合自身命运,发为沉重感叹,真实地再现了下层小吏服役公事的勤苦情状。而两章回环复沓,益增深永之意味。所谓"劳者歌其事",于此可见。

【集说】此诗虽以命自委,而循分自安,毫无怨怼词,不失敦厚遗旨,故可

诗骚观止

14

风也。(方玉润《诗经原始》卷二)

《小星》诗人至卑,亦当属于士之一阶层,无论其为武士、为文士。此诗反映奴隶社会统治阶级内部早已存在深刻之等级矛盾。……近世则有人疑《小星》为咏妓女之作者。方玉润攻《诗序》与《朱传》,且云:"诗中词意唯衾裯句近闺词,余皆不类,不知何所见而云然也。且即使此句为闺阁咏,亦青楼移枕就人之意,岂深宫进御于君之象哉?"(《诗经原始》)而近人胡适便说:"'嘒彼小星'是写妓女生活最古的记载。……"(《谈谈〈诗经〉》)此窃取方氏之疑词而自矜创见。谓抱衾裯以宵征者必为妓女,而谓夙夜在公者必为何等人乎?不谓自诩有历史癖有考据癖之实验主义之学者,竟有此无稽之谈也。(陈子展《诗经直解》卷二)

(尚永亮)

野有死麕⁽¹⁾

野有死麕⁽²⁾,白茅包之⁽³⁾。有女怀春,吉士诱之⁽⁴⁾。
林有朴樕⁽⁵⁾,野有死鹿。白茅纯束⁽⁶⁾,有女如玉。
舒而脱脱兮⁽⁷⁾,无感我帨兮⁽⁸⁾,无使尨也吠⁽⁹⁾。

【注释】(1)此诗描写男女相恋之情状。原编《召南》第十二篇。 (2)麕(jūn):兽名,俗称獐子。 (3)白茅:草名,初夏开白花。 (4)吉士:美善的男子。 (5)朴樕(sù):一种丛木。 (6)纯束:把东西捆扎起来。纯:捆、包的意思。 (7)舒:徐缓。脱脱:轻而慢的样子。 (8)感:撼,触动。帨(shuì):腰间的佩巾。 (9)尨(máng):长毛狗。

【今译】打死的獐子陈尸荒郊,用洁白茅草把它裹包。有一位姑娘春情荡漾,年轻猎人呵将她逗挑。

林中灌木丛长得高高,打死的鹿儿休想再逃。用白茅捆起当作礼品,那姑娘如玉实在美貌。

你轻轻走呵慢慢地跑,请不要掀动我的围腰,也别惊得长毛狗乱叫。

15

诗经

【点评】写男女热恋情状极自然真切，饶有兴味。前二章以广阔原野为背景，以死麕、死鹿作礼品，略加点染，即推出"有女怀春，吉士诱之"的中心事件，并以"如玉"二字为女子画像，令人于自由奔放之气氛中品味无尽。末章设为女与士言，娓娓道来，使得人物热切等待亦复细腻紧张的心理活动跃然纸上，堪称写生高手。

【集说】愚意此篇是山野之民相与及时为婚姻之诗。……女怀士诱，言及时也；吉士玉女，言相当也；定情之夕，女属其舒徐而无使鹿感犬吠，亦情欲之感所不讳也欤？（姚际恒《诗经通论》卷二）

朱氏公迁曰："末章非必出于女子之口，诗人特探其意而言之，所谓极其形容也。"牛氏运震曰："幽细宛至，《召南》绝调。"（李景星《诗经条贯》卷二引）

此诗末章义指殊不明确。尤为自《郑笺》《孔疏》以来诸说争论之焦点。……要之，末章得其本义，则全诗之本义明矣。愚见则谓此章为贞女拒暴之词。（陈子展《诗经直解》卷二）

"无使尨也吠"；《传》："贞女思开春以礼与男会。……非礼相侵则狗吠。"按幽期密约，丁宁毋使人惊觉、致犬哓喋也。王涯《宫词》："白雪猧儿拂地行，惯眠红毯不曾惊，深宫更有何人到，只晓金阶吠晚萤"；高启《宫女图》："小犬隔花空吠影，夜深宫禁有谁来"可与"无使尨也吠"句相发明。（钱锺书《管锥编》〈一〉）

（尚永亮）

邶 风

柏 舟[1]

汎彼柏舟[2]，亦汎其流[3]。耿耿不寐[4]，如有隐忧。

微我无酒⁽⁵⁾，以敖以游⁽⁶⁾。

我心匪鉴⁽⁷⁾，不可以茹⁽⁸⁾。亦有兄弟，不可以据⁽⁹⁾。薄言往愬⁽¹⁰⁾，逢彼之怒。

我心匪石，不可转也。我心匪席，不可卷也。威仪棣棣⁽¹¹⁾，不可选也⁽¹²⁾。

忧心悄悄⁽¹³⁾，愠于群小⁽¹⁴⁾。觏闵既多⁽¹⁵⁾，受侮不少。静言思之，寤辟有摽⁽¹⁶⁾。

日居月诸⁽¹⁷⁾，胡迭而微⁽¹⁸⁾。心之忧矣，如匪澣衣⁽¹⁹⁾。静言思之，不能奋飞。

【注释】(1)此诗当为一妇女因受"群小"欺侮而抒发愤怨之作。原编《邶风》第一篇。 (2)汛(fàn)：同"泛"，漂浮。此处是荡舟的意思。柏舟：柏木制的船。 (3)汛其流：顺水漂浮。 (4)耿耿：心烦意乱貌。 (5)微：非，不是。 (6)敖：今作"遨"，与游同义。《毛诗正义》："非我无酒可以敖游以忘此忧，但此忧之深，非敖游可释也。" (7)匪：通"非"。鉴：形如圆盘的青铜古镜。 (8)茹(rú)：含纳，涵容。钱锺书《管锥编》："我国古籍镜喻亦有两边。一者洞察……二者涵容：物来斯受，不择美恶；如《柏舟》此句。" (9)据：依靠。 (10)薄：语助词。愬：同"诉"。 (11)威仪：仪容。棣棣(dì dì)：闲雅安和貌。 (12)选：通"巽"，退让。 (13)悄悄：忧愁貌。 (14)愠(yùn)：怨。群小：众多的坏人。 (15)觏(gòu)：遇到。闵：同"憫"，痛心的事。 (16)寤：睡醒。辟：捶胸。摽：拊心貌。 (17)居、诸：语助词，无实义。 (18)胡：为何。迭：更迭，轮替。微：隐微无光。 (19)澣(huàn)：洗。

【今译】荡起那只柏木舟，顺着河水来漂流。心烦意乱睡不着，多少深忧多少愁。不是没酒来消解，不是没处可遨游。

我心不是青铜镜，不能什么都包容。虽然也有亲兄弟，冷酷无情难依凭。满腹苦楚告诉他，谁料他竟怒冲冲。

我心不是圆石盘，不能到处打转转。我心不是薄草席，不可随意乱铺卷。威仪正气人应有，不能屈膝献奴颜。

心中忧伤真烦躁，一群小人造我谣。遭到陷害已多次，受侮之事也不

诗经

少。静下心来细细想，梦醒捶胸气难消。

　　昂首青天问日月，为何变得没光辉？忧愁重重洗不去，好比衣服满尘灰。静下心来细细想，恨我无翅难奋飞。

　　【点评】诗凡五章，极写哀怨之情，令人读来，煞是沉痛。首章以"汎彼柏舟"起兴，亦虚亦实，表现了人物"隐忧"在胸，无可排解、无所依归之情状。二章以鉴为喻，借"不可以茹"四字，表明自己不能像镜子含影那样忍辱含悲，初现心性之刚烈，而兄弟之怒，既揭示了骨肉之薄情，又强化了自我孤立无援之困境。诗情至此，益增悲怆。三章连用两"不可"，再度申明坚韧心性，将诗情从沉痛中一笔扳转，赋予人物以坚定、顽强、孤傲、不屈不挠的力感，使诗意在悲剧性情境中高度升华。四章追叙悲怨之因，痛定思痛，痛何如之！故对"群小"之憎恨、自我内心之大痛，皆由"寤辟有摽"的外在举动表现出来，全诗至此而达高潮。末章以责问日月的问句领起（闻一多云："《国风》中凡妇人之诗而言日月者，皆以喻其夫。"），以"不能奋飞"的感叹作结，人物情感重又陷入巨大的失望与困苦之中。所谓"汎彼柏舟，亦汎其流"者，良有以也。

　　【集说】《柏舟》，仁人之诗也。"忧心悄悄，愠于群小。"《简兮》，贤者之诗也。"硕人俣俣，公庭万舞。赫如渥赭，公言锡爵。"能容忍如此，宜乎贤矣。（许顗《彦周诗话》）

　　《诗》曰："觏闵既多，受侮不少。"初无意于对也。《十九首》云："胡马依北风，越鸟巢南枝。"属对虽切，亦自古老。六朝惟渊明得之，若"荒草何茫茫，白杨亦萧萧"是也。（谢榛《四溟诗话》卷一）

　　"柏舟"自喻也。舟不必柏，言柏舟者，取其坚也。（姚际恒《诗经通论》卷三）

　　牛氏运震曰："骚愁满纸，语语平心厚道，却自凄惋欲绝、柔媚幽怨，一部《离骚》之旨，都括其内。"（李景星《诗经条贯》引）

　　此诗为汉、宋学派一大争论。《辨说》云："且如《柏舟》，不知其出于妇人而以为男子，不知其不得于夫而以为不遇于君，此则失矣。"其他攻《序》语尤酷烈。实则其间是非得失未易决也。（陈子展《诗经直解》卷三）

（尚永亮）

燕　燕[1]

燕燕于飞[2]，差池其羽[3]。之子于归，远送于野。瞻望弗及，泣涕如雨。

燕燕于飞，颉之颃之[4]。之子于归，远于将之[5]。瞻望弗及，伫立以泣。

燕燕于飞，下上其音。之子于归，远送于南。瞻望弗及，实劳我心。

仲氏任只[6]，其心塞渊[7]。终温且惠[8]，淑慎其身。先君之思，以勖寡人[9]。

【注释】(1)《诗序》云："《燕燕》，卫庄姜送归妾也。"《郑笺》云："庄姜无子，陈女戴妫生子名完，庄姜以为己子。庄公薨，完立，而州吁杀之。戴妫于是大归。庄姜远送之于野，作诗见己志。"此诗当为庄姜（卫庄公夫人）于夫亡子丧、国家危难之际送戴妫归返陈国之作。原编《邶风》第三篇。　(2)燕燕：燕子。　(3)差池(cī chí)：参差不齐的样子。　(4)颉颃(xié háng)：上下翻飞貌。　(5)将：送。　(6)仲氏：戴妫的字，古人用伯、仲、叔、季表示兄弟姊妹的行次。任：信任。只：语助词。　(7)塞渊：诚实深厚。　(8)终：既。　(9)勖(xù)：勉励。寡人：自己的谦称，意谓少德之人。后用为帝王的自谦之称。

【今译】燕子展翅在飞，尾羽参差不齐。这个人儿归去，远送直到郊野。背影已难望见，泪落串串如雨。

燕子展翅在飞，上下忽高忽低。这个人儿归去，远送她到郊外。望呵已难望见，久站独自哭泣。

燕子展翅在飞，叫声上下传递。这个人儿归去，直送她到南地。已望不到踪影，我心充满悲绪。

戴妫得信任，心性深厚诚挚。既温和又善良，修身谨慎正直。不忘先君之情，对我进行勉励。

【点评】此诗语深沉而情切，造境尤古朴苍凉，荡人心魄，诚为"万古送别之祖"。前三章皆以"燕燕于飞"起兴，既状眼前之景，更借燕之飞行比喻人之别离，其中已深寓悲情。夫亡子丧，家国危难，多重忧患集于一身，本自悲痛难当，更何况"之子于归"！此一别离，能否再见实难逆料，家国之事无人可商，内心哀伤无人可诉，故远送而不能相舍，直至于野；复继之以瞻望，瞻望弗及，竟至于"泣涕如雨"。读者于此试宁神壹志，闭目遐思，遥想茫茫旷野中二女相别之情状，能不悲从中来，五内俱伤？末章盖为别后反思之语，借对"仲氏"品格之赞美，突现二人深情厚谊，更借"先君之思"，引出家国之念，则前三章情之所系与心之所感，其由不言自明，而诗情至此，益趋深化矣。

【集说】"燕燕于飞，差池其羽。之子于归，远送于野。瞻望弗及，泣涕如雨。"此真可泣鬼神矣。张子野长短句云："眼力不知人，远上溪桥去。"东坡《送子由诗》云："登高回首坡陇隔，惟见乌帽出复没。"皆远绍其意。（许𫖮《彦周诗话》）

《国风》云："爱而不见，搔首踟蹰。""瞻望弗及，伫立以泣。"其词婉，其意微，不迫不露，此其所以可贵也。（张戒《岁寒堂诗话》卷上）

譬如画工一般，直是写得他精神出。（陈子展《诗经直解》卷三引《朱子语类》）

王士祯云："《燕燕》之诗，许彦周以为可泣鬼神。合本事观之，家国兴亡之感，伤逝怀旧之情，尽在阿堵中。《黍离》《麦秀》未足喻其悲也。宜为万古送别之祖。（《诗经直解》卷三引《分甘余话》）

前三章不过送别情景，末章乃追念其贤，愈觉难舍。且以先君相勖，而竟不能长相保，尤为可悲。语意沉痛，不忍卒读。（方玉润《诗经原始》卷三）

牛氏运震曰："夫亡子弑，此庄姜两大苦衷。子弑不便明言，夫亡不忍多述。篇末'先君之思'略一点逗，便见通篇感伤，别有深情含蓄，不徒一二老寡妻荒郊垂泪而已。"（李景星《诗经条贯》卷二引）

（尚永亮）

击　鼓(1)

击鼓其镗(2)！踊跃用兵(3)；土国城漕(4)，我独南行(5)！

从孙子仲(6)，平陈与宋(7)；不我以归(8)，忧心有忡(9)！

爰居爰处(10)，爰丧其马(11)。于以求之？于林之下。

死生契阔(12)，与子成说(13)。执子之手，与子偕老。

于嗟阔兮(14)，不我活兮(15)！于嗟洵兮(16)，不我
信兮(17)。

【注释】(1)本诗抒发驻守在陈、宋的卫国士兵思念家乡亲人的感情。原编《邶风》第六篇。　(2)镗(tāng)：鼓声。　(3)兵：兵器。　(4)土国：在国内做土功。城漕：给漕邑修筑城墙。　(5)南行：向南征发。　(6)孙子仲：卫国将领的名字。　(7)平：对不和进行调解。陈与宋：陈国与宋国，在卫国南面。(8)不我以归：不让我回国。(9)有：语助，无义。忡：内心不安的样子。　(10)爰：于是。　(11)丧：丧失。　(12)契阔：会合和远离。　(13)子：指诗人自己的妻子。成说：立下誓言。　(14)于嗟：感叹词。阔：契阔，分隔远离。　(15)活：借作"佸"。会合。　(16)洵：借作"敻"，久远。　(17)信：守约。

【今译】擂鼓响镗镗，奋力练刀枪。国中运土筑漕城，我独开拔走南方。

　　跟随将军孙子仲，调解陈、宋平纠纷。事完不让我回国，忧愁不安乱我心。

　　住下了啊，留下了，无心管马马跑失。马跑失了何处找？树林尽处是草场。

　　同死生，共离合，早与你说定，紧握你的手："同你一起到白头！"

　　唉，你我相距太遥远，不能和我相会啦！唉，你我离开太长久，无法实践誓言啦！

【点评】在国内练兵、筑城，其苦可知，但比起"南行"却又好多了。第一层推进，关键在一个"独"字。"南行"有期，别人到时回国，我又被留下驻守。

21

诗经

回国之事,于是告吹。"不我以归",看似平常,却是发自内心的痛苦不堪的呐喊。客观的叙写,把诗人的失望情绪推进到顶峰,为最后一章的绝望叹息铺平了道路。逐层推进,波浪起伏,水到渠成。

【集说】夫国家大役,无过土功城漕,然尚为境内事;即征伐敌国,亦尚有凯还时。惟此边防戍远,永断归期,言念室家,能不怆怀? 未免咨嗟涕洟而不能自已。(方玉润《诗经原始》卷三)

此诗丧马求林,离散阔洵之状,千载如见。(李黼平《毛诗紬义》)

诗人若具速写之技,概括而复突出其个人入伍、出征、思归、逃散之整个过程。简劲不懈,真实有力,至今读之,犹有实感。(陈子展《诗经直解》)。

(殷光熹 陈履坤)

凯 风⁽¹⁾

凯风自南⁽²⁾,吹彼棘心⁽³⁾。棘心夭夭⁽⁴⁾,母氏劬劳⁽⁵⁾。
凯风自南,吹彼棘薪⁽⁶⁾。母氏圣善⁽⁷⁾,我无令人⁽⁸⁾。
爰有寒泉,在浚之下⁽⁹⁾,有子七人,母氏劳苦。
睍睆黄鸟⁽¹⁰⁾,载好其音。有子七人,莫慰母心。

【注释】(1)本诗是对母亲的歌颂。原编《邶风》第七篇。 (2)凯风:南风。南风温暖,养育万物成长,令人喜欢,故称凯风。凯:和乐也。 (3)棘:酸枣树。 (4)夭夭:树木嫩壮的样子。 (5)劬(qú)劳:辛苦劳累。 (6)棘薪:酸枣树长成后可以用来烧柴。 (7)圣善:既明理又善良。 (8)令人:有好声誉的人,指才德兼优者。 (9)浚:卫国邑名。 (10)睍睆(xiàn huǎn):黄鸟清和宛转的鸣叫声。

【今译】和暖的风来自南方,吹入那酸枣树心。树心绽出肥嫩的枝芽,像母亲的劳苦艰辛。

和暖的风来自南方,吹得那酸枣树长成可当柴烧。母亲既明理又善良,而我们却无才德兼优者。

有流水名叫寒泉，在浚邑的旁边；母亲辛苦劳累，抚育子女七人。

睍睆鸣叫的黄鸟，它的叫声逗人喜欢；有子女共七人，慰劳不尽母亲的爱子之心。

【点评】本诗比喻新颖，发人深思。尤以做儿子的全部爱心倾注到母亲身上还不能报答母亲的大恩大德，把母亲的伟大推到无法攀登的顶端，而儿子对母亲的爱也因此达到极致。母子相辅相成，相得益彰，无怪乎许多人把本诗说成"美孝子也"。

【集说】《凯风》，美孝子也。（《毛诗序》）

《凯风》一篇，写其母劬劳困苦之状，凄然若泣，读此诗者，谁不为之酸楚哉！（陈延杰《诗序解》）

末章特自托于黄鸟之好音以慰其母尔，却说"莫慰母心"，深婉入妙。（牛运震《诗志》）

（殷光熹　陈履坤）

匏有苦叶(1)

匏有苦叶(2)，济有深涉(3)。深则厉(4)，浅则揭(5)。

有瀰济盈(6)，有鷕雉鸣(7)。济盈不濡轨(8)，雉鸣求其牡(9)。

雝雝鸣雁(10)，旭日始旦(11)。士如归妻(12)，迨冰未泮(13)。

招招舟子(14)，人涉卬否(15)。人涉卬否，卬须我友(16)。

【注释】(1)本诗写一个姑娘大清早就到码头，等着迎接自己的心上人。原编《邶风》第九篇。　(2)匏：葫芦。苦：通"枯"。　(3)济：码头。涉：渡河。(4)厉：着衣徒步涉水。　(5)揭：提起下衣涉水。　(6)瀰：水满的样子。(7)鷕(yǎo)：鷿雉的叫声。雉：野鸡。　(8)濡：沾湿。轨：车轴的两端。(9)牡：雄性，指雄雉。　(10)雝雝：大雁相和的叫声。　(11)旦：太阳出来。

(12)归妻:娶妻。　(13)迨:趁着。泮:冰雪融解。　(14)招招:反复招手叫来。舟子:划船的人。　(15)卬:我。　(16)须:等待。

【今译】葫芦成熟叶子枯,流水岸边渡口深。水深涉水着衣过,水浅过水褰衣涉。

河水满盈白茫茫,何处野鸡吆吆唱,水满不湿车轴端。野鸡鸣唱雌求雄。

大雁嘎嘎相和鸣,又到旭日初升时。男人如果想娶妻,应乘冰冻未融时。

船家频频招手喊,别人渡河我不渡。别人渡河我不渡,我等我的小亲哥。

【点评】历来描写等待心上人的文学作品,等待者总是心急如火,度日如年。本诗却别开生面,独树一帜。诗中的姑娘从凌晨到渡口,渡口冷清;至旭日东升,渡口喧腾,等待的时间不能说不长。但姑娘的心情却一直是乐观的、畅快的。那葫芦的枯叶,野鸡、大雁的叫声,在她的心中,都一齐成为欢快的、和谐的伴读曲。而诗歌所表现出来的姑娘个性,又不是老谋深算,相反却是纯真而微带几分稚气。这简直是一首绝唱。

【集说】比物连类,旁引曲喻,杂而不乱,复而不厌。(牛运震《诗志》)

诗写此女一大侵早至济待涉,不厉不揭;已至旭日有舟,亦不肯涉,留待其友人。并纪其顷间所见所闻,极为细致曲折,歌谣体杰作也。……《匏有苦叶》最后一章,始正面透露主题,诗何为而作? 作者为何等人? 愚谓此倒叙法,此画龙点睛法,构想甚奇,神乎技矣! (陈子展《诗经直解》)

(殷光熹　陈履坤)

谷　风(1)

　　习习谷风(2),以阴以雨。黾勉同心(3),不宜有怒。采
葑采菲(4),无以下体(5)。德音莫违(6):"及尔同死。"

　　行道迟迟(7),中心有违(8)。不远伊迩(9),薄送我畿(10)。
谁谓荼苦(11),其甘如荠(12)。宴尔新昏(13),如兄如弟。

　　泾以渭浊(14),湜湜其沚(15)。宴尔新昏,不我屑以(16)。

毋逝我梁⁽¹⁷⁾，毋发我笱⁽¹⁸⁾。我躬不阅⁽¹⁹⁾，遑恤我后⁽²⁰⁾。

就其深矣，方之舟之⁽²¹⁾；就其浅矣，泳之游之。何有何亡⁽²²⁾，黾勉求之。凡民有丧⁽²³⁾，匍匐救之⁽²⁴⁾。

不我能慉⁽²⁵⁾，反以我为雠⁽²⁶⁾。既阻我德⁽²⁷⁾，贾用不售⁽²⁸⁾。昔育恐育鞫⁽²⁹⁾，及尔颠覆⁽³⁰⁾。既生既育，比予于毒⁽³¹⁾。

我有旨蓄⁽³²⁾，亦以御冬⁽³³⁾。宴尔新昏，以我御穷。有洸有溃⁽³⁴⁾，既诒我肄⁽³⁵⁾。不念昔者，伊余来塈⁽³⁶⁾。

【注释】(1)本诗写一个被丈夫遗弃的妇女的哀怨。原编《邶风》第十篇。(2)习习：和缓貌。谷风：春天吹的东风。 (3)黾勉：勉励。 (4)葑：蔓菁。菲：萝卜。 (5)下体：根。 (6)德音：好听的名声。 (7)迟迟：缓慢。(8)中心：心中。违：背离。 (9)逝：近。 (10)薄：语助。畿：门坎。 (11)荼：苦菜。 (12)荠：荠菜。 (13)昏：即婚。 (14)泾和渭都是河水名。(15)湜(shí)：水清的样子。沚：水渚。 (16)屑：洁净。 (17)逝：去。梁：鱼坝。 (18)笱(gǒu)：捕鱼的竹篓。 (19)躬：自身。阅：容。 (20)遑：来得及。反诘语。恤：顾恤。 (21)方：筏子。 (22)亡：同"无"。 (23)丧：灾难。 (24)匍匐：趴在地上行走。 (25)慉(xù)：赡养。 (26)雠：同"仇"。(27)德：好心。 (28)贾(gǔ)：卖。用：货物。不售：卖不出去。 (29)鞫：穷困。 (30)颠覆：指患难。 (31)毒：意谓害人虫。 (32)旨：甜美。蓄：积贮之物。 (33)御：抵挡。 (34)洸：动武的样子。溃：发怒的样子。 (35)诒：给。肄：劳苦工作。 (36)塈(jì)：迎娶。

【今译】吹着习习的春风，天气阴冷又下雨。夫妻勉励共同心，不该恼怒绝恩情。收完蔓菁收萝卜，收完地里无下根。令德永远不背离："与你同死誓不分！"

走路慢腾腾，心中极难过。不送远了只送近，送到门坎就转回。谁说苦菜苦？它的甜味可比荠。安乐啊，你的新婚，友爱就像亲兄弟。

泾水因渭变浑浊，泾水水渚仍清清。安乐啊，你的新婚，从此我就不贞洁！别到我的鱼坝来！别开我的捕鱼篓！我自身尚且不见容，何暇顾及我以后？

诗经

就着那河水深呀,撑筏划船渡过河;就着那河水浅呀,泅水游泳游过河!家中有啥无啥全清楚,无的我全力去筹措。邻里出了灾难事,就是爬着我也去帮助。

像这样你却不再赡养我?如今却反而把我当仇人!既已拒绝我的好处,我的美德难见取,如同美货售不出。从前生活恐慌又艰难,我跟着你一起渡难关。难关刚过生活才好转,立即把我比成害人虫。

我好比好味道的冬菜,无菜时取出来度过严冬。安乐呀,你的新婚,却用我填补各种不足。又是打来又是骂,完全拿我去出气,劳累事又全交给我。全不念当初,我刚嫁给你的时候!

【点评】本诗以"宴尔新昏"为界,前后反复对比,着力描写自己的"德",句句饱含血泪,以反衬丈夫的忘恩负义。读之令人泪下,令人扼腕。不出"谴责"字样,而谴责自深。本诗与《卫风·氓》,成为我国反映春秋时代劳动妇女悲惨命运的双璧。后代反映妇女遭弃的文学作品,往往祖述此诗之规模。

【集说】《谷风》之诗,妇人为夫所弃,委曲叙其悲怨之情,反复极其事为之苦,然终无绝之之意。(王质《诗总闻》)

《谷风》实为民间故事诗,可作为一篇韵文小说读。篇中可说有故事,有结构,有主题,有琐细而完整、突出而概括之艺术手法,如出短篇小说能手。(陈子展《诗经直解》)

这是弃妇的诗,诉述故夫的无情和自己的痴情。第一章对丈夫委婉地说理,希望免于弃逐。第二章既已被弃,迟迟不肯离去。对照丈夫新婚之乐,感受无限的痛苦。第三章想到新人把自己挤走,鹊巢鸠占,种种不甘心,提出"毋逝""毋发"的警告,但自知无用。第四章诉述一向持家的黾勉。第五章是今昔对比,诉述过去共处患难,现在有了安乐的生活,丈夫就"以我为仇""比予于毒"了。第六章还是今昔对比,诉说丈夫的凶暴,不再念及旧情。(余冠英《诗经选》)

(殷光熹 陈履坤)

式　微⁽¹⁾

式微式微⁽²⁾,胡不归?微君之故⁽³⁾,胡为乎中露⁽⁴⁾?

式微式微,胡不归? 微君之躬⁽⁵⁾,胡为乎泥中?

【注释】(1)本诗是劳动人民不堪劳役之苦而发出的怨辞。原编《邶风》第十一篇。　(2)式:发语词。微:昏暗。　(3)微:通"维",因为。故:事情。　(4)中露:露中。　(5)躬:自身。

【今译】天黑了,天黑了! 为什么还不回家呢? 为什么还要受露水淋? 为的是君王的苦差事!

天黑了,天黑了! 为什么还不回家? 为什么还要在泥泞中劳作? 为的是君王自身!

【点评】自问自答。以呼唤式的语句提问,以斩钉截铁的语句作答,仿佛无穷怨气,都凝结到君王身上。天黑夜间劳作,言其累;露里、泥中劳作,言其苦。不说苦累,而苦累自在其中。民歌之尚含蓄也如此。

【集说】奴隶们在野外冒霜露、踩泥水,给贵族干活,天黑了还不能回去,就唱出这首歌。(高亨《诗经今注》)

短短二章,寥寥几句,别具风格,耐人玩索。(陈子展《诗经直解》)

(殷光熹　陈履坤)

简 兮⁽¹⁾

简兮简兮⁽²⁾,方将万舞⁽³⁾。日之方中⁽⁴⁾,在前上处⁽⁵⁾。硕人俣俣⁽⁶⁾,公庭万舞⁽⁷⁾。

有力如虎,执辔如组⁽⁸⁾。左手执籥⁽⁹⁾,右手秉翟⁽¹⁰⁾。赫如渥赭⁽¹¹⁾,公言锡爵⁽¹²⁾。

山有榛⁽¹³⁾,隰有苓⁽¹⁴⁾。云谁之思⁽¹⁵⁾,西方美人⁽¹⁶⁾!彼美人兮,西方之人兮!

【注释】(1)本诗是对舞师舞万舞的描述和赞美。原编《邶风》第十三

篇。　（2）简:击大鼓发出的响声。　（3）万舞:周天子的宗庙舞名。　（4）中:天的中央。　（5）前上处:最前面的位置。　（6）硕:高大。俣俣:魁梧的样子。　（7）公:指卫国君主。　（8）组:编织成排的丝绳。　（9）籥:古代乐器名,形似笛。　（10）秉:持。翟:一种用野鸡尾毛制作的舞具,领队者持以指挥。　（11）赫:红而发亮。渥:涂抹。赭:一种红土。　（12）锡:同"赐",赏给。爵:盛酒器,代指酒。　（13）榛:树名,结实似栗而小。　（14）隰:低洼之处。苓:甘草。　（15）云:发语词。思:语助词。　（16）美人:值得赞美的人。西方:西边,指西周所在地。

【今译】大鼓咚隆咚隆敲响了,即将开始舞《万舞》。太阳刚行到天中央,舞师站到舞队最前处。舞师高大又魁梧,卫侯宫庭舞《万舞》。

　　舞队人人力大如猛虎。手握缰绳排成组。舞师左手执籥吹,右手持着雉尾舞。脸膛红亮如涂赭,卫侯令赏特赐酒。

　　山中有榛树,洼地出甘草。那个舞师是何人? 西边来的美丈夫! 那个美丈夫啊,你是西边来的人哪!

【点评】本诗三章,依次写舞前、舞中、舞后三个阶段,条理井然。二章中四字句的短促节奏,读起来动魄惊心,有置身于激越而盛大的《万舞》场面之感。三章的长短不齐的句式和节奏,把拉紧的心弦放松,以便回过来作评论。《万舞》有文有武,谁能想到,文武两种舞被作者分别用两句话就打发了。然而我们并未因此感到失望,这得力于作者捕捉特点的高超本领和极有特征性的暗示。"西方美人"的赞叹,与王勃的"人杰地灵"相较,前者形象、自然,后者抽象、吃力。

【集说】卫君的宫廷大开舞会,一个贵族妇女爱上领队的舞师,作这首诗来赞美他。（高亨《诗经今注》）

　　这诗写卫国公庭的一场万舞。着重在赞美那高大雄壮的舞师。这些赞美似出于一位热爱那舞师的女性。（余冠英《诗经选》）

（殷光熹　陈履坤）

北　门(1)

　　出自北门(2),忧心殷殷(3)。终窭且贫(4),莫知我艰。
已焉哉(5)! 天实为之,谓之何哉!

　　王事适我(6),政事一埤益我(7)。我入自外(8),室人交
遍谪我(9)。已焉哉! 天实为之,谓之何哉!

　　王事敦我(10),政事一埤遗我(11)。我入自外,室人交遍
摧我(12)。已焉哉! 天实为之,谓之何哉!

【注释】(1)这是一个小官吏在诉苦。在外王事繁多,工作劳苦;在家生
活穷困,是全家人的出气包。真是内外交困,进退维谷,只好归咎于天。原
编《邶风》第十五篇。　(2)出自北门:自北门出。　(3)殷殷:忧愁的样子。
(4)终:已然。窭:穷到无法讲究礼节。贫:穷到无法生活。　(5)已焉哉:
算了吧。　(6)王事:君王之事,指劳役。适:交给。　(7)政事:行政事务,
指赋税的收取。一:全部。埤(pí):厚。益:加。　(8)我入自外:我自外入。
(9)室人:家里人。交:交叉轮番。遍:全。谪(zhé):责怪。　(10)敦:敦
促。　(11)遗:加。　(12)摧:逼迫,摧折。

【今译】自从跨出城北门,心中的忧愁就步步加深。潦倒穷困早已成现
实,更无人理解我的艰难。算了吧! 这都是老天注定的,谁也奈何不了它!
　　王事一件接一件交给我,政事层层叠叠全压到我身上。我从外边回到
家,家里人又全都七嘴八舌责怪我。算了吧! 这都是老天注定的,谁也奈何
不了它!
　　王事件件催逼我,政事层层加给我。我从外边回到家,家里人一齐你言
我语折磨我。算了吧! 这都是老天注定的,谁也奈何不了它!

【点评】这是卫国小官吏的自画像:卑怯而可怜。他挣扎在内外夹攻的
狭小缝隙中,最使他痛心的是家里亲人的齐声责怪,弄得他有苦难言。然而
挤压出来的,却不是愤怒的呐喊、悲哀的抽泣,而是自认倒霉。这是何等卑

诗经

怯而可怜的灵魂啊!"已焉哉"的叹息,虽则逗人怜悯,却也令人泄气。

【集说】当是出而干事者,归而遭阻间,故有怨辞。(王质《诗总闻》)

怨极却满口作不怨语。(牛运震《诗志》)

此篇写穷困之状,直无所告诉,诗殆写苦闷者耶。(陈延杰《诗序解》)

这诗作者的身份似是在职的小官,位卑多劳,生活贫困。因为公私交迫,忧苦无告,所以怨天尤人。(余冠英《诗经选》)

(殷光熹 陈履坤)

北 风⁽¹⁾

北风其凉,雨雪其雱⁽²⁾。惠而好我⁽³⁾,携手同行⁽⁴⁾。其虚其邪⁽⁵⁾,既亟只且⁽⁶⁾!

北风其喈⁽⁷⁾,雨雪其霏⁽⁸⁾。惠而好我,携手同归⁽⁹⁾。其虚其邪,既亟只且!

莫赤匪狐⁽¹⁰⁾,莫黑匪乌。惠而好我,携手同车。其虚其邪,既亟只且!

【注释】(1)这是一首反映卫国百姓反对虐政,相携逃亡的诗。原编《邶风》第十六篇。 (2)雨(yù)雪:下雪。雱(páng):雪盛貌。 (3)惠:顺从、赞成。好:友好。 (4)同行(háng):同道。 (5)其:语助词。虚:通"舒",缓慢。邪:通"徐",徐缓。 (6)亟:通"急",紧急。只且(jū):语助词。 (7)喈(jiē):风疾貌。 (8)霏:大雪纷飞貌。 (9)同归:同到较好的别国去。 (10)莫:无。匪:通"非"。

【今译】北风吹得透骨凉,漫天飞雪纷纷扬。赞成我的好伙伴,携手同路齐逃亡。哪能犹豫再磨蹭?事已紧急大祸降!

北风吹得太猖狂,漫天飞雪纷纷扬。赞成我的好伙伴,携手同去安乐乡。哪能犹豫再磨蹭?事已紧急大祸降!

红色狐狸都狡猾,黑色乌鸦一个样。赞成我的好伙伴,携手同车逃远方。哪能犹豫再磨蹭？事已紧急大祸降！

【点评】一、二章以寒风大雪起兴，既写自然气候之肃杀，又喻卫国朝政之残酷。末章以狐、乌比君臣，不祥之物，人所恶见，避之唯恐不远。两层意思，双管齐下，互为充实。人民不堪其苦，遂相率而逃亡。三章诗叠用"惠而好我"，一写人心与暴政相背；又用"同行、同归、同车"，二写去者之众；又用"其虚其邪？既亟只且"重复作结，三写形势之紧迫。回环往复，层层加深。苛政猛于虎，出逃人潮涌，其惨烈之状，怨愤之情，历历在目。

【集说】《北风》，刺虐也。卫国并为威虐，百姓不亲，莫不相携持而去焉。（《毛诗序》）

言北风雨雪，以比国家危乱将至，而气象愁惨也。故欲与其相好之人去而避之，且曰：是尚可以宽徐乎？彼其祸乱之迫已甚，而去不可不速矣。（朱熹《诗集传》）

此诗以凉风雪病害万物，兴卫之时政酷烈病害百姓。《序》所云并为威虐，百姓不亲，正北风起之意也。（朱鹤龄《诗经通义》）

一、二章首句均以风雪起兴，构成一种肃杀冷漠的氛围，以比况卫国气象愁惨，危乱将至，民不聊生。三章又把剥削统治者比作狐狸、乌鸦，骂得痛快淋漓。有力地反映了周代黑暗的社会现实，也表现了古代劳动人民对剥削阶级的切齿憎恨。他们相率而去，正是一种反抗行为和斗争方式。这种斗争，是对奴隶主阶级的极大冲击。（袁梅《诗经译注》）

（蓉　生）

静　女⁽¹⁾

静女其姝⁽²⁾，俟我于城隅。爱而不见⁽³⁾，搔首踟蹰。
静女其娈⁽⁴⁾，贻我彤管⁽⁵⁾。彤管有炜⁽⁶⁾，说怿女美⁽⁷⁾。
自牧归荑⁽⁸⁾，洵美且异⁽⁹⁾。匪女之为美⁽¹⁰⁾，美人之贻。

31

诗经

【注释】(1)这首情歌以男子的口吻,回忆城角幽会和受赠纪念品的情事,对女方作了热情的赞美。原编《邶风》第十七篇。 (2)静女:贞静娴雅的女子。姝:美好。 (3)爱:同"薆",隐蔽。 (4)娈:与姝同义。 (5)彤管:红色通心草。 (6)炜(wěi):鲜明。 (7)女:同"汝"。 (8)牧:牧地。归:馈,送。荑(tí):初生的茅,即前所谓彤管。 (9)洵:确实。 (10)匪:同"非"。

【今译】静雅的姑娘真美丽,候我城角楼上幽会来。躲在暗中好难找,不由我抓耳又搔腮。

静雅的姑娘模样俏,送我红色通心草。通心红草光泽鲜,我爱你呀颜色好。草儿本从野地采,居然美艳真奇怪。不是你向来如此美,美人所赠讨人爱。

【点评】这首优美牧歌的警策句在结穴两句:"非汝之为美,美人之贻。"美在物,亦在人;美在形式,亦在内容;美在客观,亦在主观。美是辩证的统一。朴素的诗句启发读者超越诗的本文,进而领悟到美的本质和奥义。

【集说】"自牧归荑,洵美且异。匪女之为美,美人之贻。"《传》:"非为其徒悦美色而已,美其人能遗我法则";《正义》:"言不美此女,乃美此人之遗于我者。"按谬甚。诗明言物以人重,注疏却解为物重于人,茅草重于姝女,可谓颠倒好恶者。(钱锺书《管锥编》〈一〉)

(周啸天)

新　台(1)

新台有泚(2),河水浼浼(3)。燕婉之求(4),籧篨不鲜(5)。
新台有洒(6),河水浼浼(7)。燕婉之求,籧篨不殄(8)。
鱼网之设,鸿则离之(9)。燕婉之求,得此戚施(10)。

【注释】(1)历来治《诗经》者,都说本诗是讽刺卫宣公劫夺儿媳的丑恶行为。唯高亨先生以为"诗意只是写一个女子想嫁一个美男子,而却配了一个丑丈夫",力排附会,诚为灼见。原编《邶风》第十八篇。 (2)泚(cǐ):鲜明貌。

(3)**涨涨**：漫得无边际的样子。　(4)**燕婉**：美好的样子。　(5)**籧篨**：不能弯腰的病人。　(6)**洒**(cuǐ)：高峻的样子。　(7)**浼浼**(měi)：水满平的样子。　(8)**殄**(tiǎn)：通"腆"，善也。　(9)**鸿**：大雁。　(10)**戚施**：驼背。

【今译】新筑的高台最显眼，黄河之水漫无边。本想选个如意郎，却得鸡胸不漂亮。

新筑高台高又高，黄河之水齐岸平。本想挑个如意郎，却得鸡胸不好看。

设置渔网捕鱼虾，谁知大雁撞里面。本想挑个如意郎，却得这个驼背的冤家。

【点评】本诗反映着一个美学原理：不和谐中有和谐。总体上是不和谐的：理想和现实的矛盾，相邻两句的句意的矛盾。这就构成全诗的否定格局。但全诗句式整齐，节奏整齐，加上多用重叠字、双声、叠韵字，读起来十分和谐，全诗的否定就因此而和缓下来，因而受到限制。所以，本诗的讽刺就被染上轻松愉快的色彩，这就是诙谐。

【集说】寻诗当是此地之人娶妻不如始言，故下有不悦之辞，本求燕婉乃得恶疾者，为可恨也。（王质《诗总闻》）

谈笑而道之。（方玉润《诗经原始》眉评）

（殷光熹　陈履坤）

诗经

鄘　风

柏　舟(1)

汎彼柏舟(2)，在彼中河(3)。髧彼两髦(4)，实维我仪(5)。

之死矢靡它⁽⁶⁾。母也天只⁽⁷⁾！不谅人只⁽⁸⁾。

汎彼柏舟,在彼河侧⁽⁹⁾。髧彼两髦,实维我特⁽¹⁰⁾。之死矢靡慝⁽¹¹⁾。母也天只！不谅人只！

【注释】(1)本诗写一个姑娘看到一个可爱的少年时,所引起的一系列内心活动。原编《鄘风》第一篇。　(2)汎:漂浮。柏舟:柏木制作的船。(3)中河:河中。　(4)髧(dàn):垂下。髦:男子未成年时,发下齐眉,两边分开垂下,称为两髦。　(5)实:表确认。维:通"为"。仪:仪表。理想中的偶像。　(6)之:至。矢:誓。靡它:没有另外的。　(7)母也天只:心事无法排遣时自然发出的呼语,"也"和"只"都是语助词。　(8)谅:信任,谅解,体谅。　(9)侧:岸边。　(10)特:配偶。　(11)慝(tè):更改。

【今译】漂浮着的那只柏木船啊,行驶在那河水的中部。头发分垂两旁的那个少年,实在是令我倾倒。我至死不再会看中其他人！妈妈呵,老天爷哪！太不谅解人啦！

漂浮着的那只柏木船啊,停靠在那河岸边。头发分垂两旁的那个少年,实在是唯一令我倾倒的人儿。这个信念我至死不会改变。妈妈啊,老天爷哪！太不谅解人啦！

【点评】天真无邪的少女心中,突然闯入一个心动少年。于是激起轩然大波。

映入少女眼帘的是两个镜头:中流和岸边,由远而近。她的视线一直盯在那分垂两旁的头发上,其余皆视而不见,也看不真切。可以断定,我们的女主人公就在河边,而且离码头不远。

少年者谁？何方人氏？此时他怎样想？知道我吗？我的心事能向他倾诉吗？如何倾诉？能向别人倾诉吗？向谁倾诉？别人又怎样看我呢？……对于一个情窦初开的少女来说,每一个问题都是第一次提出来。她无法解脱,心乱如麻！"母也天只！不谅人只！"这正是她想冲破这排山倒海而来的层层疑难,挣扎出来的心灵的呐喊！

本诗妙在披露了"纯情"二字,这是我国民歌的传统。汉代乐府民歌中的《上邪》,直率而纯真的内心倾诉,正体现了这个传统。

【集说】突作誓词,妙。单一句峭决之至。(牛运震《诗志》)

女不见答也。诗中大意说:那河中泛舟的少年,我愿以此身许配给他,至死不变节,无奈他不相信我哟!(闻一多《风诗类钞》)

一个少女自己找好了结婚对象,誓死不改变主意。恨阿母不亮察她的心。(余冠英《诗经选》)

(殷光熹 陈履坤)

墙 有 茨⁽¹⁾

墙有茨⁽²⁾,不可埽也⁽³⁾。中冓之言⁽⁴⁾,不可道也。所可道也,言之丑也。

墙有茨,不可襄也⁽⁵⁾。中冓之言,不可详也⁽⁶⁾。所可详也,言之长也。

墙有茨,不可束也⁽⁷⁾。中冓之言,不可读也⁽⁸⁾。所可读也,言之辱也。

【注释】(1)卫宣公死后,其妻宣姜与卫宣公小老婆生的儿子公子顽通奸,国人写此诗讽刺之。原编《鄘风》第二篇。 (2)茨:蒺藜。 (3)埽:同"扫",扫除。 (4)中冓(gòu):卫宫室内。 (5)襄:除掉。 (6)详:详细说出。 (7)束:捆起来去除。 (8)读:宣扬。

【今译】墙上生长刺蒺藜,想除也除不掉。卫宫中所说出来的话,再说不能说。如果把它说出来,那就会丑恶不堪。

墙上生长刺蒺藜,想去也去不掉。卫宫中所说出来的话,详细说不得。如果把它详细说出来,那就太多丑事了。

墙上生长刺蒺藜,想捆起来除去却不能够。卫宫中说出来的话,不能到处宣扬。如果把它宣扬开去,那就太过无耻了。

诗经

【点评】本诗妙在含而不露,引而不发。不出"所言",只下判断,而"所言"已尽在其中。一方面,诗人可以避免因重复丑话而沾污自己;另一方面,又可把"所言"的丑,提到登峰造极、无法形容的地步。一箭双雕,正是对付丑不堪言的言行的一种优化手法。

【集说】一丑字说得尽情,真羞恶。

正申明不可道之义,却用转语,意味更自深长。

平调缓调,深文毒笔。(牛运震《诗志》)

卫宫淫乱,未必即止宣姜,而宣姜为尤甚。……(方玉润《诗经原始》)

要之,卫宫室男女生活腐化,淫昏之恶,不堪言说。虽然墙宇高峻,若可自防,而内冓之室,中夜暗昧之言,举无逃于人民之耳目。(陈子展《诗经直解》)

(殷光熹　陈履坤)

桑　中⁽¹⁾

爰采唐矣⁽²⁾?沬之乡矣⁽³⁾。云谁之思?美孟姜矣⁽⁴⁾。期我乎桑中⁽⁵⁾,要我乎上宫⁽⁶⁾,送我乎淇之上矣⁽⁷⁾。

爰采麦矣?沬之北矣。云谁之思?美孟弋矣。期我乎桑中,要我乎上宫,送我乎淇之上矣。

爰采葑矣⁽⁸⁾?沬之东矣。云谁之思?美孟庸矣。期我乎桑中,要我乎上宫,送我乎淇之上矣。

【注释】(1)这是男女幽会的情歌,歌者系男士。原编《鄘风》第四篇。(2)爰:于何(处)。唐:菟丝子,蔓生植物。　(3)沬(mèi):卫邑名。　(4)孟:排行居长者。姜:姓,后文"弋""庸"同。　(5)桑中:桑林,男女聚会场所。(6)上宫:地名。或曰楼馆。　(7)淇:水名,卫河支流。　(8)葑:蔓菁。

【今译】菟丝采哪方哟?卫国的沬乡哟。心中想着哪个?美丽的孟姜哟。等候我啊在桑中,和我约会到上宫,直到淇水还相送哟。

哪方去采麦哟?卫国沬乡北哟。心中想着哪个?美丽的孟弋哟。等候我啊在桑中,和我约会到上宫,直到淇水还相送哟。

　　哪方去采葑哟?卫国沬乡东哟。心中想着哪个?美丽的孟庸哟。等候我啊在桑中,和我约会到上宫,直到淇水还相送哟。

　　【点评】以采集植物兴起求爱,《诗经》中屡见。后世乐府亦有"郎见欲采我,我心欲怀莲",近代歌曲则有"我有心摘一朵戴,又怕看花的人儿要将我骂",可相印证。桑中之期,上宫之邀,诗中只点到为止,其间唯有天知的柔情蜜意,一概略去,较之后世戏文中"软玉温香抱满怀"之类露骨描写,不知有几多空灵!

　　【集说】《桑中》,刺奔也。(《诗小序》)

　　但有叹美之意,绝无规戒之言。若如是而可以为刺,则曹植之《洛神赋》、李商隐之《无题诗》、韩偓之《香奁集》,莫非刺淫者矣。(崔述《读风偶识》)

　　我以为这三个女子的名字,确实只是为了押韵的关系。那三个名字,或者只有一个是真的,或者全不是真的——他用了三个理想的大家小姐的名字,许只是代表他心目中的一个女子。(朱自清《中国歌谣》)

(周啸天)

相　鼠⁽¹⁾

　　相鼠有皮⁽²⁾,人而无仪⁽³⁾。人而无仪,不死何为?
　　相鼠有齿,人而无止⁽⁴⁾。人而无止,不死何俟⁽⁵⁾?
　　相鼠有体⁽⁶⁾,人而无礼。人而无礼,胡不遄死⁽⁷⁾?

　　【注释】(1)本诗直斥当时的统治阶级,说他们丧尽了人所以为人的一切特质,连老鼠都不如。原编《鄘风》第八篇。 (2)相:看。 (3)仪:仪表。 (4)止:读为"耻"。 (5)俟:等待。 (6)体:肢体。 (7)胡:为什么。遄:迅速。

　　【今译】看那老鼠也有皮,人而不要其仪表。人而不要其仪表,不死活着干什么?

看那老鼠有牙齿,人而不知有羞耻。人而不知有羞耻。不死活着等什么?
看那老鼠有肢体,人而行事不遵礼。人而行事不遵礼,何不赶早去寻死?

【点评】本诗的特点是直截了当,妙在以令人憎恶的老鼠作对比;"死"的斥责重复三次,一次较一次激切,诗人愤怒之态跃然纸上。

【集说】夫人也而禽兽之不若,则何以自立于天地之间?固不如速死之为愈耳。(方玉润《诗经原始》)

痛呵之词几乎裂眦。取兴不伦,措语令人难堪。(牛运震《诗志》)

《相鼠》,民俗歌谣之言,诚不免于"太粗"。(陈子展《诗经直解》)

(殷光熹　陈履坤)

载　驰[1]

载驰载驱[2],归唁卫侯[3]。驱马悠悠[4],言至于漕[5]。大夫跋涉[6],我心则忧。

既不我嘉[7],不能旋反[8]。视尔不臧[9],我思不远!

既不我嘉,不能旋济[10]。视尔不臧,我思不闷[11]。

陟彼阿丘[12],言采其蝱[13],女子善怀[14],亦各有行[15]!许人尤之[16],众稚且狂[17]!

我行其野,芃芃其麦[18]。控于大邦[19],谁因谁极[20]?大夫君子,无我有尤。百尔所思[21],不如我所之!

【注释】(1)本诗为许穆公夫人作。夫人是卫宣姜所生,嫁许穆公。公元前660年,狄灭卫,卫懿公死。次年,在宋国帮助下,立许穆公夫人之兄戴公于漕邑,未满一个月而卒。其弟文公继立。许穆公夫人闻卫亡,欲自许归卫向文公吊唁。路上,许国大夫以当时的礼法为据,横加阻拦,夫人悲愤填膺,发为此诗。原编《鄘风》第十篇。　(2)载:发语词。　(3)归:从许国回归卫国。卫侯,指卫文公。唁:吊诸侯失国曰唁。　(4)悠悠:道路遥远的样子。　(5)漕邑。戴公立于此,文公因之。后因齐之助,徙楚丘。　(6)大夫:指许国的大夫们。跋涉：形容不辞劳苦的行走。　（7）不我嘉：即不嘉我。嘉，赞赏，拥护。
（8）旋反：返回，指回卫国去。当时的礼规定：妇人父母既没，不得归宁兄弟。
所以说"不能旋反"。　（9）尔：《毛诗》作"尔"，《韩诗》作"我"。这里译文依
《韩诗》字。臧：对，正确。　（10）济：渡水。　（11）閟：隐，深。　（12）陟：登
上。阿丘：山丘。　（13）蝱：今名贝母，一种药用植物。　（14）善怀：好动感
情。　（15）行：道，引申为路数。　（16）尤：指责。　（17）狂：狂妄，自以为是。
（18）芃芃：茂盛的样子。　（19）控：控告。大邦：大国，指齐国。　（20）因：
依靠。极：至，达到目的。　（21）尔：你们，指许国众大夫。

【今译】马儿跑啊快快跑，快点回国慰卫侯。路途遥远我打马走，尽快赶
到卫漕邑。大夫们不辞劳苦追上来，我的心中忧愁升。

围着我表示不赞同我，说我不能回卫国。认定我的行为不对头，我的想
法太短见。

围着我表示不赞同我，说我不能渡河回。认定我的行为不正确，我的想
法太肤浅。

登上那一面高的山坡，去采摘能解郁结的贝母。女子虽好动感情，也有
自己独立的主张。许国大夫们都指责我，这班人既幼稚又狂妄。

我走在那田野上，那生长最茂盛的是小麦。我要向大国控诉求援，你们
谁可靠！谁能办好！大夫们，君子们！不要再责难我了！你们成百人想出
的方案，不如我亲自去走一趟！

39

【点评】全诗围绕着回国和不能回国集中叙写。许穆公夫人在强烈的恢
复故国的愿望驱使下，要赶回卫国；许国君臣为维护礼教却不容她回国。双
方的根据不仅是正大堂皇的，也是充足的。诗中虽无真正的刀光剑影，却也
是唇枪舌剑，惊心动魄的。夫人的对手是大夫，非等闲之辈，并且人数众多。
从第二、三章的叙写中，我们仿佛感到大夫们七嘴八舌、义正词严的指责，使
许穆公夫人无还手之力。"陟彼阿丘""我行其野"，正是她暂时退却的体现。
自然也积极准备出击。她深知大夫们不敢也不会帮她复国的，因此，她提出
"控于大邦，谁因谁极？"大夫们立即乱了阵脚，转而提方案，谈想法，议论纷
纷却莫衷一是，"百尔所思"一句作结。乘其混乱，一击成功，"不如我所之！"

诗经

此时大夫们除瞠目结舌外,还能有什么作为呢? 许穆公夫人的高大形象,在激烈的斗争中自然地显现出来。

【集说】控于大邦以报亡国之仇,此一篇本意,妙在于卒章说出,而前则吞吐摇曳,后则低徊缭绕,笔底言下真有千百折也。(牛运震《诗志》)

姚姬传云:通篇皆写悲思迫切之意,非实事也。情绪与《泉水》同,彼以委婉胜,此以英迈胜。旧评云,起势横奇,纯是凭空结撰。(吴闿生《诗义会通》)

陈氏《稽古编》曰,《卫》诗三十九篇,惟许夫人之《载驰》,乃其自作。今诵其词,清婉而深至,诚女子之能言者也。亦以《载驰》为独得其实也。此篇写其伤宗国之灭,苦语真情,颇委婉动听,千载下读之,亦不觉悲怆生于心也。(陈延杰《诗序解》)

(殷光熹　陈履坤)

卫　风

硕　人[1]

硕人其颀[2],衣锦褧衣[3]。齐侯之子,卫侯之妻,东宫之妹,邢侯之姨,谭公维私。

手如柔荑[6],肤如凝脂,领如蝤蛴[7],齿如瓠犀[8],螓首蛾眉[9]。巧笑倩兮,美目盼兮。

硕人敖敖[10],说于农郊[11]。四牡有骄,朱幩镳镳[12],翟茀以朝[13]。大夫夙退[14],无使君劳。

河水洋洋,北流活活[15]施罛濊濊[16],鳣鲔发发[17],葭菼揭揭[18],庶姜孽孽[19],庶士有朅[20]。

【注释】(1)齐庄公的女儿庄姜嫁给卫庄公为妻,此诗描写庄姜的美丽高贵及出嫁时的盛况。原编《卫风》第三篇。 (2)硕人:高个美人,指庄姜。硕:长。 (3)襡(jiǒng)衣:麻织外衣。 (4)东宫:指齐太子得臣。 (5)私:女子对姊妹夫婿的称谓。 (6)柔荑:嫩茅草。 (7)领:颈。蝤蛴(qiú qí):天牛的幼虫,细长乳白。 (8)瓠犀:葫芦瓜子。 (9)螓(qín):蝉类,其额广洁。 (10)敖敖:长貌。 (11)说:同"税",止息。 (12)朱幩(fén):红色马口衔外铁。镳镳(biāo):盛貌。 (13)翟茀(fú):在遮蔽车后的帷子上以雉羽为饰者。朝:朝会。 (14)夙:早。 (15)活活:水流声。 (16)罛(gū):渔网。濊濊:撒网入水声。 (17)鳣(zhān):黄鱼。鲔(wěi):鲟鱼或鲤鱼。发发:鱼跳跃掉尾声。 (18)葭菼(jiā tǎn):芦荻。揭揭:高举貌。 (19)庶姜:陪嫁众女,以齐国姜姓故云。庶:众多。孽孽(niè):高长貌。 (20)有朅(qiè):威勇貌。

【今译】美人亭亭玉立,锦衣外套罩衣。齐庄公的女儿,卫庄公的娇妻,齐太子的妹妹。既是邢侯小姨,也是谭公亲戚。

玉指纤如柔荑,肌肤腻于凝脂。细颈白似蝤蛴,皓齿匀若瓜子,方额两弯细眉。可爱的笑窝呀,美丽的眼波呀。

美人个儿高高,车儿停在近郊。四马何其健壮,口衔红绸飘飘,乘着羽车来朝。大夫早早退朝,不使主子过劳。

黄河水势洋洋,北流浩浩荡荡。呼呼网儿在响,泼泼鱼儿进网,芦荻根根挺拔。姜女人人颀长,武士个个轩昂。

【点评】此诗专就庄姜出嫁,一顾倾国的盛事,予以赞美。诗中表现了我国古代对人体美的欣赏,注重形体的长大和容貌的姣好,"巧笑倩兮,美目盼兮"二句以传神阿堵为千秋脍炙人口的名句,表现出古人对由文化造就的后天的风姿,不乏心领神会。故第二章乃是全诗精彩所在,其余各章则有烘云托月之功。

【集说】巧笑二句言画美人,不在形体,要得其性情。此章前五句犹状其形体之妙,后二句并其性情生动处写出矣。(钟惺《评点诗经》)

千古颂美人者无出此二语(按指巧笑二句),绝唱也。(方玉润《诗经原

始》卷一）

"大夫夙退，无使君劳"；《笺》："无使君之劳倦，以君夫人新为配偶。"按杜甫《收京》："万方频送喜，无乃圣躬劳"，即此"劳"字。胡培翚、陈奂等皆驳郑笺，谓"君"即指夫人。实则郑说亦通，盖与白居易《长恨歌》："春宵苦短日高起，从此君王不早朝"，李商隐《富平少侯》："当关不报侵晨客，新得佳人字莫愁"，貌异心同。新婚而退朝早，与新婚而视朝晚，如狙公朝暮赋芧，至竟无异也。（钱锺书《管锥编》〈一〉）

（周啸天）

氓[1]

氓之蚩蚩[2]，抱布贸丝。匪来贸丝，来即我谋。送子涉淇，至于顿丘[3]。匪我愆期[4]，子无良媒。将子无怒[5]，秋以为期。

乘彼垝垣[6]，以望复关[7]。不见复关，泣涕涟涟。既见复关，载笑载言，尔卜尔筮，体无咎言[8]。以尔车来，以我贿迁[9]。桑之未落，其叶沃若[10]。于嗟鸠兮[11]，无食桑葚。于嗟女兮，无与士耽[12]。士之耽兮，犹可说也[13]。女之耽兮，不可说也。

桑之落矣，其黄而陨。自我徂尔[14]，三岁食贫[15]。淇水汤汤，渐车帷裳[16]。女也不爽[17]，士贰其行[18]。士也罔极[19]，二三其德。

三岁为妇，靡室劳矣[20]。夙兴夜寐，靡有朝矣。言既遂矣，至于暴矣。兄弟不知，咥其笑矣[21]。静言思之，躬自悼矣。

及尔偕老，老使我怨。淇则有岸，隰则有泮[22]。总角之宴[23]，言笑晏晏[24]。信誓旦旦，不思其反。反是不思，亦已焉哉！

【注释】(1)这是弃妇的怨歌。原编《卫风》第四篇。 (2)氓:无田之民。蚩蚩:憨直之貌。 (3)顿丘:地名。 (4)愆(qiān)期:过期。 (5)将(qiāng):请。 (6)垝垣(guǐ yuán):断墙。 (7)复:返。一说复关乃地名。 (8)体:卦体,即卜筮的结果。咎言:凶辞。 (9)贿:财物,指嫁奁。 (10)沃若:润泽貌。 (11)于(xū)嗟:感叹词。 (12)耽:贪欢。 (13)说:通"脱"。 (14)徂(cú):往。 (15)食贫:受穷。 (16)渐:浸湿。帷裳:车幔。 (17)爽:过失。 (18)贰:不专一。 (19)罔极:无常。 (20)靡:无。 (21)咥(xì):笑貌。 (22)隰:当作湿,水名,即今漯河。泮(pàn):畔。 (23)总角:束发,指未成年男女。宴:乐。 (24)晏晏:温和。

【今译】那人憨且直,抱布来换丝。不是来换丝,来就我商议。送君渡淇水,一直到顿丘。不是我延期,君未托良媒。请君莫生气,秋来为佳期。

登高上断墙,以盼他复关。不见他复关,泣涕泪涟涟。既见他复关,开口破愁颜。问卜又占卦,卦体无凶言。你便驾车来,嫁奁一齐搬。

桑叶未枯落,嫩叶多柔沃。唉唉斑鸠呀,不要吃桑葚。唉唉女子呀,莫同男人混。男人寻欢呀,说甩马上甩。女子沾上呀,甩也甩不开。

桑叶脱枝呀,枯黄地上落。自我嫁给你,多年苦中过。淇水浩荡荡,水溅车帷上。女子呀没错,男人耍花样。男人呀没准,二意又三心。

多年做媳妇,不辞家务劳。早起又晚睡,辛勤非一朝。刚才称心呀,你倒凶暴呀。兄弟不知情,嘿嘿冷笑呀。前思又后想,自己伤悼呀。

本与你偕老,老却令我怨。淇水尚有岸,漯河尚有边。结发的快乐,言笑多缠绵。誓约明明在,不料他在骗。骗过别想他,也就拉倒吧。

【点评】此诗所写婚姻,虽有媒聘,实出男女双方自愿;而婚姻的毁弃,一不因家长意志,二不因第三者涉足,而在男子的负心忘本,始乱终弃,恰如唐时俗谚所谓"田家佬多收三五斗便思易妻"。对不忠实男子的谴责,使这首诗的讽刺意义,具有较长的时效性。

【集说】诗人有写物之功。(《学斋占毕》引作"诗人咏物至不可移易之妙"。)"桑之未落,其叶沃若"。他木殆不足当此。林逋《梅花》诗云:"疏影横斜

43

诗经

水清浅,暗香浮动月黄昏",决非桃李诗。皮日休《白莲》诗云:"无情有恨何人见,月晓风清欲坠时",决非红莲诗。此乃写物之功。若石曼卿《红梅》诗云:"认桃无绿叶,辨杏有青枝",此至陋语,盖村学究体也。(苏轼《东坡志林》卷十)

《氓》诗言"总角之宴",则妇遇氓时尚幼也;又言"老使我怨",则氓弃妇时,妇已老矣,必非三年便弃也。意氓本窭人,赖此妇车贿之迁,及夙兴夜寐之勤劳,三岁之后,渐至丰裕。及老而弃之,故怨之深也。(陈启源《毛诗稽古编》卷五)

此篇层次分明,工于叙事。"子无良媒"而"愆期","不见复关"而"泣涕",皆具无往不复,无垂不缩之致。然文字之妙有波澜,读之只觉是人事之应有曲折;后来如唐人传奇中元稹《会真记》崔莺莺大数张生一节、沈既济《任氏传》中任氏长叹息一节,差堪共语。皆异于故作波折,滥弄狡狯,徒成"鼓噪"者也。"兄弟不知,咥其笑矣",亦可与《孔雀东南飞》之"阿母大拊掌,不图子自归"比勘。盖以私许始,以被弃终,初不自重,卒被人轻,旁观其事,诚足齿冷,与焦仲卿妻之遭逢姑恶、反躬无咎者不同。阿兄爱妹,视母氏怜女,亦复差减。是以彼见而惊,此闻则笑;"不图"者,意计不及,深惜之也,"不知"者,体会不及,漠置之也。(钱锺书《管锥编》〈一〉)

(周啸天)

河　广(1)

谁谓河广(2)？一苇杭之(3)。谁谓宋远？跂予望之(4)。
谁谓河广？曾不容刀(5)。谁谓宋远？曾不崇朝(6)。

【注释】(1)此诗写侨居卫国的宋人渴望返国的迫切之情。原编《卫风》第七篇。　(2)河:黄河。　(3)苇:用苇条编成的筏子。杭:通"航"。(4)跂:通"企",悬起脚跟。予:而。　(5)曾(céng):竟、乃。刀:通"舠",小船。　(6)崇:即"终"。朝(zhāo):天亮至早饭前。崇朝即整个早上。

【今译】谁说黄河宽？柴筏撑对岸。谁说宋国远？踮脚就望见。
谁说黄河宽？宽不过小船。谁说宋国远？误不了早餐。

【点评】此诗两章,以强烈的感情色彩反复设问,再以夸张语气作断然的回答。黄河不宽、芦苇筏子、小渡船都足以横绝;宋国也不远,踮起脚尖可望见、清晨动身早餐前即可到达。读者当有问于此:滔滔黄河、遥遥宋国,云何谓之否? 若河诚不宽、国诚不远,云何不归? 思归不得之情溢于言表,诗人难言之痛令人戚戚。诗极简明,二章八句、四问、四答(二正二反);情极深挚,形诸语言,余音弦外。

【集说】《河广》,宋襄公母归于卫,思而不止,故作是诗也。(《毛诗正义》卷三)

《序》云宋襄公母者,宋桓公夫人也……归,归宗也……当时卫有狄人之难。宋襄公母归在卫,见其宗国颠覆,君灭国破,忧思不已,故篇内皆叙其望宋渡河救卫,辞甚急也。未几而宋桓公逆诸河,立戴公以处漕。则此诗之作自在逆河之前。《河广》作,而宋立戴公矣;《载驰》赋,而齐立文公矣。《载驰》许诗,《河广》宋诗。而系列于鄘卫之《风》,以二夫人于其宗国皆有存亡继绝之思,故录之。若仅谓思子而作,孔子奚取焉?(陈奂《诗毛氏传疏》卷五)

[一章]飘忽而来,起最得势,语亦奇秀可歌。(方玉润《诗经原始》卷五)

"谁谓河广? 曾不容刀";《笺》:"船曰刀,作'舠',亦作'艒'。"按解为刀、剑之刀,亦无不可;正如首章"一苇杭之",《传》:"杭,渡也",《笺》:"一苇加之,则可以渡之",亦极言河狭,一苇堪为津梁也。汉高祖封功臣誓曰:"黄河如带",陆机赠顾书诗曰:"巨海犹萦带",隋文帝称长江曰:"衣带水",事无二致。"跂予望之"谓望而可见,正言近耳。《卫风·河广》言河之不广,《周南·汉广》言汉之广而"不可泳思"。虽曰河、汉广狭之异乎,无乃示愿欲强弱之殊耶? 盖人有心则事无难,情思深切则视河水清浅;跂以望宋,觉洋洋者若不能容刀、可以苇杭。(钱锺书《管锥编》〈一〉)

（宗小荣）

伯 兮 [1]

伯兮朅兮 [2],邦之桀兮 [3]。伯也执殳 [4],为王前驱 [5]。
自伯之东 [6],首如飞蓬 [7]。岂无膏沐 [8],谁适为容 [9]!

诗经

其雨其雨⁽¹⁰⁾，杲杲出日⁽¹¹⁾。愿言思伯⁽¹²⁾，甘心首疾⁽¹³⁾！

焉得谖草⁽¹⁴⁾？言树之背⁽¹⁵⁾。愿言思伯，使我心痗⁽¹⁶⁾！

【注释】(1)此诗写一个为从军的丈夫的英勇伟岸而自豪的妇人，后来陷入无尽的相思，深为所苦。原编《卫风》第八篇。 (2)伯：大哥，此为妇人对丈夫的称呼，犹如后世称之为"哥哥"。朅(qiè)：勇武壮健之貌。 (3)邦：国。桀：通"杰"。 (4)殳(shū)：古代兵器，长丈二，棍状。 (5)前驱：先锋。执殳杖当先锋的是中士。 (6)之：往、到。 (7)飞蓬：逢草遇风易折，狂飞四散，且弯曲混乱，以喻久不洗沐敷油的乱发。 (8)膏沐：洗头搽头的油脂香汤之类，泛指化妆品。 (9)适：悦。容：修饰美容。 (10)其：发语词，含有祈使语气。 (11)杲杲(gǎo)：日光明亮的样子。 (12)愿言：犹"睊然"(用闻一多说)，念念不忘的样子。 (13)甘心首疾：情愿头疼。 (14)焉：何，哪里、怎样。谖(xuān)：忘记。谖草，同萱草。萱草即黄花菜、金针菜，因与"谖"字谐音，故又被称作"忘忧草"。 (15)言：而。树：栽种。背：古"北"字，古代中原房屋多坐北朝南，背即指北堂、后庭、北阶。 (16)痗(mèi)：病，不舒服。

【今译】我哥壮健又威风，卫国数他最英雄。长长殳杖紧紧握，为王出征做先锋。

自打我哥去东方，满头青丝乱得慌。香汤头油哪缺少，讨谁欢心细梳妆？

好比久旱盼甘霖，偏偏红日晒死人。白天盼哥夜里想，情愿想得脑袋疼！

怎能寻到忘忧草？栽到我的北墙角。白天盼哥夜里想，病在心头治不了。

【点评】本诗六十四字，却能于四章之中一唱而三叹之，直陈以赋法，托情以比兴，活现思妇的状貌心态。首章为赋，一唱丈夫出征的豪迈威武。然得意欢快之情伴着丈夫远去而消失尽净，故从此为之一转——二章先叹无心梳理，

46

满头乌发如蓬草枯乱，反衬出丈夫在家"我"时时装点、容光焕发之状，足见两情欢好。三章再叹盼夫不归，只好苦思。久旱盼雨反见骄阳，既兴亦比；情愿以生理痛苦"首疾"压倒心灵痛苦"思伯"，情切意深。末章三叹无法忘忧，相思成病，不堪其苦。身心俱痛，再不是"闺中少妇不知愁"了。在情感表达的高峰处全诗戛然而止，留下无穷余味。明代诗人、四川新都杨慎谪戍滇中，其妻黄峨便有"曰归曰归愁岁暮，其雨其雨怨朝阳"之句寄夫，分别从《诗经·小雅·采薇》及本诗成句化出，足见本诗在思妇闺怨之作中的地位和影响。

【集说】蓬至秋则根脱，遇风则乱飞。萱草盛夏则吐花，深夏则凋。伐郑之役在秋，故皆举秋物寄意。……潘氏《寡妇赋》云："彼诗人之攸叹，徒愿言而心痗。荣华蔚其始茂，良人忽以捐背"，盖得此意。（王质《诗总闻》卷三）

此诗不特为妇人思夫之词，且寄远作也，观次章辞意可见……始则"首如飞蓬"，发已乱矣，然犹未至于病也。继则"甘心首疾"，头已痛矣，而心尚无恙也。至于"使我心痗"，则心更病矣，其忧思之苦何如哉！使非为王从征，胡以至是？后之帝王读是诗者，其亦以穷兵黩武为戒欤？[二章]宛然闺阁中语，汉魏诗多袭此调。（方玉润《诗经原始》卷四）

"自伯之东，首如飞蓬，岂无膏沐，谁适为容？"按犹徐幹《室思》："自君之出矣，明镜暗不治"，或杜甫《新婚别》："罗襦不复施，对君洗红妆"。"愿言思伯，甘心首疾"，按王国维论柳永《风栖梧》："衣带渐宽终不悔，为伊消得人憔悴"，以为即《伯兮》此章之遗意（《静菴文集》续编《古雅之在美学上之地位》），是也。（钱锺书《管锥编》〈一〉）

（宗小荣）

木 瓜(1)

投我以木瓜(2)，报之以琼琚(3)。匪报也(4)，永以为好也(5)。

投我以木桃(6)，报之以琼瑶(7)。匪报也，永以为好也。

投我以木李(8)，报之以琼玖(9)。匪报也，永以为好也。

诗经

【注释】(1)此诗写青年男女借实物赠答来表达倾慕之情和永远相爱的决心。原编《卫风》第十篇。 (2)投:投赠。木瓜:一种落叶灌木的果实,长椭圆形,3~5寸长,淡黄有香味。 (3)报:回赠。琼:赤玉,又是美玉的通称。琚(jū):古代男女衣带上的玉质饰物。 (4)匪:同"非"。 (5)好:爱。 (6)木桃:果名,或谓指楂(zhā)子、白海棠果、桃子。 (7)瑶:似玉的美石。琼瑶:美玉做的佩饰。 (8)木李:果名,或谓指木梨、李子。 (9)玖(jiǔ):比玉稍次的黑色美石。琼玖:亦指佩玉。

【今译】投赠我木瓜,以佩玉作答。不只是报答,是表明我永远爱她。

投赠我木桃,回赠以琼瑶。不只是回报,是表明永和她相好。

投赠我木李,答之以琼玖。不只是还礼,是表明我跟她永不分离。

【点评】这首欢快、健康的情歌,以恋爱的一方(依《诗经》惯例,从事采摘及以草木之类赠人者大多为女性,故我们不妨将投瓜果者视为一位姑娘)将一枚普通瓜果投给可心的人开始。初恋时无穷的焦急等待,忐忑不安,因这一"投",转为大喜过望,其欣快激动,自不下于《九歌·少司命》"满堂兮美人,忽独与余兮目成"之时。寻常之物,"美人之贻",贵重无比。薄施厚报,足见男子着眼于瓜果所传达的情意及持赠果瓜的"伊人"。回赠已经过于丰厚,还是要迫不及待地表白;这不是对所赠实物的回谢,而是我愿永结同好的一颗心。各章四句,分担着起——承——转——合的任务,既叙述了事件进展的全过程,更描绘出情感运动的轨迹。每章四句中仅第三句为三言,余皆五言,不仅显得灵活多变,又勾勒出男子表白时诚恳急迫的情态。三章前一、二句各换一字,列举投赠的果品有木瓜、木桃、木李,回赠有各种玉质佩饰,显示了双方接触过程中充满一种兴奋、热烈与幽默的情调;而三章后二句完全相同,一字不易,又可见男子言之凿凿的样子,可视之为先秦时代的"海誓山盟"。一、二、三章的递进,情感由方兴未艾而意犹未尽而淋漓酣畅,完成了这首幼稚而成熟、简朴而深挚、乡野情趣浓郁的恋歌。

【集说】言人有赠我以微物,我当报之以重宝,而犹未足以为报也,但欲其长以为好而不忘耳。疑亦男女相赠答之词。(朱熹《诗集传》卷三)

"投我以木瓜,报之以琼琚。匪报也,永以为好也!"《传》:"琼,玉之美者;琚,佩玉名。"按《大雅·抑》:"投我以桃,报之以李",报与施相等也。此则施薄而报厚;王观国《学林》卷一说"木瓜"云:"乃以木为瓜、为桃、为李,俗谓之(假果)者,亦犹画饼土饭。……投我之物虽薄,而我报之实厚。"作诗者申言非报先施,乃缔永好,殆自解赠与答之不相称欤? 颇足以征人情世故。(钱锺书《管锥编》〈一〉)

（宗小荣）

王 风

黍 离⁽¹⁾

彼黍离离⁽²⁾,彼稷之苗⁽³⁾。行迈靡靡⁽⁴⁾,中心摇摇⁽⁵⁾。知我者谓我心忧,不知我者谓我何求。悠悠苍天,此何人哉?

彼黍离离,彼稷之穗。行迈靡靡,中心如醉。知我者谓我心忧,不知我者谓我何求。悠悠苍天,此何人哉?

彼黍离离,彼稷之实。行迈靡靡,中心如噎⁽⁶⁾。知我者谓我心忧,不知我者谓我何求。悠悠苍天,此何人哉?

【注释】(1)本诗是一首游子抒写忧愁的诗。原编《王风》首篇。 (2)离离:繁茂的样子。黍:谷类,有三种,黍子、糜子、稷。 (3)稷(jì):即粟,北方称之为"谷子",去壳便是小米。高粱也叫稷。可见黍、稷在这里乃泛指谷类粮食作物。 (4)行迈:远行。靡靡:行步迟缓。 (5)中心:心中。摇摇:即愮愮,心忧不能自主的样子;《毛传》解为"忧无所愬"。 (6)噎:气逆难以呼吸之状。

【今译】黍子糜子多繁茂，又见高粱发新苗。流浪远方行步迟，心忧如焚向谁告？知己之人说我心忧愁，不知己的当我有奢求。苍天苍天你在上，是谁让我成这样？

黍子糜子多繁茂，又见高粱在抽穗。流浪远方行步迟，心忧如焚像酒醉。知己之人说我心忧愁，不知己的当我有奢求。苍天苍天你在上，是谁让我成这样？

黍子糜子多繁茂，高粱结子低下头。流浪远方行步迟，心忧如焚气哽喉。知己之人说我心忧愁，不知己的当我有奢求。苍天苍天你在上，是谁让我成这样？

【点评】本诗所悲者何、悲者何人，历来各说不一。郭沫若在《中国古代社会研究》中的见解，是颇有权威性的："这里有名的故宫禾黍之悲，事实上怕就是悲自己(旧家贵族)的破产。"又说："《王风》的《黍离》是周室遭犬狁的蹂躏，平王东迁以后的丰镐的情形。相传周室东迁以后，所有旧时的宗庙宫室尽为禾黍。周的旧臣行役过旧都，便不禁中心悲怆，连连地呼天不止。这样的三章诗，的确是很有缠绵悱恻的情绪。"尽管每章首二句作为起兴，并没指明此黍稷乃宫室宗庙废墟上所生，但其引发的呼天抢地的悲叹，似远不止于行役之苦、羁旅之愁，而是让人们自然地联想到家国之痛。人之为人，生存的基本依托就是故国故家、故乡故土。亡国丧家较之人的其他愁苦，更深刻、更持久，因而也最令人如醉如噎，无处可诉。"彼苍者天"就是哀哀无告时悲极之辞；"此何人哉"乃痛苦近于麻木的含糊呓语，可以是问讥我心有奢求者为何人，也可以是问何人让我这般沦落，甚至，可以问老天爷是何许人(为什么不睁眼看看、主持公道？)。有了这首诗，"黍离之悲"从此成为亡国之痛的同义语。

【集说】《黍离》，闵宗周也。周大夫行役，至于宗周，过故宗庙宫室，尽为禾黍。闵周室之颠覆，彷徨不忍去，而作是诗也。(《毛诗正义》卷四)

元城刘氏曰："常人之情，于忧乐之事，初遇之，则其心变焉。次遇之，则其变少衰。三遇之，则其心如常矣。至于君子忠厚之情则不然。其行役往来，固非一见也。初见稷之苗矣，又见稷之穗矣，又见稷之实矣，而所感之心

诗骚观止

50

终始如一，不少变而愈深，此则诗人之意也。（朱熹《诗集传》卷四）

以黍离为赋者，谓故宗庙宫室全不见，而所见惟此耳。然不言所不见惟言所见，则故都盛衰兴亡之感，皆在黍稷二语，而有无限悲怆之情矣，故因以兴下文。（刘玉汝《诗缵序》卷五）

……当时情事，则必有难言焉者。故不得已而形诸歌咏，以寄其悽怆无已之心。观其呼天上诉，一咏不已，再三反复而咏叹之，则其情亦可见矣……［眉评］三章只换六字，而一往情深，低徊无限。此专以描摹虚神擅长，凭吊诗中绝唱也。唐人刘沧、许浑怀古诸诗，往迹袭其音调。（方玉润《诗经原始》卷五）

（宗小荣）

君子于役⁽¹⁾

君子于役⁽²⁾，不知其期。曷至哉⁽³⁾？鸡栖于埘⁽⁴⁾，日之夕矣，羊牛下来。君子于役，如之何勿思？

君子于役，不日不月⁽⁵⁾。曷其有佸⁽⁶⁾？鸡栖于桀⁽⁷⁾，日之夕矣，羊牛下括⁽⁸⁾。君子于役，苟无饥渴⁽⁹⁾？

【注释】（1）本诗写一位妇人对在远方服役的丈夫殷殷思念之情。原编《王风》第二篇。 （2）君子：古时妻子对丈夫的敬称。于：往。役：服役。（3）曷（hé）：何，指何时。 （4）埘（shí）：《毛传》："凿墙而栖曰埘。"即凿墙做成的鸡窝。 （5）不日不月：难用日、月计算，指没有归期。 （6）佸（huó）：聚会。 （7）桀：系鸡的木桩。 （8）括（huó）：通"佸"，此指牛羊下山归圈聚在一起。 （9）苟：或许，带有推测、企盼语气。

【今译】丈夫服役走得远，盼他归来无期限。何时回家来团圆？公鸡母鸡上了圈，日头落到山那边，牛羊成群下山峦。我的丈夫去服役，怎不让我苦思念！

丈夫服役走得久，受苦受累没有头。何时才能重聚首？公鸡母鸡宿椿头，日头落到远山后，牛羊成群往家走。我的丈夫去服役，可别饥渴可别愁！

51

诗经

【点评】黄昏,宁静的乡村与往日并无不同。一位农妇俯身关拦归巢之群鸡,倚门遥望,最后一缕夕阳正送回归圈的牛羊。每章四、五、六三句"景语"勾勒的这幅看似平淡无奇的村野暮色图,却因了它之前(每章前三句)之后(每章末二句)的"情语",而笼罩上一层如烟似雾、驱不尽赶不走的淡淡的哀愁,虽不呼天抢地,却有如无休无止的水滴,足以把顽石穿透。这便是思妇心中铭心刻骨的思夫之情。经过漫长的白天,这心情或许因辛勤劳作有所压抑,在日、夜交接的黄昏时刻,妇人的情思再也无法掩饰,它随夕阳散射流淌,于是诗中每一种意象(家里饲养的禽畜、落日景象)乃至诗中并未点明的那些意象(暮归的农人、夫妻相聚的村邻、炊烟袅袅的乡村等)都获得了一种基调,取得了一个统一的焦点。本诗至为朴实,然而极善创造氛围、留有无限回味余地。言"君子于役",便有君子不曾被征服役的情状暗中与之对比;言"日之夕矣",则不由人不想到思妇难熬的整个白天;言鸡与羊牛,自然体会得到禽畜尚且知道天晚了需要一个窝,则人何以堪不言自明,等等。结句"苟无饥渴",正如《后汉书》所谓"万里之外,以身为本。归则不敢望矣"。在盼夫不至无可奈何的当口,更充分地表现了思念的殷切。今人赵沛霖以为,四至六句景语以其触物起情、借物言情的性质而言,乃典型的兴句,只不过置于诗中而已。这的确反映了"诗或先兴而后赋,或先赋而后兴,见其篇法错综之妙""《毛诗》独以首章发端为兴,则又拘于法矣"。(惠周惕《诗说》)其说颇有启发性。(参见赵沛霖《兴的源起》)

【集说】当是在郊之民,以役适远,而其妻于日暮之时,约鸡归栖,呼牛羊来下,故兴怀也。大率此时最难为别怀,妇人尤甚。(王质《诗总闻》卷四)

"鸡栖于埘,日之夕矣,羊牛下来",横入喻意,又诗中别调。"鸡栖于桀,日之夕矣,羊牛下括",生出方法,只就上文变换一二字,便以无限经济,此为奇也。(王闿运《湘绮楼说诗》卷八)

班彪《北征赋》:"日晻晻其将暮兮,睹牛羊之下来。寤怨旷之伤情兮,哀诗人之叹时。"班氏世习《齐诗》,赋云"怨旷伤情",知齐义以此诗"君子",为室家之词。(王先谦《诗三家义集疏》卷四)

傍晚怀人,真情真境,描写如画。晋、唐人田家诸诗,恐无此真实自然。

（方玉润《诗经原始》卷五）

许瑶光《雪门诗钞》卷一《再读〈诗经〉四十二首》第十四首云:"鸡栖于桀下牛羊,饥渴萦怀对夕阳。已启唐人闺怨句,最难消遣是昏黄。"大是解人。……诗人体会,同心一理。潘岳《寡妇赋》:"时暧暧而向昏兮,日杳杳而西匿。雀群飞而赴楹兮,鸡登栖而敛翼。归空馆而自怜兮,抚衾裯以叹息。"盖死别生离,伤逝怀远,皆于昏黄时分,触绪纷来,所谓"最难消遣"。(钱锺书《管锥编》〈一〉)

（宗小荣）

扬 之 水(1)

扬之水(2),不流束薪(3)。彼其之子(4),不与我戍申(5)。怀哉怀哉! 曷月予还归哉(6)?

扬之水,不流束楚(7)。彼其之子,不与我戍甫(8)。怀哉怀哉! 曷月予还归哉?

扬之水,不流束蒲(9)。彼其之子,不与我戍许(10)。怀哉怀哉! 曷月予还归哉?

【注释】(1)这是戍卒在外日久,怀人思归之作。原编《王风》第四篇。(2)扬:悠扬,河水缓流的样子。今人余冠英认为"扬"即"杨","扬之水",地名,在周畿之内,或为戍者之故乡。 (3)束薪:一捆柴薪。 (4)彼、其:均为第三人称代词。之子:那人,指征人怀念的恋人或妻子。 (5)申:姜姓诸侯国。 (6)曷:何。予:我。 (7)楚:即荆,一种草类(依《仪礼·士丧礼》注及疏)。 (8)甫:即"吕",姜姓诸侯国。 (9)蒲:一种水草。 (10)许:读如"浒",亦姜姓诸侯国。

【今译】河水悠悠流不停,水上不见漂束薪。思念的就是那个人,不与我同守申国门。思念怀想没个完,哪月我才能把家还?

河水悠悠流不住,水上不见漂束楚。思念的就是那个人,不与我同守甫国门。思念怀想没个完,哪月我才能把家还?

诗经

河水悠悠流不住，水上不见漂束蒲。思念的就是那个人，不与我同守许国门。思念怀想没个完，哪月我才能把家还？

【点评】魏源《古诗微》认为"三百篇言取妻者，皆以析薪取兴。盖古者嫁娶必燎炬为烛"。本诗的"束薪""束楚""束蒲"以及《郑风·扬之水》的"束楚""束薪"、《豳风·东山》的"栗薪"（即"束薪"）实同其义；近人闻一多也以"薪""楚""蒲"为指妻室。本诗以"扬之水"起兴，心中思念妻子或恋人，然思之不得见之，婚嫁的热闹红火与眼中冷清的流水，有如电影叠映之镜头，"不流束薪"跟心上人不在身边，构成一种微妙的对应。虽非"兴而比"，但每章一、二两句也绝不仅仅是起兴。也许言外之旨、味外之味恰恰是诗意之所在。以下均直抒胸臆。之所以抱怨彼不与我同来戍守，正是归家无望又思不可遇的无奈情绪之自然流露。三章各换二字（薪、申；楚、甫；蒲、许），意象单纯集中，反而更显出所思之苦，所感之深，属于"极似平浅，其味反觉深长"（姚际恒语）一类。

【集说】《扬之水》，刺平王也。不抚其民，而远屯戍于母家，周人怨思焉。（《毛诗正义》卷四）

怀哉韵叶，三"哉"字亦重韵。上述其事，下述其情，情不能尽而嗟叹之。盖戍者之情，政见于此，不然何以见其怨之深耶？……《诗》有《扬之水》凡三篇（按：即王风《扬之水》、郑风《扬之水》、唐风《扬之水》）。其辞虽有同异，而皆以此起词，窃意诗为乐篇章，国风用其诗之篇名，亦必用其乐之音调。而乃一其篇名者，所以标其篇名音调之同，使歌是篇者，即知其为此音调也。（刘玉汝《诗缵绪》卷五）

戍士思归也。（闻一多《风诗类钞》《全集》〈四〉）

（宗小荣）

中谷有蓷[1]

中谷有蓷[2]，暵其干矣[3]。有女仳离[4]，慨其叹矣[5]。
慨其叹矣，遇人之艰难矣！
中谷有蓷，暵其脩矣[6]。有女仳离，条其啸矣[7]。条其啸矣,遇人之不淑矣⁽⁸⁾!

中谷有蓷,暵其湿矣⁽⁹⁾。有女仳离,啜其泣矣⁽¹⁰⁾。啜其泣矣,何嗟及矣⁽¹¹⁾!

【注释】(1)这是描写弃妇悲伤无告的诗。原编《王风》第五篇。 (2)中谷:谷中。蓷(tuī):益母草。 (3)暵(hàn):菸貌(依《毛诗》说),指植物发蔫的样子。 (4)仳(pǐ)离:分离,这里指被迫离去。 (5)慨(kǎi):叹息的样子。 (6)脩:本义为干肉,在此引申为干枯。 (7)条:长。啸:长嘘出声。 (8)不淑:不善。 (9)湿(xī):朽烂(用胡承珙说)。 (10)啜(chuò):抽抽噎噎地哭泣。 (11)何嗟及矣:应为"嗟何及矣",系后人传抄之误(用胡承珙说);意为慨叹怅恨、悔之莫及。

【今译】益母草生山谷间,枝枯叶黄直发蔫。有位女子遭离弃,长吁短叹好心酸。长吁短叹好心酸,嫁个好人真艰难!

益母草生山谷间,枝枯叶黄干死完。有位女子遭离弃,长嘘声声直悲叹。长嘘声声直悲叹,嫁个男人没心肝。

益母草生山谷间,枝枯叶黄已朽烂。有位女子遭离弃,抽泣悲叹气哽咽。抽泣悲叹气哽咽,叹悔无及泪涟涟。

【点评】作为兴象,山谷中原先茂盛蓬勃的益母草干枯、萎蔫、烂朽了,这与那不幸遭离弃的女子可悲的命运、她对美满夫妻生活所抱期望的破灭,甚至她憔悴失神的外貌,都构成了对应的象征、譬喻关系。还应当指出,《诗经》中"山谷"意象来源于早期的对女性的某一隐喻,存在着"与生儿育女繁衍后代的女性之间的隐喻关系"(王靖献著、谢濂译《钟与鼓——〈诗经〉的套语及其创作方式》128页,四川人民出版社1990年版)。而"蓷"——益母草,或许不仅仅是随手拈来用来起兴的一种植物,由于它对妇女不孕等病症的特殊药用价值,可能在诗中暗喻着夫妻生活的种种不愉快乃至不幸方面。类似的情形,还可以拿《邶风·谷风》《小雅·谷风》乃至汉乐府民歌《上山采蘼芜》等作为佐证。这些含义在当时是显而不隐、尽人皆知的,只是后来愈来愈淡薄,甚至被人们忽略了。诗中唱的那位女子,在遭到遗弃之后,和血饮泣,控诉所嫁夫君

诗经

是个薄情寡义的家伙,直接、彻底地唱出了她的悲哀与悔恨。每章四、五两句完全相同,这种全句的重复大有哭泣之时一声长啸、稍事喘息再重放悲声的意味,在音乐旋律上则犹如旋宫转调,将气氛推向高潮。

【集说】凶年饥馑,室家相弃。妇人览物起兴,而自述其悲叹之词也。(朱熹《诗集传》卷四)

诗人所见只一女,而叹、而啸、而泣,以渐而深。曰有女,知非此女自作也。(姜炳璋《诗序广义》)

《大序》谓"凶年饥馑,室家相弃"。《集传》因之,近是。唯《小序》谓为"闵周",未免小题大作。夫一夫不获时予之辜,固王者之所以为心;而荒政不讲,以致小民流离失所,尤为东周大病。然遽以此为"闵周",则周之可闵者正多也。……圣人删《诗》,至此存之,以见王政之恶,人民之困,至于此极。则其无以为国之故,亦大可悲。(方玉润《诗经原始》卷五)

(宗小荣)

兔爰(1)

有兔爰爰(2),雉离于罗(3)。我生之初(4),尚无为(5);我生之后,逢此百罹(6)。尚寐无吪(7)!

有兔爰爰,雉离于罦(8)。我生之初,尚无造(9);我生之后,逢此百忧。尚寐无觉(10)!

有兔爰爰,雉离于罿(11)。我生之初,尚无庸(12);我生之后,逢此百凶。尚寐无聪(13)!

【注释】(1)这是一首哀叹生不逢时、灾患加身的诗歌。原编《王风》第六篇。 (2)爰爰:即缓缓。 (3)雉(zhì):野鸡。离:同"罹",遭。罗:网。 (4)我生之初:我出生之前。 (5)尚:还。为:事,指军役之事。 (6)罹(lí):忧。 (7)尚:庶几,含有希望的意思。寐(mèi):睡。无吪(é):不言语。 (8)罦(fú):一种带有机轮的网,即覆网。 (9)造:为。与上一章的"为"义同。 (10)觉(jué):醒。 (11)罿(chōng):捕鸟网,同"罦"。

（12）庸：劳，劳役。 （13）聪：指听觉。

【今译】兔儿正在慢慢走，野鸡落到网里头。我没出生那时候，谁服军役苦奔走。偏偏在我出生后，赶上这些忧与愁。但愿长眠不开口！

兔儿走得慢吞吞，野鸡落网丧了身。我没出生那时辰，谁服徭役苦奔命。偏偏我们这代人，忧愁交加苦呻吟。但愿长眠眼不睁！

兔儿傍地走得慢，野鸡落到网里边。我没出生那时间，谁服劳役受熬煎。偏偏我辈命运惨，赶上这些灾和难。但愿长眠听不见！

【点评】本诗用兔的逃脱（用王先谦《诗三家义集疏》）和雉的落网作为兴象，通过此附和象征、隐喻出诗的抒情主题：生不逢时之叹，灾祸加身之悲。感时伤世、心怀怨愤的作者抓住了自己悲惨处境与罗网加身的鸟儿之间本质上深刻的相似，而古往今来的读者对此又都有着深切的理解。以陷入绝境的雉作为支撑全诗的主要意象，引发出的哀歌，无论是针对乱世、还是针对劳役，无论是百姓所发、还是贵族所发，它都传达出一种生不逢时的悲哀。在"我生之初，尚无为（造、庸）；我生之后，逢此百罹（忧、凶）"的反复对比中，突出了偏我赶上这些灾难的委屈与无奈之叹；结句的"尚寐无吪"到"无觉"到"无聪"，又一步深似一步地把绝望之情推向高潮，凄怆至极，戛然而止，悲不能语，舌卷入喉，是"怨而怒""哀而思"的"乱世之音""亡国之音"（陈子展语）。本诗音韵极为讲究，在每章正中间嵌入一个三言诗句；止于奇数的第七句（或断句为"尚寐，无吪"依然是急促陡峻的二言诗句）。以上艺术处理均令哽咽、喘息之状溢于言表，对情感抒发作了极好的烘托。

【集说】周室衰微，诸侯背叛，君子不乐其生，而作此诗。……为此诗者，盖犹及见西周之盛。故曰：方我生之初，天下尚无事；及我生之后，而逢时之多难如此。然既无如之何，则但庶几寐而不动以死耳。（朱熹《诗集传》卷四）

所谓无吪、无觉、无聪者，亦不过不欲言、不欲见、不欲闻巳耳。天下汹汹，时事日非……彼苍梦梦，有如聋聩，人又何言！不惟无言，且并不欲耳闻而目见之，故不如长睡不醒之为愈耳！迨至长睡不醒，一无闻见而思愈苦，古之伤心人能无为我同声一痛哭哉！［眉评］词意悽怆，声情激越，阮步兵专

57

诗经

学此种。(方玉润《诗经原始》卷五)

苦于劳役而思死也。(闻一多《风诗类钞》全集〈四〉)

(宗小荣)

葛藟⁽¹⁾

绵绵葛藟⁽²⁾,在河之浒⁽³⁾。终远兄弟⁽⁴⁾,谓他人父。谓他人父,亦莫我顾⁽⁵⁾!

绵绵葛藟,在河之涘⁽⁶⁾。终远兄弟,谓他人母。谓他人母,亦莫我有⁽⁷⁾!

绵绵葛藟,在河之漘⁽⁸⁾。终远兄弟,谓他人昆⁽⁹⁾。谓他人昆,亦莫我闻⁽¹⁰⁾!

58

【注释】(1)这首诗唱的是流离困顿、孤苦无依的痛苦。原编《王风》第七篇。 (2)葛藟(lěi):木质藤本植物,葡萄科。 (3)浒:水边。 (4)终:既。 (5)莫我顾:即"莫顾我",没有人看顾我。 (6)涘(sì):水边。(7)有:即友,亲近、亲爱(从王引之、马瑞辰说)。 (8)漘(chún):水边。(9)昆:弟兄。 (10)闻:与"问"同(用王引之说)。

【今译】藤儿长长野葡萄树,生在河边低湿之处。既已远别兄弟亲故,赶着生人称他阿父。纵使把他称作阿父,也无一人将我照顾!

藤儿长长野葡萄蔓,生在河滨低湿岸边。兄弟亲故分别既远,赶着生人把阿母喊。纵使把她当阿母喊,也无一人将我照看!

蔓儿长长野葡萄藤,河边湿地长得茂盛。既已远别兄弟至亲,赶着生人把兄长称。纵使把他当兄长称,仍无一人把我慰问!

【点评】朱熹的一句话,深得本诗要领:"世衰民散,有去其乡里家族,而流离失所者,作此诗以自叹。"春秋无义战,人民苦流离。这大概是逃亡到王畿之人唱出的哀歌。流离失所的人为在陌生而冰冷的世界里找到一分理解、得到一丝温暖,把周围的男男女女年长的称为阿父阿母、年轻的称为阿兄阿弟。"谓他人父(母、昆)"的"谓"字,是称呼之意,也何尝不是"当作"、起码是"希望能当作"的意味。可是他得到什么回应了吗?赢得一份同情了吗?丝毫也没有,得到的是一片冷漠。每章第四句讲这位可怜的流浪者抱着希望赶上前去叫道:阿父阿母阿兄啊;紧接着的第五句以复叠修辞格第二次唱出"谓他人父(母、昆)",表达了他尽了最大努力之后的绝望,因为结果是"亦莫我顾(有、问)"!清泪涌出,比饥寒更刺伤人心的孤独只得独自咽下。回头看章首起兴的二句,水边湿地里长的野葡萄,藤蔓绵延,以它反衬形影相吊、孤苦无告的流浪之人,意味深长。三章只换关键的三个字,情随声、声促情,渐次推进,唱出了孤苦的人那颗破碎的心。

【集说】世衰民散,而终远兄弟,非得已也。谓他人父,尊之也。谓他人母,亲之也。凡吾所以尊之亲之若此者,庶乎人之以子顾念我也。此既不可得,则又有以兄事之者,庶乎人之或以弟友我也。而亦邈然如不闻也,则其穷亦甚矣。然其所以然者,或以世道衰而情义薄,或以家荡析而财力微。然皆足以见民之流离失所者,所在皆然矣。(刘玉汝《诗缵绪》卷五)

葛藟本蔓生,必有所依而后附,今乃在河之浒与涘与漘,无乔木高枝以引其条叶,虽足自庇本根,而本根已失,奈之何哉?故人一去乡里,远其兄弟,则举目无亲,谁可因依?虽欲谓他人之父以为父,而其父反愕然而不之顾;即欲谓他人之母以为母,而其母亦怓然而不我亲;父母且不可以伪托,况昆弟乎?则更憺焉如无闻也。(方玉润《诗经原始》卷五)

(宗小荣)

59

采 葛⁽¹⁾

彼采葛兮⁽²⁾,一日不见,如三月兮。
彼采萧兮⁽³⁾,一日不见,如三秋兮。
彼采艾兮⁽⁴⁾,一日不见,如三岁兮。

【注释】(1)这是一首思念情人的恋歌。原编《王风》第八篇。 (2)葛:葛藤。 (3)萧:蒿的一种,有香气,古人祭祀时用。 (4)艾:一种药用的草本植物。

【今译】她又采葛去了,一日不见,像分别了九十天!

她又采萧去了,一日不见,像分别了整三季!

她又采艾去了,一日不见,像分别了整三年!

【点评】"彼采葛兮""彼采萧兮""彼采艾兮"放在每章之首,不仅告诉读者那位姑娘采葛(采萧、采艾)去了,更流露出"我"的心如何地关注、追随着她。"彼"字是情人对对方的称呼,"兮"字则含有等待、无可奈何与焦灼的盼望……其实,不管她是否去采撷什么还是干其他的事,只要"一日不见",结果都一样:"如三月(秋、岁)兮"。这个钟情的傻小子,这个热恋中的幸福与激动的情郎,在跟心上人短暂的分离中,魂一日而九回。甜蜜的回忆与焦急的等待交织,令他觉得这一天长如三月、三季、三年。俗话说仙境中人"洞中方七日,世上几千年",对于忘乎寄身其间的尘世、深陷于情感世界的情人来说,欢快时他或她觉得太快,等待时又感到片刻难挨、时间太长。然而这种焦急难耐是以令人心醉的"爱"为出发点和归宿的,与濒临绝路、了无生趣者体验的"度日如年"完全不同,因为青春的悸动、快乐的憧憬充满了这颗等待着的心,勃勃的生机感染着古往今来诵读这诗句的人们。结果,"一日不见如隔三秋"成了暂别中的恋人共同的心声。诗人以高度的艺术夸张写他的"心理错觉",并善于在重唱复沓之中强化其感人的效果。

【集说】此诗明明千古怀友佳章,自《集传》以为淫奔者所讬,遂使天下后世士夫君子皆不敢有寄怀作也。……至《小序》谓"为惧谗",尤不足与辩。夫良友情亲,如同夫妇,一朝远别,不胜相思,此正交情浓厚处,故有三月、三秋、三岁之感也。若泛泛相值,转面顿忘,或市利相交,势衰即去,岂尚能作此语? 故是诗之在衰朝,亦世情之中流砥柱也,而可无存乎? [眉评]雅韵欲流,遂成千秋佳语。(方玉润《诗经原始》卷五)

怀人也。采集皆女子事,此所怀者女,则怀之者男。(闻一多《风诗类钞》全集〈四〉)

(宗小荣)

大　车⁽¹⁾

大车槛槛⁽²⁾，毳衣如菼⁽³⁾。岂不尔思？畏子不敢。
大车啍啍⁽⁴⁾，毳衣如璊⁽⁵⁾。岂不尔思？畏子不奔。
榖则异室⁽⁶⁾，死则同穴。谓予不信，有如皦日⁽⁷⁾。

【注释】(1)此诗系一位女子向所爱的男方表白心迹，并激励他拿出勇气来。原编《王风》第九篇。　(2)槛槛：车行声。　(3)毳(cuì)衣：用兽毛织成的衣服。菼(tǎn)：初生芦荻，色青白。　(4)啍啍(tūn)：车行声。　(5)璊(mén)：红色的玉。　(6)榖(gǔ)：活着。　(7)皦：同"皎"。

【今译】大车声坎坎，毛衣青芦般。难道不想你？只怕你不敢。
大车声腾腾，毛衣红色深。难道不想你？只怕你不奔。
生纵不同衾，死则应共坟。你若不相信，白日是见证。

【点评】此诗中女主人公爱上一位男士，却不肯贸然同居，因为她对男方的决心尚无十足把握，所以还要作一番爱的表白和试探。一面是爱的大胆，一面是爱的矜持，那男士听了她掷地有声的话，若不赧然而退，定应报答如响。

【集说】楚伐息破之，虏其君守门，将娶其夫人而纳之于宫。楚王出游，夫人遂见息君，谓之曰："人生要一死而已，何至自苦！妾无须臾而忘君也，终不以身更二醮。生离于地上，何如死归于地下乎！"乃作诗曰："榖则异室，死则同穴。谓予不信，有如皦日。"息君止之，夫人不听，遂自杀，息君亦自杀，同日俱死。(刘向《列女传·贞顺篇》)(按：后人言诗之本事，多出附会。不得遽谓息夫人即此诗之作者。)

誓辞之始。(姚际恒《诗经通论》)

（周啸天）

诗经

郑 风

缁　衣⁽¹⁾

缁衣之宜兮⁽²⁾，敝，予又改为兮⁽³⁾。适子之馆兮⁽⁴⁾，还⁽⁵⁾，予授子之粲兮⁽⁶⁾。

缁衣之好兮，敝，予又改造兮。适子之馆兮，还，予授子之粲兮。

缁衣之蓆⁽⁷⁾兮，敝，予又改作兮。适子之馆兮，还，予授子之粲兮。

【注释】(1)《毛诗序》意谓此诗是周之国人"美（郑）武公"能"善于其职"，也就是王朝诗人代替"大奴隶主美小奴隶主"（陈子展语），如此则应列入"雅"，而不应居于"风"。《郑笺》《正义》作了修正：作者当是"郑国之人"，赞美郑武公解衣推食以"好贤"。宋人多不信从。今人有"莫忘前情"的新说："一位姑娘大概在男方对她冷淡了一段时间以后，她有点儿难受了，于是告诉他应记前情，来点儿热情。"（邓荃《诗经国风译注》）但缁色需经七次浸染（见《周礼·考工记·钟氏》），缁衣之昂贵自非一般人所望，所以《传》《笺》释为"朝服"。体味诗中不厌其烦的作衣语气，亲切而温存，谓为卿大夫的妻妾对丈夫的体贴，比较妥当。原编《郑风》第一篇。　(2)缁(zī)衣：上古卿大夫到私朝（家朝）官署所穿的黑色官服。宜：适宜，合身。　(3)敝：破旧。　(4)适：到。馆：官舍。　(5)还：回来。　(6)粲：崭新，指新衣。(7)蓆：宽大。

【今译】黑色朝服多合体呀,破了我又缝新的啊。到您的官署办公事呀,回来我递给您新衣服啊。

黑色朝服多漂亮呀,破了我又制新的啊。到您的官署办公事呀,回来我递给您新衣服啊。

黑色的朝服多宽适呀,破了我又做新的啊。到您的官署办公事呀,回来我递给您新衣服啊。

【点评】大凡丈夫出门,妻子总要细心审视他的衣着,牵领拽袖,直到称心为止。这原本是不值得向人称道的细微琐屑之事,然而"男人的衣扮,女人的脸面",女红的巧拙,可在这上面见点分晓。在她们的眼中,颇有大文章可做,这"衣服文学"显现了女性心底的婉细,倾注了一片深情。这里的缁衣官服,虽然不一定是诗中这位女子所制作,而需经她操办则自不待言。做官的丈夫要到官署办理公事,她就赶忙起来帮丈夫收拾打扮。"检查"的初次结论是合体,这是衣服审美的起码要求,也是最高标准;复次是漂亮、潇洒。看来她不仅牵领拽袖,而且左瞧瞧,右看看。每一道审视工序结束,都要说一番"改为""改造""改作"的话,这一件未旧,又想着做另一件,然后才说"放行"的话——"适子之馆兮"——这该是最后的满意,不过,由上班她又想到下班:到时,我会给您递上家居便服——那是新灿灿的。诗从缁衣写起,由"宜"探想到"敝",又由"敝"带出"改为";正因为"宜",才让他"适",复又从"适"想到"还",而从"还"生出"授粲",句意联属,随语成语,意致婉转,层析浑成。刚说"宜",又翻出"敝";言"适",又牵出"还",两个一字句,开出两片生活中的小天地,给这首生活化了的诗,增添了不少温馨的趣致,这种融洽,虽然来自日常间恬淡的细末情景,却润化人心,也正如有人所说,这是任何夫妻之间都不可或缺的。

【集说】"缁衣"下加"敝"字,"适馆"下加"还"字,妙有层次,亦使文不排熟。(姚际恒《诗经通论》)

(魏耕原)

将仲子⁽¹⁾

将仲子兮,无逾我里⁽²⁾,无折我树杞⁽³⁾。岂敢爱之⁽⁴⁾,

畏我父母。仲可怀也，父母之言，亦可畏也。

　　将仲子兮，无逾我墙，无折我树桑。岂敢爱之，畏我诸兄。仲可怀也，诸兄之言，亦可畏也。

　　将仲子兮，无逾我园，无折我树檀(5)。岂敢爱之，畏人之多言。仲可怀也，人之多言，亦可畏也。

【注释】(1)这是一首怀着矛盾心情婉拒男子私访的情歌。原编《郑风》第二篇。将(qiāng)：请。仲子：男子的表字。　(2)逾：翻越。里：二十五家为一里。此指里墙，犹言村墙。小村人家依村墙而居。　(3)折：此指因逾墙而撞折。杞：即杞柳。　(4)爱：爱惜。　(5)檀：本质坚硬的树。

【今译】求求你呀仲子哥！不要翻越我村墙，不要撞折我家杞柳杆。不是爱惜这些树，怕我爹娘大声嚷。仲子哥呀真想你，爹和娘的责骂，实在怕得慌呀！

　　求求你呀仲子哥！不要翻越我院墙，不要撞折墙边栽的桑。不是爱惜这些树，怕哥哥们要张扬。仲子哥呀真想你，哥哥们的责骂，实在怕得慌呀！

　　求求你呀仲子哥！不要翻越我园墙，不要撞折墙边栽的檀。不是爱惜这些树，怕人多嘴是非长。仲子哥呀真想你，邻居们的闲话，实在怕得慌呀！

【点评】这是一首含着眼泪倾诉的情歌，她央求恋人别闯到家里来，担心一家人指责她，又怕邻居说闲话。从"仲可怀也"看，他们早就相恋，而且现在感情还不错。而她一张口却是"无逾我里"，或许先前幽会弄得"鸡鸣狗吠，兄嫂当知之"。这位仲子哥之所以不能采取"抱布贸丝，来即我谋"半公开的方法，大概她一家人对他表示不欢迎，这才逼得爬垣跳墙。"无逾""无折"说得急突决绝，正有一番近况恶化的苦衷。继以"岂敢爱之"的开释、表白，方才道出"畏我父母"的缘故。按理，情由已很清楚，末三句似乎要把这意思说得更明白，而满腹心曲也正在乎此。"仲可怀也"说得热烈动人，包括那个表肯定语气的"也"字，也是热乎乎的。末二句把

诗骚观止

64

"畏我父母"一语分作两句,又是那样的无可奈何。同样一个"也"字,瞬间变得冰凉。"可怀"和"可畏"使她陷入不能自主的痛苦的困扰中,所以语气沉重,复用换韵以增加分量。父母、诸兄、邻人形成的挣扎不得的网络,使有情人不得成眷属,酿成旧时代普遍存在的社会问题。一番话语气几经转换,转折顿挫之间,婉转传出被迫相拒的心曲,使本来直质拒人的话,变得跌宕有情。全诗由杞柳到桑、檀,树质由脆渐至韧硬,是明示怕他来,更怕多次来,因为父、兄、邻人给她带来不可抗拒的层层威逼。此诗语意婉约,而又有不同的说解,可以参见"集说"。

【集说】玩其诗辞,乃一篱落间女子,虽不能自遏其情,而犹畏其父母、兄弟、国人之言,不敢轻身以从人者也。徐常吉云:"由逾里而墙而园,仲之来也以渐而迫也。由父母而诸兄众人,女子畏也以渐而远也。"(王鸿绪等《诗经传说汇纂》)

逾里、折杞,隐语入妙。爱有如不敢,柔婉之态可掬。"仲可怀也,父母之言,亦可畏也"较量得细贴婉切,至情至性,恻然流溢。(牛运震《诗志》)

细玩此诗,其言婉而不迫,其志确而不渝,此必有恃势以相强者,故托为此言以拒绝之,既不干彼之怒,亦不失我之正,与唐张籍却李师古聘而赋《节妇吟》之意相类。所谓"仲可怀"者,犹所谓"感君缠绵意"也。所谓"岂敢爱之,畏我父母诸兄"云者,犹所谓"君知妾有夫""还君明珠双泪垂"也。此岂果爱其人哉!特不得不如是立言耳。(崔述《读风偶识》)

"这是一个恋爱中的女子替她心爱的人多方设想,以减少他的恋爱障碍。她并不是请仲子不要来,而是请他不要跳墙攀拊而来;她虽然有多方面的顾忌,但主要的还是为了较顺利地达成她的目的。"这种言似拒之而实乃招之的心理状态和明代一首民歌相似:"姐道:我郎呀!若半夜来时,没要捉个后门敲。只好捉我场上鸡来拔子毛,假做子黄鼠狼偷鸡,引得角角里叫。好叫我穿上单裙出来赶野猫。"(詹安泰《诗经里所表现的人民性和现实主义的精神》,《人民文学》1953年7、8月号)

(魏耕原)

诗经

大叔于田(1)

　　叔于田,乘乘马(2)。执辔如组(3),两骖如舞(4)。叔在薮(5),火烈具举(6)。襢裼暴虎(7),献于公所。"将叔无狃(8),戒其伤女(9)!"

　　叔于田,乘乘黄。两服上襄(10),两骖雁行。叔在薮,火烈具扬。叔善射忌(11),又良御忌。抑磬控忌(12),抑纵送忌(13)。

　　叔于田,乘乘鸨(14)。两服齐首,两骖如手。叔在薮,火烈具阜(15)。叔马慢忌,叔发罕忌(16)。抑释掤忌(17),抑鬯弓忌(18)。

【注释】(1)按照"首章标其目"的命题特点,"大"字当是后加。马瑞辰《毛诗传笺通释》说:"古通以长为大,谓此诗较前《叔于田》为长,故言'大'以别之。"原编《郑风》第四篇。 (2)乘(shèng)马:四马。 (3)执辔:一车四马八条缰绳,两条系在车上,六条握在手中。如组:形容所握马缰绳整齐如一排丝线。 (4)两骖:外侧两马。此句孔颖达《正义》以为:"止云两骖,不言两服,知骖与服和谐中节者。" (5)薮(sǒu):草木丛生的低湿地。 (6)烈:通"迾",阻遮。猎时放火烧草,遮断群兽逃路,叫火烈。举:起。 (7)襢裼(tǎn xī):脱去上衣,袒胸露体。襢:同"袒"。裼:与"袒"同义。暴(bó):通"搏"。 (8)将(qiāng):请。狃(niǔ):习惯。无狃:不要因习以为常而掉以轻心。 (9)女:通"汝"。 (10)两服:中间夹车辕的两马。上襄,犹言前驾。襄:通"骧",驾。 (11)忌:句末助词,下同。 (12)抑:句首发语词,下同。磬控:弯腰勒马,刹车止行。磬:曲身如磬。 (13)纵送:纵马急驰。 (14)鸨(bǎo):通"骉",黑白杂色的马。 (15)阜:旺盛。 (16)发:发箭。罕,稀少。 (17)释掤(bīng):打开箭筒上的盖子。 (18)鬯(chàng):通"韔",弓袋,此用作动词。

【今译】共叔段到野外去打猎,一车四马上了路。手握六缰如丝组,两边骖马如跳舞。赶车来到草泽地,四面猎火齐烧着。脱衣袒胸杀猛虎,猎物献给公侯府。"请您不要太大意,提防猛兽伤身骨!"

共叔段到野外去打猎,驾车四马一色黄。中间两马领头跑,骖马随后像雁行。共叔段围猎在草泽地,猎火一片顺地扬。共叔段是射箭神猎手,赶起车来最在行。忽儿弯身勒住马,忽儿纵缰急奔忙。

共叔段到野外去打猎,四匹花马驾车走。中间两马同抬头,骖马好似左右手。共叔段围猎在草泽地,猎火熊熊烧得旺。马儿放缓悠悠走,箭儿射得慢下来。打开箭筒装了箭,弓儿放进袋里边。

【点评】这诗展现了上古御车火猎的壮观场面,赞美一位贵族勇猛过人和射御本领的高超。说六缰"如组",四马"如舞",洒脱自如的驾御,出猎者的神气宛然可以想见。"叔在薮,火烈具举",粗犷、遒劲、厚重的勾勒,烘染出震荡人心的火猎图:熊熊烈火在一片草泽地带四面烧起,炽焰张天,火势呼呼,风声猎猎,烟雾腾腾。众兽丧奔,马驰车奔,群情亢奋,震天动地。火跃人呼中,共叔段甩掉衣服,赤臂袒胸,搏击猛虎。猎场气氛霎时凝结、紧张。此处用雕塑手法矗立了一座气吞牛虎的铜尊,雄姿和猎火辉映。"献于公所"传出猎者、从者的欢呼。末二句"夹入亲爱语意"(姚际恒语),化刚为柔,曲笔淋漓,尽其豪纵之致。次章写驱车逐兽。"上襄""雁行",言四马一车形成强力运动的整体,如箭之离弦,奔驰草地。"磬控"承前,笔致猛然顿住——控缰勒马,当是发现猎物。紧缀"纵送",如弹之脱手,风驰电闪而奔,张弛从心,以见"善御",驰骤飞腾,跃乎眼前。两个"抑"字,显示宕驰于转瞬,宛然入妙。末章的"齐首""如手",又是何等整暇。一番激烈驰逐过后,四马款款缓速,整饬一致,与前跃舞、飞驰别是一番景象。复用"马慢"点透,以下次第带入"发罕""释掤""鬯弓",共叔段的意态悠扬尽在其中——是为满载猎归。铺写变化迅急的大场面,人、马的种种神态、火势、众声、薮地,天跳地踔,振动壮观。细究,笔墨却极简省,实在是作者的一种极大本领。

【集说】"忌"字,"抑"字有叹咏意,故见其从容整暇于始终。(刘玉汝《诗缵绪》)

此(二)章言射猎,词调工绝。(三章)描摹尤妙。(全诗)描摹工艳,铺张亦复淋漓尽致,便为《长杨》《羽猎》之祖。(姚际恒《诗经通论》)

诗经

"如舞"字形容活妙。横插"叔在薮"三字,极有声势。"叔于田""叔在薮"两层写,章法严整。(二章)射御作两层写,穿插有致。美叔善御,却作咏叹低徊之致,正有微旨。(三章)写得末路整暇,正见精神回注,踌躇满志处……凡田猎诗,不难于雄厉,正难于整暇。(牛运震《诗志》)

旧评云:"火烈"四字,光焰逼人。又云:炳焕雄骏,精神全注首章末二句,作诗者其有先见乎。(吴闿生《诗义会通》)

（魏耕原）

女曰鸡鸣⁽¹⁾

女曰:"鸡鸣。"士曰:"昧旦⁽²⁾。""子兴视夜,明星有烂⁽³⁾。""将翱将翔⁽⁴⁾,弋凫与雁⁽⁵⁾。"

"弋言加之⁽⁶⁾,与子宜之⁽⁷⁾。宜言饮酒,与子偕老。琴瑟在御⁽⁸⁾,莫不静好⁽⁹⁾。"

"知子之来之⁽¹⁰⁾,杂佩以赠之⁽¹¹⁾。知子之顺之,杂佩以问⁽¹²⁾之。知子之好之,杂佩以报之。"

【注释】(1)此诗写一对青年夫妇相戒早起和互相爱悦的情事。原编《郑风》第八篇。 (2)昧旦:天将亮的时候。 (3)明星:即金星,黎明见于东方,称为启明星或明星。有烂:即灿烂,明亮。 (4)翱翔:原指鸟飞的样子。此指打猎,言其轻松如遨游。 (5)弋(yì):以丝绳系箭尾射鸟。凫(fú):野鸭。 (6)言:本章的"言"字都是助词。加:射中。 (7)与:犹"为"。宜:做肴。宜之:烹调凫、雁为菜肴。 (8)御:用,犹言弹奏。 (9)静:安。(10)来:"劳来"之来,慰抚、体贴。之:前"之"为助词。 (11)杂佩:古人所戴的佩饰,上系珠、玉等,质料和形状不一,故称"杂佩"。 (12)问:赠。

【今译】女说:"耳听鸡叫唤。"男说:"天才亮一半。""你且下床看看天,启明星儿亮闪闪。""干起来啊起来干,射野鸭儿也射雁。"

"射鸭射雁准能着,为你煮雁做美肴。有了美肴好下酒,祝福我俩同到老。如弹琴来如鼓瑟,多么和谐多美好。"

"晓得你对我真关怀,送给你杂佩答你爱。晓得你对我体贴细,送给你杂佩表情意。晓得你爱我是真情,送给你杂佩表同心。"

(据余冠英译有改动)

【点评】诗从催促贪睡的丈夫起床写起,她不说起来迟了,只说鸡儿叫了,启明星出来了,低声短语蕴含不少爱怜。男子咕哝着"天未亮",想见其睡眼惺忪的模样。他在妻子一再温存中起了床,兴致勃勃地说他要开始一天的劳动:"弋凫与雁。"对于猎户不言他鸟,而单言凫、雁,联系末章"杂佩以赠之",这里还有另一层含义,春秋时赠人礼物,往往有所先后,礼物价值先轻后重。这里先凫雁而后杂佩,无啻于以最丰硕的果实奉献妻子,因而他的射猎是"将翱将翔",充满愉快。次章全是妻子回答的话。首句的"弋"字,蝉联两章,大有夫唱妇和的效果。"弋言加之",是对丈夫的祝愿,也是夸赞:凫雁只只都射中。顺承的"与子宜之",言己对丈夫以佳肴款待,两"之"字联结紧密。"宜言饮酒"字面由"宜"(佳肴)而连类及"酒",以助美满欢意的兴致、"饮"字把上二句你猎我炊粘连在一起,这是歌唱他们劳动的愉快,也是赞颂他们的和睦融洽,所以有"与子偕老"的话。"琴瑟在御",对一个鸡鸣即起的猎户,只能说是带有祝福性质的比喻,因为当时就流行着"妻子好合,如鼓瑟琴"(《小雅·常棣》)的话,这在紧接着的"莫不静好"一句中也是看得分明的。"与子偕老"一句居中,前承对饮,后应琴瑟,一片绸缪的浓情蜜意聚集此句。末章是丈夫的答词,形成三组排句,句首的三个"知"字,一意贯串,满腔的热乎亲好。三个"知子"的"子",与上章两个"与子"的"子"前唱后应,相敬如宾。"赠""问""报"一片热肠暖语,化润人心。"来""顺""好"与之前递后接,分嵌其中,频频见意。在急管繁弦中洋溢恩爱酣畅之情。诗人虽不语前缀"士曰",读者却分明感受到那犷放热烈的男中音——是猎人献给妻子的歌。这首对话体诗,读来如听对口清唱,如观二人转的独幕小剧。起床时的款款低语,起床后的欢歌快唱,一柔顺,一热烈,口吻情态,可闻可听。人物由睡而起,对话由短而长,节奏由慢而快,切情切理。首章淘洗净尽,轻拢慢捻,合中有分。极简处情致摇曳;二章缓缓,如小弦切切;三章促促,如大弦嘈嘈,构成一支滋润人心的家庭主题的歌,以最早的对话体标帜诗史。

诗经

【集说】此篇述妇之词,始终详备,而首三句尤极曲折,所以提一篇之要者,此诗人措意行文之工者。(刘玉汝《诗缵绪》)

"琴瑟在御,莫不静好",此诗人拟想点缀之辞。若作女子口中语,似觉少味。盖诗人一面叙述,一面点缀,大类后世绘索曲子。(张尔岐《蒿菴闲话》)

小星不见为卯,诗不言小星不见,而言"明星有烂",妙笔。"女曰鸡鸣",蚤矣。"士曰昧旦"则稍迟矣。女于是促之以兴而视夜,则又迟矣。此贤妇也。"将翱将翔"指凫、雁言。凫、雁宿沙际芦苇中,亦将起而翱翔,是可以弋之之时矣。此诗人闲笔涉趣也。(姚际恒《诗经通论》)

"鸡鸣"二字领起通篇精神。……借弋射说勤生,有情有韵。委巷俗情,闺房琐事,写来正自雅妙。"静好"应贴夫妇,却卸到琴瑟,言"琴瑟在御"则夫妇可知矣……三"之"字只作微闻其事,婉约入妙。三叠正见殷勤不尽……一篇局仗情事,具从幻想撰出。(牛运震《诗志》)

旧评云:脱口如生,传神之笔。又云:通篇用代字诀。末章婉转商榷,娓娓动人。(吴闿生《诗义会通》)

(魏耕原)

山有扶苏(1)

山有扶苏(2),隰有荷华(3)。不见子都(4),乃见狂且(5)。
山有乔松(6),隰有游龙(7)。不见子充,乃见狡童(8)。

【注释】(1)这是一位女子对恋人的戏谑。原编《郑风》第十篇。 (2)扶苏:马瑞辰《通释》以为是桑树。 (3)隰(xí):低洼沼泽地。荷华:荷花。华,花之古体字。 (4)子都:与下句中的"子充"均为古代美男子之名,在此均指女子对所爱之人的代称。 (5)狂且(jū):行为轻狂之人。且,助词。(6)乔松:高大的松树。 (7)游龙:草名,即红草,又名水红、红蓼或马蓼。(8)狡童:愚顽无知的孩童。

【今译】山头有扶苏绿莹莹,洼沼有荷花艳艳红。我没见到美子都,反倒碰上个轻狂童。

山头有青松壮又高,沼洼有红蓼盛又茂。我没见到美子充,反倒碰上个狡诈童。

【点评】"打是亲,骂是爱",俏骂戏谑自古以来就是民间青年男女谈情说爱的传统方式。此诗中的女青年的一片深情均以俏骂嘲笑出之,她那粗犷泼辣、坦诚直率、无所顾忌的个性则随着笑骂声而跃然纸上。清新活泼,幽默诙谐,妙趣横生。以后民歌中常见到的"千刀杀""俏冤家",张生呼莺莺为"可憎",黛玉骂宝玉为"魔星"之类,无不滥觞于此。

【集说】淫女戏其所私者曰:"山则有扶苏矣,隰则有荷华矣,今乃不见子都,而见此狂人何哉?"(朱熹《诗集传》卷四)

诗人不过泛言流弊,举以为戒。故借草木起兴,以见山之高,固有扶苏,亦有桥松;隰之卑,固有荷华,亦有游龙。大小互见,美恶杂陈,要在采之者辨之而已。……有天下国家责者,尤当三复而细味咏之。(方玉润《诗经原始》)

扶苏、乔松比子都子充,荷华、游龙比狂狡,义甚明……诗意只以在山之高大者喻美,在隰之卑弱者喻不美。(姚际恒《诗经通论》)

(陈维国　罗应涛)

萚 兮⁽¹⁾

萚兮萚兮,风其吹女⁽²⁾。叔兮伯兮,倡予和女⁽³⁾。
萚兮萚兮,风其漂女⁽⁴⁾。叔兮伯兮,倡予要女⁽⁵⁾。

【注释】(1)这诗写一个女子邀恋人与她共同歌唱。原编《郑风》第十一篇。萚(tuò):草木脱落的叶和皮。 (2)其:助词,无义。女:同"汝"。(3)倡:同"唱",此为领唱。 (4)漂:同"飘",吹起来。 (5)要(yāo):与上文之"和"同义。

【今译】树叶黄了,树叶黄了。风儿把你慢吹落。我的阿弟呀,阿哥呀,

唱起来吧,我来和。

　　树叶黄了,树叶落了,风儿把你轻轻扬起。我的阿弟呀,阿哥呀,唱起来吧,我和你。

　　【点评】此诗写男女同歌,并开亘古至今男女唱和,寻求伴侣,表达爱情习俗之先声。秋风飒飒,落叶飘飘,水到渠成,瓜熟蒂落,大自然给成熟的少女以启迪。诗由此起兴,极富暗示性。呼着哥,喊着弟,跟我唱起来。一个热情、直率、豪爽而狂放的少女形象跃然纸上。全诗像豪迈、奔放的序曲,简洁明快、戛然而止,给读者留下联想的广阔天地。

　　【集说】此淫女之辞。言"萚兮萚兮",则风将吹女矣。"叔兮伯兮",则盍倡予,而予将和女矣。(朱熹《诗集传》卷四)

　　原始人每以唱歌为合欢之媒。于一定时日,男女相聚,男子竞唱,女子择其善于歌者而嫁之……(郭沫若《卷耳集》)

(陈维国　罗应涛)

狡　童(1)

　　彼狡童兮(2),不与我言兮。维子之故(3),使我不能餐兮。

　　彼狡童兮,不与我食兮。维子之故,使我不能息兮(4)。

　　【注释】(1)此诗写一位女子对恋人的责怨之辞。原编《郑风》第十二篇。　(2)狡童:调皮的小伙,指恋人,这是戏谑之辞。　(3)子:指狡童。(4)息:安息。

　　【今译】那个调皮的小伙子啊,不肯与我讲话啦。因为你的缘故啊,使我饭也咽不下呀!

　　那个小伙真讨厌啊,不肯与我一起吃饭啦。因为你的缘故啊,使我觉也睡不安呀!

【点评】一对恋人发生了矛盾,女子实在不能忍受男子对她的冷漠态度,始而食不甘味,继之寝不安席,痛苦与期望交织在一起。不难想到,两人情意浓厚之时,言笑晏晏,饮食必共,现在不与我言、不与我食,何情之薄也。全诗采用重章叠句形式,表达女主人公微妙曲折之情。责怨中包含着炽热的相思之情,痛苦之中又微带娇嗔之意,生动活泼,富有风趣。

【集说】恨不见答也。(闻一多《风诗类钞》)

这一篇歌不是说的男的不理会女的了,而女的是那样的不能餐不能息的在不安着么?(郑振铎《中国俗文学史》)

(张新科)

褰 裳(1)

子惠思我(2),褰裳涉溱(3)。子不我思,岂无他人。狂童之狂也且(4)。

子惠思我,褰裳涉洧(5)。子不我思,岂无他士(6)。狂童之狂也且。

【注释】(1)这是一首情人之间的戏谑之辞。原编《郑风》第十三篇。(2)子:你。惠:爱。 (3)褰裳:用手提起裙子。溱:郑国水名,原出河南密县,下与洧水合流。 (4)狂童:犹傻瓜,戏谑之辞。也且:犹也哉,语气词,无实义。 (5)洧:郑国水名,即今河南双洎河。 (6)士:男子的通称。

【今译】你若真心思念我,就提起衣裳渡过溱水河。你若变心不想我,难道我没别人爱? 你这个没脑子的傻家伙。

你若真情对待我,就提起衣裳渡过洧水河。你若是真不喜欢我,难道就没别人来爱我? 你这个没脑子的傻家伙。

【点评】此诗采用反复咏唱的形式,淋漓酣畅地抒发了女主人公真挚的

诗经

感情,她那爽朗、泼辣的性格跃然纸上。每章前四句均为整齐的四言,末句则一吐为快,连用语气词,整齐中求参差,以表达奔放之情。"狂童"亦即《狡童》一诗中的"狡童"。也许,他们之间的爱情出现了障碍,男子难以与她见面,女子则以戏谑之辞鼓励他克服重重困难,实现他们的美好理想。全诗朴素自然,情趣盎然。

【集说】许多郑风,只是孔子一言断了,曰郑声淫。……"如《褰裳》,自是男女相咎之辞,却干忽与突争国甚事?"(朱熹《朱子语类》)

"狂童之狂也且",语势拖靡,风度绝胜。(陈子展《诗经直解》引孙鑛语)

《郑风》里的情歌,都写得很俏巧,很婉秀,别饶一种媚态,一种美趣。……"子不我思,岂无他人?狂童之狂也且!"似是《郑风》中所特殊的一种风调。这种心理,没有一个诗人敢于将它写出来!(郑振铎《插图本中国文学史》)

(张新科)

东门之墠⁽¹⁾

东门之墠⁽²⁾,茹藘在阪⁽³⁾。其室则迩⁽⁴⁾,其人甚远。
东门之栗⁽⁵⁾,有践家室⁽⁶⁾。岂不尔思,子不我即⁽⁷⁾。

【注释】:(1)这是一首女子思念情人之作。原编《郑风》第十五篇。(2)墠(shàn):平地。 (3)茹藘(lú):即茜草,其根可作绛红色染料。阪:坡。 (4)其:指男子。迩:近。 (5)栗:栗树。 (6)践:排列整齐。家室:指房屋。 (7)即:到,来。

【今译】东门城外地平展,茜草长在斜坡边。你家虽然近在前,人却离得我很远。

东门城外栗树密,树旁住着心中人。日日夜夜思念你,就是不见你的影。

【点评】此诗极为逼真地刻画了一位痴情女子的形象。每章的前二句,直道心中人所居之地,后二句再说自己的心思,结构十分整齐。"思"字乃是全诗的关键。先叹其远,次冀其来就,有愈思之愈深切之意,创造出可望不可即的意境,与《秦风·蒹葭》有同工异曲之妙。人们以此诗为男女对唱形式,犹如今人之对山歌,亦可作如是观。

【集说】《秦风》"所谓伊人"六句,意象漂渺极矣,此诗则以"其室则迩"二句尽之。(钟惺《诗归》)

首章思其人而叹其远,次章识其所居而冀其来,埠、阪、茹蘆历历在目,此思中之境,其人之远,乃心远耳,疑恨之词。(高朝璎《诗经体注大全会参》)

"其室则迩,其人甚远"较《论语》所引"岂不尔思,室是远而"所胜为多。彼言"室远",此偏言"室迩",而以"远"字属人,灵心妙手。又八字中不露一思字,乃觉无非思,尤妙。"思"字于下章始露之。"子不我即"正释"人远",又以见人远之非果远也。(姚际恒《诗经通论》)

(张新科)

风　雨(1)

风雨凄凄,鸡鸣喈喈(2)。既见君子(3),云胡不夷(4)!
风雨潇潇,鸡鸣胶胶(5)。既见君子,云胡不瘳(6)!
风雨如晦(7),鸡鸣不已(8)。既见君子,云胡不喜!

【注释】(1)此诗写一位女子在风雨之夜与情人相见的情景。原编《郑风》第十六篇。　(2)喈喈:鸡鸣声。　(3)君子:指情人。　(4)云胡:如何。夷:平静。　(5)胶胶:鸡鸣声。　(6)瘳(chōu):病愈。　(7)晦:黑暗。　(8)已:止。

【今译】风凄凄呵雨泠泠,鸡鸣喈喈乱人心。今日忽然见到你,心情怎能不平静!

风萧萧呵雨淋淋,鸡鸣胶胶碎人心。今日忽然见到你,心病也能马上愈!

风雨交加天昏沉,鸡鸣声声撕人心。今日忽然见到你,心里怎能不

欢喜!

【点评】此诗每章的前两句都是写景:风雨、鸡鸣,从视觉、听觉两方面着笔,渲染出凄凉之景色,亦透视出主人公凄凉之感情。每章的后两句都是抒写女主人公见到情人后热烈之心情,借景抒怀,真乃千秋绝调。《卫风·氓》中的女主人公在热恋中等待情人时,"未见复关,泣涕涟涟;既见复关,载笑载言",多么痴情!此诗中的女主人公在风雨之夜与情人见面,未见之前愁绪万端,积思成病,既见之后烟消云散,心病顿愈,其痴心酷似《氓》中的女主人公。诗人用反复咏唱的方式,每章一、二、四句只更换一两个字,使景色层层加重,感情步步加深。每章第三句不变,形成一个主旋律,回荡在整个诗篇之中。而且,写景时用了大量叠词,增强了诗的形象感和音乐感。

【集说】三章一意,各上二句言其时,指其所期也,下二句表其心,如其所期也。以"既见"二字为主,其瘳、其夷、其喜,皆根此说。(陈抒孝辑《诗经啴风详解》)

三章首二句极道其时之无聊,情难自禁,而两美忽合则庆幸出自望外,故喜极而反复道之耳。(高朝璎《诗经体注大全会参》)

此诗人善于言情,又善于借景以抒怀,故为千秋绝调也。(方玉润《诗经原始》)

(张新科)

子 衿(1)

青青子衿(2),悠悠我心(3)。纵我不往(4),子宁不嗣音(5)?

青青子佩(6),悠悠我思。纵我不往,子宁不来?

挑兮达兮(7),在城阙兮(8)。一日不见,如三月兮。

【注释】(1)这是一首女子思念恋人的歌曲,原编《郑风》第十七篇。

(2)子:你。衿:古代衣服的交领。 (3)悠悠:忧思貌。 (4)纵:即使,虽然。 (5)宁:难道。嗣:借为贻,给予。嗣音即给我个音信。 (6)佩:佩玉。 (7)挑达:往来貌。 (8)阙:城门两边的高台。

【今译】你的衣领色青青,时刻牵着我的心。纵我不去把你找,你就不能给音信?

你的绶带色青青,时刻牵着我的心。纵我不去把你找,你就不能来这里?

独往独来心不定,上到城楼等着你。一天不见你的影,真像熬了三月整。

【点评】此诗采用层层递进的章法,表达一位青年女子对情人的爱恋之情。对方的影子始终萦绕在她的心头上。她先盼音讯,继而期望会面,均未如愿,于是,便主动登上城墙,等待情人。也许,那里是他们经常约会的地方,可是,现在只有她一人踱来踱去,始终未见情人的影子,痛苦难忍。"一日不见,如三月兮"把感情推向了高潮。全诗"子""我"对举,而突出"我"之情,在责怪中带有真情,在盼望、等待中带有痴情。

【集说】此诗以"悠悠我心"为主,首二章思其服而微言之,末则度其居深思之。"不嗣音""不肯来",便是不见其人意。(陈抒孝《诗经喈凤详解》)

首二章薄责其忘情,末一章自述其钟情,如怨如慕之意跃然言表。(高朝璎《诗经体注大全会参》)

《子衿》云:"纵我不往,子宁不嗣音?""子宁不来?"薄责己而厚望于人也,已开后世小说言情之心理描绘矣。(钱钟书《管锥编》〈一〉)

(张新科)

出其东门(1)

出其东门,有女如云。虽则如云,匪我思存(2)。缟衣綦巾(3),聊乐我员(4)。

出其闉阇(5),有女如荼(6)。虽则如荼,匪我思且(7)。缟

衣茹藘⁽⁸⁾，聊可与娱。

【注释】(1)此诗是一位男子对爱情忠贞不渝的自白。原编《郑风》第十九篇。　(2)匪：同"非"。存：思念。　(3)缟衣：较粗浅的衣服。綦(qí)巾：暗绿色佩巾。　(4)员：语气词，无实义。　(5)闉(yīn)：曲城，城外的护门小城。阇(dū)：城门上的台。　(6)荼：一种开白花的植物。　(7)思且：思存之意。　(8)茹藘：茜草，可做绛色染料，这里代指绛色佩巾。

【今译】出东门呵出东门，美丽姑娘如彩云。虽则姑娘像彩云，并非我的意中人。只那素衣绿佩巾，才能让我喜在心。

出城门呵出城门，美丽姑娘如白荼。虽则姑娘如白荼，并非我的相思人。只那素衣绛佩巾，才是我的心上人。

【点评】在风和日丽的季节，一个男子来到繁华热闹、游人如云的东门之外，没有被众美女所迷惑，而是思念着穿着朴素的心中人。他憨厚、诚实，体现了古代劳动人民对爱情严肃认真的态度。每章前四句由扬到抑，衬托出意中人的形象，然后用对比的方法，表白自己之所爱。众美女的华丽胜过了"缟衣綦巾"的姑娘，而主人公心目中恰恰相反，"缟衣綦巾"的姑娘胜过了众美女：她是最崇高、最可爱的，诗以反复咏唱的形式，突出了这一主旨。正如《华山畿》乐府歌辞所云："奈何许！天下何限，慊慊只为汝！"诗中的服饰，红、白、绿交织一起，增添了诗的色彩美。

【集说】《左传》记郑事，所言城门，凡为名十二。……惟东门两见于诗，意此门当国要冲……盖师旅之屯聚，宾客之往来，无不由是，其为郑之孔道可知，宜乎诗之一兴一赋皆举以为端也。(陈启源《毛诗稽古编·附录》)

"匪我思存"一句最重。(高朝瓔《诗经体注大全会参》)

（张新科）

野有蔓草⁽¹⁾

野有蔓草⁽²⁾，零露漙兮⁽³⁾。有美一人，清扬婉兮⁽⁴⁾。

邂逅相遇⁽⁵⁾，适我愿兮。

　　野有蔓草，零露瀼瀼⁽⁶⁾。有美一人，婉如清扬⁽⁷⁾。邂逅相遇，与子偕臧⁽⁸⁾。

【注释】(1)此诗写一男子见到一位美丽姑娘时的喜悦心情，原编《郑风》第二十篇。　(2)蔓：蔓延。　(3)零露：一颗颗露珠。溥(tuán)：露珠圆圆的状态，或指露多貌。　(4)清扬：眉目清秀。婉，美好。　(5)邂逅：不期而遇。　(6)瀼(ráng)瀼：露多貌。　(7)如：而。　(8)臧：善，好。

【今译】野地蔓草青依依，点点露珠闪熠熠。一位姑娘真美丽，明亮眼珠滴溜溜。不期而遇见到她，她的美丽适我意。

野地蔓草青依依，晶莹露珠闪熠熠。一位姑娘真美丽，明亮眼睛滴溜溜。不期而遇见到她，我愿相处在一起。

【点评】此诗以民歌中常用的重章叠句形式，表达了一位男子的喜悦心情。两章章法完全一致。每两句为一层。第一层起兴，描绘出清丽、幽静的景物环境，对全诗起烘托作用。第二层是对女子容貌的描绘，与第一层的景物相照应，景美，人亦美。第三层是男子的心理活动，激动之情溢于言表。全诗层次井然，情景交融，体现了民歌清新活泼、朴素自然的风格。

【集说】此诗即所在以起兴，故为赋而兴，无非道其相遇之情也。各首二句道其景，中状其人，末叙其情。(陈抒孝《诗经喈风详解》)

此诗致其庆幸之词。首道景，中言人，末叙情，喜出望外，有无限情思在。(高朝璎《诗经体注大全会参》)

重"相遇"二字。"适愿"以一人之欲言，"偕臧"以两人之欲言。(同上)

（张新科）

溱　洧⁽¹⁾

溱与洧，方涣涣兮⁽²⁾。士与女，方秉蕑兮⁽³⁾。女曰观

诗经

乎,士曰既且⁽⁴⁾。且往观乎⁽⁵⁾,洧之外,洵訏且乐⁽⁶⁾。维士与女⁽⁷⁾,伊其相谑⁽⁸⁾,赠之以勺药。

溱与洧,浏其清矣⁽⁹⁾。士与女,殷其盈矣⁽¹⁰⁾。女曰观乎,士曰既且。且往观乎,洧之外,洵訏且乐。维士与女,伊其将谑⁽¹¹⁾,赠之以勺药。

【注释】(1)郑国风俗,三月三日上巳节,在溱洧两水边举行"招魂续魄,被除不祥"的盛大集会,此诗写男女春游的欢乐。原编《郑风》第二十一篇。(2)涣涣:水流涨满的样子。 (3)蕑(jiān):泽兰。 (4)且:同"徂",去过。 (5)且:再。 (6)洵訏(xū):确实盛大。 (7)维:语助词。 (8)伊:语助词。谑:调笑。 (9)浏:水清貌。 (10)殷:多。 (11)将:相。

【今译】溱水与洧水,浩浩淼淼啊。小伙与姑娘,手执兰草啊。姑娘道"瞧瞧如何?"小伙道"我刚去过。""再去瞧瞧如何? 洧水边上,真个宽大又快乐。"姑娘和小伙,语笑相戏谑,互赠以芍药。

溱水与洧水,清清激激呀。小伙与姑娘,成群拥塞呀。姑娘道"瞧瞧如何?"小伙道"我刚去过。""再去瞧瞧如何? 洧水边上,真个宽大又快乐。"姑娘和小伙,语笑相戏谑,互赠以芍药。

【点评】此诗在直叙中插入对话,生动活泼,富于情节性。"盖诗人一面叙述,一面点缀,大类后世弦索曲子"(张尔岐)。这种有情节有对话的写法,使读者如听"二人转",妙趣横生。

【集说】郑国之俗,三月上巳之日,于两水上招魂续魄,被除不祥。故诗人愿与所说俱往观也。(《艺文类聚》卷四引韩诗)

想郑当国全盛时,士女务为游观。蓺花地多,耕稼人少。每值风日融和,良辰美景,竞相出游,以致兰勺互赠,播为美谈,男女戏谑,恬不知羞,则其俗流荡而难返也。在三百篇中别为一种,开后世冶游艳诗之祖。(方玉润《诗经原始》卷五)

(周啸天)

齐 风

鸡 鸣(1)

"鸡既鸣矣,朝既盈矣(2)。""匪鸡则鸣(3),苍蝇之声。"

"东方明矣,朝既昌矣(4)。""匪东方则明,月出之光。"

"虫飞薨薨(5),甘与子同梦(6)。会且归矣(7),无庶予子憎(8)!"

【注释】(1)这是一首妻子劝勉丈夫勤于早朝的诗。天还没有亮,妻子就一再催促丈夫起身上朝,而丈夫却躺着不肯起来。全篇用对话的形式写成。原编《齐风》第一篇。 (2)朝(cháo):朝廷。盈:满,指上朝的文武官员而言。 (3)匪:非。则:之。 (4)昌:盛,指人多。 (5)薨(hōng)薨:虫子成群飞鸣声。 (6)甘:乐,愿。同梦:同睡。 (7)会:朝会,君臣在一起议事。 (8)无庶:不希望。予:同与。子:你。憎:憎恶,恼恨。

【今译】"公鸡喔喔都叫了,朝堂官员都满了。""不是公鸡喔喔叫,那是苍蝇在吵闹。"

"东方天色已亮了,朝堂官员已多了。""不是东方天色亮,那是空中月光照。"

"虫子嗡嗡嗡地叫,我也想同您睡觉。可是朝会快散啦,您可不要招人恼!"

【点评】此诗在写法上颇为新颖独特。它只截取清晨夫妻欲起未起之

时,在床上互相对话的一个生活细节,生动地表现出妻子的贤淑和丈夫的懒散性格,人物形象可谓声口毕现。前两章为夫妻对话,妻子的态度还比较从容,最后一章全是妻子的话,看来她在反复劝说未能奏效之后,心情也不免有些急切了。此等安排上的微妙处,见出作者的精思独运。诗中表现出劝人勤于事业的思想,同时也充满着夫妻间的温馨的情爱,在严肃中含着谐趣,在幽默中启人深思。

【集说】《序》谓“思贤妃,刺哀公”。朱郁仪谓“美乙公之王姬”。伪《说》谓“卫姬劝桓公”。众说不一,皆无确据。故《集传》但以为古贤妃告诫于君之词。姚氏际恒又谓为贤妃作也可,即大夫妻作也亦无不可。“总之,警其夫欲令早起,故终夜关心,乍寐乍觉,误以蝇声为鸡声,以月光为东方明,真情实景,写来活现。”可谓善于说诗矣。然愚谓贤妃进御于君,有夜漏以警心,有太师以奏诫,岂烦乍寐乍觉,误以蝇声为鸡声,以月光为东方明哉?此正士夫之家鸡鸣待旦,贤妇关心,常恐早朝迟误有累慎德,不唯人憎夫子,且及其妇,故尤为关心,时存警畏,不敢留于逸欲也。至谓鸡声与蝇声大小不类,此又诗人之词,多在可解不可解之间,不必以辞害意也。若必巧为之辩,则兴会索然矣。“会且归矣”,亦心切早朝之意。前二章摹写其以早为迟,其实为时尚早也。此章则真恐其迟,故进一层言,非不欲与子同梦,特恐朝会人归,致召人咎耳。全诗纯用虚写,极回环摩荡之致,古今绝作也。(方玉润《诗经原始》卷六)

窃意作男女对答之词,更饶情致。女促男起,男则淹恋;女曰鸡鸣,男闻之曰蝇声,女曰东方明,男闻之曰月光。亦如《女曰鸡鸣》之士女对答耳;何必横梗第三人,作仲裁而报实况乎?莎士比亚剧中写情人欢会,女曰:“天尚未明;此夜莺啼,非云雀鸣也。”男曰:“云雀报曙,东方云开透日矣。”女曰:“此非晨光,乃流星耳。”可以比勘。(钱钟书《管锥编》一)

这诗全篇是一夫一妇的对话。丈夫留恋床笫,妻怕他误了早朝,催他起身。(余冠英《诗经选》)

(管遗瑞)

东方未明[1]

东方未明,颠倒衣裳[2]。颠之倒之,自公召之[3]。

东方未晞⁽⁴⁾，颠倒裳衣。倒之颠之，自公令之⁽⁵⁾。

折柳樊圃⁽⁶⁾，狂夫瞿瞿⁽⁷⁾。不能辰夜⁽⁸⁾，不夙则莫⁽⁹⁾。

【注释】（1）这首诗抒写农奴早晚不得休息，为奴隶主贵族服繁重劳役的怨愤。原编《齐风》第五篇。 （2）衣：指上衣。裳：下身的衣服。 （3）公：王公贵人。 （4）晞（xī）：拂晓。 （5）令：命令。 （6）樊：篱笆。圃：菜园。 （7）狂夫：指前来催促的公差。瞿（jù）瞿：瞪目而视的样子。 （8）辰：时，守时不失。 （9）夙：早。莫：同"暮"。

【今译】东方天色还没亮，颠颠倒倒穿衣裳。颠来倒去真烦躁，公爷派人叫喊忙。

东方天色不见光，颠颠倒倒穿衣裳。倒去颠来好烦躁，公爷命令催得慌。

折柳菜园做篱墙，疯汉瞪着眼睛望。从没好好过一夜，总是早起晚上床！

【点评】全篇采用"赋"法，基本上是正言直述，表现了农奴不堪役使的痛苦。但在正言直述中，手法上却又有含蓄的讲究。首二章只写天不见亮时颠倒穿衣的行动，而农奴主不顾人死活的逼迫自然见于言外，两章采用了重言迭唱的方法，更强化了这种逼迫感；第三章"狂夫瞿瞿"一句，进一步显现出农奴主的凶狠，只写出眼神而其余概可想见，可谓"传神阿堵"。这样，就把奴隶所受的沉重压迫生动形象地写出来了，其怨愤痛苦之情，饱含在字里行间。

【集说】此诗人刺其君兴居无节，号令不时。言东方未明而颠倒其衣裳，则既早矣，而又已有从君所而来召之者焉，盖犹以为晚也。或曰，所以然者，以有自公所而召之者故也。（朱熹《诗集传》卷六）

"莫"字点得意完，若曰日早，则何颠倒衣裳之有？（孙鑛《批评诗经》）

此诗刺无节，亦必有所指。但《序》无据，故不可考。苏氏辙曰："为政必有节，及其节而为之，则用力少而事举。苟为无节，缓急皆所以害政也。"夫"东方未明"，起而颠倒其衣裳，可谓急矣。然犹有以为缓，而"自公召之"者，

则政将何以堪之？此就急之无节者言之也。黄氏佐曰："此虽只言其兴之早，已见得他日不免又太晚意，故曰无节。"玩末章"不夙则莫"一句可见。此又就缓之无节者言之。总之，为政无节，缓急均有所害。盖奉令莫知所从，则玩心生，而怠气亦乘，政于是乎不可为矣。不然未明而起，为政之常，何刺之有？诗固详言其急，而缓自见焉耳。唯"折柳"二句插入不伦，故姚氏以为难详。（方玉润《诗经原始》卷六）

（管遗瑞）

南　山⁽¹⁾

南山崔崔⁽²⁾，雄狐绥绥⁽³⁾。鲁道有荡⁽⁴⁾，齐子由归。既曰归止⁽⁵⁾，曷又怀止⁽⁶⁾？

葛屦五两⁽⁷⁾，冠緌双止⁽⁸⁾。鲁道有荡，齐子庸止⁽⁹⁾。既曰庸止，曷又从止⁽¹⁰⁾？

蓻麻如之何⁽¹¹⁾？衡从其亩⁽¹²⁾。取妻如之何⁽¹³⁾？必告父母。既曰告止，曷又鞠止⁽¹⁴⁾？

析薪如之何？匪斧不克⁽¹⁵⁾。取妻如之何？匪媒不得。既曰得止，曷又极止⁽¹⁶⁾？

【注释】(1)这是讽刺齐襄公等人荒淫无耻的诗。据《左传》记载，齐襄公和他的同父异母妹文姜通奸。鲁桓公三年，文姜嫁给鲁国的桓公为妻，继续和襄公淫乱。十八年，桓公与文姜同到齐国，发觉了文姜与襄公的奸情，责备文姜。文姜告之齐襄公，襄公恼羞成怒，索性派公子彭生杀死桓公。文姜回鲁国后，仍常常返回齐国与襄公幽会。这件丑事引起人们的极大憎恨，作了这首诗。原编《齐风》第六篇。《齐风》中还有《敝笱》《载驱》，是写同一内容的，可以参看。南山：齐国山名，也叫牛山。　(2)崔崔：高大的样子。(3)绥绥：追求匹偶相随的样子。　(4)荡：平坦。　(5)曰、止：都是语助词。下同。　(6)曷：何。怀：思。　(7)葛屦(jù)：葛麻制成的鞋。五两：五与伍通，同列，说两只麻鞋必定并排地摆着。　(8)緌(ruí)：帽带的下垂部分。　(9)庸：用，即为由，谓由之以嫁于鲁。　(10)从：相从，指文姜返齐从其兄。　(11)蓺:古艺字,种植。　(12)衡从:即横纵。　(13)取:通"娶"。　(14)鞠:穷,穷其欲。　(15)匪:非。克:能。　(16)极:穷,穷其欲。

【今译】南山巍峨大又高,雄狐在把雌狐找。鲁国大道平坦坦,齐女文姜出嫁了。既然她已出了嫁,为啥对她忘不了?

萬鞋两只紧相靠,丝带双双垂下帽。鲁国大道平坦坦,齐女文姜出嫁了。既然文姜出了嫁,为啥与哥又胡调?

要种芝麻如何种?田里纵横理丘垄。想娶妻子如何办?总得先对父母告。既然已得父母许,为啥任她去胡闹?

要劈木柴怎样劈?不用斧子劈不了。想娶妻子怎样办?没有媒人办不到。既然妻子娶过来,为啥让她穷其欲?

【点评】"比兴"作为"创作方法和原则",使《诗经》"从远古记事、表意的宗教性的混沌复合体中分化出来,成为抒情性的艺术"(李泽厚《美的历程》),可见"比兴"在《诗经》中具有何等重要的作用。这首诗就是成功地运用了比兴手法的范例。第一章斥责齐襄公,以南山上的雄狐追逐雌狐求欢起兴,兴中有比,暗指其与同父异母胞妹的"鸟兽之行"。第二章斥责文姜,以葛鞋和帽带的成双配对起兴,暗喻物各有偶,不可乱伦的道理。第三、四章斥责鲁桓公,以"蓺麻""析薪"起兴,意若曰:你既已告知父母、通过媒人正正经经地娶了文姜,何以又放纵她跑回去淫乱?各章起兴所咏的事物,都是精心选择过的,兴得有味,比得贴切,它与各章末尾的"曷又怀止""曷又从止""曷又鞠止""曷又极止"的诘问句配合起来,把诗人的意思准确而婉转地表露出来,这不仅使讽刺意味显得十分辛辣,也增强了全诗的抒情意味,使诗意更为深厚,耐人含咀。《诗经》中比兴所具有的这种烘托渲染、唤起感情、比附象征、暗示主旨的重要作用,大率如此,它为后世诗歌的创作,提供了重要的方法。

【集说】襄公之妹,鲁桓公夫人文姜也。襄公素与淫通。及嫁,公谪之。公与夫人如齐,夫人诉之襄公,襄公使公子彭生乘公,而扼杀之。夫人久留于齐,庄公即位后乃来。犹复会齐侯于祥、于祝丘,又如齐师。齐大夫见襄公行恶如是,作诗以刺之;又非鲁桓公不能禁制夫人而去之。(郑玄《毛诗正义》卷五)

诗经

上二章所谓"曷又怀止""曷又从止"者,言其理如是,而襄公违之以淫泆,何也?下二章所谓"曷又鞠止""曷又极止"者,言其理如是,而桓公纵之穷极其恶,何也?(吕大临《诗说汇纂》)

(首章)言南山有狐,以比襄公居高位而行邪行。且文姜既从此道归于鲁矣,襄公何为而复思之乎?(二章)屦必两,绣必双,物各有偶,不可乱也。(三章)欲树麻者,必先纵横耕治其田亩;欲娶妻者,必先告其父母。今鲁桓公既告父母而娶矣,又曷为使之得穷其欲而至此哉?(朱熹《诗集传》卷五)

此诗不可谓专刺一人也。首章言襄公纵淫,不当自淫其妹;妹既归人而有夫矣,则亦可以已矣,而又曷怀之有乎?次章言文姜即淫,亦不当顺从其兄;今既归鲁而成偶矣,则亦可以已矣,而又曷返齐而从兄乎?后二章言鲁桓以父母命、凭媒妁言而成此婚配,非苟合者比,岂不有闻其兄妹事乎?既娶而得之,则当礼以闲之,俾勿归齐,则亦可以已矣,而又曷从其入齐,至令得穷所欲而无止极,自取杀身祸乎?(方玉润《诗经原始》卷六)

(管遗瑞)

卢　令[1]

卢令令[2],其人美且仁!
卢重环[3],其人美且鬈[4]!
卢重鋂[5],其人美且偲[6]!

【注释】(1)这是一首赞美猎人的短诗,称赞猎人仁爱、勇壮而又多才。原编《齐风》第八篇。　(2)卢:猎犬。令令:犬颈下环声。　(3)重环:挂在狗脖上的子母环。　(4)鬈(quán):形容头发美。　(5)重鋂(méi):一个大环套着两个小环。　(6)偲(cāi):多才。

【今译】狗儿铃子响叮当,那猎人美好又善良!
狗儿套着子母环,那猎人美好又威严!
狗儿套着三连环,那猎人美好又能干!

【点评】这首诗在《诗经》中最短,它的重要特点,是采用一唱三叹反复回环的语言形式,每章只变换两三个字,易辞申言,就活画出了猎人的生动形象和内在精神,收到了以少胜多的良好的效果。它还采用陪衬手法,用猎狗跑起来响亮的铃声、脖子上精美的套环,来显示猎狗的矫健勇敢,从而衬托出猎人的勃勃英姿,他(它)们相依为伴、互相配合、英勇狩猎的生动情景,宛在目前。春秋时代,人们爱好打猎,这首诗和《诗经》中的《驺虞》《叔于田》《大叔于田》等篇章,都生动地反映了这一时代风尚。

【集说】"其人",纵犬猎兽之人也。此当是旁观而为之夸誉者也。(王质《诗总闻》)

淡语却有风致。(孙矿《批评诗经》)

《小序》谓"刺荒也"。《大序》曰:"襄公好田猎,毕弋而不修民事,百姓苦之,故陈古以风焉。"襄公好田而死于田,事见《春秋传》,故当刺。然此诗与公无涉,亦无所谓"陈古以风"意。盖游猎自是齐俗所尚,诗人即所见以咏之,词若叹美意实讽刺,与《还》略同。当以《集传》为是。但彼以驰逐为能事,此以声容为美观,作法又各不同耳。(方玉润《诗经原始》卷六)

《卢令》,亦咏猎人之歌。与《还》篇同。所不同者,彼二人并驱出猎,此一人携犬出猎。又以诗速写此人仪容,卷发美髯,具有威严,似较彼诗二人年长位尊耳。此在诗三百中为最短之一篇。(陈子展《诗经直解》卷八)

(管遗瑞)

魏 风

葛 屦⁽¹⁾

纠纠葛屦⁽²⁾,可以履霜?掺掺女手⁽³⁾,可以缝裳。要

之襈之⁽⁴⁾，好人服之。

好人提提⁽⁵⁾，宛然左辟⁽⁶⁾，佩其象挮⁽⁷⁾。维是褊心⁽⁸⁾，是以为刺⁽⁹⁾。

【注释】(1)这是一首缝衣女对高贵褊狭的女主人不满和怨刺的诗。原编《魏风》第一篇。　(2)纠纠:形容鞋带交叉缠绕之状。葛屦(jù):葛麻制成的鞋,夏季穿。　(3)掺(shǎn)掺:即纤纤。　(4)要:即腰,指裳腰。襋(jí):衣领。　(5)好人:美人。提提:即媞媞,行步安详貌,此指傲慢之态。　(6)辟:即避。　(7)象挮(tì):象牙簪子。　(8)褊心:心胸狭隘。　(9)刺:讥刺。

【今译】葛鞋带子缠交叉,穿它怎能把霜踏? 少女纤纤细手指,缝裳却要依靠它。提着裳腰和领子,请求美人试一下。

美人傲慢不理答,扭转腰肢向左避,自拿牙簪头上插。此人狭隘脾气大,作首诗来讥刺她。

【点评】诗中写了两个人,一个是处于家庭奴隶地位的缝衣女,一个是高贵的女主人。首章集中写缝衣女,先以单薄的葛鞋不能踏霜起兴,反衬出女子的瘦弱之躯还必须担负辛苦的缝裳工作,起得婉转别致,衬得深刻有力,见出她的不堪劳苦。然而她仍然忍苦耐劳,不但缝好了衣裳,还主动去伺候女主人试穿。这位辛苦、善良的值得同情的弱女子的形象,跃然纸上。次章转到女主人,一个"提提",反映出她的傲慢神情,两个动作——"左辟"和佩挮,更写出她的"褊心"之态,用笔准确、精练而又生动。特别是两相映衬,人物形象更为鲜明。面对这样的主人,弱女子实在不能忍受了,只好用诗来讽刺她,以表示反抗。尽管这种反抗是极有限的,但也真实地反映了不堪忍受奴役的人们的普遍心理,这也许正是这首诗为后人所喜爱的重要原因吧。诗中提到写这首诗的目的——"是以为刺",可见早在春秋初期人们就认识到了诗歌的讽刺战斗作用,实为难能可贵。

【集说】魏地陿隘,其俗俭啬而褊急,故以葛屦履霜起兴,而刺其使女缝裳,又使治其要襋而遂服之也。此诗疑即缝裳之女所作。(朱熹《诗集传》卷五)

夫履霜以葛屦，缝裳以女手，若在士庶之家，亦何足异？唯以象揥之好人为而服之，则未免近于趋利，下与民同，其规模狭隘固不必言，而心术之鄙陋为何如哉？(二章)明点作意，又是一法。(方玉润《诗经原始》卷六)

《葛屦》，最古之一篇缝衣曲。寄予缝裳女以无限之同情，盖民间诗人所作，采自歌谣。言女方受冻，葛屦履霜，以其纤手为人缝衣服。而好人服之，毛、郑以其为新妇。殆是奴隶主贵族之家之新嫁娘耶？(陈子展《诗经直解》卷九)

(管遗瑞)

陟 岵⁽¹⁾

陟彼岵兮⁽²⁾，瞻望父兮。父曰："嗟！予子行役，夙夜无已⁽³⁾。上慎旃哉⁽⁴⁾，犹来无止！"

陟彼屺兮⁽⁵⁾，瞻望母兮。母曰："嗟！予季行役⁽⁶⁾，夙夜无寐⁽⁷⁾。上慎旃哉，犹来无弃⁽⁸⁾！"

陟彼冈兮，瞻望兄兮。兄曰："嗟！予弟行役，夙夜必偕⁽⁹⁾。上慎旃哉，犹来无死！"

【注释】(1)这是一首征人望乡的诗，他深切地思念父母兄长，希望早日回到家乡。原编《魏风》第四篇。 (2)陟(zhì)：登高。岵(hù)：有草木的山。 (3)夙：早晨。 (4)上：尚之假借字，表示希望。旃(zhān)：犹之，或为"之焉"的合声。 (5)屺(qǐ)：无草木的山。 (6)季：少子。 (7)寐：睡觉。 (8)弃：谓弃家不归。 (9)偕：俱。

【今译】爬到那座青山上呀，想把我爹望一望呀！好像听见爹说："哎！我儿服役在远方，从早到晚都是忙。希望你要多保重啊，不要一去不回乡！"

爬上那个秃山顶呀，想望我的老母亲呀！好像听见妈说："哎！幺儿服役多苦辛，早晚不睡难就枕。希望你要多保重啊，可别撇下你娘亲！"

爬上高冈放眼看呀，想把我哥看一眼呀！好像听见哥说："哎！我弟服役多遥远，早晚干活忙不完。希望你要多保重啊，不要死了不回还！"

【点评】此诗写行役之人思念家乡亲人,手法十分别致。它不直写行役者自己如何苦苦思念,而是翻进一层,从对面着笔,写想象中的父母兄长如何思念自己,那反复感叹叮咛的话语,直欲催人泪下,而自己的苦况和思亲之意,就得到了特别强烈而深刻的表现。这给后代诗人以有益的启示。王维《九月九日忆山东兄弟》:"独在异乡为异客,每逢佳节倍思亲。遥知兄弟登高处,遍插茱萸少一人。"杜甫《月夜》:"今夜鄜州月,闺中只独看。遥怜小儿女,未解忆长安。香雾云鬟湿,清辉玉臂寒。何时倚虚幌,双照泪痕干?"皆是诗从彼岸飞来,摇曳生姿而更见情深,与《陟岵》同一机杼。

【集说】孝子行役不忘其亲,故登山以望其父之所在。因想象其父念己之言曰:嗟乎我之子行役,夙夜勤劳,不得止息。又祝之曰:庶几慎之哉,犹可以来归,无止于彼而不来也。盖生则必归,死则止而不来矣。(朱熹《诗集传》卷五)

人子行役,登高念亲,人情之常。若从正面直写己之所以念亲,纵千言万语,岂能道得意尽?诗妙从对面设想,思亲所以念己之心,与临行勖己之言,则笔以曲而愈达,情以婉而愈深。千载下读之,犹足令羁旅人望白云而起思亲之念,况当日远离父母者乎?其用意尤重在"上慎旃哉"一语。亲以是祝之子,子以是体夫亲。其能以亲心为己心者,又不仅在思亲之貌与亲之情而已,而可不谓之为贤乎?(方玉润《诗经原始》卷六)

"陟彼岵兮,瞻望父兮。父曰:'嗟予子行役,夙夜无已!上慎旃哉,犹来无止!'";《传》:"孝子行役,思其父之戒";《正义》:"我本欲行之时,父教我曰"云云。按注疏于二章"陟屺"之"母曰:'嗟予季'"、三章"陟冈"之"兄曰:'嗟予弟'",亦作此解会,谓是征人望乡而追忆临别时亲戚之丁宁,说自可通。然窃意面语当曰:"嗟女行役";今乃曰:"嗟予子(季、弟)行役",词气不类临歧分手之嘱,而似远役者思亲,因想亲亦方思己之口吻尔。(钱锺书《管锥编》〈一〉)

(管遗瑞)

十亩之间[1]

十亩之间兮,桑者闲闲兮[2]。行与子还兮[3]!

十亩之外兮，桑者泄泄兮⁽⁴⁾行与子逝兮⁽⁵⁾！

【注释】(1)这是一首采桑劳动的歌谣。一群采桑女子在紧张的劳动后，轻松悠闲地结伴而归。原编《魏风》第五篇。 (2)桑者：采桑人。闲闲：宽闲貌。 (3)行：且。 (4)泄泄：和乐貌。 (5)逝：往。

【今译】十亩桑园多么宽哟，采桑人儿真悠闲哟。和你一起把家还哟！
十亩之外桑树稠哟，采桑人儿乐悠悠哟。和你一起往回走哟！

【点评】春秋时的魏地在今山西芮城一带，和今天不同，种桑很普遍，且女子采桑又是当时的一项重要劳动，于是产生了采桑歌。但这首诗并没有正面具体写采桑的劳动，而只写了桑园之大、桑树之多和女子们采桑归来时的悠闲快活的情景，宛然一幅怡然悦目的画图。那劳动中的紧张，女子们的勤劳，都自然包含其中了，给人留下了丰富的想象余地。全诗的基调是轻松的，为了与这种情调相吻合，诗歌在四言后面加了一个语气词"兮"字，使得节奏比较漫长舒缓，更有效地表现了全诗的轻松感。

【集说】动乎天机，不费雕刻。（陈第《读诗拙言》）
自来解此诗者，皆谓贤者不乐仕于其朝，而思与其友归于农圃。唯姚氏际恒以为"类刺淫之诗，盖以桑者为妇人，古称采桑皆妇人，无称男子者。若为君子思隐，则何为及于妇人耶？"又云："古西北地多植桑，故指男女之私者必曰'桑中'也。"姚氏最恶《集传》指美诗为淫诗，此诗绝无淫意而乃以为淫，则何异恶人之狂而反自蹈狂疾者哉？后又曰："不然，则夫之呼其妻，亦未可知也。"此语庶几得之。盖隐者必挈眷偕往，不必定招朋类也。贤者既择地偕隐，则当指桑茂密处，妇女之勤于蚕事者相为邻里，然后能妥其室家，以成一代淳风。故语其妇曰：世有此境，吾将与子长往而不返矣。此隐者微意也。姚氏不识，指以为淫，岂不冤哉？（方玉润《诗经原始》卷六）
《十亩之间》，采桑者之歌。妇女采桑，且劳且歌，自是《韩说》"劳者歌其事"之一例。采自歌谣，于以见其热爱劳动与乐群生活之外，实无深义。（陈子展《诗经直解》卷九）

诗经

这是采桑者劳动将结束时呼伴同归的歌唱。古时西北地方种桑很普遍，和今时不同。（余冠英《诗经选》）

（管遗瑞）

伐　檀⁽¹⁾

坎坎伐檀兮⁽²⁾，置之河之干兮⁽³⁾，河水清且涟猗⁽⁴⁾！不稼不穑⁽⁵⁾，胡取禾三百廛兮⁽⁶⁾？不狩不猎⁽⁷⁾，胡瞻尔庭有县貆兮⁽⁸⁾？彼君子兮，不素餐兮⁽⁹⁾！

坎坎伐辐兮⁽¹⁰⁾，置之河之侧兮，河水清且直猗⁽¹¹⁾！不稼不穑，胡取禾三百亿兮⁽¹²⁾？不狩不猎，胡瞻尔庭有县特兮⁽¹³⁾？彼君子兮，不素食兮！

坎坎伐轮兮，置之河之漘兮⁽¹⁴⁾，河水清且沦猗⁽¹⁵⁾！不稼不穑，胡取禾三百囷兮⁽¹⁶⁾？不狩不猎，胡瞻尔庭有县鹑兮⁽¹⁷⁾？彼君子兮，不素飧兮⁽¹⁸⁾！

【注释】(1)这是一首劳动人民讽刺剥削者不劳而获的诗。原编《魏风》第六篇。　(2)坎坎：伐木之声。檀：指黄檀，落叶乔木，木质坚韧，适合制作车辆和用具。　(3)干：岸。　(4)涟：水波纹。猗：即兮，语气词。　(5)稼：耕种。穑：收割。　(6)胡：何。禾：粟稻等粮食作物的总称。三百：言其很多，非确数。廛：一户平民所住的房屋和宅院。　(7)狩：冬猎。猎：追捕鸟兽。　(8)县：悬的本字。貆（huán）：即猪獾。　(9)素餐：不劳而食。(10)辐：车轮中的直条。　(11)直：《诗集传》："直，波文之直也。"　(12)亿：十万为亿，指禾多。　(13)特：三岁的兽。　(14)漘（chún）：水边。(15)沦：《诗集传》："小风水成文，转如轮也。"　(16)囷（qūn）：圆形的粮仓。　(17)鹑：鸟名，即鹌鹑。　(18)飧（sūn）：熟食。

【今译】砍伐檀树响叮当啊，把它放在河岸旁啊，河水清清涌细浪啊！不耕地来不收割，为啥霸占粮食难计量啊？不冬猎来不捕兽，为啥见你猪獾悬屋梁啊？你们这些老爷啊，难道不是白吃粮啊！

斫制车辐响铮铮啊，把它放在河之滨啊，河水清清翻波纹啊！不耕地来不收割，为啥霸占粮食数不清啊？不冬猎来不捕兽，为啥见你大兽挂满庭啊？你们这些老爷啊，难道不是白吃人啊！

斫制车轮声坎坎啊，把它放在河水边啊，河水清清细波翻啊！不耕地来不收割，为啥霸占粮食数不清啊？不冬猎来不捕兽，为啥见你鹌鹑庭中悬啊？你们这些老爷啊，难道不是白吃饭啊！

【点评】这在《诗经》中是一首斗争性很强的诗，劳动人民用自己的亲眼所见，揭露了奴隶主贵族的剥削本性，发出了愤怒的斥责和抗争。全诗情绪激昂，三章反复运用诘问句，排宕而下，形成破竹之势，锐不可当。与这种激情相应，诗歌打破了四言体裁，成为杂言的形式，长短相间，参差错落，感情波澜翻卷；特别是每章九句中，有七句用了语气词"兮""猗"，更增强了感情的表达，读来气势磅礴，音韵铿锵，从而成为了《诗经》中最为脍炙人口的名篇之一。

【集说】伐檀乃置之河干，盖诗人因所闻所见而言之，以喻急待其用者置之不用也。因叹河水之清，而讥在位者无功倖禄，居于污浊，盈廪充庖，非由己稼穑田猎而得者也。食民之食，而无功德及于民，是谓素餐也。首二言，叹君子之不用。中五言，讥小人之倖禄。末二言，以为苟用君子，必不如斯。互文以见意。（戴震《毛郑诗考正》）

河干伐檀，非喻君子不得进仕，乃喻君子仕于闲曹之秩也。君子食禄必有所报，今但尸位，无所用力，故又以素餐为耻。一如伐檀为车，而乃置之河干之地，但见河水清且涟猗，则虽车也将焉用之？"不稼"四句，正姚氏所云："借小人以形君子，亦借君子以骂小人。乃反衬不素餐之义。"非刺贪也。此必魏廷贪婪充位比比皆是，间有一二贤人君子清操自矢者，众共排之，俾居闲散无为之地。彼君子者，又耻无功受禄，将有志而他适，则国事愈不可问。故诗人伤之，作此以刺时。词意甚明，事亦易见，何至二千余年纷纷无定解哉？（方玉润《诗经原始》卷六）

此诗章首三句皆为兴辞。《传》虽不言兴，然云"伐檀以俟世用，若俟河水清且涟"，则其为兴体甚明。《笺》以章末"彼君子"斥伐檀之人，《正义》依之，谓君子身自斩伐檀木，非诗意亦非《传》意。范氏《补传》云："此诗本刺

诗经

在位者皆贪鄙之人,而君子乃不得进仕,非谓君子自为伐檀之事。"是也。(黄焯《诗疏平议》卷三)

这诗反映被剥削者对于剥削者的不满。每章一、二两句写劳动者伐木。第四句以下写伐木者对于不劳而食的君子的冷嘲热骂。(余冠英《诗经选》)

(管遗瑞)

硕 鼠(1)

硕鼠硕鼠(2),无食我黍(3)!三岁贯女(4),莫我肯顾。逝将去女(5),适彼乐土(6)。乐土乐土,爰得我所(7)!

硕鼠硕鼠,无食我麦!三岁贯女,莫我肯德(8)。逝将去女,适彼乐国。乐国乐国,爰得我直(9)!

硕鼠硕鼠,无食我苗!三岁贯女,莫我肯劳(10)。逝将去女,适彼乐郊。乐郊乐郊,谁之永号(11)!

【注释】(1)此诗写农民不堪忍受剥削者的残酷剥削,发出愤怒的斥责,希望寻找理想中的美好的社会,但最后失望了。原编《魏风》第七篇。 (2)硕:大。鼠:田鼠。 (3)黍:即黍子,又称糜子。 (4)三岁:多年,不是实数。贯:服侍。女:通"汝",下同。 (5)逝:通"誓"。去:离开。 (6)适:往。 (7)爰:乃。所:处所。 (8)德:恩惠,仁德。 (9)直:值。 (10)劳:慰问,酬劳。 (11)永:长。号:哭。

【今译】大老鼠呀,大老鼠,不要吃了我的黍!多年辛苦服侍你,对我从来无照顾。我今发誓离开你,去到那边新乐土。新乐土呀新乐土,那才是个好去处!

大老鼠呀大老鼠,不要吃了我的麦!多年辛苦服侍你,对我从来不仁爱。我今发誓离开你,去到乐国才痛快。新乐国呀新乐国,报酬公平无坑害!

大老鼠呀大老鼠,不要吃了我的苗!多年辛苦服侍你,从不对我有酬劳。我今发誓离开你,去那美好新乐郊。新乐郊呀新乐郊,谁曾到过——空长号!

【点评】本篇的一个显著特点,就是运用比喻手法,用不劳而食、偷窃成性的老鼠来比贪得无厌、刻薄心狠的剥削者,既贴切又形象。全诗三章,用重言迭唱法,结构上层层递进,不断深入,连贯一气,一方面形象地说明了剥削者对农民的掠夺在步步紧逼、不断加深,另一方面也表现出农民由幻想美好生活而终至失望的思想过程,双管齐下,井然不乱。语言明白流畅,韵律和谐整齐,很有音乐性。诗篇真实地反映了当时的现实生活,具有很强的思想性,为我国诗歌的现实主义创作方法,树立了光辉的榜样。

【集说】民困于贪残之政,故托言大鼠害己而去之也。(朱熹《诗集传》卷五)

鲁说曰:"履亩税而《硕鼠》作。"(王符《潜夫论·班禄篇》)齐说曰:"周之末途,德惠塞而嗜欲众,君奢侈而上求多,民困于下,怠于公事,是以有履亩之税,《硕鼠》之诗是也。"(桓宽《盐铁论·取下篇》)(王先谦《诗三家义集疏》)

此诗见魏君贪残之效,其始皆由错误以啬为俭之故,其弊遂至刻削小民而不知足,以致境内纷纷逃散,而有此咏。不久国亦旋亡。圣人著之,以为后世刻啬者戒。有国者曷鉴诸?(方玉润《诗经原始》卷六)

一章,硕鼠性贪而食黍。二章,食黍未足而食麦。三章,食麦未足复食苗。苗者,禾方树而未秀也。食至于此,其贪残甚矣。(陈子展《诗经直解》卷九)

(管遗瑞)

95

唐 风

蟋 蟀[1]

蟋蟀在堂,岁聿其莫[2]。今我不乐,日月其除[3]。无已大康⁽⁴⁾，职思其居⁽⁵⁾。好乐无荒，良士瞿瞿⁽⁶⁾。

蟋蟀在堂，岁聿其逝。今我不乐，日月其迈。无已大康，职思其外。好乐无荒，良士蹶蹶⁽⁷⁾。

蟋蟀在堂，役车其休⁽⁸⁾。今我不乐，日月其慆⁽⁹⁾。无已大康，职思其忧。好乐无荒，良士休休⁽¹⁰⁾。

【注释】(1)此诗写士大夫想要寻乐，但又自警不要享乐太过，表现了统治阶级下层官吏安分守礼、不敢越轨的思想。原编《唐风》第一篇。　(2)聿：语助词，无义。莫：古"暮"字，晚。　(3)除：过去。　(4)已：甚。大：通"太"，过分。　(5)职：应当。居：所居之事，即政事。　(6)瞿瞿(qú)：谨慎貌。　(7)蹶蹶(jué)：勤奋貌。　(8)役车：一种上面有方箱、农家用来装载谷物的车子。　(9)慆(tāo)：逝去。　(10)休休：安闲貌。

【今译】蟋蟀已入厅堂，一年快要过完。如今再不寻乐，光阴一去不返。不可过分享乐，工作当记心怀。寻乐不荒正业，良士谨慎其言。

蟋蟀已入厅堂，一年还剩几分。如今再不寻乐，时光不肯等人。不可过分安逸，别忘其他责任。寻乐不荒正业，良士个个勤奋。

蟋蟀已入厅堂，役车已经收藏。如今再不寻乐，光阴都要溜过。不可过分安乐，当思忧患生活。寻乐不荒正业，良士安闲自得。

【点评】两千多年前，孔夫子曾面对滔滔不息的江河，发出过"逝者如斯夫，不舍昼夜"的深沉慨叹，对时光如流水、一去不复返表示了由衷的惋惜之情。无独有偶，在相传为孔子所删定的《诗经》中，也有这样一首因外物而触动了内心对时光易逝、逝不复回的感慨叹惋之情的作品。诗中的"良士"因时光易逝的感觉而生出及时行乐的想法，与圣人的思想境界相比，自然相差甚远，但他毕竟还不敢过于放纵自己，不愿因过于逸乐而致荒误正业。这样的人生经验也许不算最有意义，但蕴含其中的警戒之义，却是带有普遍性的。

【集说】观诗中"良士"二字，既非君上，亦不必尽是细民，乃士大夫之诗也。每章八句，上四句一意，下四句一意。上四句言及时行乐，下四句又戒

无过甚也。（姚际恒《诗经通论》）

此诗前四句特系开笔，后四句乃其主意，与《东山》之四章相类。彼借客以形主，此先反而后正耳；非谓人之当乐，正谓人之不当过于乐也。"职思其居"，"居"谓现在所居之地。四民各有本业，先尽力于其所当务，而后以其余暇行乐，虽行乐而仍不忘其本业也。"职思其外"，"外"谓意外所遭。本业虽已克尽，而事变之来无常，不可以为未必然而置诸度外，朱子所谓"出于平常思虑之所不及，当过而备之"者是也。"职思其忧"，乐者忧之所伏，太乐则忧必至。故计然曰："旱则资舟，水则资车。"《孟子》曰："生于忧患，死于安乐。"所以乐之时，常作一忧之想也。"瞿瞿"，悚惕瞻顾也；"蹶蹶"，黾勉奔赴也；"休休"，安吉嘉美也。乐不忘忧，则不至于有忧，《传》所谓"亡者保其存"者也。（崔述《读风偶识》）

唐人岁暮述怀也。此真唐风也。其人素本勤俭，强作旷达，而又不敢过放其怀，恐耽逸乐，致荒本业，故方以日月之舍我而逝不复回者为乐不可缓，又更以职业之当修勿忘其本业者为志不可荒。无已，则必如彼瞿瞿良士，好乐而无荒焉可也。此亦谨守见道之人所作。圣人取之，冠于《唐风》之首，以为唐尧旧俗固如是耳。而《序》以为"刺晋僖公俭不中礼"，今观诗意，无所谓"刺"，亦无所谓"俭不中礼"，安见其必为僖公发哉！《序》好附会而又无理，往往如是，断不可从。（方玉润《诗经原始》）

这篇是感时之作。诗人因岁暮而感到时光易逝，因时光易逝的感觉而生出及时行乐的想法，又因乐字而想到"无已""无荒"以警戒自己，因而以"思居""思外""思忧"和效法"良士"自勉。（余冠英《诗经选》）

（沈时蓉）

山 有 枢(1)

山有枢，隰有榆(2)。子有衣裳，弗曳弗娄(3)。子有车马，弗驰弗驱。宛其死矣(4)，他人是愉。

山有栲(5)，隰有杻(6)。子有廷内，弗洒弗扫。子有钟鼓，弗鼓弗考(7)。宛其死矣，他人是保(8)。

山有漆，隰有栗。子有酒食，何不日鼓瑟，且以喜乐，

且以永日？宛其死矣，他人入室。

【注释】（1）这是一首宣扬及时行乐的颓废诗篇。原编《唐风》第二篇。枢(shū)：木名，刺榆。 （2）隰(xí)：湿洼地。 （3）曳：拖。娄：同"搂"。曳、娄皆为穿衣服的方式。 （4）宛：死貌。 （5）栲：木名。臭椿树。（6）杻：梓树的一种。 （7）考：敲击。 （8）保：占有。

【今译】枢木生长山上，榆树长在谷中。你有好衣好裳，却不拿来穿用。你有好车好马，却不驱驰兜风。一旦离开人世，别人尽情享用。

臭椿生长山上，梓树长在山坳。你有厅堂庭院，却不洒水打扫。你有钟鼓乐器，却不击打碰敲。一旦离开人世，别人占有逍遥。

漆树生长山上，栗树长在洼地。你有美酒佳肴，何不天天弹奏乐器，姑且寻欢作乐，姑且消遣长日？一旦离开人世，别人侵占家私。

【点评】贪婪而又吝啬、疯狂的占有与极端的俭吝，这两个方面构成了敛财奴们奇特的生活方式，中外古今，概莫能外。这首诗的作者本意大概是想劝告奴隶主贵族们及时享受，纵情娱乐，否则死后财产就被别人占有了；没想到在重沓叠奏、喋喋劝说声中，却正透露出了奴隶主贵族们既聚敛无厌、又吝啬无度的可笑生活方式，给后人留下了一个"富而啬"（牟庭《诗切》）的笑柄。"作者之用心未必然，而读者之用心何必不然"，读此诗正当如此。

【集说】刺唐人俭不中礼也。此讽唐人富者徒俭而不中礼之诗，与前篇针锋相对。盖前作唐人自以为忧深思远，乐得当矣，而岂知其适成唐人面目而已。故诗人作此以诮之曰：子以好乐无荒为戒者，不过为子孙长保此富贵计耳。岂知富贵无常，子孙易败，转瞬之间徒为人有，则何如及时行乐之为善乎？此类庄子委蜕、释氏本空一流人语，原不足以为世训。然以破唐人吝啬不堪之见，则诚对症良药。（方玉润《诗经原始》）

这首诗是贵族作品，作者劝告贵族们活一天就享乐一天，不要吝惜财物，否则你死后，财物就被别人占有了。（高亨《诗经今注》）

《山有枢》，盖写行将没落之奴隶主贵族颓废自放之诗。……民间岂有

诗骚观止

车马钟鼓可以恣其享乐者邪？此非奴隶主贵族君臣之所有事邪？（陈子展《诗经直解》）

（沈时蓉）

绸　缪⁽¹⁾

　　绸缪束薪⁽²⁾，三星在天⁽³⁾。今夕何夕？见此良人。子兮子兮，如此良人何？

　　绸缪束刍⁽⁴⁾，三星在隅⁽⁵⁾。今夕何夕？见此邂逅⁽⁶⁾。子兮子兮，如此邂逅何？

　　绸缪束楚⁽⁷⁾，三星在户⁽⁸⁾。今夕何夕？见此粲者⁽⁹⁾。子兮子兮，如此粲者何？

【注释】(1)这是首乐新婚的诗，表现了男女新婚之夜的满腔喜悦之情。原编《唐风》第五篇。　(2)绸缪：犹缠绵，紧紧捆束意。束薪：捆柴。诗人用缠捆柴火起兴，象征男女成婚、情意缠绵。　(3)三星：参星。　(4)刍：草。　(5)隅：房角。此句言三星已偏移东南方向，对着房角。　(6)邂逅(xiè hòu)：原义为爱悦。此用作名词，指爱悦之人。　(7)楚：荆条。　(8)户：房门。此句言三星已移至南方，照着朝南开的门。　(9)粲(càn)：鲜明。粲者：漂亮美丽的人。

99

【今译】柴枝捆得紧紧的，抬头正见三星。今晚是啥夜晚？见着我的好人。你看，你看啊，把这好人儿怎么办啊！

　　一把刍草紧缠，三星正对房角。今晚是啥夜晚？把心爱的人儿见着。你看，你看啊，把这心爱的怎么办啊！

　　荆树条儿紧缠，三星照在门前。今晚是啥夜晚？和这美人相见。你看，你看啊，把这美人儿怎么办啊！

（用余冠英《诗经选》译文）

【点评】没有描绘热闹的场面，没有摹写喧天的锣鼓，寥寥数语，却把新

婚燕尔的欢悦之情渲染得淋漓尽致,使人千载之下,犹亲眼目睹这对青年男女在新婚之夜沉溺于幸福之中,兴奋得忘其所以的动人情景。那乐颠颠的劲头,那醉醺醺的心情,竟能穿透时空,竟能感染"诗圣"杜甫(杜甫《赠卫八处士》"今夕复何夕,共此灯烛光";《今夕行》"今夕何夕岁云徂,更长烛明不可孤"),其艺术魅力由此可见一斑。

【集说】此但为婚姻者相得而喜之词。(朱熹《诗序辨说》)

贺新婚也。"今夕何夕"等诗,男女初婚之夕,自有此惝怳情形景象。不必添出"国乱民贫,男女失时"之言,始见其为欣庆词也。《诗》咏新婚多矣,皆各有命意所在。唯此诗无甚深义,只描摹男女初遇,神情逼真,自是绝作,不可废也。若必篇篇有为而作,恐自然天籁反难索已。(方玉润《诗经原始》)

这是乐新婚的诗。诗人觉得他的新娘子美不可言,那夜晚也是美不可言,喜不自胜,简直不晓该怎么办才好。(余冠英《诗经选》)

(沈时蓉)

鸨　羽(1)

肃肃鸨羽(2),集于苞栩(3)。王事靡盬(4),不能艺稷黍,父母何怙(5)?悠悠苍天,曷其有所(6)?

肃肃鸨翼,集于苞棘(7)。王事靡盬,不能艺黍稷,父母何食?悠悠苍天,曷其有极(8)?

肃肃鸨行,集于苞桑。王事靡盬,不能艺稻粱,父母何尝?悠悠苍天,曷其有常(9)?

【注释】(1)这首诗是古代劳动人民对强加于身的繁重的征役发出的抗议和控诉,是《诗经》中怨刺诗的代表作。原编《唐风》第八篇。　(2)肃肃:鸟振翅声。鸨(bǎo):形状似雁的大鸟,俗称野雁。传说此鸟无后脚趾,在树上站立不稳,停歇在树上要时时扇动翅膀,才能保持平衡。　(3)苞:草木丛生。栩(xǔ):栎树。此以鸨鸟栖树不稳,喻己生活动荡不定。　(4)靡盬(gǔ):没有亡息的时候。　(5)怙(hù):依靠、仗恃。　(6)曷(hé):何时。

所:居处。　(7)棘:酸枣树。　(8)极:尽头。　(9)常:正常。

【今译】野雁沙沙羽翼动,落在丛丛栎树中。君王差事没个完,不能回家去耕种,父母靠啥来活命? 老天呀老天,何时生活才安定?

野雁沙沙扑双翅,落在酸枣树丛里。君王差事没个完,不能回家去种植,父母靠啥来糊口? 老天呀老天,这样的日子到几时?

野雁沙沙飞成行,落在丛丛桑树上。君王差事没个完,不能回家种稻梁,父母靠啥来供养? 老天呀老天,何时生活才正常?

【点评】不安宁的社会,必然给人民的生活带来动荡与不安;无休止的战争,必然在人民的心上留下痛苦与创伤。听一听役夫征人在这首诗中发出的痛苦呻吟和急切呼喊,你会从心底里涌出对徭役重压下的劳动人民的深深同情之感。痛苦何时才能消除? 生活何时才能安定正常?“悠悠苍天”缄默不语,不能作答。诗歌留下的巨大问号,久久横亘于读者心头,引人思索,令人心颤。

【集说】今稷黍不能种,父母不能养,为人而不如鸨,有感兴悲,无所赴于人而诉于天也。(王质《诗总闻》)

民从征役而不得养其父母,故作此诗。言鸨之性不树止,而今乃飞集于苞栩之上,如民之性本不便于劳苦,今乃久从征役,而不得耕田以供子职也。悠悠苍天,何时使我得其所乎? (朱熹《诗集传》)

劳动人民长期在外为统治者担任徭役,唱出这首诗,抒发他们的痛苦心情。(高亨《诗经今注》)

这诗是农民在徭役重压下的呻吟。农民因为劳于“王事”,不能兼顾耕种,使父母的生活失掉保障。而所谓“王事”,又是永远没有完的,什么时候才能安居乐业,只能去问那“悠悠苍天”。(余冠英《诗经选》)

(沈时蓉)

无　衣(1)

岂曰无衣? 七兮(2)。不如子之衣,安且吉兮!

诗经

岂曰无衣？六兮。不如子之衣，安且燠兮⁽³⁾！

【注释】(1)此诗赞美友人的衣服，目的在于怀念他。原编《唐风》第九篇。　(2)七：泛指多。下章第二句的"六"义同。　(3)燠(yù)：热，暖。

【今译】谁说无衣穿？衣服有七件。不如你的衣，舒适又美观。

谁说无衣穿？衣服有六件。不如你的衣，舒适又温暖。

【点评】如此短小的一首诗，从字面上看，似乎并无难解之处，却引发了古今诸家解说纷纭。古人"以史证诗"，有的以为是"美晋武公"（《毛序》），有的则反以为是"著其事而阴刺之"（朱熹《诗序辨说》）。今人说法更多，难以一一备举。但奇怪的是，不论认为它是"因物思人""怀念故人的诗"，还是把它看作是"感谢别人赠衣的答谢辞"，或者是"青年男女恋爱期中亲昵之词"，都可以从诗歌提供的有限的文辞中得到某些信息，找到某些依据。这恐怕就是这首小诗之所以为诗的奥秘之所在吧？

【集说】美晋武公也。武公始并晋国，其大夫为之请命乎天子之使，而作是诗也。（《毛诗序》）

但此诗若非武公自作，以述其赂王请命之意，则诗人所作，以著其事而阴刺之耳。《序》乃以为美之，失其旨矣。（朱熹《诗序辨说》）

这是统治阶级作品。有人赏赐或赠送作者一件衣服，作者作这首诗，表示感谢。（高亨《诗经今注》）

（沈时蓉）

葛　生⁽¹⁾

葛生蒙楚⁽²⁾，蔹蔓于野⁽³⁾。予美亡此⁽⁴⁾，谁与独处？
葛生蒙棘⁽⁵⁾，蔹蔓于域⁽⁶⁾。予美亡此，谁与独息？
角枕粲兮⁽⁷⁾，锦衾烂兮⁽⁸⁾。予美亡此，谁与独旦⁽⁹⁾？
夏之日，冬之夜⁽¹⁰⁾。百岁之后，归于其居⁽¹¹⁾。

冬之夜,夏之日。百岁之后,归于其室⁽¹²⁾。

【注释】(1)此诗写一位妇女悼念亡夫,抒发其生离死别的悲怆之感。原编《唐风》第十一篇。 (2)葛:蔓生植物。蒙:覆盖。楚:荆树。 (3)蔹(liǎn):植物名,多年生蔓草。蔓:蔓延生长。 (4)予美:犹言我的好人,指亡夫。 (5)棘:枣树。 (6)域:坟地。 (7)角枕:即方枕,方枕有八角,故云。粲:鲜明。 (8)锦衾:锦制之被。烂:鲜明。 (9)旦:早晨。此用作动词,指从黑夜到天明。 (10)夏之日,冬之夜:指时间太长,不易熬过。(11)其居:死者所居之地,指坟墓。 (12)其室:犹其居。

【今译】葛条蒙盖着荆树,蔹草蔓生在荒原。我的好人儿去了,孤孤单单谁相伴?

葛条蒙盖着枣树,蔹草蔓生在坟地。我的好人儿去了,谁伴孤魂同安息?

八角枕头光灿灿,五彩锦被色斑斓。我的好人儿去了,谁能与他共枕眠?

夏日绵绵,冬夜长长。我死之后,一定与他同茔合葬。

冬夜长长,夏日绵绵。我死之后,一定与他同棺共眠。

【点评】在《国风》中,此诗为抒发生离死别悲怆情感的优秀代表作之一。旧说或以为"征妇怨",或以为"悼亡"诗,似均通。从其意境看,以征妇思念而言,犹如唐诗"可怜无定河边骨,犹是春闺梦里人"(陈陶《陇西行》)是也;以悼亡言,犹如宋词"料得年年肠断处,明月夜,短松冈"(苏轼《江城子》)是也。那情真意挚的怀念,那沉重悲伤的叹息,以及那明朗率直的誓言,皆具有强烈的感染作用,令人读后,同情之感油然而生。

【集说】夫从征役,弃亡不反,则其妻居家而怨思。(《郑笺》)

以为征妇怨可也。征妇思夫久役于外,或存或亡,均不可知,其归与否,更不能必,于是日夜悲思,冬夏难已。暝则展其衾枕,物犹粲烂,人是孤栖,不禁伤心,发为浩叹。以为此生无复见理,唯有百岁后返其遗骸,或与吾同

103

诗经

归一穴而已,他何望耶?唐人诗云:"可怜无定河边骨,犹是深闺梦里人",可以想见此诗景况。(方玉润《诗经原始》)

二句中连写三物,荒翳在目,胜读松柏白杨之句。"亡"字连"美"字,惨痛之极。"谁与独处",分作两截读,呜咽促拗若调。"角枕""锦衾",殉葬之物也。极惨苦事,忽插极鲜艳语,更难堪。亡则不复旦矣,偏说"独旦",悲甚。夏日冬夜,言忧思也,却不露忧思字,凄深入神。此篇章法结构一意贯串。拙厚惋恻,绝妙悼亡词。以为闺思之诗,便没却诗人用意处。(牛运震《诗志》)

这是女子悼念或哭亡夫的诗。诗人一面悲悼死者,想象他枕着角枕,盖着锦衾在荒野蔓草之下独自长眠;一面自己伤感,想着未来漫长的岁月都是可悲的,唯有待百年之后和良人同穴,才是归宿。(余冠英《诗经选》)

(沈时蓉)

秦 风

驷 驖⁽¹⁾

驷驖孔阜⁽²⁾,六辔在手。公之媚子⁽³⁾,从公于狩。
奉时辰牡⁽⁴⁾,辰牡孔硕。公曰左之,舍拔则获⁽⁵⁾。
游于北园,四马既闲⁽⁶⁾。輶车鸾镳⁽⁷⁾,载猃歇骄⁽⁸⁾。

【注释】(1)此诗赞颂秦君田猎之盛况,描述了出猎、射猎及猎后的全过程。原编《秦风》第二编。　(2)驷驖(sì tiě):四匹铁青色马。孔:很。阜:肥大。　(3)公:指秦君。媚子:指国君所宠信的官员。　(4)奉:献,此为驱赶意。时:通"是"。辰牡:应时的雄兽。　(5)舍:放。拔:箭的末端,此指箭。　(6)闲:闲暇。　(7)輶(yóu)车:轻车。鸾:通"銮",车铃。镳

(biāo)：马嚼子。两端各系一鸾铃，故云"鸾镳"。 　　（8）猃（xiǎn）：长嘴猎狗。歇骄：亦作"猲獢（xiē xiāo）"，短嘴猎狗。

【今译】四匹铁青马膘肥体壮。六条马缰绳紧握手上，君王的心腹驾着车子，随从着君王狩猎游逛。

应时的雄兽已经赶出，雄兽一个个体大膘足。君王说他要射向左侧，利箭离弦雄兽便倒伏。

君王到北园游息观赏，四匹铁青马跑得从容。一辆轻车响着镳铃声，车后面载着猎狗两种。

【点评】中国诗歌以抒情为主，缺乏鸿篇巨制、史诗般的长篇叙事诗，而中国的古人并非不善于进行叙事诗的创作，此诗便是一个明证。此诗篇幅虽短，然首章言出猎，次章言射猎，末章言毕猎后游观，诗人据实赋咏，层次明晰，描写游猎的全过程简洁而生动，非艺术大手笔，恐难有如此高水平的语言造诣。

【集说】"媚子"从狩，别有亲幸生情处。"公曰左之"，写得指挥飞动，有声有色。"舍拔则获"，写出迅妙。余笔映带。此罢猎后余波，写得整暇自如。"闲"谓闲暇之闲，训作"闲习"，非。"歇骄"，歇其骄逸之足也，不作犬名解。古劲生动。（牛运震《诗志》）

作文最忌平实，此篇"公之媚子""公曰左之""载猃歇骄"等句，于无情致中写出情致。《长扬》诸赋，徒觉冗长。（吴闿生《诗义会通》）

（沈时蓉）

105

蒹 葭(1)

诗经

蒹葭苍苍(2)，白露为霜。所谓伊人(3)，在水一方。溯洄从之(4)，道阻且长。溯游从之(5)，宛在水中央。

蒹葭凄凄(6)，白露未晞(7)。所谓伊人，在水之湄(8)。溯洄从之，道阻且跻(9)。溯游从之，宛在水中坻(10)。

蒹葭采采(11)，白露未已。所谓伊人，在水之涘(12)。溯

洄从之,道阻且右⁽¹³⁾。溯游从之,宛在水中沚⁽¹⁴⁾。

【注释】(1)此诗是一首绝妙的抒情之作,诗义朦胧,意蕴多重,境界高远,耐人寻味无穷。原编《秦风》第四篇。 (2)蒹(jiān):荻,形状像芦苇。葭(jiā):芦苇。苍苍:茂盛貌。 (3)伊人:那人。指诗人所思念追寻之人。 (4)溯洄:逆流而上。 (5)溯游:顺流而下。 (6)凄凄:一作"萋萋",茂盛貌。 (7)晞:晒干。 (8)湄:水边。 (9)跻(jī):升高。 (10)坻(chí):水中小岛。 (11)采采:茂盛貌。 (12)涘(sì):水边。 (13)右:不直,迂曲。 (14)沚(zhǐ):水中沙洲。

【今译】芦苇茂密水边长,深秋白露变成霜。我所思念的那人,她在河水那一方。逆流而上去找她,道路崎岖又漫长。顺流而下去找她,她仿佛在那水中央。

芦苇茫茫一大片,露水珠儿还未干。我所思念的那人,她正站在河水边。逆流而上去找她,河岸高陡实难攀。顺流而下去找她,她仿佛在那小岛间。

芦苇密密连成片,颗颗露珠亮又圆。我所思念的那人,正在河水那一岸。逆流而上去找她,道路艰难曲又弯。顺流而下去找她,她仿佛在那小沙滩。

【点评】从古至今的评《诗》者,莫不对此诗推崇备至。有的认为它"最得风人深致",有的推举它"高超远举""鹤立鸡群";有的赞之为"《国风》第一篇飘渺文字",有的誉之为"古代爱情的绝唱"。总之,它是《诗经》中朦胧多义的一首上乘之作,正如陆侃如先生《中国诗史》中所言:"它的意义究竟是招隐或是怀春,我们不能断定,我们只觉读了百遍还不厌。"诗中所言"所谓伊人",乃是诗人理想中最亲近的热望追求的对象。诗中着意表达了那种可望而不可即的热望情感,并创构了与之相协调的凄凉萧飒的气氛。至于是写男女之情,还是怀人思贤之情,还是仁者见仁、智者见智为好。

【集说】言秋水方盛之时,所谓彼人者,乃在水之一方,上下求之而皆不可得。然不知其何所指也。(朱熹《诗集传》)

此自是贤人隐居水滨,而人慕而思见之诗。"在水之湄",此一句已了。

重加"溯洄""溯游"两番摹拟,所以写其深企愿见之状。于是,于下一"在"字上加一"宛"字,遂觉点睛欲飞,入神之笔。上曰"在水",下曰"宛在水",愚之以为贤人隐居水滨,亦以此知之也。(姚际恒《诗经通论》)

只两句写得秋光满目,抵一篇悲秋赋。《国风》第一篇飘渺文字,极缠绵,极惝恍,纯是情,不是景;纯是窈远,不是悲壮。感慨情深,在悲秋怀人之外,可思不可言。萧疏旷远,情趣绝佳,《序》以为刺襄公不用周礼,失其义矣。(牛运震《诗志》)

《蒹葭》,诗人自道思见秋水伊人,而终不得见之诗。黄中松云:"细玩'所谓'二字,意中之人难向人说;而'在水一方',亦想象之词。若有一定之方,即是人迹可到,何以上下求之而不得哉?诗人之旨甚远,固执以求之,抑又远矣。"诗境颇似象征主义,而含有神秘意味。此诗盖采自歌谣,不得谓民间无此诗人也。(陈子展《诗经直解》)

(沈时蓉)

黄　鸟⁽¹⁾

交交黄鸟⁽²⁾,止于棘。谁从穆公⁽³⁾,子车奄息⁽⁴⁾。维此奄息,百夫之特⁽⁵⁾。临其穴,惴惴其栗⁽⁶⁾。彼苍者天,歼我良人!如可赎兮,人百其身⁽⁷⁾。

交交黄鸟,止于桑。谁从穆公,子车仲行。维此仲行,百夫之防⁽⁸⁾。临其穴,惴惴其栗。彼苍者天,歼我良人!如可赎兮,人百其身。

交交黄鸟,止于楚⁽⁹⁾。谁从穆公,子车𬭚虎。维此𬭚虎,百夫之御⁽¹⁰⁾。临其穴,惴惴其栗。彼苍者天,歼我良人!如可赎兮,人百其身。

【注释】(1)此诗刺秦穆公以人殉葬,哀悼三良。原编《秦风》第六篇。(2)交交:小鸟飞而往来之貌。一说是鸟叫声,亦通。　(3)从:从死,即殉葬。穆公:春秋时秦国之君,卒于周襄王三十一年(前621)。　(4)子车:复姓。奄息:与下面的"仲行""𬭚虎"是三兄弟。　(5)特:杰出。　(6)惴惴:恐惧貌。

栗:战栗、哆嗦。 （7）人百其身：意即人们愿意死一百回以换取"三良"的生命。 （8）防：当，比得上。 （9）楚：荆树。 （10）御：犹"防"，匹敌。

【今译】黄鸟飞来又飞去，落在酸枣林里。谁为穆公去陪葬？子车家的奄息。说起这位奄息，卓然特立众人里。临近他的墓穴，全身恐惧战栗。苍天啊苍天，为啥杀害好人。如可赎回奄息，我死百回也甘心。

黄鸟飞来又飞去，落在桑树上。谁为穆公去陪葬，子车家的仲行。说起这位仲行，一百人也难抵挡。临近他的墓穴，全身颤抖恐慌。苍天啊苍天，为啥杀害好人。如可赎回仲行，我死百回也甘心。

黄鸟飞来又飞去，停留在荆树上。谁为穆公去陪葬，子车家的铖虎。说起这位铖虎，一百人也敌不住。临近他的墓穴，全身哆嗦恐怖。苍天啊苍天，为啥杀害好人。如可赎回铖虎，我死百回也甘心。

【点评】这是对奴隶制社会野蛮的殉葬制度的强烈控诉，是劳动人民对残暴的统治者的愤怒抗议。它不仅表达了秦人对"三良"的惋惜与哀悼，也表现了秦人对暴君的痛恨和憎恶。自从《毛序》指出此诗主旨为"哀三良也，国人刺穆公以人从死"，历代解《诗》者皆无异词。以史证诗，证据凿凿；《诗》《序》相结合，诗义自明。

【集说】文六年《左传》云，秦伯任好卒，以子车氏之三子奄息、仲行、铖虎为殉，皆秦之良也。国人哀之，为之赋《黄鸟》。（孔颖达《毛诗正义》）

"谁从穆公"，呼得惨痛。钟惺所谓"若为不知之词，悲之甚也""临穴惴惴"，写出惨状，"三良"不必有此状，诗人哀之，不得不如此形容尔。"三良"从死，何与彼"苍天"事，怨得不近情理，正妙。"百夫之特""人百其身"，自作映照回绕，妙。呼应停折，缠绵淋漓。（牛运震《诗志》）

是篇写"三良"以身殉葬，真凄心伤骨。至今读之，犹觉黄鸟悲声未亏焉。《左传》言："秦收其良以死，君子知秦之不复东征。"信夫！（陈延杰《诗序解》）

《黄鸟》，秦人刺穆公以人从死，而哀其"三良"之诗。诗义自明，《诗序》是也。三家说亦同。（陈子展《诗经直解》）

（沈时蓉）

诗
骚
观
止

108

晨 风 (1)

　　鴥彼晨风(2)，郁彼北林(3)。未见君子，忧心钦钦(4)。
如何如何，忘我实多。

　　山有苞栎(5)，隰有六驳(6)。未见君子，忧心靡乐。如
何如何，忘我实多。

　　山有苞棣(7)，隰有树檖(8)。未见君子，忧心如醉。如
何如何，忘我实多。

【注释】(1)这是一首欲见而不得见，似怨似诉的怀人诗，旧有"贤人见
弃""妇人思夫"二说，皆通。原编《秦风》第七篇。　　(2)鴥(yù)：疾飞貌。
晨风：鸟名。一作鹯风，鹯一类的猛禽。　　(3)郁(yù)：茂盛貌。　　(4)钦
钦：忧思貌。　　(5)苞栎(lì)：成丛的栎树。　　(6)隰(xí)：低湿的地方。六
驳：树名，梓榆一类的树，其树皮青白相间，远看似驳马，故名。　　(7)棣
(dì)：即唐棣，又名郁李。　　(8)檖(suì)：山梨。

【今译】晨风鸟儿飞得快，北林树木长得密。没有见到心上人，忧心忡忡
愁思集。为什么啊为什么，多半已把我忘记。

　　山上栎树一丛丛，驳树长在低洼地。没有见到心上人，忧思重重不欢
喜。为什么啊为什么，多半已把我忘记。

　　山坡上面有郁李，低洼地里有山梨。没有见到心上人，好似酒醉心忧
急。为什么啊为什么，多半已把我忘记。

【点评】关于此诗主旨众说纷纭，究其源，无非两派观点：《毛诗》的弃贤
说，朱熹《诗集传》的妇人思夫说。明、清间学者于此诗毛、朱得失，争论不
休。方玉润《诗经原始》云："今观诗词，以为刺康公者固无据，以为妇人思夫
者亦未足凭。总之男女情与君臣义原本相通，诗既不露其旨，人固难以意
测。"此虽两可之辞，却可解主观臆断之惑，不失为公允持平之论。

109

诗经

【集说】刺康公也。忘穆公之业,始弃其贤臣焉。(《毛诗序》)

妇人以夫不在,而言"鴥彼晨风",则归于郁然之北林矣,故我"未见君子"而"忧心钦钦"也。彼君子者,如之何而忘我之多乎? 此与《褰裳之歌》同意,盖秦俗也。(朱熹《诗集传》)

今观诗词,以为刺康公者固无据,以为妇人思夫者亦未足凭。总之男女情与君臣义原本相通;诗既不露其旨,人固难以意测。与其妄逞臆说,不如阙疑存参。且其诗无甚精义,置焉可也。(方玉润《诗经原始》)

这是女子被男子抛弃后所作的诗。(也可能是臣见弃于君、士见弃于友,因作这首诗。)(高亨《诗经今注》)

(沈时蓉)

无　衣⁽¹⁾

岂曰无衣? 与子同袍⁽²⁾。王于兴师⁽³⁾,修我戈矛⁽⁴⁾,与子同仇⁽⁵⁾。

岂曰无衣? 与子同泽⁽⁶⁾。王于兴师,修我矛戟⁽⁷⁾,与子偕作⁽⁸⁾。

岂曰无衣? 与子同裳⁽⁹⁾。王于兴师,修我甲兵⁽¹⁰⁾,与子偕行。

【注释】(1)此诗是秦地军中的歌谣,表现了秦国士兵相互友爱、慷慨从军的精神。原编《秦风》第八篇。 (2)袍:外面的长衣,行军者日以当衣,夜以当被。 (3)王:指周王,代指国家。兴师:出兵。 (4)戈矛:皆为古代长柄兵器。戈,平头横刃;矛,尖头侧刃。 (5)同仇:齐心合力。 (6)泽:贴身汗衣。 (7)戟:古兵器名,亦为长柄,既能直刺,又能横击。 (8)偕作:共同行动。 (9)裳:古称裙为裳,上衣下裳。 (10)甲兵:铠甲和兵器。

【今译】谁说没有衣裳穿? 我们合穿长战袍。国家出兵去打仗,赶快修好戈和矛,齐心把敌人消灭掉。

谁说没有衣裳穿? 我们合穿衬汗衫。国家出兵去打仗,修好矛戟和枪杆,我们战斗肩并肩。

谁说没有衣裳穿？我们合穿一件军装。国家兴兵去打仗，修好铠甲和刀枪，我们相伴上战场。

【点评】秦俗尚武，而秦地又毗邻西戎，因此在周王朝抵御外族入侵的战斗中，秦国往往首当其冲，为华夏族的反侵略战争冲锋陷阵。此诗表现了秦国士兵努力克服"无衣"的生活困难，解衣推食，相互友爱，慷慨从军的豪迈精神。篇幅虽短，却充满了乐观主义、爱国主义、英雄主义的民族正气，塑造了同仇敌忾、团结一致、"偕作""偕行"的战士群像，始开唐人边塞诗"英壮迈往"之先声。

【集说】秦俗强悍，乐于战斗，故其人平居而相谓曰，岂以子之无衣，而与子同袍乎？盖以王于兴师，即将修我戈矛，而与子同仇也。其欢爱之心足以相死如此。……秦人之俗，大抵尚气概，先勇力，忘生轻死，故其见于诗如此。(朱熹《诗集传》)

美用兵勤王也。秦地迫近西戎，修习战备，高上气力，故《秦风》有《车邻》《驷驖》《小戎》之篇及"王于兴师，修我甲兵，与子偕行"之事。(魏源《诗古微》)

这诗是兵士相语的口吻，当是军中的歌谣。史书说秦俗尚武，这诗反映出战士友爱和慷慨从军的精神。(余冠英《诗经选》)

(沈时蓉)

权　舆(1)

於我乎(2)！夏屋渠渠(3)，今也每食无余。于嗟乎(4)！不承权舆(5)。

於我乎！每食四簋(6)，今也每食不饱。于嗟乎！不承权舆。

【注释】(1)此诗写一个没落的奴隶主贵族留恋过去生活，哀叹今不如昔。原编《秦风》第十篇。　(2)於(wū)：叹词。　(3)夏屋：大屋。一说夏屋是大俎，即大的食器。渠渠：高大貌。　(4)于：同"吁"。吁嗟：叹词。　(5)承：继。权舆：本是草木的萌芽，引申为事物的起始。　(6)簋(guǐ)：古食器名。

【今译】唉！我呀,过去住的大屋高房,如今每餐没有余粮。唉,咳！真与当初大不一样。

唉！我呀,过去每餐四碗佳肴,如今每餐肚难填饱。唉,咳！如今哪有当年好。

【点评】残酷的奴隶制度在崩溃,奴隶主贵族的特权已丧失。面对汹涌而来的历史大潮,没落的奴隶主贵族只能发出"不承权舆"的哀叹,只能在重温昔日的旧梦中得到一点点可怜的精神满足,而无力阻挡滚滚向前的历史的车轮。从没落的奴隶主贵族今不如昔的长吁短叹中,我们可以想象出当时社会急剧变动的情景来。

【集说】《权舆》,刺康公也。忘先君之旧臣与贤者,有始而无终也。(《毛诗序》)

"长铗归来乎,食无鱼,出无车",《权舆》诗人其冯谖之流乎？……《权舆》诗人与《卫风·北门》忧贫之大夫,皆自道其怜乞哀告之情而无所诔忍,其皆唐诗所祖乎？视不食嗟来之饿夫,犹鸱鸮之吓鹓雏矣。(魏源《诗古微》)

诸家解此诗,并从《序》说,皆以为秦之待士,始重之而终替之也。魏源以为此非弃贤者,……此颇合诗旨,而深申游士之病者。(陈延杰《诗序解》)

这是没落阶级自悲自叹的诗。(高亨《诗经今注》)

(沈时蓉)

陈　风

东门之枌[1]

东门之枌[2],宛丘之栩[3]。子仲之子,婆娑其下[4]。

穀旦于差⁽⁵⁾，南方之原。不绩其麻，市也婆娑。

穀旦于逝，越以鬷迈⁽⁶⁾。视尔如荍⁽⁷⁾，贻我握椒⁽⁸⁾。

【注释】（1）此诗写青年男女欢歌曼舞的情景，彼此于春日良辰互诉衷曲，赠以信物。原编《陈风》第二篇。　（2）枌（fén）：白榆。　（3）栩（xǔ）：柞（zuò）树。　（4）婆娑：形容舞姿优美。下：谓舞于榆柞林之下。　（5）穀旦：美好的早晨。于：往。差（chāi）：选择。　（6）越：往。鬷（zōng）迈：多次前往。　（7）荍（qiáo）：锦葵。（8）握椒：一把花椒。

【今译】东门外的白榆呵，宛丘上的柞林。子仲家的公子呵，树下飞舞着婆娑的身影。

良辰美景把你选，随你来到南郊原。怀春少女不绩麻，歌舞联翩声阗阗。

良辰美景随你去，来回奔走跑得欢。你像美丽的锦葵花，赠我花椒表心愿。

【点评】此诗首章言舞之地，以男而言；次章言舞之伴，以女而言；末章言舞之乐，兼男女而言之。言其地则榆柞掩映，郁郁葱葱，逗出下章少女怀春之情；言少女则专注于春日良辰、踏春喧阗之意，以抒写少女春心萌动、不思劳作之意绪，惟妙惟肖；有前二章之铺排，末章互表爱慕，以物定情，水到渠成，自然成章。前人解说此诗，多坐实"不绩其麻、市也婆娑"等语，斥责此诗状写陈俗荒淫佚乐，至谓"君子是以知陈之不能久也"（崔述《读风偶识》），不出"观盛衰、知得失"的套路，虽言之堂堂，终不免隔靴搔痒。

【集说】末章"穀旦于逝"，期以良日同往聚会之地也。"越以鬷迈"，于是男女总集而行，同至聚会之地也。"视尔如荍"，男结女之心也。"贻我握椒"，女结男之心也。结恩情、申缱绻也。《东门之枌》《桑中》《溱洧》，三诗如出一手，可以见诗人形容之巧，讥刺之深。（谢枋得《诗传注疏》卷上）

此诗分明刺陈俗尚巫觋，而《序》泛云："男女弃其旧业，亚会于道路，歌舞于市井。"《集传》从之，但不信为"刺幽公"耳。夫男女纵极淫乱，何至歌

113

诗经

舞市井,会于道路,成何世界?姚氏际恒引汉王符《潜夫论》曰:"诗刺不绩其麻,女也婆娑,今多不修中馈、休其蚕织,而起学巫觋,鼓舞事神,以欺诳细民。"以为"足证诗意",是则然矣。然岂必尽学巫觋事哉?亦不过巫觋盛行,男女聚观,举国若狂耳。东门,宛丘,其地也;枌、栩相荫,可以游息其下也。"子仲之子",男觋也;"不绩其麻",女巫也。婆娑鼓舞,神弦响而星鬼降也。"縠旦于差",谂吉期会也;"越以鬷迈",男妇毕集以迈观也。视如荍而贻之椒,则又观者互相爱悦也。此与《郑·溱洧》之采兰赠勺大约相类,而鄙俗荒乱,则尤过之,在诸国中又一俗也,故可以观也。(方玉润《诗经原始》卷七)

(杨胜宽)

衡 门(1)

衡门之下,可以栖迟。泌之洋洋(2),可以乐饥(3)。
岂其食鱼,必河之鲂(4)?岂其取妻(5),必齐之姜(6)?
岂其食鱼,必河之鲤?岂其取妻,必宋之子(7)?

【注释】(1)此诗乃贤者安贫乐道,自述生活态度之作。原编《陈风》第三篇。 (2)泌(bì):泉水。 (3)乐饥:疗饥;乐,《说文》云"疗,治也"。鲁韩二家"乐"作疗。乐盖疗之借字。 (4)鲂(fáng):鳊鱼,鳞细而味美。 (5)取:今作娶。 (6)齐之姜:姜尚佐周武王灭商有功,封于齐,俗称姜太公。姜为齐之头等望族,故言娶名门之女以姜氏为称。 (7)宋之子:周灭商,封其后于宋。宋自以为殷商后裔,血统高贵。故此以宋室之女与齐之姜相提并论。

【今译】居住在衡门的下面,可以从容地游息。泉水洋洋地流淌,可以畅饮疗饥。
难道人们吃鱼,非得河鲂?难道人们娶妻,非得齐姜?
难道人们吃鱼,非得河鲤?难道人们娶妻,非得宋女?

【点评】颜回"一箪食、一瓢饮,在陋巷。人不堪其忧,回也不改其乐"。其安贫乐道的人生态度,成为千古士人倾慕叹美的楷模。此诗以一唱三叹的笔调,表达了春秋时代士人的一种新的价值观和生活情趣:简陋的居室,清苦的生活,既无鲂鲤之美味,亦无齐宋之名姝,但只要精神充实,乐道忘忧,也能发掘人生乐趣,免却许多物欲的诱惑与苦恼。这在当时的儒、道、墨各家思想体系中,均有突出表现。三章诗首立正意,然后复沓两章,反诘补足主旨,力透纸背。后世咏怀明志一体,由此滥觞。

【集说】此隐居自乐而无求者之辞。(朱熹《诗集传》卷七)

贤者之乐存于中,故贤者之乐寓于外。(段之武《段氏诗义指南》)

衡门,贫士之居;乐饥,贫士之事。食鱼取妻,亦与人君毫不相涉,朱子之说是也。细玩其词,似此人亦非无心仕进者。但陈之士大夫方以逢迎侈泰相尚,不以国事民艰为意。自度不能随时俯仰,以故幡然改图,甘于岑寂,谓廊庙可居,固也;即衡门亦未尝不可居。鲂鲤可食,固也;即蔬菜亦未尝不可食。子姜可取,固也;即荆布亦未尝不可取。语虽浅近,味实深长,意在言表,最耐人思。盖贤人之仕,原欲报国安民,有所建白。若但碌碌素餐,已无乐于富贵。况使之媚权要以干进,彼贤人者,肯为宫室饮食妻妾之奉而为之乎! 恬吟密咏,可以息躁宁神。(崔述《读风偶识》卷四)

《诗》,自乐是一种,"衡门之下"是也;自励是一种,"坎坎伐檀兮"是也;自伤是一种,"出自北门"是也;自誉自嘲是一种,"简兮简兮"是也;自警是一种,"抑抑威仪"是也。(刘熙载《艺概》卷二)

此贤者隐居甘贫而无求于外之诗。不知《序》何以云"诱僖公也"。夫僖公,君临万民者也,纵愿而无立志,诱之以政焉而进于道也可,奈何以无求于世之志劝之? 岂非所诱反其所望乎?《陈》之有《衡门》也,亦犹《卫》之有《考槃》,《秦》之有《蒹葭》,是皆从举世不为之中而已独为之,可谓中流砥柱,挽狂澜于既倒,有关世道人心之作矣。然卫虽淫乱,实多君子;秦虽强悍,不少高人。陈则委靡不振,巫觋盛行,其狂惑之风,尤难自拔。而此独淡焉无欲,超然自乐,所处者不过衡茅陋室,所饮者不过泉水悠洋,食不必鲤与鲂,妻不必宋子而齐姜,则其为志也何如哉? 圣人删《诗》,此种诗不可多得,亦断不可少。而《序》者不喻其意,反引而他属,可慨也夫!(方玉润《诗经原始》卷七)

(杨胜宽)

115

东门之杨⁽¹⁾

东门之杨，其叶牂牂⁽²⁾。昏以为期⁽³⁾，明星煌煌⁽⁴⁾。
东门之杨，其叶肺肺⁽⁵⁾。昏以为期，明星晢晢⁽⁶⁾。

【注释】(1)此诗表现了践约的男青年对逾期不至的恋人望眼欲穿的焦躁心情。原编《陈风》第五篇。 (2)牂牂(zāng zāng)：茂盛的样子。(3)昏：黄昏。 (4)明星煌煌：明星，启明星。煌煌：十分明亮的样子。(5)肺肺(pèi pèi)：义犹牂牂。 (6)晢晢：义犹煌煌。

【今译】东门杨林静悄悄，树叶嫩绿又茂盛。黄昏相会是佳期，等到夜深对明星。

东门杨林静悄悄，树叶茂密好地方。黄昏相约是佳期，等到夜深对星光。

【点评】情人的心灵世界最为微妙丰富。相约的激动，盼望的迫切，赴约的欢快，等待的焦急；还有那不见不散的执着，对恋人失约的揣测与怨艾，面对满目清光和一地杨树叶的凄清与怅惘，真可谓千头万绪，别有一番滋味在心中。诗中只用期会之地的景物渲染烘托，衬出失望者的复杂心境；至于姑娘失约的缘由，以及由此引致何种结局，则尽在一片化境的点染之中。我们不再关心可能的结局，而是已在诗歌的意境中领略、分享了一切。

【集说】此亦男女期会而有负约不至者，故因其所见以起兴也。（朱熹《诗集传》卷七）

辞意闪烁，似古迎神曲，非淫词，亦非昏姻诗也。（方玉润《诗经原始》卷七）

总谓约来者不能如期而至，使人望眼欲穿，但见木杨之茂盛昏晨如故耳。（陈子展《诗经直解》卷十二）

（杨胜宽）

墓　门(1)

墓门有棘(2),斧以斯之(3)。夫也不良(4)。国人知之。
知而不已,谁昔然矣(5)。

墓门有梅,有鸮萃止(6)。夫也不良,歌以讯之(7)。讯
予不顾(8),颠倒思予(9)。

【注释】(1)这是一首讽刺陈佗乱国、祸国殃民的诗歌。陈佗为陈桓公庶
子,杀其长兄免后篡国,未逾年即为蔡人所杀。陈国遂乱,"国人分散"。原
编《陈风》第六篇。　(2)棘:酸枣树。　(3)斯:析,谓以斧劈而离析之。
(4)夫:那人。　(5)谁昔:畴昔,素来。　(6)鸮:猫头鹰。萃止:群栖。
(7)讯:借作"谇(suì)",责备,谏止。　(8)予不顾:即不顾予。谓不顾我的
谏责之言。　(9)颠倒:此谓陷入窘境。

【今译】墓门长了酸枣树,挥起斧头劈开它。那人一点也不善良,举国上
下都知晓他。众人知道仍不改,由来已久顽不化。

墓门长了酸梅树,有群猫头鹰栖其上。那人一点也不善良,讽刺歌儿把
他唱。讽刺诤言听不进,身陷困境把我想。

【点评】儒家先贤以"立德、立功、立言"为人生"三不朽"的途径,提倡立
身处世多为他人着想,多造福于世,且能惠及后人。此诗盖野人所讴,借陈
佗篡国被杀、墓门棘棘,深致警世之意。其不良行为既已被人所共知矣,故
不复缕述,只就墓木萧萧起兴寄慨;且追溯不纳诤言、一意孤行之由渐,杂惋
惜讥刺之意而出之,以幽深低回作结,余味悠长。

【集说】墓门幽深之地,兴其恶也。墟墓之间,荆棘最难去,非用斧不
足以除之。佗之恶大矣,非严师傅痛培击之,亦莫能去其恶也。墓门有梅,
有鸮萃止,言佗之性质本非恶,为师傅所累也。《左传》载佗劝陈侯许郑
平,亲仁善邻之言,中于事理,盖非昏愚者。陈侯不许,卒见侵伐。既而徐

117

诗经

思佗言,复与郑和,遣佗往郑涖盟,歃如忘,泄伯料其必不免。考其岁月,才数年尔。而蛊惑变坏如是,此诗人之所伤也。(吕祖谦《吕氏家塾读书记》卷十三)

此诗史也。陈国小,君臣无事可书,只此数诗,歌咏事实,聊备采录,以当信史。朱晦翁必欲疑而阙之,不唯诗人苦心埋没无传,亦将使乱臣贼子得以倖逃公论,其可乎哉?案,《左传》:陈侯鲍卒,文公子佗杀太子免而代之,于是陈乱。《序》因以此诗为"刺佗",谓其无良师傅,以至于不义。虽无实据,而诗与事合,固自可信。然诗非刺佗无良师傅,乃刺桓公不能去佗耳。苏氏辙曰:"桓公之世,陈人知佗之不臣矣,而桓公不去,以及于乱。是以国人追咎桓公,以为桓公之智不能及其后,故以《墓门》刺焉。'夫',指佗也。佗之不良,国人莫不知之者,知而不之去,昔者谁为此乎?"案,此乃释首章次章"歌以讯之"等句,则必有忠言直谏,早悟桓公。奈公迷而不悟,以致乱作乃思良言,夫何益哉?(方玉润《诗经原始》卷七)

《墓门》,刺陈佗也。桓公庶子佗,每微行淫泆,国人皆知其无行,而桓公不早为之所。其后佗竟杀嫡篡国,而佗亦以外淫被杀于蔡。诗人早见其微,故刺之。(魏源《诗古微》)

旧评:次章一句一沉,沉郁顿挫。(吴闿生《诗义会通》卷一)

(杨胜宽)

月　出(1)

月出皎兮,佼人僚兮(2)。舒窈纠兮(3),劳心悄兮(4)。
月出皓兮,佼人懰兮(5)。舒忧受兮(6),劳心慅兮(7)。
月出照兮,佼人燎兮(8)。舒夭绍兮(9),劳心惨兮。

【注释】(1)此乃月下怀人之诗。伊人之音容神态,均由睹月怀想,刻骨劳心托出。原编《陈风》第八篇。　(2)佼:姣,美。僚:美丽的样子。　(3)舒:轻盈徐缓的样子。窈纠(yǎo jiǎo):通作"窈窕",叠韵词,形容女子身段苗条优美。　(4)悄:深忧的样子。　(5)懰(liú):同"嬼",形容姿态妩媚动人。　(6)忧受:叠韵词,形容神态从容娴雅。　(7)慅(cǎo):忧愁不安的样子。　(8)燎:明亮的样子。　(9)夭绍:叠韵词,通作"妖娆",形容气质炽热感人。

【今译】月儿一出明又亮啊,美丽人儿多风光啊。舒婉苗条好身段啊,我心忧劳把你想啊。

月儿一出明皓皓啊,美丽人儿多姣好啊。从容娴雅姿态美啊,我心不安多心焦啊。

月儿一出光四照啊,美丽人儿多明燎啊。妖娆炽烈有情人啊,我心劳思好烦躁啊。

【点评】爱美之心,人皆有之,何况皓月当空怀念伊人!何况伊人音容神情若有所属惹人怜爱!然而,倘若只是促膝昵语、耳鬓厮磨,纵说尽千般风情、海誓山盟,亦不过儿女言情,终有尽时。唯独对一轮明月,想几多甜蜜往事,生无限缠绵情思,受若许穷愁侵扰,其情其意得以倍加净化升华,给人无穷的美感和领略。中国文学对月怀人的母题历久常新,魂绕梦萦,良有以也。

【集说】此诗虽男女词,而一种幽思劳愁之意,固结莫解。情念虽深,心非淫荡。且从男意虚想,活现出一月下美人。并非实有所遇,盖巫山、洛水之滥觞也。(方玉润《诗经原始》卷七)

似方言之謦牙,又似乱辞之急促,尤妙在三章一韵。此真风人之变体,愈出愈奇者。每章四句,又全在第三句使前后句法不排。盖前后三句皆上二字双,下一字单;第三句上一字单,下二字双也。后世作律诗,欲求精妙,全讲此法。(姚际恒《诗经通论》)

旧评:首二句,想见香雾云鬟,清辉玉臂之态。(吴闿生《诗义会通》卷一)

《月出》,盖诗人期会月下美人,自道其相慕之诚,相思之劳而作。诗写美人只从幻想虚神着笔。所用动、状词汇,多不经见,义蕴含蓄。但觉其仙姿摇曳,若隐若现,不可端倪。即此已活描出一月下美人之形象。《焦氏笔乘》云:"《月出》,见月怀人,能道意中事。太白《送祝八》:若见天涯思故人,

浣溪石上窥明月。子美《梦太白》：落月满屋梁，犹疑见颜色。常建《宿王昌龄隐处》：松际露微月，清光犹为君。王昌龄《送冯六元二》：山月出华阴，开此河渚雾。清光比故人，豁然展心悟。此类甚多，大抵出自《陈风》也。"（陈子展《诗经直解》卷十二）

（杨胜宽）

泽 陂⁽¹⁾

彼泽之陂⁽²⁾，有蒲与荷。有美一人，伤如之何⁽³⁾？寤寐无为，涕泗滂沱⁽⁴⁾。

彼泽之陂，有蒲与蕳⁽⁵⁾。有美一人，硕大且卷⁽⁶⁾。寤寐无为，中心悁悁⁽⁷⁾。

彼泽之陂，有蒲菡萏⁽⁸⁾。有美一人，硕大且俨⁽⁹⁾。寤寐无为，辗转伏枕。

【注释】(1)这是一首女子对所爱慕的男子深切思恋的诗。辗转不定，悦之无因，故思之切而悲之深。原编《陈风》第十篇。 (2)陂（bēi）：泽边堤岸。 (3)伤：一般《鲁诗》《韩诗》作"阳"，解为"姎""卬"之借字，为女性第一人称谦词。 (4)滂沱（pāng tuó）：此形容涕泪纵横的样子。 (5)蕳（jiān）：莲子。 (6)卷（quán）：通"鬈"，美发。 (7)悁悁（yuān yuān）：郁闷不乐的样子。 (8)菡萏（hàn dàn）：荷花。 (9)俨：矜庄的样子。

【今译】在那泽畔堤岸旁，蒲草青青荷花香。堤上有个美男子，心头爱他俊俏模样。日夜思念无所为，鼻涕纵横泪滂沱。

在那泽畔堤岸边，青青蒲草结子莲。堤上有个美男子，身材高大头发卷。日夜思念无所为，心情郁闷愁惨惨。

在那泽畔堤岸前，蒲草青青荷阗阗。堤上有个美男子，身材高大貌庄端。日夜思念无所为，伏枕无眠愁辗转。

【点评】《关雎》云："窈窕淑女，寤寐求之；求之不得，寤寐思服。悠哉悠哉！辗转反侧。"男女相思相悦，往往情之所至，触绪即来。《关雎》闻河洲之鸟鸣而思淑女，此则见泽畔之花草而想俊男，兴象相类，情深亦同。盖山水灵物、鸟语花香，惯常动人情思，不能自已。始乃"涕泗滂沱"，继而"中心悁悁"，终尔"辗转伏枕"，人愈静而意愈深。所谓大悲无泪、铭心刻骨、寸肠九折，读此诗得之。

【集说】《序》谓"刺时，男女相悦"。《集传》谓"与《月出》相类"。诚然。然《月出》非淫词，此亦必非淫诗也。曰"硕大且卷"，曰"硕大且俨"，岂淫女貌乎？曰"伤如之何"，曰"涕泗滂沱"，纵极相思，亦何至是？故姚氏以为伤逝作；或又谓伤泄冶之见杀。均与兴意不合。盖起极幽艳，继乃伤感，故知为思存作，非悼亡篇也。大抵臣不得于其君，子不得于其父，皆可借此以抒怀。诗人所言，或实有所指，或虚以寄兴。兴之所到，触绪即来。后世《江南曲》《子夜歌》此类甚多，岂篇篇俱有所为而言耶？（方玉润《诗经原始》卷七）

荷塘有遇，悦之无因，作诗自伤。（闻一多《风诗类钞》）

全篇写此一美妇人之忧思悲伤，始而涕泗滂沱，继而中心悁悁，终乃辗转伏枕，忧愈深而人转静矣。（《诗经直解》卷十二）

（杨胜宽）

桧　风

隰有苌楚⁽¹⁾

隰有苌楚⁽²⁾，猗傩其枝⁽³⁾。夭之沃沃⁽⁴⁾，乐子之无知。
隰有苌楚，猗傩其华。夭之沃沃，乐子之无家。

隰有苌楚,猗傩其实。夭之沃沃,乐子之无室。

【注释】(1)这是乱世人悲观厌世的诗。原编《桧风》第三篇。 (2)苌楚:羊桃,猕猴桃。 (3)猗傩:同婀娜。 (4)夭:嫩美。沃沃:光泽貌。

【今译】洼地有羊桃,婀娜枝叶好。柔嫩多光泽,羡慕你无烦恼啊。
洼地有羊桃,婀娜花儿美。柔嫩多光泽,羡慕你无家累啊。
洼地有羊桃,婀娜果实好。柔嫩多光泽,羡慕你无家小啊。

【点评】此诗措辞和具体手法与《周南·桃夭》颇有异同,可以对读。二诗均发兴于树木之欣欣向荣,逐章易辞对其枝叶花实予以形容。不同的是,《桃夭》由树木的欣荣,义归于家室之好;此诗则由树木的欣荣,义归于有家而不乐,这通常称为"反兴",是一种逆向的形象思维,故有别趣。

【集说】亡国之音读不得。此诗更不必说自家苦,只美苌楚之乐,而意自深矣。凡苦之可言者,非其至也。(钟惺《评点诗经》)

此诗意谓:苌楚无心之物,遂能夭沃茂盛,而人则有身为患,有待为烦,形役神劳,唯忧用老,不能长保朱颜青鬓,故睹草木而生羡也。室家之累,于身最切,举示以慨忧生之嗟耳。……窃谓元结《系乐府·寿翁兴》:"借问多寿翁,何方自修育?唯云顺所然,忘情学草木",即诗意;而姜夔《长亭怨》:"树若有情时,不会得青青如许",尤为的诂。……杜甫《哀江头》:"人生有情泪沾臆,江水江花岂终极";鲍溶《秋思》之三:"我忧长于生,安得及草木";韦庄《台城》:"无情最是台城柳,依旧烟笼十里堤";戴敦元《饯春》:"春与莺花都作达,人如木石定长生",均可参印。(钱锺书《管锥编》〈一〉)

(周啸天)

匪 风(1)

匪风发兮,匪车偈兮(2)。顾瞻周道,中心怛兮(3)。
匪风飘兮,匪车嘌兮(4)。顾瞻周道,中心吊兮。

谁能亨鱼? 溉之釜鬵。谁将西归? 怀之好音。

【注释】(1)此诗是在周室东迁,桧逼于郑的形势下,逃难于路的桧人所作的怀乡曲。原编《桧风》第四篇。 (2)匪:彼。偈(jié):疾驰貌。 (3)怛(dá):悲伤。 (4)嘌(piào):轻疾貌。 (5)亨:同"烹"。(6)鬵(xín):大锅。(7)怀:送。

【今译】风儿发发响呀,车儿像飞一样呀。回头瞻望大道,心中多凄凉呀!
风儿打着旋呀,车儿快快赶呀。回首瞻望大道,心中多凄惨呀!
谁有能耐烹鱼? 为他洗锅我愿意。谁要回转西方,传语捎个平安。

【点评】余冠英先生认为此诗第三章与唐岑参《逢入京使》意近。岑诗亦有故乡之恋,但"马上相逢无纸笔,凭君传语报平安",因是自觉远征,目的明确,故语调乐观,洋溢着豪情。而此诗中的桧国流亡者,前景多么渺茫,而心情又何等凄恻哟。

【集说】起得飘忽。末章风致绝胜。(姚际恒《诗经通论》)

（周啸天）

123

曹　风

蜉　蝣⁽¹⁾

蜉蝣之羽⁽²⁾,衣裳楚楚⁽³⁾。心之忧矣,于我归处⁽⁴⁾?
蜉蝣之翼,采采衣服⁽⁵⁾。心之忧矣,于我归息?

诗经

蜉蝣掘阅⁽⁶⁾,麻衣如雪⁽⁷⁾。心之忧矣,于我归说⁽⁸⁾?

【注释】(1)曹国在今山东定陶西南,是个小国。统治者奢侈腐化,置国将不国而不顾。诗人借蜉蝣咏怀,寓意尽在讽刺。《诗序》谓为"刺奢"之作,因曹国国小邦危,其君无法自守,又"好奢而任小人""将无所依",故作此刺之。其言可信。原编《曹风》第一篇。　(2)蜉蝣:虫名,有数种。体细狭软弱,触角短,翅薄而半透明,腹末有长尾须二条,常在日落后成群飞舞。成虫寿命不长,短的数小时或一二日,长的约一周,一般均朝生暮死。　(3)楚楚:鲜明整洁的样子。　(4)归处:即死亡。下文的"归息""归说(shuì)"义同此。　(5)采采:朱熹《诗集传》:"采采,华饰也。"　(6)掘阅:掘,穿。阅,马瑞辰《毛诗传笺通释》:"阅,读为穴。宋玉《风赋》'空穴来风',即《庄子》'空阅来风'也。"(7)麻衣:古代的常服,即深衣。郑玄《毛诗笺》:"麻衣,深衣。诸侯之朝,朝服,朝夕则深衣也。"　(8)归说:说通"税",休憩,止息。

【今译】蜉蝣的羽毛,像美丽的衣裳。心里的忧伤呀,我将归依在何方?
蜉蝣的翅膀,像华丽的服装。心里的忧伤呀,我将安身在何方?
蜉蝣穿洞飞出来,雪白麻衣穿身上。心里的忧伤呀,我将栖息在何方?

【点评】此诗三章,每章四句,写尽蜉蝣的生态。晋代傅咸《蜉蝣赋》曰:"有生之薄,是曰蜉蝣。育微微之陋质,羌采采而自修。不识晦朔,无意春秋。取足一日,尚又何求!"可见蜉蝣有两个特点,一是羽翼既薄且美,二是生命短促。诗人据此构思,用每章前二句写其羽翼的华美,喻统治者的锦衣玉食,奢侈豪华;用每章的后二句写其因生命短促而带来的内心深沉的忧虑,刺统治者的只知"取足一日"而不知死之将至! 三章叠咏,皆讽刺好奢之态,文义互见,层层递进,文字略有变化,而感情一以贯之,讽刺之意,溢于言表。

【集说】昭公之国既小而迫,胁于大国之间,又无治国之法以自保守,好为奢侈而任用小人,国家危亡无日,君将无所依焉! 故君子忧而刺之也。好奢而任小人者,三章上二句是也;将无所依,下二句是也。(孔颖达《毛诗正义》)

《蜉蝣》，盖曹之破落贵族公子大夫之流，忧伤其君臣徒好衣裳楚楚，不知国亡将在旦夕而作。《序》说刺曹昭公之奢，亦不为误。（陈子展《诗经直解》）

推敲再三，本篇亦讽刺诗无疑；……我看简直是对在朝的只讲究场面，整饰衣服，国小危亡而不顾，过着醉生梦死的生活的君臣们的辛辣的讽刺。本篇作者可能是在朝的一位正直的士大夫；也可能是一位民间的爱国人士。（蓝菊荪《诗经国风今译》）

（蓉　生）

候　人(1)

彼候人兮(2)，何戈与祋(3)。彼其之子(4)，三百赤芾(5)。
维鹈在梁(6)，不濡其翼(7)。彼其之子，不称其服(8)。
维鹈在梁，不濡其咮(9)。彼其之子，不遂其媾(10)。
荟兮蔚兮(11)，南山朝隮(12)。婉兮娈兮(13)，季女斯饥(14)。

【注释】(1)这首诗表达的是对值勤辛苦的候人小官的同情和对"不称其服"而高官厚禄的朝贵们的讽刺。原编《曹风》第二篇。　(2)候人：周代整治道路及迎送宾客的小官。　(3)何：通"荷"，肩负。戈：古兵器，青铜制，横刃，安装长柄及镦，持之可以横击、钩杀。祋(duì)：即殳(shū)，古兵器，竹或木制之杖，长一丈二，头上不用金属为刃，八棱而尖，用以撞击。　(4)彼：指曹国朝廷。其(jī)：语助词。之子：指下文"三百赤芾""不称其服"之人。　(5)赤芾(fú)：红色皮制的蔽膝。《毛传》："大夫以上，赤芾乘轩。"曹是小国，而朝中高官厚禄者多至三百人。　(6)维：发语词。鹈(tí)：即鹈鹕，水鸟名，食鱼。梁：鱼梁，即拦鱼坝。　(7)濡：沾湿。　(8)称(chèn)：适合。服：指赤芾。　(9)咮(zhòu)：鸟嘴。　(10)遂：遂意，称心。媾：宠爱。朱熹《诗集传》："遂，称。媾，宠也。遂之为称，犹今人谓'遂意'为'称意'。"　(11)荟、蔚：云雾弥漫的样子。　(12)南山：曹地山名。隮(jī)：虹。朝隮，早上的虹。　(13)婉、娈：年少而美好的样子。　(14)季女：少女。斯：语助词。

诗经

【今译】那个候人啊,肩上扛着戈和棍。那些大人先生们,三百人穿着红皮蔽膝。

鹈鹕栖在鱼梁上,居然未曾沾湿翅膀。那些大人先生们,哪配穿上贵族装。

鹈鹕栖在鱼梁上,长嘴不湿太反常。那些大人先生们,称意得宠难久长。

云漫漫啊雾弥弥,南山早上彩虹起。又年轻啊又漂亮,候人幼女忍着饥。

【点评】此诗四章,每章四句。首章言候人劳苦,朝贵尸位,敷陈其事,对比鲜明。二、三章联吟,以鹈为比,沉水食鱼之鸟不濡其翼与味,以喻人的德才与地位之极不相称,承首章三、四句而来,刺朝贵素餐之意自显。末章以南山朝隮兴季女之美,承首章前二句而来,候人值勤夜以继日,见南山朝云而思小女在家早饭无着,怜惜之情自见。一章在首,二、三章顺接联吟,一、四章呼应,有赋有比有兴,复沓而有变化,情从景生而抒缩结。手法多样,章法严谨,颇可称道。

【集说】详味诗义,季女即候人之女也。盖诗人稔知此贤者沈抑下僚,身丁困阨,家有幼女,不免恒饥,故深叹之。……作诗本意,止于首尾一见,不着迹象,斯为立言之妙。(王先谦《诗三家义集疏》)

一章。言候人荷戈与祋,迎送宾客为劳。何彼小人为大夫而赤芾者至三百人之多乎?问之也。……二章。言鹈鹕不濡翼而得食鱼乎?以兴彼小人不称其服。讥之也。……三章。言鹈鹕不濡味而得食鱼乎?以兴彼小人当不久于见厚。亦讥之也。……四章。言候人之季女忍受饥饿。以南山朝隮之云,兴季女之美。惜之也。(陈子展《诗经直解》)

这是一首同情下级小吏,谴责贵族官僚的讽刺诗。(高亨《诗经今注》)

这是曹国没落贵族讥刺新兴人物的诗。……但诗对候人小官却是同情的,说他荷戈和祋,努力工作,而他的小女儿仍不免挨饿。对那些穿红皮绑腿的高官,则深为嫉妒,加以讥刺。(程俊英《诗经译注》)

(蓉 生)

下 泉(1)

冽彼下泉(2),浸彼苞稂(3)。忾我寤叹(4),念彼周京(5)。

冽彼下泉,浸彼苞萧(6)。忾我寤叹,念彼京周。

冽彼下泉,浸彼苞蓍(7)。忾我寤叹,念彼京师。

芃芃黍苗(8),阴雨膏之(9)。四国有王(10)。郇伯劳之(11)。

【注释】(1)本篇写曹人思治,而伤周室衰微,不能制止诸侯兼并,故思明王贤伯有以挽回。原编《曹风》第四篇。 (2)冽(liè):寒冷。下泉:出自地下的泉水。 (3)苞:丛生。稂(láng):莠一类的草。 (4)忾(kài):叹息。寤(wù):睡醒。 (5)周京:周王朝的京城。下文的"京周""京师"义同此。(6)萧:即艾蒿。 (7)蓍(shī):蓍草。 (8)芃芃(péng):草木茂盛的样子。 (9)膏(gào):滋润。 (10)四国:四方之国。有王:能朝聘于天子。(11)郇(xún)伯:文王之子,为州伯,有治诸侯之功。劳(lào):安抚,慰劳。

【今译】那地下泉水冰凉,淹得莠草难生长。我刚醒来就长叹息,想念京都心凄凉。

那地下泉水冰凉,淹得艾蒿难生长。我刚醒来就长叹息,想念京都心凄怆。

那地下泉水冰凉,淹得蓍草难生长。我刚醒来就长叹息,想念京都痛断肠。

蓬蓬勃勃黍苗壮,雨露滋润助它长。四方诸侯仰周主,全赖郇伯慰劳忙。

【点评】此诗前三章首二句以寒泉浸物起兴,以喻周室衰微,大国不时侵凌小国,小国常怀灭亡之忧;后二句直抒胸臆,三用"念"字,写尽曹人怀念"周京"明王之深,以致叹息不已。重章叠句,一而再,再而三,层层加深,为末章追忆西周盛世蓄势。末章以"雨露滋润禾苗壮"兴起,仍用比体,言"芃

苊黍苗”是“阴雨膏之”的结果，“四国有王”是“郇伯劳之”的结果。突出曹人怀念“周京”贤伯之意。前后两层，合而观之，前三章抚今，兼寄忧戚；末章思昔，乱世思治。全诗景为情设，情由景生，融情于景，情景交融。细玩之，诗人热切怀念明王贤伯之情已淋漓尽致矣。

【集说】王室陵夷，而小国困弊，故以寒泉下流，而苞稂见伤为比，遂兴其怆然以念周京也。……四国既有王矣，而又有郇伯以劳之，伤今之不然也。（朱熹《诗集传》）

此与《匪风》同被大国之伐，而伤周王之不能救己也。夫天下有道，则礼乐征伐自天子出；天下无道，则礼乐征伐自诸侯出。今晋文入曹，执其君，分其田，以释私憾，宁能使曹人帖然心服乎？此诗之作，所以念周衰伤晋霸也。使周而不衰，则“四国有王”，彼晋虽强，敢擅征伐？（方玉润《诗经原始》）

已上三章悼今无明王。……末章颂郇伯之贤。……《下泉》，盖衰周乱世，曹人思明王，颂贤伯之作。玩诗意，确有不胜今昔盛衰之感。（陈子展《诗经直解》）

（蓉　生）

豳　风

七　月[(1)]

七月流火[(2)]，九月授衣[(3)]。一之日觱发[(4)]，二之日栗烈[(5)]。无衣无褐[(6)]，何以卒岁[(7)]？三之日于耜[(8)]，四之日举趾[(9)]。同我妇子，馌彼南亩[(10)]。田畯至喜[(11)]。

七月流火，九月授衣。春日载阳[(12)]，有鸣仓庚[(13)]。女执懿筐⁽¹⁴⁾，遵彼微行⁽¹⁵⁾，爰求柔桑⁽¹⁶⁾。春日迟迟，采蘩祁祁⁽¹⁷⁾，女心悲伤，殆及公子同归⁽¹⁸⁾。

七月流火，八月萑苇⁽¹⁹⁾。蚕月条桑⁽²⁰⁾，取彼斧斨⁽²¹⁾，以伐远扬⁽²²⁾，猗彼女桑⁽²³⁾。七月鸣鵙⁽²⁴⁾，八月载绩⁽²⁵⁾。载玄载黄⁽²⁶⁾，我朱孔阳⁽²⁷⁾，为公子裳。

四月秀葽⁽²⁸⁾，五月鸣蜩⁽²⁹⁾。八月其获⁽³⁰⁾，十月陨萚⁽³¹⁾。一之日于貉⁽³²⁾，取彼狐狸，为公子裘。二之日其同⁽³³⁾，载缵武功⁽³⁴⁾。言私其豵⁽³⁵⁾，献豜于公⁽³⁶⁾。

五月斯螽动股⁽³⁷⁾，六月莎鸡振羽⁽³⁸⁾。七月在野，八月在宇，九月在户，十月蟋蟀入我床下。穹窒熏鼠⁽³⁹⁾，塞向墐户⁽⁴⁰⁾。嗟我妇子，曰为改岁⁽⁴¹⁾，入此室处⁽⁴²⁾。

六月食郁及薁⁽⁴³⁾，七月亨葵及菽⁽⁴⁴⁾。八月剥枣⁽⁴⁵⁾，十月获稻；为此春酒⁽⁴⁶⁾，以介眉寿⁽⁴⁷⁾。七月食瓜，八月断壶⁽⁴⁸⁾，九月叔苴⁽⁴⁹⁾。采荼薪樗⁽⁵⁰⁾，食我农夫⁽⁵¹⁾。

九月筑场圃⁽⁵²⁾，十月纳禾稼⁽⁵³⁾，黍稷重穋⁽⁵⁴⁾，禾麻菽麦⁽⁵⁵⁾。嗟我农夫，我稼既同⁽⁵⁶⁾，上入执宫功⁽⁵⁷⁾。昼尔于茅⁽⁵⁸⁾，宵尔索绹⁽⁵⁹⁾。亟其乘屋⁽⁶⁰⁾，其始播百谷⁽⁶¹⁾。

二之日凿冰冲冲，三之日纳于凌阴⁽⁶²⁾。四之日其蚤⁽⁶³⁾，献羔祭韭⁽⁶⁴⁾。九月肃霜⁽⁶⁵⁾，十月涤场⁽⁶⁶⁾。朋酒斯飨⁽⁶⁷⁾，曰杀羔羊⁽⁶⁸⁾；跻彼公堂⁽⁶⁹⁾，称彼兕觥⁽⁷⁰⁾，万寿无疆！

129

诗经

【注释】(1)此篇是《国风》里最长的一篇，它真实地记录了西周农民一年中的劳动生产过程和艰苦的生活状况，是我国大约三千年前社会生活的一幅生动图画，具有很高的文学价值和史料价值。全诗用正面铺叙（赋）的艺术手法，按月歌唱的形式，突出而鲜明地反映了当时的生产关系、阶级对立和社会本质，是《诗经》中一首杰出的民间叙事长诗。原编《豳风》第一篇。

(2)七月：夏历七月。流火：大火星向下降落。此星座每年夏历六月出现于正南方，位置最高，七月以后偏西向下，故叫流火，从此一年中的天气开始转凉。　(3)授衣：把做寒衣的活交给妇女去做。　(4)一之日：一月的日

子。这里指周历一月,相当于夏历十一月。下文周历、夏历互用,统一用夏历推译。觱发(bì bō):寒风吹动的声音。　(5)栗烈:寒冷。　(6)褐(hè):粗布衣服。　(7)卒岁:度过寒冬。　(8)于:为,指修理。耜(sì):农具。　(9)举趾:举步下田耕种。　(10)馌(yè):送饭。彼:那。南亩:泛指田间。　(11)田畯(jùn):管农田的官。　(12)载:开始。阳:暖和。(13)有:又。仓庚:黄莺。　(14)懿(yì):深。　(15)遵:沿着。微行(háng):小道。　(16)爰(yuán):于是。柔:嫩。　(17)蘩:草名,又叫白蒿。祁祁:众多的样子。　(18)殆:怕。及:与,跟。此句意为女子害怕贵族公子逼迫她们跟去,受到侮辱。　(19)萑(huán)苇:芦苇。此指割芦苇,做蚕箔用。　(20)蚕月:养蚕的三月。条桑:修剪桑枝。　(21)斨(qiāng):方孔的斧。　(22)远扬:又长又高的桑枝。　(23)猗(yī):同"掎",攀拉。女桑:嫩小的桑叶。　(24)鵙(jú):伯劳鸟。　(25)绩:纺织。　(26)载:又。玄:黑色。　(27)朱:红色。孔:甚。阳:鲜明。　(28)秀:生穗结子。葽(yāo):即远志,植物名,可做药。　(29)蜩(tiáo):蝉。　(30)其:语助词。获:收获。　(31)陨:落。蘀(tuò):落叶。　(32)于:取。貉(hé):似狐的兽,又叫狗獾。　(33)同:会合。　(34)载:语助词。缵(zuǎn):继续。武功:武事,指田猎。　(35)言:语助词。私:私有。豵(zōng):一岁小猪,泛指小兽。　(36)豜(jiān):三岁大猪,泛指大兽。　(37)斯螽(zhōng):蚂蚱。动股:古人误以为蚂蚱以腿摩擦发声(实际是振动翅膀发声)。　(38)莎(suō)鸡:虫名,即纺织娘。振羽:动翅发声。　(39)穹:空隙。窒:堵塞(鼠洞)。　(40)向:北窗。墐(jìn):用泥涂塞。　(41)曰:语助词。改岁:过年。　(42)处:居住。　(43)郁:李子一样的果类。薁(yù):野葡萄。(44)亨:同"烹",煮。葵:葵菜。菽:豆类。　(45)剥:通"扑",打。枣:和下句的稻,都是酿酒原料。　(46)春酒:冬天酿酒,经春始成,故名春酒。(47)介:祈求。眉寿:长寿。　(48)断:摘下。壶:葫芦。　(49)叔:拾取。苴(jū):麻子,可食。　(50)荼:苦菜。薪:柴。这里作动词烧讲。樗(chū):臭椿树。　(51)食(sì):给食,养活。　(52)场圃:场地。　(53)纳禾稼:将谷物收进仓库。　(54)黍:小米。稷:高粱。重:同"穜(tóng)",先种晚熟作物。穆:同"稑(lù)",后种早熟作物。　(55)禾:粟。麻:可用来织布的一种作物。　(56)同:集中。　(57)上:同"尚",还得。执:从事,干活。宫功:室内劳动。　(58)尔:语助词。于:取。　(59)宵:夜里。索:搓。绹(táo):绳。

(60)亟:急。乘屋:登上房屋(进行修缮工作)。　(61)其始:将要开始。

(62)凌阴:冰窖。　(63)蚤:同"早",指早朝,统治者每年夏历二月初一举行祭祖仪式。　(64)羔:小羊。韭:韭菜。羔、韭都是祭品。　(65)霜:同"爽"。肃爽,天高气爽。　(66)涤场:打扫场地。　(67)朋酒:两壶酒。斯:语助词。飨:同"享",享用。　(68)曰:语助词。　(69)跻(jī):登上。公堂:公共场所。

(70)称:双手举起。兕觥(sì gōng):兕牛角制成的酒器。

【今译】七月火星偏西方,九月为官家缝衣裳。冬月北风呼呼吼,腊月寒气刺骨凉。粗布衣裳无一件,怎样过冬心都悲伤。来年正月修农具,二月下地春耕忙。老婆孩子一齐干,送饭田间充饥肠。田官老爷喜洋洋。

七月火星偏西方,九月为官家缝衣裳。春天阳光开始暖,又有黄莺枝头唱。姑娘手提深竹筐,走在田间小路上,边走边采那嫩桑。春天日子渐渐长,采蒿人儿忙又忙。姑娘心里暗悲伤,深怕公子们把人抢。

七月火星偏西方,八月割苇好收藏。三月动手剪桑枝,你拿斧头我拿斨,高枝长条都砍光,拉着枝条采嫩桑。七月伯劳叫不停,八月开始纺麻忙。又染黑色又染黄,红色丝麻最鲜艳,好为公子们做衣裳。

四月远志把子结,五月知了树上唱。八月庄稼收割忙,十月树叶快落光。冬月把那貉子打,狐皮剥下洗清爽,好给公子们做皮袍。腊月大伙又聚齐,继续练武打猎忙。小的野兽归自己,大兽送到公堂上。

五月里蚂蚱弹腿响,六月纺织娘抖翅膀。七月蟋蟀野地叫,八月屋檐底下唱,九月跳进房门里,十月到我床下藏。填好墙洞熏老鼠,柴门涂泥封北窗。叹我老婆和孩子,眼看就要到年关,暂且住进这间房。

六月把野李山葡萄尝,七月里煮葵烧豆汤。八月才要把枣儿打,十月收割稻谷香;把它酿成好春酒,祝福老爷寿命长。七月靠瓜充饥肠,八月葫芦是主粮,九月麻子拾个光。挖些苦菜砍些柴,养活咱农夫真凄凉!

九月里筑好打谷场,十月里谷物要进仓,早稻晚稻小米高粱,粟麻豆麦分开放。叹我农夫命真苦,地里庄稼刚收完,又要服役修宫房。白天上山割茅草,晚上搓绳长又长,急急忙忙修草房,明春播种又要忙。

腊月凿冰冲冲响,正月抬冰窖里藏。二月举行祭祖礼,献上韭菜和羔

羊。九月里天高气爽，十月扫清打谷场。捧上两壶清香酒，宰了小羊和大羊，大伙登上那公堂。高高举起牛角杯，同声高祝万寿无疆！

【点评】此诗八章，每章十一句，凡八十八句。第一章总括全篇，从岁寒写到春耕，总言衣食之事领起下文：前六句就衣而言，是二、三、四章之纲；后五句，就食而言，是六、七、八章之纲。第二、三章写妇女蚕桑之事及布帛衣料的制作，重在"为公子裳"。第四章写农闲冬猎，重在"为公子裘"和"献豜于公"。联系第一章农夫"无衣无褐，何以卒岁"，见出人间的不平。第五章紧接回答"何以卒岁"，写农夫御寒过冬，是承前小结言衣之事，又开启下文之言食来。第六章写农夫食物的恶劣兼及副业生产，重点在以枣稻酿酒是为了"以介眉寿"，对比以瓜菜充饥的"食我农夫"，贵族与农夫的天壤之别明矣。第七章进而写干完农事还得为贵族服劳役，然后才能修理自家的破茅屋。第八章写年终宴饮，祝福主人万寿无疆。八章诗，先总后分，结构严密。诗以月份为经，间以物候变化，有明显的时序的动感；又以农事为纬，间以杂务，突出了稼穑之艰难；且以一条内线贯穿，那就是鲜明的阶级对立。全诗以赋直陈其事，虽无阶级斗争的强烈呼声，但字里行间，渗透着劳动者的满腹辛酸和血泪控诉，巧在事与情的相渗，苦与恨的融合，含而不露，耐人寻味。三千年前一幅农奴生活的完整画面，大到生产、生活、人际、社会，小到历算、节令、气候、仪礼，等等，无不囊括其中，其规模之宏大，价值之多方面，意义之深远，《国风》中无出其右者。

【集说】《七月》一篇，所言皆农桑稼穑之事，非躬亲垄亩久于其道者，不能言之亲切有味也如是。……今玩其辞，有朴拙处，有疏落处，有风华处，有典核处，有萧散处，有精致处，有凄婉处，有山野处，有真诚处，有华贵处，有悠扬处，有庄重处。无体不备，有美必臻。晋、唐后，陶、谢、王、孟、韦、柳田家诸诗，从未见臻此境界。（方玉润《诗经原始》）

"女执懿筐，遵彼微行，爰求柔桑"写桑径如画。"载玄载黄，我朱孔阳，为公子裳"寓颂祷于叙事，如天衣无缝。"五月斯螽动股，六月莎鸡振羽"等句，叙事运典，只于闲文。此所谓天授，非人为，圣人经术之文也。（王闿运《湘绮楼说诗》卷八）

《七月》是描写农家生活的。我们知道周民族是务农的民族,豳又是他们的发祥地,故这些也带着农业的地方色彩。……我推测这位作者大约是西周中叶一个无名氏,他大约是一个受过文学训练的农家子。(陆侃如、冯沅君《中国诗史》)

《七月》,为周初概述周代自后稷豳公(公刘)以来关于奴隶制社会之生产关系基础,以及其时农业知识与经验之不朽之伟大诗篇。或者说,此诗为高度概括周代先公先王居豳时期之农事诗。此绝非一时一人之作,具有特大之历史价值,极高之文艺价值。(陈子展《诗经直解》)

(蓉　生)

鸱　鸮(1)

鸱鸮鸱鸮(2)!既取我子,无毁我室(3)。恩斯勤斯(4),鬻子之闵斯(5)!

迨天之未阴雨(6),彻彼桑土(7),绸缪牖户(8)。今女下民(9),或敢侮予(10)!

予手拮据(11),予所捋荼(12),予所蓄租(13),予口卒瘏(14),曰予未有室家(15)!

予羽谯谯(16),予尾翛翛(17)。予室翘翘(18),风雨所漂摇(19),予维音哓哓(20)!

【注释】(1)这是一首禽言诗。诗人借一只母鸟受到多方伤害威胁,难以筑巢育雏,生活在忧虑恐惧之中,比喻当时的贫苦人民深受统治者的欺压和迫害,生活在艰难困苦之中。原编《豳风》第二篇。　(2)鸱鸮(chī xiāo):猫头鹰。古人认为它是恶鸟。　(3)室:指鸟巢。　(4)恩勤:即殷勤。斯:语助词。　(5)鬻(yù):通"育",养育。闵(mǐn):病。　(6)迨(dài):趁着。　(7)彻:剥取。桑土(dù):桑根。土,"杜"的借字,树根。　(8)绸缪(móu):缠缚。牖(yǒu)户:窗和门。　(9)女:通"汝"。下民:树下的人。　(10)予:我。　(11)拮据:手因劳累而痉挛。　(12)捋(luō):手自上而下勒取。荼(tú):芦、茅之类的白花。　(13)蓄:积聚。租:"苴"的借字,茅草。　（14）卒：同"悴"。悴瘏（tú）：疲病。　（15）曰：发语词。未有室家：指巢未修好。家，古读 gū，叶韵。　（16）谯谯（qiáo）：形容羽毛稀少枯焦。（17）翛翛（xiāo）：羽毛干枯无光泽。　（18）翘翘：高而危险的样子。(19)漂：雨冲击。摇：风吹撼。　（20）哓哓（xiāo）：因恐惧发出的哀鸣。

【今译】猫头鹰啊猫头鹰！你已抓走我的娃,别再毁了我的家。我日夜操劳多辛苦,累病了身子就为养娃!

趁着天还没下雨,在桑树根上剥些儿皮,把门儿窗儿赶快修理。现在在树下的人们,有时还会把我欺!

我的两手早发麻,我还得去捡芦苇花,我还得把茅草来增加。我的嘴巴累痛了,还不曾修好我的家!

我的羽毛稀少而又枯焦,我的尾巴像把干草,我的窝儿又险又高。风吹雨打又晃又摇,直吓得我吱吱乱叫!

【点评】此诗四章,每章五句。第一章写母鸟对鸱鸮抓走雏鸟发出哀怨的控诉,不许它再毁坏自己的家。末句点出视雏如命,亲子之爱,人之至情,可见"无毁我室"之语乃不得已,退而求其次也。母鸟其苦一也。第二章写母鸟辛勤筑巢,防止"下民"之侮。救难于未然,一波未平一波又将起。母鸟其苦二也。第三章写母鸟手口并作,勤劳备至,仍未能修筑好巢室。可见筑巢之难,然消除毁巢破卵之难更不易。母鸟其苦三也。第四章写巢虽初成,但母鸟已筋疲力尽,而处境仍极危险,故恐惧而悲鸣。居未安而危必至。母鸟其苦四也。全诗纯用比,模拟鸟语而成,以表达人的思想感情,从而反映社会现实。母鸟之遭遇,此事虽小,可以喻大也。

【集说】这是最早的"禽言诗",可能是以鸟拟人,别有寄托。但即使作为单纯描写鸟类生活的诗也是很有艺术价值的了。这篇诗使人联想到汉乐府里的《枯鱼过河泣》《雉子斑》《蜨蝶行》等篇,都带童话诗的风味,是歌谣中特有的境界。（余冠英《诗经选》）

这是一首禽言诗。是横遭奴隶主贵族迫害的劳苦大众,假托鸟语以宣寄忧愤,把奴隶主比作猫头鹰而加以斥骂。反映了古代奴隶们的痛苦生活

和对奴隶主阶级的强烈抗议。(袁梅《诗经译注》)

《鸱鸮》一诗托为小鸟哀呼鸱鸮而告之,如物语(寓言)、如童话、如禽言诗,此在《诗》三百中风格独奇,盖源出于歌谣。(陈子展《诗经直解》)

这当然是一首有寄托的诗,但所指何人何事,不得而知。历史学者都认为是周公旦作的,因为《尚书·金縢》和《史记·鲁世家》都记载周公在平定了管、蔡、武庚与淮夷之乱后,作了《鸱鸮》一诗送给成王。但是,《尚书·金縢》经近人考证,已定为伪作;司马迁《史记·鲁世家》的记载当也是以《金縢》为据的。所以周公作《鸱鸮》之说,未必可信。(程俊英《诗经译注》)

(蓉 生)

东 山⁽¹⁾

我徂东山⁽²⁾,慆慆不归⁽³⁾。我来自东,零雨其濛⁽⁴⁾。我东曰归⁽⁵⁾,我心西悲。制彼裳衣⁽⁶⁾,勿士行枚⁽⁷⁾。蜎蜎者蠋⁽⁸⁾,烝在桑野⁽⁹⁾。敦彼独宿⁽¹⁰⁾,亦在车下⁽¹¹⁾。

我徂东山,慆慆不归。我来自东,零雨其濛。果臝之实⁽¹²⁾,亦施于宇⁽¹³⁾。伊威在室⁽¹⁴⁾,蟏蛸在户⁽¹⁵⁾。町畽鹿场⁽¹⁶⁾,熠燿宵行⁽¹⁷⁾。亦可畏也,伊可怀也⁽¹⁸⁾!

我徂东山,慆慆不归。我来自东,零雨其濛。鹳鸣于垤⁽¹⁹⁾,妇叹于室。洒埽穹窒⁽²⁰⁾,我征聿至⁽²¹⁾。有敦瓜苦⁽²²⁾,烝在栗薪⁽²³⁾。自我不见,于今三年!

我徂东山,慆慆不归。我来自东,零雨其濛。仓庚于飞⁽²⁴⁾,熠燿其羽。之子于归⁽²⁵⁾,皇驳其马⁽²⁶⁾。亲结其缡⁽²⁷⁾,九十其仪⁽²⁸⁾。其新孔嘉⁽²⁹⁾,其旧如之何⁽³⁰⁾?

【注释】(1)这是一首征人解甲还乡途中抒发思乡之情的诗,历来被认为是《诗》中最出色的抒情佳作之一。原编《豳风》第三篇。 (2)徂(cú):往。东山:诗中军士远戍之地。 (3)慆慆(tāo):长久。 (4)零雨:徐雨,断续不止之雨。其濛:即濛濛,细雨貌。 (5)曰归:刚刚说起要回去。 (6)裳

诗经

衣:指平常闲居穿的衣服。此言不必再从事军旅生活了。　(7)士:同"事",从事于。行(háng)枚:即横枚。行,军伍。枚:筷子似的短木,两端有带,可系于颈上。古人行军,口衔枚,避免出声。这里代指军伍征战。　(8)蜎蜎(yuān):蠕动貌。蠋(zhú):蛾蝶幼虫,此指野蚕。　(9)烝(zhēng):长久。　(10)敦(duī):孤独貌。　(11)亦:语助词。　(12)果臝(luǒ):葫芦科植物,一名栝楼或瓜蒌。　(13)施(yì):蔓延。　(14)伊威:又名鼠妇,体形椭圆,灰色多足,栖于阴湿壁角处。俗称地虱、地鳖虫。　(15)蟏蛸(xiāo shāo):即喜蛛,长脚蛛。　(16)町畽(tǐng tuǎn):舍旁空地。　(17)熠燿(yì yào):闪闪发光。下文"熠燿"作光彩鲜明解。宵行(háng):萤火虫。　(18)伊:是,此。　(19)鹳(guàn):水鸟名,形似鹤亦似鹭。垤(dié):小土堆。　(20)埽:同"扫"。穹窒:尽行堵塞。此言治尽其鼠穴。　(21)聿(yù):语助词。　(22)敦(duì):圆球形。瓜苦(hù):即瓠瓜,苦,同"瓠"。古以一瓠对半剖作二瓢叫卺,结婚行合卺礼,夫妇各执一瓢饮酒。　(23)栗薪:即束薪,柴堆。　(24)于:语助词。　(25)之子:指妻。之,这。子,女,古代"言子者,通男女"。于归:出嫁。　(26)皇:毛色黄白相杂的马。驳:马毛色杂而不纯。　(27)亲:指妻母。缡(lí):妇女的佩巾。结缡,古代嫁女时,其母为之结缡,以示至男家后要尽力操持家务。　(28)九十:极言其多。(29)新:指新婚。孔:甚。嘉:美。　(30)旧:久,指久别。

【今译】我到东山去打仗,久久不能回故乡。如今我从东方回,细雨濛濛倍凄凉。我刚听说要回家,面向西边心悲伤。缝上一件家常服,不再衔枚把兵当。野蚕蠕动又弯曲,爬在田野桑树上;当兵时独宿缩成团,兵车底下把身藏。

我到东山去打仗,久久不能回故乡。如今我从东方回,细雨濛濛倍凄凉。料想那瓜蒌长得壮,藤蔓已爬到屋檐上。屋内一定满地鳖虫,蜘蛛在门上结了网。野鹿在屋前后出没,萤火虫四处在游荡。家园荒凉不可怕,越是荒凉越怀想!

我到东山去打仗,久久不能回故乡。如今我从东方回,细雨濛濛倍凄凉。料想老鹳在蚁穴上叫,妻守空房长嗟伤。洒扫屋子塞鼠洞,盼我征夫早回乡。结婚饮酒的大喜瓢,想必还放在柴堆上。自从我离家不相见,至今三年想断肠!

我到东山去打仗,久久不能回故乡。如今我从东方回,细雨濛濛倍凄凉。回想那天黄莺飞,羽毛鲜明闪闪亮。妻子过门做新娘,迎亲花马白里黄。娘为女儿结佩巾,礼仪繁多忙又忙。新婚生活真够美,久别重逢又该怎样?

【点评】此诗四章,每章十二句。每章首四句全同,以简括的叙事和绘景作复沓,写出征人西归时阴雨绵绵的凄凉环境和难以言喻的忧伤心情。行者思家,唯雨雪之际最难为怀,愁思如"其雨濛濛",没完没了。如此领起,重复歌唱,给全诗染上一层浓郁的抒情色彩。各章前四句以下八句,全是征夫路上的回忆和想象。首章回想从军的辛劳,今日得归,悲喜交集。"蜎蜎者蠋"的比喻,以悲写喜,喜中有悲,见出征人对统治者滥施兵役的厌恶。次章想象家园残破荒凉,倍增怀念之情。"近乡情更怯,不敢问来人。"(宋之问《渡汉江》)归客近乡的疑惧心理,真切感人。其写战乱中家园的荒芜,后人推崇为鲍照的"芜城赋之祖",非过誉也。第三章想象妻子在家思念自己,是更深一层写自己思念妻子。以人衬己,与杜甫《月夜》所写妻女,一脉相承。末章追忆三年前的新婚,急盼早归团聚,透出征人对和平生活的向往。文势放纵之极,至此如异峰突起,戛然而止,余味无穷。全诗以眼前景事引起,在回忆想象中舒展开阖,在《诗》中可谓别具一格。

【集说】此诗文词至高,与《七月》《鸱鸮》相伯仲,……其词往复委折,曲尽人情之私,虽家人父子之相慰语无以过之,宜乎沦肌浃髓,使人乐为之尽私也。(吴闿生《诗义会通》)

"蜎蜎者蠋,烝在桑野。"感物撼情,悲凉凄恻。"敦彼独宿,亦在车下。""落日照大旗,中天悬日月",百万军中,以此孤寂之情,圣人文人乃能超万物而别以怀抱。"町畽鹿场,熠燿宵行",三监淮夷徐戎并兴,天下骚动,而诗人视若无物,其胸次故不可及。所谓螣螅蠽睫,蛮能伏尸,不值真人一笑也。"仓庚于飞,熠燿其羽。之子于归,皇驳其马。"凯歌别调,所谓"兵气销为日月光"。"亲结其缡,九十其仪"何其深至。"其新孔嘉,其旧如之何"以其封齐开国知之。(王闿运《湘绮楼说诗》卷八)

此诗毫无称美周公一语,其非大夫所作显然。然亦非周公劳归士之辞。

137

诗经

乃归士自叙其离合之情耳。(崔述《东壁遗书·丰镐考信录》)

这是一个远征士卒在归途中思家的诗。他渴望早日回家,又担心可能发生的种种情况,表现了复杂细腻的感情。……有人认为诗的社会背景和周公东征有关,这位诗人就是参加这次东征的士兵。(程俊英《诗经译注》)

(蓉　生)

伐　柯⁽¹⁾

伐柯如何⁽²⁾?匪斧不克⁽³⁾。取妻如何⁽⁴⁾?匪媒不得。
伐柯伐柯,其则不远⁽⁵⁾。我遘之子⁽⁶⁾,笾豆有践⁽⁷⁾。

【注释】(1)这是一首民间流行的关于婚姻礼俗的歌谣。后人称作媒为"伐柯""作伐",即由此而来。原编《豳风》第五篇。　(2)柯:斧柄。　(3)匪:通"非"。克:能。　(4)取:通"娶"。　(5)则:准则,样子。不远:指样子就是手中所持的斧柄,不必远求。　(6)遘(gòu):见。之子:指所追求的姑娘。　(7)笾(biān)豆:笾和豆。古代礼器。笾用竹制,盛果脯等;豆用木制,也有用铜或陶制的,盛齑酱等,供祭祀和宴会用。践:陈列整齐。

【今译】砍个斧柄怎么办?没有斧头就不能。要娶妻子怎么办?没有媒人就不成。

砍斧柄呀砍斧柄,样子就在你手中。我要迎娶意中人,礼器整齐摆案头。

【点评】此诗二章,每章四句。全诗用比:首章以伐柯需斧,比娶妻需媒;末章以伐柯须有法则,比婚姻须备礼仪。两章文义相应,可见伐柯娶妻各有其道。此民谣唱出古婚礼之习俗也。

【集说】此诗未详,不敢强解。《序》以为"美周公,周大夫刺朝廷之不知也"。夫周公之德之美,他人不知,姜、召二公岂未之知乎?况东征三年,罪人斯得,心已大白于天下。……独于朝廷乃多疑议,恐无是理,断不可信。

且当日公虽东征,权犹在手。一朝凯撤,朝廷奉迎之不暇,何至迟留未归,犹烦周大夫之作诗以刺朝廷耶?(方玉润《诗经原始》)

此诗首章四句,与《齐风·南山篇》末章四句"析薪如之何?匪斧不克。取妻如之何?匪媒不得"几于全同。想皆同用民间谣谚。尾章"我遘之子"一句,又与下篇《九罭》相同。(陈子展《诗经直解》)

(蓉　生)

狼　跋⁽¹⁾

狼跋其胡⁽²⁾,载疐其尾⁽³⁾。公孙硕肤⁽⁴⁾,赤舄几几⁽⁵⁾。
狼疐其尾,载跋其胡。公孙硕肤,德音不瑕⁽⁶⁾。

【注释】(1)这是一首讽刺贵族公孙的诗。原编《豳风》第七篇。(2)跋:踩。胡:老狼颔下悬肉。(3)载:再,又。疐(zhì):踩。(4)公孙:诸侯之子叫公子,其孙叫公孙。当时豳公的后代。硕肤:大肚子。闻一多《风诗类钞》:肤,通"胪","腹前肥曰胪"。(5)赤舄(xì):古代帝王及贵族所穿的礼鞋。几几:盛貌。指鞋饰华丽。(6)德音:美好的声誉。瑕:读作假,义同嘉。

【今译】老狼朝前走,踩着了颔下肉,老狼往后退,又把长尾踩。这位贵族公孙大肚皮呀,穿着一双华丽的大红鞋。

老狼往后退,踩着长尾巴,老狼朝前走,又踩了颔下肉。这位贵族公孙大肚皮呀,名声不好人人诅咒。

【点评】此诗二章,每章四句。全诗用比,突出老狼进退艰难而不失其恶的狼狈丑态,于首章比喻公孙便便大腹之体型,着眼于外表;于末章比喻公孙如狼一样生性贪毒名声不好,着眼于内心。末章同用比而颠倒语序,戏谑揶揄之情油然而生。一个可笑的形象,一幅绝妙的漫画,一首辛辣的讽刺诗。

【集说】这是一首讽刺诗。诗中把一位统治者(诗人称他为公孙)比作老

狼。嘲笑他步态丑笨,进退困窘。(余冠英《诗经选》)

这是讽刺公孙的诗(公孙是公爵之孙或其后裔)。本诗表现了古代人民对剥削统治阶级的强烈仇恨与极度蔑视。(袁梅《诗经译注》)

这是讽刺贵族公孙的诗。这位公孙,到底是谁,不得而知,只得存疑。他吃得胖胖的,穿着华丽的礼服,实际上品德名誉都不好,因而到处碰壁,处境狼狈。旧说这首诗赞美周公,是因为轻信了伪《尚书·金縢》,从而以暴露为歌颂,有失诗的原意。高亨《诗经今注》虽认为它是刺诗,但他说"硕肤"是"石甫",是讽刺幽王时的虢石甫,似无确证。(程俊英《诗经译注》)

(蓉　生)

雅

小 雅

常 棣[(1)]

常棣之华[(2)]，鄂不韡韡[(3)]。凡今之人，莫如兄弟。

死丧之威[(4)]，兄弟孔怀。原隰裒矣[(5)]，兄弟求矣。

脊令在原[(6)]，兄弟急难。每有良朋，况也永叹[(7)]。

兄弟阋于墙[(8)]，外御其务[(9)]。每有良朋，烝也无戎[(10)]。

丧乱既平，既安且宁。虽有兄弟，不如友生[(11)]。

傧尔笾豆[(12)]，饮酒之饫[(13)]。兄弟既具，和乐且孺[(14)]。

妻子好合，如鼓瑟琴。兄弟既翕[(15)]，和乐且湛[(16)]。

宜尔室家，乐尔妻帑[(17)]。是究是图，亶其然乎[(18)]。

诗经

【注释】(1)这是一首宴兄弟、睦亲情的诗。可能是周厉王时大臣召虎(穆

公)所作。原编《小雅·鹿鸣》第四篇。 (2)常棣:即棠棣,其花数朵成簇。

(3)鄂:通"萼",花苞。不:通"拊",花蒂。韡韡(wěi wěi):花色鲜明的样子。

(4)威:"畏"之借字。 (5)裒(póu):聚,谓山陵聚散之变化。 (6)脊令:

通作"鹡鸰",水鸟名。 (7)况:通"怳",恍然失意的样子。 (8)阋(xì):斗

殴。墙:墙内,谓兄弟在院墙内争斗。 (9)务:"侮"字之借。 (10)烝

(zhēng):众。戎:相助。 (11)友生:朋友,"生"为语助词。 (12)傧(bīn):

陈列。笾(biān)豆:是古代用以盛食品的两种器皿。笾为竹制的盛水果或干

食品的器皿;豆为食器或礼器,有木质、陶质和青铜器等种类。 (13)饫(yù):

饱足。 (14)孺:相亲。 (15)翕(xì):合。 (16)湛(dān):通"耽",乐之

甚。 (17)帑:通"孥",儿子。 (18)亶(dǎn):确实。

【今译】棠棣之花一簇簇,花萼花蒂如手足。试看世间种种人,何如兄弟
亲与睦。

死丧之事真可畏,兄弟之间互关注。沧海桑田几移易,兄弟之情犹
如故。

鹡鸰落在高原上,兄弟急于解危难。虽有平时好朋友,急时恍然只
长叹。

兄弟墙内相争斗,抵御外侮便联手。虽有平时好朋友,人数再多不
相救。

丧亡祸乱既平定,生活安乐又宁静。虽有兄弟手足情,还须友谊更
温馨。

宴席陈列笾与豆,饮酒作乐尽满足。兄弟齐聚真喜事,举家和乐又
幸福。

妻子儿女情意合,奏琴鼓瑟成乐歌。兄弟相和如一人,生活和谐乐
呵呵。

安排家庭尽停当,妻室儿女都快活。深思熟虑而后行,此理实在不
可没。

【点评】棠棣之花,数朵而成簇;血亲兄弟,若手足之相依。首章乃全诗
纲领。所谓"凡今之人,莫如兄弟",盖尽包君臣、夫妻、朋友诸伦而言之;然

非谓兄弟情谊可以悉数取代诸伦，盖孝友于兄弟，亦所以尽君臣、父子、夫妻、朋友之义也。故五章言丧乱既平，似有兄弟不如友生者，七、八章言"妻子好合，如鼓琴瑟""宜尔室家，乐而妻帑"。妻子之和好、友生之情义，又大有助于兄弟之相和。故诗反复致意、委婉深至，真气流溢、牵人情思。

【集说】此诗首章略言至亲莫如兄弟之意。次章乃以意外不测之事言之，以明兄弟之情，其切如此。三章但言急难，则浅于死丧矣。至于四章，则又以其情义之甚薄，而犹有所不能已者言之。其《序》若曰，不待死丧，然后相救，但有急难，便当相助。言又不幸而至于或有小忿，犹必共御外侮，其所以言之者，虽若益轻以约，而所以著夫兄弟之义者，益深且切矣。至于五章，遂言安宁之后，乃谓兄弟不如友生，则是至亲反为路人，而人道或几乎息矣。故下两章乃复极言兄弟之恩，异形同气，死生苦乐，无适而不相须之意。卒章又申告之，使反复穷极而验其信然。可谓委曲渐次，说尽人情矣。读者宜深味之。（朱熹《诗集传》卷九）

程氏曰，此诗句少而章多。章多所以极其郑重，句少则各陈一义故也。（吕祖谦《吕氏家塾读诗记》卷十七）

凡人饮燕，待亲戚朋友之礼常盛，待兄弟之礼常简。爱有余者，敬或不足；恩情稔熟者，礼文有时而脱略也。笾豆毕陈，饮酒而至于屡饮，亦可乐矣。何如兄弟无故，饮酒于家庭之间，不惟和乐，其情义亲厚，无异于孺子相慕也。孺子之无不爱其亲，无不敬其兄者，人欲未萌、天理昭著也。

兄弟不和，则家庭之间无非乖气，虽有妻子之乐，亦不安其乐矣。惟兄弟和乐，则一家之情无不相宜，妻子之乐，亦可长久。盖天合者微有乖睽，人合者亦不得康宁也。（以上谢枋得《诗传注疏》卷中）

第五章有两解：朱子以为反言，姚氏以为追思，皆通。然追思较反言有意，读之令人酸鼻。是周公当日情景，故从之。须看其全诗作法。首章虚冒，次章双题，三、四章以良朋陪，后二章以妻子陪，此章是一转笔作中间枢纽。六章乃甚言兄弟之乐，以起末二章耳。此八段古文作法也。（方玉润《诗经原始》卷九）

钟惺云：说得委曲深至，要哭要笑只是一个真。孙𨥉云：反覆缕说，有抑扬，有顿挫，全以气骨胜。（陈子展《诗经直解》卷十六）

（杨胜宽）

伐木(1)

伐木丁丁(2)，鸟鸣嘤嘤。出自幽谷，迁于乔木。嘤其鸣矣，求其友声。相彼鸟矣(3)，犹求友声。矧伊人矣(4)，不求友生。神之听之，终和且平。

伐木许许(5)，酾酒有藇(6)。既有肥羜(7)，以速诸父(8)。宁适不来(9)，微我弗顾(10)。於粲洒扫(11)，陈馈八簋(12)。既有肥牡(13)，以速诸舅(14)。宁适不来，微我有咎。

伐木于阪，酾酒有衍(15)。笾豆有践(16)，兄弟无远。民之失德，乾餱以愆(17)。有酒湑我(18)，无酒酤我(19)。坎坎鼓我(20)，蹲蹲舞我(21)。迨我暇矣(22)，饮此湑矣。

【注释】(1)这是一首燕飨朋友亲戚的乐歌，或以为为记录周公本文王未居位在农之时与友发生于山岩伐木的勤苦之事，而作此诗，恐不可靠，大略为西周后期的贵族士大夫所作。原编《小雅·鹿鸣》第五篇。 (2)丁丁(zhēng zhēng)：象声词，伐木之声。 (3)相：视。 (4)矧(shěn)：况且。 (5)许许(hǔ hǔ)：象声词，锯木之声，亦即伐木之声，盖与上章变文见义耳。一作"浒浒"。 (6)酾(shī)：滤酒。藇(xù)：形容酒之美。 (7)羜(zhù)：出生五个月的羊羔。 (8)速：召请。诸父：同姓尊贵的朋友。 (9)适：碰巧。 (10)微：勿。 (11)於(wū)：叹词。粲：洁净明亮的样子。 (12)陈馈八簋(guǐ)：陈列八簋食品。簋，古代食器，燕飨、祭祀时用之，分竹、木、青铜等质地。 (13)牡：本指公牛。此指公羊羔。 (14)诸舅：异姓的尊贵朋友。 (15)有衍：犹"衍衍"，形容酒的醇美。 (16)笾豆：皆古代盛食器。践：排列有序的样子。 (17)乾餱(hóu)：干粮。此指粗薄食品。愆：过错。谓粗薄之食不以分人而致错也。 (18)湑(xǔ)我："我湑"之倒装。下"酤我""鼓我""舞我"均同。湑：滤酒，谓有酒则滤去汁滓。 (19)酤：一宿而成之新酒，猝然为之，故带汁滓。古代以用无滓酒(即后之所谓"清酒")为礼，故无此酒时乃用带滓之新酒，以示竭其所有以待客之意也。 (20)坎坎：象声词，击鼓声。 (21)蹲蹲(cún cún)：形容跳舞的姿态。 (22)迨：及。

【今译】伐木之声响铮铮,林中鸟儿鸣嘤嘤。鸣声幽幽出深谷,飞来落在高树林。嘤嘤啼鸣不歇息,声声意在求伴侣。看它虽只是小飞禽,犹有呼朋唤侣意。何况人类有情性,(哪能)不求朋友通声气?天神顺从人间理,赐予和乐且安宁。

伐木之声响得欢,滤出清酒好甘甜。备有肥嫩小羊羔,召请叔伯来品尝。宁可碰巧不能来,我有热情不勉强。屋里屋外好洁净,摆设八碗好食品。备上肥美小公羊,再把舅父来召请。宁可碰巧不能来,我无过咎有诚心。

树木砍在山坡上,滤出清酒多醇美。笾豆装满排列齐,兄弟相亲共举杯。人际之间寡情义,粗薄食品生嫌隙。我有好酒共分享,浊酒亦可叙友谊。鼓声坎坎动人心,舞姿蹲蹲好欢喜。待我有空备好酒,相聚举杯甜如蜜。

【点评】《常棣》以花之成簇兴兄弟情同手足、异形同气;此诗以鸟之鸣侣求伴比人之求友寻朋,亦是其生性使然。兴饶意象,颇滋联想,故多情致;比因连类,贵乎贴切,故入人性。人性善,则四海之内皆兄弟,不止乎同姓、异姓之别;民失德,则乾糇犹足致愆,又何必兄弟亲朋。诗先以飞禽作反讽,次又以"宁适不来,微我弗顾"为结,是所以尽人性睦亲敦友之意;不然,何以成其为人之道!同为燕飨好友亲朋之作,彼则专从亲疏内外之别写去,此则专从泯灭亲疏差别上着意,文各有当。

【集说】程氏曰:山中伐木,非一人能独为,必与同志者共之。既同其事,则相亲好,成朋友之义。伐木之人必有此义,况士君子乎?故赋伐木之人,叙其情、推其义,以劝朋友之道,燕朋友故旧则歌之,所以风天下。朋友故旧笃,则民德厚矣。继言鸟鸣嘤嘤,又以物情兴朋友之好。嘤嘤,相应和之和声,自幽谷升乔木而相追随,嘤然其鸣,盖求其应。友声谓应声,犹人之朋友相从也。视鸟如是,岂人而不求友乎?朋友之信,恒久不渝,可质于神明。(吕祖谦《吕氏家塾读诗记》卷十七)

湑我,我湑之也;酤我,我酤之也;鼓我,我鼓之也;舞我,我舞之也。此

诗经

八字,皆倒下句法,见古人之妙。(谢枋得《诗传注疏》卷中)

　　以诸父诸舅兄弟为友者何？曰：此古者师友重德之义,而忘尊卑亲疏之势,惟以齿德序,尊长比如舅父,而其侪辈如兄弟也。二章三章专言饮食之盛何？曰：诚敬也。夫鸟鸣迁乔,既以兴胜己之友矣,期其德可以格神明而获和平,如之何而不尽诚敬乎？友声云何？曰：入于幽谷者,非己之友声矣。和平云何？曰：和以情言,无乖争也；平以性言,无阿比也。终犹常也,非神之和平乎？曰：非也。天下岂有不和平之神哉？于父舅言羜、牡、八簋、洒扫,于兄弟言湑、酤、鼓、舞云何？曰：此虽互言,然亦随尊卑立文,有严恭也。(吕柟《泾野先生毛诗说序》卷三)

　　此朋友通用之乐歌也。中间兼言亲戚兄弟,而诸父、诸舅与兄弟,皆言燕飨之事,唯朋友反不之及。岂笃于内者,必疏于外乎？曰：非也。盖兄弟亲戚中,皆有友道在也。朋友不离乎兄弟亲戚,亲戚兄弟自可以为朋友。所贵乎朋友者,心性相投,道义相交耳。故首章统言朋友之交,当可质诸神明,始终不渝。如嘤鸣友声,虽使神之听之,亦终和且平。已贯下亲戚兄弟在内。此下但分言燕飨,而不必更及朋友矣。其实燕飨非结以心性,要之神明,则情谊不真,燕飨亦未必能久且乐也。此友道所以为五伦之一也。不但此也,朱氏善曰："人之所以资乎朋友者,以明道也,以进德也。贵之而为天子,贱之而为庶人,尊之而为父兄,卑之而为子弟,亲之而为同姓,疏之而为异姓,其分虽不同,而其可友则如一。故以贱交贵而不为谄,以贵交贱而不为屈,以卑就尊而不为僭,以尊就卑而不为贬,内取之同姓而不为昵,外取之异姓而不为泛。道之所存,德之所存,即吾友之所存也,而何贵贱亲疏之间哉？"此诗取友义也,故曰朋友通用之乐歌。或但指为天子之诗,意未免视友道为甚狭已而,岂诗人本意欤！

　　一章　佳句。极为闲雅,浑成。朋友则神明可质。

　　二章　亲戚则婉词相招。

　　三章　兄弟则鼓舞为乐。须玩他措词不同,各还其分处。然总归之友朋内,故首章不言燕享,而但以神听和平要其信誓也。(以上方玉润《诗经原始》卷九)

（杨胜宽）

采 薇(1)

采薇采薇(2)，薇亦作止(3)。曰归曰归，岁亦莫止(4)。靡室靡家(5)，狁之故(6)。不遑启居(7)，狁之故。

采薇采薇，薇亦柔止(8)。曰归曰归，心亦忧止。忧心烈烈(9)，载饥载渴(10)。我戍未定，靡使归聘(11)！

采薇采薇，薇亦刚止(12)。曰归曰归，岁亦阳止(13)。王事靡盬(14)。不遑启处。忧心孔疚(15)，我行不来(16)！

彼尔维何？维常之华(17)。彼路斯何(18)？君子之车(19)。戎车既驾(20)，四牡业业(21)。岂敢定居？一月三捷！

驾彼四牡，四牡骙骙(22)。君子所依，小人所腓(23)。四牡翼翼(24)，象弭鱼服(25)。岂不日戒？狁孔棘(26)！

昔我往矣，杨柳依依。今我来思(27)，雨雪霏霏(28)。行道迟迟(29)，载渴载饥。我心伤悲，莫知我哀！

【注释】(1)这是西周戍边战士为自明心志与情怀而所唱之歌。或谓作于文王时，或谓作于懿王时，或谓作于宣王时，迄无定谳。方玉润曰："大抵遣戍时世，难以臆断。诗中情景，不啻目前，又何必强不知以为知耶？"最为通达。先儒多以此诗为出征时预料征戍之苦与归期之遥而作，观诗中自启行、在途、至边、交战、守备而至归途所见所感，历历在目，绝非当初所可预料者，必为归途所作无疑。原编《鹿鸣》第七篇。 (2)薇：俗称野豌豆，其嫩苗可食。诗以采薇起兴，又是追忆戍事的时间线索。 (3)作：初生。止：语尾助词。 (4)莫：古"暮"字。 (5)靡：无。室家：分言则"室"指妻室，"家"指由夫妻、父子等关系所组成的家庭；统言则指结婚成家，故谓妻子为家室。不娶妻则无以为家，故霍去病有"大丈夫四海为家"之壮语。 (6)狁(xiǎn yǔn)：即秦汉之匈奴；居于西北方，部族甚多，故华夏或称之为北狄，或称之西戎。事游牧、善骑射，是西周的主要外患。 (7)遑：暇。启：跪坐，是两膝着地，腰部伸直的一种坐法，古时又叫作"跽(jì)"。居：安坐，是臀部触

诗经

及脚跟的一种坐法,古时又叫作"踞"。此句谓忙于征戍,无暇歇息也。

(8)柔:谓柔嫩。　(9)忧心烈烈:犹言忧心如焚。　(10)载:又。　(11)使:使者。聘:问,探访。　(12)刚:坚硬,薇老而其茎渐硬也。　(13)阳:阳月,即农历冬季十月。　(14)王事:朝廷的戍役。盬(gǔ):止息。　(15)孔疚:十分痛苦。孔:甚。　(16)来:归。　(17)常之华:棠棣之花。(18)路:通"辂",大车。周时天子乘大路,诸侯亦可乘路。　(19)君子:此指将帅。

(20)戎车:兵车。　(21)四牡:四匹大公马。业业:强壮高大的样子。(22)骙骙(kuí kuí):强壮的样子。　(23)小人:此指兵士。腓(féi):庇护。

(24)翼翼:整齐的样子。　(25)象弭(mǐ):用象牙镶制的弓。弭是弓之末端系弦之处。此概指弓。鱼服:鱼皮制的箭袋。服:"箙"字之省借。

(26)棘:同"亟",急也。　(27)思:语尾助词。　(28)雨雪霏霏:下着纷纷扬扬的霰雪。以上四句情景交融,为千古传诵之名句。方玉润评曰:"末乃言归途景物,并回忆来时风光,不禁黯然神伤。绝世文情,千古常新。"陈子展《诗经直解》引范晞文《对床夜话》云:《诗》云:'昔我往矣,杨柳依依,今我来思,雨雪霏霏。'东坡谓退之'始去杏飞蜂、及归柳嘶蜇',与《诗》意同。子建云:'昔我初迁,朱华未希。今我旋止,素雪云飞。'又'始出严霜结,今日白露晞'。王元长云:'昔往仓庚鸣,今来蟋蟀吟。'颜延年云:'昔辞秋未素,今也岁载华。'退之又居其后也。"且言"此《诗》句,历汉魏南朝至唐,屡见诗人追摹,而终有弗逮"。程俊英《诗经译注》此诗题解云:"末章以柳代春,以雪代冬,借景表情,感时伤事,富于形象性和感染力,是千古传诵的名句。"

(29)迟迟:形容道路漫长。

【今译】采薇菜啊采薇菜,薇菜嫩苗破土生。归去来啊归去来,一年时光行将尽。没有妻室没有家,只因猃狁来犯忙无暇。起居不宁去戍边,只因猃狁来犯忙无暇。

采薇菜啊采薇菜,薇菜长得肥又嫩。归去来啊归去来,归程难盼好忧心。忧心如焚辞难表,又饥又渴真难熬。我戍边关战事频,谁返乡时把信捎!

采薇菜啊采薇菜,薇菜渐老茎已硬。归去来啊归去来,转眼又到寒冬月。朝廷差役没个完,启处无暇哪得闲。心中忧伤甚痛苦,征战边关何时还！

那盛开的是什么花？棠棣之花真鲜艳。那边停着谁的车？军帅之车好壮观。驾着兵车添威武，四匹公马壮且肥。哪敢安居稍歇息，一月三战争胜负！

驾起四匹大公马，骏马壮硕又高大。军帅凭轼立战车，庇护兵士齐进发。四匹公马多严整，象弓鱼袋随身带。天天戒备岂敢怠，军情紧急好上阵！

念我出征经此地，杨柳拂面情依依。如今踏上归来路，大雪飘落化作泥。泥途难行道漫长，饥渴交迫腿似铅。心中悲伤凄凉意，谁能体恤谁能鉴！

【点评】梁启超读陆放翁诗有句云："谁怜爱国千行泪，说到胡尘意不平。"中华民族所以能数千年维系其文明与国家统一，正因有此爱国之魂传千百年而不绝如缕、时创奇迹。《诗经》之《无衣》《东山》《采薇》《出车》诸诗，皆有以昭著民族之御侮护边、保家卫国之精神风采之意味。然远戍边关，往往离乡背井、抛置劳作，靡室靡家，不遑启处；而异域之荒僻、征战之死伤，更不遑多论矣！是以当其身处边关而心念家园之际，往往理智与情感相矛盾，使命感与失落感相交织，谁胜谁负，孰是孰非，难以一概而论。诗人固已把有家难回之罪责归于猃狁之侵扰矣，然随着薇菜之由嫩而老，冬春推移而悲从中来，似不可自已者；诗人固曾为"一月三捷"之胜利、军容严整之声威、视死如归之豪情所欣喜、自豪，然当其光荣成为过去，踽踽独行于大雪飘飞之归途时，竟如此凄凉伤感，似若不堪其怨。诗妙在情真意切而内涵丰富，怨而不怒，哀而不伤，故既可以鼓舞人，又可以感动人。陈子展评四、五章诗曰："此两章写出军容之壮，戒备之严，全篇气势为之一振。前后俱作私情软语，若不有此，则不成戒歌，不足劝士，即不能作为遣戍役之乐章也。"宜熟味之。

【集说】程氏曰：一章述事之由。次章三章极道劳苦忧伤之情，上能察其情，则虽劳而不怨，虽忧而能励。四章五章则劝以义。卒章言其归以悯其劳。古者戍役再期而还，今年春暮行，明年夏代者至，复留备秋，至过十一月

而归,又明年仲春至春暮,遣次戍者。每秋与冬初,两番戍者皆在疆圉,乃今之防秋也。(吕祖谦《吕氏家塾读诗记》卷十七)

《采薇》一诗,见先王仁厚之至,所谓体群臣,所谓本人情,所谓说以使民、民忘其劳。当以《东山》诗合观。(谢枋得《诗传注疏》卷中)

《采薇》,遣戍役也。文王之时,西有昆夷之患,北有狁狁之难。以天子之命命将帅、遣戍役,以守卫中国。故歌《采薇》以遣之,《出车》以劳还,《杕杜》以劝归也。何言乎以天子之命? 曰:夫《采薇》,忠而贞,文而武,其文王以服事殷之事乎。故一章至三章,言其劳王事,不顾身家也。四章示以胜敌,五章示以有备,皆劝以义也。六章言归途之苦耳,此先王之所以达人情也。(吕柟《泾野先生毛诗说序》卷三)

《小序》《集传》皆以为遣戍役而代其自言之作。唯姚氏谓戍役还归诗也,盖以诗中明言"曰归曰归"及"今我来思"等语,皆既归之词,非方遣所能逆料者也。愚谓曰归、岁暮可以预计,而柳往雪来,断非逆睹。使当前好景亦可逆言,则景必不真;景不真,诗亦何能动人乎? 此诗之佳,全在末章,真情实景,感时伤事,别有深情,非可言喻,故曰"莫知我哀"。不然,奏凯生还,乐矣,何哀之有耶? 其前五章,不过追述出戍之故与在戍之形而已。盖壮士从征,不愿生还,岂念室家,曰"我戍未定,靡使归聘"者,虽有书不暇寄也。又曰"忧心孔疚,我行不来"者,虽生离犹死别也。至于在戍,非战不可,敢定居乎? 一月三战必三捷耳。若其防守,尤加警戒,狁狁之难,非可忽也! 今何幸而生还矣,且望乡关未远矣。于是乃从容回忆往时之风光,杨柳方盛;此日之景象,雨雪霏微。一转瞬而时序顿殊,故不觉触景怆怀耳。诗意若此,何可以人代言耶? 故以戍役归者自作为近是。至作诗世代,或以为文王时,或以为宣王时,更或谓季历时,都不可考。《集传》、姚氏同驳《大序》谓文王时之非,而亦不能定其为何王。唯李氏塨引《孟子》文王事昆夷事,谓下章西戎即昆夷,遂并此诗亦指为文王时作。然诗言狁狁,而未及西戎。姚氏又谓文王无伐狁狁事,未知然否。大抵遣戍时世,难以臆断。诗中情景,不啻目前,又何必强不知以为知耶? (方玉润《诗经原始》卷九)

孙钅广云:首四句所谓眼前景,口头语,然风致却大妙,即深言之不能加。(陈子展《诗经直解》卷十六)

(杨胜宽)

出　车(1)

我出我车,于彼牧矣(2)。自天子所,谓我来矣(3)。召彼仆夫,谓之载矣。王事多难,维其棘矣(4)。

我出我车,于彼郊矣。设此旐矣(5),建彼旄矣(6)。彼旟旐斯(7),胡不斾斾(8)?忧心悄悄(9),仆夫况瘁(10)。

王命南仲(11),往城于方(12)。出车彭彭(13),旂旐央央(14)。天子命我,城彼朔方(15)。赫赫南仲(16),狁于襄(17)。

昔我往矣,黍稷方华(18)。今我来思,雨雪载途(19)。王事多难,不遑启居。岂不怀归?畏此简书(20)。

喓喓草虫(21),趯趯阜螽(22)。未见君子(23),忧心忡忡(24)。既见君子,我心则降(25)。赫赫南仲,薄伐西戎(26)。

春日迟迟(27),卉木萋萋(28)。仓庚喈喈(29),采蘩祁祁(30)。执讯获丑(31),薄言还归。赫赫南仲,狁于夷(32)。

【注释】(1)这是西周出征战士取得胜利奏凯而归因而所歌的诗。此次征伐狁和西戎,南仲为其主将。或谓南仲乃文王臣属,或谓为宣王之臣。后一说较为可信。亦有谓文王、宣王时各有一南仲,若西周之有两周公召公者,未知确否。原编《小雅·鹿鸣》第八篇。　(2)于:往。牧:郊外谓之牧。　(3)谓:使。下"谓之载矣"亦同。　(4)棘:同"亟",急也。　(5)旐(zhào):有龟蛇图饰的旗帜。　(6)旄(máo):用旄牛尾饰其竿首的旗帜,称为干旄。　(7)旟(yú):有鸟隼图饰的旗帜。斯:语尾助词。　(8)斾斾(pèi pèi):旌旗飘扬的样子。　(9)悄悄:忧伤的样子。　(10)况瘁:憔悴困顿。况,通"怳",今通作"恍"。　(11)南仲:亦作"南中",或谓即宣王时与吉甫为友之张仲。是本次征伐的周军主帅。　(12)城:筑城。方:朔方,北方。　(13)彭彭:"骈骈"之借,马强盛的样子。　(14)旂(qí):有龙图饰的旗帜。央央:鲜明的样子。　(15)朔方:指今甘肃灵武县一带。　(16)赫赫:形容威名显赫。　(17)襄:通"攘",除也。　(18)黍:北方作物,去壳可

151

诗经

食。稷:亦名粢、穄,中国最早的栽种作物之一,故有"百谷之长"之名。方华:夏季乃黍稷开花结实的季节。　(19)载:满。　(20)简书:古时书字于竹木简上,谓之简书。此指调遣的文书。探下章诗意,盖指"薄伐西戎"之调遣令也。　(21)喓喓:象声词,草虫鸣声。　(22)趯趯(tì tì):跳跃的样子。阜螽(zhōng):蚱蜢。　(23)君子:此指南仲。　(24)忡忡:心绪不宁的样子。　(25)降:读hōng,下也,犹今言"放心"。　(26)薄:语首助词。西戎:西北戎族之总称。《禹贡》所举有织皮、昆仑、析支、渠搜等部。　(27)迟迟:形容春日昼长。　(28)卉:百草总称。萋萋:草木茂盛的样子。　(29)仓庚:黄莺。喈喈(jiē jiē):象声词,鸟鸣声。　(30)蘩(fán):野菜名。祁祁:众多的样子。　(31)执:俘获。讯:军中通讯之人。获:"馘(guó)"字之借,谓割耳也。古时割所杀敌人的耳朵作为计功行赏的凭据。丑:对敌人的蔑称。　(32)夷:平。

【今译】我军战车将出动,驶向郊外原野中。有人传达天子令,我们奉命去从戎。召来仆夫驾车手,吩咐驾车莫停留。王朝多难危旦夕,军情紧迫快些走。

我军战车已出动,奔向郊外原野中。龟蛇之旗立车上,干旌旗帜迎风飘。鸟隼龟蛇齐飞舞,战云密布旗蔽日。气氛紧张心忧惧,仆夫劳顿体乏力。

天子点将命南仲,率领军队征北方。战车成列好强盛,图饰军旗明晃晃。天子传下命令来,安营扎寨严布防。赫赫有名数南仲,猃狁祸患一扫光。

当初我们出征时,黍稷花开值盛夏;如今我们驻此地,雨雪遍地路泥注。王朝多难敌屡犯,北伐西征难回家。难道没有故园情?军令严厉不敢发。

草虫喓喓鸣不停,蚱蜢腾挪不解情。未见主帅南仲面,隐隐担忧不放心。既见南仲甚自信,使我心情变平静。赫赫南仲挥剩勇,率军再把西戎征。

春阳暖暖日悠悠,百草众木长得稠。黄莺喈喈枝上啼,姑娘采蘩满筐篓。生擒俘虏斩敌首,得胜凯旋民获救。南仲威名扬四海,赫赫战功青史留。

【点评】此诗与《采薇》均系征戍参与者追述亲身经历之作。揆诸西方史诗传统,二位作者均极有条件详述战争之经过情形,尤其是厮杀之惨烈、场面之壮观,及若干惊心动魄、出人意料的事件,一若《伊利亚特》《奥德赛》所描绘者。然二诗均不刻意于此等处多花笔墨,致使人觉得反似有意回避此等血肉模糊、触目惊心之场面;却大肆着墨渲染战前出征、列阵之壮观,战后凯旋之情形,尤其是士卒理智与情感矛盾交织之复杂意绪,特富情韵。此何故? 中国素有"兵者凶器,圣人不得已而用之"之文化传统,杀人流血、观赏垂死挣扎,殊非本民族所嘉许者;民族之道义意识影响及于文学艺术,必究心于战争起因及其后果。明乎此,不得多让《左传》之写战争专美于史乘,盖民族精神及欣赏情趣使之然也。至此诗头绪之纷繁而收束整严,情、事、景、物一应俱全而浑然一体,说诗者已有先见,后录备考。

【集说】前四章自西都往北方也,夏往而冬归。故曰"昔我往矣,黍稷方华;今我来思,雨雪载途"。后两(按原作"四",似误)章自北方归西都,又往西方,春至西都。故曰"喓喓草虫,趯趯阜螽。未见君子,忧心忡忡;既见君子,我心则降。赫赫南仲,薄伐西戎"。既见而又行也,春归西都。故曰"春日迟迟,卉木萋萋。仓庚喈喈,采蘩祁祁。执讯获丑,薄言还归。赫赫南仲,玁狁于夷"。其去来不逾春也。一岁所成,并西北方之事结之。(王质《诗总闻》卷九)

《出车》,劳还率也,亦以天子之命劳之耳。曰:一章言出师之故。二章言忧惧。三章言威武。不惧则事不成,不武则敌不慑。故四章言自朔方伐玁狁也。五章言自玁狁伐西戎也,则固晚秋十月之后矣。六章言归,盖来年之春也。(吕柟《泾野先生毛诗说序》卷三)

《出车》,御玁狁,城朔方也。城工既毕,归而在途,忽被命西伐。第四(按原作"三",似误)章曰:"岂不怀归,畏此简书。"始而召仆夫,趋凶门,有死气,是以"忧心悄悄,仆夫况瘁"。大将受命于内,军士不得而知也。至于传宣王命,"往城于方",而忧心者晓然矣。而出车之初,不遽军也。于此见军机之密焉。鸟隼之旟在牧,龟蛇之旐在郊,设此建彼,世所谓前朱雀后元武也。于此见部伍之整焉。玁狁势强,御之使无内侵,不交战也;西戎势弱,伐之使无北附,无肆杀也。故末句曰:"玁狁于夷。"西戎靖而玁狁孤。于此见庙算之审焉。西北二虏、相犄角为寇。唯与西戎连和，乃可以全力制北狄。然非薄伐，不能要其和也。此诗专备猃狁，以余力伐西戎，以孤猃狁之势耳。兵家胜算也。（陈子龙《诗问略》）

《序》谓"劳还率"，《集传》因之，以为追言其始受命出征之时而为歌以劳之。其言似是而实非也。盖"赫赫南仲"等语，乃下颂上，非君劳臣之词。且君自称"王命"，自称"天子"，亦于语气不合。大略此诗作于当时征夫，后世王者采以入乐，用劳还率以酬其庸，盖将以南仲勋业望之而已。《序》言未能分晰明白，《集传》又误以为劳南仲而作，遂失诗人语意，是乌能辨诗之工拙也哉？此诗以伐猃狁为主脑，西戎为余波，凯还为正意，出征为追述，征夫往来所见为实景，室家思念为虚怀。头绪既多，结体易于散漫。观其首二章，先叙出军车旂之盛，旂旐飞扬，仆夫况瘁，已将大将征伐，声势赫赫写出。惊心动魄，照人耳目！次又言王之命仲、仲之承王，愈加郑重。义正词严，声灵百倍，早使敌人丧胆，猃狁慑服。故不烦一镞一矢，但城朔方而边患自除。非"赫赫南仲"上承天子威灵，下同士卒劳苦，何能收功立效之速如是哉！不但此也，方议回军，复事西戎。故以得胜王师加诸一隅亡虏，更不待鈕刃而自解矣。此尤见南仲恩威并著，谋国远略有非他将所能及者。然当其将还未还时，征夫往来，景物变迁，固觉可感；即其室家抚景怀人，宁无怨思？总以王事多难，简书迫我，故不敢顾私情而辞公义耳。迨至今而春回日暖，草长莺飞，采蘩妇子，祁祁郊外，而壮士凯还，则执讯获丑，献俘天子，功归大帅。西戎既伐，猃狁之平愈固。然非南仲之功而谁功哉？於嘑盛矣！此诗意也。读者试咏其辞，岂劳之者所能言欤？……唯全诗一城猃狁，一伐西戎，一归献俘，皆以南仲为束笔。不唯见功归将帅之美，而且有制局整严之妙。此作者匠心独运处，故能使繁者理而散者齐也。

一、二章将出征，先写车旂仆从之盛，是一篇点兵行。三章王命仲言，仲传王命，两命互写，郑重之至，赫奕之至，是全诗警策处。四章以上了一事，此下又生一事。以事之曲折为文之波澜。五章忽从其室家一面写其未能即归，事愈闲而文愈曲矣。猃狁是正意，西戎乃余波，故曰"薄伐"。六章须看他处处带定南仲，章法自能融成一片。末仍归重猃狁，完密之至。（以上方玉润《诗经原始》卷九）

（杨胜宽）

杕　杜⁽¹⁾

有杕之杜⁽²⁾，有睆其实⁽³⁾。王事靡盬⁽⁴⁾，继嗣我日⁽⁵⁾。日月阳止⁽⁶⁾，女心伤止，征夫遑止⁽⁷⁾？

有杕之杜，其叶萋萋。王事靡盬，我心伤悲。卉木萋止，女心悲止，征夫归止！

陟彼北山⁽⁸⁾，言采其杞⁽⁹⁾。王事靡盬，忧我父母。檀车幝幝⁽¹⁰⁾，四牡痯痯⁽¹¹⁾，征夫不远！

匪载匪来⁽¹²⁾，忧心孔疚⁽¹³⁾。期逝不至⁽¹⁴⁾，而多为恤⁽¹⁵⁾。卜筮偕止⁽¹⁶⁾，会言近止⁽¹⁷⁾，征夫迩止⁽¹⁸⁾！

【注释】(1)这是一首写闺妇思念久戍不归的征夫的诗，为后代"闺怨"之作之祖。原编《小雅·鹿鸣》第九篇。　(2)杕(dì)：孤立的样子。杜：甘棠，亦称棠梨。　(3)睆(huàn)：果实浑圆的样子。　(4)盬：止息。　(5)嗣：续。此句谓延长其戍期也。　(6)阳：农历十月。　(7)遑：暇。　(8)陟(zhì)：升，登。　(9)言：语首助词。杞(qǐ)：枸杞。　(10)檀车：以檀木为轮的役车。幝幝(chǎn chǎn)：破敝的样子。　(11)痯痯(guǎn guǎn)：疲惫的样子。　(12)匪：同"非"。　(13)孔疚：非常痛苦。　(14)期逝：还期已过。　(15)恤：忧愁。　(16)偕：俱，都。　(17)会：合。此句谓卜和筮皆表明征夫已近家门也。　(18)迩：近。此句继上句重言之。上句为卜筮所明之意，此句则不禁喜形于言矣。

【今译】甘棠孤立大路旁，果实圆圆露为霜！王朝戍役无休止，遣还期限又延长。时光荏苒十月到，枕席渐凉好心伤，夫君空闲可回乡？

甘棠孤立大路旁，繁茂叶儿岂堪霜。王朝戍役无休止，心中愁苦又凄凉。草木虽荣不持久，青春难驻增悲怆，夫君何不早归乡！

独自登上北山巅，手采枸杞心茫然。王朝戍役无休止，可怜公婆苦无援。役车用得破不堪，公马累得口垂涎，夫君归期当不远！

不见车回人未来，刻骨思念心中埋。还期已过胡不归？望眼欲穿情更

哀。卜筮有灵皆言吉,预告夫君行在途,即将归家慰情怀!

【点评】刘勰有言:"情者文之经,辞者理之纬;经正而后纬成,理定而后辞畅,此立文之本源也。"(《文心雕龙·情采》)今人读《诗》,往往怀疑《采薇》《杕杜》为民歌,盖因民歌乃"里巷歌谣之作,所谓男女相与咏歌,各言其情者也"(朱熹《诗集传序》)。饥饿劳苦之人,旷夫怨女之思,各缘其情性发而为诗,是所谓为情而造文者也。得此立文之本源,故言一出口而情动乎人,历千百年传诵而滋味无穷。此诗之怨思,全从睹草木之荣枯而感时、念征夫将归未归而伤世,思而生怨,怨复增思,低回辗转,情辞愈切。一结以卜筮之吉为庆,其实预兆岂等于现实? 盖不得已而聊作自慰,情更切而意更苦。

【集说】盖皆以家人之情言之耳。一章二章,以时物之变而望之也。三章言车马之敝,以其事则可矣。四章言卜筮之吉,以其数则可矣。(吕柟《泾野先生毛诗说序》卷三)

此诗本室家思其夫归而未即归之词,故始则曰"征夫遑止",言可以暇矣,曷为而不归哉? 继则曰"征夫归止",言计其归期实可归也。既又曰"征夫不远",言虽未归其亦不远矣。终则曰"征夫迩止",言归程甚迩,岂尚诳耶? 始终望归,而未遽归,故作此猜疑无定之词耳。

四章落笔均望征夫之归,而各极其变。(以上方玉润《诗经原始》卷九)

全篇皆作室家思望之词,而其文勃有顿挫,雍容闲雅。旧评:曲体人情,命意特高。(吴闿生《诗义会通》卷二)

《杕杜》,征夫逾时不归,妇人思怨之作。此与后世诗人所谓"闺思""闺怨"之作同类。《采薇》《杕杜》旷男怨女之词,疑皆采自歌谣,亦可视为"西周民风"。《序》说《杕杜》,劳还役也。"方玉润云:"劳之而不慰其心,酬其力,乃故作此妇人思夫之词以媚之,天下有是酬人法乎? 圣人纵曲体人情,亦不代人妻子作悲泣状也。即使为之,何益劳者,而谓劳者受之耶?"此殆不知《序》说乃用作乐章之义,非诗本义;而亦妄信天下真有所谓圣人,不知圣人不仁,以人民为刍狗者也。《杕杜》以勤归,固以征夫为刍狗矣。劳之云乎哉? 酬之云乎哉? 陈奂云:"《出车》篇云,春日迟迟,卉木萋萋,薄言还归,文义与此(诗二章)同。

此兼言伐西戎之事。《传》云,室家逾时则思者,盖室家之情有如是也。《盐铁论·徭役篇》:古者无过年之徭,无逾时之役。今近者数千里,远者过万里,历二期。长子不还,父母愁忧,妻子永叹,愤懑之恨发动于心,慕思之积痛于骨髓。此《杕杜》《采薇》之所为作也。案,诗中皆叙逾时期归之语,故三家《诗》以为二诗刺时而作。《毛诗》则以为尽人之情,极道其劳役之苦,室家之意,不拘泥于文辞,此毛氏之所以独胜三家也。"……愚谓三家刺时一说,正视现实,直寻诗义,未为大不是也。(陈子展《诗经直解》卷十六)

(杨胜宽)

鱼 丽⁽¹⁾

鱼丽于罶⁽²⁾,鲿鲨⁽³⁾。君子有酒,旨且多⁽⁴⁾。鱼丽于罶,鲂鳢。君子有酒,多且旨。鱼丽于罶,鰋鲤。君子有酒,旨且有。物其多矣,维其嘉矣。物其旨矣,维其偕矣。物其有矣,维其时矣⁽⁵⁾。

【注释】(1)这是贵族宴飨用的乐歌。原编《小雅·白华》第三篇。(2)丽:罹,落入。罶(liǔ):竹编捕鱼器具。 (3)鲿:黄鲿。 (4)旨:味美。(5)时:及时。

【今译】鱼儿落在笆篓下,黄鲿、小鲨。君子有酒,多且佳。鱼儿落进笆篓里,鲂鱼、乌鳢。君子有酒,多且美。鱼儿落进笆篓里,鲇鱼、大鲤。君子有酒,美且足。物产之多呀,是年成好呀。物产之美呀,是岁时吉呀。物产之富呀,是得天时呀。

【点评】此诗笔墨集中在鱼、酒的鲜美与丰富上。在我国古代的饮食文化中,鱼与酒皆占重要地位。鱼乃美食,孟子说起"鱼,我所欲也"来津津有味,冯谖没吃上鱼还和孟尝君闹过意见。《诗经》提到酒的地方竟有五十余处之多,"君子有酒"竟成豪言。直到宋代苏东坡还说是"有客无酒,有酒无肴。月白风清,如此良夜何",非得"携鱼与酒,复游于赤壁之下"不可。此诗所写正是酒鱼齐备。副歌在主歌的基础上又加以渲染,对这首宴飨诗有着不可忽视的升华作用,它就不只是反映了贵族追求生活享受的狭隘意识,而且在更高层次上反映了先民对物阜年丰、和平安乐的祝愿庆幸。

【集说】《鱼丽》,美万物盛多,能备礼也。(《诗小序》)

曰嘉曰旨,皆美也;曰偕曰有,皆备也。多贵其美,美贵其备,备贵其时。(戴震《毛郑诗考正》)

美万物盛多,但言鱼者,在下动物之多莫如鱼也。《小雅》言丰年之兆亦曰“众维鱼矣”。(范家相《诗渖》)

梦鱼,丰年之瑞。太平歌《鱼丽》,衰乱吟《苕之华》。(郝懿行《诗问》)

(周啸天)

车 攻[1]

我车既攻[2],我马既同[3]。四牡庞庞[4],驾言徂东[5]。

田车既好[6],四牡孔阜[7]。东有甫草[8],驾言行狩[9]。

之子于苗[10],选徒嚣嚣[11]。建旐设旄[12],搏兽于敖[13]。

驾彼四牡,四牡奕奕[14]。赤芾金舄[15],会同有绎[16]。

决拾既佽[17],弓矢既调[18]。射夫既同[19],助我举柴[20]。

四黄既驾[21],两骖不猗[22]。不失其驰[23],舍矢如破[24]。

萧萧马鸣[25],悠悠旆旌[26]。徒御不惊[27],大庖不盈[28]。

之子于征[29],有闻无声[30]。允矣君子[31],展也大成[32]。

【注释】(1)这首诗记叙周宣王会合诸侯于洛邑,举行田猎的盛况,意在振奋国势、威慑诸侯。原编《小雅·彤弓》第五篇。 （2）攻：与"工"通,修缮之意。 （3）同：齐。 （4）庞庞：强壮敦厚的样子。 （5）言：语助词。徂(cú)：往。东：东都洛邑。 （6）田：与"畋"通,打猎。 （7）孔阜：十分强壮。 （8）甫："圃"之省借,即圃田,又名圃田泽,在今河南中牟县境。甫草即圃田之草也。 （9）狩：狩猎。 （10）之子：周宣王。于：往。苗：畋猎。

（11）选：具。嚣嚣：众多的样子。 （12）旐：绘有龟蛇图案的旗帜。旄：即干旄,竿顶饰有牦牛尾的旗帜。 （13）搏兽：一作"薄狩","薄"为语助词。或谓搏兽即"薄狩"之假借。敖：即河南荥阳县境之敖山。此句谓去敖山狩猎也。 （14）奕奕：步态从容的样子。 （15）赤芾(fú)：红色蔽膝。金舄(xì)：黄红色的复底鞋。"赤""金"均指红色,盖变文避复也。 （16）会同：诸侯朝觐天子的专称。有绎：犹"绎绎",谓朝觐之诸侯众多而络绎不绝。 （17）决：射箭时套在右手大拇指上的兽骨指圈,亦称扳指。拾：套在左臂上用以护臂的臂鞲,通常为兽皮制成。佽(cì)：准备就绪。 （18）调：合适。

（19）射夫：射箭手。 （20）举：取。柴："胔(zì)"字之借,积禽也,谓禽众多。 （21）黄：黄色马。 （22）骖：天子乘舆六马,中间四匹叫服马,两边的叫骖马。猗：通"倚",偏也。 （23）驰：指御畋车的驰驱方法。 （24）舍：放。如：而。破：矢中的(所射目标)。 （25）萧萧：马嘶声。悠悠：舒缓飘动的样子。 （26）旆旌：旌旗。 （27）徒：步卒。御：车御,即驾车的车夫。惊：慌乱。不惊：即整肃而不慌乱。 （28）大庖不盈：大庖谓天子之庖厨。不盈：盈也。此句谓天子的厨房里堆满了猎获的禽兽。 （29）于：往。征：行,指猎毕归来。 （30）有闻：听得见队伍行进的声音。无声：谓田猎队伍没有发出吵嚷和嘈杂声。此句赞美队伍纪律严明,步伐齐整。 （31）允：信,确实。 （32）展：诚,亦犹"允"义。此二句变文见义。成：成就,成功。

【今译】天子猎车已修好,天子的御马已备齐。四匹公马强有力,拉着猎车去洛邑。

天子猎车已套上,四匹公马强且壮。东都圃田水草好,前去狩猎驾车忙。
天子率队去田猎,随从齐具声势赫。龟蛇干旐森成行,今日行猎敖山野。
驾着四匹大公马,四马步态好娴雅。蔽膝脚靴红耀眼,诸侯会同排场大。
扳指臂鞲穿戴毕,弓箭在手已调试。射手协力大合围,捕获禽兽如山积。

四匹黄马会拉车，骖马不偏正合辙。猎车驰驱合法度，箭射禽兽逃不得。
马嘶萧萧破长空，旌旗飘扬随风舞。徒御个个都整肃，射杀禽兽堆厨中。
天子猎毕行返京，纪律严明无杂声。信矣中兴周天子，此行确实大有成。

【点评】古代天子之"巡狩"，无异于检验其威望、显示其权力之同义语。故看似召集各路诸侯追禽逐兽，实则有极强烈的政治和军事意味，亦有极明显的政治与军事效应。试看此诗布局，从修缮车具、遴选良马写起，随后东行至于圃田，诸侯会猎于敖山，猎前之准备、猎后之收获，直至鸣金收兵，原路返回，似乎平铺直叙，漫不经心，四平八稳，无甚奇招。然诗作正是在这种铺叙之中，将王者出猎之精心准备、周详安排、排场巨大、声威煊赫、丰盛收获、部伍整饬，全寄寓于政治意图之中，刻意表现出"王者气象""天子尊严"。后人所谓宣王"中兴"，可于此等处寻其踪迹。末章以赞叹语作结，前半篇之经营至此便彰彰明矣。

【集说】《小序》云"宣王复古也。"语虽浑，颇得其要。《大序》复益之曰："宣王内修政事，外攘夷狄，复文武之境土，修车马，备器械，复会诸侯于东都。因田猎而选车徒焉。"数语反嫌其赘而无当于义。何也？盖此举重在会诸侯，而不重在事田猎。不过借田猎以会诸侯，修复先王旧典耳。昔周公相成王，营洛邑为东都以朝诸侯。周室既衰，久废其礼。迨宣王始举行古制，非假狩猎不足慑服列邦。故诗前后虽言猎事，其实归重"会同有绎"及"展也大成"二句。其余车徒之盛、射御之能，固是当时美观，抑亦诗中丽藻，其所系不在此也。而诸儒说《诗》，专从此等处以求诗义，岂能得其要哉？……盖首章东行，是一篇之冒。次三乃言所至之地：曰甫，圃田也；曰敖，敖山也，皆所期会猎处也。四章诸侯来会。五、六始猎。七收军。八则回跸礼成。此事之始终即诗之次序，故非八章不足以尽文局之变耳。（方玉润《诗经原始》卷十）

颜之推标举王籍"蝉噪林逾静，鸟鸣山更幽"，以为自《小雅》"萧萧马鸣，悠悠旆旌"得来。此神契语也。古人勿形袭形柮（模），正当寻其文外独绝处。（王士禛《渔洋诗话》）

"驾彼四牡"以下，始正写猎事。"四黄既驾"八句，尤为舂容大雅，王者

气象,孟坚《东都赋》之所自出。(吴闿生《诗义会通》卷二)

前此已读关于行猎之诗,如《兔罝》《驺虞》《野有死麕》《叔于田》《大叔于田》《女曰鸡鸣》《还》《卢令》《驷驖》等篇,非民间士庶人日常出猎谋生,即奴隶主贵族阶级有心出猎行乐。其中具有政治上或军事上之意义者,止见《驺虞》《驷驖》两篇。至描述大奴隶主较以大规模之形式田猎者,唯此《车攻》《吉日》两篇。其在政治上与军事上之意义,又较约与同一时代之作品《石鼓文》为大。尤以《车攻》一篇极与《石鼓文》相类似。可以察出其使用共同语言文字之形式,具有同一生活方式之内容……且《墨子·明鬼篇》云:"昔周宣王合诸侯而田于圃田,车数百乘。"此不更足以确证《车攻》为宣王会猎东都圃田之诗乎?(陈子展《诗经直解》卷十七)

(杨胜宽)

鸿　雁(1)

鸿雁于飞(2),肃肃其羽(3)。之子于征(4),劬劳于野(5)。爰及矜人(6),哀此鳏寡(7)。

鸿雁于飞,集于中泽(8)。之子于垣,百堵皆作(9)。虽则劬劳,其究安宅(10)。

鸿雁于飞,哀鸣嗷嗷(11)。维此哲人(12),谓我劬劳;维彼愚人,谓我宣骄(13)。

【注释】(1)这是一首流民自哀劳苦的诗。或以此诗赞美宣王,当民流离失所时,能遣使臣安顿之;或以此诗表达虽系使者赈灾,然不过以役代赈,故民讥其给养不足。则是刺诗,非颂歌。至于作者,或谓即救灾之使臣,其勤于王事、甚为劳劬,而愚黯之人竟谓其宣骄;或谓作者乃流民中人,以其身受流离饥寒之苦,故刺时以自哀。揆之诗意,后说较胜。然不一定所谓以工代赈之事。原编《小雅·彤弓》第七篇。　(2)鸿雁:水鸟,大者曰鸿,小者曰雁,统名之则无别也。于:语助词。　(3)肃肃:振羽声。　(4)之子:流离逃荒之人。征:远行。　(5)劬(qú):辛劳。　(6)爰:语首助词。矜人:受苦之人。　(7)鳏(guān)寡:老而无妻曰鳏,老而无夫曰寡。　(8)中泽:即泽

161

诗经

中。　（9）堵：墙。皆作：同时而起。　（10）究：终。安宅：安居。　（11）嗷嗷：哀鸣声。　（12）哲人：通达而明于事理之人。　（13）宣骄：展示骄奢，太奢侈。宣：示。

【今译】鸿雁自由飞于天空，振羽肃肃乘东风。流民失所去远行，在旷野辛劳又饥冻。灾害降及受苦人，鳏寡逃难更惨痛。

鸿雁自由飞于天空，鸟群落在水泽中。流民建土墙栖身，百堵土墙才容众。虽说建屋很辛苦，总算可安居避风霜。

鸿雁自由飞于天空，嗷嗷哀鸣有苦衷。只有通达明理人，知道流民最贫穷。唯独愚蠢老冬烘，诬我骄奢有异谋。

【点评】此诗每章均以"鸿雁于飞"起兴。诗人之意明显，鸿雁犹可以取气候适宜之地而自由寻其安身之地，群集于泽中亦可谓得其所，而竟哀鸣如此，是何缘故？流民逃难，离乡背井，老弱鳏寡亦受此劬劳，竟不如鸿雁之自由。流离甫定，即造作蔽雨藏身之所，虽言劬劳，已以可以定居为幸；此庆幸欣慰语，正是辛酸惨恻语，读之令人鼻塞眼潮。末章谓愚人非仅不达事理，连同恻隐同情之心亦尽丧，此鸿雁之所哀，诗人之所鞭挞嘲骂也。三"劬劳"为全诗眼目，而能微尽其妙，可谓巧于运思。

【集说】流民以鸿雁哀鸣自比而作此歌也。（朱熹《诗集传》卷十）

旧评：首章末章，均用反形法。（吴闿生《诗义会通》卷二）

钟惺云：哀鸣在中泽后，所谓痛定思痛也。（陈子展《诗经直解》卷十八）

（杨胜宽）

庭　燎[1]

夜如何其[2]？夜未央[3]，庭燎之光[4]。君子至止[5]，鸾声将将[6]。

夜如何其？夜未艾[7]，庭燎晰晰[8]。君子至止，鸾声哕哕[9]。

夜如何其？夜乡晨(10)，庭燎有辉。君子至止，言观其旂(11)。

【注释】（1）此诗记叙周王勤于视朝、屡问时辰。其时代，多以为周宣王勤政，早朝晏退，卒至中兴之时。其作者，或以为王者自述，或以为司晨之官美王而作。今观此诗，固是周王与人对话口吻，非有意作诗；或者左右记言之官，载之国史，而宫廷文人称美其事，稍加润色而成。故可谓之宫廷诗。原编《小雅·彤弓》第八篇。　（2）其：读若jī，语尾助词。　（3）央：中。（4）庭燎：大烛，宫廷中用以照明。以其形制粗大，亦称为火炬。　（5）君子：上朝之公侯和大臣。　（6）鸾：通"銮"，即车銮，车铃也。将将：即"锵锵"。　（7）艾：尽，止。　（8）晰晰（zhì zhì）：明亮的样子。　（9）哕哕（huì huì）：形容车铃声有节奏感。　（10）乡（鄉）："向（嚮）"字之省借，近也。　（11）言：语首助词。旂：旗帜之总名。

【今译】夜色已是啥时辰？此时未半夜，宫中蜡烛满庭光。早朝之臣就要到，已闻锵锵车铃响。

夜色已是啥时辰？此时夜未尽，宫中蜡烛晰晰明。早朝之臣来更近，已闻哕哕銮铃声。

夜色已是啥时辰？此时近黎明，宫中蜡烛光甚清。早朝之臣近宫门，已见绰绰车旗影。

【点评】后世评论家多以无事不可入诗为高。若《诗三百》，可谓事事可入于诗。试观《齐风·鸡鸣》《小雅·庭燎》，小小情事，似不堪入诗；然一旦拾掇成篇，亦别具滋味。此诗各章均以"夜如何其"发端，答者均以"庭燎"之光亮对之。盖宫中烛光明晰如昼，反不能分辨夜色何许，故有此问；答者亦以庭烛之光招致误会（以为天快亮）作解，似说时辰尚早，其实，不过烛光闪亮。问者犹不放心，半信半疑而言：朝臣已近，铃声可闻，乃是不满于答者之解释而复作疑虑。其刻画心情之细致入微，李清照［如梦令］（"昨夜雨疏风骤"）似之。

诗经

【集说】程氏曰：天下之事，贵乎得中而不常，是之谓宜。苟以意之所欲而已，靡不勤于始而怠于终，故其进锐者其退速。宣王之于始，不守法以治，尽其力以勤于事，固可知其不能于终也。此所以方美其勤，而遂箴之也。（吕祖谦《吕氏家塾读诗记》卷十九）

郑氏：宣王问早晚之辞。人君数问夜，亦非礼。此当是执事之人。夜未央未艾，而闻车音，夜乡晨，而见旂色，叹夜漏之未尽，而朝臣之已集也。若曰：不图今日，复见盛时威仪，久不接耳目，骤以为惊且为喜也。恐是殿廷之间、宫掖之内，执事者相与问答之辞也。礼：鸡人夜呼旦，以警百官。汉仪：中黄门侍五夜，甲乙丙丁戊相传卫士，未明卫士起唱，所谓鸡鸣歌也。或是此曹。（王质《诗总闻》卷十一）

《序》曰：美宣王也，因以箴之。此二句义极赅备，然美之自是正义，箴则寓于其中耳。《笺》释箴义，谓不正鸡人之官，固谬矣。而后来诸家求其说而不得，又云箴其太早，箴其过勤，箴其始勤终怠。此皆自生枝节，诗中无此意也。古人立言，未有美而不寓箴者。此章本是极意形容问夜之勤，则美其能勤在此，箴其不能勤亦即在此。故曰因以箴之，并非两义。（翁方纲《诗附记》卷一）

此与《齐风·鸡鸣》篇同一勤于早朝之诗。然彼是士大夫妻警其夫以趋朝，此乃王者自警急于视朝。故词气雍容和缓，大相径庭也。但不知其为何王所作耳。然诗既叙于此，考之宣王前后，幽厉皆无道主，岂尚有勤于视朝事哉？又况《列女传》云："宣王尝晏起，姜后脱簪珥待罪于永巷。宣王感悟，于是勤于政事，早朝晏退，卒成中兴之名。"以此证之，即以为宣王诗也，亦奚不宜？唯《序》既以为美宣王也，又以为箴之。诗无箴意，胡云箴耶？

起得超妙。（以上方玉润《诗经原始》卷十）

本诗写景状物，生动逼真，雍容庄穆。（袁梅《诗经译注》）

（杨胜宽）

白　驹[1]

皎皎白驹[2]，食我场苗。絷之维之[3]，以永今朝。所谓伊人，於焉逍遥[4]？

皎皎白驹,食我场藿⁽⁵⁾。絷之维之,以永今夕。所谓
伊人,於焉嘉客?

皎皎白驹,贲然来思⁽⁶⁾。尔公尔侯⁽⁷⁾,逸豫无期⁽⁸⁾。
慎尔优游⁽⁹⁾,勉尔遁思⁽¹⁰⁾。

皎皎白驹,在彼空谷。生刍一束⁽¹¹⁾,其人如玉。毋金
玉尔音⁽¹²⁾,而有遐心⁽¹³⁾。

【注释】(1)这是一首思慕贤人、留别惜客的作品。或以为作者为周宣王
之大夫,或以为是王者,似以前说为胜。至于其主旨,或以为刺宣王晚年不
能用贤,或以为留贤不住而冀其通音问,或以为只是普通留客诗,表达其惜
别之意,或以为是仲春之时行执驹之礼(春季马之育种交配)时所歌的男女
恋诗,甚相歧异。细味诗意,仍以慕贤惜别之说为长。原编《小雅·祈父》第
二篇。 (2)皎皎:洁白的样子。驹:马之未壮者。 (3)絷:用绳绊住马足。
维:系住马靷。 (4)焉:何处。 (5)藿:豆叶。 (6)贲(bēn):通"奔",
谓马疾驰。思:语尾助词。 (7)尔公尔侯:以你为公、以你为侯。 (8)逸
豫:安逸快乐。无期:无极。 (9)慎:不要过分。优游:与"逍遥"意近,悠闲
自得。 (10)勉:不要决绝。遁:逃离,谓逃避官爵而隐居自适也。 (11)
生刍:青草,用以喂马。 (12)金玉尔音:此金玉作动词用,谓惜之也。音:
音讯、消息。 (13)遐心:疏远之心。

【今译】小马驹浑身洁白,好吃园中嫩草苗。把它拴住不让走,朋友相见
长聚首。若君有德不济世,何处独自寻逍遥?

小马驹浑身洁白,好吃园中嫩豆叶。把它拴住不让走,朋友欢会夜继
日。若君有德不济世,何处逍遥独栖迟?

小马驹浑身洁白,负载主人奔驰来!以君德才堪公侯,安逸享乐极欢
快。不要只图独行乐,辞爵遁世即超迈。

小马驹浑身洁白,飘然独行在空谷。青草一束已知足,此君之德如美
玉。莫将音讯重顾惜,人去心亦远离去。

【点评】庄子以白驹之过隙,比人生之短暂;此诗以驹身之洁白,兴主人

诗经

之惜身如玉、其德无瑕。其所以萌生遁世远引之念者,或因世道难为,而人生有限,既不能以有为济世,不如自适而独善。故朋友之挽留、官爵之期许,均不能移其初衷,竟飘然逝去,逍遥世外。诗人既喜与贤者相得相乐,又惜其志坚意绝、别之遂去;既叹其有才德而去位,世事更复难为,又慕其重自顾惜、不撄尘世、意终获伸。喜忧叹慕群情萦怀,故时而欣喜,时而疑惑,时而诘难,时而嘉叹。诗末结以通音讯期之,则虽各行其志,友谊固已长存。

【集说】东莱曰:“所谓伊人,於焉逍遥”“於焉嘉客”,斯人也,何人也,盖廊庙之人也。所谓伊人,乃于此而逍遥乎? 乃于此而为嘉客乎? 既幸其来以为荣,复深叹其所处非其地也。其言虽含蓄而未发,其辞气则惨然而不乐矣。至三章明言之矣。贤者贲然来我之舍,去朝适野,时事盖可知矣。“尔公尔侯”,犹逸豫无期而不知惧乎? 于是乎与贤者决别。“慎尔优游”,言善自保护,无以优游自逸,而失卫生之节也。“勉尔遁思”者,言勉哉行矣,自重也。皆决别之辞也。仰而慨然责公卿,俯而眷然别贤者,其情意至今可识也。四章,疑其遂忘世也,故勉之曰:“毋金玉尔音,而有遐心”,此虽祝其音问无绝,亦以君臣之义微讽之。(吕祖谦《吕氏家塾读诗记》卷二十)

皎皎者,洁白而可爱。敬其人,亦美其驹也。贤者高蹈远引,吾知其不可留矣。犹欲縶维其白驹以强留之,虽一朝一夕,亦满吾意。好德之彝性、尊贤之良心,在人自不能泯也。所谓伊人,何人也,宜坐于庙堂、与王共位、治天职者也。今于彼地而逍遥乎? 于此地而为嘉客乎? 既幸其人之为此来,而喜其人之为我留,又惜其人之不遇,而痛恨其时之不明也。(谢枋得《诗传注疏》卷中)

第三章……,一章之内四个“尔”字,顾盼指点,一彼一此,而刺时之意与惜别之意唱叠不已,此所以为雅人之深致,而《序》之言刺亦有实际矣。(翁方纲《诗附记》卷一)

“皎皎白驹,在彼空谷”,出乎外也。“我任我辇,我车我牛”,入乎中也。“雝雝鸣雁,旭日始旦”,宜其始也。“风雨如晦,鸡鸣不已”,持其终也。(刘熙载《艺概》卷二)

前二章望贤者之来,此章(按指第三章)望其来而又惧其遁也。盖以时不可为,言若尔为公侯,则将忧时病国,终无逸豫之期,而因以其优游隐遁为深忧也。

第三章冀其来而惧其隐,此章(按指第四章)前四句高其隐遁,下二句尚望其以声音相通也。(以上马瑞辰《毛诗传笺通释》卷十九)

(杨胜宽)

黄　鸟⁽¹⁾

　　黄鸟黄鸟⁽²⁾,无集于穀⁽³⁾,无啄我粟。此邦之人,不我肯穀⁽⁴⁾。言旋言归⁽⁵⁾,复我邦族⁽⁶⁾。

　　黄鸟黄鸟,无集于桑,无啄我粱。此邦之人,不可与明⁽⁷⁾。言旋言归,复我诸兄。

　　黄鸟黄鸟,无集于栩⁽⁸⁾,无啄我黍。此邦之人,不可与处。言旋言归,复我诸父。

【注释】(1)这是一首流落异域者不得其所而思归故土的诗。旧说或以为刺宣王,或以为弃妇思家,或以为刺民风浇薄。意本有合于诗,然固执之则有扞格。原编《小雅·祈父》第三篇。　(2)黄鸟:黄雀。　(3)穀(gǔ):楮树。　(4)穀:善。此句谓,此邦之人不肯善相待也。　(5)言:语助词。旋、归义同,变文避复。　(6)复:回、返,亦"旋""归"义也。　(7)明:同"盟",本指盟誓以取信,此为信任之义。　(8)栩(xǔ):柞树。

【今译】黄鸟黄鸟真可恶,不要成群集楮树,不要吃我田中谷。此邦之人德性差,对我没有好态度。不如归啊不如归,宁愿早日回故土。

　　黄鸟黄鸟真可恶,不要成群集桑树,莫将高粱吃下肚。此邦之人德性差,说出话来靠不住。不如归啊不如归,家乡兄弟都为伍。

　　黄鸟黄鸟真可恶,不要成群集柞树,不要吃我田中黍。此邦之人德性差,与他往来最难处。不如归啊不如归,家中诸父需照顾。

【点评】古谚有云:"螳螂捕蝉,黄雀在后",谓黄雀无其功而得其利,坐享其成已甚。此诗之"黄鸟",亦诗人之所深恶,"无啄我粟""无啄我粱""无啄

我黍",恶其不劳而贪食,似若永不满。黄雀不劳而食、坐享其利之形象,滥觞于《诗经·黄鸟》。本诗借此起兴,且厉言呼告之,盖诗中之流离异域者、所遭受之欺压盘剥已甚,故三言"不我肯穀""不可与明""不可与处"。异域他乡、举目无亲,远不如故土使人熟悉亲切,得以家人互谅互助。观诗人一声紧似一声之怨叹,愈来愈迫切之归去情怀,其遭际之不幸,不言而喻。然归乡之愿望究非现实,愿望愈殷实恐归去愈难,明乎此,则诗人之情当更苦。

【集说】民适异国,不得其所,故作此诗。托为呼其黄鸟而告之曰:尔无集于穀,而啄我之粟。苟此邦之人不以善道相与,则我亦不久于此而将归矣。(朱熹《诗集传》卷十一)

此离散之余,去本邦而寓他土者也。借黄鸟为辞,无集于穀、无啄我粟,留为归资,复见旧族也。厌他土而思本邦之辞也。

当是为生异方,必经多时,种木植禾已成,不复恋而决舍去也。此邦必有所不可留,而非得已也。(以上王质《诗总闻》卷十一)

黄鸟就是瓦雀,这和耗子是一样,也就和坐食阶级是一样,没有一个地方是没有的。痛恨本国的硕鼠逃走了出来,逃到外国来又遇着有一样的黄鸟。天地间哪里有乐土呢?倦于追求的人,他又想逃回他本国去了。(郭沫若《中国古代社会研究》第二篇第二章)

这首诗的首句"黄鸟!黄鸟!"三章相同,是修辞的复叠格。这句"黄鸟!黄鸟!"是呼叫黄鸟,提出劝告,所以又是呼告格。这个呼告格又用了感叹口气,所以又是感叹格。在诗中出现了六次黄鸟,具有三个修辞格的作用,正表明作者感情的强烈。"无集于穀!无啄我粟!"这两句用了感叹号,是修辞的感叹格。穀是楮树,在屋外;粟是小米,在屋内,从集屋外的楮树,到啄屋里的小米,是进了一步,这是修辞的层递格。二章的"无集于桑!无啄我梁!"三章的"无集于栩!无啄我黍!"也都是感叹格,又是层递格。从一章的"此邦之人,不我肯穀",对我不和美,到第二章的"此邦之人,不可与明",对我不讲道理,到第三章的"此邦之人,不可与处"也是一层进一层,是修辞的层递格。从一章的"言旋言归,复我邦族",回到本邦本族;到二章的"言旋言归,复我诸兄",和诸兄在一起,更亲了;三章"言旋言归,复我诸父",和诸父在一起,诸父是长辈,更可以帮助我,更亲了。这是一层高一层,也是修辞的层递格。三句"言旋言归"又是复叠格。就三章看，除了复叠句外，句调又是相同或相似的，这就构成了修辞的排比格。在一首诗里运用了这样多的修辞格，收到了抒情的作用，风格是比较刚健的。(周振甫《黄鸟鉴赏》)

(杨胜宽)

斯 干⁽¹⁾

秩秩斯干，幽幽南山⁽²⁾。如竹苞矣⁽³⁾，如松茂矣。兄及弟矣，式相好矣⁽⁴⁾，无相犹矣⁽⁵⁾。

似续妣祖⁽⁶⁾，筑室百堵⁽⁷⁾，西南其户⁽⁸⁾。爰居爰处⁽⁹⁾，爰笑爰语。

约之阁阁⁽¹⁰⁾，椓之橐橐⁽¹¹⁾。风雨攸除，鸟鼠攸去，君子攸芋⁽¹²⁾。

如跂斯翼⁽¹³⁾，如矢斯棘⁽¹⁴⁾，如鸟斯革⁽¹⁵⁾，如翚斯飞⁽¹⁶⁾。君子攸跻⁽¹⁷⁾。

殖殖其庭⁽¹⁸⁾，有觉其楹⁽¹⁹⁾。哙哙其正⁽²⁰⁾，哕哕其冥⁽²¹⁾。君子攸宁⁽²²⁾。

下莞上簟⁽²³⁾，乃安斯寝。乃寝乃兴⁽²⁴⁾，乃占我梦⁽²⁵⁾。吉梦维何⁽²⁶⁾？维熊维罴⁽²⁷⁾，维虺维蛇⁽²⁸⁾。

大人占之⁽²⁹⁾："维熊维罴，男子之祥；维虺维蛇，女子之祥。"

乃生男子，载寝之床⁽³⁰⁾，载衣之裳⁽³¹⁾，载弄之璋⁽³²⁾。其泣喤喤⁽³³⁾，朱芾斯皇⁽³⁴⁾，室家君王⁽³⁵⁾。

乃生女子，载寝之地，载衣之裼⁽³⁶⁾，载弄之瓦⁽³⁷⁾。无非无仪⁽³⁸⁾，唯酒食是议⁽³⁹⁾，无父母贻罹⁽⁴⁰⁾。

【注释】(1)这是一首祝颂周天子宫室落成的诗。原编《小雅·祈父》第五篇。斯:此。干:通"涧"。　(2)秩秩:水流的样子。幽幽:深远的样子。南山:终南山,位于今西安市南。　(3)如:犹"有"。苞:与"茂"同义,指草

169

诗经

木丛生。 　(4)式:发语词。 　(5)犹:通"猷",欺诈。 　(6)似:通"嗣",继嗣,绍续。妣(bǐ):本称亡母。妣祖:等于说先妣、先祖。 　(7)方丈为"堵",百堵言墙多,以示建筑面积之大。 　(8)户:门。此句言四面有门。 　(9)爰:于是。 　(10)约:捆束。之:筑墙板。阁阁:犹"历历",捆扎稳妥的样子。 　(11)椓(zhuó):杵筑,夯土。橐橐(tuó):夯土声。攸:所。下同。 　(12)芋:通"宇",居住。 　(13)跂:同"企",跂脚竦立。斯:那样。下同。 　(14)棘:《韩诗》作"朸",棱角。 　(15)革:通"翮"(jí),鸟翅。 　(16)翚(huī):雉,野鸡。 　(17)跻:升。 　(18)殖殖:平正的样子。 　(19)觉:高大直立。楹:柱子。 　(20)哙哙(kuài):同"快快",形容屋宇轩豁宽明。正:向明的地方。 　(21)哕哕(huì):犹"煟煟",明亮。冥:幽暗。指屋子深处。 　(22)宁:安。 　(23)莞(guān):似蒲,生水中。此指莞草席。簟(diàn):竹(或苇)席。 　(24)兴:起。 　(25)占:卜,推断。 　(26)维:是。 　(27)羆(pí):似熊而大。 　(28)虺(huǐ):蛇类。 　(29)大人:或许即指太卜,占梦的官。 　(30)载:发语词。下同。 　(31)衣:穿。裳:裙,上古男子的下衣。 　(32)弄:玩。 　(33)喤喤:大声。 　(34)芾(fú):通"韨",古时祭服上的蔽膝,形似今之围裙。天子用朱色,诸侯用黄色。皇:同"煌"。斯皇:即"煌煌"。 　(35)君:诸侯。王:天子。 　(36)裼(tì):褓衣,裹婴儿的小被。(37)瓦:古人纺线用的陶纺锤。 　(38)无非:犹"无违"。仪:通"俄",邪。无仪:犹言"无邪"。 　(39)酒食:指饮食等家务事。议:考虑。 　(40)诒:给。罹(lí):忧。

【今译】流水潺潺小溪涧,林木幽幽终南山。绿竹苍翠好形胜,青松茂密满山峦。兄弟同住多和睦,相亲相爱心相关,胸怀显露不欺瞒。

继承先祖大遗愿,盖起宫室千百间。东西南北开门户,这里居来这里住,说说笑笑乐相处。

绳绑木板紧密密,用力夯土通通响。从此不怕风和雨,麻雀老鼠都赶光,君子居住多舒畅。

像人伫立那么端正,像箭杆那样笔直,宏壮像大鸟举翅,彩檐像雉鸡飞升。君子登堂心欢喜。

庭院宽阔平而正,屋柱笔直高又挺。亮处光线多明亮,屋角深处也宽明。君子居室心安定。

下铺莞席上竹簟，高枕无忧没烦恼。睡得早来起得早，占卜梦境好不好。好梦梦见啥东西？是熊是罴显吉兆，有虺有蛇好运道。

太卜占梦细细讲："梦见熊罴有名堂，预兆生男有吉祥；梦见长蛇梦见虺，那是象征生姑娘。"

如若生个男孩子，给他睡个小眠床，给他穿衣又穿裳，孩子抓弄白玉璋。他的哭声真洪亮，朱红祭服真辉煌。不是国君便是王。

如若生个小姑娘，给她铺席睡地板，一条小被包身上，纺线瓦锤给她玩。无偏无邪多柔顺，料理家务烧烧饭，不给父母添麻烦。

【点评】这首大型建筑群落成的祝颂歌辞，其气氛近似今日庆祝典礼或开业剪彩。今人多以为卜筑者是"周王"，虽较前人说法模糊，却较审慎。诗分九章：四章每章七句；五章每章五句。首章总述宫室所处之地势，并祝处此兄弟亲睦。起手二句言面山临水，清雅可居。次二句说并有修竹茂松，是为宜人处。四句"道尽作室佳处，风度绝胜"（孙𬭤语），总起从形胜整体着眼。居于斯的族人必将"式相好矣"，人情和美，托出卜筑"考（成）室"之意，为全诗总冒。五"矣"字胪列赞颂语气于句尾，两叠音形容词置于篇首，烘染出一片颂祝庆贺氛围。

下两章写筑室始终，二章先统言室之所成。"似续妣祖"，是古人祝颂大典的惯语。"筑室百堵"见屋宇之多。"居""处""笑语"反复见意。四"爰"字频频重复渲染，朴拙生趣。三章始言筑室之始，与上章先叙终成倒置，当系"考室"祝辞常情。此章包始含终，繁事约取。写筑墙用"橐橐"以少总多。联系所筑"百堵"，容易使人想起《大雅·绵》的筑墙热烈场面。"约之阁阁"笔触至细，所有准备工作言外可见。"风雨"二句虚笔荡漾，末句以居此美室挽结。"攸"字嵌于三句中，两叠音词居章之首，笔法与首章相似。

四章，着意描绘屋宇的壮丽，是此篇最为出色文字。观物总是先视其整体，次察其微。"如跂"句是把握的最初印象：端正挺耸的轮廓、严整肃穆的气象，如巨人跂足恭立，这在重礼仪的上古自是极美之喻。其次再说高屋四隅如箭杆笔直，飞檐峻峭如鸟舒展双翅，彩檐犹如锦鸡腾空欲飞。四喻铺排而至，只是描绘一座宫室，其"百堵"之建筑群，逶迤成片，则可想见。

诗经

五章，写庭院平阔，室内轩敞豁亮。庭院本是建筑物的组成部分，愈是宽绰"殖殖"，愈显地面建筑高大。入其庭，"有觉其楹"直逼眼帘。观者的移步是在换景中体现的。"哙哙"二句是本章的精神焕发处，无论正室、侧屋，到处熠然爽畅，光线充足，故可乐处其中。

以下两章转实入虚。"下莞上簟"以寝物以概其余摆设。莞簟分明，应"哕哕"意。"占梦"以下和第七章借梦作兆，是空中传响之笔，室美梦佳，全是缘波作浪的幻衍祝颂之词。

八章说居新室可生男子，能做诸侯、天子。九章祝所生女子定为贤妻良母。两章延展相对，都是设想拟议之词，也是祝颂者美中说美、摇笔即来之语。全诗在一片室家美好、子孙繁衍的吉庆贺词中戛然而止，"与篇首聚族承先，遥遥相应"（方玉润语）。

此诗把室成的现在、过去的卜筑、将来的希望，巨细不遗地铺写。因是落成大典，故略筑详室；出于庆祝，故于未来不惜笔墨，幻衍出后四章。室为人居，故章章人、室并现。美其室即颂其人，因而读这首诗"仿佛被一种强大的力量运载超度。在这一瞬间，我们不再是个人，而是整个族类……的声音一齐在我们心中回响"（荣格《心理学与文学》）。这是周民族发展史之一页，而能给人一种绵远的历史精神的援助。

【集说】叙作室正身，底中间四章。前段设景布势，后篇撰情生波，极章法结构之妙。篇中有极敦厚语，有极壮丽语，有极奇幻语，错出不竭，曲尽其妙。（牛运震《诗志》）

居室之庆莫过于子孙繁衍，故言其生男子、女子；且必愿其男、女之善，方可承先启后，为父母光。然男、女之善于何可见，乃借物类之熊、罴、虺、蛇比之。然何以见其可比于熊、罴、虺、蛇，则又借梦言之。梦何以知，则又借大人占之而知之。于是下始以"乃生男子""乃生女子"二章结之。如此层层结构，深见作者用意之精妙。正大之言出以奇幻，斯为至文。（姚际恒《诗经通论》）

（一、二章）先从形胜起，乃卜筑第一要着。然非聚国族于斯，则亦未见其盛也。故首及之。次言承先志，乃创业者之心。（三、四、五章）此下三章皆筑室事。先垣、次堂、次室，层次井然。须玩他练字有法。垣则曰"攸芋"，堂则曰"攸跻"，室则曰"攸宁"，一一分贴细腻处。（六章）藉梦作兆，文笔奇幻。(七章)再藉占梦男女双题,开下两章,乃不唐突。此文心结构精密处。(八、九章)生男育女,两大段对写作收。与篇首聚族承先,遥遥相应。非独卜后之昌,亦见文章之美。(方玉润《诗经原始》)

此成室颂祷之词,而其文周密详备,无美不尽。后半特申祷祝之意,而由莞簟、寝兴、占梦蜿蟺而下,尤有蛛丝马迹,岭断云连之妙。……旧评:"如跂"四句,古丽生动,孟坚《两都》所祖。莞簟以下,奇情壮采,匪夷所思。(吴阄生《诗义会通》)

(魏耕原)

无 羊[1]

谁谓尔无羊,三百维群。谁谓尔无牛,九十其犉[2]。尔羊来思[3],其角濈濈[4]。尔牛来思,其耳湿湿[5]。

或降于阿[6],或饮于池,或寝或讹[7]。尔牧来思,何蓑何笠[8],或负其糇[9]。三十维物[10],尔牲则具[11]。

尔牧来思,以薪以蒸[12],以雌以雄[13]。尔羊来思,矜矜兢兢[14],不骞不崩[15]。麾之以肱[16],毕来既升[17]。

牧人乃梦:众维鱼矣[18],旐维旟矣[19]。大人占之:众维鱼矣,实维丰年;旐维旟矣,室家溱溱[20]。

【注释】(1)此诗写牧业有成的盛况。原编《小雅·祈父》第六篇。(2)犉(chún):黄毛黑唇的牛。 (3)思:语助,下同。 (4)濈濈(jí):亦作"戢戢",众多聚集的样子。 (5)湿湿:牛反刍时耳动的样子。 (6)阿:山冈。 (7)讹:动。 (8)何:同"荷",披戴。 (9)糇(hóu):干粮。 (10)物:指牛羊的毛色。 (11)牲:用于祭祀的牲畜。 (12)薪:粗柴枝。蒸:细柴枝。 (13)雌、雄:指鸟兽,如雉兔之类。 (14)矜矜兢兢:形容群羊行走唯恐失群而争先。拥挤而步实缓。 (15)骞:亏损,指畜群稍有走失。崩:溃散。 (16)麾:同"挥"。肱(gōng):臂。 (17)毕、既:义皆为"尽"。升:入圈。 (18)众维鱼矣:犹"维众鱼矣"。 (19)旐(zhào):通"兆",量词,泛指众多。旟(yú):画有鹰隼的旗,用来聚集众人。"旐维旟矣",犹"维

173

诗经

兆旗矣"。　（20）溱溱(zhēn)：亦作"蓁蓁"，众多的样子。

【今译】谁说你家羊儿少，一群就是三百只。谁说你家没有牛，黄牛就有九十头。你的羊儿走过来，羊儿犄角挨犄角。你的牛儿走过来，牛儿都把耳朵摇。

有的牛羊正下坡，有的饮水在湖泊，也有蹦跳也有睡。你们牧人都来了，背着蓑衣和斗笠，又把干粮袋子背。牛羊毛色三十种，各色祭牲都齐备。

你们牧人都来了，一路还捡柴和草，又捉雌鸟和雄鸟。你的羊儿走过来，谨慎争先相依靠，不奔不散不走失。抬起胳膊动一动，一股脑儿上山坡。

牧官做梦真稀奇：梦里见到许多鱼，数不清的是鸟旗。占梦先生来推详：梦见鱼儿数不清，来年丰收多牛羊；梦见鸟旗数不清，添人进口喜洋洋。

【点评】落笔起势突兀，顶空作响，劈面问起，借"谁"设拟，连问连答，以反诘夸张的语言夸耀牧者善牧"有成"，牛羊众多。问得冷漠、否定，答得热烈、肯定，反差相衬，以见豁露。此为题前盘旋语。下四句接入正题，笔触由近而远：一大片一大片前拥后挤的羊群、擦头摩尾的牛群悠悠而来，唯其近，牛耳反刍的"湿湿"微动；唯其远，只见丛集密集的耳、角，不见牛羊，显出牧者所指挥的这个队伍的绵长，以申"三百""九十"之意。次章化整为散，分组描绘：一片洼地，中有湖泊，旁有小山，牛羊三五成群，有的撒欢儿从山坡奔下，有的俯首饮水于湖，有的舒卧草地，有的支耳向四面观望似有所惊。虽只写了"降""饮""寝""讹"四个动态，但却使人想得很多：其间相抵触者有之，追逐嬉闹者有之，伸颈长鸣者有之；或则有的闷头吃草，有的抬头咀嚼而目视远方……写牧者只见装束，不见须眉，是丹青"远人无目"笔法。就布局看，洼地牧场为构图中心，牛羊围绕，与山阿牛羊，聚散呼应，疏落有致。画面缭绕着一层静谧、安宁、自得自在的气氛，牧人点缀其间，增添了生活的气息和情趣。这和山水画中山间小道的樵夫一样具有人和自然的协调感。这不过是牧人生活的一个镜头，平日的顶风冒雨、远野跋涉、风餐露宿，从那蓑笠、干粮袋子是可以看清楚的。"三十维物"两句说牛羊毛色繁多，祭祀要用的各色牧畜应有尽有。牧人面对牛羊、欣赏它们的吃草和健壮，为何有"为牲"之想，可见代其立言者当是熟知个中甘苦，看那上下三章说得如此亲切有味，而忽然冒出这两句扫兴话来，很可能是整编者做了折柳插荆的手脚。三章写牧者的勤苦和牧技的娴熟。这首快乐的牧歌，原本不愿提及生计艰难的事，但它毕竟来自生活，那"以薪以蒸，以雌以雄"似乎笼罩着一层可感而不可见的阴影——奴隶主的压榨。对于"矜矜兢兢"，姚际恒释得极好："羊的步履欲争先而实缓。"羊群行，似乎老怕牧人的鞭子或者旁边突然冒出的狼，希望走在最为安全的头羊后边而唯恐落后，个个如此，自然拥挤，欲速实缓而愈争先。"不骞不崩"以羊不缺不少，显示牧技之佳，带出"麾之以肱，毕来既升"的妙笔，群羊爬坡，却一挥臂而使之，不但"毕来"，而且"既（尽）升"，一鞭不响即遵照牧人意旨，这是牧归，或是另觅牧地。末章借梦祝颂牛羊丰盛、人口众多。"鱼"的谐音是"余"，梦鱼自然是"实维丰年"的好兆头，但梦"旐"恐非牧者所享有的福分。因而前人以"假梦"来圆合。与其说"假"，不如说是缀，后来追加之笔。因为诗写到"毕来既升"，当是很理想的结尾，可以篇外生思，味之不尽。添上这末章，可能与"三十维物"二句同出一手，且与前三章风格迥异，牧歌味道减淡了，颂祝气息增浓了。因而由"微贱"的"风"诗，上升到"尊贵"的"雅"诗，弄得后人对其主题颇伤脑筋。好在补笔也很高明，借虚幻之笔藏补缀之章，还不太勉强。读完此诗，眼前总出现：爬到山脊的羊群和天上的白云混成一片；还在绿色山坡上的羊群，像朵朵白云悠悠上升。野风拂动青草，把"何蓑何笠"者悠扬的歌声飘到上空，飘到刚才放牧的洼地，那美妙的歌辞就是《无羊》。

【集说】羊以三百为群，其群不可数也。牛之犉者九十，非犉者尚多也。（朱熹《诗集传》）

此两（一、二）章是群牧图，或写物态，或写人情，深得人、物两忘之妙。……首叙羊、牛，先用排整，下乃参错言之。……（三章）人、物夹杂并言，以见其两得，亦两相忘也。……（四章）假微贱之梦通乎国计民生，此岂常人思虑所及！（姚际恒《诗经通论》）

诗首章"谁谓"二字飘忽而来，是前此凋耗，今始蕃育口气。以下人、物杂写，或牛羊并题，或牛羊浑言，或单咏羊不咏牛，而牛自隐寓言外。总以牧人经纬其间，以见人、物并处，两相习自不觉其两相忘耳。其体物入微处，有画手所不能到。晋、唐田家诸诗，何能梦见此境？末章忽出奇幻，尤为匪夷

诗经

所思。不知是真是梦，真化工之笔也！（方玉润《诗经原始》）

此诗之妙，尤在体物之工。写生之妙，俨如名手图画，在人目中，其精微曲到，为后世所不能及。……旧评：起势陡峭。以下体物绝工。"何蓑"二句点染。案："麾之"二语，尤为神妙。末章余波奇幻。（吴闿生《诗义会通》）

（魏耕原）

节　南　山⁽¹⁾

节彼南山⁽²⁾，维石岩岩⁽³⁾。赫赫师尹⁽⁴⁾，民具尔瞻。忧心如惔⁽⁵⁾，不敢戏谈。国既卒斩⁽⁶⁾，何用不监⁽⁷⁾。

节彼南山，有实其猗⁽⁸⁾。赫赫师尹，不平谓何？天方荐瘥⁽⁹⁾，丧乱弘多⁽¹⁰⁾。民言无嘉⁽¹¹⁾，憯莫惩嗟⁽¹²⁾。

尹氏大师，维周之氐⁽¹³⁾。秉国之均⁽¹⁴⁾，四方是维⁽¹⁵⁾。天子是毗⁽¹⁶⁾，俾民不迷⁽¹⁷⁾。不吊昊天⁽¹⁸⁾，不宜空我师⁽¹⁹⁾。

弗躬弗亲⁽²⁰⁾，庶民弗信。弗问弗仕⁽²¹⁾，勿罔君子⁽²²⁾。式夷式已⁽²³⁾，无小人殆⁽²⁴⁾。琐琐姻亚⁽²⁵⁾，则无膴仕⁽²⁶⁾。

昊天不佣⁽²⁷⁾，降此鞠讻⁽²⁸⁾。昊天不惠⁽²⁹⁾，降此大戾。君子如届⁽³⁰⁾，俾民心阕⁽³¹⁾。君子如夷⁽³²⁾，恶怒是违⁽³³⁾。

不吊昊天，乱靡有定。式月斯生，俾民不宁。忧心如酲⁽³⁴⁾，谁秉国成⁽³⁵⁾？不自为政，卒劳百姓⁽³⁶⁾。

驾彼四牡，四牡项领⁽³⁷⁾。我瞻四方，蹙蹙靡所骋⁽³⁸⁾。方茂尔恶，相尔矛矣⁽³⁹⁾。既夷既怿⁽⁴⁰⁾，如相酬矣⁽⁴¹⁾。

昊天不平，我王不宁。不惩其心，覆怨其正。

家父作诵⁽⁴²⁾，以究王讻⁽⁴³⁾。式讹尔心⁽⁴⁴⁾，以畜万邦。

【注释】(1)此诗大约作于西周幽王时期，是一首斥责周王不任贤良，讽刺太师尹氏乱政害民的诗。原编《小雅·祈父》第七篇。　(2)节：通"巀"。山高峻貌。南山：周京城丰、镐以南之终南山。　(3)维：其，那。岩岩：险峻的样子。　(4)师尹：姓尹的太师。太师、太傅、太保为周代三公之官，是天子之下的最高职位。　（5）惔:通"炎",火烧。　（6）卒:终。斩:断绝,指国家灭亡。　（7）何用:何以。监:察。　（8）实:草木茂盛遮遍山野的样子。猗:通"阿",山坡。　（9）荐:屡次。瘥(cuó):疫病,引申为灾难。　（10）弘多:很多。弘:大。　（11）嘉:嘉庆,美,善。　（12）憯(cǎn):曾,乃。惩:惩戒,制止。　（13）氐(dǐ):通"柢",根本。　（14）秉:执掌,把握。均:周钧,天平。　（15）维:维持、维系。四方:指四方诸侯之国。　（16）毗:辅助。（17）俾:使。迷:迷惑。　（18）吊:善,好。不吊昊天,即昊天不吊。昊(hào):广大。　（19）空:穷困。师:民众。　（20）弗:不。躬、亲:亲自。（21）仕:任用。　（22）罔:欺骗。　（23）式:语助词。夷:平,平正。已:止。　（24）无:通"毋"。殆:危险。　（25）琐琐:卑微渺小。姻亚:女婿的父亲称姻,两婿相称曰亚,泛指裙带关系。　（26）膴(wǔ):厚。膴仕,指给以高官厚禄。　（27）佣(yōng):平,公平。　（28）鞠:盈,多。讻:同凶。　（29）惠:爱。　（30）届:至。　（31）阕(què):止息。　（32）夷:均平。　（33）违:去,消除。　（34）醒(chéng):醉酒而病的状态。　（35）国成:义同"国均"。　（36）卒:通"瘁"。　（37）项:肥大。领:脖颈。项领,指马颈肥大,引申为马肥壮。　（38）蹙蹙:缩小貌。骋:奔驰。　（39）相:看。矛:兵器。（40）夷:平定。怿(yì):喜悦。　（41）酬:以酒相敬。　（42）家父:周大夫。诵:诗歌。　（43）究:追究。讻:通"凶",指恶人。　（44）讹:动,变化,改变。尔:指周王。

【今译】巍峨高峻啊,那终南山! 满山石头陡峭又奇险。声威显赫啊,太师尹氏,平民百姓谁不把你看! 心中忧愤啊,如火如燎,谁有胆量戏言以谈! 国运如此啊,终将送断,到底为何你却不见。

　　巍峨高峻啊,那终南山! 草木繁茂遮断了山峪。声威显赫啊,太师尹氏,为政不公谁敢说一句! 老天正降下重重灾难,丧亡祸乱,多且惨痛! 人民咒骂你,没句好话,你竟然没有悔改之意。

　　尹氏太师啊,名重一时,你是周朝奠基的柱石。主持朝政啊,执掌权柄,统御诸侯靠你来撑持。周之天子啊,靠你辅弼,不使万民的方向迷失。终怪老天啊,不行善道,不该让民众无穿无吃。

　　不亲自料理朝廷政事,谁会向你寄托企盼? 你不对君子咨询任用,空作

诗经

摆设,就是欺骗!任用平正之人欺罔自息,勿用小人,使国危险。那裙带亲戚猥琐之辈,千万别重用、滥任大官!

你这老天爷行事不公,降下许多穷困祸凶。你这老天爷不仁不爱,降下许多暴虐灾害。贤明君子若来执政,能使百姓气顺心平。贤明君子办事公正,憎恶怨怒消除干净。

不怜悯百姓,老天可恨!祸乱连绵何时平定?一月接一月,祸乱迭生,百姓生活不得安宁。我忧心忡忡,沉醉不醒,是谁把持了国家权柄?主持朝政不事事躬亲,使我百姓受尽了辛苦。

驾上那四匹雄健的公马,四马肥硕,又高又大。我环顾四方,将欲何往?驰骋无路,天窄地狭!

你干坏事肆无忌惮,看你那模样,杀人刀一般。你若铲除了坏人,万众愉悦聚会酬谢,无不腾欢。

苍天待人太不公平,我们君王不得安宁。姓尹的太师不戒邪心,反而怨恨将他规正。

家父写作了这首诗歌,用来探究王朝的祸根。但愿能打动君王心肠,使我王抚育好天下万邦。

【点评】这是一个名叫家父的大夫所作的政治讽刺诗。诗中毫无隐晦地将矛头直指乱政害民的"赫赫师尹",历数其使国家濒于灭亡的种种罪恶;同时间接地鞭挞了昏庸腐朽、不理朝政、委政佞人的周王,揭示他才是人民灾难的祸根。作者一支笔说两家话:明笔实写,指斥太师;暗笔虚写,讽刺周王。虚实相生,一箭双雕。情动于其中而形于言。作者忧国伤悲时,痛心疾首,义愤之情如大江奔涌,海涛澎湃;下笔成诗,不能自休,激言厉色,声情毕现,为国为民呕心泣血直言敢谏,倡古代诤臣风气之先。前无古人,后启来者,家父其人形象,千载而下卓然特立!

【集说】东莱吕氏曰:"篇终矣,故穷其乱本而归之王心焉。致乱者虽尹氏,而用尹氏者,则王心之蔽也。(朱熹《诗集传》)

诗以直刺尹氏为主,……尹氏为政,失在委任小人,且多姻亚;而又"弗躬弗亲",政出私门。故多不平,以致召乱。天人交怒,灾异迭兴,流言四起,而又不知自惩。偶有规而正之者,反以为怨。此家父之深以为忧也。然其人声势赫赫,举朝畏威,莫敢戏谈;况侮之乎?唯家父,周朝世臣,义与国同休戚。故不惮诛罚,直刺其非,无或稍隐。……然非忠诚为怀,不计利害,亦孰肯以一身当尹氏之怒而不辞者?呜呼!家父亦可谓为人之所不能为者矣,岂不壮哉?(方玉润《诗经原始》)

(陈维国　罗应涛)

正　月[1]

正月繁霜[2],我心忧伤。民之讹言[3],亦孔之将[4]。念我独兮,忧心京京[5]。哀我小心,癙忧以痒[6]。

父母生我,胡俾我瘉[7]?不自我先,不自我后。好言自口,莠言自口。忧心愈愈[8],是以有侮。

忧心惸惸[9],念我无禄[10]。民之无辜,并其臣仆。哀我人斯,于何从禄?瞻乌爰止[11],于谁之屋?

瞻彼中林[12],侯薪侯蒸[13]。民今方殆[14],视天梦梦[15]。既克有定[16],靡人弗胜。有皇上帝[17],伊谁云憎[18]?

谓山盖卑[19],为冈为陵。民之讹言,宁莫之惩[20]。召彼故老,讯之占梦[21]。具曰"予圣"[22],谁知乌之雌雄!

谓天盖高,不敢不局[23]。谓地盖厚,不敢不蹐[24]。维号斯言,有伦有脊[25]。哀今之人,胡为虺蜴[26]。

瞻彼阪田[27],有菀其特[28]。天之扤我[29],如不我克。彼求我则[30],如不我得。执我仇仇[31],亦不我力[32]。

心之忧矣,如或结之。今兹之正[33],胡然厉矣[34]?燎之方扬[35],宁或灭之[36]。赫赫宗周[37],褒姒灭之[38]。

终其永怀[39],又窘阴雨。其车既载,乃弃尔辅[40]。载输尔载[41],将伯助予[42]。

无弃尔辅,员于尔辐[43]。屡顾尔仆,不输尔载。终逾绝险[44],曾是不意[45]。

鱼在于沼,亦匪克乐。潜虽伏矣,亦孔之炤⁽⁴⁶⁾。忧心惨惨,念国之为虐。

彼有旨酒,又有嘉殽。洽比其邻⁽⁴⁷⁾,昏姻孔云。念我独兮,忧心慇慇⁽⁴⁸⁾。

佌佌彼有屋⁽⁴⁹⁾,蔌蔌方有穀⁽⁵⁰⁾。民今之无禄,天夭是椓⁽⁵¹⁾。哿矣富人⁽⁵²⁾,哀此茕独⁽⁵³⁾。

【注释】(1)这是产生于西周、东周交替时期的诗。在社会大动荡大变乱中,诗人感时伤世,用愤慨的笔触揭露政治黑暗、贫富对立,统治阶级荒淫腐朽的社会现实。原编《小雅·祈父》第八篇。 (2)正月:夏历四月,周历六月。古称这月为"正阳纯乾之月",简称正月。繁:浓。 (3)民:此指士大夫阶级。讹言:谣言。 (4)孔:甚。将:大。 (5)京京:又大又深。 (6)瘋(shǔ):忧闷。痒:心疲之病。 (7)瘉(yù):病。 (8)愈愈:忧惧的样子。 (9)茕茕(qióng):忧念。 (10)禄:福。 (11)爰:于。止:栖息。 (12)中林:林中。 (13)侯:维。薪:粗柴。蒸:细柴。 (14)殆:危险。 (15)梦梦:昏聩不明。 (16)既:终。克:能。定:安定。 (17)皇:犹皇皇,伟大。帝:天帝。 (18)伊:发语词。云:语助词。谁憎:憎谁。 (19)盖:通"盍",何。 (20)宁:乃,竟。 (21)讯:问。占梦:此指占梦官。 (22)具:同"俱"。予圣:我即圣人。 (23)局:通"跼",弯曲,此指弯着身子。 (24)蹐(jí):小步走,此指怕地陷。 (25)伦、脊:义同,即道理。 (26)虺(huǐ):毒蛇。蜴:四脚蛇。 (27)阪(bǎn):山坡。 (28)菀(yù):茂盛貌。特:指特出的禾苗。 (29)扤(wù):通"枂",摧残折磨。 (30)彼:指朝廷当权者。则:助词。 (31)仇仇:通"扰扰"(qiú),松弛貌,此指轻慢。 (32)不我力:不力我,不重用我。 (33)兹:此。正:通"政"。 (34)胡然:怎么这样。厉:恶,暴虐。 (35)燎:放火烧草木。扬:旺盛。 (36)宁:岂,或乃。 (37)宗周:指周的王都镐京。此借指周王朝。 (38)褒姒:西周末年周幽王的宠妃。 (39)终:既。永:长久。怀:忧虑。 (40)辅:大车两旁的挡板。 (41)载:前一字是语助词,后一字指所载的货物。输:堕落。 (42)将(qiāng):请。伯:大哥。 (43)员(yún):加大。辐:车轮辐条。 (44)逾:越过。 (45)是:此,指以上几件事。不意:不在意。 (46)炤:

诗骚观止

同"昭",明显。 （47）洽:结交。比:亲近。云:同"员",周旋。 （48）慇慇:心痛貌。 （49）佌佌(cǐ cǐ):即琐琐,猥小貌。 （50）蓛蓛(sù sù):鄙陋貌。 （51）天夭:自然灾害。椓(zhuó):打击。 （52）哿(gě):快乐。(53）茕独:孤独无依。

【今译】六月天气降浓霜,我的心中多么悲伤。士大夫中谣言起,沸沸扬扬传得广。念我孤单一个人,忧愤之情大又深。哀我谨慎又小心,忧患沉重害大病。

父母生育我的身,苦痛为何我独受?人生苦难不在前,人生苦难不在后。好话出自他的口,坏话出自他的口。担惊受怕心恍惚,忧时伤世招侮辱。

忧愤伤心无处诉,顾念自身苦无福。我辈士人无罪过,如今也将为奴仆。我辈人可悲可叹,何处得到爵和禄?看那乌鸦将栖息,它能落到谁家屋?

看吧看吧密林中,粗干细枝杂木丛。当今百姓正遭难,看那老天昏沉迷蒙。终有一天能安定,没有谁人能战胜。我的上帝多伟大,不恨你,又把谁恨?

谁说高山低又平,它是巨冈和大陵。民间谣言传纷纷,听之任之不予惩。召那老朽议国政,又向占梦卜前程。都称自己最圣明,乌鸦雌雄也不分。

说那天空多高远,谁不匍匐又卷曲?说那大地厚无比,谁不蹑手又蹑足?长号大呼发此言,千真万确有依据。可叹可伤今之人,毒如蛇蝎害百姓。

看那山田多瘦瘠,一枝独秀禾苗盛。老天狠心将我损,唯恐不能把我胜。当初朝廷求我急,唯恐不能将我寻。得到之后又轻视,不被重用多寒心。

无限忧愁积胸怀,好像绳结解不开。可叹如今朝廷事,为何暴虐又败坏?野火熊熊烧得旺,谁能扑灭消大灾?何等显赫周王朝,褒姒将其来毁坏!

满怀愁绪太深长,又因阴雨多凄凉。那辆大车满满装,却把箱板全丢

181

诗经

光。等到货物遍地撒，又叫"大哥快帮忙!"

不要毁弃你车厢，还要加固你车辐。经常照顾你车夫，不要丢弃车上物。终将渡过最难处，你不要在意太忧伤。

鱼儿远在池和沼，不能避祸得快乐。虽在深渊长潜伏，水清影显仍昭著。心内忧伤多惨凄，顾念国政太暴虐。

他们家家美酒香，鱼肉佳肴样样尝。朋比为奸结成党，网罗姻亲周旋忙。唯我孤凄无依靠，忧国忧民愁断肠。

猥琐小人住华屋，鄙陋之辈享俸禄。小民衣食今无着，天上妖魔太狠毒。富人尽情去享福，可怜我辈最孤独!

【点评】面对朝廷昏庸腐朽，专制黑暗，朋比为奸，荒淫逸乐，朝政暴虐败坏，国家危亡在即的现实，诗人感时伤世，忧心如焚，痛心疾首，秉笔直书胸中悲愤、权奸罪状、国运艰危，或直问当道，或诅咒小人，长呼大号，情迫词哀。行文缠绵反复，激愤峰峦迭起，一唱三叹，不能自已，非躬亲其害，不能言之痛切如此。笔法灵活，情文丰茂，或对比以辨其善恶，或起兴以昭示原由;用譬贴切生动，含蓄深刻，更堪为后世典范。全诗激愤之情浩浩荡荡，歌哭同声，感天动地，一个前代屈子披发行吟、呼天抢地的形象，跃然于长歌字里行间。

【集说】此周大夫感时伤遇之作，非躬亲其害，不能言之痛切如此。……此必天下大乱，镐京亦亡在旦夕，其君臣尚纵饮宣淫，不知忧惧，所谓燕雀处堂自以为乐，一朝突决栋焚，而怡然不知祸之将及也。故诗人愤极而为是诗，亦欲救之无可救药之时也。(方玉润《诗经原始》)

《正月》，大夫刺幽王也。"正月繁霜，我心忧伤"，发端便有举目山河之感。"谓天盖高，不敢不局……维号斯言，有伦有脊。"切谏危词，深至沉痛。"心之忧矣，如或结之。今兹之正，胡然厉矣"，一弹再三唱，慷慨有余哀。"终其永怀，又窘阴雨"，缠绵反复，不能自已，何患文不曲。……"佌佌彼屋，萩萩方有谷"，亡国气象，无屋无穀，日日忧贫而已，故陈彼以驳此。……(王闿运《湘绮楼毛诗评点》)

(陈维国　罗应涛)

小　弁(1)

　　弁彼鸒斯(2)，归飞提提(3)。民莫不穀(4)，我独于罹(5)。何辜于天(6)？我罪伊何(7)？心之忧矣，云如之何(8)！

　　踧踧周道(9)，鞠为茂草(10)。我心忧伤，惄焉如捣(11)。假寐永叹(12)，维忧用老(13)。心之忧矣，疢如疾首(14)。

　　维桑与梓(15)，必恭敬止(16)。靡瞻匪父(17)，靡依匪母。不属于毛(18)，不离于里。天之生我，我辰安在(19)。

　　菀彼柳斯(20)，鸣蜩嘒嘒(21)。有漼者渊(22)，萑苇淠淠(23)。譬彼舟流，不知所届(24)，心之忧矣，不遑假寐(25)。

　　鹿斯之奔(26)，维足伎伎(27)。雉之朝雊(28)，尚求其雌。譬彼坏木(29)，疾用无枝(30)。心之忧矣，宁莫之知(31)。

　　相彼投兔(32)，尚或先之(33)。行有死人(34)，尚或墐之(35)。君子秉心(36)，维其忍之(37)。心之忧矣，涕既陨之。

　　君子信谗，如或酬之(38)。君子不惠，不舒究之(39)。伐木掎矣(40)，析薪扡矣(41)。舍彼有罪，予之佗矣(42)！

　　莫高匪山(43)，莫浚匪泉。君子无易由言(44)，耳属于垣(45)。无逝我梁，无发我笱(46)。我躬不阅(47)，遑恤我后(48)。

【注释】(1)此诗写一个无辜被父亲弃逐的儿子的哀怨。原编《小雅·小旻》第三篇。　(2)弁(pán)：快乐。鸒(yù)：鸟名，即乌鸦。斯：语助词，犹"兮"。　(3)提提(chí chí)：鸟群飞而安闲的样子。　(4)穀：善。此指生活美好。　(5)罹(lí)：忧患，苦难。　(6)辜：罪。　(7)伊：通"繄"，是。(8)如之何：怎么办。　(9)踧踧(dí dí)：平坦的样子。　(10)鞠(jū)：盈，充塞。　(11)惄(nì)：忧愁幽思。捣：心腹之病。　(12)假寐：和衣而卧。　(13)维：发语词。用：因。　(14)疢(chèn)：本指热病，泛称病。疾首：首疾，头痛。　(15)桑、梓：古人宅旁常种的树，桑以养蚕，梓作器具，可传子孙。故见桑梓而思父母。　(16)止：之。　(17)靡……匪：无……不。瞻：

敬仰。与下文之"依"为互文。　　(18)属(zhǔ):连。毛:与下文的"里"相对,指心腹骨肉不可分割的关系。　　(19)辰:时。此指时运,命运。　　(20)菀:茂盛。　　(21)蜩(tiáo):蝉。嘒嘒:蝉鸣声。　　(22)灌(cuǐ):水深貌。　　(23)萑(huán):芦荻。淠淠(pì pì):茂盛貌。　　(24)届:至。　　(25)遑:暇。　　(26)奔:指觅群求偶。　　(27)伎伎(qí qí):缓慢貌。　　(28)雉:野鸡。雊(gòu):野鸡叫。　　(29)坏:树干生肿块,又作"瘣"。　　(30)用:因。此句是"用疾无枝"的倒句。　　(31)宁:曾,竟。　　(32)相:看。投:奔。(33)先:始,与"开"接近。　　(34)行(háng):道路。　　(35)墐(jìn):通"殣",掩埋。　　(36)秉心:居心。　　(37)忍:残忍。　　(38)酬:报答惠爱也。(39)舒:缓。究:查。　　(40)掎:通"倚",支撑或牵引。伐木时用绳拉树以控制下倒的方向。　　(41)柹(chǐ):顺着木纹劈柴。　　(42)佗(tuò):负荷,引申为加。　　(43)莫:没有。浚:深。　　(44)无:毋,不要。由:于。易:轻易。　　(45)耳:指窃听者。属:连。垣:墙。　　(46)笱(gǒu):捕鱼的竹笼。　　(47)躬:自身。阅:容纳。　　(48)恤:忧。

【今译】快快乐乐呀!那一群群的乌鸦,安安闲闲呀,徐徐飞回家。那么些人啊,谁生活得不美好,唯我一人啊,独自受苦受难。我什么地方呀,得罪了老天?我究竟触犯了什么罪行?一重重忧啊,一重重愁,你看看呀,我到底该怎么办?

京都大道呀,平平展展,萋萋芳草呀,绿色满眼。我的心中啊,忧愁无限,苦思苦想啊,如病纠缠。和衣而卧啊,长长哀叹,忧愁使我枯槁了红颜。一重重忧啊,一重重愁,愁思如火啊使我头晕目眩!

桑树、梓树,父母种门前,对它们谁不恭敬万般呀?没有谁比父亲更值得敬仰,没有谁比母亲更值得依恋。难道我不是皮外连着的毛?难道我不是皮内连着的肉?老天爷啊,将我生在这世间,为什么时运不好命又多舛?

多繁茂呀,一色青青的翠柳,嘒嘒的蝉儿总是叫不够呀。碧沉沉的深渊深不可测呀,深渊边的芦荻茂盛繁密呀。我像那断缆的船儿随波逐流,要流到水尽头啊还是天尽头?一重重忧啊,一重重愁,连打个盹儿的工夫也没有啊!

那觅群的野鹿总害怕失散,脚步儿舒缓顾恋着同伴。雄雉早晨雊雊地叫得欢,尚且一声声把母鸡呼唤。可我啊,好比一株生病的树,因病啊,枝条不长渐渐干枯。一重重忧啊,一重重愁,这人间,谁知我孤单又寂寞。

看那投入罗网的野兔啊,尚且还有人去将它放开。道路上假若有了死人呀,尚且还有人去将他掩埋。可是这位君子的居心呀,为什么竟这样狠毒残忍?一重重忧啊,一重重愁,热泪滚滚啊不断往下流。

君子听信谗言总听不够,好像接受别人敬给他的酒不加抉择。君子无情无义无恩爱,对事情不从从容容细考究。砍树要把引绳紧紧拴,劈柴顺着纹理便不难。你抛开造谣的罪人不去管呀,反而让我来把罪名担!

不高啊那算是什么山?不深啊那算是什么泉?君子呀,不要轻易出言,造谣者的耳朵紧贴墙垣。请你不要到我的鱼梁上走,请你不要掀我的捉鱼篓。我而今无处将身容留,还哪能顾及身后?

【点评】这是一首长歌当哭的哀怨诗,如泣如诉地倾诉了自己无辜被父亲放逐的悲哀,语语出自肺腑,全篇皆用辛酸的泪水写成,诗人悲痛欲绝的形象凄恻感人。作者特别善于缘情写景,即景取喻,多角度多层次地运用比兴手法,细腻而传神地刻画和展现自己复杂而悲痛的内心世界,其取景设喻之妙,真有使人行经山阴道中,林泉深蔚,中有行舟,目不暇接之感,在《小雅》乃至整个《诗经》中,堪称上乘抒情佳作。

【集说】诗可代作:哀怨出于中情,岂可代乎?况此诗尤哀怨痛切之甚,异于他诗者。(姚际恒《诗经通论》)

观其三章追思父母,沉痛迫切,如泣如诉,亦怨亦慕,与舜之号泣于昊天何异?千载下读之,犹不能不动人。……或兴或比,或反或正,或忧伤于前,或惧祸于后,无非望父母鉴察其诚,而怨昊天之降罪无辜。此所谓情文兼到之作。……至其布置精巧,整中有散,正中寓奇,如握奇率;然离奇变幻,令人莫测。读者熟思而细玩之,当自有得,勿烦多赘。(方玉润《诗经原始》)

"弁彼鸒斯,归飞提提,民莫不穀,我独于罹",托意悱恻,使人油然生慈孝之心,幽平父子俱不足语此。"踧踧周道,鞠为茂草,……假寐永叹,维忧用老",此炼句法所自始。"菀彼柳斯,鸣蜩嘒嘒,有漼者渊,萑苇淠淠,譬彼舟流,不知所届",不问寓意,只似行山阴道中,林泉深蔚,中有行舟,游子伤

诗经

心矣。"鹿斯之奔，维足伎伎，雉之朝雊，尚求其雌"，遂承上亦写山林景物，曹子建'大谷何寥廓'暗与此同，亦自然之文。"譬彼坏木，疾用无枝"，触物寄情，有泽畔行吟之感。……(王闿运《湘绮楼毛诗评点》)

(陈维国 罗应涛)

巷 伯⁽¹⁾

萋兮斐兮⁽²⁾，成是贝锦⁽³⁾。彼谮人者⁽⁴⁾，亦已大甚⁽⁵⁾。
哆兮侈兮⁽⁶⁾，成是南箕⁽⁷⁾。彼谮人者，谁适与谋⁽⁸⁾。
缉缉翩翩⁽⁹⁾，谋欲谮人。慎尔言也，谓尔不信。
捷捷幡幡⁽¹⁰⁾，谋欲谮言。岂不尔受，既其女迁。
骄人好好⁽¹¹⁾，劳人草草⁽¹²⁾。苍天苍天！视彼骄人，矜此劳人⁽¹³⁾。

彼谮人者，谁适与谋？取彼谮人，投畀豺虎⁽¹⁴⁾。豺虎不食，投畀有北。有北不受，投畀有昊！

杨园之道⁽¹⁵⁾，猗于亩丘⁽¹⁶⁾。寺人孟子⁽¹⁷⁾，作为此诗。凡百君子，敬而听之⁽¹⁸⁾。

【注释】(1)巷伯：阉官，掌管宫廷道路的长官。即本篇作者寺人孟子的官职名。所以虽篇内无"巷伯"二字，而仍以《巷伯》名篇。此诗写孟子遭谗受宫刑而为寺人后，对谗害者的控诉和诅咒。原编《小雅·小旻》第六篇。
(2)萋、斐：花纹交错貌。 (3)贝锦：贝壳有文采似锦，故称锦曰贝锦。
(4)谮(zèn)：进谗言。 (5)大：通"太"。 (6)哆(chǐ)：张口貌。侈：张大。 (7)南箕：星宿名，在南方，四星连起如张口之箕形。 (8)适：主。
(9)缉缉：同"咠咠"，交头接耳小语声。翩翩：往来貌。 (10)捷捷：巧辩貌。幡幡：犹翩翩。 (11)骄人：指得志的谗人。好好：喜悦貌。 (12)劳人：被谗而忧劳之人。草草：忧伤貌。 (13)矜：怜悯。 (14)畀(bì)：给予。 (15)杨园：育杨之园。 (16)猗：通"倚"，依傍。亩丘：高地。
(17)寺人：内侍小臣，与巷伯都是宦官的通称。 (18)敬：通"儆"，警戒。

【今译】色彩交错成鲜艳的花纹，织成了这斑斓炫目的贝锦。那班靠进谗言害人之辈，将那坏事做到极顶。

星儿像张着血盆大口，南箕高挂在天上头。那班靠进谗言害人之辈，是谁与他出鬼点子多狠毒！

他们喊喊喳喳窃窃私语，策划阴谋谗言害人。你们说话可要千万谨慎，忠告你们不可不信。

他们花言巧语随意诬骗，策划阴谋欲进谗言。难道你们就能躲过灾难？眼看横祸就会落到眼前！

他们阴谋得逞得意忘形，我们受其陷害忧伤苦闷。老天爷啊睁开眼睛吧！看他们胡作非为多骄横，给我们施些同情和怜悯。

那班巧舌如簧的进谗者，是谁与他出鬼点子多狠毒！抓住这伙恶贯满盈之人，扔到野外去喂狼虎！狼虎也嫌其肮脏恶臭，抛到荒无人迹的北漠。洁净的北漠也不接受，甩给老天爷任其惩处！

低平的杨园有一条小道，通向那高处的山丘。我是遭谗被阉之人，悲愤痛绝写出这篇诗文，世上善良正直的先生，你们仔细听听从而警醒。

【点评】这是一篇痛快淋漓地讨伐诽谤者的檄文。诗人疾恶如仇，以悲愤痛绝不能与之共戴天之言，对搬弄是非，陷害忠良的谗奸小人，进行严厉斥责与无情鞭挞，恨不能将其投之于豺虎、荒漠，同时也怨恨国君忠奸不辨，昏庸无能，挥笔一泻胸中积郁，并警告世人勿误入其罗网。诗中设喻妙绝，描绘生动，用语流畅，情文并茂，诽谤者狡猾诪媚的丑恶形象和卑劣险恶的灵魂跃然纸上。呼天抢地，刻骨铭心，取得了天怒人怨、物我同憎的艺术效果。

187

诗经

【集说】呜呼！以迁之博物洽闻，而不能以知自全。既陷极刑，幽而发愤，书亦信矣。迹其所以自伤悼，《小雅·巷伯》之伦。（班固《汉书·司马迁传赞》）

此必腐迁之流无疑。其祸同，其文亦同；故班固引以譬赞。此亦天之忌才，故设此一局以厄文人。未有腐迁，先有巷伯，古今人可同声一哭也。虽然，迁不遭刑，文亦不奇；伯不遭祸，诗何能传？此又天之玉成二人如出一辙，岂不奇哉？使伯回思至此，自当破泣为笑，则"投畀豺虎，豺虎不食"之

人,亦可以置之度外,不必更投诸有北与有昊矣。……(方玉润《诗经原始》)

单刀直入,石破天惊。此诗袁枚谓其绝不含蓄,良然。声罪伐谋,用不得一毫姑息……有文情,有声色,寺人亦太史公之流欤?(王闿运《湘绮楼毛诗评点》)

(陈维国　罗应涛)

大　东⁽¹⁾

有饛簋飧⁽²⁾,有捄棘匕⁽³⁾,周道如砥,其直如矢。君子所履,小人所视。睠言顾之⁽⁴⁾,潸焉出涕。

小东大东⁽⁵⁾,杼柚其空⁽⁶⁾。纠纠葛屦⁽⁷⁾,可以履霜,佻佻公子⁽⁸⁾,行彼周行。既往既来,使人心疚。

有冽氿泉⁽⁹⁾,无浸获薪。契契寤叹⁽¹⁰⁾,哀我惮人⁽¹¹⁾。薪是获薪⁽¹²⁾,尚可载也。哀我惮人,亦可息也。

东人之子,职劳不来⁽¹³⁾。西人之子,粲粲衣服。舟人之子,熊罴是裘⁽¹⁴⁾。私人之子,百僚是试⁽¹⁵⁾。

或以其酒,不以其浆。鞙鞙佩璲⁽¹⁶⁾,不以其长。维天有汉⁽¹⁷⁾,监亦有光⁽¹⁸⁾。跂彼织女⁽¹⁹⁾,终日七襄⁽²⁰⁾。

虽则七襄,不成报章⁽²¹⁾。睆彼牵牛⁽²²⁾,不以服箱⁽²³⁾。东有启明⁽²⁴⁾,西有长庚。有捄天毕⁽²⁵⁾,载施之行⁽²⁶⁾。

维南有箕,不可以簸扬。维北有斗⁽²⁷⁾,不可以挹酒浆⁽²⁸⁾。维南有箕,载翕其舌⁽²⁹⁾。维北有斗,西柄之揭⁽³⁰⁾。

【注释】(1)此诗写西周统治者对东方各国人民的残酷剥削和奴役,以及东方各国人民对西周统治者的怨愤。原编《小雅·小旻》第九篇。　(2)饛(méng):食物盛满貌。簋(guǐ):古代食器。飧:犹食。　(3)捄(qiú):曲而长貌。此指匕柄的形状。棘:酸枣木。匕:羹匙。　(4)睠(juàn):即眷。睠言:即睠然,回顾的样子。　(5)小东、大东:指东方各诸侯国,离周京近的称小东,远的称大东。　(6)杼柚(zhù zhú):织布机上的两个主要部件。杼是梭,持纬线;柚又作轴,持经线。 (7)纠纠:绳索缠绕貌。 (8)佻佻(tiāo tiāo):轻狂貌。 (9)冽:寒冷。氿(guǐ):侧出之泉,泉水上涌受阻,自旁侧流出。 (10)契契:愁苦貌。 (11)惮(dàn):同"瘅",劳累不堪。 (12)薪:前一薪作动词,当作薪来烧。 (13)职:只是,主要。来:同"倈",慰劳。 (14)裘:皮衣。此作动词。"以……为裘"之意。 (15)私人:私家奴仆。百僚:各级官吏。 (16)鞙鞙(juān juān):同"琄琄",美而长的样子。璲:一种十分名贵的宝玉。 (17)汉:云汉,银河。 (18)监:同"鉴",镜子。 (19)跂(qí):叉开双脚,成三角形。织女星鼎足而成三角。 (20)襄:变更,移动。 (21)报:反复。章:纹理。 (22)睆(huàn):明亮。 (23)服:驾。 (24)启明、长庚:皆金星别名。早上在东方,叫启明;晚上在西方,叫长庚。 (25)毕:网,有柄,打猎用。这里指星宿名,共八颗,形状像毕,故名天毕。 (26)载:助词。施:张设。行(háng):路。 (27)斗:斗宿星座,由六星聚成斗形。斗星和箕星都在南方,因其在箕星之北,故称南箕北斗。 (28)挹(yì):舀,汲取。 (29)翕(xī):敛缩。 (30)揭:高举。

【今译】盘里佳肴盛得满满,酸枣木勺又长又弯。周朝官道平如砥石,笔直得像那射出的箭。西边大人阔步行走,东边小民侧目而看。若将现在对比从前,谁不伤悲泣涕涟涟。

近东可哀叹,远东可哀叹,机上纱和布,全被搜刮完。葛麻编鞋又绕又缠,冰霜遍地怎御风寒?西边公子走在大道上,大摇大摆,轻狂又横蛮。才见满载去,转眼又回还,这般不平,叫我如何不辛酸?

清冷的泉水弯弯曲曲地流,别将柴草给我们浸透。我们累得精疲力竭,彻夜难眠,哀叹忧愁。砍下来的树枝当作柴烧,还得用车往回拉走。我们累得精疲力竭,歇口气的时间也不能有。

可怜东方的穷苦百姓,劳苦服役无人过问。西方子弟富贵独尊,衣衫华贵光彩照人。他们船夫的儿子,也把熊黑大袄穿在身;他们家奴的儿子,也在各级官位上胡乱混。

东人献上香醇的美酒,西人把它当作水浆。东人献上珍贵的长玉,西人也嫌它不够漂亮。高高的天上银河在流淌,用来作镜也有光芒。勤苦的织女迈开双脚,一天七次来往奔忙。

189

诗经

虽然七次来往奔忙，不能织成艳丽的华章。看那牵牛灿灿发光，不能用来牵引车箱。东有启明闪闪发亮，西有长庚放射银光。天毕如网柄儿长长，空自张在大道之上。

南天箕星闪闪发亮，不能用来扬米簸糠。北斗星儿闪闪发亮，不能用来舀酒盛浆。南天箕星闪闪发亮，缩回长舌血口大张。北斗星儿闪闪发亮，柄儿从西高举伸向东方。

【点评】本诗是西周时期被奴役者痛彻肺腑的一曲悲歌。前四章，在对东西方统治者和被奴役者生活的鲜明对比中，将东方人民劳苦辛酸的悲惨情景写得哀痛欲绝、义愤填膺。后三章，作者想落天外，另开奇境，或嘲笑织女牵牛，或迁怒于启明长庚，或斥责南箕北斗，把天上人间巧妙地熔为一炉，借以谴责西周统治者的名实相悖、徒具虚名而不露痕迹，得"不着一字，尽得风流"之妙谛。作者天才横溢，迁想妙绝，把一曲呼天抢地的扛鼎悲歌，写得光怪陆离、惊心动魄而举重若轻，奇情异彩层见叠出，不愧是"三代以上之奇文"，开《天问》之先导，辞赋之先声。

【集说】历数织女、牵牛、启明、长庚、天毕、南箕、北斗。想头甚奇，出语似谑，颠倒淋漓，变幻鼓舞，只是穷极呼天常态，生出许多波澜耳。（钟惺《评点诗经》）

《大东》之诗，历数天汉斗牛诸星。无可归咎，无可告诉，不得不怅望于天。……司马子长云："劳苦倦极，未尝不呼天。"得之矣！（沈德潜《说诗晬语》）

诗本咏政赋繁重，人民劳苦。……不知此正诗人之情，所谓"光焰万丈长"也。试思此诗若无后半文字，则东国困敝，纵极写得十分沉痛，亦不过平常歌咏而已，安能如许惊心动魄文字？所以，诗贵有声有色，尤贵有兴有致，此兴会之极为歙举者也。然其驱词寓意，亦非漫无纪律者。四章以上，将东国愁怨与西人骄奢两两相形，正喻夹写，已极难堪。"天汉"而下，忽仰头见星，不禁有触于怀，呼天自诉。……后世李白歌行，杜甫长篇，悉脱胎于此，均足以卓立千古。……以下大放厥词，借仰观以泄胸怀积愤。与上"杼柚""酒浆"等字若相应若不相应。奇情纵恣，光怪陆离，得未曾有。后世歌行各体从此化出，在《三百篇》中实创格也。（方玉润《诗经原始》）

文情傲诡奇幻，不可方物，在风雅中为别调，开词赋之先声。后半措词运笔，极似《离骚》，实三代上之奇文也。……"维天"以下，奇情异采，层见迭出。(吴闿生《诗义会通》)

(陈维国　罗应涛)

北　山 (1)

陟彼北山 (2) ，言采其杞。偕偕士子 (3) ，朝夕从事。王事靡盬 (4) ，忧我父母。

溥天之下 (5) ，莫非王土。率土之滨 (6) ，莫非王臣。大夫不均，我从事独贤 (7) 。

四牡彭彭 (8) ，王事傍傍 (9) 。嘉我未老，鲜我方将 (10) 。旅力方刚，经营四方。

或燕燕居息 (11) ，或尽瘁事国。或息偃在床，或不已于行 (12) 。

或不知叫号，或惨惨劬劳。或栖迟偃仰 (13) ，或王事鞅掌 (14) 。

或湛乐饮酒 (15) ，或惨惨畏咎。或出入风议，或靡事不为。

【注释】 (1)这是统治阶级内部下层之士苦于行役之作，表现了对等级森严和劳役不均的不满。原编《小雅·北山》第一篇。　(2)陟：登。　(3)偕偕：强壮的样子。　(4)靡盬(gǔ)：没完。　(5)溥：同"普"。　(6)率：沿，循。滨：水边。　(7)贤：艰苦，劳累。　(8)彭彭：不得休息貌。　(9)傍傍：不得已貌。　(10)鲜：重视。将：强。　(11)燕燕：安栖貌。　(12)行：道路。　(13)栖迟：游息。偃仰：安居。　(14)鞅掌：公事忙碌。　(15)湛(dān)乐：过度享乐。

【今译】 登上那北山冈，采点枸杞尝一尝。士子身强力又壮，从早到晚工

作忙。天子差事无休止,没法服侍我爹娘。

普天之下哪片地,不是国王的领土。四海之内哪个人,不是国王的臣仆。大夫做事不公平,派我工作特别苦。

四马拉车把路赶,王事紧迫没个完。他们夸我年纪轻,夸我身体真壮健。说我年富力又强,奔走四方理当然。

有的人坐家中安乐享受,有的人忙国事皮包骨头。有的人吃饱饭高枕无忧,有的人在路上日夜奔走。

有的人从不知民间疾苦,有的人忧国事累断筋骨。有的人享福悠闲自得,有的人为工作忙忙碌碌。

有的人寻欢作乐饮美酒,有的人担心灾难要临头。有的人夸夸其谈发议论,有的人样样事情要动手。

【点评】此诗之妙,在前三章克制地叙写后,随即有后三章十二个由"或"字领起的排比句,作尽情渲泄。先前的克制便成为一种蓄势,使最后的喷发更加有力。排比之中又有六组对比,从劳逸、苦乐、善恶、是非各方面作两两相比,一气贯注,妙语连珠,最后不加收结便戛然而止,而"是可忍,孰不可忍"之意,已溢于言表。

【集说】"独贤"字不必深解,"嘉我未老"三句,似为"独贤"下一注脚,笔端之妙如此。(钟惺《评点诗经》)

"或"字作十二叠,甚奇。末更无收结,尤奇。(姚际恒《诗经通论》)

《鸱鸮》诗连下十"予"字,《蓼莪》诗连下九"我"字,《北山》诗连下十二"或"字,情至,不觉音之繁词之复也。后昌黎《南山》用《北山》之体而张大之,下五十余"或"字。然情不深而侈其词,只是汉赋体段。(沈德潜《说诗晬语》上)

归重独劳,是一篇之主。末乃以劳逸对言,两两相形,愈觉难堪。(方玉润《诗经原始》卷十一)

(周啸天)

大　田[(1)]

大田多稼[(2)],既种既戒[(3)],既备乃事[(4)]。以我覃耜[(5)],

俶载南亩⁽⁶⁾，播厥百谷⁽⁷⁾。既庭且硕⁽⁸⁾，曾孙是若⁽⁹⁾。

既方既皁⁽¹⁰⁾，既坚既好，不稂不莠⁽¹¹⁾。去其螟螣⁽¹²⁾，及其蟊贼⁽¹³⁾，无害我田稚⁽¹⁴⁾。田祖有神，秉畀炎火⁽¹⁵⁾。

有渰萋萋⁽¹⁶⁾，兴雨祁祁⁽¹⁷⁾。雨我公田⁽¹⁸⁾，遂及我私⁽¹⁹⁾。彼有不获稚，此有不敛穧⁽²⁰⁾，彼有遗秉⁽²¹⁾，此有滞穗⁽²²⁾：伊寡妇之利⁽²³⁾。

曾孙来止，以其妇子，馌彼南亩，田畯至喜。来方禋祀⁽²⁴⁾，以其骍黑⁽²⁵⁾，与其黍稷。以享以祀，以介景福⁽²⁶⁾。

【注释】（1）此诗大约产生于西周初年。它描写了农事的过程，反映了农民获得丰收的愿望。原编《小雅·北山》第八篇。　（2）大田：大面积的农田。多：赞美之词。稼：此作动词，种庄稼。　（3）种：此作动词，选好种。戒：此作动词，修理农具。　（4）既备：已经准备。　（5）覃（yǎn）：通"剡"，使……锐利。耜：古代翻土工具。　（6）俶（chù）：开始。载：从事。　（7）厥：其。　（8）庭：通"挺"，直生向上。硕：大，壮实。　（9）曾孙：周王的子孙。若：顺意。　（10）方：通"房"，指庄稼已含苞。皁（zào）：本作早，谷物结实而外壳未坚硬。　（11）稂（láng）：狼尾草。莠（yǒu）：似禾的杂草。（12）螟：一种食谷苗心的螟蛾幼虫。螣（tè）：一种吃谷叶的青虫。　（13）蟊（máo）：吃禾根的虫。贼：吃禾节的虫。　（14）稚：本指晚种的谷类，此指幼苗。　（15）畀（bì）：给。炎火：大火。　（16）渰（yǎn）：云兴起貌。萋萋：浓密。　（17）祁祁：徐徐细雨貌。　（18）雨：作动词，下雨。公田：指井田制中王卿贵族之田。　（19）私：私田。　（20）敛：聚拢。穧（jì）：已割下来捆起的禾把。　（21）秉：把。　（22）滞：遗留。　（23）伊：乃是。　（24）禋祀：古代祭天的一种礼仪。方：祭祀四方之神。　（25）骍（xīng）：红色的牛马。黑：指黑色的豕、羊等。　（26）介：通"匄"，祈求。景：大。

【今译】大片肥田好种庄稼，选好种子，修好农具。准备就绪，开始农事。肩头扛上，锐利铧犁，去到田里，开始耕作，及时播下粒粒稻种。叶儿挺拔，秆儿壮实，周王在上，心中欢喜。

庄稼抽穗，籽满粒饱，禾秆壮实，长势大好，没有莠稗，没有杂草。蝗虫螣虫,消灭如扫,蟊虫贼虫,全部除掉,不许它们害我幼苗。神农田祖,神通不小,将那害虫,拿去火烧。

天边云起,油然密布,黑云翻腾,绵绵细雨遍洒公田。好雨及时,私田滋润,我民欢喜。晚熟庄稼,还在田里,这边割倒,还待收集;那边谷把,遗落在地,这边谷穗,也有丢弃:寡妇捡去,得点余利。

曾孙周王,带着王后,带着太子,来到田里,走到南洼,赏给酒食,田间总管,非常欢喜。周王来此,祭祀天地,红牛猪羊献作祭礼,还要供上新黍新稷。祭品齐具,叩行大礼,祈祷神灵,大福赐予。

【点评】这是一首描述西周时期农业生产过程和周王祭祀天地神灵以祈求丰年的农事诗。全诗用农夫口吻自叙的,以时间发展为线索,从备耕播种、除害灭虫,写到风调雨顺,喜获丰收,及至周王施馌田礼,祭祀天地,秩序井然,细致入微,朴实无华地描绘出一幅古朴的西周农事图。全用赋法,简洁生动,开创了我国古代诗歌现实主义的先河,对后世乐府诗产生了深远的影响。

【集说】诗只从遗穗说起,而正穗之多自见。……事极琐碎,情极闲淡,诗偏尽情曲绘,刻摹无遗,娓娓不倦。无非为多稼穑一语设色生光,所谓愈淡愈奇,愈闲愈妙,善于烘托法耳。(方玉润《诗经原始》)

《大田》,刺幽王也,言矜寡不能自存焉,……"有渰萋萋,兴雨祁祁。雨我公田,遂及我私",赋雨兼画云,满纸雨景。谢朓诗:"朔风吹飞雨,萧条江上来。既洒百常观,复集九成台",人未知其佳处在三、四句,但赏其起笔超妙。"雨我"二句,遂画出雨中田,雨中人。……(王闿运《湘绮楼毛诗评点》)

(周啸天)

青　蝇⁽¹⁾

营营青蝇,止于樊⁽²⁾。岂弟君子⁽³⁾,无信谗言。
营营青蝇,止于棘⁽⁴⁾。谗人罔极⁽⁵⁾,交乱四国。

营营青蝇,止于榛。谗人罔极,构我二人⁽⁶⁾。

【注释】(1)这是斥责谗毁者并对信谗的统治者致忠告的诗。原编《小雅·桑扈》第五篇。 (2)樊:篱笆。 (3)岂(kǎi)弟(tì):恺悌,和悦。(4)棘:酸枣树。一说荆棘。 (5)极:停止。(6)构:构陷。

【今译】绿头苍蝇闹营营,篱笆上面停。和蔼可亲的君子,莫把谗言来轻信。

绿头苍蝇闹营营,枣树上面停。谗毁之人永无已,四方之水全搅浑。

绿头苍蝇闹营营,榛树上面停。谗毁之人永无已,离间你我绝恩情。

【点评】"苍蝇贝锦宣谤声"(李白),寺人孟子与本诗作者,都是有切肤之痛的谗言受害者。比较而言,孟子的怨毒较深,故《巷伯》一诗咬牙切齿,声闻纸上;此诗的作者似乎较及时发现了谗人的构陷,所以他一面警惕着,一面向信谗的"君子"发出忠告。《巷伯》一诗以赋为主,意激言质,风格豪辣;此诗则以比兴见长,词约义丰,风格委婉。"青蝇"从此便成为谗言者的代称。

【集说】人中诸毒,一身死之;中于口舌,一国溃乱。诗曰:"谗人罔极,交乱四国。"四国犹乱,况一人乎? 故君子不畏虎,但畏谗夫之口。谗夫之口,为毒大矣。(王充《论衡·言毒篇》)

诗人以青蝇喻谗言,取其飞声之众可以乱听,犹今谓聚蚊成雷也。(欧阳修《诗本义》)

青蝇驱之不去,小人亦驱之不去。(朱鹤龄《诗经通义》)

青蝇之为物至微而甚秽,驱之使去而复来。及其聚而成多也,营营然往来,飞声可以乱人之听。始不过止于樊,继且止于棘,终且止于榛。是无往不入,渐而相亲,是非淆而黑白乱矣。故首章直呼君子,以勿听戒之;然后甚言其祸,如后世禅家之当头棒喝,使人猛省耳。而君子之上必加之曰"岂弟"者,微词也。(方玉润《诗经原始》卷十二)

(周啸天)

195

诗经

采　绿⁽¹⁾

终朝采绿⁽²⁾，不盈一匊⁽³⁾。予发曲局，薄言归沐。

终朝采蓝，不盈一襜⁽⁴⁾。五日为期⁽⁵⁾，六日不詹⁽⁶⁾。

之子于狩，言韔其弓⁽⁷⁾。之子于钓，言纶之绳。

其钓维何？维鲂及鱮。维鲂及鱮，薄言观者⁽⁸⁾。

【注释】（1）此诗抒写一个思妇对久出不归的丈夫的思念。原编《小雅·都人士》第二篇。　（2）绿：通"菉"，草名，可染黄色。　（3）匊：同"掬"，一捧。　（4）襜：同"衻"，今之围裙。　（5）五日、六日：与《七月》"一之日""二之日"例同。　（6）詹：至。　（7）韔（chàng）：弓袋。此作动词。（8）观：看。

【今译】整个早上采菉草，采了一捧还不到。头发卷曲乱如麻，还是回家梳洗好。

整个早上采蓼蓝，撩起围裙装不满。五月之日早定期，六月之日还不见。

这人回来去打猎，我就为他背弓箭。这人回来去钓鱼，我就为他理丝线。他钓的是什么鱼？既有鲂鱼又有鲢。既有鲂鱼又有鲢，他垂钓啊我观看。

【点评】此诗写一个妇女对丈夫久出不归的刻骨思念，开千古怨旷诗之先声。一、二两章，从丈夫去后的角度出发，写其事，见其景，从而显其情。既有"采采卷耳，不盈顷筐"（《卷耳》）之风调，又兼"自伯之东，首如飞蓬"（《伯兮》）之情态，夫妇久离之幽怨情理，刻画入微，无不尽意。

但《伯兮》只写离别后相思之苦，此诗还想象重逢相聚之乐。三、四两章从归后想象，不言归来相聚之情，只写归来游钓之景，而归来相聚之乐见于言外；照应一、二章，则更衬托出别离之苦。

全诗赋、比、兴三法交织运用，托事为赋，托物为比，托景为兴，写事见景,因景生情,情深意切,风调宛然。

【集说】"其钓维何……。"单言钓,不言狩。已从简言钓,亦只"唯鲂及鱮"一句,上下皆虚衍及过递语。殆简而又简。(姚际恒《诗经通论》)

虽无一语及王政,而王政之苦于民者自见诸言外,故曰刺也。(方玉润《诗经原始》)

诗与《殷霝》《伯兮》略同,纯为风体,不当列入于雅。疑三百篇风雅之序亦或有紊者也。(吴闿生《诗义会通》)

（陈维国　罗应涛）

黍　苗(1)

芃芃黍苗(2),阴雨膏之。悠悠南行,召伯劳之。
我任我辇,我车我牛。我行既集,盖云归哉(3)。
我徒我御,我师我旅。我行既集,盖云归处。
肃肃谢功(4),召伯营之。烈烈征师,召伯成之。
原隰既平,泉流既清。召伯有成,王心则宁。

【注释】(1)周宣王封其母舅于申,命召伯虎领兵先去申地,建筑谢城以为国都,此诗即赞扬召伯的劳绩。原编《小雅·都人士》第三。　(2)芃(péng)芃:草木茂密貌。　(3)盖:音义同盍,何。　(4)谢:谢城。

【今译】黍苗多么茂盛,因为雨露的滋润呀。南行道里悠悠,召伯可以劳师。
你我背器挽辇,你我扶车牵牛。我辈行役告成,何不归去整休。
你我步行赶车,你我随师随旅。我辈行役告成,何不归去安居。
谢邑建筑严正,召伯经营有方。师旅威风凛凛,召伯集训严明。
原田洼地治平,泉水河流澄清。召伯办事有成,宣王得以放心。

【点评】周宣王封其母舅于申,命召伯为之经营,建筑谢城和宗庙。《大

197

诗经

雅·崧高》也为此事而作，但诗人尹吉甫在诗中颂美的是申伯，而召伯只是配角："申伯之功，召伯是营。"而此诗则是对召伯建设申国的工役的记述，以及完成任务后于归途的歌唱，召伯是歌中的英雄。实际上营谢工程的组织者是召伯而非申伯，役夫们把首功归于他，并致以敬爱，也是理所当然的。

【集说】此篇与《崧高》同一事，分大小雅者，此为士役美召伯之作，彼为朝臣美申伯之作，此为短章，彼为大篇也。（姚际恒《诗经通论》）

事与《崧高》同，诗亦出于一时，而彼篇则入《大雅》，此自归《小雅》者，体异故耳。诗以体分，不在事同。读者试合两篇而细咏之，其厚薄轻重当自有得于心，岂以士役朝臣及诗之长短而分大小哉！（方玉润《诗经原始》卷十二）

（周啸天）

隰　桑[1]

隰桑有阿[2]，其叶有难[3]。既见君子，其乐如何！
隰桑有阿，其叶有沃[4]。既见君子，云何不乐？
隰桑有阿，其叶有幽[5]。既见君子，德音孔胶[6]。
心乎爱矣，遐不谓矣[7]。中心藏之，何日忘之？

【注释】(1)这是一首优美的爱情诗，写一个少女对情人的挚爱。原编《小雅·都人士》第四篇。　(2)阿：柔美貌。　(3)难(nuó)：通"傩"，茂盛貌。　(4)沃：枝叶肥厚而有光泽。　(5)幽：通"黝"，青黑色。　(6)德音：美好的话，甜蜜的话。孔：很。胶：盛。　(7)遐：通"何"。

【今译】洼地桑树多柔美，桑叶密稠稠。见到我那心上人，快乐涌心头！
洼地桑树多柔美，桑叶绿油油。见到我那心上人，何不乐悠悠？
洼地桑树多柔美，桑叶青幽幽。见到我那心上人，甜话不离口。
我爱你啊在心头，为何开不了口？思念之情心底藏，何日才能忘！

诗骚观止

【点评】这是一首优美的情歌,写一个少女对恋人执着而热烈的爱情。前三章均以"隰桑"起兴,用优美的意象,复沓的旋律,层层烘托,步步扩展,渲染出极为浓郁、热烈的气氛,使主人公喜悦欢乐的内心世界跃然纸上。重叠复沓的手法,轻快回旋的乐调与主人公热烈奔放的心境得到和谐的统一。卒章再写少女欲语还休的内心世界,戛然而止,极富余味。单纯与含蓄在这里得到了统一,真不愧"为言情者之祖"。

【集说】前三章极力说乐,第四章极力不说爱。又前三章极力说乐,却不说出;至第四章极力不肯说爱,却说得尽情。《乐府》"思公子兮未敢言"是从此变化出。又"心悦君兮君不知",亦从此变化出。(金圣叹《唱经堂释小雅》)

为言情者之祖。(王闿运《湘绮楼毛诗评点》)

(陈维国 罗应涛)

苕 之 华 (1)

苕之华 (2),芸其黄矣 (3)。心之忧矣,维其伤矣!

苕之华,其叶青青 (4)。知我如此,不如无生!

牂羊坟首 (5),三星在罶 (6)。人可以食,鲜可以饱。

【注释】(1)这首诗写西周末年连年饥荒,人自相食的惨象。原编《小雅·都人士》第九篇。 (2)苕(tiáo):凌霄花。 (3)芸其:芸然,黄色深浓貌。 (4)青青:同"菁菁",茂盛也。 (5)牂(zāng)羊:母羊。坟:大。母羊头本来较小,因饥饿身体瘦小,头就显得大。 (6)三星:即参星。罶(liǔ):鱼篓。罶中无鱼,因而水静,只见三星之光映在水中。

【今译】凌霄花儿开,颜色黄又黄。心中真忧愁,我心多悲伤。

凌霄花儿开,叶儿青又青。早知这样苦,不如不出生。

母羊脑袋大,渔网映星空。灾年人吃人,无食填肚中。

诗经

【点评】全诗三章,艺术地再现了西周末年连年饥馑,民不聊生,野无绿草,水无游鱼,人自相食的严酷现实,至为沉痛。首二章,以眼前景物起兴,通过反衬对比,以乐写哀而倍增其哀。第三章,"牂羊坟首,三星在罶",只八字即形象地写出万物萧条、民生凋敝的悲惨图景,真可谓以少总多,字字千金。

【集说】羊瘠则首大也……罶中无鱼而水静,但见三星之光而已。(朱熹《诗集传》)

"牂羊坟首,三星在罶"与"豕蹄月毕"同法。此近《离骚》。(王闿运《湘绮楼毛诗评点》)

周室衰微,既乱且饥,所谓大兵之后,必有凶年也。人民生当此际,"不如无生",盖深悲其不幸而生此凶荒之世耳。……"牂羊"二句,造语甚奇。较之"豕涉波"尤为警辟可愕。(方玉润《诗经原始》)

(陈维国　罗应涛)

何草不黄⁽¹⁾

何草不黄?何日不行⁽²⁾?何人不将⁽³⁾?经营四方。
何草不玄⁽⁴⁾?何人不矜⁽⁵⁾?哀我征夫,独为匪民⁽⁶⁾?
匪兕匪虎,率彼旷野⁽⁷⁾。哀我征夫,朝夕不暇。
有芃者狐⁽⁸⁾,率彼幽草。有栈之车⁽⁹⁾,行彼周道。

【注释】(1)诗以一个士兵的口吻倾诉征役不止的怨愤。原编《小雅·都人士》第十篇。　(2)行(háng):奔走。指行役,出征。　(3)将:行。(4)玄:赤黑色。指草枯烂成此色。　(5)矜:通"鳏",指无妻。　(6)匪:非。　(7)率:循,沿着。　(8)芃:兽毛蓬松貌。　(9)栈:同"栈",高大貌。

【今译】哪种草儿不枯黄?哪天我们不奔忙?哪个不把差役当?往来辛苦走四方!

哪种草儿不枯干?哪个不当单身汉?可叹我们苦役人,偏偏不被当人看！

不是犀牛不是虎，奔走旷野没有家。可叹我们苦役人，从早到晚无闲暇。

狐狸尾巴乱蓬蓬，出没山中深草丛。役车篷子高高耸，匆匆奔走大道中。

【点评】此诗深刻而形象地描绘出西周王朝行将灭亡前夕征战不息的动乱现实，表达了从征战士的强烈怨愤情绪。它不仅开后代《关山月》《折杨柳》一类征戍诗之先声，而且可补史之阙。全诗四章，把赋、比、兴手法融为一体。"何草不黄""何草不玄"，满纸俱是荒凉景象，加上一连串的反诘句，大大加深了感情的浓度，增强了批判的力度。虽为《雅》篇，却不失民歌本色。

【集说】纯是一种阴幽荒凉景象，写来可畏，所谓"亡国之音哀以思"也。诗境至此，穷仄极矣！（方玉润《诗经原始》）

三序（指《毛诗》中《渐渐之石》《苕之华》《何草不黄》三诗之序）所言，乃一时之事，则不见于史，此可补其阙矣。（陈启源《毛诗稽古编》）

幽王征伐之事，不见古史。以此三诗（指《渐渐之石》《苕之华》《何草不黄》）观之，则其残民以逞者非一，诗即史也。（范家相《诗渖》）

（管遗瑞）

201

诗经

大 雅

大 明[1]

明明在下[2]，赫赫在上[3]。天难忱斯[4]，不易维王。

天位殷适⁽⁵⁾，使不挟四方⁽⁶⁾。

挚仲氏任⁽⁷⁾，自彼殷商，来嫁于周，曰嫔于京⁽⁸⁾。乃及王季⁽⁹⁾，维德之行。

大任有身⁽¹⁰⁾，生此文王。维此文王，小心翼翼。昭事上帝⁽¹¹⁾，聿怀多福⁽¹²⁾。厥德不回⁽¹³⁾，以受方国⁽¹⁴⁾。

天监在下⁽¹⁵⁾，有命既集⁽¹⁶⁾。文王初载⁽¹⁷⁾，天作之合。在洽之阳⁽¹⁸⁾，在渭之涘⁽¹⁹⁾。

文王嘉止⁽²⁰⁾，大邦有子⁽²¹⁾。大邦有子，伣天之妹⁽²²⁾。文定厥祥⁽²³⁾，亲迎于渭。造舟为梁⁽²⁴⁾，不显其光⁽²⁵⁾。

有命自天，命此文王，于周于京。缵女维莘⁽²⁶⁾，长子维行⁽²⁷⁾，笃生武王⁽²⁸⁾。保右命尔⁽²⁹⁾，燮伐大商⁽³⁰⁾。

殷商之旅⁽³¹⁾，其会如林⁽³²⁾。矢于牧野⁽³³⁾："维予侯兴⁽³⁴⁾，上帝临女⁽³⁵⁾，无贰尔心！"

牧野洋洋⁽³⁶⁾，檀车煌煌⁽³⁷⁾，驷骤彭彭⁽³⁸⁾。维师尚父⁽³⁹⁾，时维鹰扬⁽⁴⁰⁾。凉彼武王⁽⁴¹⁾，肆伐大商⁽⁴²⁾，会朝清明⁽⁴³⁾。

【注释】（1）这是一首叙述周朝开国历史的史诗，从王季娶太任而生文王，文王与太姒配偶天成而生武王，一直说到武王伐纣取得胜利为止，诗中歌颂了王季、文王、武王的功德。原编《大雅·文王》第二篇。 （2）明明：光明。 （3）赫赫：显盛。 （4）忱：与"谌"通，相信。斯：语助词。 （5）适：通"嫡"，即嫡子。殷嫡，指殷纣王。 （6）挟：拥有。 （7）挚：殷的属国名，在今河南汝宁。仲氏：次女。任：挚国国君的姓。 （8）曰：语首助词。嫔：嫁。京：指周的京师。 （9）王季：太王之子，文王之父。 （10）大(tài)任：即太任，指挚仲氏任。有身：怀孕。 （11）昭：明白。 （12）聿(yù)：语助词。怀：招来。 （13）回：邪僻。 （14）方国：即诸侯国。 （15）监：监视。 （16）有：词头。有命：指天命。 （17）初载：文王即位初年。 （18）洽：水名，今称金水河，在陕西合阳西北。洽阳：洽水之北，即古莘国所在地。 （19）涘(sì)：水边。 （20）止：礼。嘉止即婚礼，句意为文王将要举行婚礼。 （21）大邦：大国。指莘国。子：指莘国国君的女儿。 （22）伣(qiàn)：好比。妹:少女。　(23)文:礼。文定:订婚。　(24)造舟为梁:造船连接起来成为浮桥。　(25)不:通"丕",大。　(26)缵:借为媛,美好。莘:指莘国。　(27)长子:长女,指太姒。行:出嫁。　(28)笃:发语词。　(29)保右:即保佑。尔:指武王。　(30)燮:借为袭。　(31)旅:众,指军队。　(32)会:借为旝,意为旌旗。　(33)矢:通"誓"。牧野:地名,在今河南淇县之南。(34)予:武王自指。侯:是。兴:兴起。　(35)临:监视。女:汝,指参加誓师伐纣的军队。　(36)洋洋:广大。　(37)檀车:檀木制的兵车。煌煌:鲜明。(38)骈(yuán):红毛白肚的马。彭彭:强壮有力。　(39)师:太师,官名。尚父:吕尚(即姜子牙、姜太公)的尊称。　(40)时:是。　(41)凉:辅佐。(42)肆伐:进击。　(43)会朝:一朝。

【今译】文王明德天下扬,神灵显赫在上苍。天命真难凭信啊,不易当的就是王。上帝把位授殷纣,可他无能失四方。

挚国女子有太任,她从殷商起了程,嫁到我们周国来,做了新娘在京城。她与王季成双对,常常修着好德行。

不久太任怀了胎,我周文王生下来。说起这个周文王,办事小心有能耐。正大光明侍上帝,引来福气无殃灾。专修德行走正道,四方各国都拥戴。

上帝昭昭察下土,天命文王有归属。他刚登上王位时,上帝就给配媳妇。媳妇家在洽水北,就在莘国渭滨住。

文王婚礼已定期,莘国有位好女子。莘国有位好女子,好似天仙美少女。婚礼选定是吉日,文王亲迎渭水去。造起船来作桥梁,光辉显耀来娶妻。

上帝高高降天命,命令国王我周文,在周之地建京城。莘国女子是美人,长女太姒嫁周文,结婚之后武王生。天命保佑你武王,叫他伐纣去出征。

商纣派出军队来,旗如树林密密排。武王牧野把师誓:"我周兴盛方未艾!老天有眼看你们,一心一意争光彩!"

牧野战场宽又广,檀木兵车黄又亮,白肚战马威力强。我军太师姜子牙,好像鹰飞有力量。帮助武王成大业,大举讨伐打殷商,一朝胜利天晴朗!

203

诗经

【点评】希腊有荷马的史诗《伊利亚特》和《奥德赛》,这自然是希腊的骄傲。然而中国有没有史诗呢?德国人黑格尔曾经断言:"中国人却没有民族史诗,因为他们的观照方式基本上是散文式的,从有史以来最早的时期就已形成一种以散文形式安排的井井有条的历史实际情况,他们的宗教观点也不适宜于艺术表现,这对史诗的发展也是一个大障碍。"(《美学》第三卷)这其实乃是一种偏见。不少研究者都已经指出,我国《诗经》的《雅》《颂》中都存在着史诗作品,特别是《大雅》中的《生民》《公刘》《绵》《皇矣》《大明》五篇,如果按这样的顺序排列起来,那就简直是一部叙述母系神话时代起到武王伐纣为止这九百年间周部族的历史传说故事的史诗,有人还提出这可能是一部有意组织的大规模的史诗(陆侃如、冯沅君《中国诗史》)。这些史诗具有鲜明的民族特点:大都注重事件的始末,具有较强的纪事性,比之《伊利亚特》和《奥德赛》只叙述了十几年的故事来,《诗经》中的史诗具有广大得多的历史空间和弥足珍贵的史料价值;纪事简练传神,具有鲜明生动的形象;熔神话、歌谣和历史传说于一炉,具有高度的文学性。它们是炎黄子孙在早期创业中留下的不朽的史诗,是我国古代文化遗产中闪耀着光彩的珍宝,它将使伟大的中华民族永远引为自豪!

本篇《大明》原列《大雅》第二篇,叙述王季与太任、文王与太姒的"天作之合",以及武王伐商、代有天下的史实。作为较长的史诗来说,本诗在艺术上具有三个显著特点:一是首尾呼应,结构完整。第一章是全诗总冒,先写出皇天无亲、唯德是辅,灭商是上帝意旨,最后两章就具体写武王代天行道,大举伐纣,并取得胜利,照应开头,章法显得圆紧。二是剪裁得体,详略有当。中间在记述史实时,略去了其他历史事件,浓墨重彩地描写了王季与太任、文王与太姒的两次婚姻,在今天看来,好像有点避重就轻,其实它是完全服从第一章总冒而安排的。因为它绝不是一般地写婚姻,而是通过婚姻说明天意,突出文王、武王的"维德之行"。这种非同一般的剪裁,说明了创作时的匠心。三是场面描写,生动形象。这主要体现在最后两章对牧野之战的描写上。它从大处落墨,先写商军众多,次写武王誓师,摆出两军在洋洋牧野上决战的阵势,造成紧张的气氛;然后又具体描写两军交锋,从战车、战马写到太师姜尚,用墨不多,简练传神,给人以深刻印象,具有强烈的艺术感染力。

【集说】一章言天命无常,唯德是与。二章言王季、太任之德,以及文王。三章言文王之德。四章、五章、六章言文王、太姒之德,以及武王。七章言武王伐纣。八章言武王克商,以终首章之意。其章以六句、八句相间。(朱熹《诗集传》卷十六)

(一章)将言文武受命,故先揭出天人感通之故,以为全篇纲领。而说得赫然可畏,盖危言以惕之也。(次章至六章)皆历叙文、武生有圣德,并非偶然。盖"天作之合",故父子夫妇之间皆有盛德以相配偶,而生圣嗣。在文法,此为铺叙闲文;在诗意,此为追述要义。(七、八两章)始言伐商而有天下,以终首章之意。(八章)"清明"作收,与"明明""赫赫"相应,用字亦极不苟如是。全诗六句、八句相间成章,又是一格。(方玉润《诗经原始》卷十三)

此篇所言皆归重文王明德,次章言王季之事,末二章言武王之事,只属带叙。《笺》以首章为诗总目,而兼文、武言之,非也。《序》云"文王有明德,故天复命武王",则此诗自六章"长子维行"以上宜专说文王有德受天命之事,"笃生武王"以下始兼说天复命武王之事,依《序》立义,次第井然矣。(黄焯《毛诗郑笺平议》卷八)

《大明》与上篇《文王》,同是周人自述开国史诗之一。诗自文王父母王季太任及文王出生叙起,至武王伐纣胜利为止,重点实在武王,不在王季太任与文王太姒。(陈子展《诗经直解》卷二十三)

(管遗瑞)

绵⁽¹⁾

绵绵瓜瓞⁽²⁾,民之初生,自土沮漆⁽³⁾。古公亶父⁽⁴⁾,陶复陶穴⁽⁵⁾,未有家室⁽⁶⁾。

古公亶父,来朝走马⁽⁷⁾;率西水浒⁽⁸⁾,至于岐下。爰及姜女⁽⁹⁾,聿来胥宇⁽¹⁰⁾。

周原膴膴⁽¹¹⁾,堇荼如饴⁽¹²⁾。爰始爰谋,爰契我龟⁽¹³⁾;曰止曰时,筑室于兹。

乃慰乃止⁽¹⁴⁾,乃左乃右⁽¹⁵⁾;乃疆乃理⁽¹⁶⁾,乃宣乃亩⁽¹⁷⁾。自西徂东,周爰执事⁽¹⁸⁾。

乃召司空⁽¹⁹⁾，乃召司徒⁽²⁰⁾，俾立室家⁽²¹⁾。其绳则直，缩版以载⁽²²⁾，作庙翼翼⁽²³⁾。

捄之陾陾⁽²⁴⁾，度之薨薨⁽²⁵⁾，筑之登登⁽²⁶⁾，削屡冯冯⁽²⁷⁾。百堵皆兴，鼛鼓弗胜⁽²⁸⁾。

乃立皋门⁽²⁹⁾，皋门有伉⁽³⁰⁾。乃立应门⁽³¹⁾，应门将将⁽³²⁾。乃立冢土⁽³³⁾，戎丑攸行⁽³⁴⁾。

肆不殄厥愠⁽³⁵⁾，亦不陨厥问⁽³⁶⁾。柞棫拔矣⁽³⁷⁾，行道兑矣⁽³⁸⁾。混夷駾矣⁽³⁹⁾，维其喙矣⁽⁴⁰⁾。

虞芮质厥成⁽⁴¹⁾，文王蹶厥生⁽⁴²⁾。予曰有疏附⁽⁴³⁾，予曰有先后⁽⁴⁴⁾，予曰有奔奏⁽⁴⁵⁾，予曰有御侮。

【注释】(1)这是一首周人记述其祖先古公亶父事迹的一首史诗。原编《大雅·文王》第三篇。 (2)绵绵:连绵不断。瓞(dié):小瓜。 (3)土:借为杜,水名。沮:借为徂,到。 (4)古公:称号。亶父:名或字。文王的祖父,初居豳,后被戎狄侵略,迁居岐山之下,定国号曰周。 (5)陶:借为掏。复:借为覆,窑洞。穴:地洞。 (6)家室:房屋。 (7)来朝:次晨。走马:驰马。 (8)率:沿着。浒:水边。 (9)爰:乃。姜女:姓姜的女子,古公亶父之妻,亦称太姜。 (10)聿(yù):发语词。胥:察看。宇:居处。指建筑房屋的地址。 (11)膴膴:肥美。 (12)堇(jǐn)::一种可食的野菜,味苦。荼(tú):苦菜。饴(yí):即麦芽糖。 (13)契:刻。龟:指占卜用的龟甲。龟甲先要钻孔,然后用火烧烤,看龟甲的裂纹来判断吉凶,并在甲上刻上卜辞。 (14)慰:安居。 (15)左、右:指划定左右区域。 (16)疆:划定田地的疆界。理:整治土地。 (17)宣:垦土,松土。亩:筑田垄。 (18)周:普遍。执事:从事工作。 (19)司空:官名,掌管建筑工程。 (20)司徒:官名,掌管土地和调配劳力的官。 (21)俾:使。 (22)缩:同"束"。版:筑墙用的木板。载:同"栽",树立。 (23)庙:宗庙。翼翼:严正的样子。 (24)捄(jù):把土装进筐中。陾(réng)陾:铲土声。 (25)度(duó):投,指投土在直板内。薨(hōng)薨:填土之声。 (26)登登:捣土声。 (27)屡:古娄字,意为隆,指墙体隆起的部分。冯(píng)冯:刮土声。 (28)鼛(gāo)鼓:大鼓。 (29)皋门:郭门,外门。 (30)伉(kàng):高大。 (31)应门:正

诗骚观止

门。　(32)将(qiāng)将:庄严堂皇的样子。　(33)冢:大。冢土即大社,指祭土神的坛。　(34)戎:大。丑:众。攸:所。行:往。　(35)肆:故,所以。殄(tiǎn):消灭。厥:其,指狄人,北方的少数民族。愠(yùn):愤怒。　(36)陨:丧失。问:名声。　(37)柞:灌木名,有刺。棫(yù):丛生小木,有刺。(38)兑:通达。　(39)混(kūn)夷:古种族名,西戎之一,亦作昆夷。駾(tuì):受惊奔逃。　(40)维其:何其。喙(huì):通"瘏",体弱疲劳。　(41)虞:古国名,在今山西平陆。芮(ruì):古国名,在今陕西大荔。质:评断。成:指虞芮两国平息纠纷,互相结好。　(42)蹶:动,感动。生:通"性"。　(43)曰:助词。疏附:指能使民亲近归附之臣。　(44)先后:指辅佐之臣。　(45)奔奏:奏借为走,指奔走效力之臣。

【今译】小瓜累累连长藤,好比周民之初生,从杜迁到漆水滨。古公亶父是大王,他带领挖洞筑窑,那时房屋未修成。

古公亶父我大王,早晨催马走得忙。顺着渭水往西去,岐山之下建新邦。他与太姜夫妇俩,忙着勘察修民房。

周地平原多肥美,苦堇苦荼甜有味。大家商议作计划,钻孔烤火来卜龟。确定这里可居住,筑室建房莫相违。

于是就地来安居,左边右边划地区。丈量田界整土地,翻地松土开垄渠。从西到东多广大,周民老少都参与。

召来司空主营建,召来司徒配人员,吩咐他们造房间。绷直绳子又拉线,栽起木板筑墙垣,宗庙修起多庄严。

铲土进筐响噌噌,填土入板声不停,筑墙一片嗺嗺响,修理铲削声凭凭。百堵土墙同时筑,大鼓声响也不闻。

又把京都城门修,城门高大雄赳赳。又建宫殿大正门,正门高大真坚厚。又垒土堆作祭坛,大众祈祷把福求。

文王对狄恨未消,他的声望日日高。柞树棫树都拔尽,畅通无阻修大道。昆夷害怕赶紧溜,气短病弱望风逃。

虞芮两国平纷争,文王感化改其性。我们有人来归附,我们有臣参国政,我们有士来奔走,我们有将能制胜!

207

诗经

【点评】上古时期，一些民族由于地理环境、与周围部落关系等原因，时有迁徙。周民族在其发展史上有两次影响深远的迁徙，一次是由公刘率领的由邰到豳的迁徙，另一次即本诗叙述的由古公亶父率领的由豳到岐的迁徙，这一次迁徙对周民族的进一步发展并为其最终打败商纣、建立周朝，起了决定性的作用。本诗叙述了古公亶父从豳地迁到岐下及与姜女结婚，经营田亩，建立庙社，驱逐昆夷的经历，最后说到文王能继承其祖古公亶父的遗烈，君明臣贤，描绘了一片兴旺发达景象。这首史诗叙事很有条理，先后次序，井然不乱。其中四、五、六、七章写在岐下经营农业，以及建房筑墙、修宗庙、创大业的情景，表现了中华民族固有的勤劳智慧、英勇无畏的可贵精神，那轰轰烈烈的壮阔场面，紧张劳动的动人情景，被描绘得有声有色，使人如闻其声，如临其境，感人至深。本诗还有意识地运用了以"爰""乃""予曰"起头的排比短语，连成一种一往无前、势不可当的气势，很好地表现了周民族奋发有为的精神，全诗最后四句更体现出一种强烈的自信心，这是周民族团结奋斗、夺取胜利的重要原因。同时还较多地使用了叠字，如"绵绵""肰肰""登登""将将"等，加强了节奏感和声韵的和谐，增强了诗歌的艺术性。

【集说】此亦周公诫成王之诗。追述太王始迁岐周，以开王业，而文王因之以受天命也。此其首章，言瓜之先小后大，以比周人始生于漆沮之上，而古公之时居于窑灶土室之中，其国甚小，至文王而后大也。……（三章）言周原土地之美，虽物之苦者亦甘。于是太王始与豳人之从己者谋居之。又契龟而卜之，既得吉兆，乃告其民曰：可以止于是而筑室矣。或曰，时谓土功之时也。……（八章）言大王虽不能殄绝混夷之愠怒，亦不陨坠己之声闻。盖虽圣贤不能必人之不怒己，但不废其自修之实耳。然大王始至此岐山之时，林木深阻，人物鲜少，至于其后，生齿渐繁，归附日众，则木拔道通，混夷畏之，而奔突窜伏，维其喙息而已。言德盛而混夷自服也。盖已为文王之时矣。……（九章）言混夷既服，而虞芮来质其讼之成，于是诸侯归服者众，而文王由此动其兴起之势。是虽其德之盛，然亦由有此四臣之助而然，故各以"予曰"起之，其辞繁而不杀者，所以深叹其得人之盛也。（朱熹《诗集传》卷十六）

《绵》之诗善状古公之使民也。……当斯时也，知其道之奚以当然乎，弗知也;知其他日之有伉而将将者可以为功乎,弗知也。然而喑者若欲为之歌相杵,盲者若欲为之视绳直,躄者若欲为之巡基址,挛者若欲为之举畚筑,而况乎力能从心之丁壮哉? 此夫善用民气者乎! 善用其气,善用其情之动者也。以之劝忠,而臣乐其刀锯;以之劝廉,而士安其沟壑。筑室之下而民气生焉,周之王自斯始矣。(王夫之《诗广传》卷四)

（八章）上面叙迁岐事,历历详备,舒徐有度。至此则如骏马下坂,将近百年事数语收尽。笔力绝雄劲,绝有态,顾盼快意。(孙钅广《批评诗经》)

（七章）自次章至此,皆经营迁居立国之事。落笔乃乘势带起下章,机局乃紧,否则平散无力矣。（九章）上章咸服强敌,此章德感二君,周所以日盛而昌大也。收笔奇肆,亦饶姿态。(方玉润《诗经原始》卷十三)

"绵绵瓜瓞,民之初生,自土沮漆",居安思危,发端幽远。(王闿运《湘绮楼说诗》卷八)

（管遗瑞）

皇 矣⁽¹⁾

皇矣上帝⁽²⁾,临下有赫⁽³⁾。监观四方,求民之莫⁽⁴⁾。维此二国⁽⁵⁾,其政不获⁽⁶⁾。维彼四国⁽⁷⁾,爰究爰度⁽⁸⁾。上帝耆之⁽⁹⁾,憎其式廓⁽¹⁰⁾。乃眷西顾⁽¹¹⁾,此维与宅⁽¹²⁾。

作之屏之⁽¹³⁾,其菑其翳⁽¹⁴⁾。修之平之⁽¹⁵⁾,其灌其栵⁽¹⁶⁾。启之辟之⁽¹⁷⁾,其柽其椐⁽¹⁸⁾。攘之剔之⁽¹⁹⁾,其檿其柘⁽²⁰⁾。帝迁明德⁽²¹⁾,串夷载路⁽²²⁾。天立厥配⁽²³⁾,受命既固⁽²⁴⁾。

帝省其山⁽²⁵⁾,柞棫斯拔⁽²⁶⁾,松柏斯兑⁽²⁷⁾。帝作邦作对⁽²⁸⁾,自大伯王季⁽²⁹⁾。维此王季,因心则友⁽³⁰⁾。则友其兄,则笃其庆⁽³¹⁾,载锡之光⁽³²⁾。受禄无丧⁽³³⁾,奄有四方⁽³⁴⁾。

维此王季,帝度其心⁽³⁵⁾,貊其德音⁽³⁶⁾。其德克明⁽³⁷⁾,克明克类⁽³⁸⁾,克长克君⁽³⁹⁾。王此大邦⁽⁴⁰⁾,克顺克比⁽⁴¹⁾。

比于文王⁽⁴²⁾，其德靡悔⁽⁴³⁾。既受帝祉⁽⁴⁴⁾，施于孙子⁽⁴⁵⁾。

帝谓文王，无然畔援⁽⁴⁶⁾，无然歆羡⁽⁴⁷⁾，诞先登于岸⁽⁴⁸⁾。密人不恭⁽⁴⁹⁾，敢距大邦⁽⁵⁰⁾，侵阮徂共⁽⁵¹⁾。王赫斯怒⁽⁵²⁾，爰整其旅⁽⁵³⁾，以按徂旅⁽⁵⁴⁾。以笃周祜⁽⁵⁵⁾，以对于天下⁽⁵⁶⁾。

依其在京⁽⁵⁷⁾，侵自阮疆⁽⁵⁸⁾。陟我高冈，无矢我陵⁽⁵⁹⁾，我陵我阿；无饮我泉，我泉我池。度其鲜原⁽⁶⁰⁾，居岐之阳，在渭之将⁽⁶¹⁾。万邦之方⁽⁶²⁾，下民之王！

帝谓文王，予怀明德⁽⁶³⁾，不大声以色⁽⁶⁴⁾，不长夏以革⁽⁶⁵⁾；不识不知⁽⁶⁶⁾，顺帝之则⁽⁶⁷⁾。帝谓文王，询尔仇方⁽⁶⁸⁾，同尔兄弟⁽⁶⁹⁾；以尔钩援⁽⁷⁰⁾，与尔临冲⁽⁷¹⁾，以伐崇墉⁽⁷²⁾。

临冲闲闲⁽⁷³⁾，崇墉言言⁽⁷⁴⁾。执讯连连⁽⁷⁵⁾，攸馘安安⁽⁷⁶⁾。是类是祃⁽⁷⁷⁾，是致是附⁽⁷⁸⁾，四方以无侮。临冲茀茀⁽⁷⁹⁾，崇墉仡仡⁽⁸⁰⁾。是伐是肆⁽⁸¹⁾，是绝是忽⁽⁸²⁾，四方以无拂⁽⁸³⁾。

【注释】(1)这是周人叙述自己开国历史的史诗。原编《大雅·文王》第七篇。 (2)皇：光明伟大。 (3)有赫：即赫赫，明亮。 (4)莫：通"瘼"，疾苦。 (5)二国：指夏、商二朝。 (6)获：得。 (7)四国：指四方的诸侯国。 (8)究：谋。度：估计。 (9)耆：通"恉"，意向。 (10)憎：通"增"。式廓：规模。 (11)眷：关心。西顾：指注意西方的岐周。 (12)此：指周王。维：是。宅：居住。 (13)作：通"斫"，砍伐。屏：除。 (14)菑(zī)：直立未倒的枯木。翳：通"殪"，倒在地上的枯木。 (15)修：修剪。平：治理。

(16)灌：丛生的灌木。栵(liè)：斩而复生之树。 (17)启：开发。 (18)柽(chēng)：木名，柳的一种。椐(jū)：即灵寿木。 (19)攘：除去。剔：挑选。 (20)檿(yǎn)：即山桑。柘(zhè)：即黄桑。 (21)帝：上帝。明德：有明德之人，指太王。 (22)串夷：即昆夷，亦称犬戎。载：则。路：通"露"，失败。 (23)配：立君配天。 (24)固：巩固。 (25)省：视察。其山：指岐山。　(26)柞、棫:皆树名。　(27)兑:直。　(28)作:建立。邦:指周国。作对:简选贤德以嗣王位。　(29)大伯:太王的长子,即太伯。王季:太王的少子,即季历。太王还有次子仲雍,太伯、仲雍为使季历继承王位,都主动避往吴地。太王死后,季历继位。　(30)因:古姻字。姻心:亲热之心。

(31)笃:多、厚。庆:福。　(32)载:乃、就。锡:赐。光:荣。　(33)丧:失。　(34)奄:包括。　(35)度:法度。此用为动词,谓上帝使王季之心合于法度。　(36)貊(mò):通"漠",广大。　(37)克:能。明:指明辨是非。

(38)类:指善恶的种类。　(39)长:师长。君:君主。此句意谓堪任族长和国君。　(40)大邦:指周。　(41)比:通"俾",服从。　(42)比:到。
(43)靡:无。悔:遗恨。　(44)祉:福。　(45)施(yì):延续。　(46)畔援:专横暴虐。　(47)歆羡:羡慕。　(48)诞:发语词。岸:高岸,比喻有利地位。　(49)密:古国名,在今甘肃灵台县西。　(50)距:通"拒",抗拒。
(51)阮:古国名,在今甘肃泾川县。徂:到。共:古国名,在今甘肃泾川县北。　(52)赫怒:大怒。　(53)旅:军队。　(54)旅:通"莒",古国名。　(55)笃:巩固。祜(hù):福。　(56)对:通"遂",安。　(57)依其:依依,茂盛,强盛。　(58)侵:借为寝,指休战。　(59)矢:陈,陈兵。　(60)度:计算,计划。鲜原:小山、平地。　(61)将:旁。　(62)方:榜样。　(63)怀:趋向。明德:美德之人,指文王。　(64)以:与。色:严厉的脸色。　(65)长夏:长大。革:变革。　(66)不识不知:不知不觉。　(67)顺:遵循。则:法则。
(68)询:谋划、商议。仇方:邻国。　(69)兄弟:指同姓的诸侯国。　(70)钩:兵器,似剑而曲。援:戈上的横刃。　(71)临:从上面攻城的战车。冲:从旁边攻城的战车。　(72)崇:古国名,在今陕西西安沣水西。墉:城墙。
(73)闲闲:强盛。　(74)言言:高大。　(75)讯:俘虏。连连:接连不断。　(76)攸:所。馘(guó):被割下的敌人的左耳,用以计功。安安:从容不迫。　(77)类:通"禷",祭天。祃(mà):在出征之时祭祀。　(78)致:招致。附:通"拊",安抚。　(79)茀茀:强盛的样子。　(80)仡仡:同"屹屹",高耸的样子。　(81)肆:通"袭",攻击。　(82)忽:消灭。　(83)拂:违抗。

【今译】老天爷光明伟大,俯视人间察下地。洞观全国遍四方,了解民间疾苦事。想那夏商二朝间,民心背弃难收拾。想那商末诸侯国,谁当重任难

估计。老天爷意旨在我周,增大规模扩城池。老天爷眷顾着西方,保佑周王来住岐。

砍去坏木和杂草,枯树朽树全除掉。仔细修剪又整治,灌木根上抽新条。开辟新路垦土地,砍去柽椐扩大道。别除坏树留好木,山桑黄桑长得好。老天爷特意佑周王,犬戎败走仓皇逃。老天爷叫王当天子,政权巩固牢又牢。

老天爷察看岐山上,柞树棫树全除光,松柏挺立向太阳。老天爷建立我周国,太伯王季始草创。这个王季心肠好,亲热友爱真善良。和气对他诸兄长,厚待周国福无量,受赐王位多荣光。既得福禄不丧失,统一天下及四方。

就是这个好王季,老天爷了解他心理,使他美名远近知。他能分清是和非,区别善恶又仔细,堪称好王和老师。他在大周做国主,诸事和顺人心齐。到了文王接替他,人们爱戴更无比。接受上帝赐福禄,延续子孙有根基。

老天爷对我文王言:"不要专横和贪残。不要羡慕要自立,初登高位保平安!"密国敌人不恭顺,抗拒大周太傲慢,侵入阮共胆包天。文王于是勃然怒,整顿军队去作战,遏止敌人来进犯。我周福气得巩固,天下安定得晏然。

周京军队气势雄,班师阮国多英勇。登上高山放眼望,没人敢来再进攻,我们山陵耸国中;没人敢来饮我泉,我们泉池水淙淙。山地平原作规划,岐山之阳居人众,渭水河边欢声动。你为各国做表率,人民之王多光荣!

老天爷对我文王说:"你的美德感动我,绝不疾言和厉色,也不多变常稳妥。似乎不知又不觉,遵循天意得其所。"老天爷告诉我周王:"团结邻国多商磋,要与诸侯搞联合;用你长戈和曲剑,临车冲车也要多,去把崇国城墙破!"

临车冲车威力强,崇国城墙高又厚。俘虏捉来一串串,割下左耳计数量。出师祭天至祭师,安抚敌人来投降,谁也不敢侮周邦。临车冲车威力大,崇国城墙高又长。讨伐进攻如破竹,歼灭崇军势难挡,四方不敢再对抗。

【点评】此诗和《大明》一样,也是反映周民族自太王到文王这段历史事实的史诗,不过反映的具体内容各有侧重。本篇侧重反映的是:先述太王古公亶父开辟岐山,整治山林农田,并打退犬戎的骚扰,获得安定的局面;次述王季继承先祖德业,广有四方,国势迅速壮大,并传位给文王;最后叙述文王率军讨伐不恭顺的密国和崇国,取得胜利,周国终于成为诸侯之首,天下无敌。诗歌在叙述这三位周民族的首领时,各自突出了他们的特点:太王带领周民筚路蓝缕,以启山林,突出的是艰苦卓绝、英勇奋斗的创业精神;王季与兄长情同手足,明辨是非善恶,突出的是团结一致、以仁爱为本的精神;文王提调军旅,频频攻打密国、崇国,声势赫赫,突出的是威风凛凛、英武雄霸的开国精神。这样,在井然有序的叙述中,重点突出,统一而有变化,人物性格鲜明,形象生动,使人读后印象深刻,敬意油然而生。至于诗中贯穿始终的敬事天帝,代天行治的思想,特别是天帝多次与文王通话的描写,表现出一种神秘的宗教观念,这自然是上古时期的时代烙印,这在史诗中是普遍存在的情况。

【集说】此诗叙大王、大伯、王季之德,以及文王伐密、伐崇之事也。此其首章先言天之临下甚明,但求民之安定而已。彼夏商之政既不得矣,故求于四方之国,苟上帝之所欲致者,则增大其疆境之规模,于是乃眷然顾视西土,以此岐周之地,与大王为居宅也。(二章)言大王迁于岐周之事,盖岐周之地,本皆山林险阻,无人之境,而近于昆夷。大王居之,人物渐盛,然后渐次开辟如此。乃上帝迁此明德之君,使居其地,而昆夷远遁,天又为之立贤妃以助之。是以受命坚固,而卒成王业也。(三章)言帝省其山,而见其木拔道通,则知民之归之者益众矣,于是既作之邦,又与之贤君以嗣其业,盖自其初生大伯、王季之时而已定矣。于是大伯见王季生文王,又知天命之有在,故适吴不反。大王没而国传于王季,及文王而周道大兴也。然以大伯而避王季,则王季疑于不友,故又特言王季所以友其兄者,乃因其心之自然,而无待于勉强。既受大伯之让则益修其德,以厚周家之庆,而与其兄以让德之光,犹曰彰其知人之明,不为徒让耳。其德如是,故能受天禄而不失,至于文武而奋有四方也。(四章)言上帝制王季之心,使有尺寸、能度义,又清静其德音,使无非间之言,是以王季之德能此六者。至于文王,而其德尤无遗恨,是以既受上帝之福,而延及于子孙也。(五章)人心有所畔援,有所歆美,则溺于人欲之流,而不能以自济。文王无是二者,故独能先知先觉,以造道之极至。盖天实命之,而非人力之所及也。是以密人不恭,敢违其命,而擅兴师旅以侵阮而往至于共。则赫怒整兵,而往遏其众,以厚周家之福而答天下之心。盖亦因其可怒而怒之,初未尝有所畔援歆美也,此文王征伐之始也。(六章)言文王安然在周之京,而所整之兵既遏密人,遂从阮疆而出以侵密,所陟之冈,即为我冈,而人无敢陈兵于陵、饮水于泉,以拒我也。于是相其高

诗经

原而徙都焉,所谓程邑也,其地于汉为扶风安陵,今在京兆府咸阳县。(七章)言上帝眷念文王,而言其德之深微,不暴著其形迹,又能不作聪明,以循天理,故又命之以伐崇也。吕氏曰:此言文王德不形而功无迹,与天同体而已,虽兴兵以伐崇,莫非顺帝之则而非我也。(八章)言文王伐崇之初,缓攻徐战,告祀群神,以致附来者,而四方无不畏服。及终不服,则纵兵以灭之,而四方无不顺从也。夫始攻之缓,战之徐也,非力不足也,非示之弱也,将以致附而全之也。及其终不下而肆之也,则天诛不可以留,而罪人不可以不得故也。此所谓文王之师也。(朱熹《诗集传》卷十六)

天之有求于人而不能必得者也。先天而天或不应,后天而天或不终,吾于是而知天道。天欲静,必人安之;天欲动,必人兴之:吾于是而知人道。大哉人道乎!作对于天而有功矣。"(王夫之《诗广传》卷四)

(五章)以下叙伐密、伐崇,连用"帝谓文王"句特笔提起,是何等声灵!通篇文势皆振。后代文唯韩愈往往有此。(方玉润《诗经原始》卷十三)

长篇繁叙,规模宏阔,笔力甚驰骋纵放;然却有精语为之骨,有浓语为之色,可谓兼终始条理。此便是后世歌、行所祖。以二体论之,此尤近行。(孙矿《批评诗经》)

(管遗瑞)

生 民[(1)]

厥初生民,时维姜嫄[(2)]。生民如何?克禋克祀[(3)],以弗无子[(4)]。履帝武敏歆[(5)],攸介攸止[(6)]。载震载夙[(7)],载生载育,时维后稷。

诞弥厥月[(8)],先生如达[(9)]。不坼不副[(10)],无灾无害,以赫厥灵。上帝不宁,不康禋祀[(11)],居然生子?

诞置之隘巷[(12)],牛羊腓字之[(13)]。诞置之平林[(14)],会伐平林[(15)]。诞置之寒冰,鸟覆翼之。鸟乃去矣,后稷呱矣[(16)]。实覃实訏[(17)],厥声载路[(18)]。

诞实匍匐[(19)],克岐克嶷[(20)],以就口食[(21)]。艺之荏菽[(22)],荏菽旆旆[(23)]。禾役穟穟[(24)],麻麦幪幪[(25)],瓜瓞唪唪⁽²⁶⁾。

诞后稷之穑⁽²⁷⁾，有相之道⁽²⁸⁾。茀厥丰草⁽²⁹⁾，种之黄茂⁽³⁰⁾。实方实苞⁽³¹⁾，实种实襃⁽³²⁾，实发实秀⁽³³⁾，实坚实好⁽³⁴⁾，实颖实栗⁽³⁵⁾。即有邰家室⁽³⁶⁾。

诞降嘉种⁽³⁷⁾：维秬维秠⁽³⁸⁾，维穈维芑⁽³⁹⁾。恒之秬秠⁽⁴⁰⁾，是获是亩⁽⁴¹⁾；恒之穈芑，是任是负⁽⁴²⁾，以归肇祀⁽⁴³⁾。

诞我祀如何？或舂或揄⁽⁴⁴⁾，或簸或蹂⁽⁴⁵⁾。释之叟叟⁽⁴⁶⁾，烝之浮浮⁽⁴⁷⁾。载谋载惟⁽⁴⁸⁾，取萧祭脂⁽⁴⁹⁾。取羝以軷⁽⁵⁰⁾，载燔载烈⁽⁵¹⁾。以兴嗣岁⁽⁵²⁾。

卬盛于豆⁽⁵³⁾，于豆于登⁽⁵⁴⁾，其香始升。上帝居歆⁽⁵⁵⁾，胡臭亶时⁽⁵⁶⁾。后稷肇祀，庶无罪悔⁽⁵⁷⁾，以迄于今。

【注释】(1)这是周人追述周始祖后稷事迹的史诗。原编《大雅·生民》第一篇。　(2)时：是。姜嫄(yuán)：传说中有邰氏之女，帝喾之妃，周始祖后稷之母。姜为姓，嫄亦作原，是谥号，取本原之义。　(3)克：能。禋(yīn)祀：即野祭，先烧柴升烟，再加牲醴及玉帛于柴上焚烧，此指祀天帝。　(4)弗：祓的借字。祓是除去不祥。　(5)履：踏。帝：上帝。武：足迹。敏：通"拇"，大拇指。歆：欣喜。　(6)攸：语助词。介：神保佑。止：通"祉"，神降福。　(7)载：语助词。震：娠，即怀孕。夙：通"肃"，生活严肃。　(8)诞：发语词。弥：满。　(9)先生：头胎。达：滑利。　(10)坼：裂开。副(pì)：破裂。此句谓由于生得滑利，产门没有破裂。　(11)不康：即不安宁。履大人足迹而生子是怪异之事，姜嫄疑为不祥，这是写她心里的惴惧，心想莫非我有怠慢，上帝不安享我的禋祀吗？　(12)置：弃置。　(13)腓：庇护。字：养育，给奶吃。　(14)平林：平原上的树林。　(15)会：正好碰上。　(16)呱(gū)：小儿啼哭声。　(17)实：是。覃(tán)：长。訏(xū)：大。　(18)载：充满。　(19)匍匐：伏地爬行。　(20)岐嶷：聪慧过人。　(21)就：向。(22)艺：种植。荏菽：黄豆。　(23)旆旆：即茀茀，茂盛。　(24)役：行列。穟(suì)穟：禾穗丰硕下垂的样子。　(25)幪幪：茂密。　(26)瓞(dié)：小瓜。唪(běng)唪：多果实貌。　(27)穑：种植五谷。　(28)相：帮助。道：

方法。　(29)莠:拔除。　(30)黄茂:指嘉谷。　(31)方:谷种开始露白。苞:谷种吐芽。　(32)种:谷种生出短苗。褎(yòu):长高。　(33)发:舒发。秀:初长穗。　(34)坚、好:指颗粒饱满。　(35)颖:垂穗。栗:犹栗栗,众多。　(36)即:往。邰(tái):地名,故城在今陕西武功县西南。此句说后稷到邰地定居,相传因其佑禹有功,始封于邰。　(37)降:赐予。　(38)秬(jù):黑黍。秠(pī):一稃(米壳)二米的黑黍。　(39)穈(mén):赤苗嘉谷。芑(qǐ):一种白苗的高粱。　(40)恒:借为亘,遍,满。　(41)获:收割。亩:堆在田里。　(42)任:肩挑。　(43)肇:始。　(44)揄(yóu):从臼中将舂好的米舀出。　(45)蹂:揉搓。　(46)释:淘米。叟叟:淘米之声。　(47)烝:同"蒸"。浮浮:热气上升貌。　(48)谋:计划。维:考虑。　(49)萧:艾。脂:牛肠脂。祭祀用艾和牛肠脂合烧,取其香气。　(50)羝(dī):公羊。軷(bá):剥。　(51)燔(fán)、烈:烧烤。　(52)兴:兴旺。嗣岁:来年。　(53)卬(áng):我。　(54)豆:盛肉食器,木制。登:瓦豆。　(55)居:语助词。歆:享。(56)胡:大。臭(xiù):气味,指上文"其香始生"的香气。亶:诚,确实。时:好。(57)庶:幸。

【今译】最初生下我周人,就是姜女称作嫄。当时究竟如何生? 姜嫄正在行祭典,担心无子求告天。踏了上帝大趾印,祭毕休息心有感。从此怀孕很严肃,后来终于得生产,后稷于是到人间。

姜嫄怀孕孕期满,头胎生下无艰难。产门完好没破裂,无灾无害得平安,然而怪异也明显。岂是老天意不定,难道祭祀有怠慢,白白生个小儿男?

把他弃在窄巷里,牛羊庇护喂奶吃。打算丢在树林中,逢人砍树不便弃。于是丢在寒冰上,鸟儿保护张双翼。以后鸟儿飞走了,后稷哇哇放声啼。啼声经久又洪亮,声满道路长不止。

后稷刚刚能爬地,聪明乖巧可人意,自找食物放嘴里。稍大之后会种豆,豆苗茂盛有生机。禾穗丰硕垂下头,麻麦长得多茂密,瓜儿累累真可喜。

后稷他能种五谷,生产内行可真行。拔去荒地许多草,种上嘉谷撒均匀。谷种露白又吐芽,谷苗渐渐往上伸,拔节之后又长穗,颗粒饱满黄澄澄,禾穗垂垂获丰收。封他邰地领头人。

又把新种赐人民:秬子秠子是黍名,还有穈芑也纯正。秬子秠子遍地长,收割堆放一层层;遍地都是穈和芑,肩挑背负往回运,运完庄稼就祭神。

我们祭神如何祭?有的舂米或舀米,有的搓米簸糠皮;淘米之声嗖嗖响,蒸饭腾腾冒热气。边计划来边思考,烧起香艾和油脂;牵来公羊把皮剥,又烧又烤祭神祇,祈求来年更吉利。

我装祭品木碗里,木碗陶碗都盛些,香味马上就升起。上帝享用真高兴,菜香饭美无法比。这样祭祀后稷创,上帝保佑绝灾异,流传到今无更移。

【点评】此篇叙述周族始祖后稷诞生的神奇经历以及他在农业生产上的智慧和巨大贡献,有的研究者认为,这可能是周代史官根据神话传说加工修改而成的。上古原始社会,是一种母系氏族制,男女关系不固定,人们只知有母而不知有父。诗中说姜嫄踩着上帝足迹中的大拇指印就怀孕,于是生下了后稷,其原始材料可能是从母系氏族社会流传下来的,它曲折地反映了原始社会群婚制的某些情况。诗中还说后稷是一位种植五谷的能手,在这个人物身上体现了远古人民征服自然的愿望和实践,也在一定程度上反映出周族早期的生产面貌和我国古代农业发达的事实。从艺术上看,《大雅》中的五篇史诗,这一首最富魅力。其原因,首先,在于它把后稷出生的灵异的神话传说写得无比生动,在细节的描写上极其成功,对履迹感孕、期满降生、弃而不死等情形,一一细致写来,如历历在眼前,使神话故事本身所具有的浪漫情调,更罩上了一层绚丽迷人的色彩,十分动人。其次,把周民族早期的农业生产和祭祀也写得十分具体,其中如何下种、如何收获,怎样准备祭品、怎样上祭等,都作了具体的反映,但它又不是客观的叙述,而是以充满激情的笔墨,时而铺叙场面,时而描写人物,时而写景渲染,时而插以动作,不断变换手法而又高度统一协调,组成了一曲气势恢宏的生产、祭祀交响曲,扣人心弦。再次,诗歌也恰到好处地采用了其他篇章也采用过的排比短语,集中的如"实方实苞"五句,更多的是以"载……载……""维……维……"等形式,大多两句,插在叙述之中,散中见整,再辅之以集中的或分散的不少叠字的使用,如"莛莛"以下四对和"叟叟""浮浮"等等,读来铿锵有力,极有气魄,生动地表现出周民族初期那种欣欣向荣的强大的生命力。《生民》这篇史诗,是一首神异英雄的赞歌,是一卷古代劳动、生活的真实画图,也是中国诗歌史上最初绽放的一朵瑰丽的奇葩!

217

诗经

【集说】(首章言)姜嫄出祀郊禖，见大人迹而履其拇，遂歆歆然如有人道之感，于是即其所大所止之处而震动有娠，乃周人所由以生之始也。周公制礼，尊后稷以配天，故作此诗，以推本其始生之祥，明其受命于天，固有以异于常人也。(二章言)凡人之生，必坼副灾害其母，而首生之子尤难。今姜嫄首生后稷，如羊子之易，无坼副灾害之苦，是显其灵异也。上帝岂不宁乎？岂不康我之禋祀乎？而使我无人道而徒然生是子也？(三章言)无人道而生子，或者以为不祥，故弃之。而有此异也，于是始收而养之。(四章言)后稷能食时已有种殖之志，盖其天性然也。《史记》曰：弃为儿时，其游戏好种殖麻麦，麻麦美；及为成人，遂好耕农，尧举以为农师。(五章言)后稷之穑如此，故尧以其有功于民，封于邰，使即其母家而居之，以主姜嫄之祀，故周人亦世祀姜嫄焉。(八章)此章言其尊祖配天之祭，其香始升，而上帝已安而飨之，言应之疾也。此何但芳臭之荐，信得其时哉！盖自后稷之肇祀，则庶无罪悔而至于今矣。曾氏曰：自后稷肇祀以来，前后相承，兢兢业业，惟恐一有罪悔，获戾于天，阅数百年，而此心不易。故曰："庶无罪悔，以迄于今。"言周人世世用心如此也。(朱熹《诗集传》卷十七)

雅、颂相通，如颂《闵予小子》《访落》《敬之》《小毖》近雅，雅《生民》《笃公刘》近颂。(刘熙载《艺概·诗概》)

姜嫄为高辛氏世妃，或曰元妃，都无定解，然皆后日事。若此时，则尚未有夫也，故足怪。诗首章言受孕之奇。次言诞生之易。三言被弃而庇护者多。四言稍长即知稼穑。五言其有功农民，因以受封。六言其能降嘉种，以归肇祀。七言其祭祀之诚，并祈来年。八言周人世守其业，不敢有懈，而因以得膺天命而有天下。是皆后稷所赐，故将尊之以配天，未为过也。然非姜嫄不及此，故曰"厥初生民"，自姜嫄始。(方玉润《诗经原始》卷十三)

次第辅叙，不惟记其事，兼貌其状，描摹入纤，绝有境有态。(孙鑛《批评诗经》)

郭沫若《中国古代社会研究导论》云："黄帝以来的五帝和三王的祖先的诞生传说都是感天而生，知有母而不知有父。那正表明是一野合的杂交时代或血族群婚的母系社会。"可以推知后稷所生之时代犹有原始氏族社会母系制之不少残留。后稷之母姜嫄可能为有邰氏部落之女酋长。传说中之后稷与其相先后之"圣人"感天而生，此适表明后人不知社会之史之发展者，曲解或神幻化由上古野合杂交或血族群婚向对偶婚过渡时期之一种婚姻现象也。至传说中之姜嫄(《列女传》)好种稼穑,而教子种树桑麻,得居稷官。此正表明后稷其人其事是由母系制向父系制过渡时期之一显明之标识。后稷实为此一历史过渡时期传说中之半神半人之英雄人物也。(陈子展《诗经直解》卷二十四)

(管遗瑞)

公 刘⁽¹⁾

笃公刘⁽²⁾,匪居匪康⁽³⁾。乃场乃疆⁽⁴⁾,乃积乃仓。乃裹糇粮⁽⁵⁾,于橐于囊⁽⁶⁾。思辑用光⁽⁷⁾。弓矢斯张⁽⁸⁾,干戈戚扬⁽⁹⁾,爰方启行。

笃公刘,于胥斯原⁽¹⁰⁾。既庶既繁,既顺乃宣⁽¹¹⁾,而无永叹。陟则在巘⁽¹²⁾,复降在原⁽¹³⁾。何以舟之⁽¹⁴⁾?维玉及瑶,鞞琫容刀⁽¹⁵⁾。

笃公刘,逝彼百泉⁽¹⁶⁾,瞻彼溥原⁽¹⁷⁾;乃陟南冈,乃觏于京⁽¹⁸⁾。京师之野,于时处处⁽¹⁹⁾,于时庐旅⁽²⁰⁾,于时言言,于时语语。

笃公刘,于京斯依。跄跄济济⁽²¹⁾,俾筵俾几⁽²²⁾。既登乃依⁽²³⁾,乃造其曹⁽²⁴⁾。执豕于牢⁽²⁵⁾,酌之用匏⁽²⁶⁾。食之饮之,君之宗之⁽²⁷⁾。

笃公刘,既溥既长,既景乃冈⁽²⁸⁾,相其阴阳⁽²⁹⁾,观其流泉。其军三单⁽³⁰⁾,度其隰原⁽³¹⁾,彻田为粮⁽³²⁾。度其夕阳⁽³³⁾,豳居允荒⁽³⁴⁾。

笃公刘,于豳斯馆⁽³⁵⁾。涉渭为乱⁽³⁶⁾,取厉取锻⁽³⁷⁾。止基乃理⁽³⁸⁾,爰众爰有⁽³⁹⁾。夹其皇涧⁽⁴⁰⁾,遡其过涧⁽⁴¹⁾。止旅乃密⁽⁴²⁾,芮鞫之即⁽⁴³⁾。

【注释】(1)这是一首叙述周的祖先公刘由邰(今陕西武功县)迁豳(今陕西旬邑县西)故事的史诗。原编《大雅·生民》第六篇。 (2)笃:性情诚厚。公刘：后稷的后代，周族首领，"公"是称号，"刘"是名。 （3）匪：不。康：安乐。 （4）埸（yì）：小田界。疆：大田界。 （5）糇（hóu）粮：干粮。（6）橐（tuó）：无底口袋，两头捆扎以装东西。 （7）思：发语词。辑：团结和睦。光：光荣。 （8）斯：语助词。张：做好准备。 （9）干：盾。戚：斧。扬：大斧，亦名钺。 （10）于：在。胥：察看。斯：此。 （11）顺：民心归顺。宣：舒畅。 （12）巘（yǎn）：小山。 （13）降：下。 （14）舟：佩带。 （15）鞞（bǐng）：刀鞘上端的饰物。琫（běng）：刀鞘口的玉饰。容刀：佩刀。 （16）逝：往。百泉：泉水众多之处。 （17）溥（pǔ）：广大。 （18）觏（gòu）：看见。 （19）于时：于是。处处：居住。 （20）庐旅：二字古通用，即寄居。（21）跄（qiàng）跄：走路有节奏。济济：态度从容有威仪。 （22）俾：使。筵：铺在地上坐的席，此指登席。几（jǐ）：古时席地而坐所依的用具，也可以放置物件。 （23）依：靠。 （24）造：三家诗作告，告祭之意。曹：借为褿，指祭猪神。 （25）豕（shǐ）：猪。牢：此指猪圈。 （26）匏（páo）：葫芦，剖而为二，用作大酒器。 （27）君：当君主。宗：当族长。 （28）景：借为竟，即境。 （29）相：视察。阴：山之北。阳：山之南。 （30）单：与禅通，意为轮番代替。 （31）隰（xí）：低平的地方。 （32）彻：治，指垦荒。 （33）夕阳：山的西面。 （34）允：实在。荒：大。 （35）馆：指建筑房屋。 （36）为：而。乱：横着渡河。 （37）厉：粗硬的磨刀石，同"砺"。锻：用以捶物的大石头，又作碫。 （38）止：既。基：基础。理：治。 （39）爰：助词。众：人员众多。有：富有之意。 （40）皇涧：豳地的涧水名。 （41）遡（sù）：溯的异体字，逆水而上。过涧：涧水名。 （42）旅：寄住。密：稠密，众多。（43）芮：通"汭"，水边内凹处。鞠（jū）：水边外凸处。即：往就。

【今译】性情诚厚好公刘，不敢安居真忙碌。修治田亩理疆界，屋里屋外积粮谷。收拾干粮细包扎，袋子装得胀鼓鼓，协和人心创幸福。准备好了弓和箭，还有戈盾和钺斧，开始远征迈大步。

性情诚厚好公刘，相准这块新平原。人员迁来日益多，大家欢喜情绪安，没有谁人再长叹。登上小山察地势，平地奔走忙不闲。身上佩带啥东西？宝石美玉在腰间，刀鞘头上亮闪闪。

性情诚厚好公刘，走近道道泉水旁，再把原野来观望；接着又登南冈看，发现京邑好地方。京邑平旷原野大,于是定居安新邦;于是建房添旅舍,于是欢言心舒畅,于是笑语喜洋洋。

性情诚厚好公刘,他在京邑也安家。臣僚庄严来朝拜,陈设几筵放地下。等到宾主都坐好,先祭猪神求发达。圈中捉猪把猪宰,劈开葫芦酒杯大。大家边吃边饮酒,共推公刘来当家。

性情诚厚好公刘,开垦土地宽又长,平原看了又上山,察看南北分阴阳,弄清水源辨方向。建立三军轮番用,平坦地上住营房,垦荒为田多种粮。土地丈到西山下,豳地真个大又广。

性情诚厚好公刘,在豳又把宫室修。采石横渡渭水去,搬回厉锻全都有。定下基地治田土,居民众多广人口。皇涧两旁夹岸住,又逆过涧向上游。后来迁居日见多,水曲河边处处稠。

【点评】周民族的第一次迁徙,是从后稷的封地邰到北部的豳地,这在周民族的发展史上是一次伟大的壮举,而组织这次迁徙的就是周人无限爱戴的领袖公刘。公刘是后稷的后代,约生于夏末商初,因避夏桀而率部迁豳,在发展农业生产上做出了卓越贡献。这首史诗集中刻画了公刘的英雄形象,向人们成功地再现了一个伟大人物的风采。诗歌洋溢着强烈的感情,全诗六章,每章都以充满激情的"笃公刘"一句起头,造成一种反复咏唱、热情歌颂的气氛,表现出对公刘的高度赞美和衷心拥戴,全诗从始至终充满着难以抑制的激情,显得亲切而动人。从人物形象的具体描写上看,诗中直接描写公刘的地方很多,有写他的穿戴的("何以舟之? 维玉及瑶,鞞琫容刀"),更多的是写他如何行动。第一章写启程前的准备,第二章写初到豳地相土安民,第三章写营建都邑,第四章写宴饮臣僚,第五章写开垦田土,第六章写继续营建,每一章都紧紧扣住公刘这个人物,突出了他作为核心组织者的地位和作用,他的不知疲倦的忙碌身影,活跃在诗行之中,仿佛呼之欲出,令人敬佩。从对人物形象的烘托上看,诗歌采用宏观把握和微观表现相结合的办法,写了不少生动的环境和场面,对刻画人物形象起了重要作用。例如:第一章写迁徙准备,"弓矢斯张,干戈戚扬,爰方启行",通过对严整而又声势浩大的迁徙场面的描写,表现出公刘威武雄壮的气概;第四章写宴会,"跄跄济济,俾筵俾几""食之饮之,君之宗之",从热闹、欢乐的场面中,表现出公刘

诗经

在人们心目中的崇高威望;第三章"京师之野"五句,第六章"夹其皇涧"四句,写迁徙人员的众多和人们的安居之乐,更是绘声绘色,从这些兴奋、和乐的场面中,说明迁徙的成功,表现出公刘有远见、有魄力、敢开拓、善谋略的英雄本色。正由于此,全诗对人物形象的刻画相当成功,使得本诗成为《诗经》中的名篇之一,公刘也成为人们赞颂、景仰的不朽的伟大英雄。

【集说】公刘虽在戎狄之间,复修后稷之业,务耕种,行地宜,自漆、沮度渭,取材用,行者有资,居者有畜积,民赖其庆。百姓怀之,多徙而保归焉。周道之兴自此始,故诗人歌乐思其德。(司马迁《史记·周本纪》)

(首章)旧说召康公以成王将莅政,当戒以民事,故咏公刘之事以告之曰:厚哉公刘之于民也! 其在西戎,不敢宁居,治其田畴,实其仓廪,既富且强,于是裹其糇粮,思以辑和其民人,而光显其国家,然后以其弓矢斧钺之备,爰始启行,而迁都于豳焉,盖亦不出其封内也。(二章)言公刘至豳,欲相土以居,而带此剑佩,以上下于山原也。东莱吕氏曰:以如是之佩服而亲如是之劳苦,斯其所以为厚于民也欤?(三章)此章言营度邑居也。自下观之,则往百泉而望广原;自上观之,则陟南冈而觐于京。于是为之居室,于是庐其宾,于是言其所言,于是语其所语,无不于斯焉。(四章)此章言宫室既成而落之,既以饮食劳其群臣,而又为之君,为之宗焉。东莱吕氏曰:既飨燕而定经制,以整属其民,上则皆统于君,下则各统于宗。盖古者建国立宗,其事相须,楚执戎蛮子,而致邑立宗,以诱其遗民,即其事也。(五章)此言辨土宜以授所徙之民,定其军赋与其税法,又度山西之田以广之,而豳人之居于此亦大矣。(六章)此章又总叙其始终。言其始来未定居之时,涉渭取材,而为舟以来往;取厉取锻,而成宫室。既止基于此矣,乃疆理其田亩,则日益繁庶富足。其居有夹涧者,有溯涧者,其止居之众日以益密,乃复即芮鞫而居之,而豳地日以广矣。(朱熹《诗集传》卷十七)

通篇之文皆自"匪居匪康"来。陟冈觐京,度原彻田,以至涉渭取厉,何一非"匪居匪康"之事乎? 诗人诚善于立言哉! (崔述《东壁遗书·丰镐考信录》)

首尾六章,开国宏规,迁居琐务,无不备具。使非亲睹其事而胸有条理者,未见其如是之觌缕无遗。(方玉润《诗经原始》卷十三)

(管遗瑞)

颂

周　颂

噫　嘻⁽¹⁾

噫嘻成王⁽²⁾，既昭假尔⁽³⁾。率时农夫⁽⁴⁾，播厥百谷⁽⁵⁾。
骏发尔私⁽⁶⁾，终三十里⁽⁷⁾。亦服尔耕⁽⁸⁾，十千维耦⁽⁹⁾。

【注释】(1)这是一首歌颂成王劝农功绩的诗歌,取起首二字作为篇名。原编《周颂·臣工》第二篇。　(2)噫嘻:赞叹之声。　(3)既:已经。昭假:祭告祖宗天地。尔:通"祢",即祢宫。《孔子家语》云:"子曰:臣闻天子卜郊,则受于祖庙而作龟于祢宫,尊祖亲考也。"　(4)率时农夫:按照农时率领农民。　(5)厥:其。　(6)骏发:大力开发。尔私:指成王亲耕的土地。(7)终:达到。　(8)亦服尔耕:指众人皆佩服成王的耕种业绩。　(9)十千:万人,此是约数。惟,语助词。耦:二人并耕。

诗经

【今译】伟大啊,成王!您虔诚地祭告祖宗上天,不失农时地率领农夫,耕种土地,播种谷物。您还亲自耕种藉田,方圆三十里的农夫,都佩服您的勤政亲农。他们以您为榜样,成千上万的人两两并耕在田间。

【点评】古今学者皆认定这是一首赞美君王劝农之诗,但对这诗是赞美成王还是赞美康王,颇有争议。我同意赞美成王之说,理由是诗中仅出现成王,并未出现康王。至于有人质疑王者不能用生号祭祖,郭沫若先生指出诗为史官所写,已解决了这一疑难。这首诗的积极意义主要体现在王者劝农,亲耕示范上。确实,身教重于言教,是亘古不破的真理。

【集说】春夏祈谷于上帝也。(《诗序》)

何元子曰:“康王春祈谷也。既得卜于祢庙,因戒农官之诗。……愚以此诗章首有‘成王’‘昭假’之语,是此诗作于康王之世,乃主作龟祢宫而言。不然,周自后稷以农事开国,即欲敕农官,何不于始祖之庙举始祖为辞,而顾于成王,何取耶?”其说亦巧合,存之。(姚际恒《诗经通论》)

成王亲耕之前昭假先公先王,史官们把这事做成颂歌来助祭。(郭沫若《青铜时代·由周代农事诗论到周代社会》)

(詹杭伦)

丰　年(1)

丰年多黍多稌(2),亦有高廪(3),万亿及秭(4)。为酒为醴(5),烝畀祖妣(6),以洽百礼(7)。降福孔皆(8)。

【注释】(1)这是一首秋收之后举办祭祀庆典时唱的乐歌,是周代的作品,原编《周颂·臣工》第四篇。　(2)黍:糜子。稌:稻子。　(3)廪:粮仓。(4)秭:十万亿,一说万万亿,极言其多也。　(5)醴:甜酒、醨酒。　(6)烝:进奉。畀:给予。祖妣:男女先祖,此含社稷之神。　(7)洽:会合。百礼:牲、玉、币、帛等类祭品。　(8)孔:很、甚。皆:遍,普遍。一说通“嘉”。

【今译】丰年黍稻飘香,家家粮仓被装满。储粮多得难以计数,造成美酒佳酿。回报祖先盛德,供品祭礼周详。但愿神祈显灵,遍降洪福无殃。

【点评】春夏祈谷,秋冬报祭,是周代先民们重要的典礼。《噫嘻》是春夏祈谷之作,《丰年》则是秋冬报祭之诗,二者正是相呼应的姊妹之篇。本诗旨意本来甚为清楚明白,然而历代《诗经》学者对此诗也有两点分歧:一是此诗用于祭祖先还是祭神祇?二是此诗是用于秋祭还是冬祭?抑或是二者之祭皆用?拙见以为,这些争执在学术史上或有其价值,在今天则大多已无甚必要。因为周人的祖先如后稷已逐渐演变为神祇,而秋、冬可用"秋冬之际"一语概而言之,无从指实也不必指实这一祭典究竟是在何月何日举行。至于二时之祭皆用同一首乐歌之说,显为谬误,毋庸赘辩。

【集说】丰年,秋冬报也。(《诗序》)

报者,谓尝也,烝也。(郑玄《诗笺》)

丰年诗者,秋冬报之乐歌也。谓周公成王之时,致太平而大丰熟,秋冬尝烝报祭宗庙,诗人述其事而为此歌焉。(孔颖达《毛诗正义》)

《小序》谓"秋冬报",不言其所祭,亦是阙疑之意。郑氏谓"尝、烝"谬,盖误泥"烝畀祖妣"句也。下不云"以洽百礼"乎?且亦未有一诗而用为二时之祭者。何元子驳曰:"使当大禘之时,用享祀之礼,而告神登歌,乃首举'丰年'为辞,毋乃不类之甚,而祖妣独无恫乎"是也。苏氏以为"秋祭四方,冬祭蜡",亦揣摩之说,亦犯一诗两用之弊。《集传》曰:"此秋冬报赛田事之乐歌,盖祀田祖、先农、方社之属也。"尽举诸祭言之,盖亦杂而无主矣。何元子惩其弊,单以为"冬报八蜡",立意固是,然亦无确证。仍不若且依《序》,谓"秋冬报",以阙其所疑之为得也。王介甫主祭上帝,更非。(姚际恒《诗经通论》)

(詹杭伦)

载 芟[1]

载芟载柞[2],其耕泽泽[3]。千耦其耘[4],徂隰徂畛[5]。
侯主侯伯[6],侯亚侯旅[7]。侯彊侯以[8],有嗿其馌[9]。思

媚其妇⁽¹⁰⁾，有依其士⁽¹¹⁾。有略其耜⁽¹²⁾，俶载南亩⁽¹³⁾。播厥百谷⁽¹⁴⁾，实函斯活⁽¹⁵⁾。驿驿其达⁽¹⁶⁾，有厌其杰⁽¹⁷⁾。厌厌其苗⁽¹⁸⁾，绵绵其麃⁽¹⁹⁾。载获济济⁽²⁰⁾，有实其积⁽²¹⁾。万亿及秭⁽²²⁾，为酒为醴⁽²³⁾。烝畀祖妣⁽²⁴⁾，以洽百礼⁽²⁵⁾。有飶其香⁽²⁶⁾，邦家之光⁽²⁷⁾。有椒其馨⁽²⁸⁾，胡考之宁⁽²⁹⁾。匪且有且⁽³⁰⁾，匪今斯今⁽³¹⁾。振古如兹⁽³²⁾。

【注释】(1)这是一首庆祝丰收的乐歌。原编《周颂·闵予小子》第五篇。　(2)载：语气词。芟(shān)：割草。柞(zuò)：砍树。　(3)泽泽：通"释释"，土解貌。　(4)耦(ǒu)：二人并耕。　(5)徂(cú)：往。隰(xí)：低湿之地。畛(zhěn)：田畔。　(6)侯：语气词。主：家长。伯：长子。(7)亚：仲叔。旅：众子弟。　(8)彊：帮忙的短工。以：雇用的长工。(9)有：词头。喷(tǎn)：众人吃饭的声音。馌(yè)：给在地里干活的人送饭。　(10)思：语气词。媚：顺。　(11)依：通"殷"，盛壮貌。士：男子的美称。　(12)略：通"犂"，锋利。耜(sì)：犁头。　(13)俶(chù)：开始。载：干活儿。南亩：泛指耕地，如《豳风·七月》"馌彼南亩"。　(14)厥：其。百谷：各种谷物。　(15)实：种子。函：通"含"。　(16)驿驿：通"绎绎"，接连不断貌。达：萌生。　(17)厌：通"黡"，美好。杰：特出之苗。(18)厌厌：通"稄稄"，苗齐整貌。　(19)绵绵：茂密貌。麃(biāo)：通"穮"，禾穗。　(20)济济：人多貌。　(21)实：果实，此指粮食。积：堆积。　(22)秭：十万亿，一说万万亿，极言其多。　(23)醴：甜酒。(24)烝：进奉。畀：给予。祖妣：男女先祖。　(25)洽：会合。百礼：牲、玉、币、帛等类祭品。　(26)飶(bì)：食物之香味。　(27)邦家：国家。(28)椒：香料。馨(xīn)：香气。　(29)胡考：寿考，长寿。　(30)匪：非。且：通此。全句意谓非独此处有此稼穑之事。　(31)斯：则。全句意谓非独今时有此丰年之庆。　(32)振古：自古。

【今译】清除荒草砍去树，土地耕得软酥酥。并耕之人有上千，走向低地和田间。有家长来有大哥，还有二叔众兄弟。短工长工做帮手，饭来众人吃个够。送饭姑娘贤惠，耕田男子更强壮。犁铧磨得多锋利，开始在地里劳作。及时播下各种谷,种子含气活力足。新芽纷纷长出土,特出之苗长得粗。禾苗齐齐铺田间,谷穗密密沉甸甸。收获的人一大帮,打下粮食堆满仓。储粮多得难计数,酿成美酒和甘露。献给列祖列宗喝,各种祭品摆上桌。热气腾腾喷喷香,大宴宾客添国光。香料香气飘四方,供养老人体安康。不只此地农活忙,不只今年收成广,自古以来就这样。

【点评】历代学者解《诗经》中的农事诗,多认为是祭歌,不是用于春夏祈谷,就是用于秋冬报赛。然先民们但凡召开动员会和庆功会,皆有一定的仪式,其中祭祀先祖或神祇当是一项重要内容,但今人不必把整首诗都看成是祭歌。本诗之用途,历来有"祈谷"或"报赛"两种说法,皆难餍人意。就诗论诗,本诗主要写了耕耘劳作和丰收庆贺两大场面,最后三句是对这两大场面的概括总结,或可译作:"没有耕耘哪来收获? 没有当初怎有今天? 自古迄今都这样!"这样翻译,文献根据不足,未敢贸然采用。谨记于此,以质高明。

【集说】春籍田而祈社稷也。(《诗序》)

《载芟》诗者,春籍田而祈社稷之乐歌也。谓周公、成王太平之时,王者于春时亲耕籍田,以劝农业,又祈求社稷,使获其年丰岁稔。诗人述其丰熟之事,而为此歌焉。(孔颖达《毛诗正义》)

《小序》谓"春籍田而祈社稷",今按诗无耕籍事,亦未见有祈意也。刘公瑾谓"秋成之祭,荐新于宗庙而歌此",亦第以诗中"烝畀祖妣"一语耳。何元子谓"孟冬腊先祖、五祀",本《月令》文,以秦世事释周世诗,当乎? 否乎? 总不若(朱熹)《集传》谓"此诗未详所用",阙疑之为得也;然又曰:"然辞意与《丰年》相似,其用应亦不殊",盖以"万、亿"四句与《丰年》同,然彼简此详,亦不得执彼以例此。大抵此篇与下《良耜》相似,皆有报意,无祈意。(姚际恒《诗经通论》)

(詹杭伦)

良　耜(1)

畟畟良耜(2),俶载南亩(3)。播厥百谷,实函斯活(4)。

或来瞻女⁽⁵⁾，载筐及筥⁽⁶⁾。其馕伊黍⁽⁷⁾，其笠伊纠⁽⁸⁾。其镈斯赵⁽⁹⁾，以薅荼蓼⁽¹⁰⁾。荼蓼朽止，黍稷茂止⁽¹¹⁾。获之挃挃⁽¹²⁾，积之栗栗⁽¹³⁾。其崇如墉⁽¹⁴⁾，其比如栉⁽¹⁵⁾。以开百室⁽¹⁶⁾，百室盈止。妇子宁止⁽¹⁷⁾。杀时犉牡⁽¹⁸⁾，有捄其角⁽¹⁹⁾。以似以续⁽²⁰⁾，续古之人⁽²¹⁾。

【注释】（1）这是一首秋收报成、答谢社稷神护祐的诗。原编《周颂·闵予小子》第六篇。　（2）畟畟（cè cè）：犹言"测测"，形容犁刃之利。耜（sì）：犁铧尖。　（3）俶（chù）：始。载：通"菑"，此为初耕意。南亩：向阳之地。　（4）实：种子。函：谓种播于地以土函盖之。　（5）瞻：省。女：同"汝"。　（6）筐：方形竹器。筥（jǔ）：圆形竹器。二者皆田间送饭之具。　（7）馕（xiǎng）："饷"之别体。送食给人吃谓之饷。　（8）纠：此指系笠于颔下之绳索。　（9）镈（bó）：除草农具。赵：通"挑（zhào）"，刺，除。　（10）薅（hāo）拔草。荼蓼（tú liǎo）：陆生草和水生草。此概指杂草。　（11）黍稷：此概指水陆农作物。　（12）挃挃（zhì zhì）：形容收割之声。　（13）栗栗：多而有序的样子。　（14）墉（yōng）：城墙。　（15）比：排列。栉（zhì）：梳篦之总称。此指梳篦之齿。　（16）百室：许多粮仓。　（17）宁：闲息。　（18）犉（chún）牡：黄色而黑唇的公牛。　（19）捄（qiú）：弯曲的样子。　（20）似：通"嗣"，继承。　（21）古之人：祖先。

【今译】犁头锋利把土翻，开耕南山向阳田。适时播下作物种，覆土滋润籽活鲜。妻儿前来把你看，手中提着筐与筥。送来飘香黍米饭，头戴斗笠帽带系。锄具除草忙得欢，各种杂草抛一边。丢弃空地任腐烂，黍稷繁茂换新颜。收割之声挃挃响，谷垛堆积森成行。堆堆高大如城墙，垛垛密得如齿状。打开粮仓百十间，间间满得冒了尖。妻子儿女得休闲。杀了这头大公牛，牛角长长向上弯。祭祀社稷有传统，遵从祖先传久远。

【点评】朱子谓"颂者，美盛德之形容"，又谓雅颂作为朝廷郊庙乐歌之辞，"其语和而庄，其义宽而密"。《良耜》之报社稷，必自春种夏耘依次道来，且因秋获而及于冬藏,由始及末,铺叙而成,可谓语和庄而义宽密矣。且告成之辞,施之庙堂,其气象要以诚敬肃穆为宜,故虽铺叙"如画",却是着墨简淡;不动情,不弄巧,可谓处置得体,行文有当也。

【集说】《良耜》诗者,秋报社稷之乐歌也。谓周公、成王太平之时,年谷丰稔,以为由社稷之所祐,故于秋物既成,王者乃祭社稷之神以报生长之功,诗人述其事而作此歌焉。(孔颖达《毛诗正义》卷十九)

如画。(方玉润《诗经原始》卷十七)

李迁仲云:祈之诗,则详耕种之事。报之诗,则详收成之事。《载芟》言"以洽百礼"者,愿其年丰而百神之祀无阙也。《良耜》言"杀时犉牡",则专主社稷而言。二诗之意亦明矣。顾广誉云:子由谓"圣人为诗,道其耕耨播种之勤,而述其岁终仓廪丰实,妇人喜乐之际,以感动其意"。是固然矣。颂体简严,而于二诗特详者,兼令王者主祭隐然动其稼穑艰难之感焉。(吴闿生《诗义会通》卷四)

(杨胜宽)

酌[1]

於铄王师[2]！遵养时晦[3]。时纯熙矣[4],是用大介[5]。我龙受之[6],蹻蹻王之造[7]。载用有嗣,实维尔公允师[8]。

【注释】(1)这是一首颂美周武王酌用时宜灭商,为周王朝开国垂范的庙堂祭祀乐歌。原编《周颂·闵予小子》第八篇。 (2)於(wū):感叹词。铄(shuò):美盛的样子。 (3)遵养时晦:"遵时养晦"之意。谓善酌时宜,韬光养晦以待时机。 (4)纯:大。熙:光明。言时机成熟,形势有利。 (5)介:通"甲",谓一戎衣而社稷定也。 (6)龙:宠之借字。 (7)蹻蹻(jiǎo jiǎo):勇武的样子。造:为,此指灭商开国的功业。 (8)公:事,事业。允:信。

229

诗经

【今译】啊，强盛的王者之师，顺时养晦，绝不盲动。时机来临，形势有利，出师有成天下定。我顺从天意继承王业，灭商伟业武王所成。我是武王继承人，要忠实师法你的榜样。

【点评】周公代成王祭告武王，既盛称武王灭商之斟酌时宜，成其大业，又必明确成王继统，合天意与祖宗法，申其兢兢守成，尔公允师之旨。不如此，便不当祭告先王、辅佐幼主之意。故四句颂亡灵、四句昭生誓也。是为立言之体，古来所谓《大武》乐章，含《武》《酌》《赉》《般》《时迈》《桓》六篇，其中《武》《酌》《般》全无韵，另三篇或首不入韵，或结无韵，亦以散行为主。盖庙乐典重雍穆，全以音乐节奏渲染气氛、制造效果，歌辞之音韵效果退居其次，故往往散行而难为节文也。是为行文之体。

【集说】此亦颂武王之诗。言其初有於铄之师而不用，退自循养，与时皆晦，既纯光矣，然后一戎衣而天下大定。后人于是宠而受此骄骄然王者之功，其所以嗣之者，亦惟武王之事是师尔。

酌，即勺也。《内则》十三舞勺，即以此诗为节而舞也。然此诗与《赉》《般》，皆不用诗中字名篇，疑取乐节之名，如曰《武宿夜》云尔。（朱熹《诗集传》卷十九）

此诗虽不用诗中字，而以"酌"名篇，其所言皆颂武王能酌时宜之意，义旨极明。（方玉润《诗经原始》卷十七）

欧公云："遵养时晦，大意谓有师而不用其威。'时纯熙矣'二句，言时至而后动。'我龙受之'，言武王兴此王业，成王能宠受而承之。'载用有嗣'，谓后世能承其业。'实维尔公允师'，言武王用师，实天下之至公也。"文义明白，胜旧说多矣。（吴闿生《诗义会通》卷四）

孙𫓧云："始如处女，敌入开户；后如脱兔，敌不及拒。"（陈子展《诗经直解》卷二十八）

（杨胜宽）

鲁　颂

驷(1)

驷驷牡马(2),在坰之野(3)。薄言驷者(4):有骃有皇(5),有骊有黄(6)。以车彭彭(7)。思无疆(8),思马斯臧(9)。

驷驷牡马,在坰之野。薄言驷者:有骓有駓(10),有骍有骐(11),以车伾伾(12)。思无期,思马斯才(13)。

驷驷牡马,在坰之野。薄言驷者:有驒有骆(14),有骝有雒(15),以车绎绎(16)。思无斁(17),思马斯作(18)。

驷驷牡马,在坰之野。薄言驷者:有骃有騢(19),有驔有鱼(20),以车祛祛(21)。思无邪,思马斯徂(22)。

【注释】(1)此诗赞美僖公时牧马之盛,并借此歌颂僖公锐意育才、国家中兴的美政。原编《鲁颂》第一篇。　(2)驷驷(jiōng jiōng):马肥壮的样子。(3)坰(jiōng):遥远的郊野。　(4)薄言:语词。　(5)骃(yù):白胯的黑马。皇:黄白色的马。　(6)骊:黑马。黄:金栗色的马。　(7)彭彭:强盛有力的样子。　(8)思无疆:思虑深远无穷。　(9)臧:善,谓马优良肥美。(10)骓:苍白杂色的马。駓(pī):黄白杂色的马。　(11)骍(xīng):赤黄色的马。骐:青黑相间的马。　(12)伾伾(pī pī):有力的样子。　(13)才:材力,谓马的快慢及跑得远近。　(14)驒(tuó):青毛而杂以黑斑纹的马。骆:黑鬣的白马。　(15)骝(liú):赤身黑鬣的马。雒(luò):黑身白鬣的马。(16)绎绎:跑得很快的样子。　(17)斁(yì):厌倦。　(18)作:奋起,谓马奋蹄腾跃。　(19)骃(yīn):浅黑杂白毛的马。騢(xiá):赤白杂毛马。　(20)

231

诗经

骥(diàn):脚胫有长毛的马。鱼:两眼周围有白毛的马。　(21)祛祛(qū qū):强健的样子。　(22)徂(cú):行,谓马善走。

【今译】牧马成群肥又壮,放在青青原野上。肥壮的马儿毛色美:黑而白胯,黄白相杂,全身乌黑,金粟光滑,驾起车来顶呱呱。鲁君思谋深又远,马儿漂亮又高大。

牧马成群肥又壮,放在青青原野上。肥壮的马儿毛色美:苍白色,黄白色,赤黄色,青黑色,驾起车来跑得快。鲁君思谋久且长,良马千里骏又烈。

牧马成群肥又壮,放在青青原野上。肥壮的马儿毛色美:青毛而黑斑,色白而鬣黑,黑鬣而赤身,身黑而鬣白,驾起车来奔尘绝。鲁君思谋永不倦,马儿腾跃蹄不歇。

牧马成群肥又壮,放在青青原野上。肥壮的马儿毛色美:黑杂白,赤白间,长毛脚,白眼圈,驾起车来稳而健。鲁君思谋无邪道,前途光明能致远。

【点评】鲁马何德,见于颂咏?孔子厩焚而不问马,世以其人贵畜贱为高;此诗歌颂鲁国牧马之盛,夫子取其"思无邪"三字以总《三百篇》大旨,后世奉为不易之"一言"。盖僖公惩乱求治,思能致远,观其马政可知其概矣;故诗每章必以深谋远虑称之。僖公虽才无过人,政绩平平,然其当春秋末世国运日蹙之际,能思远虑微,向慕贤良,号为"中兴",即作者颂美之意耳。且诗大段铺张马之姿美善驾,体肥膘壮,并不将纸面意思说破,只以马群自在平静之原野一景,烘托其承平气象,亦可谓得风人之旨矣。至于每章写马而各于"德""力""精神""志向"处着意,虽不宜拘泥,其章法秩序固有在也。后世誉为"咏马诗之祖",当之无愧。

【集说】此诗言僖公牧马之盛,由其立心之远。(朱熹《诗集传》卷二十)
朱公迁云:问国君之富,数以马对。故诗人之颂美其君如此。朱祖炜云:鲁政多矣,独举考牧一事,军国之所重也。沈万钶云:孔子曰:鲁卫之政兄弟也。盖闵其衰乱之相似也。夫闵其衰乱之相似,则岂不喜其兴复之相牟乎?是故鲁之驹牧扬于《颂》,卫之駓牝褒于《风》。(王鸿绪《诗经传说汇纂》)
此诸家皆谓"颂僖公牧马之盛",愚独以为喻鲁育贤之众,盖借马以比贤人君子耳。其为颂鲁何公不可知，但观每章"思无疆""思无期""思无斁""思无邪"句，必非呆咏马者。上四思字当属马言，下四思字乃属牧人言。意谓德之良者，其智虑必深广而无穷也；才之长者，其干济必因应而无方也；神之王者，其举动必振兴而无厌也；心之正者，其品行必端向而无曲也。此虽驷马歌，实一篇贤才颂耳。不然，牧马纵盛，何关大政，而必为之颂，且居一国颂声之首邪？窃意伯禽初封，人材必众，故诗人假牧马以颂育贤，为一国开基盛事。其后东山、泗水间果多英贤，甲于列邦。编《诗》者追溯其原，实由于是，故以此篇冠《鲁颂》之首，未必无所取意。其奈诸儒说《诗》，专以马论马，致滋多疑。或谓"颂僖公"，或谓"美伯禽"，都无所考，焉有定论？颂体本告成功，用之郊庙；此独虚颂马德，以喻贤才，于朝庙无所用之，故又为《颂》中变体，已开后世《天马歌》《白马篇》等诗之先，故又不可不存，以备《颂》中一体也。（方玉润《诗经原始》卷十八）

旧评：诗本美僖公之善思，止举一马政以验之耳。每章上思字所包甚广，善思是主，思马是宾，每一篇铺张文字，都是极空灵文字。（吴闿生《诗义会通》卷四）

（杨胜宽）

商　颂

玄　鸟(1)

天命玄鸟(2)，降而生商(3)，宅殷土芒芒(4)。古帝命武汤(5)，正域彼四方(6)。方命厥后，奄有九有(7)。商之先后，受命不殆(8)，在武丁孙子(9)。武丁孙子，武王靡不胜。龙旂十乘(10)，大糦是承(11)。邦畿千里(12)，维民所止，肇域彼

四海⁽¹³⁾。四海来假⁽¹⁴⁾，来假祈祈⁽¹⁵⁾。景员维河⁽¹⁶⁾，殷受
命咸宜，百禄是何⁽¹⁷⁾。

【注释】(1)这是殷商后代颂扬高宗武丁、缅怀往昔盛世的诗歌。原编
《商颂》第三篇。　(2)玄鸟：燕子。　(3)降而生商：传说，商之始祖契
(xiè)是其母简狄吞食玄鸟卵受孕所生。　(4)宅：居。殷土：商人初居商
(今河南商丘)。芒芒：今通作"茫茫"，广大无边际的样子。　(5)古帝：上
帝，天帝。武汤：武王成汤，商代的开国君王。　(6)正：通"征"。域：封疆。
谓征服四方成为商的封域。　(7)奄有：尽有。九有：九域、九州。　(8)殆：
通"怠"。　(9)武丁孙子：即"孙子武丁"之意。　(10)龙旂(qí)：绘饰交龙
的旗帜。　(11)糦(chì)：祭祀所用的黍稷稻粱之属。承：奉。　(12)邦畿：
商王直接统理的疆域。　(13)肇域彼四方：犹前之"正域彼四方"，谓征服四
海以开拓疆域也。　(14)假(gé)：同"格"，至也。　(15)祈祈：众多的样
子。　(16)景员：犹言"幅员"。　(17)何：通"荷"，承受。

【今译】天意安排玄鸟，简狄吞卵而生商祖，居住茫茫殷土。天帝授命成
汤，征服四方疆域。遍告各路诸侯，九州入商版图。商之列祖列宗，敬承天
命不怠，武丁不改前武。武丁不愧贤孙，四方上下咸服。十乘龙旗飞舞，献
上黍稷稻谷。封疆辽阔千里，人民居得其所，四海莫不归属。诸侯纷纷来
朝，会聚王国上都。江河幅员广大，殷受天命咸宜，承受吉祥百禄。

【点评】天命玄鸟降卵、简狄吞之而有孕，遂生契，其说荒诞乎？可谓荒
诞之至矣。成汤开国、盘庚迁都、武丁得傅说而相之、国家大治，殷代信史，
其可不信乎？史迹昭彰不可不信矣。诗杂荒诞神话与真实历史为一体，真
幻相间，兼奇秀与典雅而有之，其唯《生民》与《玄鸟》乎！读此诗者，或见其
中之图腾时代遗迹，放言华夏文化之"其来有自"；或以其保存远古史料之
"史诗"价值愈觉弥足珍贵；亦或称美其庄重而不滞，隽永而不朽之艺术魅
力，至推为三"颂"压卷。仁智之见，各有会心，统而观之，确是杰作。

【集说】诗骨奇秀，神气浑穆，而意亦复隽永，实为三《颂》压卷。《周诗》

所不能及，况在《鲁颂》？

意本寻常，造语奇特。遂使小儒咋舌，惊为怪事，创为无稽妄谈。皆不知诗人"语不惊人死不休"之过也。（方玉润《诗经原始》卷十八）

今读是诗，觉其具有史诗性质。诗中人物为半神半人之英雄人物，所叙史事亦杂有神话传说之成分。《列女传》云："契母简狄者，有娀氏之长女也。当尧之时，与其妹娣浴于玄邱之水，有玄鸟含卵过而坠之，五色甚好。简狄与其妹娣竞往取之。简狄得而含之，误而吞之，遂生契焉。"总之，《玄鸟》一诗当与《生民》一诗同读。不妨同视为商周时代奴隶社会奴隶主贵族自道其先祖开国之史诗。（陈子展《诗经直解》卷三十）

诗写商之始祖诞生，具有神话色彩；又写成汤、武丁建国及拓疆情况，具有历史意义。（金启华《诗经全译》）

（杨胜宽）

诗经

楚辞

屈原

屈原(前341？—前282？)，名平，字原，战国时楚人。为楚王同姓贵族。史称其博闻强记，明于治乱，娴于辞令。楚怀王时任左徒、三闾大夫等职。对内同楚怀王商议国事，发布命令；对外接待宾客，应对诸侯，颇得怀王信任。主张修明法度，改革政治，联合齐国，抗击暴秦。后为怀王稚子子兰及同僚上官大夫所谗。怀王昏庸不察，疏远了屈原。顷襄王继位，他又为令尹子兰所忌，被放逐江南。其后长期流寓沅湘一带，行吟泽畔，忧虑国事，创作了不少优秀诗篇。后因楚国政治日益腐败，郢都被秦兵攻破，自身无力挽救祖国于危亡，更无法实现政治理想，于是自沉汨罗江，以身殉国。屈原作品现存于西汉刘向辑集的《楚辞》中者，共计25篇。这些辞赋大量运用神话材料，想象奇特，词采瑰丽，是我国古代浪漫主义诗歌的典范，对后世文学发展有深远影响。

离　骚

离　骚⁽¹⁾

　　帝高阳之苗裔兮，朕皇考曰伯庸⁽²⁾。摄提贞于孟陬兮⁽³⁾，惟庚寅吾以降⁽⁴⁾。皇览揆余初度兮⁽⁵⁾，肇锡余以嘉名⁽⁶⁾。名余曰正则兮，字余曰灵均。纷吾既有此内美兮⁽⁷⁾，又重之以修能⁽⁸⁾。扈江离与辟芷兮⁽⁹⁾，纫秋兰以为佩。汨余若将不及兮⁽¹⁰⁾，恐年岁之不吾与。朝搴阰之木兰兮⁽¹¹⁾，夕揽洲之宿莽⁽¹²⁾。日月忽其不淹兮⁽¹³⁾，春与秋其代序。惟草木之零落兮⁽¹⁴⁾，恐美人之迟暮。不抚壮而弃秽兮⁽¹⁵⁾，何不改乎此度⁽¹⁶⁾？乘骐骥以驰骋兮，来吾道夫先路⁽¹⁷⁾！

　　昔三后之纯粹兮⁽¹⁸⁾，固众芳之所在⁽¹⁹⁾。杂申椒与菌桂兮，岂维纫夫蕙茝？彼尧舜之耿介兮⁽²⁰⁾，既遵道而得路。何桀纣之猖披兮⁽²¹⁾，夫唯捷径以窘步！惟夫党人之偷乐兮⁽²²⁾，路幽昧以险隘。岂余身之惮殃兮，恐皇舆之败绩⁽²³⁾。忽奔走以先后兮，及前王之踵武⁽²⁴⁾。荃不察余之中情兮⁽²⁵⁾，反信谗而齌怒⁽²⁶⁾。余固知謇謇之为患兮，忍而不能舍也。指九天以为正兮⁽²⁷⁾，夫唯灵修之故也⁽²⁸⁾。曰黄昏以为期兮，羌中道而改路。初既与余成言兮，后悔遁而有他。余既不难夫离别兮⁽²⁹⁾，伤灵修之数化⁽³⁰⁾。

　　余既滋兰之九畹兮⁽³¹⁾，又树蕙之百亩。畦留夷与揭车兮⁽³²⁾，杂杜衡与芳芷。冀枝叶之峻茂兮，愿俟时乎吾将刈⁽³³⁾。虽萎绝其亦何伤兮⁽³⁴⁾，哀众芳之芜秽⁽³⁵⁾。众皆竞进以贪婪兮⁽³⁶⁾，凭不厌乎求索⁽³⁷⁾。羌内恕己以量人兮⁽³⁸⁾，各兴心而嫉妒。忽驰骛以追逐兮⁽³⁹⁾，非余心之所急。老冉冉其将至兮⁽⁴⁰⁾，恐修名之不立⁽⁴¹⁾。朝饮木兰之坠露兮，夕餐秋菊之落英。苟余情其信姱以练要兮⁽⁴²⁾，长顑颔亦何伤⁽⁴³⁾？揽木根以结茝兮，贯薜荔之落蕊⁽⁴⁴⁾。矫菌桂以纫兰兮⁽⁴⁵⁾，索胡绳之纚纚。謇吾法夫前修兮⁽⁴⁶⁾，非世俗之所服⁽⁴⁷⁾。虽不周于今之人兮⁽⁴⁸⁾，愿依彭咸之遗则⁽⁴⁹⁾。

长太息以掩涕兮⁽⁵⁰⁾，哀民生之多艰。余虽好修姱以鞿羁兮⁽⁵¹⁾，謇朝谇而夕替⁽⁵²⁾。既替余以蕙纕兮⁽⁵³⁾，又申之以揽茝。亦余心之所善兮，虽九死其犹未悔。怨灵修之浩荡兮⁽⁵⁴⁾，终不察夫民心。众女嫉余之蛾眉兮⁽⁵⁵⁾，谣诼谓余以善淫⁽⁵⁶⁾。固时俗之工巧兮，偭规矩而改错⁽⁵⁷⁾。背绳墨以追曲兮，竞周容以为度⁽⁵⁸⁾。忳郁邑余侘傺兮⁽⁵⁹⁾，吾独穷困乎此时也！宁溘死以流亡兮⁽⁶⁰⁾，余不忍为此态也！鸷鸟之不群兮，自前世而固然。何方圆之能周兮，夫孰异道而相安？屈心而抑志兮，忍尤而攘诟⁽⁶¹⁾。伏清白以死直兮，固前圣之所厚。

悔相道之不察兮⁽⁶²⁾，延伫乎吾将反⁽⁶³⁾。回朕车以复路兮，及行迷之未远。步余马于兰皋兮⁽⁶⁴⁾，驰椒丘且焉止息。进不入以离尤兮⁽⁶⁵⁾，退将复修吾初服。制芰荷以为衣兮，集芙蓉以为裳。不吾知其亦已兮，苟余情其信芳。高余冠之岌岌兮⁽⁶⁶⁾，长余佩之陆离⁽⁶⁷⁾。芳与泽其杂糅兮⁽⁶⁸⁾，唯昭质其犹未亏。忽反顾以游目兮，将往观乎四荒⁽⁶⁹⁾。佩缤纷其繁饰兮，芳菲菲其弥章⁽⁷⁰⁾。民生各有所乐兮，余独好修以为常。虽体解吾犹未变兮⁽⁷¹⁾，岂余心之可惩⁽⁷²⁾！

女嬃之婵媛兮⁽⁷³⁾，申申其詈予⁽⁷⁴⁾。曰"鲧婞直以亡身兮⁽⁷⁵⁾，终然殀乎羽之野。汝何博謇而好修兮，纷独有此姱节？薋菉葹以盈室兮⁽⁷⁶⁾，判独离而不服⁽⁷⁷⁾。众不可户说兮，孰云察余之中情？世并举而好朋兮，夫何茕独而不予听⁽⁷⁸⁾！"

依前圣以节中兮⁽⁷⁹⁾，喟凭心而历兹⁽⁸⁰⁾。济沅湘以南征兮，就重华而陈词⁽⁸¹⁾。启《九辩》与《九歌》兮⁽⁸²⁾，夏康娱以自纵。不顾难以图后兮，五子用失乎家巷⁽⁸³⁾。羿淫游以佚畋兮⁽⁸⁴⁾，又好射夫封狐⁽⁸⁵⁾。固乱流其鲜终兮，浞又贪夫厥家⁽⁸⁶⁾。浇身被服强圉兮⁽⁸⁷⁾，纵欲而不忍。日康娱而自忘兮，厥首用夫颠陨⁽⁸⁸⁾。夏桀之常违兮，乃遂焉而逢殃⁽⁸⁹⁾。后辛之菹醢兮⁽⁹⁰⁾，殷宗用而不长。汤禹俨而祗敬兮⁽⁹¹⁾，周论道而莫差。举贤而授能兮，循绳墨而不颇。皇天无私阿兮⁽⁹²⁾，览民德焉错辅。夫维圣哲以茂行兮，苟得用此下土⁽⁹³⁾。瞻前而顾后兮，相观民之计极⁽⁹⁴⁾。夫孰非义而可用兮，孰非善而可服？阽余身而危死兮⁽⁹⁵⁾，览余初其犹未悔。不量凿而正枘兮⁽⁹⁶⁾，固前修以菹醢。曾歔欷余郁邑兮⁽⁹⁷⁾，哀朕时之不当。揽茹蕙以掩涕兮⁽⁹⁸⁾，沾余襟之浪浪。

跪敷衽以陈辞兮⁽⁹⁹⁾，耿吾既得此中正⁽¹⁰⁰⁾。驷玉虬以乘鹥兮⁽¹⁰¹⁾，溘埃风余上征。朝发轫于苍梧兮⁽¹⁰²⁾，夕余至乎县圃⁽¹⁰³⁾。欲少留此灵琐兮⁽¹⁰⁴⁾，日忽忽其将暮。吾令羲和弭节兮⁽¹⁰⁵⁾，望崦嵫而勿迫⁽¹⁰⁶⁾。路曼曼其修远兮，吾将上下而求索。饮余马于咸池兮⁽¹⁰⁷⁾，总余辔乎扶桑⁽¹⁰⁸⁾。折若木以拂日兮⁽¹⁰⁹⁾，聊逍遥以相羊⁽¹¹⁰⁾。前望舒使先驱兮⁽¹¹¹⁾，后飞廉使奔属⁽¹¹²⁾。鸾皇为余先戒兮⁽¹¹³⁾，雷师告余以未具。吾令凤鸟飞腾兮，继之以日夜。飘风屯其相离兮⁽¹¹⁴⁾，帅云霓而来御。纷总总其离合兮⁽¹¹⁵⁾，斑陆离其上下。吾令帝阍开关兮⁽¹¹⁶⁾，倚阊阖而望予⁽¹¹⁷⁾。时暧暧其将罢兮，结幽兰而延伫。世溷浊而不分兮⁽¹¹⁸⁾，好蔽美而嫉妒。

朝吾将济于白水兮⁽¹¹⁹⁾，登阆风而绁马⁽¹²⁰⁾。忽反顾以流涕兮，哀高丘之无女。溘吾游此春宫兮⁽¹²¹⁾，折琼枝以继佩。及荣华之未落兮，相下女之可诒⁽¹²²⁾。吾令丰隆乘云兮⁽¹²³⁾，求宓妃之所在⁽¹²⁴⁾。解佩纕以结言兮，吾令蹇修以为理⁽¹²⁵⁾。纷总总其离合兮，忽纬繣其难迁⁽¹²⁶⁾，夕归次于穷石兮⁽¹²⁷⁾，朝濯发乎洧盘⁽¹²⁸⁾。保厥美以骄傲兮⁽¹²⁹⁾，日康娱以淫游。虽信美而无礼兮，来违弃而改求。览相观于四极兮，周流乎天余乃下⁽¹³⁰⁾。望瑶台之偃蹇兮⁽¹³¹⁾，见有娀之佚女⁽¹³²⁾。吾令鸩为媒兮，鸩告余以不好。雄鸠之鸣逝兮，余犹恶其佻巧。心犹豫而狐疑兮，欲自适而不可。凤凰既受诒兮，恐高辛之先我⁽¹³³⁾。欲远集而无所止兮，聊浮游以逍遥。及少康之未家兮⁽¹³⁴⁾，留有虞之二姚。理弱而媒拙兮，恐导言之不固⁽¹³⁵⁾。世溷浊而嫉贤兮，好蔽美而称恶。闺中既已邃远兮，哲王又不寤。怀朕情而不发兮，余焉能忍与此终古！

索藑茅以筳篿兮⁽¹³⁶⁾，命灵氛为余占之⁽¹³⁷⁾。曰：两美其必合兮，孰信修而慕之？思九州之博大兮，岂惟是其有女？曰：勉远逝而无狐疑兮，孰求美而释女？何所独无芳草兮，尔何怀乎故宇？世幽昧以眩曜兮⁽¹³⁸⁾，孰云察余之善恶？民好恶其不同兮，惟此党人其独异。户服艾以盈要兮⁽¹³⁹⁾，谓幽兰其不可佩。览察草木其犹未得兮，岂珵美之能当⁽¹⁴⁰⁾？苏粪壤以充帏兮⁽¹⁴¹⁾，谓申椒其不芳。

欲从灵氛之吉占兮，心犹豫而狐疑。巫咸将夕降兮⁽¹⁴²⁾，怀椒糈而要之⁽¹⁴³⁾。百神翳其备降兮⁽¹⁴⁴⁾，九疑缤

243

楚辞

其并迎。皇剡剡其扬灵兮⁽¹⁴⁵⁾，告余以吉故。曰：勉升降以上下兮，求榘矱之所同。汤禹严而求合兮，挚咎繇而能调⁽¹⁴⁶⁾。苟中情其好修兮，又何必用夫行媒？说操筑于傅岩兮⁽¹⁴⁷⁾，武丁用而不疑⁽¹⁴⁸⁾。吕望之鼓刀兮⁽¹⁴⁹⁾，遭周文而得举。宁戚之讴歌兮⁽¹⁵⁰⁾，齐桓闻以该辅⁽¹⁵¹⁾。及年岁之未晏兮⁽¹⁵²⁾，时亦犹其未央⁽¹⁵³⁾。恐鹈鴂之先鸣兮⁽¹⁵⁴⁾，使夫百草为之不芳。何琼佩之偃蹇兮，众薆然而蔽之⁽¹⁵⁵⁾。惟此党人之不谅兮⁽¹⁵⁶⁾，恐嫉妒而折之。

时缤纷其变易兮，又何可以淹留？兰芷变而不芳兮，荃蕙化而为茅。何昔日之芳草兮，今直为此萧艾也！岂其有他故兮，莫好修之害也。余以兰为可恃兮，羌无实而容长⁽¹⁵⁷⁾。委厥美以从俗兮，苟得列乎众芳。椒专佞以慢慆兮⁽¹⁵⁸⁾，樧又欲充夫佩帏⁽¹⁵⁹⁾。既干进而务入兮⁽¹⁶⁰⁾，又何芳之能祗？固时俗之流从兮，又孰能无变化？览椒兰其若兹兮，又况揭车与江离。惟兹佩之可贵兮，委厥美而历兹。芳菲菲而难亏兮，芬至今犹未沫⁽¹⁶¹⁾。和调度以自娱兮，聊浮游而求女。及余饰之方壮兮，周流观乎上下。

灵氛既告余以吉占兮，历吉日乎吾将行⁽¹⁶²⁾。折琼枝以为羞兮，精琼爢以为粻⁽¹⁶³⁾。为余驾飞龙兮，杂瑶象以为车⁽¹⁶⁴⁾。何离心之可同兮，吾将远逝以自疏。邅吾道夫昆仑兮⁽¹⁶⁵⁾，路修远以周流。扬云霓之晻蔼兮⁽¹⁶⁶⁾，鸣玉鸾之啾啾。朝发轫于天津兮，夕余至乎西极。凤凰翼其承旂兮，高翱翔之翼翼⁽¹⁶⁷⁾。忽吾行此流沙兮⁽¹⁶⁸⁾，遵赤水而容与⁽¹⁶⁹⁾。麾蛟龙使梁津兮，诏西皇使涉予⁽¹⁷⁰⁾。路修远以多艰兮，腾众车使径待⁽¹⁷¹⁾。路不周以左转兮⁽¹⁷²⁾，指西海以为期⁽¹⁷³⁾。屯余车其千乘兮，齐玉轪而并驰⁽¹⁷⁴⁾。驾八龙之婉婉兮⁽¹⁷⁵⁾，载云旗之委蛇⁽¹⁷⁶⁾。抑志而弭节兮，神高驰之邈邈。奏《九歌》而舞《韶》兮⁽¹⁷⁷⁾，聊假日以愉乐⁽¹⁷⁸⁾。陟升皇之赫戏兮⁽¹⁷⁹⁾，忽临睨夫旧乡⁽¹⁸⁰⁾。仆夫悲余马怀兮，蜷局顾而不行⁽¹⁸¹⁾。

乱曰：已矣哉！国无人莫我知兮，又何怀乎故都！既莫足与为美政兮，吾将从彭咸之所居！

【注释】(1)《离骚》是一篇政治抒情诗，是我国古典文学中最长的抒情诗。"离骚"的含义，司马迁说是"离忧"（《山鬼》即有"思公子兮徒离忧"），班固解为罹忧，王逸解为别愁，大致上相近。近人有提出"离骚"可能是楚歌名，即《大招》所谓"劳商"，其意为"牢骚"，这也曾得到不少专家的同意。此外的异说还不少。其次是写作年代，司马迁《报任安书》说"屈原放逐，乃赋离骚"，汉人无异辞，但《史记·屈原列传》又系于"（怀）王怒而疏屈平"之后。今人或认为作于见疏于怀王时；或认为作于见放于顷襄王时；或认为屈原实际是两次被流放，《离骚》当作于初次见放即被怀王流放之后。　(2)高阳：古帝颛顼的称号。相传楚君为颛顼的后代。屈原的祖先屈瑕是楚武王熊通的儿子，受封于屈邑，因此以屈为氏。故作者追本溯源，以高阳后裔自命。朕：我。秦始皇以前人所通用的第一人称代词。皇：大。考：对亡父的尊称。

(3)摄提：即"摄提格"，古代纪年术语，相当于寅年。贞：正。孟陬(zōu)：夏历正月，即寅月。　(4)庚寅：庚寅日。降：降生。以上两句自叙生于寅年寅月寅日。　(5)皇：皇考。览：观察。揆：估量。初度：初生的情形。　(6)肇：始。锡：赐。　(7)纷：盛多貌。楚辞句例，常以一字或三字的状语置于句首。　(8)重(chóng)：加上。修能：美好的容态。一说优秀的才能。(9)扈：披。江离：香草，又名蘼芜。辟：僻。芷：香草，即白芷。　(10)汩(gǔ)：水流迅疾貌。　(11)搴(qiān)：拔取。阰(pí)：山坡。　(12)宿莽：冬生不枯的草。　(13)淹：久留。　(14)惟：想。　(15)抚：持。壮：壮年。秽：恶行。　(16)度：行为准则。　(17)来：呼告之辞。道：导。　(18)三后：古代的三位贤君，一说指禹、汤、文王，一说指楚先君熊绎、若敖、蚡冒。

(19)众芳：喻指贤臣。总揽以下申椒、菌桂、蕙、芷等香物。　(20)耿介：光明正大。　(21)猖披：猖狂放肆。　(22)党人：结党营私者，指怀王周围的一群小人。　(23)皇舆：君王的车乘，喻指国家。　(24)踵武：追随足迹。(25)荃(quán)：香草，石菖蒲，喻君王。　(26)齌(jì)怒：暴怒。　(27)

謇(jiàn)謇:忠直进言貌。正:证。 (28)灵修:指楚王。一本此句下有"曰黄昏以为期兮,羌中道而改路"两句,乃《九章·抽思》相似文句窜入,依洪兴祖《楚辞补注》校删。 (29)难:为难。 (30)数(shuò)化:屡次变化。

(31)滋:种植。畹(wǎn):土地面积单位,大于亩。 (32)畦(qí):按垄种植。留夷、揭车:与下句的杜衡、芳芷皆香草名,以喻各种人才。 (33)俟:待。刈(yì):收割,收获。 (34)萎绝:枯萎零落。 (35)芜秽:荒秽堕落。

(36)竞进:争相钻营。 (37)凭:满,楚地方言。 (38)羌:发语辞。 (39)驰骛(wù):狂奔乱跑。 (40)冉冉:渐渐。 (41)修名:美名。 (42)信:确实。姱:美好。练要:精诚专一。 (43)顑颔(kǎn hàn):面黄肌瘦貌。 (44)薜荔:蔓生香木。 (45)矫:举。 (46)索:编绳。纚纚:相连属貌。謇:发语辞。前修:前贤。 (47)服:指前文之服食,服饰。 (48)不周:不合。 (49)彭咸:据王逸说是殷代贤臣,谏君不听,投水而死。 (50)太息:叹息。掩涕:掩泣。 (51)靰(jī)羁:缰绳与络头,喻约束。 (52)谇(suì):责骂。替:废弃。 (53)纕(xiāng):佩带。 (54)浩荡:糊涂。

(55)众女:指众小人。 (56)诼(zhuó):诬谤。 (57)偭(miǎn):违背。错:措,措施。 (58)周容:苟合取容。 (59)忳(tún):忧貌。郁邑:郁抑。侘傺(chà chì):失意貌,楚地方言。 (60)溘(kè):忽然。 (61)攘(rǎng):取。 (62)相:观看。察:明。 (63)延伫:长久站立。反:返。 (64)皋:近水高地。 (65)离:罹,遭。 (66)岌岌:高耸貌。 (67)陆离:曼长貌。 (68)泽:污垢。 (69)四荒:四方边际。 (70)菲菲:芳气很盛貌。章:彰。 (71)体解:肢解,一种酷刑。 (72)惩:惩戒制止。 (73)女媭(xū):旧说为屈原之姊。郭沫若疑为屈原侍女。婵媛(chán yuán):牵持不舍貌,一说恳急而喘息貌。 (74)申申:反复地。詈(lì):骂,责。

(75)鲧(gǔn):与"鲧"同,禹之父,《史记·夏本纪》载尧使鲧治水,九年不成,被舜放逐羽山而死。下句本此。 (76)薋(zī):草多貌。菉(lù)葹(shī):两种恶草,喻谗佞小人。 (77)判:与众不同。 (78)茕(qióng)独:孤独。 (79)节中:折中。 (80)凭:愤懑。历兹:至此。 (81)重华:舜名。 (82)启:禹之子。九辩、九歌:乐章名,传说是启从上帝处窃取。 (83)五子:即武观,启之子(一说启之弟)。失:衍文当删。家巷:内讧。 (84)羿(yì):后羿,夏代有穷国君。佚畋(tián):放纵打猎。 (85)封狐:大狐。　　(86)浞(zhuó):寒浞,羿之相,他指使羿的家臣逢蒙杀羿。　　(87)浇:过浇,浞之子,为少康所杀。强圉(yǔ):强御。　　(88)颠陨:坠落。(89)遂焉:终于。　　(90)后辛:即殷纣王。菹(zū)醢(hǎi):剁成肉酱,一种酷刑。　　(91)俨:小心。祇(zhī):敬。　　(92)私阿:偏袒。　　(93)用:享。(94)计极:根本打算。　　(95)阽(diàn):临近危难。　　(96)凿:安榫的孔。枘(ruì):榫头。　　(97)曾:增。歔欷:哀泣声。　　(98)茹:柔软。(99)敷:铺。衽:衣的前襟。　　(100)中正:指正道。　　(101)虬(qiú):龙属。鹥(yī):凤属。　　(102)轫(rèn):制动车轮的木块。发轫即出发。苍梧:九嶷山,舜葬身地。　　(103)县圃:悬圃,神话传说地名,在昆仑山上。(104)琐(suǒ):门上花纹。灵琐:犹言仙府。　　(105)羲和:神话中太阳的御者。弭节:停车。　　(106)崦嵫(yān zī):神话中太阳归宿的山。　　(107)咸池:神话中太阳沐浴的天池。　　(108)总:拴。扶桑:神话中东方日出处的树名。　　(109)若木:神话中西方树名。　　(110)相羊:徜徉。　　(111)望舒:神话中的月御。　　(112)飞廉:风神。　　(113)先戒:预先戒备。(114)屯:聚。离:罹,逢。　　(115)纷总总:纷然杂聚貌。　　(116)阍:守门者。关:门栓。　　(117)阊阖:天门。　　(118)溷(hùn)浊:混浊。　　(119)白水:神话中发源于昆仑的水名。　　(120)阆(làng):神话中山名,在昆仑山。缲(xiè)马:系马。　　(121)春宫:神话中东方青帝之宫。　　(122)诒:贻。(123)丰隆:云神。　　(124)宓(fú)妃:洛神,传说为伏羲之女。　　(125)蹇修:旧说伏羲之臣。理:提亲的使臣。　　(126)纬缅(wěi huà):乖戾。难迁:难以迁就。　　(127)穷石:神话中山名。　　(128)洧(wěi)盘:神话中水名。

(129)厥:其。　　(130)周流:遍行。　　(131)偃蹇:高貌。　　(132)有娀(sōng):古代国名。佚女:美女。传说有娀氏美女简狄,为帝喾(kù)妃,生契,为商朝始祖。　　(133)高辛:帝喾称号。传说他以凤凰(玄鸟)为媒,求得简狄。　　(134)少康:夏代中兴之主,曾流亡有虞国,娶了国君的两个女儿,即下文"有虞之二姚"。　　(135)导言:撮合之言。　　(136)筻(qióng)茅:占卜用的茅草。筳、篿(zhuān):占卦用的竹片。　　(137)灵氛:古代善卜的人。(138)眩曜:惑乱貌。　　(139)艾:恶草名,即白蒿。要:腰。　　(140)珵(chéng):美玉。　　(141)苏:取。帏(wéi):香囊。　　(142)巫咸:古代神巫。(143)糈(xǔ):精米。要(yāo):迎。　　(144)翳(yì):遮蔽。　　(145)皇剡

(yǎn)剡:大放光芒貌。　　(146)挚(zhì):伊尹,商汤之贤相。咎繇(gāo yáo):皋陶,禹之贤臣。　　(147)说(yuè):傅说,殷朝武丁时贤相。傅岩:地名。　　(148)武丁:殷高宗名。　　(149)吕望:姜尚。　　(150)宁戚:春秋时贤士。　　(151)该辅:备为辅佐。　　(152)晏:晚。　　(153)央:尽。　　(154)鹈鴂(tí jué):杜鹃,鸣于春暮。一说伯劳。　　(155)薆(ài):掩蔽。　　(156)谅:诚信。　　(157)容长:外表美好。　　(158)慢慆(tāo):傲慢。　　(159)楘(shā):恶草名,茱萸类。　　(160)干进、务入:指钻营求进。　　(161)沫:消散。　　(162)历:选择。　　(163)麛(mí):粉末。粻(zhāng):粮。　　(164)瑶象:美玉象牙。　　(165)邅(zhān):转。　　(166)晻(yǎn)蔼:暗冥貌。(167)翼翼:整齐貌。　　(168)流沙:神话中西方沙漠。　　(169)赤水:神话中发源于昆仑的水名。容与:从容不迫貌。　　(170)西皇:西方之神。(171)腾:越。　　(172)不周:神话中山名,在昆仑西北。　　(173)西海:神话中西方之海。　　(174)轪(dài):车轮。　　(175)婉婉:蜿蜒。　　(176)委蛇:逶迤,招展貌。　　(177)韶:九韶,虞舜时乐舞。　　(178)假:借。　　(179)陟(zhì):升。皇:皇天。赫戏:光明貌。　　(180)睨(nì):旁视。　　(181)蜷局:蜷缩。

【今译】古帝高阳氏的后裔啊,我已故的父亲叫作伯庸。太岁在寅那一年的正月啊,庚寅的那一天我正好降生。先父见我有这样的生日啊,便赐给我以相应的美名。他替我取的名字叫正则啊,别号叫作灵均。我既有这样多的内在美啊,对外表又加以美的装扮。披服着藤芜以及白芷啊,佩戴着香草还有那秋兰。我心急迫生怕来不及啊,怕如箭的光阴抛弃我飞走。清晨去攀折山上的木兰啊,傍晚还在收揽水边的青藻。日月匆匆不肯停留啊,春夏秋冬在不断地更替。想到草木经秋便会凋零啊,只怕少年的红颜即将早衰。何不趁着年少自图修洁啊,改变你那错误的态度。驾着骏马努力驰骋啊,来吧我要为你前驱引路。

古时候曾有道术纯粹的三王啊,那时节固然是群英荟萃。申椒菌桂也配置其间啊,不仅把蕙茝组结成环佩。那唐尧虞舜真是英明啊,他们奔驰在康庄大道。夏桀和殷纣如何糊涂啊,贪走近路而相继跌跤。有一帮小人苟且偷安啊,走的路荒昧而又加险隘。我岂畏自身会被殃及啊,怕的是君王将要塌台!我匆匆前后奔走呼告啊,为的是追踪先王的步伐。你不明察我的

愚诚啊，反听信谗言对我恼怒，我诚然知道耿直不讨好啊，但骨鲠在喉又不能不吐。我可以指九天以作证啊，这全是忠于君王的缘故！说好在黄昏时分相约会面的啊，走到半路又中途改道。当初既已经和我约定啊，后来后悔又改变了心肠。我难过的不是遭到疏远啊，只叹你为人呀太没主张。

我已种下了数百亩的春兰啊，又曾栽下了百亩的秋蕙。把留夷与揭车种了一地啊，还间杂种下杜衡芳芷之类的芳草。愿它们的枝叶早早茂盛啊，到时候我会收获香草。众芳萎谢了也不算什么啊，就怕它们的美质变得污秽。众人都贪财好利、拼命钻营啊，贪得无厌一味地求索。宽恕着自己而猜忌别人啊，他们都在钩心斗角而相互嫉妒。他们都在狂奔着争权夺利啊，而这些都不是我最想要的。我只怕衰老渐渐逼近啊，美好的声名终不能建立。我清早饮用木兰上的清露啊，傍晚餐食菊花的落英。只要我精神美满而洁净啊，肉体憔悴又有何妨？我掘取细根把白芷拴上啊，又穿上薜荔落下的花朵。把菌桂削直再冠以蕙英啊，组成了花索馥郁婆娑。我虔敬地效法古代贤人啊，我的华美姿容不为世俗喜欢。和今世的俗人不能投合啊，我愿效法殷代的彭咸。

长叹一声不禁泪流满面啊，我哀悯人民的生活艰辛。我虽爱好修洁而修持清誉啊，但我早晨才劝谏君王傍晚已遭罢黜。君王既已赠我蕙草做的佩带而罢黜我，并又再次赠我白芷花而促我速速离去。但这些美好高尚的香花美草正是我想要的，我有幸得到它们，纵死上九回我也不肯悔改。我怨君王真是荒唐啊，始终不肯洞察我的心肠。众女嫉妒我的姿容啊，造谣说我本性淫荡。世俗本就好投机而取巧啊，不守规矩而任意胡闹。他们抛弃准绳而只图迁就啊，争相阿谀奉承而迎合世道。我郁郁寡欢若有所失啊，孤独地忍受今世的困穷。纵使忽然死去而魂离魄散啊，我也决不同流俗屈节卑躬。鹰隼不能和凡鸟同群啊，从古以来就是这个样子。哪有方和圆能彼此吻合啊，哪有道术不同的人能相安无事的！我是尽量克制情绪啊，忍受着非难而蒙受羞耻。因清白忠贞而杀身成仁啊，本是前代圣人之所称许的。

我后悔未曾把道路认明啊，四处张望审视道路后我打算要半路而返。掉转车头走向来路啊，趁着这迷途行得还不远。让我的马儿在兰皋漫步啊，让它驰骋至椒丘，暂时休息。转念又不想和俗世为伍而遭受忧愤，不得已我又退回故乡修整我的旧衣。把碧绿的荷叶裁成上衫啊，把洁白的荷花缀成下裳。没人理解我也就算了啊，只要我内心是真正芬芳的。把我的冠戴加得高高的，把

249

楚辞

我的环佩装饰得五彩纷呈。芳香和污垢纵使杂糅啊，对于我清白的品质丝毫无伤。我猛然回头骋目四望啊，打算往四方到处去求索。我的环佩缤纷多彩啊，精美芳菲十分耀眼。世人生活各有所喜好啊，我却只是爱好修洁美好之物。就是把我肢解了我也不会变啊，难道我心还怕他人威胁！

家姐女嬃殷勤地替我担心啊，她委婉而执着地开导着我说："鲧刚直而不顺从尧帝之命，终于在羽山下遭到杀身之祸。你为何总是忠直而刚烈啊，一个人独自保持高尚的节操。众人都喜欢佩戴污杂之草与世俗同流合污，你为何要与众不同不能合俗？众人不能挨家挨户去劝说开导啊，有谁能理解你我心中的真实想法？世人都在拉帮结派啊，你为何孤独而不听从我的劝告？"

依据先圣的理法节制性情啊，为这样的遭遇而悲愤填膺。渡过沅湘而走向南方啊，去向大舜英灵倾诉衷情。"夏启能继承大禹的德化，天下乂安，礼乐昌明；太康逸乐无度，不顾惜危难而深谋远虑啊，后羿谋反，太康和昆弟五人均都逃亡，国破家亡。后羿荒于游观而好田猎啊，爱好在山野外射杀大狐。以暴乱得天下者鲜能得以善终啊，羿臣寒浞更占取了他的妻孥。寒浞的儿子浇肆行霸道啊，放纵着情欲而不能忍耐。每日里骄淫得忘乎其形啊，就这样丢掉了自己的脑袋。夏桀也始终违背天理啊，到头来他是自取祸殃。纣王把忠良砍成肉酱啊，殷朝的国祚也因此不长。商汤夏禹谨严而敬戒啊，周的先王讲论道义也无差池。政治修明举贤而用能啊，遵守着规矩没有偏倚。皇天在上公道无私啊，看到有德行的才肯帮助立他为君长。只有那德行高迈的圣哲啊，才能奄有天下乐用其民。考察了前王又观省后代啊，人生的路径省察得十分详明。哪有不义之人而可信用啊，哪有不善之事而可以从事？我纵使身临绝境而丧命啊，反省当初我仍觉无可悔改。不管圆凿而一味只刻方枘啊，古代贤人遂惨遭杀身之祸。"我连连叹息而又呜咽啊，只能怪我自己生不逢时。提起柔软的香草擦擦泪水啊，我的衣襟已被滚滚眼泪打湿。

长久跪伏向舜帝陈述忧愤，我自觉我的道理正大光明正合天道。于是我要乘龙跨凤，凭借埃风飞上高天。清晨从苍梧之野动身啊，晚上落到昆仑山上的悬圃。想在这神灵之地逗留片刻啊，落日匆匆地眼看便要入暮。我今日御羲和慢慢驾车啊，太阳落入的崦嵫在望请不要再加快。前路漫漫长而又长啊，我要上天下地在日落前寻见所爱。让我的玉虬在咸池饮水啊，让我的凤凰在扶桑休息。折取若木来敲击日头啊，你且暂时在这儿逍遥而踯躅。想请月御望舒为我前驱啊，想请风伯飞廉做我后卫。想请天鸡鸾凤为我鼓吹啊，雷师告诉我一切未曾准备停当。我让凤凰继续展翅飞腾啊，夜以继日而不再停顿。飘风在耳边呼呼吹过啊，成群的云霓扑面相迎。成群结队来了又去啊，五光十色地在上在下飘动。我叫天国的门子开门啊，他倚着天门而不答话。天色昏暗快到末日光景了啊，我以所佩的幽兰自洁而停步不趋。世道如此混浊不辨贤愚啊，专好抹杀美德而生出嫉妒。

天明时我要渡过白水啊，登上那阆风山顶系好玉虬。忽然回头观看而怆然流涕啊，可悲天国中无神女可求。我忽地来到青帝的春宫啊，攀折了琼枝补续我的环佩。趁着琼枝瑶花还不曾凋落啊，且到神妃侍女中去物色所爱的香闺。我叫云师丰隆驾着云彩啊，为我去寻觅宓妃的所在。把环佩解下来拜托蹇修啊，请他代表我向她求爱。她的态度好比云霓多变啊，忽然乖戾得叫人不好迁就。她晚上回家住在穷石过夜啊，清早起来则在洧盘洗头。她长得美貌而十分骄傲啊，整天寻欢作乐在外遨游。外貌纵美而全无礼节啊，我只好放弃初衷改作他求。寻寻觅觅观览四方极远之地啊，周游了天上又回到下界。望见一座巍峨的高台啊，有娀氏的佳人令我心爱。我叫鸩鸟去替我做媒啊，鸩鸟推辞道它去不好。雄鸠本来善鸣善飞啊，我又讨厌它过于轻佻。我心犹豫而充满狐疑啊，想要自去求婚终觉不行。玄鸟凤凰已替帝喾把聘礼送到啊，怕是高辛氏已捷足先登。想往远方但又无可投靠啊，暂且流浪着在四处逍遥。趁少康还未成家的时节啊，还剩有有虞氏的两位阿娇。嫁给我的理由既然具有劣势况且提亲的媒人言辞笨拙，恐怕这次的求婚也不稳啊。世道是混浊而嫉贤妒能啊，人情好遮蔽人的美德而称扬人的缺点。香闺既深邃难得于觊觎啊，君王又始终不能察觉门子蔽贤之罪。我满怀愚诚而无处倾诉啊，我怎能忍耐与这混浊妒贤的世道长久同居！

找来灵草琼茅和细竹以占卜啊，请求女巫灵氛为我占卜。她说："郎才女貌必有合啊，但仔细想来楚国岂有欣赏你的贞洁而思慕你的人？想一想九州是多么广大啊，哪能只有这儿才有美女？请努力远游而不要狐疑啊，哪有识才的女子会对你不理？天地间何处没有香草啊？你为什么一定要怀念着故乡？世道是黑暗而又惑乱啊，我这贞洁的品质又有谁会赏识呢？人们的好恶固然有不同啊，只有结党营私的人特别出众。他们都把野蒿戴满腰间啊，偏说馥郁的幽兰臭恶而不可佩用。连草木的好坏尚未辨清啊，对美玉的识别又岂能得当？取用粪土来填满自己的香囊啊，还说申椒一点也不香。"

我打算听从灵氛的吉占啊，心中犹豫狐疑而不能决定。名巫巫咸就要在晚间下凡啊，我备好椒香和精米等他来临为我重新占卜。巫咸率领百神缥渺地从天而降啊，九嶷的女神纷纷去迎接。百神辉煌地发出无限灵光啊，巫咸又告诉我吉利的占卜结果。他说："你应该努力四方跋涉啊，去追求意气相投者。商汤夏禹都虔诚地求过贤臣啊，伊尹皋陶才和他们和衷共济。只要你内心真好修洁啊，又何必一定要人从中做媒？傅说曾在傅岩版筑啊，武丁起用他而绝无疑忌。吕望在朝歌操刀割肉啊，周文王遇到他便拜他做师傅。宁戚在放牛时扣角讴歌啊，齐桓公遇到他便聘他做大夫。要趁着年岁尚未迟暮啊，趁着这时光尚未蹉跎及时寻求相合者。怕的是一听见杜鹃先鸣啊岁月迟暮，就要使千花百草为之香消。我的品德像琼玉环佩般美好啊，怎奈世俗之人却极力遮蔽我的美德。想想那帮人完全不讲信用啊，怕他们会出于嫉妒要来诋毁我。"

时俗纷乱地变幻无常啊，我又哪能够在此久留？幽兰和白芷都变质而不香啊，溪荪和蕙草都变成了菅茅。为什么往日的这些香草啊，到今天都成了荒蒿野艾？这哪里还有别的缘故啊，只因为它们是太过自爱。我以为兰草原是十分可靠不会变节啊，谁知它名实不符虚有其表。抛弃美质而媚俗取容啊，真是辱没了同列的芳草。那属香草的椒如今却专会取媚而妄自夸大啊，茱萸之类恶臭的草却填充香包。想想那些一味钻营迎合君王的人，又怎能仍旧保有芳质贞节呢？时俗固然是随波逐流啊，谁又能保持不被改变同化？看到椒兰都变成这个样子啊，揭车和江离更无须多话。念在此环佩实在宝贵啊，它不用自己的美质去博取名利因而遭遇可悲。它的芬芳馥郁难以消逝啊，那香气至今尚未衰微。调适心理且怡然自得啊，姑且浮游再去求美女。趁我这环佩还很有馨香啊，我要四方游视呵上天下地。

灵氛已告诉我以吉祥的占辞啊，选定好了日期我要去远行。折琼枝以作为我的菜肴啊，备玉屑以作为我的干粮。让飞龙为我驾车啊，以琼瑶间杂象牙装饰乘舆。哪有离心离德而能同路啊，我将远走以离群索居。辗转向昆仑进发啊，前途漫漫作天涯远游。高举如云如霓的旌旗遮天蔽日啊，玉制的鸾铃鸣声啾啾。清早从天汉的渡口出发啊，晚间我到达了西方的尽头。凤凰绕我的旌旗飞翔啊，高高地飞翔整齐而紧凑。忽然我已到达西极的流沙啊，沿着赤水河我从容踯躅。指挥蛟龙为我架桥啊，招呼白帝快把我引渡。道路漫漫而坎坷崎岖啊，只得让随从车辆先一一经过而在前面等待我啊。绕着不周山再向左转啊，大家约定在西海边相聚。我的从车聚集多至千乘啊，所有车子并列向前齐驰。各驾着八龙矫健蜿蜒啊，各插着云旗随风逶迤。我按捺着心情按辔徐行啊，但仍然神采飞扬啊特别高兴。演奏着《九歌》伴舞着《九韶》啊，暂借这辰光娱乐慰怀。在皇天的光耀中升腾着啊，忽然间又看见下界的故土。我的车夫神伤马儿留恋啊，只是低回反顾不肯移步。

尾声:算了吧! 举国没有能理解我的人啊，我何必一定要思念着故乡? 理想的政治既没有人愿与我共商啊，那我将去追随那殷代的彭咸。

【点评】《离骚》是一颗伟大心灵的悲剧书写。它与屈原的政治生涯、战国时代的风云变幻密切相关，故全诗有极现实的思想内容和生活内容。但由于历史和艺术的原因，诗中又大量运用了超现实的语言意向、创作手法，把历史与神话、真实与想象奇特地糅合为一体。诗中诚然檃括了诗人的生平遭际，然而主要表现的是他的心路历程，在诗中并未出现人们称为"史实"的东西，更常见的是:诗人将个人特有的政治哀痛，与对宇宙人生、社会历史中恒有的悲剧性现象的普遍感喟结合在一起，从情感上超越一己而勾通了上下古今。单就这个方面的象征意蕴而言，便有不可穷尽性。诗中主人公那独立不迁、举世无朋的伟大孤独者形象，在后代不少高蹈者、先驱者如阮籍("去者余不及，来者吾不留")、陈子昂("前不见古人，后不见来者")、李白("大道如青天，我独不得出")乃至鲁迅("寄意寒星荃不察，我以我血荐轩辕")心中激起过同情。在诗艺上，《离骚》有着前无古人的开创和极独特的风貌。首先表现在体制的宏伟上，较《诗经》之长篇已有飞跃的演进且为后来铺张扬厉的辞赋首开先河。其次，全诗有一个结构规模空前宏伟的意象系统。按其层次可分为:一、自然意象群(花草禽兽)，二、社会意象群(古今人物)，三、神话意象群(神话传说)，彼此互相对应。意象的取用不竭使诗在表现上极灵活自由。凡涉叙事性内容，大都能抛开笨重的现实，而象以幻境;而涉及抒情议论时，则诗人不妨直露本相，现身说法。诗人的自我形象则在这意象三界中自由出入，使之打通成一片。此外，《离骚》一反《诗经》中用重章叠句以取得唱叹之致的较简朴的做法，而将奔突跌宕的情感，融化在一种既澎湃汹涌又回旋往复的抒情节奏中，某些执着的情绪和类似的

楚辞

句子在诗中反复出现,加深着读者的印象,既悱恻缠绵,又惊心动魄。至于诗歌语言的绚丽多彩,具体的表现手法丰富多样,酌奇飙华,更为人乐道,因而成为一首说不完的《离骚》。

【集说】其文弘博丽雅,为辞赋宗,后世莫不斟酌其英华,则象其从容。自宋玉、唐勒、景差之徒,汉兴,枚乘、司马相如、刘向、扬雄,骋极文辞,好而悲之,自谓不能及也。(班固《离骚序》)

《离骚》之文,依诗取兴,引类譬喻。故善鸟香草,以配忠贞;恶禽臭物,以比谗佞;灵修美人,以媲于君;宓妃佚女,以譬贤臣;虬龙鸾凤,以托君子;飘风云霓,以为小人。其词温而雅,其义皎而朗,凡百君子,莫不慕其清高,嘉其文采,哀其不遇,而愍其志焉。(王逸《离骚经序》)

自风雅寝声,莫或抽绪,奇文郁起,其《离骚》哉!固已轩翥诗人之后,奋飞辞家之前,岂去圣之未远,而楚人之多才乎?昔汉武爱骚,而淮南作传。以为国风好色而不淫,小雅怨悱而不乱。若《离骚》者,可谓兼之。蝉蜕秽浊之中,浮游尘埃之外,皭然涅而不缁,虽与日月争光可也。(刘勰《文心雕龙·辨骚》)

《离骚》东一句,西一句,天上一句,地下一句,极开阖抑扬之变,而其中自有不变者存。……屈之旨盖在"临睨夫旧乡",不在涉青云以泛滥游也。(刘熙载《艺概》)

惟灵均将逝,脑海波起,通于汨罗。返顾高丘,哀其无女,则抽写哀怨,郁为奇文,茫洋在前,顾忌皆去,怼世俗之浑浊,颂己身之修能,怀疑自遂古之初,直至百物之琐末,放言无惮,为前人所不敢言。然中亦多芳菲凄恻之音,而反抗挑战,则终其篇未能见,感动后世,为力非强。(鲁迅《摩罗诗力说》)

实则《离骚》之异于《诗》者,特在形式藻采之间耳。时与俗异,故声调不同;地异,故山川神灵动植皆不同;惟欲婚简狄,留二姚,或为北方人民所不敢道,若其怨愤责数之言,则三百篇中甚于此者多矣。楚虽蛮夷,久为大国,春秋之世,已能赋诗,风雅之教,宁所未习,幸其固有文化,尚未沦亡,交错为文,遂生壮采。刘勰取其言辞,校之经典,谓有异有同,固雅颂之博徒,实战国之风雅,"虽取熔经义,亦自铸伟辞。……故能气往轹古,辞来切今,惊采绝艳,难与并能"(《文心雕龙·辨骚》)。可谓知言者矣。(鲁迅《汉文学史纲·第四》)

《离骚》在文学艺术上的独创性,可推古今独步。不仅刘安和他的群臣没有这样的本领，就是先他们一辈的贾谊，和他们同时的司马相如也没有这样的本领。《离骚》的思想，主要是儒家思想，它所称述的是唐虞三代。虽然全篇充满着升天乘云的遐想，但那是诗人的幻想，与黄、老神仙家言的想法不同。(郭沫若《奴隶制时代·评"离骚"的作者》)

(周啸天)

九　歌⁽¹⁾

东皇太一⁽²⁾

　　吉日兮辰良，穆将愉兮上皇⁽³⁾。抚长剑兮玉珥，璆锵鸣兮琳琅⁽⁴⁾。瑶席兮玉瑱，盍将把兮琼芳⁽⁵⁾。蕙肴蒸兮兰藉，奠桂酒兮椒浆⁽⁶⁾。扬枹兮拊鼓，疏缓节兮安歌，陈竽瑟兮浩倡⁽⁷⁾。灵偃蹇兮姣服⁽⁸⁾，芳菲菲兮满堂。五音纷兮繁会，君欣欣兮乐康。

255

【注释】(1)《九歌》是一组祭祀天地神鬼的乐歌，相传在夏启时代就有了，以所祀神灵有"九"类而得名。屈原《九歌》，乃为放逐湘沅之间，对流传于民间的祀神乐歌进行改作，想象瑰奇，情致缥缈，极富南楚巫歌风情。(2)东皇太一：传说中的"天之尊神"，亦即上帝。　(3)穆：恭敬。愉：乐。　(4)玉珥(ěr)：此指剑柄与剑身相接处的突出部分，以玉为饰。璆锵(qiú qiāng)：佩玉相撞击之声。琳琅：美玉名。　(5)瑶席：蒩草编成的座席，设在神座前。瑱(zhèn)：玉制压镇座席之器。盍：何不。将把：拿、握持。琼芳：玉色香花，或曰香茅。　(6)蒸：进献。兰藉：兰草编的滤酒器。奠：安置祭品。浆：薄酒。　(7)枹(fú)：鼓槌。拊(fǔ)：击。安歌：闲缓而歌。浩倡：

大声唱。　　(8)灵:祭神之巫。偃蹇(yǎn jiǎn):飘拂而舞貌。姣:美好。

【今译】多美的日子哟,多好的时光!恭敬地欢迎上帝临降。他身佩长剑,手抚剑珥,锵然鸣响着满身琳琅。蕙草席儿,压上玉瑱,供献的花儿,洁白芬芳!香蕙裹肉,兰草为藉,斟满祭酒,恰似桂椒飘香。快高举玉槌,快敲响鼓,伴以舒缓的节拍,安和地唱!摆开那竽瑟,一齐吹奏,让娱神的歌儿愈加嘹亮。身着美服的灵巫飘飘起舞,芳菲的花香弥漫了祭堂。急管繁弦,众音交汇,恭祝神灵欢乐、安康!

【点评】因为是迎祭"天之尊神",气氛也显得格外庄肃和堂皇。在上帝剑佩雍容的降临中,浓笔铺陈祭堂的华丽、芬芳,祭品的富美、香洁。而后转笔描摹娱神灵巫,在欢快鼓乐配合下的轻歌曼舞,辞情舒展。最后众乐齐作、伴歌高亢,于急管繁弦中戛然收笔,展现神灵享受祭祀的欢欣、安乐景象,有一种潮歇浪灭的悠悠余韵。全诗辞色庄丽,调子雍容,洋溢着一派欢乐之情。

【集说】《九歌》中独此章词意庄重,盖尊神之前不敢以亵语进也。(贺贻孙《骚筏》)

此篇言其竭诚尽礼以事神,而愿神之欣悦安宁,以寄人臣尽忠竭力,爱君无已之意,所谓全篇之比也。(朱熹《楚辞集注》)

《九歌》所祀之神,太一最贵,故作歌者但致其庄敬,而不敢存慕恋怨忆之心,盖颂体也。亦可知《九歌》之作,非特为君臣而托以鸣冤者矣。朱子以为"全篇之比",其说亦拘。(蒋骥《山带阁注楚辞》)

沈存中《笔谈》云:"韩退之《罗池碑》云:'春与猿吟兮,秋与鹤飞。'今验石刻,乃'春与猿吟兮,秋鹤与飞'。古人多用此格,如《楚辞》:'吉日兮辰良'。又'蕙肴蒸兮兰藉,奠桂酒兮椒浆'。欲相错成文,则语健耳。如老杜'红豆啄余鹦鹉粒,碧梧栖老凤凰枝'之类。(吴曾《能改斋漫录》卷三)

(潘啸龙)

云　中　君⁽¹⁾

浴兰汤兮沐芳,华采衣兮若英⁽²⁾。灵连蜷兮既留,烂昭昭兮未央⁽³⁾。謇将憺兮寿宫⁽⁴⁾,与日月兮齐光。龙驾兮帝服,聊翱游兮周章⁽⁵⁾。

灵皇皇兮既降,猋远举兮云中⁽⁶⁾。览冀州兮有余,横四海兮焉穷⁽⁷⁾。思夫君兮太息,极劳心兮忡忡⁽⁸⁾!

【注释】(1)云中君:犹言云中之神,即云神丰隆。有人以为是云梦泽之水神,或以为乃是月亮神,均不可信。据战国楚墓出土的竹简记载,楚郢都上层贵族所祀诸神中,就有“云君”之称。可证“云中君”即为“云君”,亦即云神。　(2)兰汤:形容热水芬芳如兰。华采衣:色彩华丽之衣。英:明艳而不结子的花。　(3)灵:此指神灵(巫所装扮)。连蜷(quán):回环、长曲貌。留:降留。烂:光明。昭昭:明亮。未央:无尽。　(4)謇(jiǎn):句首语气词。憺(dàn):安乐。寿宫:供神之宫。　(5)帝服:云神所穿天帝赐予之服。聊:暂且。周章:四周,或曰周旋舒缓之意。　(6)皇皇:犹煌煌,光大貌。猋(biāo):疾貌。　(7)冀州:古代中国九州之一,在黄河之北,为九州之首。此以冀州代称整个中国。焉:何。　(8)夫(fú):指代词“这”“那”。忡忡(chōng):忧心貌。

【今译】巫师兰汤浴身哟,芳草沐发,采衣飘飘绚烂如鲜花。他衣饰宛曲回环,令神欣悦从天而降,神光闪耀,带来不尽辉煌!请安留这供神的寿宫,与经天的日月齐吐光芒。或驾上龙车,披服衮衣,在四周任意盘桓、翱翔。

神灵哟,你在一片辉光中降临,又倏然飞返高远的云空。你何止可俯览神州大地,简直能横绝四海而无穷。思念着你呀,喟然叹息,一从你离去,心中便忧思重重!

【点评】当炎炎夏日久旱不雨之际,云,便成了人们盼望的救星。那时候,倘有疾风,驱赶着如山如浪之云汹涌而来,洒下满天清凉的大雨,你将会

楚辞

怎样欣喜若狂？云行雨施，润泽万物。难怪古人要如此崇拜云神，而在祭祀中将其列于重要的位置了。诗中状其形貌，仅以"连蜷"一语称扬之，其宛曲舒卷之态，便活现你眼前，绘其色彩，只下"烂昭昭"三字，那绚烂的霞光，便映透了诗行。他冉冉降临，猋然远举，俯览冀州，横绝四海。正是如此晓知人意，又如此难以系揽，让人们尝够了飘临的欢快和逝离的惆怅！你从结句的叹息声中，不正听到了千年以前，人们那忧喜之心的深沉跃动么？

【集说】（《云中君》）谓云神也，亦见《汉书·郊祀志》。此篇言神既降而久留，与人亲接，故既去而思之不能忘也，足以见臣子慕君之深意矣。（朱熹《楚辞集注》）

云之为章于天，无远不到，或行或止，皆使人可望而不可即。其为神亦犹是也。开手轻轻提出迎神诚敬二句，即说入神之止于天而不行，及行而降，与降而不留之景，则迎神之诚敬，不得不转为思神之劳瘁。大旨已尽，层折甚明也。（林云铭《楚辞灯》）

蒋之翘曰：屈子作文，不过就题写去，自觉别有会心。乃洪兴祖谓此章以云神喻君，言君德与日月同明，故能周览天下，横行四海，而怀王不能，故忧之。此说大是拘腐。（蒋之翘《七十二家评楚辞》）

（潘啸龙）

湘　君 (1)

君不行兮夷犹 (2)，蹇谁留兮中洲？美要眇兮宜修，沛吾乘兮桂舟 (3)。令沅湘兮无波，使江水兮安流。望夫君兮未来，吹参差兮谁思 (4)？

驾飞龙兮北征，遭吾道兮洞庭 (5)。薜荔柏兮蕙绸，荪桡兮兰旌 (6)。望涔阳兮极浦，横大江兮扬灵 (7)。扬灵兮未极，女婵媛兮为余太息 (8)。横流涕兮潺湲，隐思君兮陫侧 (9)。

桂櫂兮兰枻，斫冰兮积雪 (10)。采薜荔兮水中，搴芙蓉兮木末 (11)。心不同兮媒劳，恩不甚兮轻绝。石濑兮浅浅，飞龙兮翩翩。交不忠兮怨长,期不信兮告余以不闲!

　　鼉骋骛兮江皋,夕弭节兮北渚⁽¹²⁾。鸟次兮屋上,水周兮堂下。捐余玦兮江中,遗余佩兮澧浦⁽¹³⁾。采芳洲兮杜若,将以遗兮下女⁽¹⁴⁾。时不可兮再得,聊逍遥兮容与⁽¹⁵⁾!

【注释】(1)湘君:湘水男神,或以为当为帝舜。亦有以舜之二妃为湘水之神,娥皇为湘君,女英为湘夫人。或以为舜为湘君,二妃为湘夫人。此歌由装扮成湘君模样以接迎神灵的巫者所唱。因为对山川之神的祭祀,采取"望祀"形式,湘水之神不降临祭祀现场。故诗人构思迎神巫者在湘江、洞庭四处寻找湘君的情状,最后将给湘君的祭品投入江中、留置澧浦,以遥祭湘君。　(2)夷犹:犹豫。　(3)要眇(miǎo):美好貌。宜修:美得恰到好处。或以为即"龋笑",笑时微微露齿的美好样子。沛:船行疾速貌。　(4)参差(cēn cī):排箫。谁思:思谁。　(5)飞龙:龙船,行似飞龙。邅(zhān):转。(6)柏:或作"拍"。搓成团状物。绸:绑缚。桡(ráo):船桨。旌:旗杆上饰物,缀旄羽为之。　(7)涔阳:地名,在涔水北岸。极浦:极远的水边。灵:同"舲",有屋的船。扬灵,即扬帆前进,一说指神灵发扬威灵。　(8)婵媛(chán yuán):指旁观者见我思慕湘君殷切而同情叹息。　(9)隐:伤痛。陫侧:通"悱恻",悲伤。　(10)枻(yì):行船拨水之具,长者为棹,短者为枻。斫(zhuó):砍,此句似形容船桨击水、船儿疾进时飞溅的浪花景象。　(11)搴(qiān):摘取,拔。木末:树梢。芙蓉:荷花。此二句颠倒事理,表现行为与愿望之间无法统一的矛盾,例同《孟子》所说"缘木求鱼"。　(12)鼉(zhāo):通"朝",早上。弭(mǐ)节:停车。　(13)捐:弃。玦(jué):似环而有缺口的玉器。遗(wèi):赠予。澧浦:澧水边。　(14)杜若:香草。下女:指湘君身边的侍女。　(15)容与:闲暇自得貌。

【今译】湘君犹豫不决未曾启行,您是在为谁而徘徊于洲中?巫者仪态美好,修饰洁净,飞快地驾着桂木龙舟去迎神啊。请湘君让沅湘的波涛哟快些平息,让千里江水安闲地流!盼望着湘君,你迟迟不来,我吹奏排箫为谁思绪悠悠?

　　为了迎接湘君,我驾着飞船顺湘江北行,半途上转道驶往洞庭。在身上

楚辞

缀上薜荔，又缀满香蕙，用荪草饰船桨哟兰草缀羽旌。翘首远望，已到涔阳之浦，我要横渡大江，扬帆疾进。扬帆疾进，也未能抵达，旁观者同情哀叹，叹气不停。我满面泪水潸潸地流哟，痛切的思念牵着不安的心！

桂木做船棹啊，兰木做桨，天寒冰封，斫冰行船，去迎湘君哟。水中哪能摘取薜荔哟，树梢哪能有荷花采撷？男女的心思不同，媒人也是徒劳，两个人交情不深，友情只会被轻易弃绝。石上的流泉有多迅疾，船行如飞正似游龙翩翩。交往而不忠心，怨思便会十分深长，约会而不以信哟，你竟告诉我"没有空闲"！

清晨我奔驰在江边高岸，傍晚又缓车徐行于水洲。飞鸟哟早已在屋上栖息，湖水哟依然在堂前周流。把我的玉玦投入江心，将玉佩送往澧水之滨。从洲上采摘芳香的杜若，送给湘君的侍女，请她转达我的思念。美好的时光不可再得，湘君哟，我姑且优游地度此良辰等待你的光临！

【点评】借迎神不遇，写"望祀"湘君之幽情，思致婉转而情韵深长。开篇巫者尚未上场，清越而略带哀愁的歌声，已在清波、长天间飞扬。而后从迎神巫者的装扮，为缥缈的湘君画像，仪态潇洒、风采照人的湘君，已宛在眼前。"令沅湘兮无波"二句，既展现了江湘之水浩荡千里的空阔背景，更传达了迎神巫者的美好心愿，堪称神来之笔！悠悠的排箫，压过江浪的澎湃，诉说着对神灵的多少怀思。当焦灼的等待化为苦苦的追寻，诗人即笔走千里，展开顺湘"北征"、转道"洞庭"、横渡"大江"的情景，将迎神者的一片精诚，表现得酣畅淋漓。诗情的转折，发生在"扬灵兮未极"之处。迎神不遇的懊恼，由此引发绵绵不尽的哀怨。而将哀怨与归程中的视觉幻象交织在一起，更觉有一种悲凉失落、自哀自怜的韵致。这一切，全出于诗人之"代拟"：通过曲折的情节构思和场景描摹，代迎神巫者抒发起迎的喜悦、等待的焦虑、寻觅的虔诚和爽约的哀怨，这是抒情方式上的一大创新。"代拟"艺术在后世得到引人注目的发展，其功当归于屈原《九歌》的探索和尝试。

【集说】《湘君》七章。《史记》始皇问博士曰："湘君何神？"博士对曰："闻之尧女而舜之妻而葬此。"盖统而言之，但曰湘君；分别言之，正妃称君，次妃降称夫人。楚人因二妃之葬在黄陵，奉以为湘水神。本民间不经之说。

二妃固不随愚民俗议，而享其衮越之祭矣。屈原为歌辞，托意于神既不来，巫犹竭诚尽忠思之，用抒写其事君之幽思如是也。（戴震《屈原赋注》）

（笺《湘君》曰）读屈子所赋，殆湘水之神，楚俗之所祀者。然两篇亦皆自喻不得于其君之词，非真咏二妃也。（又曰）以上皆凿空幻想。其实湘君何曾留，何曾吹，何曾驾飞龙而扬灵耶？作者一肚皮幽愤无以发泄，特假此自写其缥缈之思，以见求君之难耳。其写神之不测处，真得鬼神之情状矣。（陈本礼《屈辞精义》）

此篇《湘君》）盖托为湘君，以思湘夫人之词。后篇又托为湘夫人，以思湘君之词。……湘君则捐玦遗佩而采杜若以遗夫人，夫人则捐袂遗褋而搴杜若以遗湘君。盖男女各出其所有，以通殷勤，而交相致其爱慕之意耳。两篇为彼此赠答之词无疑。然湘君者，盖泛谓湘江之神。湘夫人者，即湘君之夫人：俱无所指其人也。或以为尧之二女死于湘，有神奇相配焉。湘君谓奇相也，湘夫人为二女也。或以为湘君，尧之长女娥皇，为舜正妃，故称君。湘夫人谓尧之次女女英，为舜次妃，宜降称夫人。或以为天帝之二女。俱非也。（汪瑗《楚辞集解》）

冯觐曰：情神惨悗，词复骚艳。喜读之可以佐歌，悲读之可以当哭。清商丽曲，备尽情态矣。（引自蒋之翘《七十二家评楚辞》）

（潘啸龙）

湘　夫　人⁽¹⁾

帝子降兮北渚，目眇眇兮愁予⁽²⁾。嫋嫋兮秋风⁽³⁾，洞庭波兮木叶下。登白薠兮骋望⁽⁴⁾，与佳期兮夕张。鸟何萃兮薠中，罾何为兮木上⁽⁵⁾？沅有茝兮澧有兰，思公子兮未敢言。荒忽兮远望，观流水兮潺湲⁽⁶⁾。麋何食兮庭中，蛟何为兮水裔⁽⁷⁾？朝驰余马兮江皋，夕济兮西澨⁽⁸⁾。闻佳人兮召予，将腾驾兮偕逝。

筑室兮水中，葺之兮荷盖。荪壁兮紫坛，播芳椒兮成堂。桂栋兮兰橑，辛夷楣兮药房⁽⁹⁾。罔薜荔兮为帷，擗蕙櫋兮既张⁽¹⁰⁾。白玉兮为镇，疏石兰兮为芳。芷葺兮荷屋，

261

楚辞

缭之兮杜衡(11)。合百草兮实庭,建芳馨兮庑门。九嶷缤

兮并迎(12),灵之来兮如云。

　　捐余袂兮江中,遗余褋兮澧浦(13)。搴汀洲兮杜若,将

以遗褋兮远者(14)。时不可兮骤得,聊逍遥兮容与。

【注释】(1)此歌由装扮成湘夫人模样以接迎神灵的巫者所唱。巫者边舞边歌,作到处寻觅湘夫人神灵的情状,并夸耀为神灵所筑"水室"之美好,以期神灵降临,但湘夫人并未降临祭祀现场。巫者最后只得将给湘夫人的祭品(衣物)沉入水中、送往澧浦,以遥祭神灵。　(2)帝子:指湘夫人,乃为尧帝之女,故称。目眇眇(miǎo):眯眼远视貌。一说微貌,言神之降,望而不见。愁予:使我发愁。　(3)嫋嫋(niǎo):微风不断吹拂貌。　(4)白蘋(fán):湖泽畔秋生草。　(5)萃(cuì):集。蘋:水草。罾(zēng):渔网。此二句以鸟集栖于水草上、渔网施放在树上,喻其不得其所。　(6)荒忽:通"恍惚",神思迷茫。潺湲(chán yuán):水流徐缓。　(7)麋(mí):似鹿而大。水裔(yì):水边。此二句,意同"鸟何萃兮蘋中"二句,亦喻不得其所。　(8)澨(shì):水边。　(9)橑(liáo):屋椽。辛夷:香木,花开最早,北方呼为木笔,南方名为迎春。楣:门上横梁。药:即白芷。　(10)罔:通"网"。这里指编结。擗(pǐ):剖开。櫋(mián):一作"楥",当为"幔",即帐顶。(11)葺(qì):本指用草盖屋。这句指在荷叶所制屋顶上加盖芷草。缭:缭绕。　(12)九嶷(yí):九嶷山,又名苍梧山,在今湖南宁远县南。相传舜死葬此。这里指九嶷山诸神。　(13)袂(mèi):复襦,指外衣。褋(dié):贴身所穿衣衫。　(14)汀(tīng):水中平地。远者:指湘夫人。

【今译】湘夫人哟飘然降临北水洲,我凝神远望,不见夫人降临,心中无限忧愁。阵阵秋风吹开洞庭湖碧波,湖岸的树丛哟,叶落嗖嗖。登上白蘋岸,我眺望远方,傍晚张设起接迎的帷帐。鸟儿为什么在蘋草上栖息,渔网为什么挂在树上?沅水边有香芷哟,澧水岸有蕙兰,思念着夫人哟,未敢吐露一言。我神思恍惚,翘望远天,只见到流水潺潺、江波连绵。麋鹿哟,为什么到庭中觅食?蛟龙哟,为什么来此水滩?早上我奔驰在江边高岸,傍晚又渡过西水津。似听见湘夫人在将我召唤,我要腾飞驾车与夫人的使者同往。

我已在水中筑好居室,用碧绿的荷叶盖成屋棚。中庭砌以紫贝,荪草编院墙,芬芳的花椒哟粉刷屋堂。桂木作房梁,兰木作屋椽,辛夷作门楣哟,白芷布内房。薜荔编织床帐,蕙草分作帐顶。白玉充席镇哟,石兰播幽香! 荷花屋棚上再铺层芷草,让杜衡在四周随意缠绕。会聚百草布满庭院,建起门廊香气袅袅。正要与夫人为邻哟,谁想九嶷山神都来接迎你哟,舜帝派来的从者纷纷扬扬如蔽天的云潮。

　　对夫人的眷恋不能忘怀哟,我把复襦沉入江心,将内衣送往澧水滨。从水洲上采来芬芳的杜若,送给你哟,远方的夫人。美好的时光不可多得,夫人哟,姑且优游地度此良辰!

　　【点评】开篇描摹洞庭秋景,将迎神巫者遥望湘夫人似降未降、缥缈难寻的思情融于八百里洞庭的波风落叶声中,显得又空阔、又清寥。中间一节表现久望神灵而不见的焦躁和哀怨,似乎正要循着《湘君》的路子发展。诗人却借助于神思恍惚中出现的"闻佳人兮召予"的幻觉,突然中止了哀怨的递进,使之在一线希望中跳向相反的一极。构筑"水室"一节,并以绚烂的铺陈笔墨,渲染了湘夫人似乎马上就要到来的兴奋和欢快的氛围。浅绿的荪草,葱翠的薜荔,"白质如玉,紫点为文"的紫贝,红丽照眼的荷花,弥漫着"花发如笔"的辛夷和白芷、兰草、桂木、香椒的芳香之气,交汇成了一个何其雅洁、美好的"水中"世界! 在"九嶷缤兮并迎,灵之来兮如云"的炫耀中,你简直可以听到,迎神巫者正带着怎样热切的情意,呼唤着湘夫人的到来! 这一切,正是"空中荡漾"笔墨的绝妙运用,令读者对尚未显形的湘夫人,平添多少企慕和怀想。只是到了"捐余袂兮江中",诗情一下从充满希冀的兴奋之巅跌落——湘夫人终于未能降临,使前文的缤纷铺排,如海市蜃楼一样倏然幻灭。迎神巫者对神灵的怀思和哀伤,正是在这欢快的上升和跌落之中,被表现得愈加凄婉动人。此诗与《湘君》所表现的情感内涵,并没有多少不同。但在构思、运笔上,却又变化多姿、各臻其妙。《湘君》的抒写,更多以"纪行"式的"动态"再现;其情感抒发,伴随着主人公大开大阖的寻觅和受挫,采用逐层递进的方式。全诗自始至终,为浓重的忧伤和哀怨所笼罩。《湘夫人》则更多是"静态"的展示;其情感抒发,主要借助环境景物的烘托和幻觉意象的映衬,呈现出一种扑朔迷离之美。

楚辞

【集说】文字有江湖之思,起于《楚辞》。"嫋嫋兮秋风,洞庭波兮木叶下",描写无穷之趣,如在目前,后人多仿之者。杜子美云:"蒹葭离披去,天水相与永。"意近似而语亦老。陈止斋《送叶正则赴吴幕》云:"秋水能隔人,白蘋况连空。"意尤远而语更活。水心《送王成叟侄》云:"林黄橘柚重,渚白蒹葭轻。"意含蓄而语不费。(吴子良《林下偶谈》)

"嫋嫋兮秋风,洞庭波兮木叶下",形容秋景入画;"悲哉秋之为气也","憭慄兮若在远行,登山临水兮送将归",描写秋意入神。皆千古言秋之祖。六代、唐人诗赋,靡不自此出者。(胡应麟《诗薮》)

此篇与前篇,同一迎祭湘水之神,而行文迥别。《湘君》自始至终不一顾,《湘夫人》则方降而即相怜,是订期以陈供具,可不嫌于唐突。方迎而先见召,是筑室以效荐馨,亦不涉于支离。皆于不经意中,生出许多疑信、许多欢幸。乃忽尔舍北渚而还九嶷,究竟末后一看,仍与《湘君》一般发付。总是见斥于君以后,无可告语,精诚所结,颠倒迷乱,幻成无端离合,不可以常理论。故中间提出"恍惚"二字,作前后眼目。末段把前篇语换个"骤"字,以前此曾有相关之意,冀将来从容图之,或可庶几一遇。痴想到底,不比《湘君》"时难再得",其望便绝。此惓惓之深哀也。又曰:开篇"嫋嫋秋风"二句,是写景之妙;"沅有芷"二句,是写情之妙。其中皆有情景相生,意中会得,口中说不得之妙。人知"山有木兮木有枝,心悦君兮君不知",犹"沅有芷"二句起兴之例,而不知"无边落木萧萧下,不尽长江滚滚来",实以"嫋嫋秋风"二句作蓝本也。《楚辞》开后人无数奇句,岂可轻易读过。(林云铭《楚辞灯》)

(潘啸龙)

大　司　命⁽¹⁾

广开兮天门,纷吾乘兮玄云。令飘风兮先驱,使冻雨兮洒尘⁽²⁾。君迴翔兮以下,踰空桑兮从女⁽³⁾。纷总总兮九州,何寿夭兮在予。高飞兮安翔,乘清气兮御阴阳。吾与君兮齐速,导帝之兮九坑⁽⁴⁾。灵衣兮被被,玉佩兮陆离。壹阴兮壹阳⁽⁵⁾,众莫知兮余所为。

折疏麻兮瑶华,将以遗兮离居⁽⁶⁾。老冉冉兮既极,不寖近兮愈疏(7)。乘龙兮辚辚,高驰兮冲天。结桂枝兮延伫,羌愈思兮愁人(8)。愁人兮奈何?愿若今兮无亏(9)。固人命兮有当,孰离合兮可为(10)?

【注释】(1)司命:掌管人类生死命运的神灵。司命而分"大""少",恐怕是楚地特有的习俗。从诗中内容看,"大司命"当为执掌人类"寿夭"(寿命长短)的天上尊神。本诗采用迎神巫者与装扮的神灵对唱的方式,描摹了大司命降临时的威严和形貌,表达了人们企求安康、长寿的愿望。 (2)飘风:旋风。冻雨:暴雨。 (3)迴翔:盘旋飞翔。踰:越过。空桑:神话传说中的山名,一说为楚地名。女:汝,指神灵。此句述迎神巫者升空接迎神灵。(4)齐速:整齐而疾速。九坑:九州,一说为楚地之九冈山。 (5)陆离:此指玉佩光彩闪耀貌。灵衣:灵当为"云"字之误,"云衣"乃指大司命所披服之衣。被被:长衣飘曳貌。壹阴壹阳:指司命神光忽隐忽现貌。 (6)疏麻:神麻。瑶:即蕙草,一说玉色仙花,服食可以长寿。离居:与人类隔离而居者,此指大司命。 (7)极:至。寖(jìn):逐渐。愈疏:愈加疏远。 (8)结桂枝:将祈愿、心意编结在赠送对方的桂枝里,即赠物以寄情之意。愁人:司命离去,令人们愁思。 (9)若今无亏:像现在与神亲近时一样健康而无损害。(10)固:本来。人命:人之寿夭。当:应有的规程。此句指人的寿夭自有其常规,与神灵的亲近(合)、疏远(离),并不能影响它。

【今译】敞开紫微宫的大门,乘上纷扬的黑云。命旋风为我清道,让暴雨涤尽路尘!神灵飞旋着从天而降,我越过空桑随你同行。天下九州纷纷扰扰人口众多,谁生谁死都由神灵您判定!你飞在高空,有多安详,驾乘清风,驭使阴阳。我和你一样整齐而疾速地飞翔,我导引着神灵来到九冈。神灵的衣裳迎风飘拂,神灵的玉佩光彩闪烁。忽而阴柔,忽而阳刚,谁都不知我在干什么。

折来神麻和蕙花,献给你哟,离居的司命。衰老之年渐渐来临,你我不是渐渐走近却疏远了感情。你驾乘龙车、车声辚辚,冲天直上哟高驰而行。我结扎桂枝久久停留,越思念你便愈加忧心。担忧伤心又为的什么?愿永远像现今一样健康。生生死死本就有常规,何可为神、人的离合哀伤!

【点评】掌管人类生死的尊神,出场便气派非凡:旋风呼啸先行,暴雨倾

楚辞

洒九天,而后在纷扬的黑云的簇拥下,威风凛凛显现高空。在"令""使"等不可违抗的字眼中,透出的正是这样一种颐指气使的尊神威严。当大司命在迎神巫者引导下降临祭坛时,又粗声壮气地呼喝:"纷总总兮九州,何寿夭兮在予!"口气也真高傲之至。这些描写,妙在均以大司命自唱自赞口吻写来,不仅形象动人,而且口气传情、神气活现。当然,大司命不只是威严和神秘莫测,同时也被赋予了浓浓的人情味:当人们祭献过神麻和蕅花,为他的离去而忧愁感叹时,大司命却又在云空中转过身来,关切地询问、微笑着安慰人们,不要为神、人的离合忧虑。这位尊贵而高傲的寿夭之神,最终展现了性格中亲切、美好的一面,他其实还是位颇富同情心的人类朋友呢!清人吴世尚称《九歌》"各就其神而实指之。而情致缥缈,既见其情性功效之所在,又使人有仿佛不可为象之意,可谓善言鬼神之情状者矣!"(《楚辞疏》)此诗对大司命的描述,正有既见其功效(专司人类寿夭)、又善言其情状的妙处。而且与"二湘"的全篇均为"独唱"不同,将对神灵的形象描绘和性格展示融于富于情趣的"对唱"之中,运用环境、服饰及神灵自己的语言来烘托、表现。可以说是对"代拟"方式的进一步丰富和发展。

【集说】旧说谓文昌第四星为司命,出郑康成《周礼注》,乃谶纬家之言也。篇内乘清气、御阴阳,以造化生物之神化言之。岂一星之谓乎?大司命统司人之生死,而少司命则司人子嗣之有无,以其所司者婴稚,故曰少,大则统摄之辞也。……大司命、少司命,皆楚俗为之名而祀之。(王夫之《楚辞通释》)

《九歌》皆楚俗巫觋歌舞祀神之乐曲。……有男巫歌者,有女巫歌者,有巫觋并舞而歌者,有一巫倡而众巫和者。激楚扬阿,声音凄楚,所以能动人而感神也。郑康成曰:有歌者,有哭者,冀以悲哀感神灵也。读《九歌》者不可以不辨。(陈本礼《屈辞精义》)

乐府之出于《颂》者,最重形容。《楚辞·九歌》状所祀之神,几于恍惚有物矣。(刘熙载《艺概》)

(潘啸龙)

少　司　命[1]

秋兰兮麋芜[2],罗生兮堂下。绿叶兮素枝,芳菲菲兮袭予。夫人兮自有美子,荪何以兮愁苦⁽³⁾?

秋兰兮青青,绿叶兮紫茎。满堂兮美人,忽独与余兮目成⁽⁴⁾。入不言兮出不辞,乘回风兮载云旗。悲莫悲兮生别离,乐莫乐兮新相知。荷衣兮蕙带,倏而来兮忽而逝。夕宿兮帝郊,君谁须兮云之际⁽⁵⁾?

与女游兮九河,冲风至兮水扬波。与女沐兮咸池,晞女发兮阳之阿⁽⁶⁾。望美人兮未来,临风怳兮浩歌⁽⁷⁾。孔盖兮翠旍,登九天兮抚彗星⁽⁸⁾。竦长剑兮拥幼艾,荪独宜兮为民正⁽⁹⁾!

【注释】(1)少司命:楚俗祭祀的掌管子嗣之神,从诗中描写看,似为女神。此诗以少司命与求子"美人"对唱为主,伴以众人的合唱,表现人们与子嗣之神聚、离的哀乐。 (2)糜芜:即芎藭(xiōng qióng):香草,七八月间开白花。一说即白芷。 (3)夫:句首语气词,无义。荪:你,此以称少司命。

(4)美人:此指祭堂上求子的妇女。余:指少司命。目成:眉目传情以成其心愿。此"独与"少司命"目成"者,疑指向少司命求子嗣的某一"美人"。(5)须:等待。 (6)女:汝。咸池:神话中太阳洗浴之处。晞(xī):晒干。阳之阿:可能指神话中日出之旸谷。 (7)怳(huǎng):同"恍",失意貌。(8)孔盖:孔雀羽毛为饰的车盖。翠:翡翠鸟。旍(jīng):同"旌",此指旗杆上之饰物。抚彗星:抚定彗星使之不为灾害。 (9)竦(sǒng):挺立。幼艾:婴儿。民正:民众的官长,此指管理人间的子嗣之官。

267

【今译】秋兰哟糜芜,长满堂下,多么兴旺!叶儿青绿,花枝洁白,扑面的花气有多芬香!人们都有所钟爱的人,您哟为什么还在忧伤?

秋兰哟这般青翠,绿叶、紫茎映衬得多美!美人儿挤满祭堂,神灵独与我情投意合。神灵来了又去默无一言,驾着旋风,飘展云旌。最悲的莫过于神灵儿又将别去,最乐的要数神灵刚与我相知相合!衣裁绿荷、腰束香蕙,神灵倏然降临,又忽然返回。我夜晚栖宿在天帝的郊野,眷恋不舍希望能得神灵再次幸临?

我多想与您啊在天河中畅游,但暴风来临啊水中掀起巨浪。我要和神

灵在咸池洗浴,再去旸谷把秀发晒干。远望神灵你迟迟不来,我临风放歌,思情绵绵。孔雀的羽盖、翡翠的旌,您登上九天监守着彗星。手挺长剑,怀抱幼童,您最适宜做人间的司命!

【点评】绿叶、素枝的秋兰和蘼芜,映衬着飘忽轻盈的女神少司命,显得分外幽雅、秀丽。"入不言兮出不辞"的默默无语,和"荷衣蕙带"的倏来倏往,更使这位女神多了几分深情和缥缈感。因为掌管着人间的子嗣命运,她似乎更受到美丽少妇的注目。"满堂兮美人,忽独与余兮目成",正绝妙地展示了少司命与求子"美人"间殷殷相对、心意相通的动人一幕。所以,少司命的匆匆离去,便使得遇"相知"的意外喜悦刹时笼盖上生生别离的莫名忧伤。这复杂感情的交融,由此化为屈原笔下传诵千古的名句:"悲莫悲兮生别离,乐莫乐兮新相知!"明人王世贞叹其为"千古情语之祖"(《艺苑卮言》),实非虚誉。古来荡腑牵肠之情,除了生死茫茫的哀恸、拔剑击柱的激愤,还有什么比这相知的惊喜、别离的悲愤更动人的呢?结尾对少司命"登九天""竦长剑"的描写,堪称形象刻画上的绝妙补笔!少司命由此于娴雅温和之中,增生一派英姿飒爽之气。全诗着色素洁、清丽,线条细腻柔美。神人对唱,辞情舒展而悠长。其愁思和欢乐,均是平和淡远的,没有很大的起落。正如清亮的溪流,潺潺而来、幽幽而去。与《大司命》来时风云变色、去时高驰冲天的豪放不同,显示的是轻云舒卷的清新。

【集说】唯《九歌》为事神之辞,旧本于本题之下,俱有"祠"字,后人去之。虽瑰璃缥缈,不可方物,而实皆照题抒意,非即意命题。如太一为神之最尊,其文体则庄而不逸,丽而不流,但陈佩设歌舞之盛而已,不敢旁溢也。《云中君》与《东君》稍杀焉。两《司命》与人关切,则重寄其情矣。……(顾成天《九歌解》)

"入不言兮出不辞,乘回风兮载云旗",虽尔恍忽,何言之壮也!"悲莫悲兮生别离,乐莫乐兮新相知",是千古情语之祖。(王世贞《艺苑卮言》)

开手以堂下之物起兴,步步说来;中间故意作了许多波折,恣意摇曳,但觉神之出入往来,飘忽迷离,不可方物;末以赞叹之语作结。与《大司命》篇另是一样机轴,极文心之变化,而步伐井然,一丝不乱。(林云铭《楚辞灯》)

(潘啸龙)

东　君⁽¹⁾

　　暾将出兮东方,照吾槛兮扶桑⁽²⁾。抚余马兮安驱,夜皎皎兮既明。驾龙辀兮乘雷,载云旗兮委蛇⁽³⁾。长太息兮将上,心低徊兮顾怀⁽⁴⁾。羌声色兮娱人,观者憺兮忘归。

　　缅瑟兮交鼓,萧钟兮瑶簴⁽⁵⁾。鸣篪兮吹竽,思灵保兮贤姱⁽⁶⁾。翾飞兮翠曾,展诗兮会舞⁽⁷⁾。应律兮合节,灵之来兮蔽日。

　　青云衣兮白霓裳,举长矢兮射天狼⁽⁸⁾。操余弧兮反沦降,援北斗兮酌桂浆⁽⁹⁾。撰余辔兮高驰翔,杳冥冥兮以东行⁽¹⁰⁾。

【注释】(1)东君:即日神(太阳神)。本诗以迎神巫者与日神对唱形式,描写日神降临祭坛享受声色之乐,而后勇射天狼、援斗酌浆的豪勇爽朗情景。　(2)暾(tūn):初升的太阳。扶桑:神话中之树名,日之栖息之所。(3)辀(zhōu):车辕。龙辀,即龙车。委蛇(yí):舒卷飘展貌。　(4)低徊:徘徊、流连。顾怀:回顾依恋。　(5)缅(gēng):急张弦。交鼓:相对击鼓。萧:"摏"之假借字,击也。瑶:"摇"之假借字。簴(jù):悬挂钟磬的木架。(6)篪(chí):古代竹制乐器。灵保:降神之巫。贤姱(kuā):美好。　(7)翾(xuān):小飞轻扬之貌。曾:通"翻",举翅。展诗:展开歌诗来唱。会舞:合舞。　(8)天狼:指天上的星辰,即狼星,主侵掠。　(9)弧:天上弧星,共有九星,形似弓箭,名为"天弓",主防盗贼。反:反射。沦降:指狼星被射而散坠。　(10)撰(zhuàn):抓住。辔(pèi):缰绳。杳:深远貌。冥冥:黑暗。

【今译】朝日即将从东方升起,日光从扶桑射来把我的栏杆照亮。我骑着马儿缓缓而行去迎日神,夜空已透出明丽的晨光。我驾起龙车,乘上疾雷,车上插满的云旗舒卷招展。我将上高天又长声叹息,时而降落心绪依恋不舍!忽然下视巫者盛陈歌舞以使日神欢乐,四周的围观者都陶醉而忘归。

　　巫者们急张瑟弦,交相击鼓,撞击洪钟,摇撼了钟架。埙篪齐鸣、竽笙猛

269

楚辞

吹，迎神的神巫美德无瑕。他们身姿翩翩如翠鸟展翅，唱诗合舞何其优雅！应和声律、谐调节拍，引得神灵降临如蔽天的云霞。

日神身着青云、白霓的衣裳，我高举长箭射击天狼以作护卫。弯弓返身，一发即坠，再痛饮北斗斟满的桂浆。日神紧揽马缰飞向高空，在夜色茫茫中驰回东方。

【点评】祭日神当然先得由巫者去邀迎。开篇描写巫者在晨光熹微中，驱马徐行在迎神途中，那无疑是不寻常的"抚马安驱"，而是御马凌空、驰向皎洁天幕的矫健身影，然后才是东君的升天。诗中的描绘，声震万里的雷车和翻涌千重的云旗烘托，让东君的跃现增添了不少豪气和壮色！当东君乘雷冲天，读者期待着下文即将是凌空万里的奔行时，诗人却又笔势一转："长太息兮将上，心低徊兮顾怀"——这两句眷恋居室的自叹，一下将日神与世人的距离拉近，使他在庄严可敬中，忽又显得平易可亲，带有那样多的"人情味"。难怪他见了祭祀中美丽女巫的轻歌曼舞，便情不自禁，率领着蔽天的诸神纷纭而降了。但东君也自有其英雄性格。诗之结尾，则以丰富的想象，展现了他衣袂飘飘勇射天狼的潇洒雄姿，而在放怀痛饮北斗斟满的桂浆中，更使读者窥见了他爽朗豪侠的性格风貌。这一切融汇在一起，正多侧面地刻画了一个带有浓厚南楚色彩的太阳神形象：他既怀居室，又爱美人；为民除害之际，则又剑歌慷慨、神勇豪爽。司马迁谈到楚地习俗，称西楚之民"其俗剽轻，易发怒""徐、僮、取虑"一带，"矜已诺"（《货殖列传》）；东楚之俗也与此相近。屈原笔下的太阳神，不正就是放浪不羁（"剽轻"）而又热情豪侠（"矜已诺"）的楚民族之化身么？

【集说】楚政日非，贤士寥落，兵挫于秦久矣。日者，君象也。帝出乎震，民所共瞻。而以己之声色娱人，即与民同乐之意……然后毕集群策，出兵以除贪残之敌，饮至策勋，直易事耳。何尝是祀日，何尝不是祀日？眷顾楚国，情见乎词如此。（林云铭《楚辞灯》）

天狼，一星。弧，九星。皆在西宫。北斗，七星，在中宫。《天宫书》：秦之强也，佔于狼弧。此章有报秦之心，故与秦分野之星言之。用是知《九歌》之作，在怀王入秦不返之后。歌此以谏顷襄之当复仇，而不可安于声色之娱也。（戴震《屈原赋注》）

至于《九歌》，本楚南祀神之乐章，从而改正之。虽其忠爱之思，时有发见。而谓篇篇皆托兴以喻己志者，凿矣！（钱澄之《屈诂》）

（潘啸龙）

河　伯⁽¹⁾

　　与女游兮九河，冲风起兮横波⁽²⁾。乘水车兮荷盖，驾两龙兮骖螭⁽³⁾。登昆仑兮四望，心飞扬兮浩荡。日将暮兮怅忘归，惟极浦兮寤怀⁽⁴⁾。

　　鱼鳞屋兮龙堂，紫贝阙兮朱宫，灵何为兮水中⁽⁵⁾？乘白鼋兮逐文鱼，与女游兮河之渚，流澌纷兮将来下⁽⁶⁾。

　　子交手兮东行，送美人兮南浦⁽⁷⁾。波滔滔兮来迎，鱼邻邻兮媵予⁽⁸⁾。

【注释】（1）河伯：即黄河之神。"河者水之伯，上应天汉"，为"四渎之长"，故称。河伯属山川之神，所以在祭祀中不降临现场。本诗即根据这一"望祀"特点，构思了迎神巫者追随神灵遨游黄河的情景。最后，河伯急于"东行"，与巫者"交手"而别。人们在南方水滨，把为他所娶的"美人"和祭品沉入水中，以遥致安抚之情。战国时期，楚墓殉葬之风，已由活人代之以陶俑。故此"美人"当亦为泥制之俑。　（2）女：汝，此指河伯神灵。与之同游者是装扮成河伯模样以接迎神灵的巫者，全篇皆为巫者所唱。九河：指黄河。冲风：飓风。横波：横流的大波。　（3）荷盖：以荷叶为车盖。骖（cān）：周人用四马驾车，两旁的马称"骖"。这里用作动词，骖螭（chī），以无角龙（螭）为骖。　（4）怅：失意，一说"怅"乃心乐志悦之意。极浦：遥远的水边。寤（wù）怀：醒过来。　（5）鱼鳞屋：以鱼鳞盖屋。龙堂：以龙鳞为堂。阙：宫门前两边的楼台，中间有通道。朱宫：朱通"珠"，以珠为宫。　（6）鼋（yuán）：大鳖。文鱼：有斑纹的鱼。流澌：流水。纷：读为"汾"，水涌貌。　（7）交手：以手相交，即握别之意。　（8）邻邻：众多貌。媵（yìng）：古代给人陪嫁的人或物品。

271

楚辞

【今译】我和河伯同游九曲黄河,飓风突起,吹立一河浪波。乘着荷叶为盖的水车,驾驭四龙,疾如飞梭。登临昆仑山向四处眺望,我神思飞跃如浪涌波行。天色将暮还乐悦忘返,直到河水尽头才恍若梦醒。

鱼鳞编屋棚哟,龙鳞饰为堂,紫贝的楼观哟,珍珠的宫,河伯哟,你为何总爱在水中?乘上大白鼋哟,追逐花纹鱼,我和你同游水中的洲,流水飞泻哟,全在脚下沸涌!

你拱手揖别,又乘浪东去,我在南方水滨送你位美女。滔滔的浪波都来相迎哟,陪嫁的还有欢蹦的群鱼!

【点评】适应于表现河伯那豪放而狂放不羁的性格,开章落笔便声势非凡:冲天而起的飓风,挟裹着如山的巨浪壁立而起,又天崩地裂般化作“横波”坠落。河伯与迎神巫者,却安坐水车、驾驭四龙,在浪峰间蜿蜒飞驶,显得何其豪迈自得!读者不妨想象,那震荡如雷的涛浪,不正是神灵刹那间爆发的朗笑化成么;而冲风率领的狂澜,不全在河伯车驾前俯伏听命?惊心动魄的开篇过后,忽又展出“登昆仑兮四望”的舒缓飘逸之境,天地空阔,落日苍茫,情味极为悠长!最妙的是对河伯宫阙的描绘和遨游洲渚一节:在缤纷的想象中,展现龙宫的富丽、神奇,令人惊艳。骑着白鼋追逐游鱼,而后躺在洲渚上,听那浪沸水涌之声,岂不更觉兴味无穷?最后表现为河伯娶妇情景,浪迎鱼涌,热闹欢腾。至今读来,那景象犹历历如在目之间!此篇风格颇为特殊——既有《大司命》那样气势宏伟的景象展示,又富于《东君》篇的浪漫想象。与《湘君》《湘夫人》的哀婉、清丽不同,显示的是一种色彩明丽的惊奇。诗人生长在南国,不知到过黄河没有?从诗中的描绘看,他对气势苍茫的九曲黄河,显然充满了惊疑和向往。所以在代为迎神巫者抒发情感时,虽没有后文《山鬼》篇那样曲折动人的情致,却奔涌着心驰神往的不尽奇思。

【集说】河伯,河神也。四渎视诸侯,故称伯。楚昭王有疾,卜曰:“河为祟”。昭王谓非其境内山川,弗祀焉。昭王能以礼正祀典,故已之。而楚固尝祀之矣。民间亦相蒙僭祭,遥望而祀之。序所谓信鬼而好祠也。(王夫之《楚辞通释》)

我国北方的农业生产主要是依靠黄河系统的河流的灌溉,但同时古代历来的水患,也都是由于黄河泛滥成灾。初民不能克服自然,只得托之宗教祈祷。河神的为祟,就是在这样现实的生活意义上产生的,也就是在这样意识中,黄河的祀典一天天隆重而普遍起来。……《史记·滑稽列传》载河伯娶妇事,当魏文侯时代,是战国初期,可是当地人民说,这种风气"所从来久矣"。又《史记·六国年表》也说秦灵公八年"初以君主妻河",足见这种风气不但由来已久,而且相当普遍。祭神是为了取悦于神。……要想取悦于黄河之神,就必须从爱情生活上去满足他,足见历来普遍流传的关于河伯的恋爱故事是如何的丰富! 这些丰富的民间传说,正好成为南楚地区用于"淫祀"的祭歌内容。(马茂元《论〈九歌〉》)

(潘啸龙)

山　鬼⁽¹⁾

　　若有人兮山之阿,被薜荔兮带女萝⁽²⁾。既含睇兮又宜笑,子慕予兮善窈窕⁽³⁾。乘赤豹兮从文狸,辛夷车兮结桂旗⁽⁴⁾。被石兰兮带杜衡,折芳馨兮遗所思⁽⁵⁾。

　　余处幽篁兮终不见天,路险难兮独后来⁽⁶⁾。表独立兮山之上,云容容兮而在下⁽⁷⁾。杳冥冥兮羌昼晦,东风飘兮神灵雨⁽⁸⁾。留灵修兮憺忘归,岁既晏兮孰华予⁽⁹⁾?采三秀兮于山间,石磊磊兮葛蔓蔓⁽¹⁰⁾。怨公子兮怅忘归,君思我兮不得闲! 山中人兮芳杜若,饮石泉兮荫松柏,君思我兮然疑作。

　　雷填填兮雨冥冥,猿啾啾兮狖夜鸣⁽¹¹⁾。风飒飒兮木萧萧,思公子兮徒离忧⁽¹²⁾!

【注释】(1)山鬼:即山神。楚人生长南国山泽,碧水青山、白芷绿荷所带给他们的,大多是富于人情味的浪漫之思。所以,楚地传说中的山神,也一扫"木石之怪""魑魅魍魉"的妖魅之气,变成了一位美丽热情的女郎。大多

273

楚辞

研究者以为，此诗描述的是山鬼与恋人约会不遇的哀怨之情。考虑到古代对山川之神的"望祀"特点，此篇似抒写迎神巫者打扮成山鬼模样，入山接迎神灵而不遇的哀怨之情，也许更符合当时望祭山神的习俗。　(2)若有人：指装扮成山鬼模样的女巫。若：好像。山之阿：山之曲隅。女萝：即松萝，地衣类植物。带：以女萝为带。　(3)睇(dì)：微视。含睇，指眼睛含情而视。宜笑：笑得美好。子：指神灵。予：指装扮山鬼的女巫。古时巫风习俗，欲使神灵降临附身，巫者必须打扮得漂漂亮亮并与神灵形象相仿。窈窕：美好貌。　(4)从：随从。文狸：毛色有花纹之狸。结桂旗：桂花枝结扎的旗子。　(5)石兰、杜衡：均为香草。遗(wèi)：赠送。所思：此指山鬼神灵。　(6)余：迎神女巫。幽篁(huáng)：竹林深处。后来：叙迎神巫者因山林幽深、路途艰险而接迎神灵迟了。　(7)表：突出。容容：云气盛多、涌流貌。　(8)昼晦：白天而昏暗。神灵雨：神灵忽然催雨而下。　(9)留灵修：为神灵而留，等待神灵。晏：迟、晚。"岁既晏"，指年华已老大。"孰华予"："华"作动词用，谁能使我再年轻之意。　(10)三秀：芝草，一年开三次花，故名。"于山间"：有以为"于山"即指"巫山"，恐不确。"于"当作介词用，意为"在""到"。这样解释"于"，虽与句中"兮"字的代字作用重复，但《九歌》有此句式之例。如"杳冥冥兮以东行""云容容兮而在下"，其中的"以""而"均与句中"兮"字的代字作用重复，诗人并不因此省略。　(11)填填(tián)：雷声。猨：一作"狖"(yòu)，即长尾猿。　(12)徒：徒然。离忧：离通"罹(lí)"，遭受忧愁。

【今译】山鬼在山隅间隐现，身披薜荔，腰束女萝。含情脉脉，笑得有多美好，意态娴雅，真叫人羡慕！驾乘赤豹，车后跟着花狸，辛夷木做的车上扎起桂花旗。我身披石兰、腰束杜衡，再掐枝鲜花，送给思念的神女。

竹林幽深，我见不到天日，之所以来迟，只恨山路崎岖。我高高伫立在这山巅上，脚下飘浮起层层云雾。昏黑的白昼如同暗夜，东风又吹落阵阵的雨。等待着神女我安然忘返，年岁渐老，谁让我青春永驻？在山间采摘益寿的芝草，山石磊磊，到处爬满藤蔓。我心中哀怨，怅然忘归，神女哟，你想着我，却无空闲？山中的人儿像芬芳的杜若，饮的是石泉，遮阴的是松柏。神女哟，你想着我，又狐疑满腹？

雷声隆隆，雨色濛濛，猿猴在夜中啾啾地叫。飒飒的风声，萧萧的落叶，神女哟，我想着你，徒生烦恼！

【点评】开篇借迎神巫者的打扮，为始终未曾露面的山鬼画像。不仅披绿带翠、眉眼生辉，连口吻也逼近山鬼所特有的热情爽朗之性。在不假掩饰的自赞自夸中，表现走在迎神路上的女巫那喜滋滋的情态，思念亦真切动人。然后将镜头移开，色彩浓烈地渲染女巫迎神的车驾随从，既切合所迎神灵的环境身份，又将她笑吟吟手拈花枝的迎神气氛，烘托得格外热烈欢快。中间一节描述因山路"险难"误了约期，诗情陡然逆转。独立山巅的眺望，幽深林中的等待，一派焦灼、疑虑、惆怅之气，由此弥漫了诗行。最精妙的是其间的心理刻画："怨公子兮怅忘归"，分明对神灵产生了哀怨；"君思我兮不得闲"，转眼却又怨气顿消，反而为山鬼的不临辩解起来；从"山中人兮芳杜若"的自怜、自惜，终于坠入"君思我兮然疑作"的自哀、自伤——在表现迎神不遇的复杂心理及变化上，均体会入微、妙绝千古！最后以凄厉长啸之音，写迎神者的绝望烦恼之情。将雷鸣、猿啼、风声、雨声交织在一起，于凄风苦雨的无边静寂中，突发为"思公子兮徒离忧"的痛切号呼，更觉哀切悱恻、惊魂动魄！值得注意的是：《山鬼》（包括前面的《湘君》《湘夫人》《少司命》《河伯》）所抒写的，虽是人们接迎神灵的不遇或离合之悲，但由于诗人融入的是人世的体验，而且又表现得那样形象、真切。这就使它的情感意义，远远超出了祀神、娱神的局限，而成为大多数的人们所体验过的某中悲欢离合之情的典型表现。因此，当许多读者（包括研究者）为蕴含其间的深切哀情所打动，而将与神灵的不遇之思，理解为男女相恋之情，并为其一洒热泪的时候，我们也不必为这种明显的误解而遗憾，倒是应该感到高兴。因为这种现象说明：一位伟大的作家，可以使他作品中特定的情感表现，在无论多么广大的空间和时间范围里，都能超越作品，超越自身，打通不同人们的心灵，而激起世世代代人的共鸣。

【集说】灵修、公子、君、山中人，皆指所祀鬼言。欲山鬼毋归，而时日既暮，不能久留。但见山高草远，芳杜长松，雷轰雨冥，猿狖悲鸣，风木萧飒，不胜离忧。逸注、《选》注、《纂注》俱牵强可笑。甚至以公子为子椒，以山中人为屈原自称，何啻梦说。（张京元《删注楚辞》）

275

楚辞

此篇以山鬼自喻,文义明白。其言被服之芳者,自明其志行之洁也;其言容色之美者,自见其才能之高也;"子慕予之善窈窕"者,言怀王之始珍己也。……"处幽篁而不见天,路艰险而又昼晦者",言见弃远而遭障蔽也。……至于"思公子而徒离忧",则穷极愁怨,而终不能忘君臣之义也。(屈复《楚辞新注》)

此屈子被放,山中寂寥,自写幽怀,岂真为祀鬼设耶?然写鬼之求悦人及鬼之归来山中,诙谐世故不少。(陈本礼《屈辞精义》)

顾天成《九歌解》主张《山鬼》即巫山神女,也是《九歌》研究中的一大创获。……苏雪林女士以"人神恋爱"解释《九歌》的说法,在近代关于《九歌》的研究中,要算最重要的一个见解。因为他确实说明了八章中大多数的宗教背景。我们现在要补充的是"人神恋爱"只是八章的宗教背景而已,而不是八章本身。换言之,八章歌曲是扮演"人神恋爱"的故事,不是实际的"人神恋爱"的宗教行为。而且这些故事之所以被扮演,恐怕主要的动机还是因为其中"恋爱"的成分,不是因为人神的交涉。(闻一多《什么是〈九歌〉》)

(潘啸龙)

国　殇(1)

操吴戈兮被犀甲,车错毂兮短兵接(2)。旌蔽日兮敌若云,矢交坠兮士争先。凌余阵兮躐余行,左骖殪兮右刃伤(3)。霾两轮兮絷四马,援玉枹兮击鸣鼓(4)。天时怼兮威灵怒,严杀尽兮弃原野(5)。

出不入兮往不反,平原忽兮路超远(6)。带长剑兮挟秦弓,首身离兮心不惩(7)。诚既勇兮又以武,终刚强兮不可凌。身既死兮神以灵,魂魄毅兮为鬼雄(8)!

【注释】(1)国殇:为国而战死的将士。戴震曰:"殇之义二:男女未冠(二十岁)、笄(十五岁)而死者,谓之殇;在外而死者,谓之殇。殇之言伤也。国殇,死国事,则所以别于二者之殇也。歌此以吊之,通篇直赋其事。"(《屈原赋注》)　(2)吴戈:吴地所产的戈,最为锋利。一说"吴戈"应作"吴科",

乃盾之别名。犀甲：犀牛皮所制甲衣。毂(gǔ)：车轮中间横贯车轴的突出处。错：交错。　(3)凌：侵犯。躐(liè)：践踏。行：行列。殪(yì)：倒地而死。右：或曰指右马，或曰指车上"戎右"(武装卫士)。　(4)霾(mái)：通"埋"，此指车轮深陷泥中。絷(zhí)：绊、系。援：拿。玉枹(fú)：嵌玉为饰的鼓槌。　(5)怼(duì)：怨怒。威灵：神灵。严杀：痛杀，一曰肃杀之气。(6)反：同"返"。忽：远，一曰若有若无。超远：遥远。　(7)秦弓：秦地所制硬弓。惩：戒惧，一曰悔。　(8)诚：实在。神：指精神。神以灵，犹言英灵长存。毅：刚毅。"魂魄毅"，一本作"子魂魄"。

【今译】手操吴戈，身披犀甲，在战车交驰中短兵相搏。旌旗蔽日，敌涌如云，争先冲破交坠的箭镞。敌人猛烈攻犯我阵列，左马倒毙，戎右伤于刀戟。车轮深陷，已阻绊四马，你玉槌高扬，依然擂鼓不歇！苍天愤怼，神灵在震怒，战死了全军，也杀尽了强虏！

你昂然出战，一去不返，原野茫茫，征路多么遥远。你身佩长剑、臂挟秦弓，身首分离也无悔无怨。你既英勇而且威武，气节刚强，终究不可折裂。你身虽捐亡，却英气长存，刚毅的魂魄哟，堪为鬼中雄杰！

【点评】前节重在作"动态"描写，展开了一场短兵相接的殊死战斗。敌我接战的全景式鸟瞰，场面壮阔，色彩浓烈。在大笔渲染强敌犯阵的紧急氛围中，由全景转为近景特写，精雕细刻地展示楚之主帅屹立中流、力挽狂澜的壮怀和雄姿。然后又将镜头拉开，表现楚军的奋起反击和与敌人同归于尽的壮烈拼搏。写得雄浑悲壮，有声有势。后节运用静态描绘，展现一场气壮山河的拼搏过后，英烈们"凝固"在战场上的血染征袍、壮躯相藉的惊心动魄的景象。这景象交汇着诗人泪水迸涌的长声颂悼，直有泪以继声、声以催泪的荡气回肠效果。这既是一首"披着长长的丧衣"的"悲歌"，更是一首"飞扬凌厉，英雄气直薄云天"的"颂歌"。两千年前楚国将士们为国捐躯的壮烈一幕，经过屈原如椽巨笔的雕凿，便如一尊横峙天地间的巍峨群雕，从此矗立在千古读者心上。

【集说】怀王时，秦败屈匄，复败唐昧，又杀景缺。大约战士多死于秦，其

277

中亦未必悉由力斗。然《檀弓》谓死不吊者三，畏居一焉。《庄子》曰，战而死者，葬不以翣，皆以无勇为耻也。故三间先叙其方战而勇，既死而武，死后而已。极力描写，不但以慰死魂，亦以作士气，张国威也。前段言错毂、言左骖、言两轮四马，想当日犹重车战耳。（林云铭《楚辞灯》）

《九歌·国殇》，非关云长辈，不足以当之。所谓生为人杰、死为鬼雄也。（孙梅《闻话录》引自《四六丛话》卷三）

悲歌格律高一点，但也不能放肆。它应该如怨如诉，披着长长的丧衣，让头发乱如飞蓬，抚着槚木而啼泣……颂歌就比较辉煌，气魄也相当宏大。它尽量飞扬凌厉，英雄气直薄云天。（布瓦洛《诗的艺术》）

（潘啸龙）

礼　魂⁽¹⁾

成礼兮会鼓⁽²⁾，传芭兮代舞，姱女倡兮容与⁽³⁾。春兰兮秋菊，长无绝兮终古⁽⁴⁾！

【注释】(1)礼魂：王逸《楚辞章句》以为，此篇之用，乃"祠祀九神，皆先斋戒，成其礼敬，乃传歌作乐"。可见此篇是《九歌》祭祀诸神所通用的"乱辞"或"送神歌"。　(2)成礼：祭礼完成。会鼓：鼓声齐作。　(3)芭(bā)：用以在巫者间传递跳舞的鲜花。代舞：交替、轮流着跳舞。姱女：美好的女巫。倡：通"唱"。容与：宽适、从容。　(4)无绝：没有断止之时。终古：久远。

【今译】完成了祭礼，齐声击鼓，传递着鲜花，轮番地舞，美人的歌哟，唱得多欢舒。春祭兰花哟秋祭清菊，永不衰绝，直到终古！

【点评】在传花、代舞中成其祭礼。美好的祈愿，似乎又让前文祭祀的众神，一一飘过读者眼前：剑佩雍容的"上皇"，曲折连蜷的"云君"，威严的"大司命"，深情的"湘夫人"……各以其特有的音容笑貌，倏然浮现，飘然远逝。《礼魂》完成了《九歌》的祭礼，却将当年参祭人们的不尽希冀和惆怅、壮怀和哀思，遗留给了万代千秋。

【集说】盖此篇乃前十篇之乱辞,故总以"礼魂"题之。前十篇祭神之时,歌以侑觞,而每篇歌后,当续以此歌也。……或曰,此篇当有"乱曰"二字。而今"礼魂"二字,盖因此篇首句有"礼"字,前篇之末句有"魂"字而传写之误也。未知其审,姑识此疑。(汪瑗《楚辞集解》)

《礼魂》。凡前十章,皆各以所祀之神而歌之。此章乃前十祀之所通用。而言终古无绝,则送神之曲也。(王夫之《楚辞通释》)

(潘啸龙)

九　章⁽¹⁾

惜　诵⁽²⁾

惜诵以致愍兮,发愤以抒情⁽³⁾。所非忠而言之兮,指苍天以为正。令五帝以折中兮,戒六神与向服⁽⁴⁾。俾山川以备御兮,命咎繇使听直⁽⁵⁾。竭忠诚而事君兮,反离群而赘肬⁽⁶⁾。忘儇媚以背众兮⁽⁷⁾,待明君其知之。言与行其可迹兮,情与貌其不变。故相臣莫若君兮,所以证之不远。吾谊先君而后身兮,羌众人之所仇也。专惟君而无他兮,又众兆之所雠也⁽⁸⁾。壹心而不豫兮,羌不可保也。疾亲君而无他兮,有招祸之道也。思君其莫我忠兮,忽忘身之贱贫。事君而不贰兮,迷不知宠之门。忠何罪以遇罚兮,亦非余之所志也。行不群以颠越兮,又众兆之所咍也⁽⁹⁾。纷逢尤以离谤兮,謇不可释也⁽¹⁰⁾。情沈抑而不达兮,又蔽而

莫之白也。心郁邑余侘傺兮⁽¹¹⁾，又莫察余之中情。固烦言不可结而诒兮⁽¹²⁾，愿陈志而无路。退静默而莫余知兮，进号呼又莫吾闻。申侘傺之烦惑兮，中闷瞀之忳忳⁽¹³⁾！

昔余梦登天兮，魂中道而无杭⁽¹⁴⁾。吾使厉神占之兮，曰："有志极而无旁⁽¹⁵⁾。""终危独以离异兮？"曰："君可思而不可恃。故众口其铄金兮，初若是而逢殆⁽¹⁶⁾。惩于羹而吹齑兮⁽¹⁷⁾，何不变此志也？欲释阶而登天兮，犹有曩之态也。众骇遽以离心兮，又何以为此伴也⁽¹⁸⁾？同极而异路兮，又何以为此援也⁽¹⁹⁾？晋申生之孝子兮，父信谗而不好⁽²⁰⁾。行婞直而不豫兮，鲧功用而不就⁽²¹⁾。"吾闻作忠以造怨兮，忽谓之过言。九折臂而成医兮⁽²²⁾，吾至今乃知其信然。矰弋机而在上兮，罻罗张而在下⁽²³⁾。设张辟以娱君兮，愿侧身而无所⁽²⁴⁾。欲儃佪以干傺兮，恐重患而离尤⁽²⁵⁾。欲高飞而远集兮，君罔谓汝何之⁽²⁶⁾。欲横奔而失路兮，盖坚志而不忍。背膺牉以交痛兮，心郁结而纡轸⁽²⁷⁾。

捣木兰以矫蕙兮，䊠申椒以为粮⁽²⁸⁾。播江离与滋菊兮，愿春日以为糗芳⁽²⁹⁾。恐情质之不信兮，故重著以自明。矫兹媚以私处兮，愿曾思而远身⁽³⁰⁾。

【注释】(1)《九章》乃屈原所作的一组抒情诗。朱熹说："屈原既放，思君念国，辄形于声。后人辑之，得其九章，合为一卷。非必出于一时之言也。"(《楚辞集注》)但清人周拱辰《离骚拾细》、今人刘永济《屈赋通笺》以为，《九章》"亦武功之乐名"，"与《九辩》《九歌》，皆取义于乐章，故其末皆有乱辞"。　(2)《惜诵》大约作于屈原被谗而遭"放流"汉北前夕。惜：悼惜。诵：称述前事。　(3)致愍(mǐn)：表达痛苦。　(4)折中：作出中正公平的判断。戒：告诫。六神：指"六宗之神"，即四时、寒暑、日、月、星、水旱。向服：对质事理。　(5)备御：陪侍之人。咎繇：即皋陶，舜时法官。听直：听讼而断其曲直。　(6)竭：尽。离群：为群小排斥。赘肬(zhuì yóu)：

多余的肉瘤。　　(7)儇(xuān)媚:轻佻而爱取媚于人。背众:违背众人(群小)意愿。　　(8)专惟君:专为君王思虑。惟:思。众兆:极多的人。百万为"兆"。雠(chóu):怨恨。　　(9)行不群:行为不见容于群小。颠越:堕落。哈(hāi):笑。　　(10)逢尤:遭到罪责,一说即"蜂涌"意。謇(jiǎn):句首语气词。释:解释。　　(11)郁邑:心有忿恨,不能诉说而苦闷。侘傺(chà chì):失意貌。　　(12)烦言:很多的话。结而诒:解佩束结赠人以寄意。(13)申:重重。烦惑:烦闷、困惑。闷瞀(mào):烦闷而乱。忳忳(tún):忧伤貌。　　(14)杭:通"航",渡船。　　(15)厉神:大神、正神。占:以龟甲或灵草预示凶吉的占卜之术。　　(16)铄(shuò):熔化。初若是:从来如此。殆:危险。　　(17)惩:戒惧。羹:热汤。齑(jī):切成细末的凉菜。　　(18)骇遽:惊恐。伴:与下句的"援"都是连绵字,傲岸之意。或以为乃"投靠求援"之意。

(19)同极:极,出也。同极即出身相同。　　(20)申生:春秋时晋献公太子,遭骊姬之谗而被逼自杀。　　(21)婞(xìng)直:刚直。豫:逸豫。不豫,不宽容人。鲧(gǔn):禹之父亲,治水不成而被杀。用:因此。　　(22)九折臂而成医:多次折臂受伤,有了医治折臂的经验。　　(23)矰弋(zēng yì):带丝绳的射鸟短箭。机:这里有安装机括或发动机括之意。罻(wèi)罗:捕鸟之网。

(24)张辟:张为和弧类似的弓,辟为"繴"之假借,捕鸟之具。娱:诱,一说欺骗之意。侧身:置身。　　(25)儃佪:徘徊。干傺:求住,即寻求逗留之机。重患:再次遭祸。　　(26)集:止。罔:诬罔。女:同"汝"。　　(27)膺:胸。牉(pàn):分裂。交痛:并痛。纡轸:委曲疼痛。　　(28)捣:捣碎。矫:通"挢",揉也。繜(zuò):舂也。　　(29)滋菊:培植菊花。糗(qiǔ):干饭屑。芳:香料。　　(30)矫:举,一说与"擅"同义,占有。私处:独处。媚:美好。曾思:通"曾逝",高飞而去。远身:远离浊世。

【今译】我要痛述往事表达忧伤,发愤作诗倾诉哀情。我说的是否忠贞之言,苍天哟你可以在上作证!令五方之帝为我评判,告诫六神前来对质。让高山大川充当陪审哟,请咎繇听断是非曲直。我尽此忠心侍奉君王,反而如病瘤遭斥离群。不能谄媚以博取众悦哟,只待你明君知我忠贞。我的言行都可以考察,内情与态度神气哪有偏差!谁比君王更能识别臣下?验证我不需远至天涯。我遵行先君后己的信谊,竟遭到众多小人的仇视。我专

281

楚辞

诚思君一无他心,又受到群小的不尽怨斥。我心志专一从不放纵,竟然连自身也不能保全。我亲近君王毫无他志,反而成了招祸之源。我顾念君王赤忱无比,完全忘记了自身之贱贫。侍奉君王何曾三心二意,哪知道寻找取宠的门径!忠有何罪,反受惩罚?这实在出乎我的意料。行为超群,反遭颠仆,竟然还要受众人嘲笑。遭遇了重重的指责、中伤,我纵然有口也无从辩解。我情思郁塞不能畅通,还被阻隔,难向君王剖白!愁思郁结我怅然自失,再无人能体察我之心曲。太多的话本就难以寄赠,我愿陈述又哪有路衢!退身静默,谁能知我心意?进身呼号,又有谁会倾听?失意交缠着烦闷、困惑,我神思紊乱忧伤、起伏难平。

我曾梦见自己登天,灵魂在途中失去云舟。我请大神占梦凶吉,他说:"你志在高处却无帮手。"我问:"将离群独居危苦终身?"他说:"君王可思而不可依仗。谗口嚣嚣本就能熔金,历来的直臣都因此遭殃。汤热烫了嘴,见凉菜也吹,你为何不就此改变志节?放了梯子,想要登天,就还会像梦中一样窘急。众人惊恐不与你同心,又为何要以他们为伴?出身虽同而志趣各异,你又为何要向他们求援?晋太子申生本是孝子,父亲却信谗不加宠爱。性子耿直不肯宽容,伯鲧治水因此而失败。"我听说忠贞可以结怨,以为是错话不加重视。多次折臂便可成良医哟,现在我明白理正如此。天上随时有突发的箭弩,地面到处有罗网张布。设下了机关诱骗君王,置身其间哪有举步之处!我徘徊着欲求留止之机,又怕再次遭逢祸患。想要高飞栖止于他方,君王又会诬罔我背叛。不择正路,横奔而行,又怎忍改变我坚定的志节!胸背交痛如将开裂,忧郁的心儿痛如绞结。

把木兰和蕙草捣成细粮,还有舂碎的芬芳申椒。广播江离,多植秋菊,待春日制成干脯和香料。我担心真情不被谅察,故再次申述剖明心迹。保持这美好的德行独处哟,在不尽思念中孤身远栖!

【点评】忠贞遭黜,群小相交,诗人胸际早被愤懑和愁思充塞。此诗开篇突兀而起,毫不借助于比兴之语,表现了一种愤懑之气的突然迸发。接着六句仰望苍穹,忽生奇思,大声邀约天地众神评断、作证,写得既苍凉、又自信。中间一节,反复申述自身之竭诚事君、忠心不二,采取了复沓回环的铺排和对比鲜明的映照,正有叠浪夜涌、雷雨交作之势,不断撼动着读者身心。及至"退静默而莫余知兮,进号呼又莫吾闻"二句,终于因"陈志无路",而陷入"烦惑""闷瞀"的神志恍惚之中。诗情发展至此似已无路可走。但正如刘熙载所说,屈子辞善于在无路可进时用"回抱法",以尽"旁通之妙"(《艺概》):此诗正从"陈志无路"的恍惚中突然回笔,以"昔余梦登天兮"旁出一段虚境。"厉神"的占卜向诗人发出不祥的警告,诗人的抉择却毫不向命运屈服。他既不愿"高飞远集",更不忍"横奔失路",终于选定了一条布满荆棘的"危独"之路。诗之结尾,诗人战胜了焦虑和犹疑,带着特有的平静,坦然为即将"离异"的放流生涯整治行装。诗人骄傲地宣布,他虽将"远身"而"私处",却拥有世上最美好的"情质"。全诗经过愤懑的申诉、不平的呼号、矛盾而痛苦的内心冲突,于阴云密布、雷电交作之后,终于一扫雾霾,透出了明朗的晴光——它照亮了诗人的过去和未来,给踏上前路的伟大"自我",投射了一束高傲、磊落和充满斗争勇气的明丽光芒。《惜诵》是诗人政治生涯的转折点,是"发愤以抒情"诗作的第一声,也是屈原独创的"骚体诗"的辉煌开端。它的风格,既不同于《九歌》的清丽婉转,也不同于《天问》的瑰奇峭拔,而显示了作为屈诗基调的"沉郁顿挫"的特色。其富于浪漫气息的"梦天"和"占梦"奇思,则又与后来的长诗《离骚》略相接近。有些研究者把它视为《离骚》的"草稿"和"前驱",可谓独具只眼。

【集说】此篇全用赋体,无他寄托,其言明切,最为易晓。而其言作忠造怨、遭谗畏罪之意,曲尽彼此之情状。为君臣者,皆不可以不察。(朱熹《楚辞集注》)

《惜诵》,鼐疑此篇与《离骚》同时作,故有重著之语。(姚鼐《古文辞类纂》)

《九章》蹊径更幽,非《离骚》《九歌》比。盖《离骚》《九歌》犹然比兴体,《九章》则直赋其事,而凄音苦节,动天地而泣鬼神,岂寻常笔墨能测。朱子浅视《九章》,讥其直致无润色。而不知其由蚕丛鸟道、巉岩绝壁而出,而耳边但闻声声杜宇啼血于空山夜月间也。(陈本礼《屈辞精义》)

(潘啸龙)

283

涉 江⁽¹⁾

余幼好此奇服兮，年既老而不衰。带长铗之陆离兮，冠切云之崔嵬⁽²⁾。被明月兮珮宝璐，世溷浊而莫余知兮⁽³⁾。吾方高驰而不顾，驾青虬兮骖白螭。吾与重华游兮瑶之圃⁽⁴⁾，登昆仑兮食玉英。与天地兮比寿，与日月兮同光。哀南夷之莫吾知兮，旦余济乎江湘⁽⁵⁾。乘鄂渚而反顾兮，欸秋冬之绪风⁽⁶⁾。步余马兮山皋，邸余车兮方林⁽⁷⁾。乘舲船余上沅兮，齐吴榜而击汰⁽⁸⁾。船容与而不进兮，淹回水而疑滞。朝发枉渚兮，夕宿辰阳⁽⁹⁾。苟余心其端直兮，虽僻远之何伤！入溆浦余儃徊兮，迷不知吾所如⁽¹⁰⁾。深林杳以冥冥兮，乃猿狖之所居。山峻高以蔽日兮，下幽晦以多雨。霰雪纷其无垠兮，云霏霏而承宇。哀吾生之无乐兮，幽独处乎山中。吾不能变心而从俗兮，固将愁苦而终穷！

接舆髡首兮，桑扈裸行⁽¹¹⁾。忠不必用兮，贤不必以⁽¹²⁾。伍子逢殃兮，比干菹醢⁽¹³⁾。与前世而皆然兮，吾又何怨乎今之人？余将董道而不豫兮，固将重昏而终身⁽¹⁴⁾！

乱曰：鸾鸟凤凰，日以远兮。燕雀乌鹊，巢堂坛兮。露申辛夷，死林薄兮⁽¹⁵⁾。腥臊并御，芳不得薄兮⁽¹⁶⁾。阴阳易位，时不当兮。怀信侘傺，忽乎吾将行兮⁽¹⁷⁾。

【注释】（1）《涉江》乃屈原放逐江南多年以后之作。诗题或为楚曲名，或为"渡过湘江"之意。从诗中所叙行程看，当是诗人离开湘水、洞庭一带，前往沅水溆浦"独处"的纪实之作。　（2）切云：此指一种高冠。崔嵬：高耸貌。　（3）被（pī）：通"披"。明月：夜光珠。璐（lù）：玉名。溷浊：混乱、污浊。"溷"，"混"之异体字。　（4）虬（qiú）：传说中的有角之龙。重华：帝舜名。瑶之圃：此指昆仑，以产玉著名，神话中上帝的园圃。　（5）南夷：楚国南方未开化之地的人们。江湘：即湘江。 （6）鄂渚：洞庭湖中水洲名。欸(āi)：叹息。绪风：余风，此指冬末的西北风。 （7）山皋：山边。邸(dǐ)车：止车。方林：地名，在洞庭湖一带。 （8）舲(líng)船：有窗的小船。上沅：逆沅水而上。吴榜：即"艅榜"，艅为船之别名；榜，船桨。击汰(tài)：击水而波上溅。 （9）枉渚：地名，在辰阳东，沅水流经之小湾。辰阳：地名，在沅水上游，今湖南辰溪县。 （10）溆(xù)浦：地名，在沅水上游。儃佪：徘徊，一说曲折。 （11）接舆：春秋时楚国的隐士，披发而为狂。髡(kūn)：剃去头发的一种刑罚。据说接舆先披发佯狂，后又剃去头发。桑扈：古隐士，《孔子家语》说他"不衣冠而处"。一说桑扈穷困，无食无衣，故裸体而行。 （12）以：用也。 （13）伍子：即伍员(yún)，春秋时吴国贤臣，遭太宰伯嚭进谗，而被吴王夫差赐死。比干：殷纣王之庶兄（一说叔伯父），因强谏纣王荒淫之行而被剖心。菹醢(zū hǎi)：菜为"菹"，肉酱曰"醢"。此指比干遭刑之惨酷。（14）董道：正道。豫：犹豫。重昏：多次处于幽暗荒僻之地。 （15）露申、辛夷：均为香木名。林薄：草木丛杂之地。 （16）御：进，用。薄：迫近。（17）怀信：怀抱忠信。忽：很快地。

【今译】幼年起我就爱此奇服以表明我的高尚志节，到老年这爱好也未衰退。身佩光彩耀目的长剑，云冠高耸，何其崔巍！披挂着璨璨的美玉、明珠，世道污浊既已无人知我，我就远走高飞、掉头不顾！让青龙白螭为我驾车，我要陪大舜邀游瑶圃。登上昆仑山哟服食玉花，与高天大地比年寿哟，与煌煌日月同光华。我哀伤楚人莫知我衷肠，一大早就匆匆渡过湘江。登上鄂渚回望故都哟，秋冬的寒风不胜凄凉。我放任车马在山边漫步，直到方林才收辔停驻。乘着舲船我溯沅而上，木桨齐举激起一片浪珠。船行缓慢简直难于前进，在逆流中仿佛停止了一样。早上从枉渚乘船出发，晚上栖宿在荒僻的辰阳。只要我的心刚直不曲哟，斥逐再远也于我无伤！进入溆浦我久久徘徊，迷茫中不知该去向何方？丛林森森昏暗如夜，这乃是猿猴居住的山乡。高峻的峰嶂遮天蔽日，幽暗的山间阴雨纷纷。霰雪飘飞，无边无际，天宇下只见一片云层。我悲哀此生无从欢乐，就这样独处幽寂的山中。我既然不能变心从俗，固将与穷愁相伴始终！

接舆去发佯狂哟，桑扈裸露而行。忠贞者非必被重用哟，贤良者非必被

信任。伍子胥遭逢祸殃,比干受剖心之刑。从来的世道都这样哟,我又何必怨愤今人! 我毫不动摇遵行正道,固将忧患重重不幸终身。

乱辞:鸾鸟凤凰,一天天远斥。燕雀乌鹊,筑巢在坛社。露申辛夷,在丛林枯死。腥臊并进,芳草不得近侍。阴阳易位,我生不逢时。忠信而失志,我将飘然远逝!

【点评】开篇两节如自画像,又如一幅霞彩辉映的"神游图"。以冠带珮服之奇,写其脱俗超世之志,在"吾方高驰而不顾"中,表现着不与浊世同流的正气和傲色! 然而,绮丽的幻境消散之后,身处的毕竟是穷厄的现实。在"秋冬绪风"中反顾故都,诗人更感受到被斥逐的悲凉。那"步马山皋"的忧愁,还有"行吟泽畔"的哀怆!"乘舲上沅"的苦涩,更胜过当年的离郢。诗中极力渲染山林的幽暗不明,峰嶂的遮天蔽日,妙在既均为身处之实境,又似乎是一种象征。它象征着堂堂楚国,再不是风和日丽之世;局促的王庭,早已为谗佞群小所丛集。深林冥冥,猿狖夜啼,处在这样的昏昧黑暗之中,诗人能不感到孤独和无助? 但不管世道如何溷乱,处境如何困穷,诗人心中始终一片光明。"接舆髡首"以下,正以坚定的自信,表现着诗人遵行正道的不变志节。与伍子、比干等古贤辉光相近的,还有这样一位可"与日月争光"的伟大逐臣! 然而,只要还是血性之人,谁又能对身受的迫害无动于衷? 何况诗人对个人的生死虽置之度外,但对国家、民族的前途却不能忘怀! 诗之结尾借助对比鲜明的比兴,唱出了蓄积诗人心头的不尽愤懑。短句劲节,如怒涛翻涌、琵琶狂弹,而后戛然收止,留下惊心动魄的静寂。读罢细听,你仿佛还可感觉到,有一股悲愤的不平之音,正穿越千年时空,隆隆地震荡在耳边。

【集说】此章言己佩服殊异,抗志高远,国无人知之者,徘徊江之上,叹小人在位,而君子遇害也。(洪兴祖《楚辞补注》)

《涉江》《哀郢》,皆顷襄时放于江南所作。然《哀郢》发郢而至陵阳,皆自西徂东。《涉江》从鄂渚入溆浦,乃自东北往西南,当在既放陵阳之后。旧解合之,误矣。其命意浩然一往,与《哀郢》之呜咽徘徊,欲行又止,亦绝不相侔。盖彼迫于严谴而有去国之悲,此激于愤怀而有绝人之志,所由来者异也。抑《惜往日》云"愿陈情以白行兮,得罪过之不意",或者"九年不复"之

后，复以陈辞撄怒，而再谪辰阳，故其词弥激訐。（蒋骥《山带阁注楚辞》）

（引《涉江》开头"哀南夷之莫吾知兮"至"固将愁苦而终穷"）此一段，真所谓述离居、论山水、言节候，尽纳于小小篇幅中矣。夫惟朝廷之莫己知，遂涉江而逝。然秋冬之风扑面，回顾国都，已在苍苍莽莽之中。秋水漫天，楚江日暮，自枉渚至辰阳，初无托足之所。于是深林猿狄，雨雪凄迷，其中一去国之孤臣，不特此身不可安顿，即此心亦宁有安顿之处？又知国家衰败，断无容己之人，即一己亦不愿变心而从俗。不待读《涉江》全文，只此小小结构，静中思之，在在咸足悲梗。（林纾《春觉斋论文·流别论》）

"南夷"，谓贬所也。"济江湘""登鄂渚"，还楚国也。以秋冬绪风止而不进，于是又乘船上沅，又不进，则又南至僻远也。此皆虚设之词，非实事。说者以"南夷"为"楚国"，大谬。（吴汝纶《古文辞类纂》评点）

（潘啸龙）

哀　郢[(1)]

　　皇天之不纯命兮，何百姓之震愆[(2)]！民离散而相失兮，方仲春而东迁[(3)]。去故乡而就远兮，遵江夏以流亡[(4)]。出国门而轸怀兮，甲之鼌吾以行[(5)]。发郢都而去闾兮，怊荒忽其焉极[(6)]？楫齐扬以容与兮，哀见君而不再得。望长楸而太息兮，涕淫淫其若霰。过夏首而西浮兮，顾龙门而不见[(7)]。心婵媛而伤怀兮，眇不知其所蹠[(8)]。顺风波以流从兮，焉洋洋而为客。凌阳侯之泛滥兮，忽翱翔之焉薄[(9)]？心结结而不解兮，思蹇产而不释[(10)]。将运舟而下浮兮，上洞庭而下江[(11)]。去终古之所居兮，今逍遥而来东。羌灵魂之欲归兮，何须臾而忘反。背夏浦而西思兮[(12)]，哀故都之日远。登大坟以远望兮[(13)]，聊以舒吾忧心。哀州土之平乐兮，悲江介之遗风。当陵阳之焉至兮，淼南渡之焉如[(14)]！曾不知夏之为丘兮，孰两东门之可芜[(15)]！心不怡之长久兮，忧与愁其相接。惟郢路之辽远兮，江与夏之不

可涉。忽若去不信兮，至今九年而不复⁽¹⁶⁾。惨郁郁而不通兮，蹇侘傺而含戚⁽¹⁷⁾。外承欢之汋约兮，谌荏弱而难持⁽¹⁸⁾。忠湛湛而愿进兮，妒被离而鄣之⁽¹⁹⁾。尧舜之抗行兮，瞭杳杳而薄天。众谗人之嫉妒兮，被以不慈之伪名⁽²⁰⁾。憎愠怆之修美兮，好夫人之忼慨⁽²¹⁾。众踥蹀而日进兮，美超远而逾迈⁽²²⁾。

乱曰：曼余目以流观兮，冀壹反之何时！鸟飞返故乡兮，狐死必首丘。信非吾罪而弃逐兮，何日夜而忘之！

【注释】(1)《哀郢》，屈原哀恋郢都之作。关于它的写作背景，王逸《楚辞章句·九章序》以为，《九章》是"屈原放于江南之野，思君念国"之作，则其中的《哀郢》也当作于顷襄王迁屈原于江南之后。但他在本诗注文中又有"言怀王不明，信用谗言而放逐己"之语，似又以《哀郢》作于怀王时代。清人王夫之认为，此诗当作于秦将白起破郢、顷襄王东迁陈城"九年"之后，即顷襄王三十年左右（《楚辞通释》）。郭沫若、游国恩则继明人汪瑗《楚辞集解》之说，定此诗为顷襄王二十一年屈原哀悼郢都沦陷之作。这最后一说曾被学术界广泛采用，但因与本诗内容以及有关历史背景不太相符，近些年来受到不少研究者反驳。据我考察，《哀郢》当作于楚怀王客死、屈原被放逐江南的九年以后，大约在顷襄王十三四年，与白起破郢毫无关系（见拙著《屈原与楚文化·〈哀郢〉非"哀郢都之弃捐"》一文）。 (2)不纯命：即天命不常。纯，一也，常也。百姓：此指百官。震愆(qiān)：震惊而失去常态。愆，过失。郭沫若、游国恩以为，这两句说的是白起攻破郢都的景象。我以为这是指顷襄王三年的楚怀王客死，归葬于楚这一巨大灾祸在朝野引起的巨大震动。

(3)民：人，此指诗人屈原自己。当时屈原因反对令尹子兰，再次被进谗而放逐到江南湘沅一带。"离散相失"：即指诗人被放逐而与家人离散，与君王相失。东迁：放逐到东方。屈原的放逐之地先是在湘江汨罗一带，地处楚都东南，故称东迁。 (4)遵：沿着。江夏：即夏水。流亡：流离颠沛于道路。

(5)轸(zhěn)怀：痛思。甲之晨：古代以干支纪日，"甲"指甲日（如"甲申""甲寅"日）。晨：通"朝"，早晨。 (6)怊(chāo)：惆怅。荒忽：神思恍惚。

(7)夏首：夏水出江之口，在郢都东南。西浮：船儿向西浮荡。诗人由夏水经夏首进入长江,本应顺流东下,但因依恋不舍,想再回望一眼郢都,故反向西浮。后面才"运舟"(回船)向东。前人不明诗人心理,对"西浮"解释纷纭,均误。"龙门":郢都的城东门。 (8)婵媛(chán yuán):内心牵持不舍而情急喘息貌。眇(miǎo):远。蹠(zhí):足之所至。 (9)凌:乘。阳侯:大波之神,此指大波。薄:迫近。 (10)纡(guà)结:牵挂。蹇(jiǎn)产:曲折,心情不舒畅。释:解开。 (11)运舟:回船,掉转船头。下浮:顺江东下。"上洞庭而下江":船头朝向洞庭湖,船尾还在大江中。 (12)夏浦:在夏水与大江之间有许多水口称"夏浦",此当指湘水与大江交汇处东北的"二夏浦"(见郦道元《水经注·江水》)。诗人船行由大江入湘水朝洞庭行驶,正背对"二夏浦"。西思:思念西北的郢都。 (13)大坟:水中或水边的高地。
(14)当:对着。陵阳:一作"凌阳",即沸扬的波涛。湘水交汇大江处往往波涛滚滚(战国时代,湘江过洞庭继续北下入江)。淼:水势浩淼。南渡:溯湘水南渡。屈原的放逐之地在洞庭湖东南汨罗一带,故须"南渡"。 (15)曾:竟。夏:厦,大屋。丘:丘墟。两东门:郢都城东门有二,故称。 (16)忽:疾速。"九年不复":指屈原自离开郢都、放逐江南,已有九年未返回郢都。 (17)惨郁郁:心情愁惨郁闷。含戚(qī):含悲。 (18)承欢:逢迎君王之好。汋(chuò)约:犹绰约,美好貌。谌(chén):诚,实际上。荏(rěn)弱:软弱。 (19)湛湛(zhàn):厚重貌。妒:指妒疾之人。被离:众盛貌。鄣:同障,遮挡、壅塞。 (20)抗行:高尚德行。瞭:明亮。杳杳:高远貌。不慈:此指当时人对尧、舜不把帝位传给儿子,而禅让给贤者的一种错误批评。如《庄子》就有"尧不慈,舜不孝"的话。 (21)愠惀(yùn lún):忠心耿耿的样子,一说,愠惀乃心有所蕴积而不善表达。忼(kāng)慨:外表积极貌。(22)蹀躞(qiè dié):小步奔竞貌。超:远。逾迈:愈走愈远。

【今译】皇天哟竟这样变化无常,百姓哟何其震惊、凄惶!我与家人分离与君王散失,正当仲春二月被流放东方。离别了故乡乘舟远去,将沿着夏水颠沛流荡。刚出都门就心中伤痛,我启程的那天正是甲日早上。离开故居,从郢都出发,我神思恍惚,去向何方?船桨齐举请慢些划哟,我伤心从今再见不到君王。我遥望故园中高高的楸树叹息,涕泪涔涔如飘坠的雪珠。过了夏首,我沿江西浮,远望郢都东门龙门已被云遮雾锁。我喘息牵念满腹忧

289

楚辞

伤，前路渺茫不知何处驻足。我顺着一江湍流急波，旅人般随水任意漂泊。船儿突然被大波掀起，像鸟儿飞翔在无际的高空不知去哪里栖宿。解不开心头的忧思如结，放不下满腹的愁肠九曲。我掉转船头乘江而下，朝向洞庭而驶离大江。离别了祖辈世代居住的故居，飘飘荡荡来到这东方荒远的谪地。梦魂牵绕，我要归去哟，哪一刻忘记过返回旧乡？我背对夏浦神思西驰，故都日远怎不令我哀伤！登上高堤向远处眺望，让我的忧心在远望中抒发。我哀悯这州土上的百姓仍旧安乐，我悲叹江湘地域间遗留的古俗。大波沸扬，我到哪里止息，浩淼南渡，又将去往何处！竟不知厦屋会化为丘墟，郢都的东门岂可让它荒芜！我心绪烦闷天长日久，胸中交替着忧虑、思愁。回郢的路本就辽远，更难渡江水夏水的水急浪高。时光飞逝真难以置信，不返郢都已九个年头。我胸中悲愤郁塞不通，失意和忧伤在眉际长留。阿谀的小人外表柔美，内心却软弱毫无操守。忠贞之士愿进身报国，群小阻挡，总嫉之如仇。唐尧虞舜的高尚德行，光芒万丈上薄九霄。心怀嫉妒的众多谗人，却诬其以"不慈"，横加嘲笑。忠贞的直言遭到憎恶，慷慨的高调被特别爱好。小人奔竞，天天被进用，贤人却被逐于千里之遥。

乱辞：张开我双眼四处眺望，盼望着何日是归去的时候！鸟飞再远也要返回故乡，狐狸死时还要朝向出生时的山冈。我实在是无罪而遭放逐的哟，哪一天哪一夜能把故都遗忘！

【点评】开篇以强烈的呼告，点明九年前的放逐离郢之日，正是天命突变、怀王死难，楚之朝野震惊失态的非常时期。个人的遭斥既与君国之祸难如此相连，离郢的哀伤和痛苦，也便格外凄怆难忘。就是在九年之后回忆起来，也仿佛就发生在近期一样，令诗人一说及它，即发仰天号泣之音。中间一节叙流放途中的依恋之情，则又极力渲染江水的波涛汹涌，小船的翱翔、颠荡，浓烈地烘托出诗人内心的忧虑不安和愁肠九曲。他身虽进入洞庭，"灵魂"却西驰郢都，一次次弃舟登岸，一次次回首远眺。这一切，正以复迭的画面、回环的韵律，创造出了一步一回头、步步恋故都的动人情境。令人感到，就是浩荡的江水，也载不动诗人依恋故国的深情！第三节描述诗人"九年不复"郢都的忧思，自然要与群小的误国、君王的信谗联系起来。全诗的回忆，由此被久蕴胸际的愤懑和不平冲断，忧伤的抒情一变为义正词严的控诉。使这一节在深沉的叹息中，奏出了激越亢奋的抗争之音。带着这样的哀愤转入结尾，当诗人放眼前途，料想再无返回郢都的希望时，诗中顿然迸发出一片哭声："鸟飞返故乡兮，狐死必首丘。信非吾罪而弃逐兮，何日夜而忘之！"这不是一般的思乡恋旧之情，而是一位伟大逐臣，对祖国至死不渝的忠贞之情的火山般喷发！它之所以能够震撼千年读者的身心，照耀无数志士仁人的征路，也就毫不奇怪了。此诗题为"哀郢"，全诗正紧扣"哀"字展开，使眼中所见、心中所思，无不化作对楚国象征的郢都的哀恋，如一支主旋律，澎湃震荡于全诗。诗中还大量运用呼告、问叹句式，以表现诗人的凄惶、哀愤、惊忧和不平之情的涨落、荡跌。正是这些，使《哀郢》虽没有《离骚》那种绚烂多彩、神奇变幻的大起大落之境，却同样激发出摄人心魄的力量。刘熙载称："屈子之辞，沉痛常在转处"。《哀郢》正是以"缭转而自谛"之气，写沉痛忧伤之情的杰作。

【集说】此郢乃指江陵之郢，顷襄王时事也。……顷襄王之二十一年，(秦)又攻楚而拔之，遂取郢。……襄王兵散败走，遂不复战，东北退保于陈城，而江陵之郢不复为楚所有矣。秦又赦楚罪人而迁之东方，屈原亦在罪人赦迁之中。悲故都之云亡，伤主上之败辱，而感己去终古之所居，遭谗妒之永废，此《哀郢》之所由作也。(汪瑗《楚辞集解》)

屈子被放九年，料不能复归郢都，故有是作。不曰思郢而曰哀郢者，以顷襄初立，子兰为令尹，上官大夫等献媚固宠，妒贤害国，较之怀王之世尤甚。当初放时，已见百姓之震愆离散，不知此九年中，更作何状？恐天不纯命，实有可哀者。若己之思返而不得返，犹在第二义也。(林云铭《楚辞灯》)

向疑此篇为顷襄王徙陈时作。徙陈在襄王二十一年，屈原迁逐盖在襄王初年，不能至徙陈时尚在也。然篇内"百姓震愆""离散相失"及"两东门之可芜"，皆非一身放逐之感，且必皆实事非空言。殆怀王失国之恨欤？(吴汝纶《古文辞类纂评点》)

(潘啸龙)

抽　思⁽¹⁾

心郁郁之忧思兮，独永叹乎增伤。思蹇产之不释兮，

曼遭夜之方长[2]。悲秋风之动容兮,何回极之浮浮[3]?数惟荪之多怒兮,伤余心之忧忧[4]。愿遥赴而横奔兮,览民尤以自镇[5]。结微情以陈词兮,矫以遗夫美人[6]。昔君与我成言兮,曰黄昏以为期。羌中道而回畔兮,反既有此他志[7]。憍吾以其美好兮,览余以其修姱[8]。与余言而不信兮,盖为余而造怒[9]?愿承间而自察兮,心震悼而不敢。悲夷犹而冀进兮,心怛伤之憺憺[10]。兹历情以陈辞兮,荪详聋而不闻[11]。固切人之不媚兮,众果以我为患[12]。初吾所陈之耿著兮,岂至今其庸亡[13]?何独乐斯之謇謇兮,愿荪美之可光[14]。望三五以为像兮,指彭咸以为仪[15]。夫何极而不至兮,故远闻而难亏。善不由外来兮,名不可以虚作。孰无施而有报兮,孰不实而有获[16]?

少歌曰:[17]"与美人之抽思兮,并日夜而无正。憍吾以其美好兮,敖朕辞而不听[18]"

倡曰[19]:"有鸟自南兮,来集汉北。好姱佳丽兮,牉独处此异域[20]。既茕独而不群兮,又无良媒在其侧[21]。道卓远而日忘兮,愿自申而不得。望北山而流涕兮,临流水而太息。望孟夏之短夜兮,何晦明之若岁?惟郢路之辽远兮,魂一夕而九逝。曾不知路之曲直兮,南指月与列星。愿径逝而未得兮,魂识路之营营[22]。何灵魂之信直兮,人之心不与吾心同!理弱而媒不通兮,尚不知余之从容。"

乱曰:长濑湍流,溯江潭兮[23]。狂顾南行,聊以娱心兮。轸石崴嵬,蹇吾愿兮[24]。超回志度,行隐进兮[25]。低回夷犹,宿北姑兮[26]。烦冤瞀容,实沛徂兮[27]。愁叹苦神,灵遥思兮。路远处幽,又无行媒兮。道思作颂,聊以自救兮[28]。忧心不遂,斯言谁告兮?

【注释】(1)《抽思》作于楚怀王三十年,屈原因强谏怀王赴"武关之会",

触怒怀王，并遭朝中党人谗毁，而被"流放"汉北。屈原于流放前夕作《惜诵》，到达汉北后又作此诗以明志抒愤。前人或断此诗作于顷襄王迁屈原于江南以后，似不妥切。"抽思"：抽为抽绎，思为情思，抽思就是将蕴藏内心的愁思抽绎出来。　（2）蹇产：曲折。曼：长貌。　（3）动容：草木枯黄摇落。回极：回旋而至，一说指天极回旋。浮浮：动荡貌。　（4）荪（sūn）：香草，比喻楚怀王。忧忧：愁也。　（5）遥赴：脱身远走。尤：同"疣"，病痛。镇：安，止。　（6）微情：谦词，犹言"私衷"。矫：举。遗：赠予。美人：指怀王。（7）回畔：返身而回。他志：其他打算。　（8）憍：通"骄"。览：此有显示、炫耀之意。修姱（kuā）：美好。　（9）盖：通"盍"，为什么。造怒：作怒。（10）夷犹：犹豫。怛（dá）：伤痛。憺憺（dàn）：动荡不宁。一说安静貌。（11）兹历情：列举这心中之情。详：同"佯"，假装。　（12）切人不媚：恳切的人不会谄媚。　（13）耿著：明白。庸：就，竟。亡：通"忘"。　（14）謇謇：忠直。光：发扬光大。　（15）三五：三王、五霸，一说指三皇、五帝。像：榜样。彭咸：殷代贤人。仪：仪则、榜样。　（16）施：施舍、恩惠。报：报答。实：果实。　（17）少歌：乐歌中的章节之名，亦称"小歌"（见《荀子·俑诗》）。　（18）敖：通"傲"。朕：我，我的。　（19）倡：同"唱"，歌之音节。一节结束，另行起头。　（20）有鸟：喻屈原自己。胖（pàn）：离异。　（21）茕独：孤独。不群：不与世俗苟合、同流。良媒：比喻能向君王传达诗人心意之人。　（22）径逝：取直路而往。营营：忙碌，一作"茕茕"，孤独貌。　（23）濑（lài）：沙石中浅水。溯：逆流而上。江潭：江水深处，此江当为汉江。（24）狂顾：急切回顾。南行：向南走（本该向北走，却又回头南行）。轸石：方石。嵬嵬（wēi wéi）：高耸不平。　（25）超回：迟回，徘徊。志度：通"踟蹰"，乍进乍退。行隐进：前进甚慢，不觉其进。　（26）北姑：地名，具体地点不详。　（27）烦冤：烦乱忧苦。督容：苦闷烦乱之貌。实：是。沛徂：急急而往。　（28）道思：路中且行且思。作颂：作歌。自救：自我解脱。

【今译】心中的忧思哟重重郁积，独自长叹更添几多哀伤。愁思交缠如乱丝难解，值此暗夜愈加觉得漫长！我悲悯秋风凛冽草木黯然，连天极竟也在浮荡中回旋。君王哟想到您屡屡暴怒，我忧伤的心就愁苦不安。我欲摆脱苦闷狂奔乱走，见万民遭难又自我镇止。我要坦露衷情向您陈述，献给您

293

楚辞

一片诚挚！从前您与我定有婚约，说好"在傍晚时分亲迎"。谁知您半路上改变心意，反去找他女献此殷勤。您傲慢待我自以为美好，总向我炫耀您堂堂仪表。与我说话从不讲信用哟，何以对我就动辄怒吼！我想找机会向您表白心迹，害怕您震怒不敢启口。我愿进身又犹豫徘徊，心儿伤痛如被刀割鞭抽。我列举衷情再三陈诉，您却装聋作哑不予理睬。激切之臣本就不被亲近哟，群小果然将我视为祸灾！我当初陈述得明明白白，难道您现在就全部忘却？我为何独爱耿耿直言，还不是希望您美德无缺！以三王五伯作您榜样，以古贤彭咸为我仪型。就没有不能达到的目标，也难以亏损远扬的声名。善行本不能从外而来，声名也不靠作假传播。谁能不施恩惠而求回报？谁能不出劳力而有收获？

少歌曰：跟君王剖白心迹啊，夜以继日却得不到评判。向我夸耀他的美好啊，傲慢地将我的言语抛在一边。

倡曰：有一只鸟从南方飞来，栖止在这汉水之北。它长得多么娇丽哟，却孤单独处在异域！它茕茕独立早已失群，更无良侣相伴身侧。路途遥远日益被遗忘，想要申诉哪有进身之途。眼望着北山涕泪涔涔，俯临流水唯有叹息踯躅！仰望这孟夏的短夜哟，为何漫长得如度一年？回郢的路程纵然辽远，我也要一夜间魂返九遍！也不管道路是曲是直，只依着星月向南疾行。想径直飞返又不能如愿，梦魂为识路忙碌不停。我的灵魂诚信正直，为什么人心却与我不同？引荐者懦弱君意难通，至今不知我宽博的心胸！

乱辞：又长又急的石濑，逆向汉江流哟。我回顾南路狂奔，聊以舒忧愁哟。方正的山石高耸，阻碍我返回郢都的愿望。徘徊中行而复返，不知行进了多远哟。我独自犹豫徘徊，在北姑留宿哟。带着烦乱的心情，颠沛于路途哟。可叹我神思愁苦，灵魂飞向远方哟。身隔天涯而幽处，谁为陈情君王哟。我途中作此悲赋，聊以解愁悴哟。忧虑的心思难吐，究竟可告谁哟！

【点评】以正文、少歌、倡、乱辞四部分构成全诗，这在楚辞结构体式中极为少见。正文着重抒写被逐的幽怨，大抵正是秋风初起的耿耿不眠之夜。欷歔的倾诉，飘散在萧萧的风中，高远的星空，似乎也在随诗人的悲吟浮荡。诗中几乎没有声色俱厉的斥责，只有痛切的表白、哀伤的规劝，吐露着一位赤忱辅君的贞臣的冤屈。当语短情促的"少歌"响起，便如旋律之回环复沓，更令读者百感交集,不禁为诗人"日夜无正"的冤情而堕泪!"倡曰"是诗境之一大跳跃。在"有鸟自南兮,来集汉北"的比兴中,展现出泪洒"北山"的诗人的身影,并在星月闪烁的夏夜的天宇下,化为梦魂悠悠的返郢虚境。这是诗人哀切的情思的最动人幻化,字里行间飘浮着的,是一位多么执着依恋郢都的忠魂的衷情!"乱辞"忽又倒转时空,以繁弦促节之音,快速叠现诗人放流汉北途中的神思督乱的情景。"长濑湍流""轸石崴嵬"映印着"狂顾南行""低回夷犹"的痛苦逐臣,究竟是在仰天呼号,还是在无语饮泣?全诗错杂颠倒,正与诗人猝然遇祸的督乱心境相近。但在错杂颠倒中可以抽绎而出的,则是诗人那万劫不变的恋国深情。

【集说】此篇盖原怀王时斥居汉北所作也。史载原至江滨,在顷襄之世。而怀王之放流,其地不详。今观此篇曰来集汉北,又其逝郢曰:"南指月与列星",则汉北为所迁地无疑。黄昏为期之语,与《骚经》相应,明指左徒时言。其非顷襄时作,又可知矣。原于怀王,受知有素。其来汉北,或亦谪宦于斯,非顷襄弃逐江南比。故前欲陈辞以遗美人,终以无媒而忧谁告。盖君恩未远,犹有拳拳自媚之意,而于所陈耿著之词,不惮叠叠述之,则犹幸其念旧而一悟也。视《涉江》《哀郢》《惜往日》《悲回风》诸篇,立言大有径庭矣。(蒋骥《山带阁注楚辞》)

《抽思》,方晞原曰:屈子始放,莫详其地。以是篇考之,盖在汉北。故以鸟自南来集为比。又曰"望北山而流涕",其欲反郢也。曰"南指月与列星",曰"狂顾南行",篇次列《涉江》《哀郢》之后者,《九章》不作于一时,杂得诸篇,合之有九耳。(戴震《屈原赋注》)

(潘啸龙)

295

楚辞

怀 沙(1)

滔滔孟夏兮,草木莽莽。伤怀永哀兮,汩徂南土(2)。眴兮杳杳,孔静幽默(3)。郁结纡轸兮,离愍而长鞠(4)。抚情效志兮,冤屈而自抑。刓方以为圆兮,常度未替(5)。易初本迪兮,君子所鄙(6)。章画志墨兮,前图未改(7)。内厚

质正兮,大人所盛⁽⁸⁾。巧倕不斫兮,孰察其拨正⁽⁹⁾?玄文处幽兮,曚瞍谓之不章⁽¹⁰⁾。离娄微睇兮,瞽以为无明⁽¹¹⁾。变白以为黑兮,倒上以为下。凤皇在笯兮,鸡鹜翔舞⁽¹²⁾。同糅玉石兮,一概而相量⁽¹³⁾。夫惟党人之鄙固兮,羌不知余之所臧⁽¹⁴⁾。任重载盛兮,陷滞而不济。怀瑾握瑜兮,穷不知所示⁽¹⁵⁾。邑犬之群吠兮,吠所怪也。非俊疑杰兮,固庸态也。文质疏内兮⁽¹⁶⁾,众不知余之异采。材朴委积兮⁽¹⁷⁾,莫知余之所有。重仁袭义兮,谨厚以为丰⁽¹⁸⁾。重华不可遌兮⁽¹⁹⁾,孰知余之从容?古固有不并兮,岂知其何故?汤禹久远兮,邈而不可慕。惩违改忿兮,抑心而自强。离愍而不迁兮,愿志之有像。进路北次兮,日昧昧其将暮。舒忧娱哀兮,限之以大故⁽²⁰⁾。

乱曰:浩浩沅湘,分流汩兮。修路幽蔽,道远忽兮。怀质抱情,独无匹兮。伯乐既没,骥焉程兮⁽²¹⁾!民生禀命,各有所错兮⁽²²⁾。定心广志,余何畏惧兮。曾伤爰哀,永叹喟兮。世混浊莫吾知,人心不可谓兮。知死不可让,愿勿爱兮。明告君子,吾将以为类兮⁽²³⁾!

【注释】(1)《怀沙》约作于屈原自沉汨罗前夕,有人以为乃屈原之绝命词。"怀沙"题意,大多以为是"怀抱沙石而自沉",但也有以为是寓怀长沙(楚熊绎的始封地),欲往而就死之意。　(2)滔滔:阳气舒发貌,一说作"慆慆",悠久。莽莽:草木丛生貌。汩(gǔ):疾速。南土:指长沙或自沉之地汨罗。　(3)眴(shùn):同"瞬",看。杳杳:深远而无所见。孔:很。幽默:幽静无声。　(4)纡轸:曲折而痛苦。愍:病痛,忧患。鞠:困穷。　(5)效:考核、检验。刓(wán):削,磨损。常度:正常的法则。替:废。　(6)易初本迪:改变当初的操行和常道。鄙:轻视、鄙弃。　(7)章画志墨:"画墨"即匠人之"绳墨";章,明也。志,记也。明于所画,记其绳墨,严守不变之意。前图:前人的法度。　(8)内厚:内心敦厚。质正:品质方正。盛:赞美。　(9)倕(chuí):尧时巧匠之名。斫(zhuó):砍。拨:弯曲。拨正,犹言曲直。

（10）玄文：黑色花纹。矇瞍（méng sǒu）：盲人，有瞳仁而盲曰矇，无瞳仁曰瞍。不章：没有文采。　（11）离娄：传说中黄帝时代目力最明者。睇（dì）：微视。瞽（gǔ）：瞎子。　（12）笯（nú）：竹笼。鹜（wù）：野鸭。　（13）同糅：混合一起。概（gài）：量米粟时用以刮平斗斛的横木。　（14）鄙固：鄙陋、顽固。臧：同"藏"，此指胸中的怀抱志向。一说"臧"，善。　（15）瑾、瑜：美玉。示：给人看。　（16）文质疏内：质朴而不善言辞。　（17）材朴：有用的木料称"材"，未加工的木料称"朴"。　（18）重仁袭义：积蕴仁义。谨厚：谨慎、厚重。丰：大。　（19）重华：即大舜。遌（è）：遇。　（20）舒忧娱哀：以哀忧为娱乐。限：极限。大故：死亡。　（21）伯乐：春秋时秦穆公臣子孙阳，善相马。没：同"殁"，死。程：评量。　（22）民生：人生。禀命：受命。错：通"措"，安置，安排。　（23）明告：明白告诉。类：法。

【今译】多么和暖的初夏，草木一派茂盛。怀着浓浓的哀伤，我疾速奔向南方。放目深远的山林，四野分外幽静。重重缠结的忧伤哟，如病痛久困我心。我省察平生的情志，抑制着满腹冤屈。方正的金玉被磨损成了圆的哟，法度又岂可枉曲。改变初始的正道，将为君子所鄙视。我取法绳墨的正直，从未改前贤遗制。内质淳厚、心地正直，方为有道者推许。倕艺虽巧不动斧哟，谁知他砍得直与曲？纹彩被置于暗处，盲人便说它不鲜明。离娄睇起他的眼睛，瞎子就说他看不清。洁白的被诬为污黑，在上的被颠倒在下。凤凰全关进了竹笯，只剩下乱舞的鸡鸭！把玉、石搅混在一起，不分好赖就称量。这伙小人多么鄙陋哟，竟不知我的贞良！能装载重物的大车，却不免要陷滞于途路。我怀抱着美好的宝玉，却窘困而不知显露。少见多怪的群狗，在都邑中狺狺狂吠。非议俊豪疑忌贤杰，本就是庸人所为！内质丰美外表疏朴，谁知我异采闪烁？蓄积有满腹才学，竟无人知我富足！我承继先圣之仁义，以谨厚扩充自身。再不能遇到重华（舜），谁又知我之宽诚？自古少有并世的圣贤，这原故谁能知晓？汤禹之世何其久远，悠远得不可追效。我遏止心头的忿恨，力求振作和坚强。虽遭祸患不改其节，愿以古贤为榜样。前行中停留北顾，不觉已日落黄昏。姑且把哀忧当娱乐哟，走向那死亡之门！

乱辞：浩荡的沅湘水，分道急急流哟。幽茫茫的长路，望不见尽头哟。

297

楚辞

我的美好怀抱，无人可证明哟。伯乐既已死去，良马谁品评哟！人生禀受命运，安排各不同哟。我心定志广，生死岂恐惧哟？哀伤阵阵袭来，喟叹多深长哟。浊世无人知我，难与诉衷肠哟。知死不可避让，何惜此身殁哟，光明的贤人君子，我将引你们为楷模哟！

【点评】此篇虽然不一定为屈原之绝命词，但其表达的情思，却又与绝命词颇相仿。开篇展现孟夏草木茂盛之景，在生机盎然烘托下的，却是"孔静幽默"般的一片死寂。冤屈和忧伤，虽还不时袭上诗人心头，但诗人已不再如《抽思》《惜诵》那样哀哀表白——他对君王，正如对"鄙固"的党人一样，已不抱任何幻想。此刻充溢在心的，便只有追抚平生、"前图未改"的宽慰和自信。诗人擅长比兴，面对着将临的死亡，他愤慨的心境反而平静了，所以比兴之思也妙出不穷：处幽的"玄文"，微睇的"离娄"，不斫的"巧倕"，在笯的"凤凰"，都是他信手拈来的奇妙自喻，显示着虽遭厄难也不屈不挠的伟大高傲。"矇瞍""聱""鸡鹜""邑犬"则成了谗佞小人的形象写照，他们的嗳嚅、嗤妄、翔舞和群吠，也因此显得格外卑俗和可笑！伟大和卑鄙，洁白和污浊，在这里得到了最鲜明的对比，形成了最强烈的反差。以一派鄙夷之气涤荡了党人群小之后，读者眼前升腾而起的，正是诗人那不可逼视的凛然清辉。它映印着在"乱辞"中高高站立的诗人，向当代后世大声宣告："知死不可让，愿勿爱兮。明告君子，吾将以为类兮！"如此坦然而沉静的结局，已远远超越于将死时刻所常有的悲怆，而升华为净化人们心灵的"崇高"。而屈原，也由此与他所仰慕的伟大先辈交相辉映，如日月一般，永照在浊浪汹汹的南国楚天了。

【集说】《九章》有泪无声，有首无尾，洒一腔之热血，而究无所补，原真难瞑目于汨罗也。读其词，但当悲其志，亦何必问工不工耶？（焦竑语，转引自蒋之翘《七十二家评楚辞》）

此灵均绝笔之文，最为郁勃，亦最为哀惨。……其章法句法，承接照应，无不井然。要知此番之死，实因被放九年不复，谗谀用事，楚国日就危亡，以平日从彭咸之意，为尸谏之史鱼，冀君一悟，以保其国。非怨君，亦非孤愤也。（林云铭《楚辞灯》）

以怀石为舒忧，以投渊为娱哀。命尽于此，天实限之，夫何怨哉！凄音

惨惨,至今犹闻纸上。已上又似一篇自祭文,"乱曰"以下,则自题墓志铭也。(陈本礼《屈辞精义》)

(潘啸龙)

思 美 人⁽¹⁾

思美人兮,揽涕而伫眙⁽²⁾。媒绝路阻兮,言不可结而诒。蹇蹇之烦冤兮,陷滞而不发⁽³⁾。申旦以舒中情兮,志沈菀而莫达⁽⁴⁾。愿寄言于浮云兮,遇丰隆而不将⁽⁵⁾。因归鸟而致辞兮,羌宿高而难当。高辛之灵盛兮,遭玄鸟而致诒⁽⁶⁾。欲变节以从俗兮,愧易初而屈志。独历年而离愍兮,羌凭心犹未化⁽⁷⁾。宁隐闵而寿考兮⁽⁸⁾,何变易之可为!知前辙之不遂兮,未改此度。车既覆而马颠兮,蹇独怀此异路⁽⁹⁾。勒骐骥而更驾兮,造父为我操之⁽¹⁰⁾。迁逡次而勿驱兮,聊假日以须时。指嶓冢之西隈兮,与纁黄以为期⁽¹¹⁾。

开春发岁兮,白日出之悠悠。吾将荡志而愉乐兮,遵江夏以娱忧。揽大薄之芳茝兮,搴长洲之宿莽⁽¹²⁾。惜吾不及古人兮,吾谁与玩此芳草?解萹薄与杂菜兮,备以为交佩⁽¹³⁾。佩缤纷以缭转兮,遂萎绝而离异。吾且儃佪以娱忧兮,观南人之变态⁽¹⁴⁾。窃快在中心兮,扬厥凭而不俟⁽¹⁵⁾。芳与泽其杂糅兮,羌芳华自中出。纷郁郁其远蒸兮,满内而外扬⁽¹⁶⁾。情与质信可保兮,羌居蔽而闻章。令薜荔以为理兮,惮举趾而缘木。因芙蓉以为媒兮,惮褰裳而濡足⁽¹⁷⁾。登高吾不说兮,入下吾不能⁽¹⁸⁾。固朕形之不服兮,然容与而狐疑⁽¹⁹⁾。

广遂前画兮,未改此度也。命则处幽,吾将罢兮⁽²⁰⁾,愿及白日之未暮也。独茕茕而南行兮,思彭咸之故也。

【注释】(1)《思美人》作于屈原再迁江南途中。前人有以此诗无标题（今题乃取首句而成）、无乱辞，怀疑非屈原所作，但证据不足。"美人"，当喻指继怀王而立之顷襄王。　(2)揽：收，拭。伫眙(zhù yí)：久立而直视。(3)謇謇：同"蹇蹇"，忠直之言。陷滞：郁结之意。发：抒发。　(4)申旦：申明，再三说明。沈菀(yù)：沈，通"沉"。菀，同"蕴"，沉闷、郁结。达：通。(5)丰隆：云神，一说雷神。将：持、带。　(6)高辛：帝喾之号。灵盛：神灵。遭玄鸟而致贻，遇凤凰而为之致送聘礼，指帝喾娶简狄的传说。　(7)历年：经历很多年。离愍：遭逢祸患。凭心：愤懑之情。未化：未消。　(8)隐闵：隐忍伤痛。寿考：长寿。　(9)车覆马颠：以车马翻颠喻自己走上艰危之路。异路：不同的道路。　(10)勒：勒缰止马。更驾：改换驾车之人。造父：周穆王时善御车者。　(11)嶓冢(bō zhǒng)：山名，在西北方向，汉水所出，也是秦国最初的封地所在。隈(wēi)：山边。纁(xūn)黄：黄昏。　(12)薄：草木丛生处。芳茝：芳草。搴(qiān)：拔取。洲：水中的陆地。　(13)解：采。蔄(biān)：草名，亦称蔄竹。备：备置。交佩：左右相交的佩带。　(14)南人：南夷之人。变态：南方蛮夷所不同于开化民族的风俗。　(15)扬厥凭：捐弃心中的愤懑。俟：等待。　(16)悉：散发。满内：内质充满了芳洁。外扬：美好品性的显露。　(17)薜荔：香草。芙蓉：荷花。媒、理：提婚人和媒人。褰裳：撩起衣裙。濡(rú)：沾湿。　(18)登高：指登上树木采摘薜荔。说：同"悦"。入下：指入水采摘芙蓉。　(19)朕形：我的一贯作风。不服：不习惯。　(20)命则处幽：按闻一多《楚辞校补》以为，这一句以下文字有错简、脱漏。他说："此文疑当作'……命则处幽兮，吾□□□也，□□□□将罢兮，愿及白日之未暮也，独茕茕而南行兮，思彭咸之故也'。"

【今译】我思念美人哟，在久久伫望中掩涕。道路阻隔媒人断绝，难以将话语相寄。忠直而蒙受冤屈，正如陷泥淖而不拔。再三申说以舒泄真情，又神志郁塞无法表达。想托浮云寄去话语，云神遇我却不肯相捎。想借归鸿转送书信哟，又栖宿高处难于相招。帝高辛德行多么盛明，又遭遇凤鸟代致聘礼。想要变节与世俗同流，又愧于初志被枉曲改移。尽管我多年遭受祸患，内心的愤懑犹未消歇。宁愿在隐忍中伤痛终老，又何可变易平生志节！明知前途崎岖难行，我仍未改变车辙轨度。车已翻倒，马已颠覆，我依然坚信这条正路！套上骐骥、更换车御，让造父为我操鞭而驱。缓缓地行进不要着急，且借此岁月等待时机。遥指嶓冢山之西隈哟，黄昏时我将与美人相聚。

春天到来又是新的一年，朝阳升腾白昼多漫长。我要放开心怀娱乐哟，沿着江夏水一吐愁肠！从草木丛中采摘芳芷，长水洲上拔取卷施。可惜古贤不和我同时，我与谁玩赏芳草奇姿？采集蓠竹和各式野菜，用以做成左右佩饰。纵然周身缤纷多彩，毕竟将萎死而遭遗弃。我姑且徘徊以忧为乐，观览南夷的奇风异俗。心中隐隐感到快意，愤懑被篾扬不再蓄积。芳草与浊物交相混杂，依然有芳华从中喷发。香气郁郁传得很远，那是内在芳洁积蓄深厚外扬、飘洒。真情与内质真能保持，身虽幽闭也可名彰天涯！想要薜荔为我作引荐，举脚攀树却使我惧惮。想要荷花做我的媒人，提衣下水又令我难堪。登上高树，我不喜欢；踩入泥淖，我不愿意。这本就不合我的习性，当然要这样犹豫、狐疑。

广求实现夙愿的途路，我从未改变品性志愿。幽居的命运终将穷尽，趁我的年岁尚未垂暮。我茕独一身走向南方，唯思以彭咸做我的楷模！

【点评】怀王客死，屈原遭谗再迁江南，心中无疑万分凄怆。不过顷襄王之昏庸，毕竟才刚显露，诗人对他多少也还怀抱幻想。所以此诗落笔，远不似九年后之《哀郢》，带有那样浓重的哀思和绝望。幽怨的开篇，表达着对君王的深切思念、满腹的冤屈，终发为"寄言"浮云、托意"归鸟"的奇思。诗人坚信自己选择的忠贞兴国之路，在"车既覆而马颠兮，蹇独怀此异路"的自信高唱中，显现着这位逐臣多么坚韧难摧的志节！一个美好的憧憬，还带着令诗人迷恋的亮色在前方闪烁，那就是"指嶓冢之西隈兮，与纁黄以为期"的君臣相契的景象。诗之后半篇，诗人正是在这样的期待中，茕独一身踏上了放逐江南之路。忧苦的流亡生涯，是需要不断的自我激励的。诗中的奇芳异草之喻，正与《离骚》一样，象征着诗人高洁美好的品性——它芳菲永存、历久弥新。任何险恶的风云，都不能使它减损、消歇！一派"芳华"，在诗行间纷扬、飘洒，与之相伴的，便是令千古读者肃然仰视的一个伟大身影，正迈着坚定的步履，在悠悠"白日"中远去……

楚辞

【集说】《思美人》。此章言己思念其君,不能自达,然反观初志,不可变易,益自修饬,死而后已也。(洪兴祖《楚辞补注》)

此篇作于《哀郢》之后无疑也。虽不可考其所作之年,要之在襄王之时而非怀王之时则可必也。其文严整洁净、雅淡冲和,文之精粹者也。……"美人"谓好之妇人,盖托词而寄意于君也。(汪瑗《楚辞集解》)

《思美人》是模仿《抽思》的,但是通篇逍遥自得多于哀怨,如"令薜荔以为理兮,惮举趾而缘木。因芙蓉以为媒兮,惮褰裳而濡足",与屈原那"魂一夕而九逝"的迫切情调是截然不同的。它又与《悲回风》《惜往日》《惜诵》同为无标题无乱辞的篇章,所以也可以肯定乃是拟作。(林庚《诗人屈原及其作品研究》)

(潘啸龙)

惜　往　日[(1)]

惜往日之曾信兮,受命诏以昭时[(2)]。奉先功以照下兮,明法度之嫌疑[(3)]。国富强而法立兮,属贞臣而日娭[(4)]。秘密事之载心兮,虽过失犹弗治。心纯厖而不泄兮[(5)],遭谗人而嫉之。君含怒而待臣兮,不清澈其然否。蔽晦君之聪明兮,虚惑误又以欺[(6)]。弗参验以考实兮,远迁臣而弗思。信谗谀之溷浊兮,盛气志而过之。何贞臣之无罪兮,被离谤而见尤。惭光景之诚信兮,身幽隐而备之[(7)]。临沅湘之玄渊兮,遂自忍而沉流。卒没身而绝名兮,惜壅君之不昭。君无度而弗察兮,使芳草为薮幽[(8)]。焉舒情而抽信兮,恬死亡而不聊[(9)]。独障壅而蔽隐兮,使贞臣为无由[(10)]。

闻百里之为虏兮,伊尹烹于庖厨[(11)]。吕望屠于朝歌兮,宁戚歌而饭牛[(12)]。不逢汤武与桓缪兮,世孰云而知之?吴信谗而弗味兮,子胥死而后忧[(13)]。介子忠而立枯兮,文君寤而追求[(14)]。封介山而为之禁兮,报大德之优游。思久故之亲身兮，因缟素而哭之(15)。或忠信而死节兮，或诡谩而不疑(16)。弗省察而按实兮，听谗人之虚辞。芳与泽其杂糅兮，孰申旦而别之。何芳草之早殀兮，微霜降而下戒。谅聪不明而蔽壅兮，使谗谀而日得。自前世之嫉贤兮，谓蕙若其不可佩。妒佳冶之芬芳兮，嫫母姣而自好(17)。虽有西施之美容兮，谗妒入以自代。愿陈情以白行兮，得罪过之不意。情冤见之日明兮，如列宿之错置(18)。乘骐骥而驰骋兮，无辔衔而自载。乘泛泭以下流兮，无舟楫而自备(19)。背法度而心治兮，辟与此其无异(20)。宁溘死而流亡兮，恐祸殃之有再。不毕辞而赴渊兮，惜壅君之不识。

【注释】(1)《惜往日》，屈原沉汨罗前夕所作。从内容看，当作于《怀沙》之后，故前人亦有以此为屈原"绝笔"的。明清以来，也有不少研究家怀疑此诗非屈原所作，但证据亦嫌不足。 (2)曾信：曾为君王信任。命诏：诏命。昭：明。 (3)先功：先王之功业。照下：照临下民。嫌疑：指法令中含糊不明之处。 (4)属：托付。贞臣：忠贞之臣。 (5)纯庬：纯净、朴厚。不泄：不泄漏。 (6)清澈：弄清事情之真相。蔽晦：掩盖真相使之不明。虚惑误：以虚假之事令人迷惑、误会。 (7)被离：遭遇。见尤：被指责、被加罪。光景：光影，指太阳光。诚信：真实可信。备：收藏。 (8)薮幽：薮泽之幽暗处。 (9)抽信：表达忠信之情。恬：安然。不聊：不偷生。 (10)障壅：遮蔽、阻塞。无由：无有进身被用之途。 (11)百里：春秋时贤人百里奚，原为虞国大夫，虞晋作战中被俘，后秦穆公任以为大夫。伊尹：本为有莘氏陪嫁奴隶，做过厨师，后辅成汤灭夏兴商。 (12)吕望：即姜太公，传说他未遇周文王时，曾在朝歌做过屠夫，后成为周王朝开国功臣。宁戚：春秋时卫之贤士，曾贩牛至齐都。齐桓公经过，宁戚正在车下喂牛，即扣牛角而歌，得到齐桓公赏识，任以为大臣。 (13)吴信谗：指吴王夫差听信太宰伯嚭谗言，贤臣伍子胥被逼自杀。弗味：不理解忠直之言。后忧：指伍子胥死后，吴国遭灭国之祸。 (14)介子：即介子推，晋国贤臣。随公子重耳亡命在外，重耳

楚辞

返国为君(即晋文公),奖赏有功之臣,禄不及介子推,他也不求封赏,与其母隐居绵山。后晋文公思及他的功劳,请他出山,介子推不肯,文公烧山逼迫他出山,介子推抱木而死。枯:身被烧死。寤:通"悟",醒悟。 (15)封介山:晋文公把介子推隐居之绵山改名为介山,禁止人们去山中采樵。优游:指大德的宽广。久故:犹言"故旧"。因缟素而哭之:指晋文公在介子推死后,身披素服哭祭他。 (16)死节:守气节而死。诡谩(yí màn):欺诈。(17)佳冶:美丽的女子。嫫(mó)母:丑女,一说乃黄帝妻。姣而自好:做作妩媚之态自我欣赏。 (18)情冤:实情和冤屈。列宿错置:星宿分布在夜空。 (19)泛:浮。泭(fú):木筏。舟楫:船桨。自备:自以为完备。 (20)心治:随心所欲地治理。辟:同"譬"。

【今译】我痛惜曾被信任的往日,受命治理国政。让先王的功绩普照下民,使政令和法度明白无疑。国家富强,法制得以确立,政事托付忠臣,何其欢怿!心中装载着国政之秘密,即使有过失也不责譬。我心地纯厚,言语谨慎,却遭到谗人的嫉恶诋毁。君王竟对我怒气冲冲,也不去辨明曲直是非。你被蒙蔽而耳目不聪,迷惑于群小的虚辞欺伪。不检验考察事情真相,就疏远斥逐我,不知反思悔改!你轻信谗臣的恶浊之言,委我以罪过还震怒如雷。为什么忠贞无过的我,竟被如此诽谤、横加罪名?我惭愧于太阳的光明可信,身却被幽闭而真相难明。我俯临幽深的沉湘之渊,将忍受冤屈沉身江心。此身从此与声名齐绝哟,我痛惜昏君依然顽冥!君王昏昧而不知省察,使芳草委弃于幽暗水泽。何处舒泄我真情、忠信?甘愿死去也不志屈节折!我独被阻隔、隐身荒野,忠贞报国又哪有路辙?

我听说百里奚当过俘虏,伊尹也曾在厨房烹调。姜太公曾操刀屠宰于朝歌,喂牛的宁戚曾歌叩牛角。不遇商汤周武齐桓和秦穆,世上又有谁知其怀抱?吴王信谗而不辨是非,伍子胥死后才忧虑国难。忠贞的介子推活活被烧死,晋文公醒悟后追悔已晚。封祭介山而禁止樵采,报答他德行的广厚悠远。回思旧臣的割股之恩,穿上丧服哭得多么悲惋!忠信的竟就守节而死,欺蒙的却被信用不疑。不肯省察和核实真情,只听信谗人的虚假之辞!芬芳和垢泽混杂一起,谁能将它们清楚辨理?为什么芳草过早凋零?微薄的寒霜已降下警戒。君王被遮蔽耳目不明,使阿谀的谗人日渐升进。自古以来的嫉贤之风,都说不可佩戴杜若香蕙。妒疾佳人的艳丽芬芳,丑若嫫母还自许娇媚。即使你有西施的美貌,她也要取代并将你谗毁。我愿陈述真情表明行迹,却出乎意料获此罪责。我心中的冤屈分明可见,如星辰布列夜空般明朗!宁可突然死去随水漂流,我担心国难再次降临。沉渊前不把话儿说完,我痛惜昏君再不能清醒!

【点评】前人怀疑此章非屈原所作,我则以为,它正是屈原绝命前夕复杂心态的真实表露。生命即将结束,诗人踯躅江岸,平生的种种往事,便如波推浪涌一般,重又历历浮现脑际。诗中首先展出的,是曾得怀王信用时的早期从政生涯。这是诗人一生中最美好的时光。即使在诗人即将结束生命时的最黯淡、最绝望时刻,追忆起来仍不免令他情志激荡、难以自己。读者从"奉先功以照下兮,明法度之嫌疑。国富强而法立兮,属贞臣而日娭"的字行间,难道感受不到有一股欢愉的自豪、深切的依恋之情在汹涌、推荡么?然而这一切毕竟都已逝去,在缤纷照眼的"往日"之梦消散过后,诗人面对的,却已是"君含怒而待臣""远迁臣而弗思"的不意打击。这打击是那样突然和沉重,并且碾压过了诗人中、晚年的长长岁月,粉碎了他的一切憧憬和梦想!难怪诗人在"临沅湘之玄渊兮,遂自忍而沉流"的时刻,在坦然走向死亡的前夕,一念及所受的冤屈,依然充满了震惊和不平:"何贞臣之无罪兮,被离谤而见尤?"这凄怆的呼号,难道只是针对昏庸的楚王和谗臣而发?不,当诗人回顾历史,将自己的遭际与"吴信谗而弗味兮,子胥死而后忧""自前世之嫉贤兮,谓蕙若其不可佩"的无数悲剧联成一体时,这呼号便带有了更深广、更凄怆的内蕴——它实际上是对整个专制、"溷浊""嫉贤"害能、阻挠历史前进的黑暗世界的责问和控诉呵!诗人当然已绝望于这个世界,但他又不甘心于这种绝望。"不毕辞而赴渊兮,惜壅君之不识"的结语,正透露着一位南方哲人,在离开这个世界时的无限悲哀和痛惜。唐人李贺称《九章》:"其意凄怆,其辞瑰玮,其气激烈",借来评定此诗,最为恰当。

【集说】其意凄怆,其辞瑰玮,其气激烈。虽使间有重复,然临死时求为感动庸主,自不觉言之不足,故重言之,要自不为冗也。(李贺语,引自蒋之翘《七十二家评楚辞》)

楚辞

《惜往日》，其灵均绝笔欤？夫欲生悟其君不得，卒以死悟之，此世所谓孤注也。默默而死，不如其已。故大声疾呼，直指谗臣蔽君之罪，深著背法败亡之祸，危辞以撼之，庶几无弗悟也。苟可以悟其主者，死轻于鸿毛，故略子推之死而详文君之悟，不胜死后余望焉。《九章》惟此篇词最浅易，非徒垂死之言，不暇雕饰，亦欲庸君入目而易晓也。呜呼！又孰知佯聋而不闻也哉！（蒋骥《山带阁注楚辞》）

我朝自阎百诗后，辨伪古文者，无虑数十百家。姚姬传氏独以神气辨之，曰"不类"。柳子厚辨《鹖冠子》之伪，亦曰"不类"。余读《九章·惜往日》，亦疑其赝作。何以辨之？曰："不类"。（曾国藩《读书录·楚辞》）

曾文正公谓此篇不类屈子之辞，而识别其浅句。今更推衍文正之十旨。盖他篇皆奇奥，此则平衍而寡蕴，其隶字亦不能深醇。文正之识卓矣。（吴汝纶《古文辞类纂评点》）

（潘啸龙）

橘　颂(1)

后皇嘉树，橘徕服兮(2)。受命不迁，生南国兮。深固难徙，更壹志兮。绿叶素荣，纷其可喜兮。曾枝剡棘，圆果抟兮(3)。青黄杂糅，文章烂兮(4)。精色内白，类任道兮(5)。纷缊宜修，姱而不丑兮(6)。

嗟尔幼志，有以异兮。独立不迁，岂不可喜兮。深固难徙，廓其无求兮(7)。苏世独立，横而不流兮(8)。闭心自慎，终不失过兮。秉德无私，参天地兮(9)。愿岁并谢，与长友兮。淑离不淫，梗其有理兮(10)。年岁虽少，可师长兮。行比伯夷，置以为像兮(11)。

【注释】(1)此诗通过对橘树的习性、风姿、美好精神素质的赞颂，寄托着屈原热爱故土的深厚感情和独立不迁的高尚志节。关于它的创作时期，王逸将其列于放逐江南以后的作品中，后世研究者大多不太赞同。郑振铎、陆侃如等以为乃屈原"最早的未遇困厄时之作"；姚鼐、吴汝纶等则疑为"在怀王朝初被谗时所作",未有定论。从诗之内容透露的消息看,姚说似更恰切些。 (2)后皇:后土和皇天。徕:同"来"。服:适应。 (3)曾:通"层", "曾枝"指树枝层叠。剡(yǎn):尖,利。棘:橘枝所生的尖刺。抟(tuán):通"团",圆。 (4)青黄:指橘子未熟、成熟时的不同皮色。文章:此指橘子青黄相杂而成的色彩之美。烂:灿烂。 (5)精色:指橘皮色泽鲜明。一说"精"读为"綪"(qiàn),赤黄色。内白:指橘子的洁白内瓤。类:似。任道:肩负大任的有道之士。 (6)纷缊:同"氤氲"之义,香气飘漾之态。宜修:美好。姱(kuā):美。丑:恶。 (7)徙:迁移。廓:空阔、豁达。 (8)苏世:清醒地独立于世上。横:横出于世。不流:不与俗世同流。 (9)秉:持、执。参:合。 (10)淑离:善美。梗:正直,此指橘之枝干。理:有文理。 (11)行:品行。伯夷:殷末孤竹君之长子。周灭殷,伯夷和弟弟叔齐义不食周粟,饿死首阳山中。其气节为后世所称颂。置:安置,一曰同"植"。像:榜样。

【今译】你天地孕生的美橘哟,生来就习惯此故土!禀受不渝的天性,繁衍在南国荆楚。你扎根深固难移,情志更凝一、专注。你叶儿碧绿,花儿素洁,风姿缤纷真惹人喜爱。你枝条层出,刺儿尖利,圆圆的果实溢光流彩。那青涩的果实和成熟的黄橙相辉耀哟,交织成多彩绚烂的世界!你外色精纯内瓤素白,正有君子任道之美。那芳菲香气、堂堂仪度,真是清美而无可比配!

我赞叹橘树的志度,从小就异乎凡俗:你独立而不改其节,岂不令人们钦慕?你扎根深固难移,襟怀宽广而无求。清醒地独立世间,傲岸而不坠俗流。你心志谨慎自守,从没有差错和过失。你德行高尚无私,实可与天地参合。真愿和你荣衰相并哟,做友朋长陪身侧!你风姿美好而适度,枝干梗直而有纹理。即使还是青春年少,也可做我师长无疑。你品行堪与伯夷相比,我要尊你为终身的仪范!

【点评】草木之可颂者多矣,而屈原独颂南国之"橘",岂不因其"生淮南则为橘,生于淮北则为枳"(《晏子春秋》卷六)的不可迁徙之性,正与诗人矢志不渝的爱国情志,颇有相通之故么?全诗可分二节:前一节怀着深深的喜悦,为橘树的外在形貌,画下了一幅秀美动人的"肖像"。字里行间,沛然沸涌着对南国"嘉树"的一派自豪、赞美之情。后一节转入对橘树内在精神的

楚辞

讴歌，写得庄重而动情。橘树那"独立不迁"的动态，"廓其无求"的襟怀，以及"淑离不淫"、梗然坚挺的高风亮节，与诗人自身一起，"参天地"而映古今，永远树立在古今读者的心间了！这是我国古代诗歌中第一首咏物之作。借橘述志，以物写人，"看来两段中句句是颂橘，句句不是颂橘。但见原与橘分不得是一是二，彼此互映，有镜花水月之妙"（林云铭《楚辞灯》）。如此精妙的艺术表现，实在是屈原贡献于我国古代诗歌艺术的又一独特创造。

【集说】橘，生于江南，素华丹实，皮既馨香，又有善味。尤生于洞庭之包山，过江北则无。故曰江南种橘，江北为枳。《考工记》云：逾淮而北为枳，则有异同。故《橘颂》云："后皇嘉树，橘徕服兮。受命不迁，生南国兮。"屈原比之夷齐，愿置以为像，取其贞介，似有志也。（罗愿《尔雅翼》）

一篇小小物赞，说出许多道理。且以为有志有德、可友可师，而尊之以颂，可谓备极称扬，不遗余力矣。……看来两段中句句是颂橘，句句不是颂橘。但见原与橘，分不得是一是二，彼此互映，有镜花水月之妙。吾里黄维章先辈，谓旧注不得甚解，乃以为前半说橘，后半属原自言，遂令奇语化作腐谈，且梗其有理、年少、置像诸句，皆刺谬难通。驳得最确切不易。（林云铭《楚辞灯》）

《橘颂》。鼐疑此篇尚在怀王朝初被谗时所作，故首言"后皇"，末言"年岁虽少"，与《涉江》"年既老"之时异矣。而"闭心自慎"之语，又若以辨释上官所云"每一令出，平伐其功"之为诬也。（姚鼐《古文辞类纂》）

原之颂橘似在郢都作也。……余细玩其词，虽不能定其作于何时，其曰："受命不迁"，是言禀受天赋之命，非被放之命也；其曰："嗟尔幼志""年岁虽少"，明明自道，盖早年童冠时作也。（陈本礼《屈辞精义》）

（潘啸龙）

悲 回 风 ⁽¹⁾

悲回风之摇蕙兮，心冤结而内伤。物有微而陨性兮，声有隐而先倡⁽²⁾。夫何彭咸之造思兮，暨志介而不忘⁽³⁾。万变其情岂可盖兮，孰虚伪之可长？鸟兽鸣以号群兮，草苴比而不芳⁽⁴⁾。鱼葺鳞以自别兮，蛟龙隐其文章。故荼荼不同亩兮,兰茝幽而独芳⁽⁵⁾。惟佳人之永都兮,更统世而自贶⁽⁶⁾。眇远志之所及兮,怜浮云之相羊⁽⁷⁾。介眇志之所惑兮,窃赋诗之所明⁽⁸⁾。惟佳人之独怀兮,折若椒以自处。曾歔欷之嗟嗟兮,独隐伏而思虑。涕泣交而凄凄兮,思不眠以至曙。终长夜之曼曼兮,掩此哀而不去。寤从容以周流兮,聊逍遥以自恃。伤太息之愍怜兮,气於邑而不可止⁽⁹⁾。纠思心以为纕兮,编愁苦以为膺⁽¹⁰⁾。折若木以蔽光兮,随飘风之所仍。存仿佛而不见兮,心踊跃其若汤。抚珮袵以案志兮,超惘惘而遂行⁽¹¹⁾。岁智智其若颓兮,时亦冉冉而将至⁽¹²⁾。蘋蘅槁而节离兮,芳已歇而不比⁽¹³⁾。怜思心之不可惩兮,证此言之不可聊⁽¹⁴⁾。宁溘死而流亡兮,不忍为此之常愁。孤子吟而抆泪兮,放子出而不还⁽¹⁵⁾。孰能思而不隐兮,昭彭咸之所闻。登石峦以远望兮,路眇眇之默默。入景响之无应兮,闻省想而不可得⁽¹⁶⁾。愁郁郁之无快兮,居戚戚而不可解。心靰羁而不开兮,气缭转而自缔⁽¹⁷⁾。穆眇眇之无垠兮,莽芒芒之无仪⁽¹⁸⁾。声有隐而相感兮,物有纯而不可为⁽¹⁹⁾。邈漫漫之不可量兮,缥绵绵之不可纡⁽²⁰⁾。愁悄悄之常悲兮,翩冥冥之不可娱。凌大波而流风兮,托彭咸之所居。上高岩之峭岸兮,处雌蜺之标颠⁽²¹⁾。据青冥而摅虹兮,遂倏忽而扪天⁽²²⁾。吸湛露之浮源兮,漱凝霜之雰雰⁽²³⁾。依风穴以自息兮,忽倾寤以婵媛⁽²⁴⁾。冯昆仑以瞰雾兮,隐岷山以清江⁽²⁵⁾。惮涌湍之礚礚兮,听波声之汹汹⁽²⁶⁾。纷容容之无经兮,罔芒芒之无纪⁽²⁷⁾。轧洋洋之无从兮,驰委移之焉止⁽²⁸⁾!漂翻翻其上下兮,翼遥遥其左右。泛潏潏其前后兮,伴张弛之信期⁽²⁹⁾。观炎气之相仍兮,窥烟液之所积⁽³⁰⁾。悲霜雪之俱下兮,听潮水之相击。借光景以往来兮,施黄棘之枉策⁽³¹⁾。求介子之所存兮,见伯夷之放迹。心调度而弗去

兮,刻著志之无适⁽³²⁾。

曰:吾怨往昔之所冀兮,悼来者之愁愁⁽³³⁾。浮江淮而入海兮,从子胥而自适。望大河之洲渚兮,悲申徒之抗迹⁽³⁴⁾。骤谏君而不听兮,任重石之何益!心绲结而不解兮,思蹇产而不释。

【注释】(1)《悲回风》,此篇亦有怀疑非屈原所作的(如宋魏了翁、明许学夷等,以为当是宋玉、景差等为屈原而作),但证据尚嫌不足。而王夫之、王闿运等又断其为屈原"自沉时永诀之辞"即"绝笔",似也不太符合屈原沉江前夕的心态。从诗中"时亦冉冉而将至"等语看,其写作年代当与《离骚》相先后,大抵在顷襄王七年至十一二年间,即诗人"将至"老年而未及五十六岁(当时以"五十六岁"为"老"年之始)之际,且还对"任重石"沉江之举颇有疑虑。诗中多次提及"彭咸",也正与《离骚》相近,但到了沉江前夕,诗人反而不再提"彭咸"了(如《怀沙》《惜往日》)。 (2)物:指蕙草等。陨性:即陨生,丧失生机。声:指秋风之声。先倡:此指秋风虽隐约未闻,但毕竟已成为寒秋到来之先导。 (3)造思:追思。暨:与。志介:志节耿直。 (4)号群:呼求鸟群。草苴(jū):生曰"草",枯曰"苴"。 (5)荼(tú):苦菜。荠:甜菜。不同亩:不种在一起。幽:此指兰茝长于幽僻之处。 (6)佳人:指彭咸一类先贤。都:美好。更统世:经历许多时代。自贶(kuàng):自比。 (7)眇:遥远。相羊:同"徜徉",无所依靠之貌。 (8)介:大,一说"因"。惑:为人们所惑。 (9)慭怜:怜伤。於(wū)邑:愤懑而气促。 (10)纠(jiū):同"纠",三股绳编合在一起。纕:佩带。膺(yīng):此指胸兜即"兜肚"。

(11)衽(rèn):衣襟。案志:按抑激荡之情。超:通"怊",怅恨。惘惘:失意。

(12)智智:同"忽忽",时间逝去疾速。颓:此指一年将尽。时:此指老年之期。王逸注此句"春秋更到,与老会也",颇为确切。 (13)薠蘅(fán héng):均为香草。节离:指草枯而茎节断折。歇:消散。比:此指聚合。

(14)怜:自怜。惩:止。证此言之不可聊:意谓此心已不能靠言语所可剖明。

(15)孤子:屈原自称。抆(wěn):拭。放子:被放逐的臣子。 (16)峦:山小而尖。眇眇:远也。默默:寂无人声。景:影。景响无应:指处境幽寂而无有应和者。闻省(xǐng)想:指独自听闻、辨察、想象其音响。不可得:不能得到。　（17）靮羁：马之缰绳和马笼头，此比喻受到束缚。缭转：缠绕、曲折。缔：结。　（18）穆：静穆。垠（yín）：边沿、尽头。芒芒：同茫茫。　（19）此两句承上"物有微而陨性兮，声有隐而先倡"之意，申说风声虽隐约，却能令人感而生悲；芳草虽纯洁，却遭摧残而不能有所作为。　（20）邈漫漫：悠远无尽。缥绵绵：此指愁思缥缈无穷。纡：屈曲、萦结。　（21）上：登升。峭岸：高陡险峻之岩。雌蜺：虹分内外二环，内为虹，外为蜺。蜺色阴暗，与虹之鲜明有别，故以雄虹、雌蜺相称。标颠：此指身处在雌蜺的最高顶点之上。（22）青冥：青天。摅（shū）虹：舒散虹霓之光。倏（shū）忽：忽然。扪：摸。　（23）湛露：浓重的露水。浮源：疑作"浮浮"（姜亮夫），与下句"雰雰"相对，形容露气浓重貌。漱：漱口。雰雰（fēn）：霜雪纷降貌。　（24）依：靠。风穴：风聚处。神话传说昆仑山上有风穴。倾寤：翻身醒来。　（25）瞭雾：使雾气消散。隐：凭，依据。岐山：即岷山。清江：使江水清澄。（26）涌湍：急流。礚礚（kē）：水石撞击之音。　（27）容容：纷乱貌。罔：无序貌。　（28）轧：此指波浪相倾压。洋洋：水盛大之貌。委移：同"逶迤"，绵长曲折貌。　（29）潏潏：水涌貌。伴：俱。张弛：此指江潮涨落。信期：潮汐涨落之期，因为有一定规律，故称"信期"。　（30）仍：因，承袭。烟液：指云烟和雨水。　（31）借：凭借。光景：神光电影。往来：神游于天地间。黄棘：神话传说中的树名。枉策：弯弯的马鞭。　（32）调度：此指心中考虑安排。刻著：指牢牢地抱定志向。无适：即"弗去"之意，不再到其他方向去。　（33）愬愬（tì）：同"惕惕"，警惧。　（34）申徒：申徒狄，殷末贤人，谏商纣不听，抱石投水而死。抗迹：高尚的行迹。

311

【今译】我悲悯被旋风摧残的蕙草，冤情缠结，心中深深伤悼。消殒了哟你微弱的生命，风声虽隐微竟是你衰亡的先兆！我多么思念古贤彭咸，连同他耿直的志节铭记不忘。风云万变岂可遮盖真情？虚情假意又谁能取信久长？鸟兽号鸣着寻求同伴，鲜草与枯苴混合就不再芳香。鱼儿整治鱼鳞以与虫虾相别，蛟龙在深渊把纹彩隐藏以退避。所以苦荼甘荠不生长一处，兰草白芷虽更加幽僻却能独香。我思念古贤永垂之美德，愿承百世而奉为榜样！可怜我向往的高远志节，竟与飘荡的浮云相仿。连我自己也疑惑它高远，愿赋此诗以明其迷惘。我正如襟怀独抱的美人，孤寂地采折着杜若芳椒。多少次无声地哀泣喟叹，退隐在山野为国事忧虑心焦。我涕泪交流多么凄伤，忧思不眠直至旭光高照。整个漫漫长夜就这样，我的哀愁却掩抑难消。我若有所悟从容周游，暂且在游荡中排遣愁思。我满怀悲伤长长嗟叹，气闷忧郁得难以抑制。把我的忧思搓合成佩带，将愁苦当胸衣细细编织。采折若木枝遮挡日光，让飘风吹着我任意飞驰。恍恍惚惚我无所闻见，心情激荡如热水沸腾。我抚珮按襟抑神思，在怅恨失意中踏上远程。岁月倏忽一年又要过去，时光冉冉将至老年暮昏。如白薠杜蘅的凋零折节，再没有芳菲的花气袭人。这心志可怜而不可惩止，再多加证明实在无聊。我宁可死去随水漂流，不忍它常受愁苦相扰。我如同孤儿呻吟着擦拭涕泪，我被放逐将永难回朝。思念中谁能不感到痛苦？我终于明白了彭咸的苦恼。登上石峦向远方眺望，道路悠远世界一片静默。纵有物影风响也无回应，我听闻怀想又能得到什么！愁思郁积我无从快乐，忧虑终日又何能解脱。心儿被束缚得难以舒展，胸气缠绕如打结的绳索。静悠悠的天地哪有边沿，苍茫茫的山林哪有范围。风声虽隐微却凄凉感物，草木虽纯厚又有什么作为？邈远的八极不可丈量，缥绵的怀思不可萦回。我忧心惨惨哀愁常在，如无法使人快乐的冥冥鸿飞。我要驾乘浪波随风飘流，托身于彭咸居住的渊水！我攀登上峻峭的岸畔高岩，置身弯曲的虹霓顶巅。我在高空嘘气成虹，倏忽间已可上摩青天。我吸饮气息浓重的清露，霜雪随漱吐纷降人间。我靠着昆仑山的风穴休息，忽然惊醒不禁喘息连连。我倚身昆仑拨雾俯瞰，只见岷山清清江流隐隐。湍流撞击山石，惊心动魄，汹汹的波声久久震荡耳边。它浪波汹涌纷乱无序，水流茫茫又何有纲纪。它倾压拥挤浩浩荡荡，曲折奔驰哪有终止之地？翻卷的浪沫沸涌上下，时而在左右摇荡冲击。它忽前忽后涌腾回折，伴和着潮汐涨落的信期。我观览炎气的蒸腾不已，窥看云烟和雨液相积。我悲悯霜雪已纷纷俱下，更倾听潮水之幽幽撞击。我借助光影往来四方，用神木黄棘驱马急驰。访求介子推隐居的绵山，瞻仰伯夷在首阳的遗址。心意相契再不能离去，在这里刻下我的怀抱夙志！

乱辞：我怨恨往昔寄希望的人儿哟，为未来的厄运悲悼警惧！我要乘江淮之水漂流入海，随从伍子胥自励自娱。我望见黄河的大小水洲，为申徒狄的高节哀慨欷歔：你多少次谏君不被省听哟，又有何益而抱重石沉躯？心绪纠结难以解脱啊，思绪不畅无法释怀。

【点评】正如琵琶在秋风中的幽幽独奏,《悲回风》的情感抒泄,与《九章》诸篇颇为不同:它几乎无一处对诗人行踪的现实描述,而放任悲绪在冥思和幻境中高远地驰骋。开篇的落笔,正如后来的宋玉的《九辩》,采取了"先说客体后说主体的章法"(闻一多语)。从秋风的"摇蕙"、众芳的消殒,写到心头"冤结"的无限伤怀,这伤怀展开在"思不眠以至曙"的漫漫长夜,又借助于诗人独创的芳草、"佳人"比兴,营造了一派极幽独、极凄凉的抒情氛围。一位年近老暮的孤苦逐臣,就这样"太息""於邑""纡思""编愁",在夜风中"罔芒芒"而行。此景此情,正有令人不忍闻睹之悲。自"登石峦以远望"以下,幽幽的冥思忽然化为飘忽的幻境:诗人在恍惚中登山远望,展开在眼前的,却是一个"路眇眇之默默""入景响之无应"的空旷无声世界,哪有故国、故都的音容,可供"出而不还"的诗人"省想"!那"穆眇眇之无垠兮,莽芒芒之无仪"的虚境,该扩散着诗人心头何其空漠和广大的悲哀。最痛苦的心绪,往往能激发最葱茏的奇思。诗人不甘心于沉没在无法"闻省想"的眇眇世界,终于让不羁的想象,飞升到了"据青冥而摅虹兮,遂倏忽而扪天"的昆仑之巅。于是整个楚国,便挟带着隐隐岷山、浩浩大江,全展开在了诗人眼底。诗中对"纷容容之无经兮,罔芒芒之无纪"的江涛奇景的铺陈描摹,气象之恢宏,简直可抵洋洋近千言的枚乘《七发》之"观涛"。所不同的是,大江狂澜之现于屈原笔底,似又有着特殊的象征意义:它难道不是屈原所深深眷恋的南国雄楚之写照么?它的壮浪雄奇,固然令诗人神往;而今却"汹汹""礚礚""无经""无纪",正如群小把持的楚国朝政,上下昏乱、狂澜既倒,哪还有拨乱挽颓的希望!正因为如此,诗人才会发出"怨往昔之所冀兮,悼来者之怵怵"的嗟叹,决心效"介子""伯夷"之志以身殉国。然而,这样的死,毕竟不是诗人所甘心的。人们从"悲申徒之抗迹""任重石之何益"的呼号中,不分明听到了这震撼天地的凄怆心声么?全诗情景交融,妙喻迭出,思致悠邈而神奇,堪称《离骚》《天问》后又一瑰异峭奇之杰作。

【集说】和平婉丽,整暇雍容,读之使人一唱三叹者,《九歌》等作是也。恻怆悲鸣,参差繁复,读之使人涕泣沾襟者,《九章》等作是也。……《九章》迫于伤主,其意甚伤,故总杂而无绪。(胡应麟《诗薮》)

其文如层华迭叶而不可厌,省其衷,则叮咛繁絮而恫有余悲矣。(陆时

楚辞

雍《楚辞疏》）

此文乃伤怀王入秦不返，欲以身殉而自明其志也。且首自"悲回风"起，至"诗之所明"，乃其赋序。自"寤从容"以下，皆托言梦境。"登石峦"以下，心不忘郢，仍属魂游。自"倾寤"以下，尽言死后魂在波中漂荡之苦。至若"悲霜雪之俱下，听潮水之相击"，则又惨不可读矣。末则不悲自己，反悲申徒之任石，恐己空死无益，亦犹申徒之抗迹也。（陈本礼《屈辞精义》）

按：《九歌·湘夫人》"嫋嫋兮秋风，洞庭波兮木叶下，白蘋兮骋望"；《九章·悲回风》："凭昆仑以瞰雾兮，隐岷山以清江。惮涌湍之礚礚兮，听波声之汹汹……悲霜雪之俱下兮，听潮水之相击"。皆开后世诗文写景之法门，先秦绝无仅有。《文心雕龙·辨骚》称其"论山水则循声而得貌"，《物色》又云："然屈平所以能监风骚之情，抑亦江山之助乎？"恽敬《大云山房文稿》二集卷三《游罗浮山记》云："《三百篇》言山水，古简无余词。至屈左徒而后瑰怪之观、远淡之境、幽奥朗润之趣，如遇于心目之间。"皆识曲听真人语也。窃谓《三百篇》有"物色"而无景色，涉笔所及，止乎一草、一木、一水、一石。……《楚辞》始解以数物合布局面，类画家所谓结构、位置者更上一关，由状物进而写景。（钱锺书《管锥编》〈二〉）

（潘啸龙）

卜　居⁽¹⁾

屈原既放，三年不得复见⁽²⁾。竭智尽忠，而蔽障于谗⁽³⁾。心烦虑乱，不知所从⁽⁴⁾，乃往见太卜郑詹尹⁽⁵⁾，曰："余有所疑，愿因先生决之⁽⁶⁾。"詹尹乃端策拂龟⁽⁷⁾，曰："君将何以教之？"屈原曰："吾宁悃悃款款朴以忠乎⁽⁸⁾，将送往劳来斯无穷乎⁽⁹⁾？宁诛锄草茅以力耕乎⁽¹⁰⁾，将游大人以成名乎⁽¹¹⁾？宁正言不讳以危身乎⁽¹²⁾？将从俗富贵以偷生乎？宁超然高举以保真乎⁽¹³⁾，将哫訾栗斯⁽¹⁴⁾，喔咿儒儿以事妇人乎⁽¹⁵⁾？宁廉洁正直以自清乎，将突梯滑稽如脂如韦⁽¹⁶⁾，以絜楹乎⁽¹⁷⁾？宁昂昂若千里之驹乎⁽¹⁸⁾？将泛泛若水中之凫⁽¹⁹⁾，与波上下偷以全吾躯乎？宁与骐骥亢轭乎⁽²⁰⁾？将随驽马之迹乎？宁与黄鹄比翼乎⁽²¹⁾？将与鸡鹜争食乎？此孰吉孰凶，何去何从？世溷浊而不清。蝉翼为重，千钧为轻⁽²²⁾，黄钟毁弃⁽²³⁾，瓦釜雷鸣⁽²⁴⁾，谗人高张，贤士无名⁽²⁵⁾。吁嗟默默兮，谁知吾之廉贞？"詹尹乃释策而谢，曰："夫尺有所短，寸有所长⁽²⁶⁾，物有所不足，智有所不明，数有所不逮，神有所不通。用君之心，行君之意，龟策诚不能知此事⁽²⁷⁾。"

【注释】（1）这是一首叙事诗。卜，就是占卜，问卦，以卜决疑。居，处世的方法和态度。卜居的意思是，通过问卦来决定自己在现实生活中的处世态度。 （2）复见：指再见到楚王。 （3）蔽障：阻挠。 （4）虑：一本作"意"。 （5）太卜：替国家掌管卜筮的官。郑詹尹：太卜的姓名。一本无"乃"字。 （6）因：依靠。 （7）端策：《楚辞章句》："策，蓍也。立蓍拂龟以展敬也。"蓍，蓍草，筮要用蓍草作工具。端策，把蓍草放端正。龟：龟壳。卜要用龟壳，灼龟观兆。拂龟，拂去龟壳上的灰尘。 （8）宁：应该。悃（kǔn）悃款款：忠实诚恳，以真心待人。朴：质朴。 （9）送往劳来：指社会上的周旋应酬。 （10）力耕：认真种地。这里有隐退之意。 （11）游大人：游说诸侯。 （12）讳：避讳。正言不讳，实事求是地大胆讲话。 （13）高举：远走高飞。保真：保全自己真实的本性。一本作"保贞"。 （14）呢訾（zú zǐ）：即阿谀逢迎。栗斯：与"呢訾"同义。 （15）喔咿：即踌躇。儒儿：即嗫嚅，想说又不敢说的神态，用来形容一种屈己从人的态度。妇人：指楚怀王的宠姬郑袖。 （16）突梯滑稽：形容圆滑处世，应付无穷，善于迎合别人。如脂如韦：指像油脂那样光滑，像牛皮那样柔软，形容人没有骨气。 （17）絜楹：意思是测量屋柱，顺圆而转。这里用来比喻顺圆随俗的处世作风。 （18）昂昂：昂首挺胸，堂堂正正的样子。 （19）泛泛：浮游不定的样子。 （20）亢轭：并驾齐驱。 （21）鹄（hú）：天鹅。 （22）钧：古代度量单位，三十斤为一钧。 （23）黄钟：青铜的编钟，古代的一种乐器。 （24）瓦釜：陶器，用普通黏土烧制成的锅子。 （25）高张：大大地夸张。引申为得势。 （26）尺有所短，寸有所长：意思是说，尺寸也不很标准，一尺可能会短一点，一寸也可能会长一些。以下四句都是比喻卜筮虽然可以替人决疑，但不是所有的

楚辞

疑都能决。 （27）一本无"此"字。

【今译】屈原啊他已经遭到放逐，三年了不能与楚王再见。他为了君国用尽了心力，但他的进取却遭到谗言阻挠。他心烦意乱不知怎么办，就去见管卜筮的郑詹尹。屈原说："有些问题想不通，特来请教先生帮我决断。"詹尹忙把卜筮工具备好，说道："不知您有什么见教？"屈原十分激动地对他说："我应该诚实勤恳朴质忠厚，还是该周旋应酬媚世取巧？应该努力耕作除草助苗，还是该游说诸侯求取名爵？应该不惜性命大胆直言，还是该贪图富贵可耻活着？应该远走高飞保全真性，还是该阿谀逢迎屈己从俗、奴颜婢膝般去取媚妇人？应该廉洁正直清清白白，还是去圆滑随俗没有骨气、像那油脂光滑的牛皮般柔软？应该昂首挺胸像千里驹，还是该像水中鸟浮游不定、随波逐流苟且保全身躯？我应该与骏马并驾齐驱，还是去追随那劣马的足迹？我应该与天鹅长空比翼，还是去与鸡鸭争食斗气？这到底哪样好哪样不好，我应该如何做又如何行？这个世道真是浑浊不清。简直是千钧比蝉翼还轻，青铜的编钟被销毁抛弃，瓦锅作为乐器响如雷鸣，坏人得势好人埋没无名。啊！我不说了，再也不说了，谁了解我廉洁正直的品行？"詹尹放下蓍草起身道歉："衡量事物的尺寸也不标准，万事万物都有不足之处，聪明的人也有不明之理，数理不是什么都能猜透，神灵有时也会变得糊涂。你想怎么做那就怎么做，龟壳蓍草实在于此无补。"

【点评】本篇并不是真正的问卦决疑的作品，诗人以"卜居"的独特方式，来表达自己的人生态度和对黑暗现实的激愤与抗争精神，这种思想感情与《离骚》第一部分的思想是完全一致的。《卜居》在艺术上有两点值得我们重视：一是大量运用比喻。如"蝉翼为重，千钧为轻。黄钟毁弃，瓦釜雷鸣""尺有所短，寸有所长，物有所不足，智有所不明，数有所不逮，神有所不通"等，形象鲜明生动，音节浏亮，启人神思，又平添诗情韵味。二是全篇以散行韵语写成，句式或两两对偶，或长短参差，变化自然，错落有致。中间八对问句，以"宁……将"句式，一反一正，排比铺陈，对比鲜明，措辞强烈，一气贯注，充满不容辩说的理性力量。开了后世辞赋主客问答体的先河。

【集说】《卜居》为骚之变体,辞复宏放,而法甚奇崛。其宏放可及也,其奇崛不可及也。(李贺语,引自明蒋之翘《七十二家评楚辞》)

屈原哀悯当世之人,习安邪佞,违背正直,故阳为不知二者之是非可否,而将假蓍龟以决之,遂为此词,发其取舍之端,以警世俗。(朱熹《楚辞集注》)

《卜居》者,屈原设为之辞,以章己之独志也。居,处也。君子之所以处躬,信诸心而与天下异趋。澄浊之辩,灿如分流;历吉凶之故,轻若飘羽。人莫能为谋,鬼神莫能相易。恐天下后世,且以己为过高,而不知卑躬处休之善术,故托为蓍龟而詹尹不敢决,以旌己志。(王夫之《楚辞通释》)

屈原疾邪曲之害公,方正之不容,故设为不知所从,而假龟蓍以决之。非实有所疑,而求之于卜也。(吴楚材《古文观止》注)

即使不是屈原所作,在研究屈原上仍然是很可宝贵的先秦资料。(郭沫若《屈原赋今译》)

(梅桐生)

渔 父⁽¹⁾

屈原既放,游于江潭⁽²⁾,行吟泽畔,颜色憔悴,形容枯槁⁽³⁾。渔父见而问之曰⁽⁴⁾:"子非三闾大夫欤⁽⁵⁾?何故至于斯⁽⁶⁾?"屈原曰:"举世皆浊我独清⁽⁷⁾,众人皆醉我独醒⁽⁸⁾,是以见放。"渔父曰:"圣人不凝滞于物⁽⁹⁾,而能与世推移。世人皆浊,何不淈其泥而扬其波⁽¹⁰⁾?众人皆醉,何不餔其糟而歠其醨⁽¹¹⁾?何故深思高举⁽¹²⁾,自令放为?"屈原曰:"吾闻之,新沐者必弹冠,新浴者必振衣。安能以身之察察⁽¹³⁾,受物之汶汶者乎⁽¹⁴⁾?宁赴湘流,葬于江鱼之腹中。安能以皓皓之白,而蒙世俗之尘埃乎⁽¹⁵⁾!"渔父莞尔而笑⁽¹⁶⁾,鼓枻而去⁽¹⁷⁾。乃歌曰:"沧浪之水清兮⁽¹⁸⁾,可以濯吾缨⁽¹⁹⁾。沧浪之水浊兮,可以濯吾足。"遂去,不复与言。

【注释】(1)这是一首散文诗。它通过渔父在江边和屈原的对话,表现了屈原坚持真理,不同流合污、随波逐流的人生态度。 (2)江:沅江。一说指沧浪江。潭:滨。 (3)形容:形体容貌。槁:与"枯"同义。枯槁,枯瘦。(4)渔父:渔翁。父,古代对老年男子的尊称。 (5)子:古代对男子的尊称。三闾大夫:屈原曾担任的官职。是掌管楚国王族屈、景、昭三姓事务的官。

(6)至于斯:到这个地步。 (7)浊、清:指行为品质而言。 (8)醉、醒:指对现实环境的认识而言。 (9)凝滞:冻结不解叫凝,停留不前叫滞。凝滞,引申为拘泥、执着的意思。 (10)淈(gǔ):搅混。 (11)铺(bù):吃。歠(chuò):饮。醨(lí):薄酒。 (12)高举:指行为高出于世俗。 (13)察察:皎洁。 (14)汶汶:玷辱,玷污。 (15)一本无"俗"字。 (16)莞尔:微笑的样子。 (17)鼓:动词。敲打。枻(yì):桨。 (18)沧浪:水名。汉水的支流,在湖北境内。这首《沧浪歌》是楚地流传的古歌谣,意思是比喻人的行为要适应客观实际。 (19)濯:洗。缨:系帽的带子。

【今译】屈原啊已经遭到了放逐,他来到了沅江边上游荡,在江边一边走一边吟唱,他衰弱不振啊面色发黄,他形销骨立啊模样枯瘦。渔翁看到屈原向他问道:"您不就是三闾大夫吗?为什么会落到这般境况?"屈原回答渔翁的问话说:"人人都肮脏只有我干净,个个都醉了只有我清醒,所以我怎么能不被流放。"渔翁听他说完就劝他道:"圣人不拘泥于任何事物,并能够随着世道而变化。如果世间人人都混浊,何不搅混泥水推波助澜?如果世间个个都醉了,为何不吃酒糟把酒大喝?为什么遇事深思又超脱,以至于使自己被人放逐?"屈原回答说:"我听说:刚洗完头要弹去帽上的灰尘,刚洗完澡要抖净衣服上的灰尘。怎能让干干净净的身体,去沾染污污浊浊的外物?我宁愿投入那湘江水中,让自己葬身在江中鱼腹。怎能让洁白纯净的东西,蒙受那世俗尘埃的沾污!"渔翁听完后就微笑起来,拍着他的船桨边走边唱:"沧浪江的水啊清又清啊,可以洗一洗啊我的头巾,沧浪江的水啊浊又浊啊,可以洗一洗啊我的双脚。"他走了,不再和屈原说话。

【点评】这首诗用对话形式,表现两种尖锐对立的思想意识:一种是坚持真理,不愿同流合污,至死不渝的人生态度;一种是不分是非,明哲保身,随波逐流的处世方法。作者站在前一种的立场上,思想认识与屈原的人生哲学是一致的,诗中明显地流露出作者对屈原的同情、尊敬和热情的赞颂。在语言形式上,本文更加接近散文,文字空灵轻妙,具有故事性,写得十分生动传神,难怪千百年来为人们所传诵。诗篇开头几句,描写屈原"行吟泽畔,颜色憔悴,形容枯槁",勾勒出一个政治上受到严重打击的诗人的肖像,成为后世绘画的重要题材。

【集说】屈原事楚怀王,不得志则悲吟泽畔,卒从彭咸之居。穷其初心,安知拯世之意不得伸,而至于是乎?(葛立方《韵语阳秋》卷七)

余观渔父告屈原之语曰:"圣人不凝滞于物,而能与世推移。"又云:"众人皆浊,何不淈其泥而扬其波;众人皆醉,何不餔其糟而歠其醨。"此与孔子和而不同之言何异?使屈原能听其说,安时处顺,置得丧于度外,安知不在圣贤之域!而仕不得志,狷急褊躁,甘葬江鱼之腹,知命者肯如是乎!故班固谓露才扬己,忿怼沉江。刘勰谓依彭咸之遗则者,狷狭之志也。扬雄谓遇不遇命也,何必沉身哉!孟郊云:"三黜有愠色,即非贤哲模。"孙郃云:"道废固命也,何事葬江鱼。"皆贬之也。而张文潜独以谓"楚国茫茫尽醉人,独醒唯有一灵均,餔糟更使同流俗,渔父由来亦不仁"(《韵语阳秋》卷八)。

(梅桐生)

楚辞

宋玉

宋玉,战国时楚国人,时代稍晚于屈原,生在屈原沉江之后,死在楚亡之际。与唐勒、景差同时,是屈原以后重要的楚辞作家。出身寒微,在顷襄王朝做过小官,但不为楚王重视,终于因被谗罢官,后流离在外,过着贫苦孤凄的生活,一生郁郁。宋玉是战国末期一位富有才华的诗人,以辞赋见长,风格深受屈原的影响,后人常以"屈宋"并称。宋玉的作品,据《汉书·艺文志》载有十六篇,但篇目已不可考。现存题为宋玉的作品中,只有《九辩》一篇可信而无异议。

九　辩⁽¹⁾

悲哉,秋之为气也!萧瑟兮草木摇落而变衰。憭慄兮若在远行⁽²⁾;登山临水兮送将归。泬寥兮天高而气清⁽³⁾;寂寥兮收潦而水清⁽⁴⁾。憯凄增欷兮薄寒之中人⁽⁵⁾。怆恍忼恨兮去故而就新⁽⁶⁾;坎廪兮贫士失职而志不平⁽⁷⁾。廓落兮羁旅而无友生⁽⁸⁾;惆怅兮而私自怜。燕翩翩其辞归兮,蝉寂漠而无声(9)；雁邕邕而南游兮(10)，鹍鸡啁哳而悲鸣(11)。独申旦而不寐兮，哀蟋蟀之宵征。时亹亹而过中兮(12)，蹇淹留而无成。

悲忧穷戚兮独处廓(13)，有美一人兮心不绎(14)。去乡离家兮徕远客，超逍遥兮今焉薄(15)？专思君兮不可化，君不知兮可奈何！蓄怨兮积思，心烦憺兮忘食事(16)。愿一见兮道余意，君之心兮与余异。车既驾兮朅而归(17)，不得见兮心伤悲。倚结轮兮长太息(18)，涕潺湲兮下沾轼(19)。忼慨绝兮不得，中瞀乱兮迷惑(20)。私自怜兮何极，心怦怦兮谅直(21)。

皇天平分四时兮，窃独悲此凛秋(22)。白露既下百草兮，奄离披此梧楸(23)。去白日之昭昭兮，袭长夜之悠悠。离芳蔼之方壮兮(24)，余萎约而悲愁(25)。秋既先戒以白露兮，冬又申之以严霜。收恢台之孟夏兮(26)，然欿傺而沉臧(27)。叶菸邑而无色兮(28)，枝烦挐而交横(29)；颜淫溢而将罢兮(30)，柯彷佛而萎黄(31)；萷櫹椮之可哀兮(32)，形销铄而瘀伤(33)。惟其纷糅而将落兮(34)，恨其失时而无当。揽騑辔而下节兮(35)，聊逍遥以相羊(36)。岁忽忽而遒尽兮(37)，恐余寿之弗将(38)。悼余生之不时兮，逢此世之俇攘(39)。澹容与而独倚兮(40)，蟋蟀鸣此西堂。心怵惕而震荡兮(41)，何所忧之多方！仰明月而太息兮，步列星而极明。

窃悲夫蕙华之曾敷兮(42)，纷旖旎乎都房(43)；何曾华之无实兮，从风雨而飞飏？以为君独服此蕙兮，羌无以异于众芳。闵奇思之不通兮，将去君而高翔。心闵怜之惨凄兮，愿一见而有明(44)。重无怨而生离兮，中结轸而增伤(45)。岂不郁陶而思君兮(46)？君之门以九重(47)。猛犬狺狺而迎吠兮(48)，关梁闭而不通。皇天淫溢而秋霖兮，后

土何时而得干！块独守此无泽兮⁽⁴⁹⁾，仰浮云而永叹。

何时俗之工巧兮，背绳墨而改错！却骐骥而不乘兮，策驽骀而取路⁽⁵⁰⁾。当世岂无骐骥兮？诚莫之能善御。见执辔者非其人兮，故跼跳而远去⁽⁵¹⁾。凫雁皆唼夫梁藻兮⁽⁵²⁾，凤愈飘翔而高举。圆凿而方枘兮，吾固知其鉏铻而难入⁽⁵³⁾。众鸟皆有所登栖兮，凤独遑遑而无所集。愿衔枚而无言兮，尝被君之渥洽⁽⁵⁴⁾。太公九十乃显荣兮⁽⁵⁵⁾，诚未遇其匹合。谓骐骥兮安归？谓凤凰兮安栖？变古易俗兮世衰，今之相者兮举肥。骐骥伏匿而不见兮，凤凰高飞而不下；鸟兽犹知怀德兮，何云贤士之不处⁽⁵⁶⁾？骥不骤进而求服兮，凤亦不贪喂而妄食。君弃远而不察兮，虽愿忠其焉得。欲寂漠而绝端兮⁽⁵⁷⁾，窃不敢忘初之厚德。独悲愁其伤人兮，冯郁郁其何极！

霜露惨凄而交下兮，心尚幸其弗济。霰雪雰糅其增加兮，乃知遭命之将至⁽⁵⁸⁾。愿徼幸而有待兮⁽⁵⁹⁾，泊莽莽与野草同死⁽⁶⁰⁾。愿自直而径往兮⁽⁶¹⁾，路壅绝而不通；欲循道而平驱兮，又未知其所从。然中路而迷惑兮，自压按而学诵⁽⁶²⁾。性愚陋以褊浅兮⁽⁶³⁾，信未达乎从容。窃美申包胥之气盛兮⁽⁶⁴⁾，恐时世之不固⁽⁶⁵⁾。何时俗之工巧兮，灭规矩而改凿⁽⁶⁶⁾。独耿介而不随兮，愿慕先圣之遗教。处浊世而显荣兮，非余心之所乐。与其无义而有名兮，宁穷处而守高⁽⁶⁷⁾。食不媮而为饱兮，衣不苟而为温。窃慕诗人之遗风兮，愿托志乎素餐⁽⁶⁸⁾。蹇充倔而无端兮⁽⁶⁹⁾，泊莽莽而无垠。无衣裘以御冬兮，恐溘死而不得见乎阳春。

靓杪秋之遥夜兮⁽⁷⁰⁾，心缭悷而有哀⁽⁷¹⁾。春秋逴逴而日高兮⁽⁷²⁾，然惆怅而自悲。四时递来而卒岁兮，阴阳不可与俪偕⁽⁷³⁾。白日晼晚其将入兮⁽⁷⁴⁾，明月销铄而减毁⁽⁷⁵⁾。岁忽忽而遒尽兮，老冉冉而愈弛。心摇悦而日幸兮⁽⁷⁶⁾，然怊怅而无翼⁽⁷⁷⁾。中憯恻之凄怆兮⁽⁷⁸⁾，长太息而增欷。年洋洋以日往兮，老嵺廓而无处⁽⁷⁹⁾。事亹亹而觊进兮，蹇淹留而踌躇。

何泛滥之浮云兮，猋壅蔽此明月⁽⁸⁰⁾。忠昭昭而愿见兮，然霠曀而莫达⁽⁸¹⁾。愿皓日之显行兮，云蒙蒙而蔽之。窃不自料而愿忠兮，或黕点而污之⁽⁸²⁾。尧舜之抗行兮⁽⁸³⁾，瞭冥冥而薄天⁽⁸⁴⁾。何险巇之嫉妒兮⁽⁸⁵⁾，被以不慈之伪名？彼日月之照明兮，尚黯黮而有瑕⁽⁸⁶⁾；何况一国之事兮，亦多端而胶加⁽⁸⁷⁾。被荷裯之晏晏兮⁽⁸⁸⁾，然潢洋而不可带⁽⁸⁹⁾。既骄美而伐武兮⁽⁹⁰⁾，负左右之耿介。憎愠怆之修美兮，好夫人之慷慨。众踥蹀而日进兮，美超远而逾迈。农夫辍耕而容与兮，恐田野之芜秽。事绵绵而多私兮，窃悼后之危败。世雷同而炫曜兮⁽⁹¹⁾，何毁誉之昧昧⁽⁹²⁾。今修饰而窥镜兮，后尚可以窜藏。愿寄言夫流星兮，羌倏忽而难当。卒壅蔽此浮云兮，下暗漠而无光。

尧舜皆有所举任兮，故高枕而自适。谅无怨于天下兮，心焉取此怵惕？乘骐骥之浏浏兮⁽⁹³⁾，驭安用夫强策。谅城郭之不足恃兮，虽重介之何益⁽⁹⁴⁾。邅翼翼而无终兮⁽⁹⁵⁾，忳惛惛而愁约⁽⁹⁶⁾。生天地之若过兮，功不成而无效。愿沉滞而不见兮⁽⁹⁷⁾，尚欲布名乎天下⁽⁹⁸⁾。然潢洋而不遇兮⁽⁹⁹⁾，直怐愗而自苦⁽¹⁰⁰⁾。莽洋洋而无极兮，忽翱翔之焉薄。国有骥而不知乘兮，焉皇皇而更索。宁戚讴于车下兮，桓公闻而知之。无伯乐之善相兮，今谁使乎誉之。罔流涕以聊虑兮，惟著意而得之⁽¹⁰¹⁾。纷忳忳之愿忠兮⁽¹⁰²⁾，妒被离而障之⁽¹⁰³⁾。愿赐不肖之躯而别离兮，放游志乎云中。乘精气之抟抟兮⁽¹⁰⁴⁾，骛诸神之湛湛⁽¹⁰⁵⁾。骖白霓之习习兮，历群灵之丰丰。左朱雀之茇茇兮⁽¹⁰⁶⁾，右苍龙之躣躣⁽¹⁰⁷⁾。属雷师之阗阗兮⁽¹⁰⁸⁾，通飞廉之衙衙⁽¹⁰⁹⁾。前

楚辞

轻辀之锵锵兮⁽¹¹⁰⁾，后辒乘之从从⁽¹¹¹⁾。载云旗之委蛇兮，
扈屯骑之容容⁽¹¹²⁾。计专专之不可化兮，愿遂推而为
臧⁽¹¹³⁾。赖皇天之厚德兮，还及君之无恙⁽¹¹⁴⁾！

【注释】(1)《九辩》原是古代流传下来的乐章名。"九"表示多，不代表
数字，意思是由多组乐章组成的乐曲。本篇是宋玉借古乐章名为题抒写自
己的感慨和愁思，是一篇自叙性的长篇抒情诗。　(2)憭慄(liǎo lì)：凄凉的
样子。若：句中语助词。一说"若在"的意思。　(3)泬(xuè)寥：旷荡空虚
的样子。　(4)寂寥(jì liǎo)：清澄平静的状态。潦(lǎo)：积蓄的雨水。收
潦，雨水退尽。清：当作"澄"。　(5)憯(cǎn)凄：悲痛的样子。欷：叹息声。
增欷：悲叹不止。中人：侵袭人。　(6)怆恍(chuàng huǎng)：失意的样子。
圹㟼(kuàng lǎng)：失意怅惘。去故就新：指背井离乡。　(7)坎廪：指生活
道路坎坷，挫折很多。贫士：宋玉自称。　(8)廓落：孤独空虚。　(9)寂漠：
即寂寞。　(10)邕邕：象声词。雁鸣声。　(11)鹍鸡：鸟名。似鹤，黄白色。
啁哳：大小相间，杂碎而急促的叫声。　(12)时：指人的年龄。亹亹(wěi)：
前进不停的样子。过中：已过中年。按：以上是第一段。诗人通过对秋景的
描绘，对秋天季节的感受，抒发了自己对时序迁移、遭遇坎坷、事业无成的感
慨。　(13)穷蹙(cù)：处境穷困。廓：这里指空旷荒野。　(14)美人：作者
自称。绎：是"怿"的假借字，愉快的意思。　(15)超逍遥：远远游荡无着落
的样子。薄：停止。　(16)烦惔(dàn)：烦闷；忧愁。　(17)朅(qiè)：离去。
　(18)结辀：车厢。　(19)轼：车前横木。　(20)瞀(mào)乱：烦乱。
(21)怦怦(pēng)：忠谨的样子。谅直：忠诚正直。按：以上是第二段。诗人
叙述自己有乡不能归、思君不能见的苦闷。　(22)凛(lǐn)：寒冷。凛秋，凄
清而寒冷的秋季。　(23)奄：忽，很快地。离披：草木叶萎不振的样子。楸
(qiū)：楸树。　(24)芳蔼：芳菲而繁盛。形容人的壮年。方壮：正当盛年。
(25)萎约：这里是用草木枯萎衰败形容人贫病交加的样子。　(26)恢台：
广大而繁盛的样子。　(27)欿傺：欿，陷。傺：止。　(28)菸邑(yū yú)：黯
淡的样子。　(29)烦挐(ná)：纷乱。　(30)淫溢：过甚。罷(pí)：凋零。
(31)柯：树枝的别名。彷绑：颜色不鲜明。　(32)萷：同"梢"。树梢。槮槮
(xiāo sēn)：光秃秃的样子。　(33)瘀伤：指严霜下植物内部的损伤。

(34)纷糅:败叶襄草相杂的样子。　(35)骓(fēi):边马。下节:停鞭。
(36)相羊:同"徜徉"。　(37)遒(qiú):迫近。　(38)将:长。　(39)怔攘
(kuāng rǎng):纷扰不安。　(40)澹:水流徐缓的样子。这里指百无聊赖的
心情。　(41)怵(chù)惕:戒惧,惊惧。按:这以上是第三段。诗人以凄艳的
笔调,从不同角度来描写秋景,抒发自己悲秋的感情。　(42)敷:布的意思,
引申为开放。　(43)旖旎(yǐ nǐ):繁茂的样子。都房:都,美的意思。都房,
即华美的房屋。　(44)有明:自己表白。　(45)结轸(zhěn):忧思郁结而
心情沉重。　(46)郁陶:愁思郁结。　(47)九重:这里说国君的门很深邃,
难以接近。　(48)狺狺(yín):象声词。犬吠声。　(49)块:孤独的样子。
无:通"芜",荒芜。泽:积水的洼地。按:以上是第四段。诗人以蕙花的遭遇
自比,因无法得到楚王的赏识,处境又极为恶劣,心中充满了失意的愁闷。

(50)策:马鞭。这里作动词,用鞭赶马。驽骀(nú tái):劣马。　(51)踞
(jū)跳:跳跃。　(52)凫(fú):野鸭。唼(shà):水鸟或鱼吃食。　(53)龃
龉(jǔ yǔ):彼此不相合。　(54)渥洽(wò qià):深厚的恩泽。　(55)太公:
即姜尚。　(56)不处:指遁世隐居,不留在朝廷。　(57)绝端:指与君王断
绝感情。按:以上是第五段。诉说世道的昏暗,慨叹贤士与明主遇合之难。

(58)遭命:所要遭遇的命运。　(59)徼幸:同"侥幸"。　(60)泊:止。莽
莽:草盛的样子。这里指荒野。　(61)自直:自己辩明曲直。　(62)压按:
压抑。学诵:即学《诗经》。　(63)褊(biǎn)浅:狭隘浅薄。　(64)申包胥:
春秋时楚国大夫。为救楚国,曾在秦廷哭了七天七夜,终于感动秦哀公出兵
救楚。　(65)固:当作"同"。　(66)凿:当作"错"。措施。　(67)守高:保
持高节。　(68)素餐:指朴素、俭朴的饮食。　(69)充倔:充满委屈。按:以
上是第六段。诗人抒写自己的不幸遭遇和穷困处境,并有感于楚国命运的
倾危。　(70)靓(jìng):通"静"。杪秋:暮秋。　(71)缭悷(liáo lì):缠绕而
郁结。　(72)春秋:指年纪。逴逴(chuō):指过去的岁月越去越远。日高:
一天比一天老了。　(73)阴阳:指变化的时光。俪偕:同在一起的意思。
(74)腕(wǎn)晚:日落的景象。　(75)销铄:与"减毁",都是缺的意思。
(76)摇悦:一时动摇,一时喜悦。日幸:每天都抱着侥幸心理。　(77)怊怅:
惆怅、失意的样子。　(78)憯(cǎn)恻:悲伤。　(79)嵺(liáo)廓:通"寥
廓"。空虚的样子。按:以上是第七段。诗人叹息时光的流逝,悲伤自己事

业的无成。　　(80)猋(biāo):迅速。　　(81)露曀(yín yì):露,云遮日。曀,
阴风。　　(82)黓点:玷污。　　(83)抗行:高尚的行为。　　(84)瞭冥冥:高远
的样子。　　(85)险巇(xī):险阻。这里指险恶的人。　　(86)黮(dǎn):昏暗
的样子。瑕(xiá):玉上的斑点。　　(87)胶加:纠缠不清的意思。　　(88)裯
(dāo):短衣。晏晏:轻柔鲜艳。　　(89)潢洋:空荡荡的,比喻衣不贴身。
带:动词。结上带子。　　(90)伐武:夸耀武功。　　(91)炫曜(xuàn yào):本
指阳光强烈,引申为目光迷乱,不辨是非。　　(92)昧昧:昏暗的样子。按:以
上是第八段。诗人痛斥小人混淆是非,蒙蔽君王,败坏国事,同时也指责了
楚王的昏庸。　　(93)浏浏:水流清澈的样子。这句比喻有才能的臣子不待
君王督促,也能把事情办好。　　(94)介:盔甲。　　(95)邅(zhān):回旋不
前。翼翼:谨慎的样子。无终:没有好结果。　　(96)忳(tún):忧郁、烦闷。
惽惽(hūn):心中昏昧不明。愁约:被愁闷所束缚。　　(97)沉滞:埋没。
(98)布名:扬名。　　(99)潢洋:空荡荡的。这里是没有着落的意思。
(100)怐愗(kòu mòu):愚昧。　　(101)著意:存心;着意。　　(102)忳忳
(tún):专一,诚挚的样子。　　(103)被离:众多而杂乱的样子。　　(104)精
气:古代人认为充塞于天地间的阴阳二气。抟抟:与"团团"同。这里指聚集
成球形的样子。　　(105)骛(wù):追随。湛湛:厚集的样子,比喻众神之多。
　　(106)朱雀:星宿名。南方七宿的总称。茇茇(pèi):翩翩飞翔的样子。
(107)苍龙:星宿名。东方七宿的总称。躣躣(qú):行进的样子。　　(108)
属:在后面跟随。阗阗(tián):雷声。　　(109)飞廉:神话中的风神。衙衙:
前进的样子。　　(110)辌(liáng):古代一种卧车。锵锵:车铃声。　　(111)
从从:连接的样子。　　(112)屯骑:聚集的车骑。容容:不紧不慢的样子。
(113)臧:善。　　(114)恙(yàng):本是一种虫名。引申为病痛。按:以上是
第九段。作者提出自己的政治主张和对待现实的态度。幻想超脱现实,放
游太空,以摆脱自己悲惨的处境和心中的痛苦。

【今译】悲伤啊秋天肃杀的气氛!草木在秋风中枯黄凋零。心情凄凉好
像离乡背井,又如登山临水送别故人。碧空万里无云秋高气爽,雨停水退秋
水清澄平静。微寒袭人使人倍增伤情。离家远行心中怅然失意,贫士受挫
失位内心不平。留滞异乡孤独难寻知音,多么失望啊我暗自哀怜。燕子翩

翩今又飞回南方，秋蝉默默终日寂寞无声。群雁邕邕和鸣向南飞去，鹍鸡急促悲啼令人伤心。我啊孤独一人通宵难寐，怎堪听那蟋蟀彻夜哀鸣。时光荏苒转眼人过中年，我还久留异乡一事无成。

悲伤穷困独处空旷境地，痛苦充满于一个美人心里。他背井离乡啊客居异地，到处漂泊如今留在哪里？一心思念君王忠贞不渝，君王不知道有啥办法呢！怨恨忧愁在他胸中蓄积，寝食俱废总是烦闷焦虑。希望见见君王陈述心意，但君王的心和我的相异。车已驾出来了还得回去，我见不到君王心中悲戚。只好依凭车厢长长叹息，沾湿车板的是滚滚泪涕。实难做到啊与君王断绝，心中烦乱难解纷繁思绪。暗暗自怜此情何时终结，内心忠诚正直坚定不移。

上天把一年平分为四季，我只对凄凉的秋季悲伤。白露已经降落于百草之上，梧桐楸树很快枝枯叶秃。离开了阳光灿烂的夏日，进入茫茫秋天夜无穷漫长。百花盛开时节已经逝去，草木枯萎衰败令人悲伤。白露下降警示秋天来临，严霜又来告诫寒冬将降。秋冬一扫盛夏的繁茂景象，旺盛生机不知哪里躲藏。这时草木显得黯淡失色，枝条纷乱交横错杂无章。树叶凋敝零落即将萎谢，树木枝干衰败颜色枯黄。树杪光秃萧疏令人悲痛，枝丫形销骨立内受损伤。想到败叶衰草即将凋零，怅恨命乖运塞失去时光。抓住边马缰绳缓缓而行，姑且漫无边际徘徊游荡。日月易逝眼看时近岁暮，我担心自己的寿命不长。自己生不逢时实堪悲伤，遭逢混乱世道令人沮丧。心中百无聊赖独倚栏杆，愁听蟋蟀声声鸣叫西堂。我的内心时时惊惧震动，为何百感交集时牵愁肠。夜里仰望明月长长叹息，在星光下徘徊直到天亮。

可悲啊那蕙花美丽芳香，在宫中枝繁叶茂地开放。为何层层花朵没有结果，花瓣顺着风雨到处飞扬？我还以为君王独爱蕙花，哪知蕙花也与众花一样。可怜曲折心思无人理解，我将离开君王远走他方。我的心啊多么忧愁凄凉，希望一见君王倾诉衷肠。并无怨恨却要生生离别，心中郁结痛苦更加悲伤。哪会不思君而忧思郁结，只是君门幽深重重关防。猛犬守门迎着来人狂叫，关塞和桥梁都闭塞不畅。老天爷降下了绵绵秋雨，大地何时才有干燥地方。阴雨连绵独处荒芜沼泽，仰望蔽日阴云喟叹深长。

为何社会风气善于取巧，改变良好措施背离正道。放着日行千里的骏马不用，却要赶着劣马慢慢上路。难道当今世上没有良马，实在没有人善于驾驭

它？它看见驾驭的人不适当，就会连蹦带跳远远逃跑。野鸭大雁争着吞食米草，凤凰却远远离去而越飞越高。圆的凿孔配上方的榫头，其不相合难容纳我早知道。群鸟都有自己歇宿的地方，只有凤凰的安身之处难觅。我本愿遇事情闭口不言，却因曾受君王恩泽而难以做到。姜太公九十岁才显荣耀，情投意合的贤臣明主未曾遇到。千里马的归宿究竟在哪？凤凰又应该在何处栖息？如今风俗变异世道衰败，相马的人只选肥的马匹。骏马只好隐藏不肯露面，凤凰高飞不愿下来停息。鸟兽都知恋慕有德的人，为何责怪贤士遁世隐居？骏马不图急进求人使用，凤凰不贪饲养乱吃东西。君王不辨是非远弃贤士，贤士虽愿效忠又怎能如意？想与君王断绝君臣名分寂寞隐退，君王的深恩又怎敢忘记？独自悲愁令人肝肠寸断，满腔忧愤何时才是终极？

凛冽的霜露啊一齐袭来，我曾盼望它们不能逞凶。大雪纷纷扬扬越下越大，才知悲惨命运即将降临。希望能侥幸避难而有所期待，我难免与野草同归于尽。我想面见君王辨明曲直，可是道路阻绝难以通行。想要遵循正道平稳前进，但又不知应该何去何从。行至中途就觉迷惑不解，只好压抑感情把《诗》朗诵。本性愚昧无知狭隘浅薄，阿谀奉迎实在一窍不通。我赞美申包胥志气壮盛，又怕时代相异实难求同。为何世俗小人善于投机，毁坏法度改变正常措施？我光明正大不随波逐流，愿把前代圣贤教诲尊崇。处身混浊社会显名荣耀，这些决非我心所愿乐从。与其不遵道义博得虚名，宁可保持气节安于贫穷。不能苟且求食而得饱腹，不能苟且求衣以求温暖。我衷心仰慕诗人的风格，愿意过朴素节俭的生活。我的心里充满无穷委屈，漂泊荒郊野外无边无际。没有棉衣皮袄抵御寒冬，恐怕不见春天便会突然死去。

在寂静的漫长秋夜里，我心中郁结着绵绵哀绪。岁月如流自己年事日高，心里无限惆怅而可怜自己。四季交替循环年近岁暮，人不能与时光永在一起。太阳冉冉地将要下山了，明亮的圆月也有缺损隐逸。岁月匆匆流逝又是一年将尽，自己逐渐衰老精力不济。情绪难定常抱侥幸心理，但总失去希望倍增忧虑。我的心中哀痛惨凄悲伤，我长长地叹息声声抽泣。年月无穷无尽天天流逝，老来无处托身内心空虚。世事日日变化还希进取，久处无成境地心中犹豫迟疑。

为何满天浮云层层涌现，很快把明亮的圆月遮掩！我明净的忠心希望奉献，却阴云蔽日难到达君王面前。盼望太阳光明显耀运行，蒙蒙云气却遮住它的笑脸。我不自量愿意效忠君王，有人用污秽玷污我的心愿。尧舜的高尚行为远超世俗，他们的崇高人格直迫云天。为何恶毒的人嫉妒尧舜，使他们蒙受了不白之冤。那光芒四射的太阳月亮，尚且有时出现阴影黑斑。何况一个国家的大小事务，自然纷繁错杂头绪万千。披上荷叶短衣轻柔鲜艳，只因它又肥又宽难以系带。君王自骄美丽夸耀武功，辜负大臣光明正大之言。他憎恨忠心耿耿的美德，小人夸夸其谈他却喜欢。奸佞奔走钻营却飞黄腾达，贤士引身自退而远远躲开。农夫停止耕作闲散起来，只怕田园荒芜生产破坏。国事长期都被私利危害，我痛惜国家必将危亡衰败。世上人云亦云不辨是非，善恶不分乱评人的好坏。现在修饰就得照照镜子，以后还可谨慎自守不败。想托流星替我传达心意，它却实难遇上只因飞得太快。明月终为浮云所遮掩啊，大地昏暗无光令人悲哀。

　　尧舜他们能够举贤任能，所以高枕无忧自然安逸。相信自己没有取怨世人，他们的心里哪来的惊惧？乘上骏马就能畅行无阻，何必用坚硬的马鞭进行驾驭。纵有里城外郭不足倚恃，虽有坚甲利兵又有何益？行路艰难何处才是终极，心中郁闷悲愁无法摆脱。人生在世如同匆匆过客，功业不能成就终生蹉跎。我愿从此隐退不见君王，然而还想扬名天下不甘寂寞。但是命运不佳没有机遇，生性愚昧使我痛苦极多。辽阔的原野啊一望无际，在哪停留啊我到处漂泊。国有千里马不知去乘骑，为何匆匆忙忙另外求索。宁戚叩着牛角在车下唱歌，桓公一听便知他是不错的人才。伯乐难遇无人善于相马，现在的骏马又让谁来评说？失意使我悲涕使我思索，我想存心求贤贤臣必多。愿意效忠君国的人不少，却被各种嫉妒小人阻隔。愿君王允许我远离而去，我将在云天里神游寄兴。我乘着日月阴阳的精气，我与众神驰向深邃的太空。驾起白虹而高高飞翔啊，游历了各种各样的神宫。左边朱雀七宿翩翩飞动，右边是蜿蜒翻腾的七宿苍龙。隆隆的雷在后面跟随，习习的风把前路打通。前面轻便卧车锵锵作响，后面辎重车辆紧紧跟从。车上云霓旗帜迎风招展，众多车骑跟随前呼后拥。我忠贞的心啊不可改变，只愿扬善惩恶君与我同。仰仗上天的深恩厚德啊，保佑君王永远无病无痛。

　　【点评】这首长诗以作者的身世遭遇为线索，展现了楚王朝廷行将没落衰亡的历史画卷，为那个黑暗的时代留下了真实的缩影。诗人将个人的遭

遇与国家的命运联系在一起,深刻地批判了楚国统治集团的昏庸腐朽,揭露了政治腐败、奸佞当道的黑暗现实,反映了田园荒芜、国力衰竭的种种迹象,倾诉了对君国的无穷怀念和感伤身世的绵绵长恨,具有深广的思想内容。《九辩》最主要的成就还不在于进步的思想内容,而在于它精湛的艺术技巧。这是宋玉能在文学史上与伟大诗人屈原并称的主要原因。首先,它在抒情诗的艺术手法上有很大的开拓。《九辩》作为政治抒情诗,不是以直接倾泻诗人内心的激情来感染读者,而是通过对自然景物的描写,来抒发自己浓厚的感情,造成一种情景交融的艺术境界,使诗人的感情与自然景物互相衬托而融合为一。这样就进一步开拓了诗歌的意境,提高了诗歌表情达意的作用。《九辩》全诗以秋景、秋物、秋声、秋色为衬托,把萧瑟苍凉的景物与诗人失意悲凉的心情交融在一起,互相映衬,相得益彰。情因景而发,景因情而写;情因景而愈浓,景因情而增哀,极含蕴而又深刻地表现了诗人的悲剧命运和哀怨幽思,大大增强了诗歌的艺术感染力。《九辩》中第一、三、七段着重描写秋景,其中第一段尤为世所传诵,它把衰败、萧条的深秋景象描写得淋漓尽致,细致入微,惊心动魄,创造了深远幽渺的意境。你看,秋风萧瑟,草木凋零,天高气清,秋水澄静,微寒阵阵袭人;燕辞归,寒蝉噤,鹍鸡悲啼,群雁南行,蟋蟀一声声彻底哀鸣。秋气的摇落,时序的惊心,形成了多么浓重的伤感的氛围! 在这凄清肃杀的秋气中,诗人却受谗被贬,"贫士失职而志不平",内心悲愤,独处异乡,举目无亲,只能暗自哀怜,无人可诉心中的无限愁闷;同时又想到时光荏苒,年事过半,长期在外漂泊,一事无成,更加悲不自胜。这一段把苍凉的秋景与诗人幽怨哀愁之情交织在一起,将一片难诉之情,表现得深细入微而又意味深长,写得回肠荡气,悲慨万端。千百年来,它不仅强烈地撩拨起读者层层的感情涟漪,也感发他们的生活体验和艺术联想。秋天已经与惨淡的人生,衰败的社会联系在一起。宋玉的"悲哉,秋之为气也"的感叹,浓缩了处在最黑暗时代和最坎坷境遇中的进步知识分子对人生和时代的感叹。在封建社会里,引起了无数受压抑的文人的强烈共鸣,受到很高的评价。"宋玉悲秋"已成为中国文学里的熟语,悲秋也成为我国古典诗词的传统题目之一,影响极为深远。其次,在语言上它继承《离骚》而又有所发展。第一个特点是辞藻秀美,文采绚烂,词汇丰富。在刻画景物或描述心理时,往往连用八九个近义词来表达,写得淋漓酣畅,优美细腻。第二个特点是句法更加灵活自由。它打破了四句两韵的格式,有的章节把散文句式写到诗里。句中字数参差错落,少则三字,多的如"愿赐不肖之躯而别离兮"就有十个字。语助词"兮"字的用法,更是极尽变化之妙,有时用在第二字的位置,有时在第三字的位置,有时在第四、第五字位置上,有时又隔句放在句末,读来抑扬顿挫、疾徐有致,丰富了诗歌音节的谐适美。第三个特点是吸收了民间诗歌多用双声叠韵的联绵词和叠音词的长处,使诗歌的音节更加谐美,情味更为悠长。特别是长诗结尾的一段,连用了"抟抟""湛湛""习习""丰丰""芰芰""躍躍""阗阗""衙衙""锵锵""容容""专专"等十二个叠词,加强了诗歌的节奏,有力地渲染了作者神游太空的壮丽景象,令人有一种身临其境之感,作者驾驭文字的高超本领实在令人惊叹。

【集说】《九辩》已变屈子文法,加以参差错落而峻急之气。骚至宋大夫乃快,其语最醒而俊。(孙𬭚语,见蒋之翘《七十二家评楚辞》)

《楚辞》,惟屈、宋诸篇当读之。(严羽《沧浪诗话·诗评》)

六一云:"宋玉比屈原,时有出蓝之色。"(陈辅《陈辅之诗话》)

屈原作《九章》,而宋玉述《九辩》,……虽华藻随时,而体律相仿。(张表臣《珊湖钩诗话》卷一)

山谷尝谓余曰:"凡作赋要须以宋玉、贾谊、相如、子云为师格,略依放其步骤,乃有古风。"(王直方《王直方诗话》)

《九辩》"凄艳之情,实为独绝"。(鲁迅《汉文学史纲要》)

《九辩》之一、三、七皆写秋色,其一尤传诵。潘岳《秋兴赋》云:"善乎宋玉之言曰:'悲哉,秋之为气也!萧瑟兮草木摇落而变衰,憭慄兮若在远行,登山临水送将归。'夫送归怀慕徒之恋兮,远行有羁旅之愤,临川感流以叹逝兮,登山怀远而悼近。彼四慼之疾心兮,遭一涂而难忍。嗟秋日之可哀兮,谅无愁而不尽!"又《艺文类聚》卷七载潘岳《登虎牢山赋》曰:"彼登山而临水,固先哲之所哀,矧去乡而离家,邈长辞而远乖",洵识曲听真者矣。盖宋玉此篇貌写秋而实写愁,犹史达祖《恋绣衾》之"愁便是秋心也"或吴文英《唐多令》之"何处合成愁,离人心上秋"。……潘岳谓其以"四慼"示"秋气"之"悲",实不止此数。他若"收潦水清""薄寒中人""羁旅无友""贫士失职""燕辞归""蝉无声""雁南游""鹍鸡悲鸣""蟋蟀宵征",凡与秋可相系着之物态人事,莫非"慼"而成

"悲"，纷至沓来，汇合"一途"，写秋而悲即同气一体。举远行、送归、失职、羁旅者，以人当秋则感其事更深，亦人当其事而悲秋逾甚，如李善所谓春秋之"别恨愈切"也。（钱锺书《管锥编》〈二〉）

（梅桐生）

招　魂(1)

朕幼清以廉洁兮，身服义而未沬(2)。主此盛德兮(3)，牵于俗而芜秽(4)。上无所考此盛德兮(5)，长离殃而愁苦(6)。帝告巫阳曰(7)："有人在下(8)，我欲辅之(9)。魂魄离散，汝筮予之(10)。"巫阳对曰："掌梦(11)！上帝，其难从；若必筮予之，恐后之谢(12)，不能复用。"

巫阳焉乃下招曰："魂兮归来！去君之恒干(13)，何为四方些(14)？舍君之乐处，而离彼不祥些。魂兮归来！东方不可以托些。长人千仞(15)，惟魂是索些。十日代出(16)，流金铄石些(17)。彼皆习之，魂往必释些(18)。归来兮！不可以托些。魂兮归来！南方不可以止些。雕题黑齿(19)，得人肉以祀，以其骨为醢些。蝮蛇蓁蓁(20)，封狐千里些(21)。雄虺九首(22)，往来倏忽(23)，吞人以益其心些。归来兮！不可久淫些。魂兮归来！西方之害，流沙千里些。旋入雷渊(24)，靡散而不可止些(25)。幸而得脱，其外旷宇些。赤蚁若象，玄蜂若壶些(26)。五谷不生，丛菅是食些(27)。其土烂人，求水无所得些。彷徉无所倚(28)，广大无所极些。归来兮！恐自遗贼些(29)。魂兮归来！北方不可以止些。增冰峨峨(30)，飞雪千里些。归来兮！不可以久些。

魂兮归来！君无上天些。虎豹九关(31)，啄害下人些。一夫九首，拔木九千些。豺狼从目(32)，往来侁侁些(33)。悬人以嬉，投之深渊些。致命于帝，然后得瞑些。归来兮！

诗骚观止

往恐危身些。魂兮归来！君无下此幽都些⁽³⁴⁾。土伯九约⁽³⁵⁾，其角觺觺些⁽³⁶⁾。敦脄血拇⁽³⁷⁾，逐人駓駓些⁽³⁸⁾。参目虎首⁽³⁹⁾，其身若牛些。此皆甘人⁽⁴⁰⁾。归来兮！恐自遗灾些。魂兮归来！入修门些。工祝招君⁽⁴¹⁾，背行先些⁽⁴²⁾。秦篝齐缕⁽⁴³⁾，郑绵络些⁽⁴⁴⁾。招具该备，永啸呼些⁽⁴⁵⁾。魂兮归来！反故居些。

天地四方，多贼奸些。像设君室，静闲安些。高堂邃宇，槛层轩些⁽⁴⁶⁾。层台累榭⁽⁴⁷⁾，临高山些。网户朱缀⁽⁴⁸⁾，刻方连些⁽⁴⁹⁾。冬有突厦⁽⁵⁰⁾，夏室寒些。川谷径复⁽⁵¹⁾，流潺湲些。光风转蕙，泛崇兰些⁽⁵²⁾。经堂入奥⁽⁵³⁾，朱尘筵些⁽⁵⁴⁾。砥室翠翘⁽⁵⁵⁾，挂曲琼些⁽⁵⁶⁾。翡翠珠被⁽⁵⁷⁾，烂齐光些。蒻阿拂壁⁽⁵⁸⁾，罗帱张些⁽⁵⁹⁾。纂组绮缟⁽⁶⁰⁾，结琦璜些⁽⁶¹⁾。

室中之观⁽⁶²⁾，多珍怪些。兰膏明烛⁽⁶³⁾，华容备些⁽⁶⁴⁾。二八侍宿⁽⁶⁵⁾，射递代些⁽⁶⁶⁾。九侯淑女⁽⁶⁷⁾，多迅众些⁽⁶⁸⁾。盛鬋不同制⁽⁶⁹⁾，实满宫些。容态好比，顺弥代些⁽⁷⁰⁾。弱颜固植⁽⁷¹⁾，謇其有意些。姱容修态，絙洞房些⁽⁷²⁾。蛾眉曼睩⁽⁷³⁾，目腾光些。靡颜腻理⁽⁷⁴⁾，遗视矊些⁽⁷⁵⁾。离榭修幕⁽⁷⁶⁾，侍君之闲些。

翡帷翠帐，饰高堂些。红壁沙版⁽⁷⁷⁾，玄玉梁些⁽⁷⁸⁾。仰观刻桷⁽⁷⁹⁾，画龙蛇些。坐堂伏槛，临曲池些。芙蓉始发，杂芰荷些。紫茎屏风⁽⁸⁰⁾，文缘波些⁽⁸¹⁾。文异豹饰⁽⁸²⁾，侍陂陁些⁽⁸³⁾。轩辌既低⁽⁸⁴⁾，步骑罗些。兰薄户树⁽⁸⁵⁾，琼木篱些⁽⁸⁶⁾。魂兮归来！何远为些。

室家遂宗⁽⁸⁷⁾，食多方些⁽⁸⁸⁾。稻粢穱麦⁽⁸⁹⁾，挐黄粱些⁽⁹⁰⁾。大苦咸酸，辛甘行些。肥牛之腱⁽⁹¹⁾，臑若芳些⁽⁹²⁾。和酸若苦，陈吴羹些。胹鳖炮羔⁽⁹³⁾，有柘浆些⁽⁹⁴⁾。鹄酸臇凫⁽⁹⁵⁾，煎鸿鸧些⁽⁹⁶⁾。露鸡臛蠵⁽⁹⁷⁾，厉而不爽些⁽⁹⁸⁾。粔籹

蜜饵(99),有𩚄餭些(100)。瑶浆蜜勺(101),实羽觞些(102)。挫糟冻饮,酎清凉些(103)。华酌既陈(104),有琼浆些。归来反故室,敬而无妨些。

肴羞未通(105),女乐罗些。陈钟按鼓,造新歌些。《涉江》《采菱》(106),发《扬荷》些(107)。美人既醉,朱颜酡些(108)。嬉光眇视(109),目曾波些(110)。被文服纤(111),丽而不奇些。长发曼鬋,艳陆离些(112)。二八齐容(113),起郑舞些。衽若交竿(114),抚案下些(115)。竽瑟狂会(116),搷鸣鼓些(117)。宫庭震惊,发《激楚》些(118)。吴歈蔡讴(119),奏大吕些(120)。士女杂坐,乱而不分些。放陈组缨(121),班其相纷些(122)。郑卫妖玩(123),来杂陈些。《激楚》之结,独秀先些(124)。

菎蔽象棋(125),有六簙些(126)。分曹并进(127),遒相迫些(128)。成枭而牟(129),呼五白些(130)。晋制犀比(131),费白日些。铿钟摇簴(132),揳梓瑟些(133)。娱酒不废,沉日夜些(134)。兰膏明烛,华灯错些。结撰至思(135),兰芳假些(136)。人有所极,同心赋些。酎饮尽欢,乐先故些(137)。魂兮归来!反故居些。"

乱曰:献岁发春兮(138),汩吾南征(139)。菉蘋齐叶兮(140),白芷生。路贯庐江兮(141),左长薄(142)。倚沼畦瀛兮(143),遥望博(144)。青骊结驷兮(145),齐千乘。悬火延起兮(146),玄颜烝(147)。步及骤处兮(148),诱骋先(149)。抑骛若通兮(150),引车右还。与王趋梦兮(151),课后先(152)。君王亲发兮,惮青兕(153)。朱明承夜兮(154),时不可以淹。皋兰被径兮,斯路渐(155)。湛湛江水兮,上有枫。目极千里兮,伤春心。魂兮归来,哀江南(156)!

【注释】(1)本篇的作者是谁,历来有两种说法。司马迁认为是屈原,王逸《楚辞章句》认为是宋玉。现在大多数学者都取第一说,并认为本篇是招楚怀王的魂。　（2）服：实行。沫：与"昧"同。暗淡，引申为含糊不清。
（3）主：保持。　（4）芜秽：乱草荒芜。比喻自身受世俗牵累而有缺点。
（5）考：察。　（6）离：同"罹"。遭到。　（7）巫阳：神话中的巫师。　（8）有人：指楚怀王。　（9）辅：保佑。　（10）筮（shì）：古代用蓍草卜吉凶的方法。
（11）掌梦：管占梦的官。　（12）谢：衰败。按，这是全文的序。是用幻想的形式叙述招魂的原因。　（13）恒：常。干：躯体。恒干，指灵魂经常寄托的人的身体。　（14）些（suō）：句尾语助词。楚方言，与"兮"字义同。但主要用在禁咒句尾。　（15）仞：古代长度单位。一仞约相当于八尺。　（16）十日：神话说东方的扶桑树上有十个太阳，它们轮流升起。　（17）流金：金属熔为流动的液体。铄石：销熔石头。　（18）释：熔解。　（19）题：额头。雕题，在额头上刻刺花纹。　（20）蓁蓁（zhēn）：积聚的样子。　（21）封：大。　（22）虺（huǐ）：毒蛇。　（23）倏忽：极快的样子。　（24）雷渊：神话中的深渊。　（25）靡：粉碎。　（26）壶：通"瓠"。葫芦。　（27）菅（jiān）：茅草。　（28）彷徉（páng yáng）：徘徊不定。倚：靠，依托。　（29）贼：害。
（30）增冰：增，通"层"，层冰。峨峨：高高耸立的样子。　（31）九关：九重天门。　（32）从：同"纵"。从目：瞪大眼睛。　（33）侁侁（shēn）：众多的样子。　（34）幽都：幽冥的地府。　（35）土伯：地府的君主。九约：九屈。大概指土伯的身体弯弯曲曲。　（36）觺觺（yí）：形容角很锐利。　（37）敦脄：敦，厚。脄（méi），背上的肉。　（38）駓駓（pī）：跑得快的样子。　（39）参：同"三"。　（40）甘人：食人以为甘美。　（41）工祝：有本领的巫师。
（42）背行：后退着走。　（43）篝（gōu）：竹笼。秦篝，秦国产的竹笼。缕：线。用来装饰竹笼的。这些都是招魂用的器具。　（44）绵络：织物。指盖在竹笼上的笼衣。　（45）永：长。按，以上是全文的第一部分。从四方上下招唤灵魂。　（46）槛（jiàn）：栏杆。这里作动词，用栏杆围着。轩：有长廊的厅堂。　（47）累：重叠。榭（xiè）：建在台上的屋子。　（48）网户：门上镂空花格，像网眼一样。朱缀：用红色涂连接的地方。　（49）方连：方格图案。
（50）突（yào）：深密的意思。突厦，结构重深，寒气不易侵入的暖房。
（51）川谷：指园中的小溪流。径复：往来环绕。　（52）崇：聚。指丛生。
（53）奥：房屋中最幽深的角落。这里指内室。　（54）尘筵：竹席做的顶棚。
（55）砥室：四壁磨得光亮的房间。翠翘：用翠鸟尾羽做的拂尘。　（56）曲

335

楚辞

琼:玉钩。 （57）翡翠:鸟名。雄的毛色绯红叫翡,雌的毛色青翠叫翠。这里是形容锦被的色彩像翡翠一样红红绿绿,鲜艳美丽。 （58）蒻:当作"弱"。柔软的意思。阿:即缯。古代一种轻细的丝织品。拂壁:挂在壁上。

（59）帱:帐。 （60）纂组绮缟:各种颜色的丝带。 （61）琦(qí):美玉。璜(huáng):半圆形的玉器。 （62）观:名词。指室中所见之物。 （63）兰膏:加了香料的油脂,用来制烛,燃时有香气。 （64）华容:美丽的容貌。指美女。 （65）二八:两列。古代宫中女乐或值宿以八人为一列。侍宿:侍候过夜。 （66）射:厌倦。递代:轮流值班。 （67）九侯:列侯。指楚国境内封的列侯。淑:善。淑女,列侯送来的美女。 （68）迅:通"洵",真正。多迅众,真是众多。 （69）鬋(jiǎn):鬓发。制:样式。 （70）顺:通"洵",真正。弥代:盖世。 （71）弱:柔嫩的意思。固:健壮。植:指身体。 （72）绠(gèng):绵延。这里指往来不绝。洞房:幽深的内室。 （73）蛾眉:比喻女子眉毛如蚕蛾的触角一样,又细又弯。曼:柔婉。睩(lù):眼珠的转动。
(74)靡:细腻的意思。理:肌理,指皮肤。 （75）遗视:含情地一视。矊(mián):从容有意的样子。 （76）离榭:别墅。修幕:游猎时所设的大营帐。 （77）沙:丹沙。红色的。版:指室中镶的木板。 （78）玄玉梁:用黑漆漆成的屋梁,光泽如玉。 （79）桷(jué):椽(chuán)子。刻桷,指整整齐齐的方形椽子。 （80）屏风:植物名。即水葵,又名凫葵,防风,荇菜。这种植物是紫叶白茎,这里的紫茎是泛说。 （81）文:同"纹"。缘:当作"绿"。

(82)文异:指服装文采奇异。豹饰:用豹皮为衣饰。这里指卫士的服装。

(83)陂陁(pō tuó):高低不平的山坡。 （84）轩:有篷的车。辌(liáng):有窗而舒适的卧车。低:通"抵"。到达。 （85）薄:草木丛生。 （86）琼木:指美好的树木。 （87）室家:指宗族。宗:尊。这里指祭祀。 （88）多方:多样。 （89）粢(zì):小米。穛(zhuō):早熟的麦子。 （90）挐(ná):掺杂。黄粱:黄小米。 （91）腱:蹄筋。 （92）臑(ér):通"胹"。炖烂。(93)胹鳖:炖甲鱼。炮:一种烹调方法。 （94）柘浆:糖汁。 （95）鹄:天鹅。鹄酸,加了醋烹制的天鹅肉。臇(juǎn):少汁的羹。凫(fú):野鸭。(96)鸿鸧(cāng):都是雁类。 （97）露鸡:疑为卤鸡。臛(huò):红烧。蠵(xī):大龟。 （98）厉:香味浓烈。爽:猛,刺激。不爽,不伤胃口。 （99）粔籹(jù nǔ):用蜜和米面做的环饼。餦:糕。 （100）饧餭(zhāng huáng):

糖麻花儿之类。 （101）瑶浆：像玉一样透明的美酒。勺：通"酌"，饮酒。蜜勺，饮酒时加蜜。 （102）实：动词，斟满。羽觞（shāng）：酒杯。形状如雀，有羽翼，故名。 （103）酎（zhòu）：酒味很醇。 （104）酌：酒斗。这里指酒宴。华酌，豪华的酒宴。 （105）肴：肉菜。羞：指美味的食物。通遍。 （106）《涉江》《采菱》：都是楚地民歌。 （107）《扬荷》：荷，当作"阿"。即《阳阿》，楚歌曲名。这是一种合唱曲。 （108）酡（tuó）：指喝了酒脸上发红。 （109）嫔光：欢乐逗人的目光。眇视：含情而视。 （110）曾：通"层"。目层波，指两眼水汪汪的。 （111）文：指绣花衣服。纤：轻软的丝织衣服。 （112）陆离：形容女子打扮得五光十色，十分娇艳。 （113）齐容：一样的装束。 （114）衽：衣襟。交竽：形容舞袖交错，像竽一样相交。 （115）案：同"按"。抚案，舞袖低抚，和着节奏。下：退场。 （116）竽：古管乐器，笙类，三十六簧。瑟：古弦乐器，二十五弦。狂会：急管繁弦地合奏。

（117）搷（tián）：急击。 （118）《激楚》：楚国歌曲名。 （119）歈（yú）：与"讴"都是歌曲。 （120）大吕：古乐调名。十二律之一。 （121）组：用来系玉或印的丝带。缨：帽带。这里代冠。 （122）班：座位的秩序。相纷：纷乱不定。 （123）妖玩：指美女。 （124）秀先：比前面演奏的音乐更优美动听。 （125）菎蔽：饰玉的赌博用的筹码。象棋：象牙做的棋子。 （126）六簙：这是古代的一种棋戏。 （127）曹：偶。相对的两方。 （128）遒（qiú）：使劲，紧张。 （129）枭、弁：都是博戏的专门术语。成枭，可能是力争使棋子成为枭棋。弁，取的意思。 （130）五白：五颗骰子组成的一种特采，走棋时双方掷骰子都希望出现五白求胜，所以大呼五白。 （131）犀比：不详。可能是用犀角制成的一种赌具。 （132）铿（kēng）：象声词。这里指撞钟。簴（jù）：钟架。 （133）搫（xiē）：弹奏。 （134）沉：沉湎。 （135）结撰：构思写诗。至思：尽心思考。 （136）兰芳：指优美的辞藻。假：借助。 （137）先故：死去的先辈。按，以上是招魂的正文。作者用巫阳的口气极力描写上下四方的险恶，以及故乡居室、饮食、音乐、娱乐之美，召唤灵魂返回故乡。 （138）献岁：献，进。进入了新的一年。发春：春天开始了。 （139）汩（gǔ）：水流很快的样子。这里是行走匆匆的意思。吾：屈原自称。南征：可能指向南流放。 （140）菉：通"绿"。蘋：一种水草。也叫四叶菜。 （141）贯：直通。庐江：地名。即今青弋江，安徽省东南地带。

(142)长薄:连绵不断的丛林。 (143)倚:沿着。畦:动词,区划。瀛:大泽。

(144)博:指荒野广阔。 (145)青骊:黑色的马。骊:指一辆车所用的四匹马。 (146)悬火:焚林驱兽的火把。延起:火势蔓延。 (147)玄颜:指天色被火光映照得黑黑透红的样子。烝:火光冲天。 (148)步:指徒步的从猎者。骤处:车马驰到的地方。 (149)诱:引导。这里是打猎中的向导。

(150)抑:勒住马。骛:奔驰。若:顺。通:通"畅"。指猎车不混乱堵塞,进退自如。 (151)趋:奔赴。梦:古代湖名。在长江南岸,与江北的云泽合称云梦泽。 (152)课:比试。 (153)惮:当作"殚"。尽的意思。兕(sì):类似犀牛的一种野兽。 (154)朱明:又红又亮,指太阳。 (155)斯:这。渐:没。指被草遮盖。 (156)哀:通"爱"。可爱。按,以上追怀与怀王一起打猎的盛况,表达作者招魂的心情。

【今译】我从年轻时就清白廉洁,亲身践行仁义毫不含糊。我一直保持着这些美德,但受世俗牵累身受秽污。上天无法考察这些美德,我长期受难啊忧愁痛苦。上帝唤来巫阳并对他讲:"现在有一个人他在下方,我正想要辅助他保佑他。他的魂魄已经离身散亡,你快占个卦给他帮帮忙。"巫阳很为难地回答上帝:"上帝啊,我的职务是掌梦,你的指示实在难以服从;如果定要占卦给他招魂,恐怕时机过了身躯已坏,给他的灵魂也不再有用。"

巫阳于是降临人间招魂:"魂魄啊! 快回到你的身上! 你离开了你常附着的身体,却为何要流散到四面八方? 你抛弃了你安乐的处所,就会遇到不吉利的情况。魂魄啊! 快回到你的身上! 东方不是可安身的地方。那里的巨人啊身长千丈,专门搜寻人的灵魂品尝。那里有十个太阳轮流出入,晒得石头销毁金属流淌。那种炎热巨人已经习惯,如果你去了一定要遭殃。回来吧! 那不是安身的地方!

魂魄啊! 快回到你的身体。南方啊也不可以去安居。额头刺花黑牙齿的野人,他们祭神要用人肉来祭,还要把人骨头剁成烂泥。那里蝮蛇很多盘绕聚集,大狐狸也遍布千里之地。还有那九个头的大毒蛇,它们穿梭似的窜来窜去,以吞吃活人来满足心意。回来吧! 南方不可以久居。魂魄啊! 还是快快回来吧! 西方对你的危害会更大,那里有一望无际的流沙。风沙飞卷把你埋进雷渊,就会粉身碎骨难以收拾。即使侥幸能够逃出深渊,外面荒野茫茫十分可怕。那里的红蚁有象那么大，黑蜂也长得像只葫芦瓜。那里五谷不能发芽生长，一丛丛野茅草就是食粮。西方泥土使人皮肉腐烂，要找一滴水也非常困难。在那游荡徘徊无处安居，四周辽阔广大无边无际。回来吧！别招灾难害自己。魂魄啊！快回到你的身体！北方也不是你停留之地。一层层的坚冰如山堆积，一团团的大雪纷飞千里。回来吧！北方不可以久居。魂魄啊！快快回到你身体！你千万不能跑到天上去。九重天门都有虎豹守着，它们咬得人们有来无去。那里有个怪人九个脑袋，一天能把九千大树拔起。成群的豺狼把眼睛瞪着，它们恶狠狠地跑来跑去。九头怪物把人吊起游戏，然后把人丢进深水潭里。掉进深渊只有报告上帝，死了才能够把双眼闭起。回来吧！怕去了身遭危险。魂魄啊！快回到你的故都。你千万不能去地下城府。地下的魔王身体弯弯曲曲，双角尖锐锋利难以接触。满爪的血肉鼓起的背肉，它们飞快来往把人追逐。长着虎的脑袋和三只眼睛，它们身体像牛又壮又粗。这些土伯吃人才能满足口腹之欲。回来吧！不要去受灾受辱。魂魄啊！快回到你的身体！你快走进这高高的门里。招引你的是高明的巫师，他一步步倒退着引导你。秦国出产的薰笼系着齐国出产的丝绳，上面还盖着郑国出产的笼衣。招魂的器具都已经备齐，大家都拉长声调呼唤你。灵魂啊！请你快快回来吧！从四方上下返回你的故居！

　　天上地下东南西北四方，凶恶害人的东西非常多。依照你生前习惯布置的居室，居住起来就比在外面游荡要宁静安乐。高大的房屋深深的庭院，一层层厅堂有栏杆围着。那重重叠叠的楼台亭榭，傍临着高山一座又一座。朱红的大门上镂着花格，上面还雕刻着方格网络。冬天这里有温暖的大厦，夏天凉爽的屋子很适合。园中的小溪流纵横曲折，溪水清澈透明潺潺流着。阳光下微风吹拂着蕙草，一丛丛兰花散发出幽香。穿过层层厅堂走进内房，红色顶棚竹席铺在地上。房间四壁磨得光洁明亮，翠色羽毛掸子挂玉钩上。锦被色如翡翠缀饰珍珠，那一粒粒珍珠闪闪发光。墙壁上蒙着轻软的丝绸，大床上挂着美丽的罗帐。五彩的丝绸带各种各样，连结块块美玉挂满帐旁。

　　室中所见之物真说不完，多么珍贵奇异非同一般。灯烛明亮散发兰草芳香，侍宿的美女们前来陪伴。十六位姑娘已分成两班，她们侍候过夜轮流替换。各国来的公主美丽娇艳，这么多的美女环绕身边。她们梳着各式各样发型，已充满了你的深宫后院。容貌姿态一个胜似一个，这些美人真是美

楚辞

妙盖世。娇嫩的脸蛋健壮的体魄，一个个心儿好意儿更甜。漂亮的容貌苗条的身材，往来不绝在你卧房里边。她们眉似蚕蛾又细又弯，眼睛轻柔一瞥光芒闪现。她们颜色如玉肌肤如脂，常常脉脉含情瞜你一眼。在你的别墅和大营帐里，你闲暇时侍候在你身边。

那红红绿绿鲜艳的幕帐，已经装饰着高高的厅堂。四壁墙板涂着朱红颜色，顶上是漆黑如玉的房梁。抬头观看方椽整整齐齐，上面刻画着龙蛇的形象。坐进厅堂中伏倚在栏杆上眺望远景，下临的是曲曲折折的池塘。池中荷花朵朵刚刚开放，菱叶和荷叶漂浮在中央。荇菜紫叶白茎露出水面，水上映显出绿色的波光。卫士豹皮衣饰文采奇异，一个个守卫在四周山上。外出就乘坐舒适的篷车，很多步骑随从侍候身旁。门前种着一丛丛的兰花，四周的玉树一行又一行。灵魂啊！快回到你的身上！为什么你还要跑向远方？

宗族举行祭礼祀飨亡魂，摆出的供品有各种各样。供品中有各色精细粮食，大米小米新麦掺杂黄粱。食品中有苦的酸的咸的，辣和甜这些味道也用上。供上一碗碗肥牛的蹄筋，蹄筋炖得烂熟散发肉香。用酸味和苦味调和食物，陈列着吴国厨师做的羹汤。还有清炖甲鱼火炮羔羊，烧菜时调味的还有甜浆。醋熘天鹅肉野鸭煨浓汤，油煎鸿雁肉鸧鹒肉又脆又香。红烧乌龟肉配上卤汁鸡，味道真是鲜美十分清爽。各式各样点心又甜又脆，有蜜制的糕饼麻花儿糖。颜色如玉的美酒加蜂蜜，各种美酒都斟满了羽觞。打开酒糟榨出酒来冰冻，冷饮时味道又醇又清凉。豪华的筵席已经摆好了，上面还有那如玉的酒浆。回来吧！快返回你的故乡，人们都尊敬你对你无妨。

丰盛的酒菜还没有吃遍，女乐就开始列队表演。陈设好乐钟安放好乐鼓，将要表演新创作的歌舞。先唱《涉江》曲后唱《采菱》歌，最后大家都齐声唱《阳阿》。筵席上美女们喝醉了酒，一个个红光满面乐呵呵。她们目光逗人含情脉脉，两眼水汪汪频频送秋波。她们身穿绣花的绸衣裳，色彩那么华丽款式大方。长长的头发柔美的鬓角，个个打扮成娇艳的模样。两列女乐服饰装扮一样，跳起了郑国的舞蹈出场。舞袖翩翩彼此交错回旋，抚手合拍徐徐退下场来。竽瑟急管繁弦地演奏着，响亮的大鼓不停地敲响。整个宫廷在音乐中震荡，奏出的楚歌紧凑又激昂。那吴国的民歌蔡国的曲，这些都用那大吕调演唱。男男女女交错坐在一起，乱纷纷地彼此相依相傍。脱下衣带冠帽随便乱放，座位次序变得杂乱无章。郑国卫国来的妖娆美女，一起玩乐姿容各式各样。作尾声的楚歌慷慨激昂，最出色的是这首大合唱。

酒后的娱乐方式有蓖蔽和象棋，消遣还有六簿这种游戏。对手分成两方运子进攻，双方各不相让紧紧相逼。个个都争取"成枭"而获胜，大声呼叫"五白"十分着急。要度时光有晋国的犀比，玩玩消磨一天不算稀奇。用力撞击乐钟钟架震动，梓木琴瑟在钟声中奏起。饮酒取乐一刻也不停止，日日夜夜都会这样欢娱。芳香的灯烛明亮地照耀，宫灯涂饰金粉十分华丽。宴会上赋诗都精心思考，写出佳作要用华美辞藻。这时人们欢乐到了极点，共同朗诵诗作互相唱和。人们痛饮美酒尽情欢娱，使先辈灵魂也得到安乐。魂魄啊！请你快快回来吧，快回到你的故乡安乐窝。

尾声：新的一年春天来临，我被流放向南匆匆而行。绿色的水草长齐了叶片，路上的白芷也开始萌生。南行道路一直通往庐江，江的左岸是连绵的丛林。我沿着片片沼泽地前行，那辽阔的荒野一望无垠。当年猎车驾着四匹青马，千辆车子出猎整整齐齐。火把点燃树林火势蔓延，天空黑里透红火光冲天。步行的赶到车马聚集处，狩猎的向导已一马当先。猎车指挥顺当进退自如，车队向右转弯继续向前。跟随着君王向梦泽驰去，大家比赛看看谁后谁先。君王弯弓搭箭亲自发射，围猎把青色的犀牛射完。红亮的太阳承接着黑夜，时光流逝往事不再重现。河岸上长满芳香的兰草，道路已被青青春草遮掩。春江水平静地向前流淌，江岸上生长着枫林一片。站在这里纵目遥望千里之外，满目春色使人愁思顿起。魂魄啊！快回到你的身上，快回到可爱的江南故居！

341

【点评】《招魂》是一篇充满神秘瑰丽色彩的诗篇，几千年来引起无数学者的探讨和猜测。本文的作者是谁？是宋玉？屈原？还是什么人？是招什么人的魂？楚怀王？屈原？自招？历来众说纷纭。现在大多数学者都相信司马迁的话，认为《招魂》是屈原的作品，是屈原在招楚怀王的魂。楚怀王三十年（前299），怀王被骗入秦，遭到扣留，三年后在秦郁郁而死，归葬楚国。这件事带给楚国人民极大的震动。顷襄王即位后，不思报仇雪耻，而恣情淫乐，致使朝政腐败，国力衰微。屈原当时被流放江南，面对这件震撼人心的大事，感慨万千。他按民间风俗为怀王招魂，创作了这篇作品。借招魂表达

自己对楚怀王的深切悼念和热爱祖国的感情,同时也有激励顷襄王励精图治之意。因此,《招魂》含有较丰富的思想内容,有一定的积极意义。招魂是古代的一种迷信活动。在巫术宗教统治下的楚国,这种活动更为盛行,已成为楚地一大风俗。这篇作品,是屈原将原始宗教与诗歌创作高度融合,天才地发挥超时空的想象的产物,是文学与巫术的结晶体。因此,《招魂》最精彩的部分,就是中间招魂的巫词。诗中,作者首先极力描写上下四方的险恶,以劝灵魂不要乱跑,赶快归来。你看,东方"长人千仞,惟魂是索";南方"雕题黑齿,得人肉以祀";西方"流沙千里""五谷不生";北方"增冰峨峨,飞雪千里"。天上"虎豹九关,啄害下人";地下"土伯九约""逐人驱驱"。这是多么可怕的境界! 楚国在诗人的笔下却是极乐世界,首先是居住环境的优美:"高堂邃宇,槛层轩些。层台累榭,临高山些。"诗人甚至把居室的位置、外观结构、周围景致都写到了。其次是宫内陈设的豪华:"翡翠珠被,烂齐光些。翡阿拂壁,罗帱张些。"还有众多的美女充实宫中:"九侯淑女,多迅众些。盛鬋不同制,实满宫些。容态好比,顺弥代些。"这些佳丽脸色娇嫩,体魄健壮,心儿好,意儿甜,颜色如玉,肌肤如脂,眉似蚕蛾,两眼含情脉脉。那饮食肴馔的丰美更是令人叹为观止:肥牛蹄筋、清炖甲鱼、火炮羔羊、醋熘天鹅、野鸭煨汤、红烧乌龟、油炸雁肉,还有蜜制糕饼麻花糖。美酒如玉,勾兑蜂蜜,冷饮时味道又醇又清凉。宴会上的歌舞场面让人心旷神怡,酒后余兴也使人流连忘返,读之犹如身历其境,宛在目前,具有很强的艺术魅力。《招魂》是十分富有特色的诗篇。在语言上,全诗除序言和乱辞用"兮"字作语助词外,招魂词都用"些"(suō)字作句尾语助词。"些"也是楚国方言。用"些"字作语尾助词,本是楚国巫觋禁咒语中的习惯。屈原假托巫阳招魂,完全遵照巫祝招魂的形式,采用他们的口气,这种写法是十分新奇的。其次,诗篇的内容与艺术形式结合得很完美,诗人描写上下四方的险恶是用神话传说和浪漫主义的幻想来构成,并且也根据一定的地理知识。这些描写虽属想象,也比较符合自然情况,读来使人惊心动魄。宫廷生活与豪华的物质享受,诗人是用层层排比铺叙来展开,辞藻异常华丽瑰奇,写得有声有色,极有层次,宫室园圃的富丽堂皇,饮食乐舞的盛大优美,车马服饰的豪华奢侈,都给人留下深刻的印象。游猎的盛况和江南的春色是用细腻的笔触和丰富的感情来表达的,语言精练,凄恻动人,感人肺腑,浸透了诗人对祖国乡土深厚的眷恋之情。在中国文学史上,《招魂》是不可重现的艺术典范,占有重要地位。它的结构和夸张铺叙的写法,开了汉赋的先河,对后来汉赋的创作有直接的影响。

【集说】外陈四方之恶,内崇楚国之美。(王逸《楚辞章句》)

《招魂》《大招》,耀艳而深华,……故能气往轹古,辞来切今,惊采绝艳,难与并能矣。(刘勰《文心雕龙·辨骚》)

以礼言之,固为鄙野,然其尽爱以致祷,则犹古人之遗意也,是以太史公读之而哀其志焉。(朱熹《楚辞集注》)

前辈谓《大招》胜《招魂》,不然。(严羽《沧浪诗话·诗评》)

谋篇有往复开合,异于一味排比,并可借以想见古代风俗。(钱锺书《管锥编》〈二〉)

(梅桐生)

楚辞

贾谊

　　贾谊(前200～前168年),洛阳(今河南洛阳市)人。西汉初期杰出的政治家和文学家。汉文帝初年,由洛阳太守吴公推荐,被文帝召为博士,不久迁大中大夫。他提出积极的政治改革主张,受到权贵的中伤,于是汉文帝疏远他,贬为长沙王太傅。四年后,又被召为梁怀王太傅。过了几年,梁怀王骑马跌死,贾谊痛恨自己没有尽到太傅的责任,痛哭郁闷,一年就死了。死时年仅三十三岁。其作品除政论文外,有赋七篇,以《吊屈原赋》和《鹏鸟赋》最著名。后人辑其文为《贾长沙集》。另有《新书》十卷。

吊　屈　原[1]

　　恭承嘉惠兮[2],俟罪长沙[3]。仄闻屈原兮[4],自湛汨罗[5]。造托湘流兮[6],敬吊先生。遭世罔极兮[7],乃陨厥身[8]。乌乎哀哉兮[9],逢时不祥。鸾凤伏窜兮[10],鸱鸮翔翔[11]。阘茸尊显兮[12],谗谀得志[13]。贤圣逆曳兮[14],方正倒植[15]。谓随、夷混兮[16],谓跖、蹻廉[17]。莫邪为钝兮⁽¹⁸⁾，铅刀为铦⁽¹⁹⁾。于嗟默默⁽²⁰⁾，生之亡故兮⁽²¹⁾。斡弃周鼎⁽²²⁾，宝康瓠兮⁽²³⁾。腾驾罢牛⁽²⁴⁾，骖蹇驴兮⁽²⁵⁾。骥垂两耳，服盐车兮⁽²⁶⁾。章甫荐屦⁽²⁷⁾，渐不可久兮⁽²⁸⁾。嗟苦先生，独离此咎兮⁽²⁹⁾。

　　讯曰⁽³⁰⁾：已矣！国其莫吾知兮，子独壹郁其谁语⁽³¹⁾？凤缥缥其高逝兮，夫固自引而远去⁽³²⁾。袭九渊之神龙兮⁽³³⁾，沕渊潜以自珍⁽³⁴⁾。偭蟂獭以隐处兮⁽³⁵⁾，夫岂从虾与蛭蟥⁽³⁶⁾？所贵圣之神德兮，远浊世而自臧。使麒麟可系而羁兮，岂云异夫犬羊。般纷纷其离此邮兮⁽³⁷⁾，亦夫子之故也⁽³⁸⁾！历九州而相其君兮，何必怀此都也！凤凰翔于千仞兮，览德辉而下之⁽³⁹⁾。见细德之险征兮⁽⁴⁰⁾，遥增击而去之⁽⁴¹⁾。彼寻常之污渎兮⁽⁴²⁾，岂容吞舟之鱼⁽⁴³⁾。横江湖之鱣鲸兮⁽⁴⁴⁾，固将制乎蝼蚁⁽⁴⁵⁾！

【注释】(1)贾谊的政治遭遇与屈原有相似之处。因此，他被谪往长沙途经湘水时写下这篇作品，借凭吊屈原来抒发自己的感慨。　(2)恭承：恭敬地承受。嘉惠：这里指皇帝的诏命，任命贾谊为长沙王太傅。　(3)俟(sì)罪：待罪。旧时对做官的谦称。长沙：汉初所封的异姓王国名，领地在今湖南省东部。　(4)仄：《史记》作"侧"。仄闻，从旁听说。　(5)湛(chén)：通"沉"。汨罗：水名，在今湖南省东北部。　(6)造：往。托：请托，请湘水寄意。　(7)罔极：没有标准。　(8)殒：通"殒"。死亡。　(9)乌乎：即呜呼。　(10)伏窜：隐藏。　(11)鸱鸮(chī xiāo)：猫头鹰。　(12)阘茸(tà róng)：指品格平庸、才能低下的人。　(13)谗谀：指专搞造谣诌媚的人。　(14)逆曳：不顺。　(15)植：同"置"。　(16)随：卞随，传说中的隐者。夷：伯夷。卞随、伯夷，都是古代统治阶级心目中的贤者。　(17)跖跷：跖，盗跖。跷，庄跷。都是古代统治阶级心目中的大盗。　(18)莫邪：古代著名的宝剑。　(19)铦(xiān)：锋利。　(20)于嗟：即吁嗟，叹词。　(21)生：古代对男子的尊称，即先生，指屈原。　(22)斡弃：抛弃。周鼎：指周代传国的"九鼎"。　(23)康瓠：瓦盆底。(24)罢：通"疲"。　(25)骖：作动词。驾作边马。　(26)服：驾。　(27)章

楚辞

甫:古代的礼帽。荐:这里是"垫"的意思。屦(jù):用麻或皮革做的鞋。(28)渐:损蚀。　(29)咎:罪过。　(30)谇(suì):即乱辞。　(31)壹郁:壹,通"抑",心情郁闷。　(32)引:避开。　(33)九渊:很深的渊。　(34)沕(mì):潜藏的样子。　(35)偭(miǎn):离开。蟂(xiāo):据说是一种害鱼的水中动物。獭(tǎ):水獭,生活在水边,吃鱼。　(36)蛭(zhì):水蛭,即蚂蟥。蟥(yǐn):同"蚓",蚯蚓。　(37)般:乱的样子。般纷纷,乱糟糟的样子。邮:通"尤",罪过。　(38)夫子:指屈原。　(39)德辉:圣德的光辉。　(40)细德:指薄德的国君。险征:险恶的征兆。　(41)增击:加快飞行。　(42)寻常:古代的长度单位。八尺叫寻,一丈六叫常。污渎:死水沟。　(43)吞舟:形容鱼很大。　(44)鳣(zhān):鳇鱼,很大。鲸:即鲟鱼。　(45)蝼蚁:蝼蛄、蚂蚁。

【今译】我恭敬地承受皇帝恩惠,就在长沙随时等候降罪。我从侧面听到了屈原先生,他就在这汨罗江中自沉。我来到湘江畔托它寄意,表示我尊敬地吊唁先生。屈原他遭遇到混乱世道,以致把自己的生命送掉。啊,多么可悲啊多么可哀,偏偏处在不吉利的时代。鸾鸟凤凰都已隐蔽躲藏,猫头鹰得意地回旋飞翔。平庸低能之辈位尊名显,诽谤谄媚之徒顺风顺水。贤人圣人处于不顺境地,正直的人被压在下方。认为卞随、伯夷污浊邪恶,都说盗跖、庄蹻廉洁无比。莫邪宝剑被人认为很钝,卷刃铅刀却被认为锋利。可叹啊,你现在默默无语,先生已经离开人世死去。有人抛弃周代传国宝鼎,却很珍视那些破瓦盆底。使用疲乏老牛驾车奔跑,还让跛足毛驴套边辕拉车。骏马不受重用低垂两耳,拉着沉重盐车爬上山道。把高贵的礼帽用来垫鞋,它用不了多久就会坏掉。可悲的是苦了屈原先生,这些罪只有他全部受到。

尾声:算了,国内没人了解我们,你又向谁诉说心中的郁闷?凤凰它飘然地高高飞去,全是自己避开远远逃离。应该效法深渊中的神龙,深深潜藏起来自我珍惜。神龙将要远离蟂獭隐居,难道还与小虫处在一起?值得珍贵的是圣人美德,自己隐居要与浊世远离。假使麒麟也可以被束缚,那它与犬羊还不是一样。在混乱的社会遭此痛苦,也有先生你自身的缘故。你应到九州去选择贤君,何必定要怀念故国首都。凤凰在千仞的空中飞翔,看到圣德光辉才肯下降。发现薄德君主险恶的征兆,它就会远远地加快飞离。那些丈许宽的死水沟里,哪里能容得下吞舟大鱼。横行游戏在江湖的鲟鳇,入小沟受制于蝼蛄蚂蚁!

【点评】这是贾谊饱蘸血泪写就的一曲悼屈悲己的哀歌，也是一曲时代的动人悲歌。贾谊虽然生活在屈原死后一百多年的汉初，但他与屈原在人格、才学、抱负、遭遇等方面却有不少相似之处，同具忧国爱民之心，改革政治之志，忧谗畏讥之情，怀才不遇之恨，真可谓息息相通，异代而同心。正因为这样，司马迁在《史记》中才以他们两人的历史写成一篇合传，文学史上也习惯于将屈贾并称。在《吊屈原》这篇作品中，作者首先表达自己对屈原不幸遭遇的深切同情，接着描绘出一幅违情悖理、颠倒黑白的楚国末世图景，一针见血地指出，正是这黑暗的社会现实，浇漓不正的世风戕害了屈原，生活在这样黑暗时代的贤能之士怎么不遭受痛苦呢？作者以敏锐的眼光、犀利的笔锋，不仅准确地揭示出造成屈原悲剧命运的客观原因，而且揭示出它的普遍性。在后半部分，作者进一步指出造成屈原悲剧命运的主观原因。他认为屈原投水而死，是因为没有"历九州而相其君"，总是怀念故国首都。贾谊认为应该像"翔于千仞"的凤凰那样，"览德辉而下之"，倘若"见细德之险征"，则"遥增击而去之"。合则留，不合则去。自己把握自己的命运，自己主宰自己，不受他人羁绊。这表明贾谊具有强烈的自尊，对自我价值有充分的认识，虽然也遭到屈原似的打击，对未来仍然信心未泯，仍有大展宏图的希冀。然而在黑暗混浊的封建时代，进步的知识分子，能把握自己的命运吗？堪称一代英才的贾谊，也像屈原一样，摆脱不了抑郁而终的悲剧命运。

【集说】贾生俊发，故文洁而体清。（刘勰《文心雕龙·体性》）

屈子之赋，贾生得其质。（刘熙载《艺概·赋概》）

贾生谪长沙傅，渡湘水为赋以吊之，所遭之时，虽与原不同，盖亦原之志也。白乐天《咏史》诗，乃谓"士生一代间，谁不有浮沉。良时真可惜，乱世何足钦。乃知泪罗恨，未抵长沙深"。信如乐天言，则是以乱世不足拯也，而可乎？议者谓谊所欲为，文帝不能用者，绛、灌、东阳之属谮之尔，故谊之赋有云："莫邪为钝，铅刀为铦，斡弃周鼎，宝康瓠兮。"观此是有憾于绛、灌、东阳者。虽然，勃也，婴也，敬也，皆素有长者之誉，必不肯害贤而利己。《楚汉春秋》别有绛灌，岂其是邪？（葛立方《韵语阳秋》卷七）

贾傅以下，湛思邈虑，具有屈心。（王芑孙《读赋卮言·导源篇》）

贾谊"骚赋词清而理哀"。（张溥《汉魏六朝百三家集题辞》）

（梅桐生）

鹏　鸟⁽¹⁾

　　单阏之岁兮⁽²⁾，四月孟夏；庚子日斜兮⁽³⁾，鹏集予舍；止于坐隅兮，貌甚闲暇。异物来萃兮⁽⁴⁾，私怪其故；发书占之兮，谶言其度⁽⁵⁾。曰："野鸟入室兮，主人将去。"请问于鹏兮："予去何之？吉乎告我，凶言其灾。淹速之度兮⁽⁶⁾，语予其期。"鹏乃叹息，举首奋翼，口不能言，请对以臆⁽⁷⁾。曰："万物变化兮，固无休息。斡流而迁兮⁽⁸⁾，或推而还。形气转续兮⁽⁹⁾，变化而嬗⁽¹⁰⁾。沕穆无穷兮⁽¹¹⁾，胡可胜言！祸兮福所倚⁽¹²⁾，福兮祸所伏。忧喜聚门兮，吉凶同域⁽¹³⁾。彼吴强大兮，夫差以败；越栖会稽兮⁽¹⁴⁾，句践霸世。斯游遂成兮⁽¹⁵⁾，卒被五刑⁽¹⁶⁾。傅说胥靡兮⁽¹⁷⁾，乃相武丁。夫祸之与福兮，何异纠缠⁽¹⁸⁾！命不可说兮，孰知其极？水激则旱兮⁽¹⁹⁾，矢激则远。万物回薄兮⁽²⁰⁾，振荡相转⁽²¹⁾。云蒸雨降兮，纠错相纷。大钧播物兮⁽²²⁾，块圠无垠⁽²³⁾。天不可预虑兮⁽²⁴⁾，道不可预谋。迟速有命兮，焉识其时！且夫天地为炉兮，造化为工⁽²⁵⁾。阴阳为炭兮⁽²⁶⁾，万物为铜。合散消息兮⁽²⁷⁾，安有常则？千变万化兮，未始有极。忽然为人兮⁽²⁸⁾，何足控揣⁽²⁹⁾。化为异物兮，又何足患！小智自私兮⁽³⁰⁾，贱彼贵我。达人大观兮⁽³¹⁾，物无不可。贪夫徇财兮⁽³²⁾，烈士徇名。夸者死权兮⁽³³⁾，品庶每生⁽³⁴⁾。怵迫之徒兮⁽³⁵⁾，或趋西东。大人不曲兮⁽³⁶⁾，意变齐同⁽³⁷⁾。愚士系俗兮，窘若囚拘⁽³⁸⁾。至人遗物兮⁽³⁹⁾，独与道俱⁽⁴⁰⁾。众人惑惑兮⁽⁴¹⁾，好恶积亿⁽⁴²⁾。真人恬漠兮⁽⁴³⁾，独与道息。释智遗形兮⁽⁴⁴⁾，超然自丧⁽⁴⁵⁾。寥廓忽荒兮，与道翱翔⁽⁴⁶⁾。乘流则逝兮，得坎则止⁽⁴⁷⁾。纵躯委命兮，不私与己。其生兮若浮⁽⁴⁸⁾，其死兮若休。澹乎若深渊之静⁽⁴⁹⁾，泛乎若不系之舟。不以生故自宝兮⁽⁵⁰⁾，养空而浮⁽⁵¹⁾。德人无累兮，知命不忧。细故蒂芥兮⁽⁵²⁾，何足以疑！"

【注释】(1)鹏鸟：即猫头鹰。古人认为它是不吉祥的鸟。贾谊任长沙王太傅时，有一只猫头鹰飞进他的住宅。他认为自己的寿命不长了，很伤感。写下这篇赋表达自己的感情。文中假托与鹏鸟的问答，抒发自己怀才不遇的忧闷，并以老庄齐死生、等祸福的思想来自我排遣。　(2)单阏(chán yān)：太岁在卯叫单阏。即汉文帝六年(前173)，丁卯年。　(3)庚子：古时用天干记日，庚子是四月里的一天。　(4)萃：止。　(5)谶(chèn)：预言，预兆。度：即数，定数。　(6)淹速：死生的早与迟。　(7)臆：胸。以臆，用胸中的事对答。　(8)斡(wò)：回旋，旋转。斡流，即运转。　(9)形：指自然界有形之物。气：指无形之物。　(10)嬗：通"蝉"。　(11)沕(wù)穆：精微深远的样子。　(12)倚：依靠。　(13)域：处所。同域，同在一起。　(14)会稽：山名。　(15)斯：秦国宰相李斯。游：游说。　(16)五刑：古代五种酷刑，指墨、劓、刖(fèi，断足)、宫、大辟。　(17)胥靡：古代一种刑罚。用绳索把犯人拴在一起服苦役。　(18)纠缦(mò)：两股线搓的绳叫纠，三股线搓的叫缦。　(19)旱：与"悍"通，猛疾的意思。　(20)回薄：往返激荡之意。

(21)振：同"震"。转：转化。　(22)大钧：即造化。钧，本指制陶器时托泥转动的工具，这是引申意。播：作"运转""推动"解。　(23)坱圠(yǎng yà)：无边无垠的样子。　(24)天：天命。　(25)工：冶金的工匠。　(26)为炭：古人认为万物是由阴阳合成的。　(27)消息：消，即灭。息，即生存。　(28)忽然：等于说偶然。　(29)控揣：玩弄爱惜的意思。　(30)小智：指眼光短浅的人。　(31)达人：指通达事理的人。大观：指所见远大。　(32)徇：通"殉"。　(33)夸者：指好虚名，喜权势的人。　(34)品庶：众庶，即一般人。每：贪。　(35)怵迫：为利所诱，为势所逼。　(36)大人：指道德修养极高的人。不曲：不为物欲所羁绊。　(37)意：同"亿"。亿变，即千变万化。齐同：一视同仁；等同齐一。　(38)囚拘：即"拘囚"，指一举一动都被束缚。

(39)至人：有至德的人。遗物：遗弃外物的牵累。　(40)道：指老庄哲学中的"道"。　(41)惑惑：谓惑之甚。　(42)亿：同"臆"。积亿，积满胸中。(43)真人：道家认为得天地之道的人。恬漠：淡泊无味。　(44)释智：弃

智。遗形:忘记形体之累。 (45)自丧:自忘其身。即"心如死灰,形如槁木"的状态。 (46)与道翱翔:指人与道合而为一。 (47)坻:水中小洲。 (48)浮:寄托的意思。 (49)澹:同"淡"。 (50)自宝:等于说"自贵"。把自己看得很珍贵。 (51)养空:培养空灵的灵性。 (52)蒂芥(dì jiè):即芥蒂,芒刺,比喻心怀嫌怨和微小的不快的事。细故蒂芥,是指猫头鹰飞进住宅这件事。

【今译】在太岁在卯的这一年里,正是四月里初夏的时节;庚子日夕阳西下的时候,猫头鹰飞进了我的住宅。它停息在我座位的一角,样子十分从容优闲自得。奇怪的动物来这里停宿,心里暗暗惊疑有何缘故。我打开数术的书来占卜,书上谶言指出吉凶定数。书上说:"野鸟飞入了房屋,屋里主人必将从这搬出。"于是我就请教于猫头鹰,"我离开这里要去何处? 如果吉利就请向我说明,即使有凶事请把灾难告诉我。我的寿命究竟是长是短,希望猫头鹰把期限指出。"猫头鹰听后就深深叹息,把头高高昂起展开两翼。猫头鹰它口中不能说话,它只好以示意来代表回答。它说:"世上万物都在变化,本来没有什么事物可以停息。一切事物都在运转推移,永远循环反复发展不已。形和气在相互连续转化,这种变化就像蝉的蜕皮。自然的道理真深奥无穷,语言哪里能够表达清楚。灾祸就紧紧与幸福相连,幸福中也有灾祸暗暗潜伏。忧愁喜事常聚一家之门,吉祥凶咎往往同在一处。就像那十分强大的吴国,转瞬间夫差却失败成为俘虏;越王兵败退守会稽山上,最终勾践却成为春秋霸主。李斯游说秦国取得相位,最终却受到酷刑的惩处。傅说虽是服苦役的刑徒,后来辅佐武丁实现中兴。灾祸与幸福总相因相伏,像搓成绳的线紧相依附! 天命不能够用语言解说,谁能预知它终极在何处? 水受外物冲击便会奔流迅速,箭受外力推动便会射得更远。万物在反复不停地激荡,不断相互转化相互影响。水汽上升成云下降成雨,相互纠缠错杂纷乱不已。自然造化推动万物运行,使它运行变化无穷无际。天太高远不可预为思虑,道太深奥不能预先谋计。寿命是长是短自有定数,哪里能够预知它的限期! 何况天地就是冶金火炉,自然造化就是冶金师傅。阴阳像炭一样熔化万物,万物像铜一样被熔被铸。万物或聚或散或生或灭,哪里会有一定规律法度? 一切事物产生千变万化,未尝都有终极都有限度。生而为人这是偶然的事,对待生命何必珍重爱护。人死身体变成别的东西,这是自然现象不足忧虑!眼光短浅的人只顾自身,他们轻视外物看重自己。心胸广阔的人高瞻远瞩,万物一视同仁无所不宜。贪财好利的人以身殉财,重义轻生之士身殉名誉。追求虚荣的人贪权丧生,一般俗人贪生害怕死去。为利所诱为势所迫的人,不免东奔西走避害趋利。道德高尚的人超脱物欲,对待万物变化等同齐一。一般愚夫都被世俗羁绊,举动拘束像被禁的囚犯。至德的人遗弃世俗物累,所以他独能与大道共存。众人都迷惑于世俗利害,爱憎的感情已积满胸怀。得道的人处世清心寡欲,所以他独能与大道共处。只有绝圣弃智遗弃形体,超脱万物之外忘记自己。进入深远广阔恍惚境界,人才能与大道合为一体。人生如木浮水顺流则行,遇到水中小洲就得停息。把身体完全交付给命运,别把它看成自己的东西。活着是他身体寄托世上,死了也就好像长久休息。心情要像深渊一样宁静,行动像不系的船在漂行。不因为活着而宝贵自己,浮游人世修养空虚灵性。修养高尚的人没有牵累,不忧不愁因为他知天命。那些不快意的琐细事情,有什么值得你疑虑在心!"

【点评】本文有两大特点:第一是构思新颖别致。文章假托与鵩鸟问答,用鵩鸟"对之以臆",来展开议论、说理。这是对《诗经·豳风·鸱鸮》这类"禽言诗"的继承,但《鵩鸟》又有所创新,它既吸取了"禽言诗"的特点,又吸取了先秦散文"对话体"的形式,并将两者融合为一,创造出一种与禽问答,借禽言志的崭新形式,对后代文学产生了一定影响。第二是本文"思胜于辞",富于哲理性。《鵩鸟》的内容不是抒情,也不是铺陈写物,而主要是据老庄"万物变化"之理,说明祸福荣辱皆不足介意的观点,这主要是发议论、谈哲理。这些哲理的表达比较容易流于抽象的说教,但作者却巧妙地运用比喻的手法,使议论与想象结合起来,使抽象的理论形象化,从而产生艺术感染力。例如"形气转续兮,变化而嬗",这是用蝉的蜕皮来比喻有形之物向无形之物变化的道理。再如"夫祸之与福兮,何异纠缠",这是用搓成绳的几股线来比喻幸福与灾祸相互依存的关系。又如"且夫天地为炉兮,造化为工。阴阳为炭兮,万物为铜。合散消息兮,安有常则",这里生动地运用火炉、工匠、铜来比喻天地万物与阴阳造化之间的关系,等等。诗中贯穿着"祸兮福所倚,福兮祸所伏,忧喜聚门兮,吉凶同域"的思想,表达了生不足悦、死不足患、纵躯委命、知命不忧的人生观。这是作者对命运的思考,对人生的探索,对老庄哲学的理解。借助于形象表现

楚辞

哲理,其艺术上的成功,是耐人寻味的。朱光潜先生说过:"诗虽然不是讨论哲学和宣传宗教的工具,但是它的后面如果没有哲学和宗教,就不易达到深广的境界。"(《中西诗在情趣上的比较》)《鵩鸟》这篇赋之所以在今天仍有其独特的审美价值,其原因大概就在于它的后面有哲学吧。

【集说】贾谊《鵩鸟》,致辨于情理。(刘勰《文心雕龙·诠赋》)

嗟乎二贤,逢世多疑。候詹写志,感鵩献辞。(陶渊明《读史述》)

贾生英特,弱龄秀发,纵横海之巨鳞,矫冲天之逸翰,而不参谋棘署,赞道槐庭,虚离谤缺,爰傅卑土,发愤嗟命,不亦宜乎!(《文选·鵩鸟赋》李善注)

《鵩赋》为赋之变体。……赋盖有思胜于辞者。(刘熙载《艺概·赋概》)

读屈、贾辞,不问而知其为志士仁人之作。太史公之合传,陶渊明之合赞,非徒以其遇,殆以其心。(刘熙载《艺概·赋概》)

此特借鵩鸟以造端,非从而赋之也。(何焯《义门读书记》)

(梅桐生)

淮南小山

淮南小山是西汉淮南王刘安一部分门客的共称。刘安爱好文艺,广招天下文士,著作辞赋。以"淮南小山"署名的作品,仅存有《招隐士》一篇,收入王逸《楚辞章句》中,但《文选》则题刘安作。又乐府《淮南王辞》、晋崔豹《古今注》、唐吴兢《乐府古题要解》也都说是淮南小山所作。看来《招隐士》的著作权为淮南小山无疑。王逸说,刘安门客的辞赋以类相从,有的称《小山》,有的称《大山》,意思相当于《诗经》的《小雅》《大雅》。这样看来,《淮南小山》又可能是文艺作品的体制名称,或文学团体的称号。

招 隐 士⁽¹⁾

桂树丛生兮山之幽,偃蹇连蜷兮枝相缭⁽²⁾。山气茏葱兮石嵯峨⁽³⁾,溪谷崭岩兮水曾波⁽⁴⁾。猿狖群啸兮虎豹嗥,攀援桂枝兮聊淹留。王孙游兮不归⁽⁵⁾,春草生兮萋萋。岁暮兮不自聊⁽⁶⁾,蟪蛄鸣兮啾啾⁽⁷⁾。坱兮轧,山曲岪⁽⁸⁾,心淹留兮恫慌忽⁽⁹⁾。罔兮沕,憭兮栗,虎豹穴⁽¹⁰⁾,丛薄深林兮人上慄。嶔岑碕礒兮，碅磈魂硊⁽¹¹⁾。树轮相纠兮，林木茷^骫⁽¹²⁾。青莎杂树兮，薠草靃靡⁽¹³⁾。白鹿麏麚兮，或腾或倚⁽¹⁴⁾。状貌崟崟兮峩峩⁽¹⁵⁾，凄凄兮漇漇⁽¹⁶⁾。猕猴兮熊罴⁽¹⁷⁾，慕类兮以悲。攀援桂枝兮聊淹留。虎豹斗兮熊罴咆，禽兽骇兮亡其曹⁽¹⁸⁾。王孙兮归来，山中兮不可以久留！

【注释】(1)隐士非山谷中潜伏隐居的人，这里是暗喻淮南王刘安。当时汉武帝猜忌骨肉同胞，恰好淮南王经常出入朝廷，淮南王的门客知道朝中不少人谗毁刘安，估计祸变将起，于是写下这篇辞赋讽谏淮南王，劝他早日返回自己的属国以避祸。　(2)偃蹇：与"连蜷"同义，都是屈曲的样子。缭：纠缠。　(3)龙怂：(lóng sǒng)：云气四起的样子。嵯峨：高峻的样子。　(4)崭(chán)：通"巉"。巉岩，险峻的山岩。曾：通"层"。　(5)王孙：古代贵族子弟的通称。　(6)不自聊：指生活或感情上没有依托，心情空虚。　(7)蟪蛄：蝉的一种，又叫寒蝉。　(8)坱：与"轧"，都是山气浓厚的样子。曲郁：形容山势曲折盘绕。　(9)恫：恐惧。　(10)罔、沕：忧虑疑惑。憭、栗：恐惧战栗。　(11)嶔岑、碕礒、碅磈、魂硊：都是形容石头各种形状。　(12)茷骫：形容枝叶萦绕繁杂。　(13)靃靡：杂草掩盖道路的样子。　(14)麏：即獐子。麚：雄鹿。　(15)崟崟：与"峩峩"同义，都是形容鹿角的高耸。　(16)凄凄、漇漇：毛色濡泽的样子。　(17)罴：马熊，熊的一种。　(18)曹：同类。亡曹：离群。

【今译】桂树丛生在那深山幽谷，枝条纠缠树干盘绕弯曲。山中云气弥漫岩石巍峨，岩下溪谷泛起层层水波。猿群声声悲啼虎豹吼叫，桂树枝上栖息猿猴斑豹。王孙遨游深山乐而忘归，春天来了青草生长茂盛。年齿已老心情空虚无凭，蟪蛄也一声声啾啾聚鸣。山势盘旋曲折云蒸雾迷，心想留下却又惊慌不定。行经虎豹巢穴忧疑恐惧，山中草茂林深令人心惊。山石奇形怪状突兀险峻，树木盘根错节枝叶茂盛。林间杂草丛生掩盖路径，山里白鹿獐子或立或腾。白鹿头上双角高耸兀立，它们身上皮毛光滑湿润。猕猴马熊来往深山老林，它们思慕同类声声悲鸣，攀援桂树就在树上安身。虎豹恶斗马熊横行咆哮,禽兽闻风丧胆惊惧离群。王孙啊你还是快快回来,深山中不可以久留久停!

【点评】《招隐士》是汉人拟作"楚辞"中较富于创造性和艺术性的佳作。其特点在于作者不直接抒写对篇中主人公——王孙的想念情怀,而是刻意描绘环境、极力渲染气氛,用生动的语言形象曲折地表达自己深沉的思绪和深厚的感情。诗一开头,就写隐士居处的深山幽谷环境的险恶:桂树丛生、枝条纠缠、云雾弥漫、岩石巍峨、溪水奔涌、猿狖悲啼、虎豹吼叫,写得惊心动魄,历历如在目前。接着点明题旨,召唤久游不归的王孙回来。然后用险恶环境在人们心理上造成的恐怖与惊惧来招归隐士:"坱兮轧,山曲弟,心淹留兮恫慌忽。罔兮沕,憭兮栗,虎豹穴,丛薄深林兮人上慄。"读来令人战战兢兢,提心吊胆,恐惧万分。作者再刻画深山幽谷的人迹罕至,鹿獐群居而喜,猴熊离群而悲来显示隐居深山的孤独和寂寞,用人的孤独心理召唤王孙归来。最后反复描写山林环境的险恶:虎豹恶斗,马熊咆哮,禽兽闻风丧胆,王孙更应该赶快归来。可见,这首诗极富特色,有颇高的艺术性。确为屈宋之后不可多得的楚辞作品。

【集说】此篇视汉诸作最为高古。(朱熹《楚辞集注》)

淮南小山作《招隐》,极道山中穷苦之状,以风切遁世之士,使无遐心,其旨深矣。其后左太冲、陆士衡相继有作,虽极清丽,顾乃自为隐遁之辞,遂与本题不合。故王康琚作诗以反之,虽正左、陆之误,而所述乃老氏之言,又非小山本意也。(朱熹《文公文集》卷一《招隐操》序)

其可以类附《离骚》之后者,以音节局度,浏漓昂激,绍"楚辞"之余韵,非他词赋之比。(王夫之《楚辞通释》)

(梅桐生)

图书在版编目（CIP）数据

诗骚观止/周啸天本书主编 . -- 西安：陕西人民
教育出版社，2019.1

（中国古典文学观止丛书/尚永亮主编）

ISBN 978 - 7 - 5450 - 6402 - 5

Ⅰ.①诗… Ⅱ.①周… Ⅲ.①古典诗歌 – 诗歌评
论 – 中国 Ⅳ.①I207.22

中国版本图书馆 CIP 数据核字（2018）第 297191 号

中国古典文学观止丛书
诗骚观止

周啸天　主编

出　　版	陕西新华出版传媒集团
	陕西人民教育出版社
发　　行	陕西人民教育出版社
地　　址	西安市丈八五路 58 号
责任编辑	巩长卿　董方红
装帧设计	张　田
经　　销	各地新华书店
印　　刷	北京市松源印刷有限公司
开　　本	787 mm × 1092 mm　1/16
印　　张	23.5
字　　数	330 千字
版　　次	2019 年 1 月第 1 版
印　　次	2019 年 1 月第 1 次印刷
书　　号	ISBN 978 - 7 - 5450 - 6402 - 5
定　　价	128.00 元